집으로 가는 먼 길

THE LONG WAY HOME

옮긴이 안현주

이화여자대학교에서 국문학과 영문학을 전공했다. 레이먼드 챈들러의 『나는 어떻게 글을 쓰게 되었나』, G.K. 체스터턴의 『못생긴 것들에 대한 옹호』를 기획, 번역하면서 전문 번역가가 되었다. 『기이한 것과 으스스한 것』, 『방해하지 마시오』, 『낫씽맨』, 『여자가 쓴 괴물들』 등을 우리말로 옮겼다.

The Long Way Home

루이즈 페니 지음 | 안현주 옮김

집으로 가는 먼 길

LOUISE PENNY

피니스
아프리카에

마이클에게
예기치 않은 기쁨

1

클라라 모로는 다가가면서 그가 매일 아침 해 왔던 그 작은 행동을 반복할지 궁금했다.

그건 아주 작고, 아주 소소했다. 간과하기 아주 쉬운. 처음에는.

하지만 아르망 가마슈는 왜 계속 그럴까?

클라라는 궁금해하는 것조차 실없게 느껴졌다. 아무렴 어때? 하지만 비밀에 골몰하지 않는 사람에게도 이 행위는 그저 비밀스러울 뿐 아니라 은밀해 보이기 시작했다. 숨을 그림자를 갈망하는 듯한 유순한 행동.

그럼에도 그는 새날의 가득한 빛 속에서 질 샌던이 언덕 꼭대기에 최근에 만들어 놓은 벤치에 앉아 있었다. 가마슈 앞에는 퀘벡에서 버몬트까지 오르락내리락 뻗어 가는 짙은 숲으로 뒤덮인 산맥이 펼쳐져 있었다. 벨라벨라강이 햇빛 속에서 은빛 타래로 그 산맥들 사이를 휘감았다.

그리고 그런 위엄을 마주할 때 간과하기 아주 쉬운, 수수한 작은 마을 스리 파인스가 그 계곡에 자리했다.

아르망은 그런 경치를 피하고 있지 않았다. 하지만 그것을 즐기고 있지도 않았다. 대신, 매일 아침 그 건장한 남자는 어떤 책 위에 고개를 숙이고 나무 벤치에 앉아 있었다. 책을 읽으며.

클라라 모로는 다가가며 가마슈가 또 그러고 있는 모습을 보았다. 그는 반달 모양 독서용 안경을 벗은 다음 덮은 책을 주머니에 넣었다. 책갈피가 있었지만 그는 그것을 이동하는 법이 없었다. 거의 마지막 페이지에 위치한 책갈피는 돌처럼 그 자리에 남아 있었다. 그는 다가가지만 절대 다다르지 않는 곳에.

아르망은 책을 탁 덮지 않았다. 대신 중력으로 떨어져 덮이게 했다. 그가 읽던 자리를 표시할 무엇도 없다는 것을 클라라는 눈치챘다. 그 이야기를 떠난 자리로 그를 다시 안내할 오래된 영수증도, 이미 사용한 비행기나 기차나 버스 티켓도. 마치 그런 것은 별문제 아니라는 듯. 매일 아침 그는 다시 시작했다. 그 책갈피로 점점 더 가까이 다가가지만 닿기 전에 늘 멈추면서.

그리고 매일 아침 아르망 가마슈는 그녀가 제목을 보기 전에 그 얇은 책을 가벼운 여름 코트 주머니에 넣었다.

그녀는 그 책에 살짝 집착하게 되었다. 그리고 그의 행동에.

일주일쯤 전 처음으로 저 오래된 마을을 내려다보는 새 벤치에 그와 함께 앉았을 때 그녀는 그에게 그 책에 대해 묻기까지 했다.

"좋은 책인가요?"

"위Oui 네."

가마슈는 미소로 그 무뚝뚝한 대답을 누그러뜨렸다. 거의.

그것은 거의 사람들을 밀어내지 않는 남자의 작은 밀침이었다.

아니야. 클라라는 지금 그의 옆얼굴을 바라보며 생각했다. 그는 자신을 밀어낸 것이 아니었다. 그는 자신을 내버려 두고, 대신 스스로 한 걸음 물러섰다. 자신에게서. 그 질문에서. 그는 그 낡은 책을 챙겨서 물러났다.

메시지는 명확했다. 그리고 클라라는 이해했다. 그렇다고 그녀가 그것을 마음에 두어야 한다는 뜻은 아니었다.

아르망 가마슈는 짙은 녹색을 띤 한여름의 숲과 끝없이 뻗은 산줄기를 바라보았다. 이내 그의 눈이 고대인의 손바닥에 놓인 듯한, 그들 아래 계곡에 자리한 마을로 떨어졌다. 퀘벡 외곽의 성흔. 상처가 아닌 불가사의.

매일 아침 그는 아내 렌 마리와 그들의 독일셰퍼드 앙리와 함께 산책에 나섰다. 그들은 테니스공을 던졌다가 앙리가 팔랑이는 나뭇잎이나 먹파리나 녀석의 머릿속 목소리들에 정신이 팔리면 결국 그들이 공을 쫓아갔다. 개는 공을 쫓아 달리다 멈추고 알 수 없는 곳을 응시하며 거대한 위성 접시 귀를 이리저리 움직였다. 어떤 메시지에 집중하면서. 긴장이 아닌 호기심으로. 가마슈는 그것이 바람결에 특별히 좋아하는 음악 한 자락이 들려올 때 대부분의 사람이 듣는 방식이라는 것을 알아차렸다. 멀리서 들려오는 친숙한 목소리나.

아르망과 렌 마리가 공을 가져오는 동안 앙리는 고개를 기울이고 살짝 얼빠진 표정으로 귀를 기울였다.

가마슈는 이른 8월의 햇살 속에 조용히 앉아 만사가 순조롭다고 생각했다.

마침내.

매일 아침 자신의 벤치 옆자리에 앉으러 오는 클라라를 빼면.

렌 마리와 앙리가 떠나면 여기 홀로 남는 자신을 알아차리고 자신이 외로울지도 모른다고 생각했기 때문일까? 자신이 누군가와 함께 있고 싶을지도 모른다고 생각해서?

하지만 그는 그것이 의심스러웠다. 클라라 모로는 자신들의 가장 가까운 친구 중 한 명이 되었고, 그녀는 가장 가까운 친구 이상으로 자신을 잘 알았다.

아니. 그녀는 자신만의 이유로 여기에 있었다.

아르망 가마슈는 호기심이 점점 커졌다. 그는 자신의 호기심이 지극히 평범한 참견이 아닌 훈련된 감각이라 믿으며 자신을 거의 속일 수 있었다.

직업적인 삶 내내 가마슈 경감은 질문을 던졌고, 답을 좇았다. 그리고 그냥 답이 아닌 사실을. 하지만 사실보다 훨씬 더 찾기 힘들고 위험한 것, 그가 정말로 찾고자 하는 것은 감정이었다. 왜냐하면 감정이 그를 진실로 이끌 테니까.

그리고 진실은 어떤 이들을 자유롭게 하는 한편, 가마슈가 좇는 사람들을 교도소에 처넣었다. 평생.

아르망 가마슈는 자신을 사냥꾼이라기보다 탐험가라고 생각했다. 발견이 목적이었다. 그리고 그가 발견한 것은 여전히 그를 놀라게 할 수 있었다.

그는 얼마나 자주 멍울진 감정들, 썩어 빠진 영혼을 발견하리라 예상하며 살인자를 심문했던가? 그리고 대신 길 잃은 선함을 발견했다.

그래도 물론 그는 그들을 체포했다. 하지만 그는 그들이 저지른 가장 최악의 짓만큼 나쁜 사람은 아무도 없다는 프레진 수녀Helen Prejean 영화 〈데드 맨 워킹〉의 모델이 된 인물의 말에 동의하게 되었다.

아르망 가마슈는 최악을 보았다. 하지만 그는 최선도 보았다. 종종 같은 사람에게서.

그는 눈을 감고 신선한 아침 햇살로 얼굴을 돌렸다. 그런 날들은 이제 뒤로했다. 이제 그는 쉴 수 있었다. 저 손바닥의 오목한 곳에서. 그리고 자신의 영혼을 걱정하면서.

탐험할 필요 없이. 그는 여기 스리 파인스에서 자신이 찾고 있던 것을 발견했다.

그는 옆의 여자를 의식하고 눈을 떴지만 시선을 앞으로 향한 채 저 아래서 살아나는 작은 마을을 바라보았다. 그는 집에서 나와 다년생식물로 가득한 정원을 돌보거나 아침을 먹으러 마을 광장을 가로질러 비스트로를 향하는 친구들과 새 이웃들을 보았다. 그는 불랑제리^{프랑스식 빵집} 문을 여는 사라를 보았다. 그녀는 날이 밝기 전부터 가게 안에서 바게트와 크루아상과 쇼콜라틴을 구웠고, 이제 그것들을 팔 시간이었다. 그녀는 잠시 멈춰 앞치마에 손을 닦고 잡화점 문을 열고 있는 무슈 벨리보와 인사를 나누었다. 지난 몇 주간 아침마다 아르망 가마슈는 벤치에 앉아 같은 사람들이 같은 일을 하는 모습을 지켜보았다. 마을에는 리듬, 운율, 한 자락 음악이 있었다. 어쩌면 앙리가 들은 게 그것일 터였다. 스리 파인스의 음악. 그것은 콧노래, 찬송가, 위로가 되는 의식 같았다.

그의 삶에 리듬이 있은 적은 없었다. 매일이 예측 불가했고, 그는 그것들을 잘 대처한 것 같았다. 그는 그것을 자신의 천성의 일부라고 생각했었다. 그는 규칙적인 일상을 알지 못했다. 지금까지는.

가마슈는 지금의 위안이 되는 일상이 산산이 부서져 시시해질 거라는, 지루해질 거라는 작은 두려움을 인정해야 했다. 하지만 대신 그것은 다른 방향으로 향했다.

그는 반복적인 일상을 잘 해내는 듯했다. 더 힘이 생길수록 그는 그 구조를 더욱 소중히 여겼다. 제한되고 갇히기는커녕 그는 일상적인 의식이 주는 해방을 발견했다.

혼란은 온갖 종류의 불쾌한 진실들을 흔들어 흩어 놓았다. 하지만 그것들을 조사하는 것이 평화를 가져왔다. 밝은 햇빛 속에서 이 고요한 장소에 앉아 아르망 가마슈는 마침내 땅에 떨어진 모든 것들을 자유롭게 조사했다. 그가 떨어졌던 것처럼.

그는 주머니에 든 책의 가벼운 무게와 부피를 느꼈다.

그들 아래서 루스 자도가 오리 로사를 거느리고 다 쓰러져 가는 작은 집에서 절뚝거리며 나왔다. 그 늙은 여인은 주변을 둘러본 다음 마을 밖으로 뻗은 흙길을 올려다봤다. 가마슈는 그녀의 늙고 예리한 눈이 흙길 위쪽, 더 위쪽으로 떠도는 것을 볼 수 있었다. 자신의 눈과 마주칠 때까지. 그리고 얽힐 때까지.

그녀는 정맥이 드러난 손을 올려 인사했다. 그리고 마을 깃발을 들어 올리듯 루스는 흔들림 없이 손가락 한 개를 세웠다.

가마슈는 답례로 가볍게 고개를 숙였다.

만사가 순조로웠다.

다만.

그는 자기 옆의 부스스한 여자를 돌아보았다.

클라라는 왜 여기 있을까?

클라라는 시선을 돌렸다. 그녀는 그와 눈을 마주칠 용기를 낼 수 없었다. 자신이 무엇을 하려는지 아니까.

그녀는 머나에게 먼저 말해야 하는지 고민했다. 그녀의 조언을 구할까. 하지만 그녀는 이 결정에 대한 책임이 옮겨지는 것뿐이라는 사실을 깨닫고 그러지 않기로 했다.

아니면 그보다 머나가 말릴까 봐 두려운 거야. 그녀는 생각했다. 그러지 말라고 할까 봐. 불공평하고 잔인하기까지 하다고 할까 봐.

왜냐하면 그러니까. 그게 클라라가 이렇게 오래 뜸을 들인 이유였다.

매일 그녀는 아르망에게 무언가 말하겠다고 결심하고 여기 왔다. 그리고 매일 그녀는 겁을 먹고 그만두었다. 아니면 그녀 본성의 보다 선한 천사들이 고삐를 당겨 그녀의 등을 잡아챘다. 그녀를 말리려고 하면서. 그리고 그것은 효과가 있었다. 아직까지는.

매일 그녀는 그와 소소한 대화를 나눈 다음 헤어져 다음 날은 오지 않겠다고 결심했다. 자신과 모든 성인과 모든 천사와 모든 신과 여신을 걸고 다음 날 아침에는 이 벤치에 다시 오르지 않겠다고 맹세했다.

그리고 다음 날 아침이면 마법, 기적, 저주처럼 그녀는 자신의 엉덩이 밑의 단단한 단풍나무를 느꼈다. 그리고 자신도 모르게 아르망 가마슈를 보고 있었다. 그의 주머니에 든 그 얇은 책을 궁금해하면서. 그의 사려 깊은 짙은 갈색 눈을 바라보면서.

그는 몸무게가 늘었고, 그것은 좋았다. 그것은 스리 파인스가 제 일을 하고 있다는 것을 보여 주었다. 그는 여기서 치유 중이었다. 그는 키가 컸고, 보다 탄탄한 체구가 그에게 어울렸다. 뚱뚱하지 않은 단단함. 그는 부상당한 다리를 덜 절었고, 걸음걸이에는 더 활력이 붙었다. 얼굴에 창백함이 사라졌지만 머리에서는 아니었다. 구불거리는 머리카락은 이제 갈색이라기보다 회색에 가까웠다. 몇 년 안 남은 예순에 이르면 그가 완전히 백발이 되리라고 클라라는 생각했다.

그의 얼굴이 나이를 드러냈다. 그 얼굴은 배려와 관심과 걱정으로 닳아 있었다. 고통으로. 하지만 가장 깊은 주름들은 웃음으로 생긴 것이었다. 눈가와 입가의. 깊게 새겨진 즐거움.

가마슈 경감. 퀘벡 경찰청 살인 수사과의 전 수장.

하지만 그는 또한 아르망이었다. 자신의 친구. 그런 삶에서, 그 모든 죽음에서 물러나기 위해 여기로 온 사람. 슬픔을 피하기 위해서가 아니라 슬픔을 그만 수집하기 위해서. 그리고 이 평화로운 곳에서 자신의 짐들을 마주하기 위해서. 그리고 그 짐들을 놓기 시작하려고.

자신들 모두가 그랬던 것처럼.

클라라는 일어섰다.

그녀는 그럴 수 없었다. 자신의 짐을 이 남자에게 내려놓을 수 없었다. 그에겐 지고 가야 할 그만의 짐이 있었다. 그리고 이것은 그녀의 것이었다.

"오늘 밤 저녁 식사죠?" 그녀가 물었다. "렌 마리가 우리를 초대했어요. 우린 브리지 게임도 할지 몰라요."

그게 항상 계획이었지만 그렇게 되는 일은 거의 없었고, 그들은 얘기를 나누거나 가마슈의 뒤뜰에 조용히 앉아 어떤 게 잡초고 어떤 게 해마다 피는 다년생식물인지 화초들 사이를 걸어 다니며 설명하는 머나의 말을 듣는 편을 선호했다. 어떤 것이 오래 사는지. 그리고 어떤 꽃이 한해살이인지. 짧고 화려한 삶 뒤에 죽도록 설계되었는지.

가마슈가 일어서는 사이 클라라는 벤치 등받이에 새겨진 글귀를 다시 보았다. 그 문구는 질 샌던이 이 벤치를 놓았을 때는 거기에 없었다. 그리고 질은 자신이 그러지 않았다고 주장했다. 그 문구는 그라피티처럼 그냥 나타났고, 누구도 자신이 했다고 나서지 않았다.

아르망은 손을 내밀었다. 처음에 클라라는 그가 작별의 악수를 하려

한다고 생각했다. 별나게 격식을 차린 마지막 제스처. 이내 그녀는 그의 손바닥이 위를 향한 걸 깨달았다.

그는 자기 손에 손을 놓으라고 권하고 있었다.

그녀는 그렇게 했다. 그리고 그의 손이 부드럽게 닫히는 걸 느꼈다. 마침내 그녀는 그의 눈을 보았다.

"왜 여기 있습니까, 클라라?"

그녀는 불현듯 앉았고, 자신을 받쳐 주는 것이 아니라 자신의 추락을 막아 주는 벤치의 단단한 나무를 느꼈다.

2

"두 사람이 무슨 얘길 하는 것 같아요?" 올리비에가 갓 딴 산딸기와 메이플 시럽을 곁들인 프렌치토스트를 렌 마리 앞에 내려놓았다.

"천체물리학이라는 게 내 짐작이에요." 렌 마리가 올리비에의 잘생긴 얼굴을 올려다보며 말했다. "아니면 아마도 니체요."

올리비에는 격자창 너머 그녀의 시선을 따라갔다.

"루스와 오리에 대한 얘기 중이라는 거 아시잖아요."

"나도 알아요, 몽 보mon beau 내 친구."

올리비에는 웃음을 터뜨리고 비스트로의 다른 손님들을 응대하기 위해 자리를 떴다.

렌 마리 가마슈는 자신의 습관이 된 자리에 앉아 있었다. 그녀는 그것이 습관이 되게 할 의도는 없었고, 그냥 그렇게 되었다. 그녀와 아르망은 스리 파인스로 이사한 뒤 처음 몇 주 동안 다른 테이블들의 다른 자리들에 앉았다. 그리고 각 자리와 테이블은 정말이지 아주 달랐다. 단지 오래된 비스트로 내의 위치만이 아니라 가구 스타일도. 모두 골동품이었고, 모두 가격표가 달린 판매 상품이었다. 어떤 것들은 오래된 퀘벡 소나무 재목이었고, 어떤 것들은 속을 두툼하게 채운 에드워드 시대 안락의자, 윙체어 들이었다. 미드센추리 모던mid-century modern 1930년대 후반에 등장해 1960년대까지 미국을 중심으로 유행한 주택 및 인테리어 양식풍의 가구들도 있었다. 매끈한 티크 재질에 놀랍도록 편안한. 모두 올리비에가 모으고 그의 파트너 가브리가 견딘 것들. 올리비에가 비스트로에 자신의 수집품들을 두고 가브리에게 비앤비B&B Bed&Breakfast 아침 식사를 제공하는 여관의 운영과 실내 장식을 일임하는 한.

올리비에는 날씬했고, 좋은 교육을 받은 데다 자신의 시골풍 편안한 이미지를 잘 알고 있었다. 그의 옷 한 벌 한 벌은 그가 실현하고자 하는 인상에 맞추기 위해 엄선되었다. 여유 있고 우아하고 미묘하게 부티 나는 주인장의 이미지. 올리비에의 모든 것이 미묘했다. 가브리만 빼고.

렌 마리는 올리비에의 절제된 개인적 스타일이 우아하기까지 한 반면, 그의 비스트로는 스타일과 색채가 대혼란이라는 것이 이상했다. 그리고 그럼에도 폐소공포증을 느끼게 하거나 어수선한 것과 달리, 비스트로는 여행을 자주 다니는 괴짜 고모의 집을 방문하는 것처럼 느껴졌다. 혹은 삼촌의. 관습을 알지만 그것을 따르지 않길 선택한 누군가의.

기둥이 있는 긴 내부 양 끝에 있는 거대한 돌 벽난로. 한여름 더위에 지금은 불을 때지 않지만 장작이 쌓여 있고, 겨울이면 불꽃이 탁탁거리고 춤을 추며 어둠과 혹독한 추위에 저항하는. 오늘도 렌 마리는 실내에서 나무 연기의 기미를 느낄 수 있었다. 유령이나 수호자 같은.

퇴창으로 장미와 원추리와 클레마티스와, 렌 마리가 막 배우고 있는 다른 식물들이 만발한 스리 파인스 집들의 정원이 내다보였다. 집들은 원을 이루었고, 그 중앙에 마을 잔디 광장이 있었다. 그리고 그 가운데 공동체를 굽어보는 소나무들이 서 있었다. 마을 이름에 영감을 불어넣은 거대한 세 첨탑. 스리 파인스Three Pines. 그것들은 평범한 나무가 아니었다. 수백 년 전 심긴 나무들은 암호였다. 전쟁에 지친 이들을 위한 신호. 그들이 안전하다는. 이곳이 피난처라는.

집들이 그 나무들을 보호하고 있는지, 나무들이 집들을 보호하고 있는지 분간하기 어려웠다.

렌 마리 가마슈는 카페오레 잔을 집어 들고 홀짝이며 그 소나무 그늘에 있는 벤치에서 서로 지껄이는 듯 보이는 루스와 로사를 지켜보았다. 정신 나간 늙은 시인과 뒤뚱거리는 오리는 같은 언어로 말했다. 그리고 렌 마리에게 둘은 한마디만 아는 것처럼 보였다.

"퍽fuck, 퍽, 퍽."

우리가 생을 사랑하는 이유는, 렌 마리는 나란히 앉아 있는 루스와 로사를 보며 생각했다. 우리가 삶에 길들었기 때문이 아니라 사랑에 길들었기 때문이다.

니체. 혼잣말이라 해도 자신이 니체를 인용하고 있다는 것을 알면 아르망이 얼마나 놀릴까.

"인용 좀 한다고 날 얼마나 놀렸지?" 그는 웃음을 터뜨릴 터였다.

"전혀, 내 사랑. 에밀리 디킨슨이 놀림을 뭐라고 했지?"

그는 자신을 엄하게 쳐다본 다음 디킨슨이나 프루스트나 프레드 플린스톤1960년대 미국에서 인기리에 방영되었던 만화 〈고인돌 가족 플린스톤〉의 주인공 탓으로 돌릴, 말도 안 될 말을 지어낼 터였다.

우리는 사랑에 길들었지.

마침내 그들은 함께였고, 안전했다. 소나무들의 보호 속에서.

그녀의 시선이 떠돌다 불가피하게 아르망과 클라라가 조용히 앉아 있는 언덕 위 벤치에 이르렀다. 말없이.

"저 둘이 안 하고 있는 말이 뭐라고 생각해요?" 머나가 물었다.

덩치 큰 흑인 여자가 렌 마리 맞은편에서 뺀 안락의자에 기댔다. 그녀는 이웃한 자신의 서점에서 머그잔을 들고 와 막 버처 뮤즐리와 갓 짠 오렌지 주스를 주문한 참이었다.

"아르망과 클라라요? 아니면 루스와 로사요?" 렌 마리가 물었다.

"음, 루스와 로사가 무슨 말을 하고 있는지 우린 알죠."

"퍽, 퍽, 퍽." 두 여자는 동시에 말하며 웃음을 터트렸다.

렌 마리는 프렌치토스트를 포크로 한 입 먹고 다시 언덕 꼭대기에 있는 벤치를 보았다.

"그녀는 매일 아침 그와 앉아요." 렌 마리가 말했다. "당황하기까지 하는 아르망과요."

"클라라가 아르망을 유혹하려 한다고 생각하는 건 아니죠?" 머나가 물었다.

렌 마리는 고개를 저었다. "그랬다면 바게트를 가져갔겠죠."

"그리고 치즈도요. 숙성된 탕타시옹 드 로리에를. 줄줄 흘러내리고 걸쭉한……."

"무슈 벨리보의 가장 최근 치즈 먹어 봤어요?" 렌 마리가 자신의 남편을 깡그리 잊고 물었다. "르 셰브르 데 네주?"

"오, 세상에." 머나가 신음했다. "그건 꽃과 브리오슈가 섞인 맛이 나요. 그만해요. 나를 유혹하려는 거예요?"

"내가요? 당신이 시작했잖아요."

올리비에가 머나 앞 테이블에 주스 잔과 토스트를 내려놨다.

"내가 또 두 사람한테 호스로 물을 뿌려야 하나요?" 그가 물었다.

"데졸레Désolé 미안해요, 올리비에." 렌 마리가 말했다. "내 실수였어요. 우린 치즈에 대해 얘기 중이었죠."

"공공장소에서요? 그거 역겹네요." 올리비에가 말했다. "난 로버트 메이플소프남성의 누드, 동성애 등 금기에 도전하는 작품들로 유명한 사진작가를 금기시한 게 바게트 위의 브리 치즈 사진이었다고 확신해요."

"바게트?" 머나가 물었다.

"그걸로 가브리의 탄수화물에 대한 사랑이 설명되겠네요." 렌 마리가 말했다.

"그리고 나도요." 머나가 말했다.

"호스 가지고 다시 올게요." 올리비에가 자리를 뜨며 말했다. "그리고 아뇨, 이건 완곡한 표현이 아니에요."

머나가 두꺼운 토스트에 녹아내리는 버터와 잼을 바르고 베어 무는 동안 렌 마리는 커피를 한 모금 마셨다.

"우리 무슨 얘기 중이었죠?" 머나가 물었다.

"치즈요."

"그 전에요."

"저 사람들이요." 렌 마리 가마슈는 마을을 굽어보는 벤치에 조용히 앉아 있는 남편과 클라라 쪽으로 고갯짓했다. 저 둘이 안 하고 있는 말이 뭐라고 생각하느냐고 머나가 물었다. 그리고 매일 렌 마리는 스스로에게 같은 질문을 던졌다.

벤치는 그녀의 아이디어였다. 스리 파인스를 위한 작은 선물. 그녀는 나무를 세공하는 질 샌던에게 벤치를 만들어서 거기 놓아 달라고 부탁했었다. 몇 주 뒤 그 위에 글귀가 생겼다. 깊게, 아름답게, 섬세하게 새겨진.

"당신이 그랬어, 몽 쾨르mon coeur 여보?" 그녀는 아침 산책길에 그것을 보려고 멈춰 서서 아르망에게 물었다.

"농Non 아니." 그가 당혹스러워하며 말했다. "난 당신이 질에게 부탁해서 새긴 줄 알았는데."

그들은 주변에 물어보았다. 클라라, 머나, 올리비에, 가브리, 빌리 윌리엄스, 질, 루스에게까지. 아무도 누가 그 말들을 그 나무에 새겼는지 몰랐다.

그녀는 매일 아르망과 걸으며 그 작은 미스터리를 지나쳤다.

그들은 아르망이 죽을 뻔한 옛 학교 건물을 지나쳐 걸었다. 그들은 아르망이 누군가를 죽인 숲을 지나쳐 걸었다. 두 사람에게 생생한 그 사건들. 매일 두 사람은 그렇게 돌아 조용한 마을과 마을 위 벤치로 돌아왔다. 그리고 어떤 모르는 손이 새긴 글귀로.

예기치 않은 기쁨

클라라 모로는 아르망 가마슈에게 자신이 여기에 있는 이유를 말했다. 그리고 그에게 바라는 것도. 그리고 말을 마쳤을 때 그녀는 그 사려 깊은 눈에서 자신이 가장 두려워했던 것을 보았다.

그녀는 공포를 보았다.

그녀가 거기에 공포를 심었다. 그녀가 자신의 공포를 꺼내어 그것을 그에게 주었다.

클라라는 그 말을 거두어들이길 갈망했다. 공포를 제거하기를.

"그냥 아셨으면 했어요." 그녀가 붉어지는 자신의 얼굴을 느끼며 말했다. "누군가에게 말해야 했어요. 그게 다예요⋯⋯."

그녀는 계속 주절거리기 시작했고, 그것은 그녀의 절망을 더할 뿐이었다.

"무언가 해 주길 기대하는 게 아니에요. 그러길 바라지 않아요. 별일 아니에요, 정말로. 혼자 해결할 수 있어요. 내 말은 잊어버리세요."

하지만 너무 늦었다. 그녀는 이제 멈출 수 없었다.

"신경 쓰지 마세요." 그녀가 확고한 목소리로 말했다.

아르망은 미소를 지었다. 그 미소가 그의 눈가 깊은 주름에 닿았고, 클라라는 거기에 더 이상 어떤 공포도 없다는 것을 안도하며 보았다.

"신경 쓰입니다, 클라라."

그녀는 얼굴에 햇살을 받고 따뜻한 공기 중에서 희미한 장미와 라벤더 향을 맡으면서 언덕을 내려갔다. 그녀는 마을 잔디 광장에서 멈춰 돌아보았다. 아르망은 다시 앉아 있었다. 이제 자신이 떠나서 그가 그 책을 꺼낼지 궁금했지만 그는 그러지 않았다. 그는 다리를 꼬고 커다란 두 손을 맞잡고 자족해하며 앉아 있을 뿐으로, 편안해 보였다. 그는 계곡 너머를 응시했다. 그 뒤의 산을. 바깥세상을.

괜찮을 거야. 그녀는 집으로 향하며 생각했다.

하지만 클라라 모로는 자신이 무언가를 작동시켰다는 것을 마음 깊은 곳에서 알았다. 그 눈에서 무언가를 보았다는 것을. 그 눈 깊숙한 곳에 있는. 어쩌면 자신은 그 무언가를 거기에 설치했다기보다 일깨웠는지도 몰랐다.

아르망 가마슈는 여기에 쉬러 왔다. 회복하기 위해. 자신들은 그에게 평화를 약속했다. 그리고 클라라는 자신이 방금 그 약속을 깼다는 것을 알았다.

3

"아니가 전화했어." 렌 마리가 남편에게서 진토닉을 받아 들며 말했다. "애들이 좀 늦나 봐. 몬트리올에서 벗어나는 금요일 교통난이지."

"애들이 주말에 머물까?" 아르망이 물었다. 그는 바비큐를 시작했고,

무슈 벨리보와 자리다툼을 벌이고 있었다. 가마슈는 이기는 데 관심이 없었지만 적어도 싸우는 척은 해야 한다고 느꼈기 때문에 지는 싸움이었다. 마침내 공식적인 패배의 제스처로 그는 그 잡화점 주인에게 집게를 넘겼다.

"내가 아는 한은." 렌 마리가 말했다.

"잘됐군."

그의 말투에서 무언가가 그녀의 귀에 걸렸다가 한바탕 웃음소리에 실려 사라졌다.

"신께 맹세컨대," 가브리가 통통한 손을 서약하듯 들어 올리며 말했다. "이건 유명 디자이너가 만든 옷이라고요."

그는 그들이 자신의 광채를 온전히 감상할 수 있도록 돌았다. 그는 배기 바지에 노란빛이 도는 헐렁한 녹색 셔츠를 걸쳤고, 그가 몸을 돌리자 셔츠가 살짝 부풀어 올랐다.

"지난번 우리가 메인에 갔을 때 아웃렛에서 건진 거예요."

30대 후반에 180센티미터가 조금 넘는 키의 가브리가 뚱뚱한 밀꾀유를 뒤로 돌렸다.

"벤자민 무어친환경 페인트 브랜드에 의류 라인이 있는지 몰랐군." 루스가 말했다.

"헐헐헐." 가브리가 말했다. "이거 엄청 비싼 거거든요. 이게 싸 보여?" 그가 클라라에게 한탄했다.

"그게?" 루스가 물었다.

"쭈그렁 할망구." 가브리가 말했다.

"게이." 루스가 말했다. 이 나이 든 여자는 한 손에는 로사를 움켜쥐었고, 다른 손에는 렌 마리가 자신들 것 중 하나라고 알고 있는, 스카치를 가득 채운 꽃병을 들고 있었다.

가브리는 루스가 의자에 앉게 도왔다. "먹을 것 좀 갖다 드려요?" 그가 물었다. "강아지 아니면 태아?"

"오, 그거 좋지, 자기." 루스가 말했다.

렌 마리는 마당 여기저기 흩어진 친구들 사이를 오가며 프랑스어로, 영어로, 대개는 두 언어를 혼합해 이루어지는 대화를 조금씩 들었다.

그녀는 시선을 돌리다가 뱅상 질베르가 하는 말을 주의 깊게 듣고 있는 아르망을 보았다. 아르망이 미소 짓고 있었기 때문에 아마도 자기비하적인 웃기는 이야기가 틀림없었다. 이내 그가 맥주잔을 휘저으며 말했다.

그가 말을 마치자 아르망이 그랬던 것처럼 질베르가 웃음을 터트렸다. 이내 그는 그녀와 눈을 맞추었고, 그의 미소는 커졌다.

저녁은 아직 따뜻했지만 정원의 조명들이 켜질 무렵이 되면 지금 의자 등받이에 걸쳐진 가벼운 스웨터나 재킷 들이 필요해지리라.

사람들이 제집처럼 집 안팎을 들락거리며 테라스에 있는 긴 테이블에 음식을 놓았다. 가마슈의 집에서 열리는 이 격식 없는 금요일 저녁 바비큐 파티는 일종의 전통이 되었다.

그럼에도 이 집을 가마슈네 집이라 부르는 이는 적었다. 이 집은 이 마을에서 여전히, 그리고 어쩌면 앞으로도 늘, 여기에 살았고, 가마슈가 구입한 집의 소유주였던 에밀리의 집으로 알려질 것이었다. 아르망과 렌 마리에게는 새로울지 몰라도 이 집은 사실 스리 파인스에서 가장 오래된 집 중 하나였다. 흰색 물막이 판에 마을 광장을 마주하는 집 앞의 넓은 베란다. 그리고 뒤쪽에는 테라스와 방치된 넓은 정원이 있었다.

"당신 책을 담은 봉투를 거실에 뒀어요." 머나가 렌 마리에게 말했다.

"메르시Merci 고마워요."

머나는 자신을 위해 화이트 와인을 한 잔 따르다가 테이블 중앙에 놓인 꽃다발을 눈치챘다. 꽃과 나뭇잎으로 빽빽한 높고 야단스러운.

머나는 렌 마리에게 그게 대부분 잡초라는 걸 말해야 할지 확신이 서지 않았다. 그녀는 흔한 용의자들을 모두 볼 수 있었다. 보라색 좁쌀풀, 왜방풍. 나팔꽃을 닮은 덩굴식물까지.

그녀는 아르망과 렌 마리와 함께 여러 번 화단을 훑으며 엉망진창 화단에 질서를 불러오는 것을 도왔었다. 그녀는 자신이 꽃과 잡초 사이의 차이점을 명확히 했다고 생각했다.

수업을 또 한 번 해야겠군.

"아름답죠, 안 그래요?" 렌 마리가 머나에게 훈제 송어를 올린 작은 호밀빵을 건네며 말했다.

머나는 미소를 지었다. 도시 사람들이란.

아르망은 질베르에게서 슬슬 멀어져 모든 사람이 필요한 바를 누리는지 확인하며 무리 지은 사람들을 살피고 있었다. 그의 눈길이 예상치 못한 무리에 닿았다. 클라라가 가능한 한 멀리 집에서 떨어져, 루스와 함께 이제 파티에 등을 돌리고 앉아 있었다.

그녀는 도착한 이래 그에게 한마디도 하지 않았다.

그건 그를 놀라게 하지 않았다. 그를 놀라게 한 것은 루스와 그녀의 오리와 함께 앉기로 한 그녀의 결정이었다. 비록 로사와 로사의 인간으로서 그 커플을 묘사하는 것이 가마슈에게는 더 정확하다는 생각이 종종 들었지만.

클라라 혹은 누구라도 루스를 찾을 이유는 하나뿐일 것이었다. 홀로 있고자 하는 심오하고 병적인 욕구. 루스는 사회적 악취 폭탄이었다.

하지만 그들은 온전히 그들만 있지 않았다. 앙리가 그들과 함께해 오리를 쳐다보고 있었다.

그것은 극한의 강아지 사랑이었다. 로사와 공유되지 않은 사랑. 가마슈는 으르렁거리는 소리를 들었다. 로사에게서. 앙리는 꽥꽥거렸다.

가마슈는 한발 물러섰다.

앙리에게서 나온 그 소리는 결코 좋은 징조가 아니었다.

클라라가 일어나서 물러섰다. 그녀는 가마슈 쪽으로 향하다가 방향을 바꾸었다.

루스는 주변에 썩은 계란이라도 있는 듯 코를 찡그렸다. 앙리는 그 역겨운 냄새의 근원지를 찾으려는 듯 천진스레 주변을 둘러보고 있었다.

루스와 로사는 이제 경이에 가까운 감정으로 셰퍼드를 보고 있었다. 늙은 시인은 깊은숨을 들이마신 다음 내뱉으며 유독한 가스를 시화詩化했다.

"너는 유독한 선물을 달라고 내게 강요하는구나." 그녀는 자신의 유명한 시를 인용했다.

나는 이걸 다른 식으로 말할 수 없어

내가 준 모든 건 너를 제거하기 위한 것

거지에게 주듯이. 자. 먹고 떨어져

하지만 용맹하고 가스 찬 셰퍼드 앙리는 떨어지지 않았다. 루스는 혐오스러운 표정으로 개를 봤지만 주름진 한 손을 앙리에게 내주고 핥게 했다.

그리고 녀석은 그렇게 했다.

이윽고 아르망 가마슈는 클라라를 찾으러 집 안으로 들어갔다. 그녀는 잔디밭에 나란히 놓인 두 애디론댁 의자 주위를 서성였다. 의자의 널찍한 팔걸이는 수년, 수십 년에 걸쳐 조용한 정원으로 날라져 온 음료의 컵 자국으로 동그랗게 얼룩져 있었다. 에밀리가 남긴 자국들에 가마슈의 모닝커피 잔과 오후 아페리티프 잔이 겹쳐졌다. 뒤얽힌 평화로운 삶들.

클라라네 정원에 거의 동일한 의자 두 개가 있었다. 서로를 향해 살짝 돌려져 다년생식물과 강과 숲 너머를 바라보는. 나무 팔걸이에 컵 자국을 담고.

그는 의자 등받이를 움켜쥐고 그 나무 널을 압박하며 거기에 몸을 기댄 클라라를 지켜봤다.

그는 그녀의 솟은 어깨와 하얗게 된 관절을 볼 만큼 가까이 다가갔다.

"클라라?" 그가 물었다.

"난 괜찮아요."

하지만 그렇지 않았다. 그는 알았다. 그리고 그녀도 알았다. 그녀는 마침내 오늘 아침 아르망에게 말함으로써 걱정이 사라질 것이라고 생각하고 바랐다. 문제를 공유했다고…….

하지만 그 문제는 공유되었지만 반으로 줄지 않았다. 두 배가 되었다. 그리고 하루가 지나면서 다시 두 배가 되었다. 그에 관해 말함으로써 클라라는 그것을 현실화했다. 그녀가 자신의 공포에 형태를 부여했다. 그리고 이제 그게 밖으로 나왔다. 그리고 커지고 있었다.

모든 것이 거기에 먹이를 주었다. 바비큐 냄새, 헝클어진 꽃들, 흠집 나고 얼룩진 오래된 의자들. 컵 자국들, 그 망할 컵 자국들. 집에 있는 의자들처럼.

사소했던, 위안이 되고 친숙하고 안전했던 모든 것들이 이제 폭탄에 묶인 것처럼 보였다.

"저녁 준비됐습니다, 클라라." 그는 나직하고 깊은 목소리로 그 말을 했다. 이내 그녀는 자신에게서 멀어지는 잔디 위 그의 발소리를 들었고, 혼자가 되었다.

그녀의 친구들은 전부 발코니에 모여 편하게 음식을 먹고 있었다. 그녀는 그들에게 등을 돌리고 떨어져 선 채 어두워지는 숲을 보고 있었다.

이내 그녀는 자신의 옆에 있는 존재를 느꼈다. 가마슈가 그녀에게 접시를 건넸다.

"앉을까요?" 그가 의자를 가리켰다.

클라라는 앉았다. 그들은 조용히 먹었다. 필요한 말은 다 했기에.

다른 손님들은 모두 테이블에 놓인 스테이크와 처트니_{고기 등을 찍어 먹는}소스를 마음껏 먹었다. 머나는 테이블의 잡초 장식을 여전히 즐거워하며 미소 지었다. 그리고 이내 그녀는 미소를 멈추고 무언가를 눈치챘다. 그건 정말로 아름다웠다.

샐러드 볼이 돌았고, 무슈 벨리보가 사라에게 가장 부드러운 스테이크 조각을 건네는 동안, 그녀는 그에게 오후에 자신이 구운 가장 큰 롤 빵을 주었다. 그들은 닿지 않게 서로를 향해 몸을 숙였다.

올리비에는 웨이터 중 한 명에게 비스트로를 맡기고 동참했다. 대화는 두서없이 흘렀다. 해가 졌고, 스웨터와 가벼운 여름 재킷이 걸쳐졌다. 테이블과 정원 주위에 놓인 양초들은 저녁을 위해 자리 잡은 커다란 반딧불이처럼 보였다.

"에밀리가 죽고 이 집 문이 닫힌 뒤에 난 우리가 여기서 파티는 다 했다고 생각했어요." 가브리가 말했다. "내가 마침내 무언가를 틀렸다는 게 기쁘네요."

앙리가 위성 접시 귀를 그 이름이 들린 쪽으로 돌렸다.

에밀리.

녀석이 강아지였을 때 보호소에서 녀석을 발견한 나이 든 여성. 녀석을 집으로 데려온 사람. 그녀가 더 이상 이 집에 머물지 못해 가마슈 가족이 녀석을 데리러 온 날까지 녀석에게 이름을 지어 주고, 녀석을 사랑해 주고, 녀석을 길러 준 사람. 녀석은 그녀를 찾으며 몇 달을 보냈다. 그녀의 냄새를 찾아 킁킁대며. 차가 도착하는 소리가 들릴 때마다 귀를 펄럭이면서. 문이 열릴 때마다. 에밀리가 다시 자신을 찾아 주기를 기다리면서. 다시 자신을 구해 집으로 데려가길. 더 이상 지켜보지 않게 된 날까지. 더 이상 기다리지 않게 된. 더 이상 구조가 필요하지 않게 된.

녀석은 로사에게 시선을 돌렸다. 마찬가지로 나이 든 여인을 사랑하며, 에밀리가 그랬던 것처럼 어느 날 자신의 루스가 사라질까 봐 무서운 로사. 앙리는 로사가 자신을 보고 설사 그런 일이 있더라도 상처받은 마음이 치유되리라는 것을 깨닫길 바라며 보고 또 보았다. 치유제가 분노나 공포나 고립이 아니라고 녀석은 로사에게 말하고 싶었다. 녀석은 그것들을 시도했었다. 그것들은 먹히지 않았다.

마침내 그 끔찍한 구멍에 앙리는 유일하게 남은 한 가지를 쏟아부었다. 에밀리가 자신에게 주었던 것. 아르망과 렌 마리와 길고 긴 산책길을 걸을 때 눈 뭉치와 막대기와 스컹크 똥에 구르는 것을 향한 자신의 애정을 떠올렸다. 바뀌는 계절 그리고 계절마다 다른 냄새를 향한 애정을. 진흙과 새싹을 향한 애정을. 수영과, 다리가 춤을 출 때 제멋대로 흔들리는 몸을 향한. 자신을 핥는 것을 향한. 그리고 다른 것들도.

고통과 외로움과 슬픔이 더 이상 마음속에서 가장 큰 것이 아니게 된 날까지.

녀석은 여전히 에밀리를 사랑했지만 이제 아르망과 렌 마리 또한 사랑했다.

그리고 그들은 녀석을 사랑했다.

그것이 집이었다. 녀석은 다시 집을 찾았다.

"아, 봉. 앙팡Ah, bon. Enfin 아 그래, 드디어." 렌 마리가 딸 아니와 사위 장 기를 현관 포치에서 맞으며 말했다.

작별 인사를 하는 사람들이 몰리면서 포치는 약간 혼잡했다.

장 기 보부아르는 마을 사람들에게 안부 인사와 작별 인사를 하면서 올리비에와 다음 날 아침 조깅 약속을 했다. 가브리는 조깅을 고려하기라도 했다는 듯 두 사람과의 조깅 대신 비스트로를 지키겠다는 제안을 했다.

보부아르가 루스에게 다가갔을 때, 그들은 서로 눈을 맞추었다.

"살뤼Salut 안녕하세요, 주정뱅이 늙은이."

"봉주르Bonjour 안녕, 멍청이."

루스는 로사를 안은 다음 보부아르에게 몸을 기울였고, 그들은 양 뺨에 키스했다. "냉장고에 자네를 위한 핑크 레모네이드가 있어." 그녀가 말했다. "내가 만들었지."

그는 그녀의 좋지 않은 손을 보며 그 캔을 따기가 쉽지 않았으리라는 것을 알았다.

"삶이 레몬을 주면……." 그가 말했다.

"그게 자네한텐 레몬을 줬군. 감사하게도 나에겐 스카치를 주었지."

보부아르가 웃음을 터뜨렸다. "제가 그 레모네이드를 즐길 게 확실하군요."

"음, 그 병에 부리를 담갔을 때 로사가 좋아하는 것 같더구먼."

루스는 베란다의 널찍한 나무 계단을 내려가 자연석이 깔린 길을 무시하고 밟아서 생긴, 집들 사이의 잔디에 난 길을 가로질렀다.

장 기는 루스가 현관문을 쾅 닫을 때까지 기다렸다가 집 안으로 가방을 옮겼다.

밤 10시가 넘었고, 손님은 모두 떠났다. 가마슈는 딸과 사위를 위해 남은 음식으로 저녁상을 차렸다.

"일은 어떤가?" 그가 장 기에게 물었다.

"나쁘지 않습니다, 파트롱patron 보스."

그는 아직 새 장인을 아르망이라고 부를 수 없었다. 혹은 아버지로. 가마슈가 은퇴한 이래 그를 경감님이라고 부를 수도 없었고, 게다가 그것은 이제 너무 형식적으로 들렸다. 그래서 장 기는 파트롱으로 정착했다. 보스. 존경심을 담으면서 격식을 차리지 않는 호칭이었다. 그리고 묘하게 정확한.

아르망 가마슈가 아니의 아버지일지언정 그는 언제나 보부아르의 파트롱일 터였다.

그들은 보부아르가 맡은 특정 사건에 대해 이야기를 나누었다. 장 기는 경감의 단지 흥미 이상의 징후를 경계했다. 실제로 그가 만든 퀘벡 경찰청 조직으로의 복귀를. 하지만 가마슈는 예의상의 관심을 보일 뿐으로, 그 이상의 징후는 눈에 띄지 않았다.

장 기는 오리 깃털이 있는지 살피며 자신과 아니의 잔에 핑크 레모네이드를 따랐다.

그들 넷은 양초가 깜빡이는 정원 테라스의 별빛 아래 앉았다. 저녁 식사와 설거지를 마치고 커피를 마시며 쉬고 있을 때, 가마슈가 장 기에게 몸을 돌렸다.

"잠깐 볼 수 있나?"

"그럼요." 그는 집 안으로 장인을 따라갔다.

렌 마리가 지켜보는 사이 서재 문이 천천히 움직였다. 그러더니 딸깍 닫혔다.

"마망Maman 엄마, 뭐예요?"

아니는 닫힌 문을 향한 엄마의 시선을 좇다가 미소가 얼어붙은 엄마의 얼굴을 돌아보았다.

그거였어. 렌 마리는 생각했다. 아르망이 아니와 장 기가 오고 있다는 것을 안 이른 저녁에 살짝 달라진 그의 어조. 그건 딸과 딸의 남편을 만난다는 즐거움 이상의 무언가였다.

그 중요성을 알아차리지 못하기에는 그녀는 자신의 집의 닫힌 문을 너무 많이 바라보았었다. 한쪽에는 자신. 다른 쪽에는 아르망과 장 기.

렌 마리는 늘 이 순간이 올 것을 알았다. 첫 번째 이삿짐 상자를 풀고 이곳에서 보낸 첫날 밤부터. 아르망 옆에서 깨어나 그날 무슨 일이 생길지 두려워하지 않았던 첫날 아침부터.

그녀는 이날이 올 것을 알았다. 하지만 그녀는 자신들에게 더 많은 시간이 있길 생각하고 바라고 기도했다.

"엄마?"

4

머나는 손잡이를 돌렸다가 클라라네 현관문이 잠긴 것을 알았다.

"클라라?" 그녀는 부르고 문을 두드렸다.

그들은 문을 잠그는 게 좋은 생각이리라는 것을 경험으로 알았지만 그들 누구도 문을 잠그는 경우는 드물었다. 하지만 마을 사람들은 자신들을 잠자리에서 안전하게 지키는 것이 자물쇠가 아니라는 것 또한 알았다. 그리고 자신들을 해치는 것이 열린 문이 아니라는 것도.

하지만 오늘 밤 클라라는 직접 빗장을 채웠다. 어떤 위험에 맞서서? 머나는 궁금했다.

"클라라?" 머나가 다시 노크했다.

클라라가 두려워하는 게 뭐지? 그녀가 들이지 않으려고 하는 게?

문이 확 열렸고, 친구의 얼굴을 보았을 때 머나는 답을 얻었다.

자신. 클라라는 자신을 들이지 않으려 하고 있었다.

뭐, 효과는 없었다. 머나는 자기 것처럼 친숙한 부엌으로 당당하게 들어갔다.

그녀는 주전자를 얹고 자신들이 늘 사용하는 머그잔에 손을 뻗었다. 그 안에 그녀는 티백을 떨구었다. 클라라에게는 카모마일을, 자신을 위해서는 민트를. 그런 다음 그녀는 성난 얼굴을 향해 돌아섰다.

"무슨 일이야? 대체 뭐가 문제야?"

장 기 보부아르는 편안한 안락의자에 기대 경감을 보았다. 가마슈 부부는 1층 침실 중 하나를 응접실로 바꾸었고, 질 샌던이 책으로 지은 오두막으로 보일 만큼 사방 벽과 창문과 문틀 주변까지 책장을 짜 놓았다.

경감 뒤로 보부아르는 자서전, 역사서, 과학책 들을 알아볼 수 있었다. 소설과 논픽션도. 프랭클린 원정대에 관한 두꺼운 책은 가마슈의 머리에서 솟아난 듯이 보였다.

그들은 장인과 사위가 아니라 동료로 몇 분간 이야기를 나눴다. 같은 난파선의 생존자로서.

"장 기는 볼 때마다 더 좋아 보이는구나." 렌 마리가 말했다.

그녀는 딸의 페퍼민트 티 향기를 맡을 수 있었고, 포치 조명에 나방 날개가 퍼덕이며 부딪히는 소리를 들을 수 있었다.

두 여자는 앞 베란다로 옮겨 아니는 그네에, 렌 마리는 의자 중 하나에 앉았다. 그들 앞에 몇몇 집의 호박색 불빛을 제외하고 이제 대부분 어둠 속에 잠긴 스리 파인스 마을이 펼쳐져 있었다.

두 여자는 어머니와 딸로서가 아니라 구명 뗏목에 함께 타 이제 마침내 마른땅에 오른 여자로서 이야기를 나누었다.

"장 기는 심리 치료사에게 다니고 있어요." 아니가 말했다. "그리고 AA알코올중독자 갱생회 모임에도 가고요. 한 번도 빠지지 않고. 이제는 거기 가길 고대하는 것 같지만 결코 인정하진 않겠죠. 아빠는요?"

"아빠는 물리치료를 하지. 우린 오래 산책해. 아빤 매일 더 멀리 갈 수 있단다. 심지어 요가를 하겠다는 말까지 하고 있어."

아니가 웃었다. 그녀의 얼굴과 몸은 파리의 런웨이가 아니라 좋은 식사와 벽난롯가의 책들과 웃음으로 만들어졌다. 그녀는 행복의 구성체였고, 행복을 구성했다. 하지만 아니 가마슈는 그것을 찾는 데 오래 걸렸다. 그것을 믿는 데.

그리고 조용한 여름밤인 지금에도 그녀의 일부는 그것이 사라질 것을 두려워했다. 다시. 총알과 주삿바늘에 의해. 작은 진통제 알약으로. 그건 너무 많은 고통을 야기했다.

그녀는 자리를 뒤척여 그 생각을 밀어냈다. 그녀는 모욕과 위협, 진짜와 상상의 경계선을 살피며 삶을 대부분 보낸 끝에, 행복에 대한 진짜 위협은 멀리 있는 점點에서 오는 게 아니라 그걸 찾는 데서 온다는 것을 알았다. 그걸 예상하는 데서. 그걸 기다리는 데서. 그리고 경우에 따라서는 그것을 창조하는 데서.

아버지는 아니가 미래의 잔해에서 산다고 농담처럼 비난했었다. 그녀는 어느 날 아버지의 눈을 깊이 들여다보고 아버지가 농담하는 게 아니라는 것을 알았다.

그는 그녀에게 경고하고 있었다.

하지만 그것은 특히 잃을 것이 많아진 지금에는 깨뜨리기 어려운 습관이었다. 그리고 그것을 전부 잃을 뻔했었다. 총알. 주삿바늘. 작은 알약에.

엄마가 그 모든 것을 잃을 뻔한 것처럼.

두 모녀는 한밤중에 전화를 받았었다. 빨리 오세요. 당장 오세요. 너무 늦기 전에.

하지만 너무 늦지 않았다. 완전히 늦지는.

그리고 아버지와 장 기는 회복했을지 몰라도 아니는 자신과 엄마가 정말로 회복할 수 있을지 확신하지 못했다. 전화벨 소리에서, 한밤중에 울리는 전화벨 소리에서.

하지만 지금 그들은 안전했다. 포치에서. 아니는 응접실 창문을 통해 네모진 불빛을 보았다. 아버지와 장 기가 앉아 있는 곳. 역시 안전한.

지금은.

아니야. 그녀는 자신에게 경고했다. 아니야. 위협은 없어.

그녀는 자신이 언제쯤 정말로 그걸 믿게 될지 궁금했다. 그리고 엄마가 그걸 믿는지 궁금했다.

"엄마는 매일 아침 마을 광장에서 태양을 경배The sun salutation 요가의 한 동작을 뜻하기도 한다하는 아빠를 볼 수 있어요?"

렌 마리는 웃음을 터트렸다. 웃기는 건, 그녀는 볼 수 있었다. 근사하진 않겠지만 그 동작을 하는 아르망을 상상할 수 있었다.

"아빠 정말로 괜찮아요?" 아니가 물었다.

렌 마리는 의자에서 몸을 돌려 문 위 포치 등을 보았다. 가볍게 전구를 치면서 시작한 나방의 날갯짓이 서늘한 밤의 뜨거운 전구를 몸으로 들이받는, 거의 정신 나간 퍼덕임으로 변해 있었다.

그녀는 아니를 향해 몸을 돌렸다. 그녀는 딸이 무엇을 묻고 있는지 알았다. 아니는 아버지의 육체적인 호전을 볼 수 있었다. 지금 딸이 걱정하는 것은 보이지 않는 것이었다.

"아빠는 일주일에 한 번 머나를 만나고 있어." 렌 마리가 말했다. "그게 도움이 돼."

"머나요?" 아니가 물었다. "머나?" 그녀는 잡화점, 빵집, 비스트로, 머나의 새 책과 헌책 서점으로 구성된 스리 파인스의 '상업 지구' 쪽을 손짓했다.

렌 마리는 딸이 머나를 서점 주인으로만 안다는 걸 깨달았다. 사실, 아니는 모든 마을 사람을 그들의 이전 삶이 아니라 여기의 삶으로만 알았다. 아니는 중고 책을 팔고 정원에서 자신들을 돕는 덩치 큰 흑인 여자가 은퇴한 심리 치료사, 랜더스 박사라는 사실을 알지 못했다.

이제 렌 마리는 이 마을에 새로 온 사람들이 자신과 아르망을 어떻게 볼지 궁금했다. 하얀 물막이벽 집에 사는 중년 부부를.

잡초 꽃다발을 만드는 살짝 정신 나간 마을 사람일까? 하루 지난 「라 프레스」 신문을 들고 포치에 앉아 있는? 어쩌면 자신들은 앙리의 보호자로 알려졌을 뿐인지도 몰랐다.

스리 파인스에 새로 온 사람들이 자신이 한때 퀘벡 국립도서관의 수석 사서였다는 사실을 알까?

그게 중요할까?

그리고 아르망은?

새로운 마을 사람은 그가 어떤 삶을 뒤로했다고 생각할까? 어쩌면 지적이고 거의 해독할 수 없는 일간지 「르 드브아」에 기고하는 언론 종사자? 그들은 그가 보풀이 인 카디건을 입고 긴 정치 논평을 쓰면서 세월을 보냈다고 생각할까?

보다 눈썰미 있는 관찰자라면 그가 몬트리올 대학의 교수였다고 짐작할지도 몰랐다. 역사와 지리와 그 둘이 충돌했을 때 일어나는 것에 열정적인 자상한 교수.

스리 파인스에 새로 온 누군가가, 셰퍼드에게 공을 던지거나 비스트로에서 스카치를 홀짝이는 남자가 한때 퀘벡에서, 캐나다에서 가장 유명한 형사였다는 사실을 추측이라도 할까? 매일 아침 태양을 경배하는 덩치 큰 남자가 한때 직업으로 살인자들을 사냥했다는 사실을 그들이 짐작할까, 짐작할 수 있을까?

렌 마리는 아니기를 바랐다.

그녀는 그것들을 뒤로했다고 감히 생각했다. 그 삶은 이제 기억 속에서만 존재한다고. 그 삶은 마을을 둘러싼 산을 배회했지만 이곳에 자리하지 않았다. 이제 그것들의 자리는 없었다. 퀘벡 경찰청의 살인 수사과 수장 가마슈 경감은 자신의 임무를 다했다. 이제 누군가 다른 이의 차례였다.

하지만 응접실 문이 닫히는 모습을 떠올린 렌 마리의 심장은 조여들었다. 그리고 그 딸깍 소리.

나방은 여전히 조명 주변에서 펄럭거리며 전구에 부딪히고 충돌했다.

원한 것이 온기인지 렌 마리는 궁금했다. 나방이 쫓는 것은 빛일까?

아플까? 렌 마리는 궁금했다. 백열전구에 내려앉아 날개, 실 같은 작은 다리를 그슬린 다음 몸을 밀어내는 것은. 그 빛이 나방에게 그토록 절실히 원하는 것을 주지 않아 아플까?

그녀는 일어나 포치 조명을 껐고, 몇 분 뒤 날갯짓이 멎었고, 렌 마리는 자신의 평화로운 자리로 돌아왔다.

이제 조용하고 어두웠다. 응접실 창문으로 비치는 버터 같은 불빛 빼고는. 침묵이 자라자 렌 마리는 자신이 나방에게 호의를 베풀었는지 궁금했다. 생명을 구했지만 나방의 목적을 앗아 갔을까?

이내 날갯짓이 다시 시작됐다. 필사적으로 펄럭이는. 섬세하고 끈질긴 작은 날갯짓. 나방은 포치를 떠났다. 이제 나방은 아르망과 장 기가 앉은 방 창을 때리고 있었다.

나방은 자신의 빛을 찾았다. 결코 포기하지 않을 터였다. 그럴 수 없었다.

렌 마리는 일어나 딸이 지켜보는 앞에서 포치 등을 다시 켰다. 그것은 나방의 본성이었다. 그리고 렌 마리가 얼마나 원하든 상관없이 그녀는 그것을 막을 수 없었다.

"아니는 어떤가?" 가마슈가 물었다. "행복해 보이던데."

아르망은 딸 생각에 미소를 짓고, 아니가 장 기와 결혼하던 날 마을 광장에서의 딸과의 춤을 떠올렸다.

"아니가 임신했는지 물으시는 겁니까?"

"물론 아닐세." 경감이 잘라 말했다. "자넨 어떻게 그런 생각을 할 수 있나?" 그는 커피 테이블 위의 문진을 집었다가 내려놓은 다음 전에 한 번도 쥐어 본 적이 없었다는 듯이 그 책을 만지작거렸다. "그건 내가 상관할 일이 아니지." 그는 의자에서 몸을 세웠다. "자넨 내가 임신만이 그 애를 행복하게 할 거라고 생각하는 줄 아나? 내가 어떤 사람이라고 생각하는 건가? 어떤 아빠라고?" 그는 맞은편의 젊은이를 응시했다.

장 기 보부아르는 평소답지 않은 거센 반응을 지켜보며 담담히 시선을 되받았다.

"물으셔도 괜찮습니다."

"아니가 임신했나?" 가마슈가 몸을 앞으로 기울이며 물었다.

"아뇨. 저녁 식사 때 와인을 한 잔 마시더군요. 눈치 못 채셨어요? 대단한 형사시네요."

"더 이상은 아니지." 그는 장 기와 눈을 맞추었고, 두 사람 모두 미소 지었다. "알겠지만 정말로 묻는 건 아니었네." 가마슈가 진심을 담아 말했다. "난 그 애가 행복하길 바랄 뿐이야. 그리고 자네도."

"행복합니다, 파트롱."

두 남자는 자신들만이 알아볼 수 있는 상처를 찾아 서로를 응시했다. 자신들만이 진짜임을 알 치유의 징후를 찾아.

"그리고 파트롱은요? 행복하십니까?"

"그래."

보부아르는 캐물을 필요가 없었다. 거짓말을 들으며 경력을 쌓은 그는 들으면 진실임을 알았다.

"이자벨은 어떻게 지내나?" 가마슈가 물었다.

"경감 대행 라코스트 말입니까?" 보부아르가 미소 지으며 말했다. 경감이 은퇴하면 자신의 자리가 되리라고 한때 모두가 짐작했던 경찰청 살인 수사과의 수장 자리를 자신의 프로테제protégée 부관가 물려받았다. 하지만 장 기는 그간 있었던 일을 은퇴로 묘사하는 것이 정확하지 않다는 것을 알았다. 그것을 예측 가능하게 들리게 한 일. 아무도 경찰청 살인 수사과의 수장이 경찰을 그만두고 너무 작고 외져서 어떤 지도에도 나타나지 않는 마을에 집을 사게 한 그 일련의 사건을 예측할 수 없었다.

"이자벨은 잘하고 있습니다doing fine."

"루스 자도의 '괜찮다fine'를 말하는 건가?" 가마슈가 물었다.

"거의요. 그녀는 수월하게 해낼 겁니다. 경감님을 롤 모델로 삼았으니까요."

루스는 가장 최근에 낸 얇은 시집을 『난 괜찮아I'm FINE』라고 불렀다. 읽은 사람만이 '괜찮아'가 망했고Fucked up, 위태롭고Insecure, 신경과민이고Neurotic, 자기중심적Egotistical을 의미한다는 걸 깨달았다.

이자벨 라코스트는 적어도 일주일에 한 번 가마슈에게 전화했고, 그들은 한 달에 두어 번 몬트리올에서 만나 점심을 먹었다. 항상 경찰청 본부에서 멀리서. 그는 새 경감의 권위를 자신이 손상하지 않게끔 그렇게 고집했다.

라코스트에게는 이전 수장만이 답할 수 있는 질문들이 있었다. 때로는 절차적인 문제들이기도 했지만, 종종 보다 심오하고 인간적인 질문들이었다. 불확실성과 불안정성에 대한. 자신의 두려움들에 대한.

가마슈는 귀를 기울였고, 때로 자신의 경험을 말했다. 그녀가 받은 느낌이 자연스럽고 정상적이고 건강한 거라고 다독이면서. 그는 자신의 경력 내내 거의 매일 그 모든 걸 느꼈다. 자신이 엉터리여서 아니라 두려웠기에. 전화가 울리거나 노크 소리가 나면 그는 자신이 해결할 수 없는 생사가 달린 문제일까 봐 걱정했다.

"신입이 들어왔어요, 파트롱." 주초에 르 파리에서 점심을 먹으면서 이자벨이 그에게 말했다.

"아, 위Oui 그래?"

"막 경찰학교를 졸업한 젊은 수사관이에요. 애덤 코언이요. 그를 아실 것 같은데요."

경감은 미소 지었다. "메르시, 이자벨."

젊은 무슈 코언은 첫 시도에서 낙제하고 교도소에서 교도관으로 일했다. 가마슈는 몇 달 전에 코언을 만났었다. 거의 모든 이가 경감을 공격하고 있었을 때. 직업적으로. 개인적으로. 그리고 마침내 물리적으로. 하지만 애덤 코언은 그의 옆에 섰다. 달아나지 않았다. 그럴 만한 모든 이유가 있는데도 불구하고. 자신의 목숨을 구하는 것을 포함해서.

경감은 잊지 않았다. 그리고 위기가 지나갔을 때 가마슈는 경찰학교의 수장과 접촉해 코언에게 드문 두 번째 기회를 주라고 부탁했다. 그런 다음 그는 그 젊은이를 개인 지도 하고 인도했다. 격려했다. 그리고 졸업식이 열리는 동안 홀 뒤쪽에 서서 그에게 박수를 보냈다.

가마슈는 이자벨에게 코언을 맡아 달라고 부탁했다. 필수적으로 그를 그녀의 날개 밑에 품으라고. 그는 그 젊은이에게 더 나은 멘토를 상상할 수 없었다.

"코언 수사관은 오늘 아침에 일을 시작했어요." 라코스트가 퀴노아와 페타 치즈와 석류가 든 샐러드를 포크 한가득 가져가며 말했다. "그를 사무실로 불러서 지혜로 이끄는 네 가지 진리가 있다고 말해 줬죠. 한

번만 말할 테니까 알아서 하라고요."

아르망 가마슈는 접시에 포크를 내려놓고 들었다.

"모릅니다. 제가 틀렸습니다. 죄송합니다." 라코스트가 손가락을 세워 하나씩 세며 천천히 말했다.

"도움이 필요합니다." 경감이 그렇게 말하며 그 진리를 완성했다. 그가 수년 전에 젊은 라코스트 수사관에게 가르쳤던 것들. 그가 자신의 모든 신입 수사관에게 읊었던 것들.

그리고 이제 스리 파인스의 집에 앉아서 그가 말했다. "자네의 도움이 필요하네, 장 기."

보부아르는 조용해졌고, 긴장했고, 짧게 고개를 끄덕였다.

"클라라가 오늘 아침 나를 만나러 왔네. 그녀는……," 가마슈가 말을 찾았다. "혼란스러워하더군."

보부아르가 몸을 숙였다.

클라라와 머나는 클라라네 뒤뜰에 있는 큼직한 목재 애디론댁 의자에 나란히 앉았다. 귀뚜라미와 개구리가 울고 있었고, 이따금 두 여자는 검은 숲에서 부스럭대는 소리를 들었다.

그 소리 아래로, 그 소리 너머로 산에서 졸졸 흐르는 벨라벨라강이 마을을 지나 반대편으로 빠져나갔다. 크게 서두름 없이 집을 향해.

"난 참을 만큼 참았어." 머나가 말했다. "이제 문제가 뭔지 내게 말할 필요가 있어."

어둠 속에서도 머나는 클라라가 자신에게 몸을 돌렸을 때 친구의 얼굴에 떠오른 표정을 알았다.

"참아?" 클라라가 물었다. "파티가 끝난 지 한 시간 됐거든."

"좋아, '참았다'는 틀린 말이었는지 몰라. 난 걱정했어. 그리고 그건 그냥 저녁 식사 이후부터가 아니야. 매일 아침 아르망과 앉아 있는 이유가 뭐야? 그리고 오늘은 둘 사이에 무슨 일이 있었던 거야? 자기는 사실상 그에게서 달아났잖아."

"눈치챘어?"

"맙소사, 클라라, 그 벤치는 스리 파인스의 언덕 꼭대기에 있어. 차라리 네온사인에 앉아 있지 그랬어."

"숨으려고 하진 않았어."

"그럼 성공했네." 머나가 목소리를 누그러뜨렸다. "나한테 말해 줄 수 있어?"

"맞혀 볼래?"

머나는 온몸을 돌려 자신의 친구를 마주했다.

클라라는 벽이나 천장을 칠하다가 튄 작은 얼룩이 아닌 물감을 흐트러진 머리에 여전히 묻히고 있었다. 오커와 카드뮴옐로 자국이었다. 그리고 목에는 멍 같은 짙은 적갈색 지문이 찍혀 있었다.

클라라 모로는 초상화를 그렸다. 그리고 그 과정에서 그녀는 종종 자신을 칠했다.

정원으로 가는 길에 머나는 클라라의 스튜디오를 흘끗 들여다봤고, 이젤에 놓인 클라라의 최신작을 보았다. 유령 같은 얼굴이 캔버스에 막 나타나거나 사라지는 중이었다.

머나는 친구의 초상화들에 놀랐다. 표면상 그것들은 단순한 개인의 묘사였다. 근사한. 인정할 만한. 극히 평범한. 하지만…… 하지만 그 작품 앞에 충분히 오래 서면, 자신의 신념을 흘려보내면, 방어막을 내리면, 모든 판단을 놓아 버리면, 그러면 또 다른 초상이 나타났다.

클라라 모로는 사실 얼굴들을 그리지 않았고, 그녀는 예의 바른 외면 이면의 잠기고 보호되고 숨겨진 감정들, 느낌들을 그렸다.

그 작품들은 머나의 숨을 멎게 했다. 하지만 초상화가 실제로 그녀를 두렵게 한 것은 이번이 처음이었다.

"피터구나." 머나는 그들이 서늘한 밤공기 속에 앉아 있을 때 그렇게 말했다.

그녀는 이 대화와 그 으스스한 초상화 둘 다 피터 모로에 관한 일이라 는 것을 알았다. 클라라의 남편.

클라라가 끄덕였다. "그가 집에 오지 않았어."

"그래서요?" 장 기가 말했다. "뭐가 문제죠? 클라라와 피터는 별거하 지 않았습니까?"

"그래, 일 년 전에." 가마슈가 동의했다. "클라라가 그에게 떠나라고 했지."

"기억합니다. 그럼 왜 그녀는 그가 집에 오길 기대하죠?"

"그들은 서로 약속했네. 일 년 동안 연락하지 않기로 했지만 그가 떠 난 일주년에 피터가 돌아와 그들이 어디쯤 있는지 알아보기로."

보부아르는 무의식적으로, 마주한 남자를 따라 안락의자에 기대며 다 리를 꼬았다.

그는 가마슈가 방금 한 말을 생각했다. "하지만 피터가 돌아오지 않 았군요."

"난 기다렸어."

클라라는 더 이상 뜨겁지는 않지만 위안이 될 만큼은 따뜻한 자신의 머그잔을 들었다. 밤은 서늘하고 고요했고, 그녀는 자신의 차에서 피어오르는 카모마일 향을 맡을 수 있었다. 그리고 클라라는 옆의 머나를 볼 수 없었지만 그녀를 느낄 수 있었다. 그리고 따뜻한 민트 향도 맡을 수 있었다.

그리고 머나는 침묵할 만큼 눈치가 있었다.

"일주년은 사실 몇 주 전이었어." 클라라가 말했다. "나는 무슈 벨리보에게서 와인 한 병과 스테이크 두 덩이를 샀고, 피터가 좋아하는 오렌지, 아루굴라, 염소 치즈가 든 샐러드를 만들었어. 바비큐에 숯을 피웠고. 그리고 기다렸어."

말하진 않았지만 그녀는 다음 날 아침을 위해 사라네 불랑제리에서 크루아상도 샀다. 혹시 몰라서.

지금 그녀는 너무 바보 같다고 느껴졌다. 그녀는 도착해 자신을 보고 자신을 안는 그를 상상했었다. 사실, 보다 극적인 순간은, 눈물을 터뜨리며 바보 같은 짓을 한 것에 대해 용서를 구하는 그를 보는 것이었다.

자신은 물론 냉정하고 침착할 터였다. 다정하겠지만 그 이상은 아닌.

하지만 늘 피터의 친숙한 포옹 속에서 자신이 비어트릭스 포터의 창조물 같다고 느낀 것은 사실이었다. 자신의 우스꽝스러운 작은 집 안의 티기윙클 아줌마. 그녀는 그의 품 안에서 피난처를 발견했었다. 그곳이 자신이 속한 곳이었다.

하지만 그 삶은 동화, 환상으로 드러났다. 여전히 나약, 망상 혹은 희망의 순간에 그녀는 그 크루아상들을 샀다. 저녁 식사가 아침 식사가 될 경우를 대비해서. 아무것도 변하지 않았을 때를 대비해서. 모든 것이 변했을 때나. 혹은 피터가 변했고, 더 이상 똥 같지 않을 때를 대비해서.

그녀는 바로 이 의자에 앉아 팔걸이에 남은 커피 잔 자국에 커피 잔을 내려놓는 자신들을 상상했었다. 부스러지는 크루아상을 먹는. 조용히 얘기하면서. 아무 일도 일어나지 않은 듯이.

하지만 그해에 클라라에게는 많은 일이 있었다. 이 마을에. 자신들의 친구들에게.

하지만 지금 그녀가 정신 팔린 것은 피터에게 일어난 일이었다. 그 질문이 그녀의 머리를 점령한 다음 그녀의 마음을 앗아 갔고, 이제 그녀를 완전히 인질로 삼았다.

"왜 더 일찍 말하지 않았어?" 머나가 물었다. 그 질문이 비난이 아니었다는 것을 클라라는 알았다. 거기엔 비난도 판단도 없었다. 머나는 이해하고 싶을 뿐이었다.

"처음엔 날짜를 착각했나 보다고 생각했어. 그런 다음엔 화가 나서 생각했지. 엿이나 먹으라고. 그걸로 이 주는 괜찮았어. 그런 다음……,"

그녀는 항복하듯 양손을 들어 올렸다.

머나는 차를 마시며 기다렸다. 그녀는 자신의 친구를 알았다. 클라라는 주저하는 것일지도, 망설이는 것일지도, 비틀거리는 것일지도 몰랐다. 하지만 그녀는 절대 항복하지 않았다.

"그런 다음엔 겁이 났어."

"뭐가?" 머나의 목소리는 차분했다.

"몰라."

"자긴 알아."

오랜 침묵이 있었다. "난 두려웠어." 마침내 클라라가 말했다. "그가 죽었을까 봐."

그리고 여전히 머나는 기다렸다. 그리고 기다렸다. 그리고 자신의 머그잔을 동그라미들에 내려놓았다. 그리고 기다렸다.

"그리고," 클라라가 말했다. "난 그가 죽지 않았을까 봐 두려웠어. 그가 집에 오지 않은 이유가 오기 싫어서였을까 봐."

"살뤼." 아니가 포치에 있는 자신들에게 다가온 남편에게 말했다. 그녀는 그네 위 자기 옆자리를 토닥거렸다.

"지금은 안 돼." 장 기가 말했다. "하지만 내 자릴 맡아 놔. 몇 분 안에 올게."

"그때쯤이면 난 침대에 있을 거야."

보부아르는 무언가 말하려다가 이내 자신들이 어디 있는지, 누가 함께 있는지 떠올렸다.

"나가?" 렌 마리가 일어서서 자신의 허리에 팔을 감는 아르망에게 물었다.

"오래는 아니고."

"창문에 촛불 켜 놓을게." 그녀는 말했고, 미소 짓는 그를 보았다.

그녀는 마을 광장을 느긋하게 가로지르는 아르망과 자신들의 사위를 지켜봤다. 처음에 그녀는 그들이 자기 전에 한잔하러 비스트로로 향하고 있다고 생각했지만, 이내 그들은 오른쪽으로 방향을 틀었다. 클라라네 집 불빛 쪽으로.

그리고 렌 마리는 그들이 그녀의 문을 두드리는 소리를 들었다. 부드럽고, 부드럽고, 끈질긴 노크 소리를.

"그에게 얘기했어요?"

클라라는 가마슈에게서 장 기에게로 눈을 돌렸다.

그녀는 격노했다. 그녀의 얼굴이 자신의 팔레트 중 하나에 얼굴부터 떨어진 것처럼 시퍼레졌다. 디옥사진 퍼플dioxazine purple 보라색이 점점이 섞인 마젠타magenta 진홍색가 그녀의 목에서 올라왔다.

"사적인 것이었어요. 내가 당신한테 말한 건 사적인 일이었다고요."

"당신은 내 도움을 청했습니다, 클라라." 가마슈가 말했다.

"아뇨, 난 안 그랬어요. 사실, 난 당신에게 돕지 말라고 했죠. 내가 알아서 하겠다고. 이건 내 삶이고 내 문제예요. 당신 문제가 아니라. 모든 여자가 도움이 필요하다고 생각하세요? 내가 그저 해결해야 할 문제가 됐나요? 구해 줘야 할 약자가? 그래요? 위대하신 분께서 처리하기 위해 발걸음하셨군요. 내 예쁘장한 작은 머리로 걱정하지 말라고 말하러 여기 왔어요?"

머나의 눈조차 클라라의 머리에 대한 이 묘사에 휘둥그레졌다.

"잠깐 기다려요……," 얼굴이 알리자린 크림슨alizarin crimson 진홍색으로 변하고 있는 보부아르가 입을 열었지만 가마슈가 젊은이의 팔에 커다란 손을 얹었다.

"아니, 당신이 기다려요." 클라라가 보부아르에게 돌아서며 받아쳤다. 그녀 옆에서 머나가 그녀의 팔에 부드럽지만 단호한 손을 얹었다.

"내가 오해했다면 미안합니다." 가마슈가 그렇게 말했고, 그는 그렇게 보였다. "난 우리가 오늘 아침 얘기했을 때 당신이 내 도움을 바란다고 생각했습니다. 그게 아니면 왜 내게 왔습니까?"

그리고 사실이 그랬다. 단순한 사실.

아르망 가마슈는 그녀의 친구였다. 하지만 렌 마리가 더 가까운 친구였다. 마을의 다른 이들이 더 오랜 친구였다. 머나가 그녀의 단짝 친구였다.

그러면 왜 그녀는 매일 아침 그 벤치에 올라가 이 남자 옆에 앉았을까? 그리고 마침내 스스로 짐을 내려놓았을까? 그에게.

"글쎄, 당신이 틀렸어요." 자줏빛이 두피까지 번져 가는 클라라가 말했다. "여기서 지루하시다면, 경감님, 가서 다른 사람의 사생활을 염탐하시든가요."

보부아르조차 이 말에 숨을 들이쉬며 순간적으로 너무 충격을 받아서 할 말을 찾지 못했다. 그리고 이내 그는 말을 찾았다.

"지루해요? 지루하다고요? 파트롱이 뭘 제공하고 있는지 알고나 있습니까? 뭘 포기하는지요? 어떻게 그렇게 이기적인⋯⋯,"

"장 기! 그만."

그들 넷은 충격으로 침묵에 빠져 서로 응시했다.

"미안합니다." 가마슈가 클라라에게 작게 고개를 숙이며 말했다. "내가 잘못했네. 장 기."

보부아르는 클라라의 집을 떠나 비스트로를 향해 성큼성큼 걷는 가마슈를 따라잡으려 서둘렀다. 비스트로에 이르러 가마슈는 코냑을 주문했고, 보부아르는 콜라를 마셨다.

장 기는 맞은편의 남자를 살펴보았다. 그리고 서서히, 서서히 가마슈가 화나지 않았다는 사실이 그에게 분명해졌다. 그는 클라라를 돕겠다는 제안을 거절당하고 사적으로 모욕당한 것에 상처조차 받지 않았다.

보부아르는 술을 홀짝이며 앞을 응시하는 경감을 지켜보면서 아르망 가마슈가 그 순간 느낀 것은 안도뿐이라는 사실을 알았다.

5

환하게 밝은 다음 날 아침은 따뜻했다.

렌 마리는 현관문에서 포치로 나섰다가 나방을 밟을 뻔했다. 나방은 등 바로 아래 얼굴을 위로 하고 누워 황홀경에 빠진 듯 날개를 펼치고 있었다.

아르망, 렌 마리, 앙리는 한가로이 언덕에 올라 작은 교회를 지나, 오래된 물레방아를 지나, 옛 해들리 저택에 자리한 스파 리조트를 지났다. 그들은 터널을 이룬 나무 속을 걸었다. 그들은 전날과 그 전날 흙바닥에 찍힌 자신들의 발자국을 볼 수 있었다.

이내 발자국은 끊겼다. 하지만 그들은 계속 걸었다. 1백 미터 더. 언제나 조금 더 멀리. 충분히 멀리 가 돌아갈 시간이 될 때까지.

그 벤치에서 그들은 멈췄고, 앉았다.

"나침반처럼 보이네, 안 그래?" 렌 마리가 말했다.

아르망은 열정적이고 지치지 않는 앙리에게 공을 던져 준 다음 그녀가 한 말을 생각했다.

"당신이 맞아." 그가 미소 지었다. "이전엔 알지 못했는데."

스리 파인스 마을은 마을 잔디 광장을 둘러싸도록 조성되었다. 집들은 원형을 그렸고, 그 원에서 네 길이 사방위四方位처럼 뻗어 나왔다. 가마슈는 이제 그 길들이 실제로 북쪽, 남쪽, 동쪽, 서쪽을 향한 것인지 궁금했다.

스리 파인스가 나침반일까? 제 길을 벗어난 이들을 위한 이정표?

"클라라에 대해 말해 줄 수 있어?" 렌 마리가 물었다.

"나도 그럴 수 있으면 좋겠어, 몽 쾨르."

가마슈는 불행해 보였다. 그는 아내에게 거의 모든 것을 말했다. 경찰 생활을 하면서 그는 증거, 용의자, 자신의 의혹에 대해 그녀에게 말했었다. 그는 아내를 믿었고, 자신의 삶에 그녀를 포함하고 싶었기 때문에 그녀에게 말했다. 두 사람은 그가 다루었던 살인 사건들과 그녀가 국립도서관에서 다루었던 책들과 오래된 문서들에 대해 의견을 나누었다.

하지만 어떤 것들, 가마슈는 어떤 것들에 대해서는 비밀을 지켰다. 그가 아무에게도 말하지 않을 것들. 그리고 그는 렌 마리 역시 비밀이 있다는 걸 알았다. 그녀는 비밀을 지킬 것이었다.

"하지만 장 기에게는 말했잖아."

그것은 비난이 아니라 단순한 질문이었다.

"그건 실수였어. 클라라의 집에 그걸 의논하려고 갔을 때, 그녀는 내가 그러지 말았어야 했다는 걸 분명히 했지."

그는 살짝 얼굴을 찌푸렸고, 렌 마리는 클라라가 아주 분명히 했던 것이라고 짐작했다.

"하지만 그녀는 무언가에 당신의 도움을 원했어."

그녀의 목소리는 차분했지만 그녀의 심장은 고동쳤다. 렌 마리는 클라라가 아르망에게 도움을 구한다면 그것은 쥐덫을 놓거나 덤불을 자르거나 지붕을 고치는 일이 아니리라는 사실을 알았다. 클라라는 그 모든 걸 혼자 할 수 있었다.

그녀가 아르망에게 의지한다면, 그것은 그만이 제공할 수 있는 무언가였다.

"나는 그녀가 내 도움을 원한다고 생각했지." 그가 씩 웃고 고개를 저었다. "녹스는 데는 오래 걸리지 않나 봐. 신호를 놓친 거지."

"녹슬고 있는 게 아니야. 느긋해지고 있는 거지." 렌 마리가 말했다.

그녀는 그의 밝은 눈을 들여다보았고, 남편의 말에도 불구하고 그의 주의를 벗어나는 것이 많지 않다는 것을 알았다. 그리고 클라라가 도움을 청했다고 그가 생각했다면, 그녀가 그랬으리라는 것을. 다시 한번 렌 마리는 클라라가 도움을 구한 이유와 마음을 바꾼 이유가 궁금했다.

"당신이 그녀에게 도움을 줬을까?" 그녀가 물었다.

가마슈는 입을 열었다가 닫았다. 그는 옳은 답이 무엇인지 알았다. 하지만 그는 또한 진실한 답을 알았다. 그는 그 둘이 양립하는지 확신할 수 없었다.

"어떻게 안 그러겠어?" 이내 그 말이 얼마나 퉁명스럽게 들렸을지 깨닫고 그가 말을 이었다. "음, 이제 그건 탁상공론이야. 그녀는 내게 아무것도 원하지 않아."

"어쩌면 그저 들어 주길 바랐는지도 모르지." 렌 마리가 그의 무릎에 손을 올리고 일어섰다. "당신의 몸과 영혼이 아니라, 몽 비유mon vieux 여보.
귀만."

그녀는 몸을 굽혀 그에게 키스했다. "나중에 봐."

아르망은 언덕을 내려가는 아내와 앙리를 보았다. 그런 다음 그는 주
머니에서 책을 꺼낸 뒤 독서용 안경을 썼고, 책갈피가 있는 페이지를 펼
치고 망설이다가 맨 처음으로 돌아가 다시 읽기 시작했다.

"그다지 멀리 가진 않았네요."

가마슈는 책을 덮고 안경 너머로 올려다보았다. 클라라가 그의 앞에
카페오레 두 잔을 들고 서 있었다. 그리고 크루아상 봉투를.

"평화 제안이에요." 그녀가 말했다.

"파리 회담처럼요." 그가 그것을 받아 들며 말했다. "이게 분할에 대
한 거라면 나는 머나의 서점과 비스트로를 갖겠습니다."

"나한테 빵집과 잡화점을 남기고요?" 클라라는 고려했다. "전쟁이 예
상되는군요."

가마슈가 미소를 지었다.

"지난밤 일은 미안해요." 그녀가 앉았다. "그 모든 말은 하지 말았어
야 했어요. 당신은 친절하게 도우려고 했는데."

"아뇨, 그건 주제넘은 짓이었습니다. 당신이 자신을 돌볼 수 있고, 그
이상의 능력이 있다는 걸 나보다 더 잘 아는 사람은 없죠. 당신이 옳았
습니다. 내가 해결이 필요한 문제들에 익숙한 탓에 그게 사람들이 원하
는 거라고 지레짐작한 것 같습니다."

"신탁을 받는다는 건 어려울 거예요."

"당신은 짐작도 못 할 겁니다." 그는 웃음을 터뜨렸고, 가벼워진 기분을 느꼈다. 어쩌면 그녀는 자신이 그저 들어 주기를 바랐는지도 몰랐다. 어쩌면 자신에게 기대한 것이 없었는지도.

그들은 발밑에 부스러기를 흘리며 크루아상을 먹었다.

"뭘 읽고 있어요?" 그녀가 물었다. 그녀가 그렇게 분명하게 물은 건 처음이었다.

가마슈는 안에 이야기를 가두듯 커다란 손을 책 표지에 올리고 책을 덮었다.

그리고 가마슈는 손을 올려 그녀에게 책을 보였지만 그녀가 손을 뻗자 책을 물렸다. 거의 알아챌 수 없을 만큼 멀리. 하지만 충분히 뒤로.

"『길르앗의 유향The Balm in Gilead ‘Balm’에는 ‘위안’이라는 뜻도 있다』." 그녀는 제목을 읽고 자신의 기억을 더듬었다. "『길르앗』이라는 책이 있어요. 몇 년 전에 읽었죠. 메릴린 로빈슨이 지은. 퓰리처상을 받았죠."

"같은 책이 아닙니다." 가마슈가 장담해 클라라는 아니라는 것을 알 수 있었다. 이제 그가 주머니에 넣은, 그의 수중에 있는 책은 얇고 오래되었다. 닳았다. 읽고 또 읽어서.

"머나의 책 중 하난가요?" 클라라가 물었다.

"농Non 아니요." 그는 그녀를 유심히 살폈다. "피터에 대해 말하고 싶습니까?"

"아뇨."

파리 정상 회담은 교착 상태에 이르렀다. 그는 커피를 홀짝였다. 아침 안개가 거의 사라져 숲은 그가 볼 수 있는 곳까지 푸르게 펼쳐져 있었다. 아직 발견되지 않아 목재 산업에 쓰러지지 않은 오래된 숲이었다.

"그 책을 끝내시지 않네요." 그녀가 말했다. "읽기 어려운가요?"

"그렇습니다, 내게는요."

그녀는 잠시 침묵했다. "피터가 떠났을 때 난 그가 돌아올 거라 확신했어요. 아시다시피 빠른 결정을 강요한 사람은 나였어요. 그는 가고 싶어 하지 않았죠." 그녀는 고개를 숙이고 손을 들여다보았다. 아무리 세게 문질러도 그녀는 손톱 밑의 물감을 제거할 수 없을 것 같았다. 마치 그 물감은 그녀의 일부 같았다. 거기에 녹아든. "그리고 이제 그는 집에 오고 싶어 하지 않죠."

"피터가 다시 오기를 바랍니까?"

"모르겠어요. 피터를 볼 때까지는 모를 것 같아요." 그녀는 그의 주머니에서 막 삐져나온 책을 보았다. "왜 그게 그렇게 읽기 힘들죠? 영어로 쓰였지만 프랑스어만큼 영어를 잘 읽으시는 걸로 아는데요."

"세 브레C'est vrai 맞습니다. 말은 이해하지만 내가 힘든 건 그 책의 감정들이죠. 그게 나를 데려가는 곳이요. 세심하게 발을 디딜 필요가 있다고 깨닫죠."

클라라는 그를 뚫어지게 보았다. "괜찮으세요?"

그가 미소 지었다. "당신은요?"

클라라는 커다란 손으로 머리카락을 훑으며 크루아상 부스러기를 거기에 남겼다. "봐도 될까요?"

가마슈는 망설이다 주머니에서 책을 꺼내 그녀에게 건넸고, 자세히 보면 장전된 총을 건네기라도 한 듯 그의 몸이 일순 경직되었다.

표지가 낡은 얇은 양장본이었다. 그녀는 책을 뒤집었다.

"길르앗에 유향이 있어." 그녀는 뒤표지를 읽었다. "상처 입은 자를 온전히 치유하다니……."

"천국에는 충분한 힘이 있네. 죄로 고통받는 영혼을 치유할." 아르망 가마슈는 그 문장을 마쳤다. "오랜 종교에서 나온 구절이죠."

클라라가 뒤표지를 응시했다. "그걸 믿어요, 아르망?"

"네." 그가 그녀에게서 가져온 책을 너무 단단히 움켜쥐어서 그녀는 말들이 쥐어짜지길 반쯤 기대했다.

"그럼 왜 어려워하죠?"

그가 대답하지 않아서 그녀는 자신의 답을 얻었다.

문제는 말들이 아니라 상처에 있었다. 오래된 상처. 그리고 아마도 죄로 고통받는 영혼에.

"피터는 어디에 있을까요?" 그녀가 물었다. "그에게 무슨 일이 생겼을까요?"

"모르겠군요."

"하지만 그를 아시잖아요. 그가 그냥 사라질 부류인가요?"

가마슈는 클라라가 자신의 문제를 가져오기 전부터 알았던, 그에 대한 답을 알았다.

"아니요."

"그럼 그에게 무슨 일이 생긴 거예요?" 그녀가 그의 얼굴을 살피며 간청했다. "어떻게 생각하세요?"

무슨 말을 할 수 있을까? 뭐라고 해야 할까? 그럴 수 있었다면 피터모로는 집에 왔을 거라고? 모든 결점에도 불구하고 피터는 약속을 지키는 남자였고, 직접 나타날 수 없는 이유가 있다면 전화를 했거나 이메일을 보냈거나 편지를 썼을 것이었다.

하지만 아무것도 오지 않았다. 아무 말도.

"나는 알아야겠어요, 아르망."

그는 그녀에게서 시선을 돌려 끝없이 펼쳐진 숲을 바라보았다. 그는 이곳에 치유하러 왔었고, 어쩌면 숨으려고 왔다. 분명 휴식을 취하려고. 정원을 가꾸고 걷고 책을 읽으려고. 렌 마리와 자신들의 친구들과 시간을 보내려고. 아니와 장 기의 주말 방문을 즐기려고. 그가 해결하고 싶은 유일한 문제는 정원의 호스를 연결하는 법이었다. 유일한 혼돈은 비스트로에서 저녁 식사로 삼나무 판에 올린 연어를 먹을지, 브리 치즈와 바질 파스타를 먹을지였다.

"내 도움을 원합니까?" 그는 자신의 얼굴이 자신의 제안과 다른 말을 할 경우를 대비해 그녀를 감히 보지 않으면서, 마침내 물었다.

그는 바닥에 드리운 클라라의 그림자를 보았다. 그림자가 고개를 끄덕였다.

그가 눈을 들어 그녀와 눈을 맞추었다. 그리고 끄덕였다. "우리가 그를 찾을 겁니다."

그의 목소리에는 위안이, 자신감이 담겨 있었다.

클라라는 자신이 너무 많은 사람이 듣고 본, 같은 목소리를 듣고, 같은 얼굴을 보고 있다는 걸 알았다. 건장하고 차분한 남자가 그들 앞에 섰던 때. 그리고 그들에게 가장 큰 두려움을 건넸을 때. 그리고 그는 그런 짓을 한 괴물을 찾아내겠다고 그들에게 장담했다.

"그건 모를 일이에요. 미안해요, 아르망, 감사하지 않다는 의미가 아니라 분명 모를 일이에요."

"세 브레C'est vrai 맞습니다." 가마슈는 인정했다. "하지만 최선을 다하겠습니다. 그건 어떻습니까?"

그는 그녀가 질문에 대한 답을 들을 준비가 되었는지 묻지 않았다. 그는 클라라가 피터를 원하는 반면 평화도 원한다는 것을 알았다. 그녀는 감당할 만큼만 준비가 되어 있었다.

"괜찮으시겠어요?" 그녀가 물었다.

"그렇고말고요."

그녀는 그를 살폈다. "거짓말 같은데요." 이내 그녀가 그의 커다란 손을 만졌다. "고마워요." 그녀가 일어서자 그는 그녀를 따라 몸을 일으켰다. "용감한 나라의 용감한 남자로군요."

그는 그 말에 뭐라고 해야 할지 몰랐다.

"다른 『길르앗』에 나오는 기도예요." 클라라가 설명했다. "죽어 가는 아버지가 어린 아들을 위해 올리는 기도죠." 그녀는 기억을 떠올리며 잠시 생각에 잠겼다. 이내 그녀는 읊었다. "네가 용감한 나라의 용감한 남자로 자라나길. 네가 쓰일 길을 찾기를."

클라라가 미소를 지었다.

"내가 쓰임이 있기를 바랍니다." 그는 말했다.

"이미 그랬어요."

"이 일에 대해 누가 알면 좋겠습니까?"

"이제 모두에게 알리는 편이 낫겠어요." 그녀가 말했다. "우린 뭘 먼저 해야죠?"

"먼저요? 생각 좀 해 봅시다. 우린 집을 벗어나지 않고도 많은 걸 찾아낼 수 있을 겁니다." 그는 자신의 안도가 너무 명백히 드러나지 않기를 바랐다. 그는 그녀를 면밀히 살폈다. "아시겠지만 당신은 언제든 멈출 수 있습니다.”

“메르시, 아르망. 하지만 내가 내 삶을 다시 살아가려면 그가 왜 집에 오지 않았는지 알아야 해요. 그 답이 마음에 들 거라고 기대하지는 않아요.” 그녀는 그에게 확약했다. 그녀는 자리를 떠나 언덕을 내려갔다.

그는 다시 앉아 죽어 가는 아버지의 어린 아들을 위한 기도를 생각했다. 내 아버지는 충돌의 순간 나를 떠올리셨을까? 당신이 죽어 간다는 사실을 알아차린 순간에? 아버지는 집에서 결코 도착하지 않을 헤드라이트 불빛을 기다리는 어린 아들을 생각했을까?

난 여전히 기다리고 있는 걸까?

아르망 가마슈는 용감해져야만 하는 것을 원치 않았다. 더 이상. 이제 그가 원하는 것은 평화를 누리는 것뿐이었다.

하지만 클라라처럼 그는 용기 없이 평화를 누릴 수는 없다는 것을 알았다.

6

“우리가 가장 먼저 알 필요가 있는 건 피터가 떠난 이유입니다.”

가마슈와 보부아르는 클라라네 부엌의 소나무 테이블 한쪽에 앉았고,

클라라와 머나는 두 사람 맞은편에 앉아 있었다. 가마슈의 커다란 손이 테이블 위에 포개져 있었다. 그의 옆에서 장 기는 수첩과 펜을 꺼내 놓았다. 그들은 무의식적으로 10년 이상 함께 수사한 자신들의 오랜 역할과 습관에 돌입해 있었다.

보부아르는 무언가를 조사해야 할 필요에 대비해 자신의 노트북도 가져와 전화선으로 인터넷을 연결해 놓았다. 번호가 돌아갈 때마다 나는 고된 음악적 톤이 부엌을 가득 채웠다. 그리고 이내 인터넷이 생명체이고, 그것을 연결하는 게 아프다는 듯한 비명.

보부아르는 가마슈에게 주의성 시선을 보냈다. 그러지 마세요, 제발. 또 그런 말 마세요.

가마슈는 씩 웃었다. 스리 파인스에서 다이얼을 돌릴 때마다—이 숨겨진 마을에 닿는 다른 신호가 없기 때문에 인터넷에 연결하는 유일한 방법인— 경감은 장 기에게, 한때는 다이얼 접속조차 기적 같았다고 상기시키곤 했다. 성가신 게 아니라고.

"내 기억에⋯⋯," 경감은 입을 열었고, 보부아르의 눈이 커졌다. 이내 가마슈는 젊은이와 눈을 맞추고 미소를 지었다.

하지만 클라라에게 눈을 돌린 경감의 얼굴은 진지했다.

그녀는 깊은숨을 들이쉬고 마음을 먹었다.

일이 시작되었다. 피터를 찾는 탐색이 시작되었다.

"이유를 아시잖아요." 클라라가 말했다. "내가 그를 내쫓았어요."

"위." 가마슈가 인정했다. "하지만 왜 그랬습니까?"

"한동안 우리 사이가 좋지 않았어요. 아시다시피 피터의 경력이 일종의 침체 상태였던 반면, 내 일은⋯⋯,"

"……날개를 달았지." 머나가 말했다.

클라라가 끄덕였다. "난 피터가 그 문제로 힘들어하는 걸 알았어요. 난 내가 그의 성공에 행복해했듯이 그가 결국엔 질투심을 극복하고 나를 위해 기뻐해 주리라고 생각했어요. 그리고 그는 그러려고 노력했죠. 그런 척했고요. 하지만 난 그가 그렇지 않다는 걸 알 수 있었어요. 나아지는 대신 나빠지고 있었죠."

가마슈는 경청했다. 피터 모로는 오랫동안 이 가족 중 더 유명한 화가였다. 실은, 퀘벡에서 가장 유명한 화가 중 한 명이었다. 캐나다에서. 그의 수입은 대단치 않았지만 그들이 살기에 충분했다. 그는 이 가족을 부양했다.

그가 고통스러우리만치 세밀하게, 극도로 천천히 그림을 그렸다면, 클라라는 매일 아무렇게나 작품을 내놓는 듯이 보였다. 그것이 예술품인지의 여부로 토론의 장이 열렸다.

피터의 창작물들이 구성 요소에 대한 아름다운 통찰이었던 반면, 그의 아내가 그녀의 작업실에서 생산해 낸 것에는 통찰거리가 없었다.

클라라의 작품들은 활기가 넘쳤다. 생생하고, 살아 있고, 종종 우스꽝스럽고, 종종 당황스러울 만큼 솔직했다. 그녀의 자궁 전사 연작, 그녀의 고무장화 연작, 그녀의 창녀 텔레비전들은.

예술을 사랑하는 가마슈조차 그 대부분을 이해하는 데 어려움을 겪었다. 하지만 그는 그걸 보면서 기쁨을 알아차렸고, 클라라의 작품들은 기쁨으로 가득했다. 창조의 순수한 기쁨. 매진하는. 앞으로 뻗어 나가는 기쁨. 탐색하며. 탐구하며. 밀어붙이며.

그리고 이내 돌파구가 열렸다. 〈삼덕의 성녀〉.

어느 날 클라라는 다시 또 다른 무언가를 시도하기로 결정했다. 이번에는 그림을. 그리고 그녀의 대상은 이웃의 세 노인이었다. 친구들.

베아트리스, 케이 그리고 에밀리. 앙리를 구조한 에밀리. 가마슈의 집을 소유했던 에밀리.

삼덕의 성녀. 클라라는 자신의 집으로 그들을 초대해 그들을 그렸다.

"봐도 될까요?" 가마슈가 물으며 그녀의 스튜디오 쪽을 가리켰다.

클라라가 일어섰다. "그럼요."

그들은 모두 부엌을 지나 그녀의 스튜디오로 향했다. 너무 익은 바나나와 페인트와 마음을 끄는 테레빈유와 묘하게 무언가를 떠올리게 하는 냄새가 났다.

클라라가 불을 켜자 방이 얼굴들로 살아났다. 사람들이 벽과 이젤에서 그들을 보았다. 한 캔버스에 아이들이 생각하는 유령처럼 천이 씌워져 있었다. 그녀는 자신의 최근작을 가려 놓았다.

가마슈는 자신을 지켜보고 있는 듯한 다른 작품들에 시선을 돌리지 않으려 애쓰면서 그걸 지나쳐 스튜디오를 곧장 가로질렀다.

그는 가장 먼 벽에 있는 커다란 캔버스 앞에서 멈췄다.

"모든 게 이 작품으로 바뀌지 않았습니까?" 그가 말했다.

클라라 역시 그걸 응시하며 고개를 끄덕였다. "더 좋게, 그리고 더 나쁘게요. 그건 피터의 생각이었어요. 주제 문제로가 아니라, 그는 내게 설치 작품들을 그만두고 계속 그림을 시도하라고 했죠. 자신처럼요. 그래서 난 그랬어요."

그들 넷은 벽에 걸린 세 명의 나이 든 여성들을 응시했다.

"난 그들을 그리기로 했어요." 클라라가 말했다.

"위." 가마슈가 말했다. 그것만큼은 분명했다.

"아뇨." 클라라가 웃으며 말했다. "내 계획은 실제로 그들에게 그리는 거였어요. 그들에게 바로 물감을 칠하는 거죠. 그들은 나체로 서고요. 베아트리스는 녹색이 될 거였죠. 심장의 차크라요. 케이는 파란색이 될 거였고요. 목의 차크라요. 그녀는 말이 많았죠."

"파란 줄무늬." 머나가 분명히 했다.

"그리고 에밀리는 보라색이 될 거였어요." 클라라가 말했다. "왕관의 차크라죠. 신과의 일체."

보부아르가 자신이 막 인터넷에 연결된 것처럼 작게 끽 소리를 냈다. 가마슈는 그가 눈을 굴리는 걸 느낄 수 있었지만 무시했다.

클라라가 보부아르를 향했다. "알아요. 미쳤죠. 하지만 그들은 기꺼이 그렇게 하려고 했어요."

"그래서 그들을 칠했습니까?" 보부아르가 물었다.

"음, 그러려고 했지만 보라색이 충분하지 않다는 걸 깨달았고, 에밀리를 반만 마친 채 둘 순 없었어요. 난 그들을 집으로 보내려고 했는데, 그때 에밀리가 그냥 자기들의 초상화를 그리라고 제안했어요. 난 그렇게 열광적이지 않았죠. 초상화를 그린 적이 없었거든요."

"왜죠?" 가마슈가 물었다.

클라라는 그에 관해 생각했다. "그게 너무 구식 같았던 것 같아요. 아방가르드가 아니라서요. 창조적이지 않고요."

"그래서 그들의 초상화가 아니라 그 사람을 칠했다고요?" 보부아르가 물었다.

"바로 그래요. 꽤 창조적이잖아요, 안 그래요?"

"그렇게 말할 수도 있겠죠." 그는 그렇게 말한 다음 '메르드_{merde 젠장}'처럼 들리는 무언가를 중얼거렸다.

가마슈는 캔버스로 다시 몸을 돌렸다. 그는 그 세 여자를 모두 만나 봤지만 클라라가 그린 그들은 늘 그에게 충격을 주었다. 그들은 늙었다. 지쳤고. 주름졌고. 갈라졌다. 그들의 옷은 편안하고 실용적이었다. 부분적으로 보면 그림에서 그들에게 주목할 점은 없었다.

하지만 전체적으로는? 클라라가 포착한 것은? 그것은 숨이 멎을 듯했다.

에밀리, 베아트리스, 케이는 서로에게 손을 뻗고 있었다. 움켜쥐는 게 아니라. 이 여성들은 가라앉고 있지 않았다. 그들은 서로에게 매달리고 있지 않았다.

세 사람 모두 서로 함께하는 기쁨이 정직하게 드러난 얼굴로 웃고 있었다.

자신의 첫 초상화에서 클라라는 친밀감을 포착했다.

"그럼 이건 실수였습니까?" 보부아르가 그림을 가리키며 말했다.

"뭐, 그렇게 말할 수도 있겠죠." 클라라가 말했다.

"그리고 피터는 이걸 보고 뭐라고 했습니까?" 가마슈가 물었다.

"그인 아주 훌륭하지만 내가 원근법을 좀 더 연습해야 할 것 같다고 하더군요."

가마슈는 치미는 분노를 느꼈다. 이것은 또 다른 형태의 살인이었다. 피터 모로는 아내가 아닌, 그녀의 창작품을 죽이려고 했다. 그는 분명 천재의 작품을 알아봤고, 그것을 망치려 했다.

"그가 그때 무슨 일이 일어날지 알았다고 생각하십니까?" 보부아르가 물었다.

"난 누구도 무슨 일이 일어날지 알았을 거라고 생각지 않아요." 클라라가 말했다. "난 분명히 몰랐고요."

"하지만 난 그가 짐작했으리라 생각해요." 머나가 말했다. "그가 〈삼덕의 성녀〉를 보고 '일곱 번째 언덕의 서고트인로마 변방에 살던 부족으로 410년에는 로마까지 침략할 정도로 번성했다'을 봤을 거라 생각해요. 그는 자신의 세계가 변화할 참이라는 걸 알았어요."

"왜 그가 클라라를 위해 기뻐하지 않았을까요?" 가마슈가 머나에게 물었다.

"질투해 본 적 있어요?"

가마슈는 그에 대해 생각했다. 그는 승진에서 누락되었었다. 젊은 시절, 그가 반했던 여자들은 그의 친구 중 하나와 데이트하려고 그를 거절했다. 그것은 어린 마음에 얼마간 상처를 입혔다. 하지만 그를 사로잡고 그의 마음을 좀먹은 질투에 가장 가까웠던 감정은 부모와 함께 있는 다른 아이들을 보는 것이었다.

그는 그 이유로 그들을 증오했다. 그리고 가엾게도 그는 자신의 부모를 증오했다. 거기에 없었기 때문에. 자신을 남겨 두었기 때문에.

"그건 산을 마시는 것과 같아요." 머나가 말했다. "그리고 다른 사람이 죽기를 기대하는 것과요."

가마슈가 끄덕였다.

그게 피터가 이 그림을 보면서 느낀 감정일까? 피터가 그의 첫 번째 산을 들이마셨을까? 〈삼덕의 성녀〉를 보았을 때, 그는 얼어붙는 감정을 느꼈을까?

가마슈는 피터 모로를 잘 알았고, 지금도 그가 클라라를 온 마음을 다해 사랑한다는 사실을 의심하지 않았다. 그리고 그것이 상황을 악화시켰으리라. 그 여자를 사랑하지만 그녀의 창작품을 증오하고 두려워하는 것. 피터는 클라라가 죽기를 바라지 않았지만 거의 분명 그녀의 그림이 죽기를 바랐다. 그리고 그는 그것들을 죽이기 위해 그가 할 수 있는 일을 했다. 조용한 말 한마디로, 암시로, 제안으로.

"봐도 될까요?" 가마슈가 복도 저편 닫힌 스튜디오 문을 가리켰다.

"네." 클라라가 앞장섰다.

피터의 스튜디오는 깔끔했고, 정돈이 되어 있었고, 차분했다. 클라라의 무질서에 비하면 고요했다. 살짝 레몬 향이 감도는 물감 냄새가 났다. 플레지Pledge 방취제 상표군. 가마슈는 생각했다. 혹은 레몬 머랭 파이.

벽은 피터의 주의 깊고 탁월하게 수행된 창작을 위한 습작들로 덮여 있었다. 경력 초기에 피터는 단순한 대상을 취해 그것을 확대하면 추상적으로 보인다는 것을 발견했다.

그리고 그것이 그가 그리는 것이었다. 그는 지극히 평범한 무언가, 잔가지나 나뭇잎처럼 흔하게 보는 자연적인 것을 가까이 관찰하면 추상적이고 비자연적으로 보인다는 사실을 사랑했다.

처음에 그것은 사람들을 흥분시켰다. 신선하고 새로운 그의 그림들은 미술계에 돌풍을 일으켰다. 하지만 근본적으로 같은 것이 10년, 20년 반복되자……

가마슈는 피터의 작품들을 보았다. 그것들은 극적이었다. 처음 보기에는. 그리고 이내 그것들은 희미해졌다. 그것들은 결국 굉장한 데생 실력의 사례들이었다. 피터 모로가 그린 작품은 착각의 여지가 없이 1.5킬로미터 밖에서도 알아볼 수 있었다. 잠시 감탄하다가 발길을 옮기는. 거기엔 핵심이, 어쩌면 메시지까지 있었지만 영혼은 없었다.

스튜디오 벽이 그의 작품들로 뒤덮여 있는데도 그 공간은 차갑고 텅 빈 느낌이 들었다.

가마슈는 앞에 있는 캔버스를 음미하며 자신도 모르게 여전히 클라라의 그림에 사로잡혀 있었다. 〈삼덕의 성녀〉의 실제 이미지는 기억 속에서 흐려질지 모르지만 그 작품에서 받은 느낌은 흐려지지 않을 터였다.

그리고 그 작품은 클라라의 최고작도 아니었다. 이후의 그녀의 작품들은 힘과 깊이가 더해졌을 뿐이었다. 그 작품들이 떠올리게 하는 모든 것에서.

하지만 이것들은? 피터의 캔버스들은 그에게 아무런 느낌을 주지 않았다.

피터의 경력은 클라라에게 일어난 일과 별개로, 결국 저절로 약화되었을 것이었다. 하지만 그녀의 예기치 않은 극적인 비상이 그의 몰락을 한층 예리하게 드러냈다.

하지만 번창한 것, 자라고 자란 것은 그의 질투심이었다.

클라라를 따라 스튜디오에서 나오면서 가마슈는 피터를 향한 자신의 분노가 일종의 연민으로 대체된 것을 깨달았다. 그 가엾은 놈은 가능성이 없었다.

"끝났다는 걸 언제 알았습니까?" 그가 물었다.

"결혼 생활이요?" 클라라가 생각했다. "실제로 그걸 직면하기 전일 거예요. 속에서 자랐달까요. 하지만 확실친 않았어요. 피터에 대한 내 감정이 진짜라는 건 불가능해 보였어요. 그리고 너무 많은 일이 일어난 혼란스러운 때였잖아요. 그리고 피터는 늘 크게 의지가 됐고요."

"자기가 실패하고 있었을 때는." 머나가 조용히 말했다.

그들은 이제 부엌에 서 있었다. 벽에는 그림이 없었지만 예술 작품의 역할을 하는 창문이 앞뒤로 스리 파인스와 정원을 틀에 담았다.

클라라는 머나가 한 말에 반발하려는 것처럼 보였다가 이내 그만두었다. 대신 그녀는 끄덕였다.

"웃기지, 피터를 옹호하는 데 너무 익숙해서 지금도 그러네. 하지만 자기가 옳아. 그는 내 작품을 결코 이해하지 못했어. 그는 그걸 견뎠어. 그가 견딜 수 없었던 건 내 성공이었어."

"상처가 됐겠군요." 보부아르가 말했다.

"충격적이었고 생각도 할 수 없었죠."

"아니요, 제 말은 그에게 상처가 됐겠다는 뜻입니다." 보부아르가 말했다.

클라라가 그를 보았다. "아마도요."

그녀는 보부아르를 보았고, 그가 그것이 어떤 느낌인지 안다는 것을 알았다. 자신이 사랑하는 사람들을 등지기. 동료를 위협으로 보고 친구를 적으로 보기. 산 채로 먹히기. 내면에서부터.

"그에 대해 그와 얘기해 봤습니까?" 가마슈가 물었다.

"시도했지만 피터는 늘 부인했어요. 내가 불안정하고 너무 예민하다고 했어요. 난 그를 믿었고요." 그녀가 고개를 저었다. "하지만 이내 그건 나조차 부인할 수 없을 만큼 너무 분명해졌어요."

"그럼 그게 언제였습니까?" 가마슈가 물었다.

"아실 거예요. 거기 계셨잖아요. 내가 몬트리올 현대 미술관에서 개인전을 열었던 작년이었어요."

그녀 경력의 정점. 모든 예술가가 꿈꾸는. 그리고 피터는 겉보기엔 자신의 아내를 위해 기뻐했고, 베르니사주vemissage 그림을 일반인에게 공개하기 전에 소수의 사람을 초대하는 특별 전시회에 그녀와 동행했다. 잘생긴 얼굴에 미소를 띠고. 그리고 마음에 돌을 얹고.

가마슈는 그것이 상당히 잦은 결말처럼 보였다는 것을 알았다. 미소도 돌도 아니지만 그 사이의 갈라진 틈.

"바람 좀 쐬죠." 머나가 그렇게 말하며 정원으로 향하는 뒷문을 열었다. 그녀는 몇 분 뒤 샌드위치 접시와 아이스티 병을 들고 그들과 합류했다.

가마슈는 단풍나무 숲 그늘 밑 자신들이 앉은 네 애디론댁 의자가 나침반의 방위 표시 같다는 것을 깨달았다.

경감은 몸을 숙여 샌드위치를 고른 다음 의자에 기댔다.

"당신은 작년에 당신의 개인전이 열린 직후에 피터에게 떠나 달라고 했군요." 그가 한 입 먹은 데 이어 아이스티를 홀짝이며 말했다.

"밤낮으로 다툰 뒤에요." 클라라가 말했다. "나는 지쳐서 새벽 세 시에 겨우 잠들었어요. 내가 깨어났을 때 피터는 침대에 없었죠."

"떠난 겁니까?" 보부아르가 물었다. 그는 벌써 파테와 처트니를 채운 바게트를 거의 다 먹었다. 그의 팔걸이에서 아이스티가 땀을 흘리고 있었다.

"아뇨. 그는 우리 침실 벽에 기대서 턱까지 무릎을 세우고 있었어요. 멍하게 응시하면서. 나는 그가 무너졌다고 생각했어요."

"그가 그랬어?" 머나가 물었다.

"그 비슷한 것 같아. 어쩌면 돌파구에 다다랐는지도 모르지. 그는 한밤중에 자신이 한 번도 내 작품을 질투하지 않았다는 사실을 깨달았다고 했어."

머나가 잔에 대고 콧방귀를 뀌어서 차가 그녀의 코에 튀었다.

"알아." 클라라가 말했다. "나도 그를 믿지 않았어. 그런 다음 우린 좀 더 싸웠지." 그것을 설명하는 그녀는 뼛속까지 지친 것 같았다.

가마슈는 주의 깊게 듣고 있었다. "그가 당신의 작품을 질투하지 않았다면 문제가 뭐라던가요?"

"나요. 내가 그 문제였죠." 클라라가 말했다. "그는 날 질투했어요. 내가 우정과 사랑과 희망을 그려서가 아니라, 내가 그것들을 느껴서요."

"그리고 그는 그러지 않았지." 머나가 말했다. 클라라가 끄덕였다.

"그는 그날 밤에 자신이 평생 가식적으로 굴었고, 저 깊은 곳에 아무것도 없었다는 걸 깨달았어요. 구멍뿐. 그게 그의 그림에 실체가 없는 이유였죠."

"그에겐 실체가 없었으니까요." 가마슈가 말했다.

그들의 작은 모임은 침묵에 빠졌다. 벌들이 장미와 키 큰 디기탈리스 사이를 붕붕거리며 오갔다. 파리들이 빈 접시에서 떨어진 바삭한 바게트 껍질을 끌고 가려 했다. 벨라벨라강이 거품을 내며 흘렀다.

그리고 그들은 핵심이 있어야 할 자리에 구멍이 있는 한 남자를 생각했다.

"그가 떠난 이유가 그거야?" 마침내 머나가 물었다.

"그 사람은 내가 떠나라고 해서 떠났어. 하지만……."

그들은 기다렸다.

클라라가 정원을 내다보았기에 그들은 그녀 옆모습만 볼 수 있었다.

"난 그가 돌아올 거라고 기대했어요." 그녀가 문득 미소를 짓고 그들을 보았다. "그가 나를 그리워하리라 생각했죠. 내가 없으면 그이가 외롭고 상실감을 느끼리라 생각했어요. 그리고 그가 나와 함께 자신이 무엇을 누렸는지 깨달을 거라고. 나는 그가 집에 올 거라고 생각했어요."

"정확히 그에게 뭐라고 했습니까?" 보부아르가 물었다. "그가 떠난 아침에?"

그의 수첩이 의자 팔걸이 위에 빈 접시 대신 놓여 있었다.

"그가 떠나야 한다고 했어요, 하지만 일 년 뒤에 돌아와서 우리가 각자 어디에 있는지 알아보자고."

"정확히 일 년이라고 했습니까?"

클라라는 고개를 끄덕였다.

"이걸 반복해서 죄송하지만," 보부아르가 말했다. "이건 중요합니다. 날짜를 정했습니까? 정확히 일 년이라고 했습니까?"

"정확히요."

"그리고 그가 언제 돌아왔어야 합니까?"

그녀는 그에게 말했고, 보부아르는 재빨리 계산했다.

"당신 생각에 피터가 그걸 받아들였습니까?" 가마슈가 물었다. "그의 주변에서 그의 세계가 무너지고 있었습니다. 그가 고개를 끄덕이고 이해하는 듯 보였지만, 사실은 충격에 빠졌을 가능성이 있습니까?"

클라라는 그에 대해 생각했다. "그럴 가능성이 있지만 우린 함께 저녁을 먹는 걸 얘기했어요. 실제로 그걸 계획했어요. 그냥 지나가는 말이 아니었어요."

그녀는 조용해졌다. 바로 이 의자에 앉아 있던 걸 떠올리면서. 준비된 스테이크. 샐러드. 차게 한 와인.

부엌 조리대 위 종이봉투에 든 크루아상.

기다리면서.

"떠난 날 그는 어디로 향했습니까?" 가마슈가 물었다. "몬트리올로? 그의 가족에게?"

"그건 가능성이 낮을 것 같지 않아요?" 클라라가 그렇게 말했고, 피터의 가족을 만난 적 있는 가마슈는 동의할 수밖에 없었다. 영혼이 있어야 할 자리에 구멍이 있다면 거기에 구멍을 낸 사람들은 그의 가족이었다.

"그가 나타나지 않았을 때 그들에게 연락해 봤습니까?" 가마슈가 물었다.

"아직요." 클라라가 말했다. "그 작은 선물은 아껴 두고 있었죠."

"피터가 지난해 뭘 하고 있었을지 생각하시는 게 있습니까?" 보부아르가 물었다.

"그림이겠죠. 달리 뭐가 있겠어요?"

가마슈가 고개를 끄덕였다. 달리 뭐가 있을까? 클라라 없이 피터 모로의 삶에 남는 유일한 것이 있다면 그것은 예술이었다.

"그가 어디로 갔을까요?" 가마슈가 물었다.

"나도 알았으면 좋겠어요."

"피터가 항상 가 보기를 꿈꾸던 장소가 있습니까?" 그가 물었다.

"그가 그리는 그림의 종류 때문에 장소는 중요하지 않았어요." 클라라가 말했다. "그 그림들은 어디서든 그릴 수 있으니까요." 그녀는 잠시 사이를 두고 생각했다. "네가 용감한 나라의 용감한 남자로 자라나길."

그녀는 가마슈에게 몸을 돌렸다. "아시겠지만 오늘 아침에 당신을 생각하고 한 말은 아니었어요. 당신이 용감한 남자라는 걸 알아요. 나는 피터를 생각하고 있었어요. 나는 매일 그가 성장하길 기도했어요. 그리고 용감한 남자가 되기를요."

아르망 가마슈는 셔츠에 따뜻하게 닿는 의자 나무 널에 기대 그에 대해 생각했다. 그리고 피터가 어디로 갔을지 생각했다. 그리고 그가 무엇을 찾았을지.

그리고 그가 용감해져야 했을지.

7

살아 있는 가장 못생긴 남자가 문을 열고 가마슈에게 그로테스크한 미소를 던졌다.

"아르망." 그가 손을 내밀었고, 가마슈는 그 손을 잡았다.

"무슈 피니." 경감이 말했다.

관절염으로 수그러든 나이 든 남자의 몸은 뒤틀리고 굽어 있었다.

가마슈는 애써 피니의 눈, 적어도 한쪽 눈과 시선을 맞추었다. 그리고 그것조차 대단한 개가였다. 피니는 끊임없이 못마땅하다는 듯 튀어나온 눈을 사방으로 굴렸다. 동시에 구르는 양 눈을 막는 유일한 것은 정맥이 돋은 마지노선인 그의 둥글넓적한 자줏빛 코로, 코 양쪽에 파인 거대한 참호에서 끊임없는 삶의 전쟁이 이어지고 있었다.

"코멍 탈레 부Comment allez-vous 안녕하십니까?" 가마슈가 그 정신없는 눈에서 눈을 떼며 물었다.

"잘 지낸다오, 메르시. 당신은?" 무슈 피니가 물었다. 그의 눈이 자신을 굽어보는 덩치 큰 남자를 향해 재빨리 회전했다. 훑으며. "당신은 좋아 보이는군."

하지만 가마슈가 대답하기 전에, 억양이 없는 상냥한 목소리가 복도에서 들려왔다.

"버트, 누구야?"

"피터의 친구. 아르망 가마슈." 무슈 피니는 뒤로 물러 아르망을 피터 모로의 어머니와 의붓아버지의 소유인 몬트리올의 집으로 들였다.

"오, 친절하시군요."

버트 피니는 자신들의 손님에게 몸을 돌렸다. "아이린이 당신을 봐서 기쁠 거요."

그는 눈을 동그랗게 뜬 아이들이 밤에 자신들의 침대 밑을 상상할 때 짓는 종류의 미소를 지었다.

하지만 진정한 악몽은 아직 등장하지 않았다.

너무나 심각한 부상을 당했을 때 가마슈는 수천 장의 카드 중에서 아이린과 버트 피니가 서명한 아름다운 카드를 한 장 받았다. 그 카드에 감사하면서도 경감은 예의를 진실된 친절로 착각하지 말아야 한다는 것을 이해했다. 한쪽은 후천적인 것, 의례적인 교육이었다. 다른 쪽은 본성이었다.

이 두 사람 중 한쪽은 정중했다. 다른 쪽은 친절했다. 그리고 가마슈는 어느 쪽이 어느 쪽인지 아주 잘 알았다.

그는 피니를 따라 복도를 거쳐 빛이 환한 거실로 들어섰다. 가구는 영국 골동품과 좋은 퀘벡 소나무의 혼합이었다. 초기 퀘베쿠아Québécois 퀘벡 사람와 그들이 만든 가구 모두의 대단한 흠모자인 경감은 뚫어지게 보지 않으려고 애썼다.

편안한 소파는 발랄했지만 발랄을 완화한 패턴의 커버가 씌워져 있고, 벽에는 가장 유명한 캐나다 예술가들의 작품이 눈에 띄었다. 장 폴 르미유, A. Y. 잭슨, 클래런스 가뇽.

하지만 피터 모로의 것은 하나도 없었다. 클라라의 작품도 없었다.

"봉주르."

경감은 그 공간을 가로질러 창가에 놓인 의자와 거기 앉은 나이 든 여성에게 걸어갔다. 아이린 피니. 피터의 어머니.

그녀의 매끄러운 하얀 머리카락은 느슨하게 말려 얼굴을 둘러싸고 있었다. 눈은 더할 나위 없는 파란색이었다. 연한 분홍빛 피부는 주름이 더해 있었다. 그녀는 통통한 몸에 헐렁한 드레스를 걸쳤고, 얼굴에는 다정한 표정을 띠고 있었다.

"무슈 가마슈." 그녀의 목소리는 따뜻했다. 그녀는 한 손을 내밀었고, 그는 그 손을 잡고 그 위로 가볍게 몸을 숙였다.

"완전히 회복됐군요, 알겠어요." 그녀가 말했다. "체중이 늘었네요."

"좋은 음식과 운동 덕입니다." 가마슈가 말했다.

"음, 어찌 됐든 좋은 음식이 최고죠." 그녀가 말했다.

가마슈가 미소를 지었다. "우린 지금 스리 파인스에서 삽니다."

"아, 그럼, 그걸로 설명되는군요."

경감은 그걸로 무엇이 설명되는지 물으려다 말았다. 그것이 동굴로의 첫걸음이었다. 그리고 그는 이 여인의 소굴에 이미 들인 걸음 이상을 들일 욕망이 없었다.

"뭘 드릴까?" 무슈 피니가 물었다. "커피? 아니면 레모네이드?"

"아뇨, 괜찮습니다. 안타깝게도 이건 사교성 방문이 아닙니다. 제가 온 이유는……."

그는 말을 멈췄다. 이것이 더 이상 자신의 업무가 아니기 때문에 '업무상' 방문이라 할 수 없었고, 개인적인 일도 아니었다. 나이 든 부부가 그를 보았다. 아니면 남편이 가마슈 쪽으로 코를 향한 동안 마담 피니가 보았든지.

경감은 무슈 피니의 얼굴에 번지기 시작하는 우려를 알 수 있었고, 그래서 밀어붙였다.

"몇 가지 질문을 드리려고 왔습니다."

피니의 기형적인 얼굴에 안도감이 뚜렷한 반면, 마담 피니는 차분하고 정중한 태도로 남아 있었다.

"그럼 나쁜 소식은 없는 거요?" 피니가 물었다.

아르망 가마슈는 퀘벡 경찰청에서 수십 년 일한 뒤에 이런 반응에 익숙해졌다. 그는 한밤중에 문을 두드리는 소리였고, 자전거를 탄 불안정한 노인이었고, 심각한 얼굴의 의사였다. 그는 나쁜 소식을 지닌 좋은 사람이었다. 살인 수사과의 수장이 방문할 때 행복한 경우는 거의 없었다. 그리고 이 유령은 은퇴한 그를 따라온 것 같았다.

"전 두 분이 최근에 피터에게서 소식을 들었는지 궁금할 뿐입니다."

"왜 우리에게 묻죠?" 피터의 어머니가 물었다. "당신이 그 애의 이웃이잖아요."

그 목소리에는 따뜻함과 상냥함이 남아 있었다. 하지만 눈은 예리해졌다. 그는 거의 돌에 긁히는 소리를 들을 수 있었다.

가마슈는 그녀가 방금 한 말을 생각했다. 그녀는 분명 피터가 1년 이상 스리 파인스에 없었다는 사실을 알지 못했다. 피터와 클라라가 별거한 사실도 알지 못했다. 클라라도 피터도 피터의 가족에게 그들의 가족사를 떠벌리는 것에 대해 자신에게 고마워하지 않을 터였다.

"그는 여행을 떠났습니다. 아마 그림 때문에요." 가마슈가 말했다. 그 정도는 사실일 터였다. "하지만 어디로 가는지 말하지 않았습니다. 저는 그와 연락을 취해야 할 필요가 있을 뿐입니다."

"왜 클레어에게 묻지 않고요?" 마담 피니가 물었다.

"클라라." 그녀의 남편이 정정했다. "그리고 클라라는 그 애와 함께 갔겠지."

"하지만 저 사람은 그 애들이 갔다고 하지 않았어." 그녀가 지적했다. "저 사람은 '그'라고 했지."

아이린 피니가 매끄러운 얼굴을 가마슈에게 향했다. 그리고 그녀는 미소를 지었다.

이 여성에게서 벗어날 사실은 없고, 진실은 그녀에게 전혀 흥미를 불러일으키지 않았다. 그녀는 훌륭한 종교 재판 심문관이 됐을 거라고 가마슈는 생각했다. 그녀가 전혀 탐구적이지 않다는 것을 빼면. 날카로운 사고와 약점을 찾아내는 본능이 있을 뿐, 그녀는 호기심이 없었다.

그리고 가마슈의 주의에도 불구하고 그녀는 그것을 찾아냈다. 그리고 이제 그녀는 파고들었다.

"그 애가 마침내 그 여자를 떠난 거 아니에요? 이제 그 여잔 다시 피터를 원하고, 당신은 그 앨 찾아서 그 마을로 데려가야 할 사냥개군요."

그녀는 스리 파인스가 시골 빈민가처럼, 피터를 다시 데려가는 행위가 인간성에 반하는 범죄처럼 들리게 말했다. 그리고 그녀는 가마슈를 개라고 칭했다. 다행히 아르망 가마슈는 사냥개로 수많은 시간을 보냈었고, 더 나쁘게도 불렸다.

그는 그 조심스러운 눈을 맞추고 그녀의 미소를 마주했다. 그는 움찔하지도 시선을 돌리지도 않았다.

"피터가 그림 그리기 좋아하는 장소가 있습니까? 아니면 그가 자라면서 늘 가 보고 싶어 했던 곳이나?"

"그 애를 다시 거기로 데려가도록 내가 정말 당신이 그 애를 찾는 걸도울 거라고 생각하시진 않겠죠?" 그녀가 물었다. 그녀의 어조는 여전히 매력적이었다. 살짝 못마땅한 기색이 있었지만 그게 다였다. "피터는 그 애 세대의 가장 위대한 화가 중 한 명이 될 수 있었어요. 그 애가 뉴욕이나 파리나 이곳 몬트리올에서라도 살았다면요. 그 애가 예술가로서 성장할 수 있고, 다른 화가들과 친분을 쌓고 갤러리 소유주와 후원자들과 교류할 수 있는 곳에서요. 예술가는 자극과 지지가 필요해요. 그 여자는 그걸 알았고, 그 애를 자신이 할 수 있는 한 문화에서 멀리 데려갔죠. 그 여자가 그 애와 그 애 재능을 매장했어요."

마담 피니는 이 모든 걸 가마슈에게 참을성 있게 설명했다. 그녀 앞의 덩치 큰 남자가 살짝 멍청하고 둔하고 스리 파인스에 묻혀 있기까지 하지 않았다면 명백했을 사실들을 그저 말하면서.

"피터가 마침내 탈출했다면 나는 당신이 그 애를 찾게 돕지 않겠어요." 그녀가 말했다.

가마슈는 고개를 끄덕이고 시선을 피해 벽들을 보았다. 그는 퀘벡 전원의 이미지에서 즉각적인 위안을 찾았다. 그가 너무도 잘 아는 험준하고 굽이지고 기복이 심한 풍경들.

"놀랄 만한 수집품이군요." 그가 그녀에게 듣기 좋은 말을 던졌다. 그리고 그의 감탄은 진심이었다. 마담 피니는 예술에 대한 안목이 있었다.

"고마워요." 그녀는 그 칭찬과 진심을 인정하고 고개를 살짝 숙였다. "피터는 어릴 때 이것들 앞에 몇 시간씩 앉아 있곤 했어요."

"하지만 그의 작품은 전혀 걸지 않으셨군요."

"그래요. 그 애는 아직 이 작품들 옆에 걸릴 자격을 얻지 못했어요." 그녀는 벽을 향해 고개를 기울였다. "언젠가는."

"그리고 그가 자리를 얻으려면 뭘 해야 할까요?" 가마슈가 물었다.

"아, 해묵은 질문인가요, 경감님? 천재는 어디서 올까요?"

"제가 여쭌 게 그거였습니까?"

"당연히 그게 당신이 물은 거예요. 나는 내 주변에 평범한 걸 두지 않아요. 피터가 걸작을 그리면 난 그걸 걸 겁니다. 다른 작품들과 함께."

벽에 걸린 작품들이 다른 양상을 띠었다. A. Y. 잭슨, 에밀리 카, 톰 톰슨. 그들은 갇힌 듯이 보였다. 죽을 때까지 걸려. 실망스러운 아들을 연상시키는 것으로. 피터는 아이일 때 이 그림들 앞에 앉아 언젠가 그들과 함께할 날을 꿈꾸었다. 가마슈는 깔끔한 머리에 적절한 반바지를 입고 카펫 위에 책상다리를 한 소년을 거의 볼 수 있었다. 천재의 작품들을 올려다보는. 그리고 어머니의 집 안에 자리를 보장할 만큼 근사한 그림을 창조하기를 갈망하는.

그리고 실패 중인.

벽과 그림이 이제 가마슈를 포위하는 것 같았고, 그는 떠나고 싶었다. 하지만 그럴 수 없었다. 아직은 아니었다.

마담 피니가 그를 쏘아보았다. 얼마나 많은 이들이 저 눈을 들여다보았을지 가마슈는 궁금했다. 단두대, 타오르는 화형대, 올가미가 보이는 곳에서.

"벽에 걸린 작품이 모두 풍경화군요." 가마슈가 그녀에게서 눈을 떼지 않고 언급했다. "대부분 퀘벡의 마을에서 그려졌고요. 이 예술가들은 거기서 영감을 찾았고, 자신들의 최고작을 거기서 창조할 수 있었죠. 당신은 뮤즈가 대도시에 국한되어 있다고 시사하시는 겁니까? 그런 창조가 시골에서는 가능하지 않다고요?"

"나를 바보로 만들려고 하지 마세요." 그녀가 딱딱거렸다. 겉치장에 금이 가고 있었다. "예술가는 저마다 달라요. 난 그 애 엄마예요. 난 피터를 알아요. 어떤 이들은 외딴곳에서 잘될지 몰라도 피터는 자극이 필요해요. 그 여자는 그걸 알았고, 고의로 그 애를 고립시켰어요. 그 애와 그 애 작품을 지지하고 격려하는 대신, 그 애를 불구로 만들었죠."

"당신이 그런 것처럼요?" 가마슈가 물었다.

무슈 피니의 순례하는 눈이 갑작스럽게 멈췄고, 그가 경감을 응시했다. 침묵이 흘렀다.

"당신 부모님이 당신에게 그랬던 것보단 내가 내 아들을 더 지지했다고 믿어요." 마담 피니가 말했다.

"제 부모님은 그럴 기회가 없었습니다, 마담. 아시다시피요. 그분들은 제가 어릴 때 돌아가셨지요."

그녀의 눈이 그의 얼굴에서 떨어질 줄 몰랐다. "당신이 선택한 직업을 그분들이 어떻게 느꼈을지 궁금하지 않을 수 없군요. 경찰이라니." 그녀는 실망감에 고개를 저었다. "게다가 동료들이 살해하려는 경찰. 그걸 성공이라 간주할 순 없겠지요. 사실, 당신은 실제로 당신의 수사관 중 한 명에게 총을 맞지 않았던가요? 그게 일어났던 일 아닌가요?"

"아이린." 무슈 피니가 평소 유순한 목소리에 경고를 실어 말했다.

"공정하게 말해서, 마담, 저 역시 제 동료 중 한 명을 쐈습니다. 어쩌면 업보였을 테죠."

"내 기억에 따르면 그를 죽였죠." 그녀는 가마슈를 노려보았다. "그 마을 외곽 숲에서. 당신이 거길 지날 때마다 그게 당신한테 생각나지 않는다는 게 놀랍군요. 물론, 당신이 자기가 한 짓을 자랑스럽게 여긴다면 몰라도요."

어쩌다 이렇게 됐지? 가마슈는 궁금했다. 그는 결국 동굴 속에 있었다. 미소 짓는, 반짝이는 피조물에 끌려서. 그리고 내장이 제거되었다.

그리고 그녀는 아직 자신과 끝내지 않았다.

"당신 어머니와 아버지가 당신의 은퇴 결정을 어떻게 느꼈을지 궁금하네요. 달아나 그 마을에 숨은. 피터가 그림을 그리러 떠났다고요? 적어도 그 애는 여전히 노력하고 있군요."

"당신이 옳습니다." 그가 말했다. "저는 제 부모님이 제 삶을 어떻게 느낄지 모를 겁니다."

그는 손을 내밀었다. 그녀는 그 손을 잡았고, 그는 몸을 숙여 그녀의 귓가에 얼굴을 가져갔다. 그는 뺨에 그녀의 매끈한 머리카락을 느끼고 샤넬 No. 5 향수와 베이비 파우더 냄새를 맡을 수 있었다.

"하지만 저는 제 부모님이 저를 사랑하신 걸 압니다." 그는 속삭인 다음 물러나 그녀와 눈을 맞추었다. "피터는요?"

가마슈는 몸을 세우고 무슈 피니에게 고개를 끄덕인 다음, 어두운 복도로 걸음을 옮겨 현관문으로 향했다.

"기다리시오."

경감은 문에서 멈추었고, 다리를 절며 다가오는 피니를 돌아보았다.

"당신은 피터를 걱정하는군, 안 그렇소?" 연상의 남자가 말했다.

가마슈가 그를 살핀 다음 끄덕였다. "그가 아이였을 때 갔던 곳이 있습니까? 특별했을지도 모를 장소? 가장 좋아했던 곳이나?" 그는 잠시 생각했다. "안전한 곳?"

"실제 장소를 말하는 거요?"

"글쎄요, 그렇습니다. 사람들은 혼란스러울 때 가끔 자신들이 한때 행복했던 곳으로 가죠."

"피터가 혼란 상태라고 생각하는 거요?"

"그렇습니다."

피니는 생각하더니 고개를 저었다. "미안하지만 아무것도 떠오르지 않는구려."

"메르시." 가마슈가 말했다. 그는 피니와 악수를 나눈 다음 집 밖으로 나와 보폭을 일정하게 유지하려 애썼다. 속도를 내지 않으려고. 더 빨리. 이 집에서 더 빨리 멀어지게. 그는 에밀리 카와 A. J. 잭슨과 클래런스 가뇽이 돌아오라고 자신을 부르는 소리를 거의 들을 수 있었다. 데려가 달라고 애걸하는. 감상해 달라고, 그저 자신들의 명성으로 가치를 재단하지 말라고 애걸하는.

차에 올라 가마슈는 숨을 깊이 들이쉰 다음 전화기를 꺼냈고, 보부아르에게서 온 메시지를 발견했다. 장 기는 자신과 함께 몬트리올로 왔었고, 가마슈는 그를 퀘벡 경찰 본부에 내려 주었다.

점심은요? 문자가 물었다.

차이나타운의 마이샹위안. 가마슈는 답장했다.

잠시 후에 그의 전화기가 진동했다. 장 기는 거기서 자신을 만날 것이었다.

잠시 뒤 만두 너머로 그들은 수첩을 비교했다.

8

장 기 보부아르는 만두에 작은 구멍을 내 간장을 쳤다. 그리고 숟가락을 써서 만두를 통째로 입에 넣었다.

"으음."

가마슈는 장 기의 왕성한 식욕을 흐뭇하게 지켜보았다.

이내 그는 젓가락으로 새우와 고수 만두를 집어 먹었다.

보부아르는 그 모습을 지켜보았고, 경감의 손이 떨리지 않는 것에 주목했다. 많이는. 예전만큼은.

차이나타운에 있는 좁고 어둑어둑한 레스토랑은 손님이 가득했다.

"꽤 시끄럽네요." 장 기가 점심시간의 소음에 맞서 목소리를 높이며 말했다.

가마슈는 웃었다.

보부아르는 얇은 종이 냅킨으로 턱을 닦고 라미네이트 테이블 위 자신의 그릇 옆에 펼쳐져 있는 수첩을 훑어보았다.

"자, 조사 내용을 말씀드리죠." 그가 말했다. "피터의 신용카드와 직불 카드를 빠르게 조회했습니다. 그는 클라라를 떠났을 때 몬트리올에 있는 한 호텔에서 일주일 정도 머물렀습니다. 크리스탈 호텔의 스위트에요."

"스위트?" 가마슈가 물었다.

"가장 큰 방은 아니지만요."

"그렇다면 어쨌든 그는 자신의 헤어 셔츠hair shirt 고행자가 입는 거친 모직 셔츠를 챙겼군." 가마슈가 말했다.

"음, 그렇죠. 캐시미어가 털로 간주되나요?"

가마슈는 미소를 지었다. 모로의 기준으로 보면 우아한 호텔 르 크리스탈은 아마 폐허나 마찬가지일 터였다. 리츠가 아니니까.

"그다음엔?" 가마슈가 물었다.

"파리행 에어 캐나다요. 지리적 문제일까요?" 보부아르가 물었다.

경감은 그에 대해 생각했다. "아마도."

수사관들은 떠나는 사람들이 불행에서 도피 중이라는 것을 알았다.

외로움. 실패. 그들은 문제가 장소라고 생각하면서 달아났다. 그들은 어딘가 다른 곳에서 새롭게 출발할 수 있을 거라고 생각했다.

그건 거의 효과가 없었다. 문제는 지리적인 게 아니었다.

"그가 파리 어디서 머물렀지?"

"오리안 호텔이요. 십오 구에 있는."

"브레망Vraiment 정말?" 가마슈가 살짝 놀라서 물었다. 그는 파리를 잘 알았다. 아들 다니엘과 며느리 로슬린 그리고 손주들이 6구에 있는 파이 접시만 한 아파트에서 살았다.

"예상과 다릅니까, 파트롱?" 디너파티에서는 파리를 아는 척하지만 그렇지 않은 장 기가 물었다. 그는 또한 이스트엔드 몬트리올을 알지 못하는 척했다. 하지만 알았다.

그는 가마슈에게 그런 가식을 포기한 지 오래였다.

"음, 십오 구는 근사해." 가마슈가 그에 대해 생각하며 말했다. "주택가고. 가족이 많이 사네."

"예술가들의 중심지가 아니군요."

"아니지." 가마슈가 말했다. "그가 얼마나 머물렀나?"

보부아르는 자신의 수첩을 살폈다. "호텔에서요? 며칠 정도요. 그런 다음 가구가 딸린 아파트를 넉 달간 빌렸습니다. 리스 만료 직전에 떠났고요."

"그런 다음에는?"

"신용카드상에 피렌체행 편도 TGV 티켓이 보입니다. 그런 다음 이 주 뒤에 베네치아로 향했습니다." 보부아르가 말했다. "광범위한 지역을 아우르고 있었습니다."

그래. 가마슈는 생각했다. 사냥개들이 피터 모로의 뒤꿈치를 물고 있었다. 가마슈는 유럽을 가로지르는 이 비행에서 자포자기의 냄새를 감지했다. 계획이 있어 보이지 않았다.

그럼에도 피터가 선택한 도시들이 예술가들에게 영감을 불러일으키는 것으로 유명하다는 건 완전한 우연일 수 없었다.

"지금까지 제가 얻은 건 전부 신용카드와 은행 기록뿐입니다." 보부아르가 말했다. "우린 그가 베네치아에서 스코틀랜드로 날아간 걸 알고⋯⋯."

"스코틀랜드?"

보부아르가 어깨를 으쓱했다. "스코틀랜드요. 거기서 다시 캐나다로 갔습니다. 토론토요."

"그가 지금 거기 있나?"

"아니요. 그가 토론토에서 어디로 갔는지 맞혀 보시죠."

가마슈는 보부아르에게 근엄한 시선을 던졌다. 피터의 어머니와 계부를 방문한 이후, 그는 수수께끼 놀이를 할 기분이 아니었다.

"퀘벡 시티입니다."

"그게 언제인가?" 가마슈가 물었다.

"사월이요."

가마슈는 재빨리 계산했다. 넉 달 전이었다. 가마슈는 녹차 컵을 내려놓고 보부아르를 응시했다.

"퀘벡 시티에서 그는 은행 계좌에서 삼천 달러를 출금했습니다."

보부아르는 수첩에서 고개를 들고 천천히 수첩을 덮었다.

"그리고 더는 없습니다. 그는 사라졌습니다."

클라라와 머나는 가마슈네 거실에 앉아 있었다. 벽난로에 불이 지펴졌고, 가마슈는 음료수를 따르고 있었다. 한랭전선이 밀려오면서 추위와 보슬비를 데려왔다.

불은 사실 필요치 않았다. 그건 열기보다는 격려를 위한 것이었다.

아니는 친구 도미니크와 저녁 식사를 하기로 약속했고, 부모님과 남편이 클라라와 얘기를 나누도록 비스트로로 갔다.

"자요." 가마슈가 머나와 클라라에게 스카치 잔을 건네며 말했다.

"병은 놔두셔야 할 것 같아요." 클라라가 말했다.

그녀는 이륙하는 동안 승무원을 쳐다보는 겁에 질린 승객의 표정이었다. 승무원들의 표정을 읽으려 하는.

우리가 안전한가? 우리가 내려가고 있나? 이 냄새는 뭐지?

가마슈가 렌 마리 옆에 앉는 사이 보부아르는 구석에서 안락의자를 끌고 왔다. 그들의 작은 원을 닫으면서.

"이게 우리가 찾아낸 겁니다." 가마슈가 말했다. "아직 많진 않고, 결정적인 건 아닙니다."

클라라는 그 소리가 마음에 들지 않았다. 진정시키려는, 안심시키려는 시도. 그건 안심이 필요하다는 뜻이었다. 무언가가 잘못됐다는 뜻이었다.

그건 그 냄새가 연기이고, 그 소리는 추락하는 엔진이라는 뜻이었다.

아르망과 장 기는 그들에게 둘이 보낸 하루에 대해 얘기했다. 피터의 어머니를 방문한 이야기를 들으며 클라라는 심호흡을 했다.

클라라의 맞은편에서 머나는 그녀가 중요한 조각을 놓칠 것에 대비해 그 정보를 주의 깊게 들었다.

"여기를 떠난 피터는 몬트리올로 가 며칠 머문 다음 파리로 날아갔습니다." 장 기가 말했다. "그런 다음 그는 피렌체로, 그다음엔 베네치아로 갔습니다."

클라라는 그를 따라가고 있다는 것을 보이려고 고개를 끄덕였다. 지금까지는 좋았다.

"베네치아에서 피터는 스코틀랜드로 날아갔습니다." 보부아르가 말했다.

클라라가 끄덕이기를 멈췄다. "스코틀랜드?"

"피터가 왜 스코틀랜드로 갔을까요?" 머나가 물었다.

"우린 당신이 말해 주길 바랐는데요." 가마슈가 클라라에게 말했다.

"스코틀랜드." 클라라가 나직하게 혼잣말로 되뇌더니 불을 응시했다. 이내 그녀는 고개를 저었다. "스코틀랜드 어디요?"

"지도로 보는 게 더 수월할 겁니다. 보여 드리죠." 가마슈가 깊숙한 소파에서 몸을 일으키더니 잠시 뒤에 지도책을 들고 돌아왔다. 그는 커피 테이블에 그걸 펼치고 그 페이지를 찾았다.

"그는 글래스고로 날아갔습니다."

아르망이 가리켰다.

그들은 몸을 숙였다.

"거기서부터 피터는 버스를 탔습니다." 그는 글래스고에서 남쪽으로 선을 따라갔다. 남쪽으로. 구불거리는 길을 따라. 벨스힐, 레스마하고, 모펏이라는 마을들을 지나.

그리고 그는 멈췄다.

클라라는 지도에 더 가까이 몸을 숙였다.

"덤프리스?" 그녀가 물었다.

그녀의 눈썹이 글자를 읽으려는지, 그것을 이해하려는지, 혹은 그 둘 다인지 한데 모였다. 마침내 그녀는 몸을 물리고 자신을 지켜보고 있는 가마슈를 보았다.

"확실해요?" 클라라가 물었다.

"확실합니다." 보부아르가 말했다.

침묵이 따랐다.

"피터가 아닐 가능성은요? 누가 그의 신용카드를 훔쳤을 가능성은 요?" 클라라가 물었다. "그리고 그의 여권을?"

그녀는 아르망과 눈을 맞추었다. 그 질문이 암시하는 바에서 눈을 돌리지 않고. 살아 있는 사람이 자신의 증명서를 잃어버리거나 그것을 도둑맞고 신고하지 않을 리 없었다. 누군가가 그것을 취했다면 그건 죽은 남자에게서였다.

"가능합니다." 가마슈가 인정했다. "하지만 가능성이 작습니다. 비밀 번호를 알아야 하고 그와 똑같이 보여야 합니다. 보안과 세관 직원들이 요즘은 여권 사진을 면밀히 보니까요."

"하지만 여전히 가능성이 있는 거죠?" 클라라가 물었다.

"희박합니다. 우린 그걸 형사들을 시켜 조사했습니다." 보부아르가 털어놓았다. "우린 그게 실제로 피터였다는 게 가장 그럴싸한 시나리오 라고 생각하고 있습니다."

"하지만 피터가 덤프리스로 가려고 베네치아를 떠난다는 게 말이 돼 요?" 머나가 물었다.

"동의합니다." 가마슈가 인정했다. "이상하죠. 피터가 스코틀랜드에 특별히 흥미가 있지 않았다면요."

"그인 거길 한 번도 언급한 적 없어요." 클라라가 말했다. "그가 스카치를 좋아하긴 하지만요."

머나가 미소를 지었다. "어쩌면 그렇게 단순한지도 모르지. 와인 하면 파리, 캄파리는 피렌체, 그리고 베네치아에는……,"

그녀가 난감해하며 말을 멈췄다.

"벨리니스파클링 와인을 기본으로 하는 칵테일요." 렌 마리가 말했다. "우린 그게 발명된 해리스 바에서 마셨죠. 기억나, 아르망?"

"부둣가에 있는 바에 앉아서 지나가는 바포레티베네치아의 수상 택시를 지켜봤지." 그가 말했다. "그 칵테일은 벨리니Jacopo Bellini 이탈리아 화가로 베네치아파의 시조의 그림에 있는 예복 색깔을 따서 이름을 붙였습니다. 핑크요."

"핑크요?" 장 기가 가마슈에게 입 모양으로 물었다.

"유럽 대륙을 가로지르는 피터의 술잔치라는 거예요?" 클라라가 물었다. "루스 자도의 그랜드투어네요."

"날 보지 마십시오." 가마슈가 말했다. "그건 내 가설이 아닙니다."

"그럼 당신 가설은 뭔데요?" 클라라가 물었다.

그의 미소가 사라졌고, 그는 깊은숨을 들이쉬었다. "나는 가설이 없습니다. 너무 일러요. 하지만 한 가지는 압니다, 클라라. 이 모든 게 이상해 보이는 만큼, 피터가 이 장소들에 간 이유가 있을 겁니다. 우린 그걸 풀어야 할 뿐입니다."

클라라가 다시 몸을 숙여 지도 위의 그 점을 응시했다. "그가 아직 거기 있을까요?"

보부아르가 고개를 저었다. "그는 토론토로 갔……,"

"그가 토론토에 있다고요?" 클라라가 끼어들었다. "왜 처음부터 그렇게 말하지 않았어요?" 하지만 그들의 표정을 보며 그녀는 말을 멈췄다. "뭐예요?"

"그는 거기 머물지 않았습니다." 가마슈가 말했다. "피터는 사월에 토론토에서 퀘벡 시티로 날아갔습니다."

"더 좋네요." 클라라가 말했다. "그가 집에 오는 중이군요."

"퀘벡 시티요." 가마슈가 되풀이했다. "몬트리올이 아니라. 그가 여기로 돌아오는 길이었다면 몬트리올로 갔어야 하지 않겠습니까, 농Non 아닙니까?"

클라라는 순간 그를 증오하며 노려보았다. 잠시라도 자신의 착각을 허용하게 내버려 두지 않은 것에 대해서.

"어쩌면 그이는 그저 퀘벡 시티를 보고 싶었는지도 모르죠." 그녀가 말했다. "기다리는 동안 그저 거기를 그리고 싶었는지도요." 속사포처럼 계속되는 그녀의 말이 흔들렸다. "기다리는 동안에요." 그녀는 반복했다. "집에 가길."

하지만 그는 오지 않았다.

"그는 자신의 계좌에서 삼천 달러를 인출했습니다." 장 기가 서둘러 말했다. 이내 그는 말을 멈추고 가마슈를 보았다.

"그게 우리가 찾아낸 그의 마지막 자취입니다." 아르망이 말했다. "그건 사월이었습니다."

클라라는 아주 조용해졌다. 머나는 자신의 커다란 손을 클라라의 손에 올렸고, 그 손은 얼음장 같았다.

"아직 거기 있을지도 몰라요." 클라라가 말했다.

"위." 가마슈가 말했다. "분명."

"어디 머물고 있었죠?"

"모릅니다. 하지만 아직 초기 단계입니다. 당신 말대로 그는 아직 퀘벡 시티에 있거나 그 돈을 들고 다른 곳으로 갔을지도 모릅니다. 이자벨 라코스트가 경찰 인력을 동원해 그를 찾고 있습니다. 장 기가 찾고 있고요. 내가 찾고 있습니다. 하지만 시간이 걸릴 겁니다."

렌 마리가 벽난로에 장작을 던져 잉걸불과 불꽃을 굴뚝 위로 밀어 올렸다. 그런 다음 그녀는 부엌으로 향했다.

그들은 연어 냄새를, 희미한 타라곤과 레몬 향을 맡을 수 있었다.

클라라가 일어섰다. "내가 퀘벡 시티로 가겠어요."

"그리고 어쩌려고?" 머나 역시 일어섰다. "자기가 뭐든 하고 싶은 건 알지만 그건 도움이 안 돼."

"자기가 어떻게 알아?" 클라라가 물었다.

가마슈가 일어섰다. "당신이 할 수 있는 일이 있습니다. 뭐가 나올지는 모르겠지만 아마 도움이 될 겁니다."

"뭔데요?" 클라라가 물었다.

"피터는 토론토에 가족이……,"

"형 토머스와," 클라라가 말했다. "여동생 마리아나요."

"내일 그들에게 전화해서 피터에게서 연락이 있었는지, 혹시 둘 중 한 명의 집에서 머물렀는지 물어보려 했습니다."

"내가 전화할까요?"

그는 망설였다. "사실은 당신이 거기 갈 수 있을지 생각하고 있었습니다."

"왜요?" 머나가 물었다. "클라라가 그냥 전화하면 안 되고요? 당신은 그러려고 했잖아요."

"사실이지만 대면이 언제나 더 낫습니다. 그리고 당신이 그 사람들을 안다면 더더욱." 가마슈는 클라라를 보았다. "그들이 거짓말을 하면 당신이 알 것 같습니다만."

"그럴 거예요."

"하지만 그게 중요한가요?" 머나가 물었다. 그들은 렌 마리가 있는 부엌을 향해 걷고 있었다. "그는 더 이상 거기 없잖아요."

"하지만 그는 몇 달 동안 거기 있었습니다." 가마슈가 말했다. "어쩌면 그가 형이나 동생에게 다음에 어디로, 왜 갈지 말했는지 모릅니다. 왜 덤프리스에 있었는지 그들에게 말했는지도 모릅니다."

가마슈는 말을 멈추고 클라라를 보았다. "우린 퀘벡 시티에 단서가 없지만 토론토에는 몇 가지 있습니다. 도움이 되지 않을지도 모릅니다. 하지만 될 수도 있죠."

"갈게요." 클라라가 말했다. "당연히 갈 거예요. 내일 아침에 당장."

그녀는 마침내 걱정 외에 할 무언가가 생겨서 안도하는 듯 보였다.

"그럼 나도 갈 거야." 머나가 말했다.

"가게는 어쩌고?" 클라라가 물었다.

"헌책이 간절한 사람들이라면 며칠 기다릴 수 있겠지." 머나가 나이프와 포크 들을 놓으며 말했다. "루스에게 가게를 봐 달라고 부탁할 수도 있고. 어차피 창가 의자에 앉아 자면서 하루 대부분을 보내니까."

"그게 루스라고요?" 렌 마리가 물었다. "난 마네킹인 줄 알았어요."

클라라는 앉아서 접시 위의 연어를 찔러 댔다. 다른 이들이 말하는 동안 그녀는 창문을 두드리는 빗소리에 귀를 기울였다.

그녀는 출발하고 싶어서 안달이 났다.

9

클라라와 머나는 몬트리올 중앙역에서 출발하는 아침 기차를 탔다.

클라라는 바퀴 소리를 들으며 위안이 되는 친숙한 움직임을 느꼈다. 그녀는 등을 대고 머리를 기대 창문으로 숲과 들판과 외딴 농장 들을 바라보았다.

이것은 그녀가 여러 번 했던 여행이었다. 처음엔 토론토에 있는 예술 대학에 가기 위해 혼자서. 위대한 모험. 그런 다음엔 피터와 함께 토론토에서 열리는 전시회에 가려고. 늘 그의 전시회로, 자신의 전시회였던 적은 없는. 그의 작품이 선택되었던 명망 높은 공모전들. 그녀는 그의 옆에 앉아서 그의 손을 잡고 있었다. 그를 위해 기뻐하면서.

오늘 열차는 친숙하면서 낯설게 느껴졌다. 피터가 없었다.

창문에 비친 모습으로 그녀는 자신을 응시하고 있는 머나를 눈치쳤다. 클라라는 친구에게 얼굴을 돌렸다.

"왜?"

"피터가 돌아오길 바라?"

그것은 머나가 한동안 묻고 싶었던 질문이었지만 시기가 적절해 보이지 않았었다. 하지만 이제 적절했다.

"모르겠어."

클라라는 그 질문에 답을 할 수 없지는 않았지만 너무 많은 답을 품고 있었다.

침대에서 홀로 깨어날 때, 그녀는 그가 돌아오길 원했다.

스튜디오에서 그림을 그리면서는, 아니었다.

비스트로에서 친구들과 함께할 때나 그들과 저녁 식사를 할 때, 그녀는 그가 전혀 그립지 않았다.

하지만 소나무 식탁에서 홀로 먹을 때는? 밤에 침대에서는? 그녀는 여전히 가끔 그에게 말을 걸었다. 그에게 자신의 하루를 이야기하고 그가 거기 있는 척했다. 그가 신경 쓰는 척했다.

그리고 이내 그녀는 불을 끄고 몸을 돌렸다. 그리고 그를 한층 더 그리워했다.

난 그가 돌아오길 바랐을까?

"모르겠어." 그녀가 반복했다. "그가 날 더 이상 아끼지 않기 때문에, 날 지지하길 그만뒀기 때문에 난 떠나라고 했어. 내가 더 이상 그를 아끼지 않기 때문이 아니라."

머나가 고개를 끄덕였다. 그녀는 그것을 알았다. 그들은 지난 1년 동안 그에 관해 말했었다. 그들의 가까운 우정이 더 가까워졌고, 클라라가 마음을 열면서 더욱 친밀해졌다.

쑤셔 박아야 할 모든 것, 여자들이 느껴서는 안 되며 절대 보여서는 안 될 모든 것을 클라라는 머나에게 보였다.

욕구, 공포, 분노. 끔찍하고 아린 외로움.

"내가 다시는 입술에 키스를 받지 못한다면?" 클라라는 한겨울 어느 오후 두 사람이 벽난로 앞에서 점심을 먹을 때 물었다.

머나 역시 그 두려움을 알았다. 그녀는 그런 두려움을 공유했기에 클라라의 모든 두려움을 알았다. 그리고 클라라에게 그 두려움들을 고백했다.

그리고 그해 낮이 점점 길어지면서 그들의 우정은 깊어졌다. 밤이 물러가면서 두려움 역시 물러났다. 그리고 두 여자의 외로움은 사그라들었다.

피터가 돌아오길 바라?

머나는 클라라가 스스로 묻기 두려운 질문을 던졌다.

끝없는 숲이 이어지는 창문에서 머나는 유령 같은 자기 모습을 볼 수 있었다.

"그에게 무슨 일이 일어났다고 생각하잖아?" 클라라가 앞좌석 등받이에 대고 말했다. "그러면 내 잘못일 것 같아."

"아니야." 머나가 말했다. "자기는 그에게 떠나라고 했지. 그 뒤에 그가 한 건 그의 선택이었어."

"하지만 스리 파인스에 머물렀다면 괜찮았을 거야."

"그가 사마라에서 약속을 잡지 않았다면야."

"사마라?" 클라라가 친구를 보려고 몸을 돌렸다. "무슨 소리야?"

"서머싯 몸." 머나가 말했다.

"뇌졸중이라도 온 거야?" 클라라가 물었다.

"몸은 한 이야기에서 오래된 우화를 이용했어." 머나가 설명했다. "기억하겠지만 난 독서로 하루를 보내잖아. 난 잘 알려지지 않은 이런 것들을 다 안다고. 사라의 빵집에서 일하지 않아 다행이지."

클라라가 웃음을 터트렸다. "난 그저 그이를 찾고, 그이가 괜찮은지 알고 싶을 뿐이야. 그러면 내 삶을 살 수 있어."

"그와 함께, 아니면 그 없이?"

"그이를 보면 알 것 같아."

머나가 클라라의 손을 가볍게 토닥였다. "우린 그를 찾을 거야."

토론토에 도착해 그들은 로열 요크 호텔에 체크인했다. 머나는 샤워를 했고, 나왔을 때는 노트북 앞에 있는 클라라를 발견했다.

"주요 아트 갤러리를 지도에 표시했어." 클라라가 침대 위에 펼쳐진 지도에 고갯짓하며 어깨 너머로 말했다. "내일 확인할 수 있을 거야."

머나는 젖은 머리카락을 말리며 침대에 앉아 X와 동그라미가 쳐진 지도를 살폈다.

"피터의 형과 여동생으로 시작해야 한다는 생각이 들었어." 클라라가 말했다. "토머스의 사무실은 욘지가(街) 바로 위에 있어. 우린 네 시에 약속했어. 마리아나와는 다섯 시 반에 호텔 바에서 한잔하기로 했고."

"바빴네." 머나가 말했다. 그녀는 몸을 일으켜 클라라가 노트북으로 읽고 있던 페이지를 보았다. "뭐가 그렇게 흥미로워?"

그리고 그녀는 말을 멈췄다.

페이지 꼭대기에 'W. 서머싯 몸'이라고 쓰여 있었다.

"한 하인이 바그다드에 있는 시장에 간다." 클라라는 친구에게 등을 돌리고 그 화면을 읽었다. "거기서 그는 늙은 여인과 부딪힌다. 그녀가 등을 돌리자 그는 그녀가 죽음이라는 것을 알아본다."

"클라라." 머나가 말했다. "내 뜻은 그런 게 아니……,"

"죽음은 그를 노려보고 하인은 겁에 질려 도망친다. 그는 주인에게 곧장 가서 자신이 시장에서 죽음과 만났으며, 자신의 목숨을 구하려면 도망쳐야 한다고 설명한다. 주인은 하인에게 말 한 필을 주고 하인은 말을 타고 최대한 빨리 사마라로 떠난다. 거기서는 죽음이 자신을 발견할 수 없을 것이라고 생각한다."

"내가 왜 그런 말을 했는지 몰……,"

클라라가 손을 살짝 흔들었고, 머나는 조용해졌다.

"그날 늦게 시장에 간 주인 역시 죽음과 마주친다." 클라라는 계속 읽었다. "그는 그녀에게 왜 자신의 하인을 놀라게 했느냐고 묻고, 죽음은 그를 겁줄 의도가 없었다고 설명한다. 그녀는 놀랄 따름이었다."

클라라가 몸을 돌려 머나를 응시했다. "결말을 말해 봐. 알잖아."

"그런 말을 하지 말았어야……,"

"제발." 클라라가 말했다.

마침내 머나가 나지막한 목소리로 말했다.

"죽음은 시장에서 그를 만나서 놀랐을 뿐이라고 말했어. 왜냐하면 그와 그날 밤 만나기로 했으니까. 사마라에서."

"피터의 사진을 구했나?" 가마슈가 라코스트에게 물었다.

"위. 그리고 퀘벡 시티에 보냈습니다." 그녀가 말했다. "그들이 사진을 보는 중이에요. 제가 퀘벡 경찰청 네트워크에 뿌렸고, 파리, 피렌체, 베네치아 경찰에도 보냈어요. 그의 이동 경로를 추적해 달라고 부탁했고요. 거의 일 년이 돼서 별로 기대하지는 않지만 시도해 봐야죠."

가마슈가 미소를 지었다. 그가 명성을 떨친 살인 수사과를 이끌 그의 후임으로 30대 초반의 경위를 지명했을 때, 많은 이가 그가 미쳤거나 진통제에 취했다고 생각했다. 하지만 그가 이겼다. 그리고 이자벨 라코스트라는 자신의 선택을 결코, 한 번도 의심하지 않았다.

"좋아."

그는 전화를 끊으려던 참에 떠올렸다. "오, 그리고 덤프리스. 거기도 확인해 줄 수 있겠나?"

"알겠습니다. 깜빡했네요."

그는 전화를 끊고 손가락으로 전화기를 몇 번 두드렸다. 그런 다음 컴퓨터로 가서 인터넷에 접속했다.

연결이 되자 그는 구글을 띄우고 '덤프리스'라고 쳤다.

"뭐, 이건 전혀 도움이 되지 않았네." 머나가 말했다. "저 사람은 항상 저런 식이야?"

그들은 TD 뱅크 타워에서 내려와 로비에 서 있었다. 머나는 잠깐 미스 반데어로에Ludwig Mies van der Rohe 독일 출신 20세기 대표 건축가 디자인에 감탄하고 있었다. 그 빛과 높이. 그들이 떠난 52층의 폐쇄적이고 답답하고 지저분한 현장과 대조적인.

큰 키의 토머스 모로는 세련되고 우아했다. 그는 여러모로 건물 그 자체의 움직이는 버전처럼 보였다. 그에게는 개방적이고 밝은 부분이 전혀 없다는 것을 빼면.

오피스 타워는 첫인상보다 나았다. 토머스 모로는 그 이하였다.

"더 심해." 클라라가 말했다. "자기가 거기 있어서 평소보다 친절했던 것 같아."

"농담이겠지." 머나가 말했다. 그들의 신발이 대리석 바닥을 두드렸다. 길쭉한 대리석 보안 데스크 판 위의 시계가 4시 30분을 알렸다. 토머스 모로는 남동생의 아내를 20분 기다리게 한 다음, 사라진 동생보다 더 중요한 문제들로 넘어가기 전에 자신의 시간에서 그들에게 10분을 할애했다.

"피터는 분명 괜찮을 겁니다." 모로가 더 거들먹거리는 것처럼 보일 뿐인 미소를 지으며 말했다. "제수씨도 그 애를 알잖아요. 그림 그리러 가서 시간 가는 걸 잊었겠죠."

머나는 말없이 그저 토머스 모로를 관찰했다. 그녀는 그가 60대 초반일 것이라고 짐작했다. 그는 다리를 활짝 벌리고 앉았고, 자신의 사타구니로 두 여자의 시선을 초대하고 있었다. 정장은 근사하게 재단되었고, 타이는 실크였다. 그는 전망을 등지고 있었고, 그것은 그의 손님들이 그를 둘러싼 거대한 검은 탑들과 그 너머 반짝이는 커다란 호수를 배경으로 그를 본다는 뜻이었다.

그는 자신을 에워싼 힘의 상징들이 자신의 나약함을 가리길 바라는 군주 같았다.

클라라는 화를 참았다. "아주버님 말이 분명 맞겠지만 저는 정말 그이가 여기 있었을 때 그이를 만나셨는지 알고 싶을 뿐이에요."

토머스가 고개를 저었다. "하지만 난 그 애가 연락하리라고 기대하지 않았을 겁니다. 이 벽에 그림이 없잖아요."

그는 대단한 자부심으로, 길게 늘어선 사진들을 가리켰다. 가족이나 친구들의 사진이 아닌, 사업적인 승리들. 골프 트로피들. 그가 만난 유명한 사람들.

　낯선 사람들.

　"그 앤 아마 전시회에 가거나 갤러리들을 확인 중이었을 겁니다." 토머스 모로가 말했다. "갤러리들에 물어봤어요?"

　"좋은 생각이네요." 클라라가 딱딱한 미소를 띠었다. "고맙습니다."

　모로는 일어나 문으로 걸었다. "도움이 돼서 기쁘네요."

　그리고 그걸로 끝이었다.

　"이 정도는 전화로 할 수도 있었어." 그들이 토론토 여름의 폭발하는 용광로 속으로 걸어 들어갈 때 머나가 말했다. 열기가 건물들에서 일렁였고, 콘크리트에서 튕겨 나와 포장도로를 파고들었으며, 묵직하고 습한 공기 속에 녹아내리는 아스팔트 냄새를 풍겼다.

　머나는 그 냄새가 이상하게 위안이 된다는 것을 깨달았다. 그녀의 어머니와 할머니에게 위안을 준 냄새는 깎인 잔디와 갓 구운 빵 냄새였고, 주름이 다려진 시트의 희미한 향이었다. 머나 세대에 위안을 주는 냄새는 제조된 것이었다. 녹아내리는 아스팔트는 여름을 의미했다. 베이포럽 시럽은 겨울과 돌봄을 받는다는 것을 의미했다. 거기엔 탕과일 주스 맛을 내기 위해 물에 타 먹는 가루 브랜드과 배기가스와 오래전에 사라진 복사기 잉크 냄새가 있었다.

　그것들은 이해와 상관없었기 때문에 이해할 수 없는 이유로 그 모든 게 그녀에게 위안을 주었다.

　스리 파인스에서 수년을 보낸 뒤, 위안이 되는 그녀의 냄새는 진화 중이었다. 그녀는 여전히 베이포럽 냄새를 사랑했지만, 이제 그녀는 비 온 뒤의 미세한 지렁이 냄새에 또한 감사했다.

"난 그를 꿰뚫어 볼 수 있길 바랐어." 그들이 땀 흘리는 사람들과 모퉁이에서 신호가 바뀌기를 기다리고 있을 때 클라라가 말했다. "그가 거짓말을 하고 있는지, 뒤에 뭔가를 감추고 있는지 보길."

"그래서 그가 그랬어? 그가 피터를 봤거나 그와 얘기를 나눴다고 생각해?"

"아닌 것 같아."

머나가 그에 대해 생각했다. "그가 자기 벽에 대해 왜 얘기했을까?"

그녀는 머리 위 위풍당당한 로열 요크의 외관을 볼 수 있었다. 현대 도시 발치의 거대한 시대착오. 그리고 그녀는 곧 마시게 될 맥주를 거의 맛볼 수 있었다.

"모로 집안 사람들이 어떤 말을 왜 하는지 누가 알겠어." 클라라가 오래된 호텔의 문 바로 앞에서 멈춰 서며 말했다. 유니폼 안에서 땀 흘리는 도어맨이 문손잡이에 한 손을 얹고 문을 열 준비를 하고 있었다.

"난 그게 피터에 대한 비판이었던 것 같아." 머나가 말했다. "그가 형보다 예술에 더 관심이 있다는."

"그럼 그가 맞을 거야." 클라라가 말했다.

"맥주나 마시자." 머나가 그렇게 말했고, 곧장 바로 향했다.

10

렌 마리는 묵직한 책을 겨드랑이에 끼고 환한 오후의 빛 속으로 발을 디뎠다.

"안으로요, 밖으로요, 마 벨ma belle 내 사랑?" 올리비에가 물었다.

그녀는 주위를 둘러보고 커다란 캄파리 파라솔 아래 자리한, 테라스에 있는 테이블이 완벽하리라 결정했다.

올리비에는 열기에 이미 물방울이 맺힌 기다란 진저비어 잔과 갖은 견과류가 든 그릇을 들고 몇 분 뒤에 돌아왔다.

"파르페Parfait 완벽해요." 렌 마리가 말했다. "메르시."

그녀는 잔을 홀짝이고 책을 펼쳤다가 고작 20분 만에 어떤 머리가 그녀의 무릎에 떨어져 고개를 들었다.

앙리.

그녀는 녀석의 과장된 귀를 주무르다가 자신의 정수리에 입맞춤을 느꼈다.

"당신이면 좋겠는데, 세르히오."

"미안, 그냥 나야." 아르망이 웃으며 말했다.

그는 의자를 끌어당겼고, 안으로 사라지는 올리비에에게 고개를 끄덕였다.

"스코틀랜드의 역사." 가마슈가 렌 마리의 책 표지를 읽었다. "갑자기 열정이 생겼어?"

"왜 덤프리스일까, 아르망?" 렌 마리가 물었다.

"나도 그걸 알아보려는 중이었어. 뒤져 보려고 인터넷에 들어갔지."

"뭐 좀 찾았어?"

"별로." 그가 인정했다. "내가 발견한 걸 일부 출력했어." 그가 테이블에 종이를 올려놨다. "당신은?"

"난 막 읽기 시작했어."

"그 책은 어디서 났어?" 그가 물었다. "루스?"

그가 머나의 새 책과 헌책 서점을 건너봤다.

"로사. 루스는 철학 서가에서 잠들어 있었어."

"잠들었거나 기절했거나 아니면……,"

"죽었냐고?" 렌 마리가 물었다. "아니, 내가 확인했어."

"배 위에 빵은 없고요?" 올리비에가 가마슈의 진저비어를 테이블 위에 놓으며 물었다.

"메르시, 파트롱." 아르망이 말했다.

그들은 음료를 홀짝이고, 무심하게 견과류를 먹고, 스코틀랜드에 있는 도시에 대해 읽었다.

"오, 맙소사." 머나가 둘러보며 말했다.

그녀는 로열 요크 바의 문간에 꼼짝도 하지 않고 멈춰 서서, 그녀 뒤로 약간의 혼잡을 야기하고 있었다.

"몇 분이시죠?" 젊은 여자가 물었다.

"셋이요." 클라라가 꼼짝 않는 머나의 덩치 주위를 둘러보며 말했다.

"따라오세요."

땀을 흘리는 두 여자는 멋지고 날씬한 지배인 뒤를 따라갔다. 머나는 자신이 거인처럼 느껴졌다. 모든 게 크고 투박하게 움직이며 부스스하고 허구적인. 실제로 여기에 있을 법하지 않은. 자신들을 자리로 안내하는 요염한 여자 뒤에서 무형인.

"메르시." 클라라는 자신이 영국계인 온타리오에 있지, 프랑스계 퀘벡에 있지 않다는 사실을 잊고 습관적으로 말했다.

"오, 맙소사." 머나가 흐릿한 장미색 벨벳 천이 씌워진 아주 안락한 안락의자에 몸을 묻으며 다시 속삭였다.

바는 사실상 도서관이었다. 디킨스가 편안해했을 법한 장소. 코넌 도일이 유용한 책을 찾았을 법한 곳. 제인 오스틴이 앉아 책을 읽었을 곳. 그리고 그녀가 원했다면 취했을.

"맥주요. 고마워요." 머나가 말했다.

"두 잔이요." 클라라가 말했다.

마치 그들은 21세기 토론토의 빛과 고동치는 열기에서 벗어나 19세기의 근사한 시골 저택에 들어선 것 같았다.

그들은 거인이 되었을망정 이곳은 그들의 자연스러운 서식지였다.

"피터가 사마라에서 약속이 있었던 것 같아?" 클라라가 물었다.

그녀의 목소리는 무덤덤했다. 머나가 감정을 통제하려는 사람들에게 수년간 귀 기울인 끝에 알게 된 식으로. 감정을 짓누르려고, 감정을 납작하게 하려고, 말과 목소리로 감정에 맞서려고. 그 끔찍한 소리를 평범하게 들리게 하려고 절실히 노력하면서.

하지만 클라라의 눈이 그녀를 배신했다. 머나에게 안심을 갈구하는.

피터는 살아 있었다. 그림을 그리면서. 그는 시간의 경과를 잊었을 뿐이었다.

걱정할 일은 전혀 없었다. 그는 사마라 근처 어디에도 없었다.

"그런 말을 해서 미안해." 머나가 음료를 가져온 웨이터에게 미소를 지으며 말했다. 바에 있는 다른 이들은 세련된 칵테일 종류를 마시고 있는 것처럼 보였다.

"하지만 그런 의미였어?" 클라라가 물었다.

머나는 친구를 보면서 잠시 생각했다. "난 그 이야기가 죽음보다는 운명에 대한 거라고 생각해. 우린 모두 사마라에 약속이 있으니까."

그녀가 맥주를 내려놓고 마호가니 테이블을 가로질러 몸을 숙이고 목소리를 낮춰서, 클라라는 그녀의 목소리를 들으려고 몸을 숙여야 했다.

"내가 확실히 아는 건, 피터의 삶은 그의 것이라는 거야. 시장에 머물 건. 사마라에 가건. 그의 운명이야. 자기의 운명이 아니라. 지난해 피터가 이룬 근사한 성취가 있다면 자기가 그 공을 가로채겠어?"

클라라는 고개를 저었다.

"그런데도 자긴 뭔가 나쁜 일이 생기면 그게 자기 잘못이라고 생각하잖아."

"나쁜 일이 일어났다고 생각해?"

머나는 살짝 짜증이 나서 요점은 그게 아니라고 말하려 했다. 하지만 클라라를 보면서 그녀는 그게 중요하지 않다는 걸 알았다. 클라라에게 필요한 건 한 가지뿐이었고, 그건 논리가 아니었다.

"아니." 머나는 그녀의 손을 잡았다. "피터는 분명히 무사할 거야."

클라라는 숨을 깊이 들이쉬고 머나의 손을 꽉 누른 다음 다시 안락의자에 기댔다.

"정말?" 그녀는 머나의 눈을 살폈지만 너무 깊고 길게는 아니었다.

"정말."

둘 다 머나가 방금 거짓말을 했다는 것을 알았다.

"저 여자야?" 머나가 물었고, 클라라는 의자에서 몸을 돌려 다가오는 마리아나 모로를 보았다.

클라라는 피터의 여동생 마리아나가 토론토의 예술가 거주지인 캐비지타운에서 보헤미안적인 삶을 살고 있을 때 그녀를 처음 만났다. 그녀는 시인이 되려는 척하며 무관심한 부모에게서 관심을 얻으려 애쓰고 있었다. 그녀가 선택한 무기는 걱정이었다.

방종과 자포자기가 공존하는 그 젊은 여자가 클라라의 머릿속에 너무 깊이 각인되어서 그녀는 여전히 그런 마리아나를 보기를 기대했다. 마리아나의 머리카락에 회색빛이 있었고, 그녀가 여전히 시인처럼 보인 반면, 사실은 성공적인 디자이너라는 사실을 깨닫기까지 잠시 시간이 걸렸다. 아이가 한 명 있는. 그리고 그녀는 피터의 가족 중에서 클라라가 견딜 수 있는 유일한 사람이었다. 그리고 그것도 거의 간신히.

"마리아나." 클라라가 일어나서 머나를 소개한 뒤 셋 모두 앉았다. 마리아나는 마티니를 주문한 다음 그들을 번갈아 보았다.

"그래서," 그녀가 말했다. "피터는 어디 있죠?"

"왜 덤프리스일까?" 가마슈가 자신의 종이 다발에서 고개를 들며 물었다. "충분히 매력적인 곳으로 보이지만 왜 피터가 베네치아를 떠나 거기로 갔을까?"

렌 마리가 자신의 묵직한 책을 내렸다. "여기엔 명백한 게 아무것도 없어. 그곳은 근사한 스코틀랜드 마을이야. 한때 드루이드가 있었고, 그 다음엔 로마인들이 나타났고, 그런 다음 스코틀랜드인들이 그 땅을 되찾았지."

"유명한 예술가는?"

"내가 아는 한 이름난 시민은 없어."

가마슈는 마을 광장의 아이들을 지켜보며 뒤로 기대 진저비어를 홀짝였다. 8월의 따뜻한 오늘, 일을 보러 오가는 자신의 친구와 이웃 들을 지켜보며. 스리 파인스를 천천히 드나드는 차들을 지켜보며.

이내 그는 몸을 숙였다.

"덤프리스는 피터가 실제로 간 곳이 아니었을지도 몰라." 그는 그녀의 책을 끌어당겼다. "어쩌면 거긴 다른 곳으로 가는 길에 지난 데였는지도 몰라."

"무슨 뜻이에요?" 클라라가 물었다.

"언니와 피터는 항상 함께 다니잖아요." 마리아나 모로가 말했다. "난 오빠가 우리와 함께 마실 거라고 추측했을 뿐이에요."

클라라의 마음이 가라앉았다. "나는 같은 질문을 아가씨한테 하려고 왔어요."

마리아나는 앉은 자리에서 몸을 돌려 클라라를 똑바로 보았다. "나한테 피터가 어디 있는지 묻고 싶었다고요? 언니가 모른다고요?"

머나는 그 표정과 억양을 읽어 보려 했다. 적어도 그 외양에는 걱정이 있었다. 하지만 그 밑에 소용돌이치는 다른 무언가도 있었다.

흥분. 머나는 마리아나 모로에게서 살짝 몸을 멀리했다.

다리를 쩍 벌리고 다 안다는 듯한 미소를 지은 토머스는 적어도 자신의 경멸을 숨기려고 하지 않았다. 이쪽은 그랬다. 그녀가 숨긴 것이 경멸은 아니었더라도 머나는 일종의 갈망까지 느꼈다.

피터의 여동생은 마치 클라라가 무제한 뷔페이고 자신은 허기졌다는 듯 보였다. 클라라가 제공하고 있는 나쁜 소식에 굶주려 있다는 듯.

"그이가 사라졌어요." 클라라가 말했다.

그리고 머나는 한층 더 밝아지는 마리아나의 눈을 지켜보았다.

"끔찍하네요."

"마지막으로 그 사람을 본 게 언제예요?" 클라라가 물었다.

마리아나는 생각했다. "지난겨울에 우리랑 같이 저녁을 먹었지만 정확히 언제인지는 기억나지 않아요."

"아가씨가 그이를 초대했어요?"

"오빠가 직접 초대했어요."

"왜요?" 클라라가 물었다.

"왜요?" 마리아나가 되풀이했다. "왜냐하면 난 동생이니까요. 그리고 오빠 내가 보고 싶었고요."

그녀는 모욕을 당한 것처럼 보였지만 그들 모두 그녀가 그렇지 않다는 걸 알았다.

"아뇨, 정말로요." 클라라가 물었다. "왜였죠?"

"모르겠어요." 마리아나 모로가 시인했다. "어쩌면 빈이 보고 싶었는지도 모르죠."

"빈?" 머나가 물었다.

"마리아나의……," 클라라는 망설이며 맞은편의 여자가 끼어들어 대답해 주기를 바랐다. 하지만 마리아나 모로는 지켜볼 뿐이었다. 그리고 미소를 지었다.

"마리아나의 아이야." 클라라가 마침내 말했다.

"아." 머나는 그렇게 말했지만 그 망설임이 그녀를 혼란스럽게 했다.

마리아나는 클라라를 관찰했다. "오빠를 마지막으로 언제 봤어요?"

머나가 놀랍게도 클라라는 망설이지 않고 말했다. "우린 일 년 넘게 별거했어요. 난 지난여름 이후 그를 보거나 소식을 듣지 못했어요. 시험적인 별거인 것으로 했죠. 그는 떠난 지 일 년 뒤에 돌아와야 했어요."

머나는 클라라를 자세히 살피고 있었다. 그 말들이 나르고 있는 짐에 대한 암시는 전혀 없었다. 클라라가 온종일 그것들을 끌고 다녔다는 무게감은. 밤새도록.

"하지만 오빠가 오지 않았군요." 마리아나는 여전히 걱정스러운 척하고 있었지만 그녀의 만족감은 이제 너무 분명했다.

머나는 클라라가 그냥 입을 다물지 않는 이유가 궁금했다.

"하지만 아무한테도 말하지 말아 줘요."

"말 안 할게요." 마리아나가 말했다. "내가 알기로, 오빠는 여기 있을 때 예술대학을 방문했어요. 저녁 식사 하러 왔을 때 우리에게 말했죠."

"우리가 다니던 학교야." 클라라가 머나에게 말했다.

"난 오빠가 갤러리들도 방문했다고 생각해요."

이제 마리아나 모로는 혀가 풀렸고, 머나는 클라라가 그녀에게 그렇게 많이 말한 이유를 이해했다. 그녀는 마리아나에게 먹이를 주고 그녀를 채우고 있었다. 그리고 마리아나는 나쁜 소식 만찬의 대식가처럼 그것을 먹고 있었다. 지나치게 먹고 나른한 그녀는 경계를 늦췄다. 정보를 흘리면서.

"생각이 있어요. 두 분, 오늘 밤 저녁 식사 하러 오지 않을래요?"

머나는 순간 나타났다 사라진 클라라의 미소를 보았다. 그리고 머나는 새삼 경외감을 품고 친구를 보았다.

"뭐 좀 찾았어?" 아르망이 스코틀랜드에 대한 책에서 고개를 들었다.

렌 마리는 고개를 젓고 출력물을 내려놓았다.

그들은 자신이 놓친 무언가를 상대방이 찾기를 바라며 자료를 교환했었다.

"당신은?" 그녀가 물었다.

그는 독서용 안경을 벗고 눈을 문질렀다. "아무것도. 하지만 피터의 여행에서 이해할 수 없는 점이 또 있어." 가마슈는 비스트로 밖 자신들의 테이블 앞으로 다가앉았다. "그는 여기서 파리로 거의 곧장 갔지."

렌 마리가 끄덕였다. "위."

"그리고 십오 구에 있는 한 장소를 찾았고."

이제 렌 마리는 아르망이 당혹스러워한 이유를 이해했다. "딱히 예술가들이 모이는 곳은 아니지."

"우린 파리 세부 지도가 필요해." 그가 일어서며 말했다. "집에 하나 있지만 서점에도 분명히 하나 있을 거야."

그는 몇 분 뒤에 오래된 지도, 오래된 안내 책자 그리고 오래 산 시인과 함께 나타났다.

루스는 한 손으로 그의 진저비어를, 다른 손으로는 마지막 남은 견과를 움켜쥐며 가마슈의 의자에 앉았다.

"피터는 퀘벡 시티에서 족적이 끊겼어." 그녀가 말했다. "그런데 클루소영화 〈핑크 팬더〉 시리즈의 주인공인 엉성한 수사관 자크 클루소가 여기 뭘 찾으러 왔다고? 파리 지도. 맙소사. 경감이 되기 위해 몇 사람한테나 독약을 먹인 거야?"

"너무 많아서 하나 더 늘어도 별 상관없을 만큼요." 그가 그렇게 말했고, 루스는 콧방귀를 뀌었다.

그녀는 움찔하며 그의 음료를 도로 그에게 밀치고 올리비에게 손짓했다.

"짜증 나는 녀석," 그녀는 주문했다. "술."

렌 마리가 그녀에게 피터가 고른 지역을 설명했고, 루스는 고개를 저었다. "미쳤군. 하지만 클라라를 떠나는 사람이라면 분명 미친 거지. 내가 이런 말 했다고 클라라에게 말하지 마."

그들 셋은 지도와 안내 책자를 훑으며 피터가 그곳에 머문 이유를 설명할 만한 것을 찾아 15구를 샅샅이 뒤졌다.

"여행 계획 짜요?" 가브리가 물었다. 그는 작은 피클 접시, 편육, 올리브를 그들의 테이블에 올린 다음 그들과 합류했다. "나도 가도 돼요?"

그들이 뭘 하고 있는지 듣자 그는 얼굴을 찌푸렸다. "십오 구요? 그는 무슨 생각이었죠?"

20분 뒤 그들은 서로를 응시했다. 여전히 아는 바가 없었다.

피터 모로는 무슨 생각을 했을까?

"그리고 애가 빈이에요." 마리아나가 말했다.

클라라와 머나 앞에 서 있는 아이는 열두세 살쯤이었다. 청바지와 헐렁한 셔츠에 어깨 길이의 머리카락.

"안녕." 머나가 말했다.

"안녕하세요."

"빈, 클라라 숙모 기억하지?"

"그럼요. 피터 삼촌은 잘 지내시죠?"

"음, 삼촌은 그림을 그리러 떠났단다." 클라라는 그렇게 말하며 빈의 날카로운 눈이 자신을 지켜보는 것을 느꼈다.

빈에 대한 많은 것이 명백했다. 아이는 공손하고 차분하고 똑똑했다. 관찰력이 있었다.

분명치 않은 건 빈이 남자아이인가 여자아이인가 하는 점이었다.

자신을 주목하도록 부모를 걱정시킬 수 없다는 걸 깨달은 마리아나 모로는 다른 길을 택했다. 그녀는 혼외 출산을 했다. 그녀는 아이 이름을 빈이라고 지었다. 그리고 최후의 일격으로 빈이 남자아이인지 여자아이인지 가족에게 알리지 않았다. 마리아나는 아이이자 생물학적인 무기를 낳았다.

클라라는 머지않아 빈의 성별이 명백해지리라 생각했다. 마리아나가 위장에 지치거나 빈 본인이 누설하리라고. 혹은 빈이 성장하면서 분명해지리라고.

그런 일은 전혀 일어나지 않았다. 빈은 중성으로 남았고, 모로 가족은 어둠 속에 남았다.

그들은 거의 침묵 속에 저녁을 먹었고, 보아하니 마리아나는 초대의 말을 내뱉자마자 거의 그 말을 후회한 것처럼 보였다. 저녁 식사 후 빈은 피터 삼촌이 어떻게 만드는지 가르쳐 준 색상환色相環 가시광선의 스펙트럼을 고리 형태로 연결하여 색을 배열한 것을 보여 주려고 그들을 위층으로 데리고 갔다.

"그림에 관심 있니?" 머나가 아이를 따라 위층으로 올라가며 물었다.

"별로요."

빈의 침실 문이 열렸고, 머나의 눈썹이 치켜올려졌다. "다행이네." 그녀가 클라라에게 속삭였다.

빈 방의 벽들은 최근 팝 스타나 스포츠 스타의 포스터로 뒤덮인 대신 압정으로 고정한 그림으로 도배되어 있었다. 그것은 토론토 시내의 신석기 시대 동굴처럼 보였고, 느껴졌다.

"근사한 그림들이구나." 클라라 숙모가 말했다. 머나가 그녀에게 경고하는 시선을 던졌다.

"뭐?" 클라라가 속삭였다. "난 격려하려는 거야."

"이걸 정말 격려하고 싶어?" 머나가 두꺼운 손가락으로 벽을 찔렀다.

"이것들은 형편없어요." 빈이 침대에 앉아 주변을 둘러보며 말했다. "하지만 전 이것들이 좋아요."

클라라는 미소를 억누르려 했다. 그건 그녀가 자신의 모든 초기작에 느꼈던 감정과 거의 같았다. 그녀는 그것들이 형편없었다는 것을 알았다. 하지만 그녀는 그것들이 좋았다. 아무도 그러지 않았지만. 그녀는 이번엔 열린 마음으로 다시 침실 벽들을 둘러보았다. 빈이 그린 것에서 무언가 좋은 점을 찾기로 작정하고.

그녀는 그림에서 그림으로 옮겨 갔다. 그림으로. 그림으로.

그녀는 물러섰다. 가까이 섰다. 고개를 이쪽저쪽으로 기울였다.

어떤 식으로 보아도 그것들은 끔찍했다.

"괜찮아요. 좋아하실 필요 없어요." 빈이 말했다. "전 신경 안 써요."

그것은 젊은 클라라가 자신의 초기 작품에 대해 좋은 말을 하려고 애쓰는 사람들이라는, 너무나 익숙한 광경을 지켜보며 한 말이기도 했다. 그녀가 소중히 여긴 의견을 낸 사람들. 그녀가 갈망한 인정을 해 준. 그녀는 난 신경 안 쓴다고 말했었다.

하지만 그녀는 신경 썼다. 그리고 그녀는 빈 역시 그러리라 짐작했다.

"가장 좋아하는 게 있니?" 클라라 숙모가 자신의 감정에서 한발 물러서며 물었다.

"저거요."

빈이 열린 문을 가리켰다. 클라라 숙모가 거기에 있는 그림을 드러내 보이려고 문을 닫았다. 그건, 그런 게 가능하다면, 나머지보다 한층 더 끔찍했다. 다른 것들이 신석기 시대라면, 이건 진화 과정에서 크게 뒤로 물러서 있었다. 이것을 그린 게 누구든 거의 분명 꼬리가 달렸고, 손마디가 땅에 질질 끌렸을 터였다. 그리고 그림도.

피터가 빈에게 이 색상환을 가르쳤다면 그는 아주아주 형편없는 선생이었다. 이 그림은 예술의 모든 규칙과 당연한 격식의 규칙 대부분을 무시했다. 그것은 벽에 걸린 나쁜 냄새였다.

"어떤 점이 좋은데?" 머나가 어떤 강한 감정 혹은 배 속에 든 저녁을 담아 두느라 긴장한 목소리로 물었다.

"저거요."

빈이 침대에서 그 그림을 향해 손가락을 흔들었다. 문을 닫으면 빈이 밤에 마지막으로, 그리고 아침에 처음으로 이 그림을 보리라는 사실을 클라라는 깨달았다.

그 그림에 뭐가 그렇게 특별하지?

그녀는 머나를 살폈고, 자신의 친구가 그 그림을 관찰하는 모습을 보았다. 그리고 미소 짓는 모습을. 처음엔 미소였지만 미소가 자라났다.

"그게 보여?" 머나가 물었다.

클라라는 더 자세히 보았다. 그리고 이내 무언가가 딸깍했다. 이 우스꽝스러운 구불구불한 빨간 선들은 스마일이었다. 그림은 그것들로 채워져 있었다. 입술로.

그것이 그림을 좋게 하지는 않았다. 하지만 그것은 그림을 재미있게 했다.

클라라는 빈을 돌아보고 정직한 얼굴의 큰 미소를 보았다.

"분명 예술가적 유전자가 빈에겐 전해지지 않았어." 머나가 호텔로 돌아가는 택시에 앉아 말했다.

"난 피터가 그의 레슨이 뭘 낳았는지 보게 하기 위해서라면 많은 돈을 낼 거야." 클라라는 그렇게 말했고, 옆에서 나는 머나의 웃음 섞인 콧소리를 들었다.

"두 사람은 오늘 뭐 했어?" 뒤뜰 테라스에서 다 같이 저녁을 먹을 때 렌 마리가 아니와 장 기에게 물었다.

"저는 도미니크와 말을 타고 숲에 갔어요." 아니가 수박, 민트, 페타 치즈가 든 샐러드를 먹으며 말했다.

"그리고 자넨?" 아르망이 장 기에게 물었다. "자네가 말 등에 올라탔을 린 없고."

"말이요?" 보부아르가 말했다. "말? 도미니크는 그것들이 말이라고 하지만 우린 모두 거기에 적어도 무스 한 마리가 있다는 걸 알죠."

렌 마리가 웃음을 터트렸다. 도미니크의 말 중에 봐 줄 만한 말은 하나도 없었다. 학대받고 방치되어 마침내 도축장으로 보내진 말들을 도미니크가 구조했었다.

말들은 눈에 그 표정이 있었다. 마치 그들이 아는 것처럼. 자기들이 얼마나 죽음에 가까이 갔었는지.

앙리가 때로 조용한 순간에 그렇게 보이는 것처럼. 로사가 그렇게 보이는 것처럼. 그녀는 이따금 장 기의 눈에서 같은 표정을 포착했다.

그리고 아르망의.

그들은 알았다. 자신들이 죽을 뻔했다는 것을. 하지만 그들은 자신들이 구제됐다는 것도 알았다.

"마르크와 전 마당 일을 좀 했죠." 장 기가 말했다. "뭘 하셨습니까?"

가마슈와 렌 마리는 피터가 덤프리스로 간 이유를 알아내려 애쓴 자신들의 오후를 설명했다.

"그리고 왜 파리의 십오 구로 갔는지." 렌 마리가 말했다.

"아빠, 그게 뭐예요?" 아니가 물었다.

아르망은 자리에서 일어나 양해를 구했었고, 집 안으로 들어갔다가 잠시 뒤에 파리 지도를 들고 나왔다.

"미안." 그가 말했다. "그냥 확인할 게 있었다."

그가 테이블에 지도를 펼쳤다.

"뭘 찾으십니까?" 장 기가 동참했다.

가마슈가 독서용 안경을 쓰고 지도 위로 몸을 굽혔다가 마침내 몸을 폈다.

"말을 타고 갔을 때 마르크의 아버지에게 들렀니?" 아르망이 딸에게 물었다.

"네, 잠깐요." 아니가 말했다. "식료품을 갖다 드렸어요. 왜요?"

"그는 여전히 전화가 없니?"

"없어요, 왜요?"

"그냥 궁금해서. 그는 한동안 파리에서 살았지." 가마슈가 말했다.

"마르크의 어머니가 그를 쫓아낸 뒤에 꽤 오래 거기 있었죠." 아니가 말했다.

"그 사람과 얘기해야겠어." 아르망이 장 기에게 몸을 돌렸다. "안장 얹을 준비 됐나?"

보부아르는 질린 듯이 보였다. "지금요? 오늘 밤에? 말인지 뭔지 그걸 타고요?"

"지금은 너무 어둡지만," 가마슈가 말했다. "아침에 일어나자마자."

"왜요?" 아니가 물었다. "뱅상 질베르가 피터의 실종에 대해 뭘 알 게 있어요?"

"아마 아무것도. 하지만 난 그의 파리 시절에 대해 그와 얘기했던 기억이 난다. 그가 내게 머물렀던 곳을 보여 줬지."

가마슈가 지도 위에 손가락을 짚었다.

15구.

11

토론토의 갤러리들은 실패였다. 아무도 피터 모로를 본 기억이 없었고, 모두 클라라가 자기네 갤러리에서 전시를 해야 한다고 그녀를 설득하려 했다. 몇 년 전만 해도 그녀의 작품을 거부하고 조롱했던 바로 그 갤러리들이 이제 그녀를 유혹하려 애쓰고 있었다.

클라라는 앙심을 품지 않았다. 그것들은 너무 무거웠고, 그녀는 갈 길이 멀었다. 하지만 그녀는 주목했고, 다른 무언가를 알아차렸다. 발목을 드러내는 자신의 에고. 알랑거리는 말들과 파티에 늦은 구혼자들의 이 도발적인 미소를 먹어 치우는.

"그가 여기 왔었나요?" 클라라가 리스트의 마지막 갤러리 소유주에게 물었다.

"제가 기억하기로는 안 왔어요." 그녀가 그렇게 말했고, 접수 담당자가 지난 12개월 동안 피터 모로와의 약속은 없었다고 확인했다.

"하지만 그는 그냥 들렀을지도 몰라요." 클라라는 고집을 피웠고, 갤러리 소유주에게 피터의 뛰어난 작품 사진을 보여 주었다.

"오, 그 사람을 알죠." 그녀가 말했다.

"그가 여기 왔었나요?" 클라라가 물었다.

"아니요. 제 말은 그의 작품을 안다고요. 이제 당신 그림에 대해 얘기해 보죠……."

그리고 그게 다였다. 클라라는 정중했지만 넘어가기 전에 가능한 한 빨리 달아났다. 하지만 그녀는 갤러리 소유주의 명함을 챙겼다. 혹시 모르는 법이니까.

그들이 오후 기차에 오르기 전에 마지막으로 들른 곳은 피터와 클라라가 거의 30년 전에 만난 예술대학이었다.

"OCCA……," 총무부 직원이 말했다.

"강박적이고Obsessive-compulsive……," 머나가 말했다.

"온타리오 캐나다 예술대학Ontario College of Canadian Arts이요." 직원이 말했다.

그가 두 사람에게 팸플릿을 주었고, 클라라 모로는 졸업생 명단에 사인했다. 그는 그녀의 이름을 알아보지 못했고, 클라라는 위안과 짜증을 동시에 느꼈다.

"피터 모로?" 그는 그 이름을 알아보았다. "그는 몇 달 전에 여기 왔습니다."

"그래서 그가 당신과 얘기했어요?" 클라라가 말했다. "그가 뭘 원하던가요?"

그녀는 사실 이렇게 묻고 싶었다. "그는 어때 보였죠?" 하지만 그녀는 자제했다.

"오, 그냥 만났을 뿐이에요. 그는 자신이 여기 있었을 때의 직원 중 누구라도 아직 근무하는 사람이 있는지 알고 싶어 했죠."

"있나요?"

"음, 한 명이요. 폴 매시."

"매시 교수님이요? 농담이겠죠. 그분은 분명히……,"

"여든셋이요. 여전히 수업하고 여전히 그리시죠. 모로 씨는 그분을 꼭 뵙고 싶어 했습니다."

"매시 교수님은 개념 미술을 가르치셨어." 클라라가 머나에게 설명해 주었다.

"여전히 그렇습니다." 직원이 말했다. "시각적인 세계를 캔버스에 옮기시죠." 그가 브로슈어에서 외운 내용을 인용했다.

"그분은 우리가 가장 좋아한 교수님 중 한 명이었어." 클라라가 말했다. "지금 계신가요?"

"아마도요. 지금은 여름방학이지만 교수님은 조용할 때 종종 작업실에 나오십니다."

"매시 교수님은 훌륭했어." 클라라가 서둘러 복도를 지나며 말했다. "피터를 포함해서 나이 어린 예술가 상당수의 멘토였지."

"자긴?"

"오, 아니. 난 가망이 없었어." 클라라가 그렇게 말하며 웃음을 터트렸다. "그분들은 정말 날 어떻게 해야 할지 몰랐어."

그들은 작업실에 도착했고, 머나가 문을 열었다. 그들은 친숙한 아마인, 유화물감, 테레빈유 냄새와 마주쳤다. 그리고 스툴에 앉은 나이 든 남자와도. 그의 하얀 머리카락은 가늘어지고 있었고, 얼굴은 분홍빛이었다. 나이에도 불구하고 그는 탄탄해 보였다. 곡물을 먹여 방목한 예술가. 아직 초원으로 내쫓기지 않은.

"네?" 그가 의자에서 일어서며 말했다.

"매시 교수님?"

그는 약간 놀란 듯했지만 경계하거나 성가셔하는 표정은 아니었다. 머나는 그가 정말로 학생들을 좋아하는 부류의 선생처럼 보인다고 생각했다.

"그런데요?"

"전 클라라 모로예요. 제 남편이 교수님을 뵈러 왔다고 아는데 요…….'"

"피터." 교수가 그렇게 말하며 미소를 짓고 그녀에게 다가와 손을 내밀었다. "그래. 자넨 어떤가? 자네의 성공을 지켜봤네. 아주 흥미진진하더군."

머나는 그가 진심인 것 같다고 생각했다. 그는 클라라 때문에 진심으로 행복해 보였고, 그녀를 만나서 기쁜 것 같았다.

"피터가 교수님께 애기했나요?" 클라라가 물었다.

"신문에서 읽었네. 자넨 우리의 가장 큰 성공작이야. 제자가 스승을 능가했지." 매시 교수는 자기 앞의 여자를 살폈다. "어쩌면 우리가 정말로 자네의 스승인 적이 없어서였겠지, 클라라? 어쩌면 그게 열쇠였네. 자넨 우릴 따르지 않았지. 누구도 따르지 않았어." 그가 머나에게 몸을 돌리고 털어놓았다. "정말로 창조적인 제자를 두는 건 쉽지 않아요. 성적을 주기가 어렵고, 우리에 가두긴 더 어렵지. 창피하게도 우린 그러려고 했다오."

머나는 그런 겸손, 자신의 한계에 대한 그런 인식을 갖고 말하는 그에게 자신도 모르게 끌렸다.

"안타깝게도 자네 작품이 전혀 기억나지 않는군." 그가 말했다.

"놀랍지 않아요." 클라라가 미소를 지으며 말했다. "그래도 학교 살롱 데 르퓨제Salon des Refusés 낙선전에서는 주요하게 다뤄졌죠."

"자네가 그 일부였다고?" 매시 교수가 슬프게 머리를 저었다. "상처 입기 쉬운 젊은이들에게 하기엔 끔찍한 짓이야. 모욕적이지. 미안하네.

우린 그런 일이 다시는 일어나지 않게 신경 썼다네. 피터와 나는 그 얘기도 했지."

"뭐, 저는 살아남았어요." 클라라가 말했다.

"그리고 성공했지. 들어와 앉게." 그는 그들의 대답을 기다리지 않고 작업실을 가로지르며 낡은 의자들과, 가운데가 콘크리트 바닥까지 주저앉은 소파를 가리켰다. "마실 것 좀 줄까?" 그가 낡은 냉장고 쪽으로 다가갔다.

"교수님은 냉장고에 맥주를 채워 두셨었죠." 클라라가 그를 따라가며 말했다. "금요일이면 수업이 끝난 뒤에 교수님 작업실에서 파티를 하곤 했고요."

"그래. 더 이상 그럴 수 없다네. 새 규정이지. 새로운 규칙들. 레모네이드?"

그가 그들에게 맥주를 건넸다.

클라라가 웃음을 터트리며 받았다.

"사실 전 레모네이드가 더 좋은데요. 있다면요." 타는 듯이 더운 토론토에서 갤러리들을 터벅거리며 다닌 아침 이후 바짝 말라 버린 머나가 말했다.

매시 교수가 그녀에게 레모네이드를 건네고 클라라에게 몸을 돌렸다. "뭘 도와줄까?"

"오, 피터에게 해 주신 것과 비슷해요." 그녀가 소파에 앉으며 말했다. 그녀의 무릎이 즉시 어깨로 솟아올랐고, 맥주의 하얀 거품이 그녀의 무릎에 떨어졌다.

그녀는 이렇게 될 것에 대비했어야 했다고 깨달았다. 이것은 오래전

학창 시절에 자신들이 앉은 것과 같은 소파였다.

매시 교수는 머나에게 의자를 권했지만 그녀는 작품들을 보면서 작업실을 어슬렁대는 쪽이 더 좋았다. 그녀는 이 작품들이 전부 이 교수가 그린 것인지 궁금했다. 이것들은 좋아 보였지만 머나는 클라라의 자궁 전사 연작을 한 점 샀었기에 그녀에게는 예술적인 안목이 거의 없었다.

"뭐," 교수가 클라라 맞은편으로 의자를 가져가며 말했다. "피터와 난 대개 다른 학생들과 학부에 대해 얘기했네. 그는 자신이 가장 좋아한 선생들에 대해 물었지. 그들 중 많은 이가 이제 가고 없다네. 죽었지. 몇몇은 가엾은 노르망 교수처럼 치매가 왔고. 그 사람이 학생들에게 인기 있던 선생이라고 할 수는 없지만. 나는 그게 물감의 독성 때문이라고 생각하고 싶지만 우리 모두 그가 제정신이 아닌 채로 왔다는 걸 안다고 생각하네. 그리고 여기서 일하는 게 도움이 안 됐을 거야. 난 보통 수준의 경력을 쌓고, 늘 위에서 시키는 대로 했기 때문에 발각을 면했지."

그는 웃음을 터뜨리고 입을 다물었다. 그 침묵에는 머나가 이젤에 놓인 텅 빈 캔버스에서 몸을 돌려 그들을 보게 한 어떤 성질이 있었다.

"자네가 여기 온 진짜 이유가 뭔가?" 매시 교수가 마침내 물었다.

부드럽고 온화한 말투였다.

그의 파란 눈이 클라라를 지켜보자 그녀 주위에 거품이 인 것 같았다. 장막. 그녀에게 어떤 해악도 미치지 못하게. 그리고 머나는 매시 교수가 왜 가장 인기 있는 선생인지 이해했다. 그리고 왜 그가 '시각적인 세계를 캔버스에 옮기는' 것보다 훨씬 더 중요한 것들로 기억될 사람인지.

"피터가 사라졌어요." 클라라가 말했다.

숲을 지나는 그들의 여정은 장 기에게 무언가를 떠올리게 했다. 어떤 오래 묵은 이미지를.

가마슈는 자신들 모두 사실은 말이 아니라고 의심한 것에 올라 앞장서 있었다. 지난 15분 동안 보부아르가 나뭇가지들을 피해 몸을 숙일 때마다 나뭇가지가 보부아르의 얼굴을 때렸고, 그와 거의 동시에 가마슈가 소리쳤다. "조심하게."

그리고 보부아르가 자연에 굴욕적으로 얻어맞지 않을 때 볼 수 있는 것은 앞에서 흔들리는 불윙클의 엉덩이뿐이었다.

그는 아직 재미있지 않았다. 다행히도 보부아르는 그러리라 기대하지 않았다.

"보이십니까?" 그는 몇 분 새 열 번째로 앞을 향해 외쳤다.

"풍경을 즐기고 긴장이나 풀게." 참을성 있는 대답이 돌아왔다. "결국은 거기 닿을 테니까."

"보이는 건 말 엉덩이뿐인데요." 장 기가 그렇게 말했고, 질책하는 양 가마슈가 몸을 돌리자 그가 덧붙였다. "파트롱."

보부아르는 말 위에서 앞뒤로 흔들렸고, 자신이 즐기기 시작하고 있다는 걸 인정하지 않을 수 없었다. '즐긴다'는 것은 아마도 과장이겠지만. 그는 이 신중한 동물의 부드럽고 리드미컬한 걸음이 안정감을 주고 위안을 준다는 것을 깨닫는 중이었다. 그것이 그에게 기도하는 수사들의 흔들리는 몸을 떠올리게 했다. 혹은 불안한 아이를 달래는 어머니를.

그들이 길에서 벗어나자 숲은 따가닥거리는 말발굽 소리와 새소리 외에는 고요했다. 더 깊이 들어갈수록 더욱 평화로워졌고, 더 푸르러졌다.

심장의 차크라. 근처에서 요가 센터를 운영하는 마을 주민이 언젠가 그에게 그 말을 했었다.

"녹색은 심장의 차크라 색이에요." 그녀는 마치 그게 사실인 것처럼 말했다.

그는 그때 그 말을 묵살했다. 그리고 그는 공식적으로, 공공연하게 지금도 그 말을 묵살했다. 하지만 사적으로, 짙은 녹색 평화 속에서 그는 궁금해지기 시작했다.

그는 피조물 위에서 흔들리는 앞선 가마슈를 볼 수 있었다. 파리 지도가 안장에서 튀어나와 있었다.

"우린 아직 루브르에 도착하지 못했습니까?" 장 기가 물었다.

"조용히 하게, 실없는 사람 같으니." 더는 몸을 돌리기도 귀찮은 가마슈가 말했다. "얼마 전에 지났다는 걸 잘 알잖나. 우린 이제 에펠탑과 그 너머 십오 구로 가고 있네."

"위, 위, 쥐트 알로르Oui, Oui, zut alors 네, 네, 젠장." 보부아르가 과장된 프랑스식 코웃음을 치며 말했다. 호, 호.

앞에서 경감이 껄껄 웃는 소리가 들렸다.

"저기 있군." 경감이 가리켰고, 그 순간 보부아르는 그것이 무엇을 연상시키는지 정확히 알았다. 책에서 본 돈키호테 삽화.

가마슈는 숲속의 예상치 못한 오두막집을 가리키고 있었다. 안에 더 예상치 못한 사람이 있는. 아니면 그것은 거인일지도 몰랐다.

"우리가 저기다 창을 겨눠야 할까요?" 보부아르가 그렇게 물었고, 경감에게서 나오는, 오해의 여지가 없이 나직하게 그르렁대는 웃음소리를 들었다.

"가세, 산초. 세상은 우리의 즉각적인 출현이 필요하네."

그리고 장 기 보부아르는 따랐다.

매시 교수는 방해하지도, 반응하지도 않고 들었다. 클라라가 피터에
대해 말하는 동안 단지 이따금 고개를 끄덕이면서. 피터의 경력, 그의
작품, 그들이 함께한 삶에 대해서.

그리고 마침내 할 말이 남지 않았다.

교수는 영원히 이어질 것처럼 숨을 들이쉬었다. 그는 자기 앞의 여자
에게서 눈을 떼지 않고 한동안 그 숨을 참았다. 그런 다음 내쉬었다.

"피터는 운 좋은 남자군." 그가 말했다. "한 가지만 제외하고. 그는 자
기가 얼마나 운이 좋은지 모르는 것 같아."

머나는 그제야 그의 이젤 옆 의자에 앉았다. 그가 옳았다. 그것이 그
녀가 피터 모로와 관련해 오랫동안 안 것이었다. 친구, 창의력, 건강,
엄청난 행운이 가득한 삶 안의. 안전과 특권 속에서 살면서. 사랑하는
파트너와 함께. 그의 삶에는 그저 작은 불운이 한 가지 있었고, 그것은
피터 모로가 자신이 얼마나 행운아인지 전혀 모르는 것처럼 보인다는
것이었다.

매시 교수는 손을 내밀었고, 클라라는 자신의 커다란 손을 그의 한층
더 큰 손안에 놓았다.

"나는 희망적이네." 그가 말했다. "왜인 줄 아나?"

클라라가 고개를 저었다. 머나가 고개를 저었다. 그 부드럽고 확고한
목소리에 매료되어.

"그는 자네와 결혼했네. 그는 밝고, 매력적이고, 성공적인 여기 학
생 중 누구라도 선택할 수 있었지." 매시 교수가 머나에게 몸을 돌렸다.

"피터는 분명한 스타였다오. 아주 재능있는 학생이었지. 예술대학은 예술만이 다가 아니지요. 나중엔 알게 되겠지만. 반항적인 태도에 관한 곳이기도 합니다. 검은 옷을 입고 눈살을 찌푸린 아이들이 가득한 곳. 피터를 포함해서. 유일한 예외가……."

그는 청바지에서 맥주를 닦아 내고 있는 클라라 쪽으로 과장되게 머리를 홱 움직였다.

"내가 기억하는 한, 피터는 데이트를 할 만큼 했지만." 매시가 말했다. "결국 그는 반항적이고 재능 있는 여자가 아닌, 재능 없고 소외된 여자에게 끌렸지."

"그 말은 모욕적으로 느껴지는데요." 클라라가 웃으며 말했다. 그녀 역시 머나에게 몸을 돌렸다. "자긴 그때 그를 몰랐잖아. 그는 눈이 부셨어. 큰 키에, 길고 구불거리는 머리카락에. 그리스 조각상이 살아난 것처럼."

"그래서 자긴 그를 어떻게 얻은 거야?" 머나가 물었다. "자기의 여성적인 수단으로?"

클라라는 웃으며 자신의 상상력을 부풀렸다. "그래, 난 굉장한 여우였거든. 그는 꼼짝할 수 없었지."

"아니, 진짜로." 머나가 스툴에서 일어나 서성이며 말했다. "둘이 어떻게 어울리게 됐어?"

"솔직히 전혀 모르겠어." 클라라가 말했다.

"나는 아네." 매시 교수가 말했다. "반항심은 좀 지나면 피곤하거든. 그리고 지루하지. 예측 가능하고. 자네는 신선했어. 달랐지."

"행복하고." 머나가 말했다.

그녀는 두 사람이 앉은 자리를 지나 작업실 뒤로 가서 벽에 걸린 캔버스들을 자세히 살폈다.

"교수님 작품인가요?" 그녀가 물었고, 매시가 끄덕였다.

작품들은 훌륭했다. 아주 훌륭했다. 그리고 거의 끝에 있는 한 작품은 특히 뛰어났다. 매시 교수가 눈으로 그녀를 좇았다. 머나는 나이가 몇이건 예술가는 늘 좀 불안정하다고 생각했다.

"피터가 자기에게서 매력을 발견한 부분은 알겠어." 머나가 말했다. "자기가 그에게서 좋았던 부분은 뭐였어? 육체적인 것 빼고. 아니면 그거였나?"

"처음엔 분명히." 클라라가 생각하며 말했다. "이제 기억나." 그녀는 웃었다. "너무 사소하게 들리지만 당시엔 그게 아주 컸어. 내 작품이 살롱 데 르퓨제에 전시됐을 때, 나를 나환자처럼 대하는 대신 피터는 실제로 내 옆에 와서 나란히 섰어." 그녀가 머리에 손을 넣어 매만져 머리카락이 머리에서 거의 곤추섰다. "나는 외톨이, 농담거리였지. 그 모든 미친 설치 작품을 하는 이상한 애. 그리고 반 고흐, 예술, 쿨한 방식에 미치지 않은. 내 작품은 피상적으로 여겨졌어. 별 볼 일 없게. 그리고 나도 그랬지."

"속상했겠네." 머나가 말했다.

"그랬어, 조금. 하지만 자기도 알다시피 난 여전히 행복했어. 나는 OCCA에 있고, 예술을 하고 있었으니까. 토론토에서. 그건 신났지."

"하지만 살롱 데 르퓨제에는 속이 상했지." 매시 교수가 말했다.

클라라가 끄덕였다. "그건 한 교수가 한 일이었어요. 굴욕적이었죠. 나는 실패작들을 위해 마련된 갤러리 가장 눈에 잘 띄는 곳에서 내 작품을 응시하던 걸 기억해요. 노르망 교수가 둔 곳에서. 피터가 왔고, 그가 내 옆에 섰어요. 그는 아무 말도 하지 않았고, 그저 거기 서 있었죠. 모두가 보게요."

그녀는 그 기억에 미소를 지었다.

"그 뒤로 상황이 변했어요. 저는 딱히 받아들여지진 않았지만 조롱거리가 되지도 않았어요. 어쨌든, 그렇게 많이는 아니었죠."

머나는 피터가 그런 행동을 한 줄 전혀 몰랐다. 그는 늘 좀 깊이가 없어 보였다. 잘생기고 육체적으로 강한. 그리고 사려 깊은 것처럼 보일 바른 말들을 알고 있었다. 하지만 그 남자에겐 약점이 있었다.

"충고 하나 해도 되겠나?" 매시 교수가 물었다.

클라라가 고개를 끄덕였다.

"집에 가게. 그를 기다리기 위해서가 아니라, 집에 가서 자네의 삶과 작품을 계속하기 위해서. 그리고 그가 찾는 걸 찾고 나면, 거기서 자네와 만날 걸 믿게."

"하지만 그가 찾는 게 뭐죠? 그이가 교수님께 얘기했나요?" 클라라가 물었다.

매시 교수가 고개를 저었다. "미안하네."

"왜 덤프리스일까요?" 머나가 물었다.

두 화가가 그녀에게 몸을 돌렸다.

"저는 파리나 다른 곳은 이해할 수 있어요." 그녀가 계속했다. "하지만 왜 스코틀랜드에 있는 작은 마을이죠? 그는 교수님을 뵈러 왔을 때막 그곳에서 돌아온 참이었어요. 그가 자기 여행에 대해 교수님께 말했나요?"

교수는 다시 고개를 저었다.

"우린 이곳 대학에서 그가 보낸 시간을 얘기했다오." 그가 말했다.

"그가 방문한 모든 곳을 연결하는 게 있을까요?" 클라라가 물었다.

"내가 알기론 없군." 교수가 당황한 표정으로 말했다. "당신 말처럼 파리와 피렌체와 베네치아는 예술가에게 말이 된다오. 하지만 그다음으로 스코틀랜드의 작은 마을? 그가 거기에 가족이 있나?"

"아니요." 클라라가 말했다. "그런 다음 여기서 그는 퀘벡 시티로 갔어요. 왠지 아세요?"

"미안하네." 교수는 그렇게 말했고, 매우 슬퍼 보였다. 머나는 자신들이 명백히 그에게 없는 대답을 듣기 위해 그에게 장광설을 늘어놓으며 이 나이 든 남자를 괴롭히고 있다고 느끼기 시작했다.

그녀는 발걸음을 떼었다. "우리는 가 봐야 할 것 같아요. 몬트리올로 돌아가는 기차를 타야 해요."

문가에서 매시 교수는 머나와 악수했다.

"우린 모두 당신 같은 친구를 두어야 하는데."

그리고 그는 클라라에게 몸을 돌렸다. "지금이 자네 인생에서 가장 행복한 시기가 될 걸세. 축복의 시기. 모든 걸 한층 고통스럽게 하는. 그게 프랜시스 베이컨과 그의 삼부작을 떠올리게 하는군."

이내 그는 밝아졌다. "난 바보군. 우리 교수 중 한 명이 지병 때문에 퇴직해야 한다고 막 들었네. 그는 일 학년생에게 회화와 구도를 가르쳤지. 자네가 그 일에 적격일 거야. 자네가 더 상급반을 가르쳐야 한다는 건 알지만," 그는 클라라의 반대를 물리치려는 것처럼 손을 들어 올렸다. "날 믿게. 그들이 삼 학년쯤 되면 그들을 견딜 수 없을 거야. 하지만 신입생들? 그건 신나지. 그리고 그들은 자넬 흠모할 걸세. 관심 있나?"

클라라는 이곳처럼 큰 작업실에 서 있는 이미지를 갑작스럽게 떠올렸다. 대학에 있는 자신의 작업실. 자신의 소파, 금지된 맥주가 든 자신의 냉장고. 열정적인 젊은 남녀를 이끌면서. 떠오르는 예술가들을.

그녀는 자신에게 일어난 일이 그들에게 일어나지 않도록 확실히 할 것이었다. 그들을 격려할 것이었다. 보호하고. 그들에게 살롱 데 르퓨제는 없으리라. 조롱도, 따돌림도. 모든 대학이 정말로 원하는 게 순응일 때 창의성을 부추기는 척하지도 않고.

그들은 금요일마다 자신의 작업실에 와서 맥주를 마시고 수다를 떨 것이었다. 아이디어, 철학, 예측, 대담하고 미성숙한 계획들을 내뱉으면서. 그것이 자신의 살롱이 되리라. 살롱 데 작셉테^{Salon des Acceptés '응접실'이}
^{라는 말장난에 Salon des Refusés를 빗댄 농담.}

그리고 그녀는 빛나는 중심이 될 것이었다. 그들을 육성하는, 세계적으로 명성을 날리는 예술가.

자신의 시대가 도래할 것이었다.

"생각해 보게." 매시 교수가 말했다.

"그럴게요." 클라라가 말했다. "감사합니다."

뱅상 질베르 박사는 숲 한가운데에 살았다. 사람의 갈등에서뿐 아니라 사람의 교류에서도 떨어져. 그건 그가 기꺼이 한 타협이었다. 나머지 인류처럼.

가마슈와 질베르는 수년간 여러 번 만났고, 온갖 악조건에서의 고립과 자신에게만 전념하는 삶은 닥터 질베르의 대인 관계 능력을 개선시키지 못했다.

"원하는 게 뭐요?" 질베르가 앞선 방문 때 보부아르의 말에서 훔쳤을 밀짚모자 아래로 내다보며 물었다.

그는 텃밭에 있었고, 가마슈가 보기엔 점점 더 성서 속 예언자나 광인 같았다. 질베르는 종아리를 반쯤 덮는, 한때 하얀색이었지만 이제 잿빛인 잠옷용 셔츠를 입고, 호스로 물을 뿌릴 때 용이한 플라스틱 샌들을 신고 있었다. 발목까지 퇴비에 파묻혀 있어서 그것은 좋았다.

"이웃이 방문도 못 합니까?" 가마슈가 자신의 말을 나무에 묶은 다음 물었다.

"원하는 게 뭐요?" 질베르 박사가 몸을 펴고 그들에게 걸어오며 되풀이했다.

"집어치워요, 뱅상." 가마슈가 웃으며 말했다. "날 봐서 기쁜 거 아니까요."

"뭐라도 가져왔소?"

가마슈가 보부아르를 손짓하자 그의 눈이 휘둥그레졌다.

"내가 채식주의자인 거 알잖소." 질베르가 말했다. "다른 건?"

가마슈가 안장으로 손을 뻗어 갈색 종이봉투와 지도를 꺼냈다.

"환영하오, 이방인이여." 질베르가 말했다. 그는 잡아챈 종이봉투를 열고 크루아상 냄새를 들이마셨다.

아무 설명 없이 소중한 페이스트리 하나를 숲속으로 던진 뒤 나머지를 들고 자신의 오두막집으로 들어서는 그의 뒤를 가마슈와 보부아르가 따랐다.

기차는 덜컹거리며 나아갔지만 이내 몬트리올을 향해 빠르고 매끄럽게 달렸다.

"프랜시스 베이컨에 대한 그 말은 뭐였어?" 머나가 물었다. 승무원이 그들의 점심 주문을 받았다. "내 생각엔 교수님이 십육 세기 철학가가 아니라 이십 세기 화가를 말한 것 같은데."

클라라는 고개를 끄덕였지만 아무 말도 하지 않았다.

"매시 교수님이 의미한 게 뭐였어?" 머나가 밀어붙였다. 그것은 분명히 어떤 의미가 있었다.

클라라는 창밖으로 토론토의 뒷골목을 바라보았다. 잠시 머나는 그녀가 질문을 들었는지 생각했다. 하지만 이내 클라라가 입을 열었다. 넘쳐나는 쓰레기통들에 대고. 줄에 걸린 빨래에 대고. 그라피티에 대고. 예술은 아니지만 예술가의 이름이 반복해서 쓰인. 자신의 의견을 천명하는. 큰 볼드체 글씨를 검은색 스프레이로 뿌려서. 반복적으로.

"베이컨은 종종 삼부작을 그렸어." 클라라의 말이 창문에 미세한 김을 서리게 했다. "세 폭짜리 그림을. 매시 교수님이 염두에 둔 작품은 조지 다이어 같아."

그것은 머나에게 아무 의미 없었지만 클라라에게는 분명 상당히 의미가 있었다.

"계속해."

"매시 교수님은 내게 경고하려고 하셨던 것 같아." 클라라는 창문에서 고개를 돌려 친구를 보았다.

"말해 봐." 클라라는 그 생각들을 말로 표현하느니 차라리 뭐든 다른 것을 하는 게 나았겠지만 머나는 그렇게 말했다.

"조지 다이어와 베이컨은 연인이었어." 클라라가 말했다. "그들은 베이컨의 그림을 위한 거창한 전시회 때문에 파리로 갔지. 그의 경력에서 첫 번째 커다란 성공이었어. 베이컨이 축하받는 동안……."

클라라는 말을 멈추었고, 머나는 자신의 얼굴에서 핏기가 가시는 것을 느꼈다.

"말해 봐." 그녀가 부드럽게 되풀이했다.

"다이어는 그들의 호텔 방에서 자살했어."

그 말은 거의 들리지 않았다. 하지만 머나는 그 말을 들었다. 그리고 클라라는 그 말을 들었다. 세상으로 내뱉어진.

두 여자는 서로 응시했다.

"그게 자기가 내게 경고하려고 했던 거지." 클라라가 여전히 속삭임을 간신히 웃도는 목소리로 말했다. "내게 사마라에 대해 말했을 때."

머나는 대답할 수 없었다. 그녀는 클라라의 얼굴에 공포를 더하는 것을 견딜 수 없었다. 클라라의 온몸에.

"자기는 피터가 같은 짓을 했다고 생각해." 클라라가 말했다.

하지만 여전히 클라라의 눈은 머나에게 간청했다. 그녀가 틀렸다고 말해 주기를. 피터는 그림을 그리러 떠났을 뿐이라고 안심시키길. 그가 시간이 가는 걸 잊었다고. 날짜를.

머나는 아무 말도 하지 않았다. 그것은 친절일지도 몰랐다. 혹은 비겁. 하지만 머나는 침묵을 지켰고, 클라라에게 망상을 허락했다.

피터가 집에 올 거라는. 심지어 자신들이 돌아가면 자신들을 기다리고 있을지도 모른다는. 맥주를 들고. 스테이크 두 덩이와. 설명과. 그리고 넘치는 사과와.

머나는 창밖을 내다보았다. 끝없어 보이는 공동주택들이 여전히 휙휙 지나쳐 가고 있었다. 하지만 그라피티 화가의 이름은 사라졌다.

파리에 있는 근사한 호텔 방. 그녀는 생각했다. 사마라. 혹은 퀘벡의 어느 구석. 그가 어떻게 그곳에 이르렀건, 머나는 피터 모로가 그 길 끝에 도착했을까 봐 두려웠다. 그리고 거기서 그가 죽음을 만났을까 봐.

그리고 그녀는 클라라가 같은 것을 두려워한다는 사실을 알았다.

뱅상 질베르의 통나무집은 보부아르가 마지막으로 방문했던 이래로 크게 달라지지 않았다. 여전히 한쪽 끝에는 커다란 침대가 있고, 다른 끝에는 부엌이 있는 한 칸짜리 집이었다. 거친 소나무 마루 여기저기에는 근사한 동양풍 카펫들이 흩어져 있었고, 자연석 벽난로 양쪽의 선반은 책들이 가득했다. 발 받침이 딸린 편안한 안락의자 두 개가 난로 양쪽에 서로 마주하고 놓여 있었다.

뱅상 질베르가 이사 오기 전 이 통나무로 된 오두막집은 끔찍한 범죄 현장이었다. 너무 비정상적인 살인은 온 나라를 충격에 빠뜨렸었다. 어떤 장소들은 그 고통과 충격과 공포가 그 구조물에 녹아든 것처럼 그런 악의를 유지했다.

하지만 이 작은 집은 늘 묘하게 무고하게 느껴졌다. 그리고 매우 평화롭게.

질베르 박사는 그들에게 샘물을 한 잔씩 따라 주었고, 텃밭 온기를 여전히 간직한 토마토로 샌드위치를 만들었다.

가마슈는 테이블 위에 파리 지도를 펼치고 커다란 손으로 매끄럽게 폈다.

"그래서 원하는 게 뭐요, 아르망?" 질베르 박사가 세 번째로 물었다.

"박사님이 아내를 떠난 뒤 파리에 갔을 때, 어디로 가셨습니까?"

"전에 말했소. 귀담아듣지 않은 게요?"

"들었죠, 몬 아미mon ami 친구." 가마슈가 달래듯 말했다. "하지만 다시 알고 싶습니다."

질베르의 눈이 의심으로 가득 찼다. "내 시간을 낭비하지 마시오, 아르망. 내 말을 반복하는 것보다 더 나은 할 일이 많소. 뿌려야 할 거름이 있지."

혹자는 뱅상 질베르를 성자라고 생각했다. 보부아르 같은 혹자는 그를 개자식이라고 생각했다. 스리 파인스 주민들은 타협을 했고, 그를 '개자식 성자'라고 불렀다.

"하지만 그게 그가 여전히 성자가 아니라는 뜻은 아니지." 가마슈는 그렇게 말했었다. "대부분의 성자는 개자식이었네. 사실 그가 개자식이 아니라면 자격을 완전히 잃는 셈이지."

경감은 자신이 보부아르의 머릿속을 완전히 휘저어 놓았다는 걸 알고 미소를 지으며 걸어가 버렸었다.

"개자식." 보부아르가 씩씩거렸다.

"다 들리네." 가마슈가 몸을 돌리지 않고 말했다.

그리고 이제 장 기는 두 남자를 보았다. 날카로운 눈에 성마른 기질이 있는, 나이 많고 고압적이며 마르고 풍파에 시달린 질베르. 그리고 그보다 20년쯤 아래인 더 크고 더 차분한 가마슈.

장 기 보부아르는 질베르에게서 대단한 친절을, 가마슈에게서 무자비함을 보았다. 두 남자 모두 성자는 아니라고 보부아르는 상당히 확신했다.

"당신이 파리에서 머문 곳을 지도상에서 정확히 보여 주십시오." 가마슈가 질베르의 사소한 짜증에 전혀 관심을 주지 않고 말했다.

"좋소." 박사가 씩씩거렸다. "여기였소." 흙으로 검은 테를 두른 그의 손톱이 지도 위에 떨어졌다.

그들은 리트머스지 위에 몸을 숙인 과학자들처럼 몸을 숙여 그 지점을 살폈다. 이내 가마슈가 몸을 폈다.

"파리에서 보낸 시간에 대해 피터 모로에게 얘기하신 적 있습니까?" 그가 물었다.

"특별히 없소, 아니오." 질베르가 말했다. "하지만 내가 말하는 걸 들었을 순 있지. 왜 그러시오?"

"왜냐하면 그가 사라졌습니다."

"클라라가 내보낸 줄 알았는데."

"그랬지만 정확히 일 년 뒤에 만날 날짜를 정했죠. 그게 몇 주 전입니다. 그는 나타나지 않았습니다."

뱅상 질베르는 놀란 게 분명했다.

"그는 클라라를 사랑했소. 난 삶의 많은 걸 놓치지만," 질베르가 말했다. "사랑 냄새는 잘 맡소."

"송로 버섯을 찾는 돼지처럼요." 보부아르는 그렇게 말했다가 개자식 성자의 반응을 보고 후회했다.

그때 예기치 않게 질베르가 미소를 지었다. "바로 그렇지. 난 그 냄새를 맡을 수 있소. 당신도 알겠지만 사랑에는 독특한 향이 있거든."

보부아르는 방금 자신이 들은 말에 놀라 질베르를 보았다.

어쩌면, 그는 생각했다. 이 남자는……

"퇴비 같은 냄새를 풍기지." 질베르가 말했다.

……결국 개자식이었어.

12

아르망 가마슈는 말/무스에서 흔들리며 자신들의 뱅상 질베르 방문을 생각했다. 그리고 파리를.

자신의 파리. 질베르의 파리. 피터의 파리. 그리고 그가 생각하는 동안 서늘한 숲이 후퇴했고 옹이 진 오래된 나무의 몸통들이 변해 갔다. 그것들이 바뀌고 진보하더니 더 이상 빽빽한 숲이 아닌 넓은 파리의 대로가 되었다. 가마슈는 웅장한 건물이 줄지은 넓은 길 한복판을 달리고 있었다. 어떤 것은 오스만Georges-Eugène Haussmann 19세기 파리 도시 미화를 추진한 행정관 시대의 건물이었고, 어떤 것은 아르누보, 어떤 것은 보자르beaux arts 파리에 있는 예술학교인 에콜 데 보자르에서 교육된 건축 스타일였다. 그는 공원들과 작은 카페들과 거대한 기념비들을 지나 달렸다.

그는 몽파르나스 대로로 말/무스를 돌렸다. 빨강 차양들을 지나, 대리석을 얹은 둥근 테이블에서 독서 중인 파리 사람들을 지나. 헤밍웨이

와 만 레이Man Ray 미국의 사진작가이자 화가가 살았고 술에 취했던 카페 라 쿠폴,
라 로통드, 르 셀렉트를 지나. 수 세기 동안 작가들과 화가들이 토론하
고 서로에게 영감을 준 곳. 그리고 어떤 이는 결코 떠나지 않은. 왼쪽으
로 가마슈는 보들레르가 누운 곳, 그리고 브란쿠치루마니아의 조각가로 파리에서
사망. 몽파르나스에 작업실이 있었다의 장엄한 조각 〈입맞춤〉을 동반자로 삼은 사
르트르와 시몬 드 보부아르가 하나의 석판 아래 영원을 보낼 몽파르나
스 공동묘지를 막 볼 수 있었다.

그리고 묘지 너머 가까운 곳에 흉물스러운 몽파르나스 타워가 완벽을
향상하는 것이 가능하다는 현대의 믿음에 대한 일종의 경고처럼 솟아
있었다.

가마슈와 보부아르는 과거를 지나 따가닥거렸다. 오래전 죽은 화가들
과 작가들을 지나. 몽파르나스를 지나. 피터 모로가 머물기로 선택한 동
네로. 창의력의 폭발에 아주 가까운.

하지만 다른 세상.

그들은 보지라르 길로 접어들었다. 그리고 매력은 서서히, 서서히 소
멸했다. 빛의 도시는 사라지고 그저 또 다른 도시가 되었다. 때로는 사
랑스러운. 생생한. 하지만 모네와 피카소와 로댕의 파리가 아닌.

마침내 그들은 목적지에 다다랐다.

가마슈는 부드럽게 고삐를 당겼고, 보부아르의 말이 자신의 말에 부
딪히는 가벼운 충격을 느꼈다.

보부아르와 그의 말 모두 인사불성인 상태였다. 하지만 이제 둘은 잠
에서 깨었다.

"우리가 왜 멈췄죠?" 보부아르와 그의 말이 주위를 둘러보았다.

가마슈는 몸통이 휙 열려 자신들을 받아들이길 기대하는 듯 한 나무를 응시하고 있었다.

으음. 클라라는 정원에 있는 애디론댁 의자 중 하나에 앉아 쿠션에 닿을 때까지 뒤로 미끄러졌다. 널찍한 팔걸이 위에는 몬트리올에서 집으로 돌아가기 위해 머나의 숨 막히게 더운 차에 올라탄 이래 꿈꿔 온 진토닉이 있었다. 다른 쪽 팔걸이에는 칩을 담은 그릇이 있었다.

그녀는 집에 와서 행복했다.

"먼저 하세요." 그녀가 쿠션 속에서 늘어진 몸을 느끼며 말했다.

렌 마리, 아르망, 장 기, 머나는 클라라네 뒤뜰에서 정보를 교환하고 있었다.

"피터가 여기를 떠났을 때 어디로 갔는지 알아낸 것 같습니다." 가마슈가 말했다.

"우린 이미 알잖아요." 클라라가 말했다. 그녀는 가마슈가 테이블에 펼쳐 놓은 지도를 가리켰다. "파리요."

"그래요. 파리, 피렌체, 베네치아." 경감이 독서용 안경 너머로 클라라를 보며 말했다. "한 가지 명백한 의문을 빼면 그 모든 게 말이 되는 것 같았습니다."

"덤프리스." 렌 마리가 말했다.

그녀의 남편이 끄덕였다. "왜 덤프리스로 갈까요? 난 커다란 의문에, 숲에 정신을 빼앗겼고, 아주 기이한 어떤 나무를 더 자세히 살피는 데 실패했습니다. 세부 사항을요."

"어째서 파리까지 가서 십오 구에 머물렀을까요?" 클라라가 의자에서 다시 몸을 세우며 물었다.

"위. 바로 그겁니다." 그의 짙은 갈색 눈이 빛났다. 그것은 오해의 여지가 없었다. 그가 이것을 즐기고 있다는 것이 아니라 이 일에 뛰어나다는 것은. 그는 횃불을 든 광부 같았다. 어두운 갱도를 밝히는. 깊이, 종종 위험할 정도로 깊이 파고드는. 거기 묻혀 있는 것에 닿기 위해서.

렌 마리는 그 빛을 알아보았다. 그리고 다시 나방의 날갯짓 소리를 들었다.

일어서지 않는 것이 그녀가 할 수 있는 전부였다. 시계를 보기 위해. 자신들이 가야 한다고 아르망에게 암시하기 위해. 떠나야 한다고. 자신들의 활기찬 집으로 돌아가야 한다고. 자신들이 속한 곳. 자신들이 정원을 가꾸고 책을 읽고 레모네이드를 홀짝이고 브리지 게임을 할 수 있는 곳. 그리고 자신들이 죽는다면 그건 침대에서일 것이었다.

렌 마리는 자리에서 뒤척였고, 목청을 가다듬었다.

아르망이 그녀를 보았다.

"계속해요." 그녀가 말했다. 그가 그녀와 눈을 맞추었고, 그녀가 미소 짓자 그는 고개를 끄덕이고 클라라에게 몸을 돌렸다.

"왜 십오 구일까?" 그가 말했다. "오늘 오후 뱅상 질베르가 우리에게 그 답을 주었습니다."

"개자식 성자를 방문했다고요?" 머나가 물었다. 그 말은 악의나 비판 없이 나왔다. 그들은 그를 그렇게 부르는 데 익숙해서 그의 진짜 이름과 직업을 거의 잊었다. 비록 뱅상 질베르는 이따금 "개자식 성자 박사."라고 말하며 그들의 말을 정정해 주었지만 그조차 그 이름에 대답했다.

그는 성공적이고 촉망받는 의사로 시작했다. 그는 방 하나짜리 통나무집의 은둔자로 끝났다. 그 사이에 많은 일이 있었지만 그 일 모두가 파리 15구의 방문과 함께 시작되었다.

"질베르와 피터는 같은 장소에 끌린 것 같습니다." 가마슈가 말했다. "여기요."

그는 지도 위의 더러운 지문을 가리켰다. 지문은 구름처럼 그 지점 위에 있었다.

그들 모두 몸을 숙였다. 장 기를 빼고.

그는 가마슈가 무엇을 가리키고 있는지 알았다.

라포르트LaPorte. 문.

다른 이들이 지도를 향해 움직이는 동안, 장 기는 정원에 앉아 눈을 감고 신선한 저녁 공기를 들이쉬었다. 그리고 아니를 그리워했다. 그녀는 그날 아침 몬트리올에 있는 직장으로 돌아갔다. 그는 그녀와 함께 돌아가려고 준비했지만 그들이 잠자리에 누워 있는 동안 아니가 그에게 머물 것을 제안했다.

"피터를 찾아." 그녀가 말했다. "그러고 싶잖아. 그리고 아빠는 당신 도움이 필요해."

"그런 것 같지 않은데."

그녀는 미소를 짓고 손가락으로 어깨에서 팔꿈치로 장 기의 팔을 훑었다.

성인이 된 후 장 기 보부아르는 몸들과 데이트했다. 그는 이니드의 가슴, 다리, 섬세한 얼굴 때문에 이니드와 결혼했다. 자신의 친구들의 무릎에 힘이 빠지게 하는 그녀의 능력 때문에.

하지만 그 자신의 몸이 두들겨 맞고 멍들고 몸에서 생명이 거의 빠져

나갔을 때, 그제야 장 기는 마음과 정신이 얼마나 매력적일 수 있는지 발견했다.

수줍은 미소는 그를 사로잡을 수 있었지만 그를 자유롭게 한 것은 결국 스스럼없는 웃음이었다.

아니 가마슈에게 후들거리는 무릎은 없을 것이었다. 크고 튼튼한 그녀의 몸을 쫓을 눈은 없을 것이었다. 있는 그대로 드러난 그녀의 꽤 솔직한 얼굴에 희롱할 늑대는 없을 것이었다. 하지만 그녀는 어디에서건 단연코 가장 매력적인 여성이었다.

30대 후반 몸이 망가지고 영혼이 조각난 장 기 보부아르는 행복에 이끌렸다.

"당신과 돌아가고 싶은데." 그는 그렇게 말했고, 진심이었다.

"나도 당신이 그러면 좋겠어." 그녀가 그렇게 말했고, 진심이었다. "하지만 누군가는 피터 모로를 찾아야 하고 당신은 클라라에게 빚이 있잖아. 아빠도 그녀에게 빚이 있어. 당신이 도와야 해."

그것이 그녀가 행복한 이유였다. 그는 이제 행복과 친절이 함께라는 것을 알았다. 친절 없이 행복은 없었다. 장 기에게 그것은 투쟁이었다. 아니에게 그것은 타고난 듯이 보였다.

그들은 마주 보고 몸을 말았고, 자신들의 벌거벗은 몸 사이 공간에서 그는 그녀와 깍지를 꼈다.

"자기가 잠깐 자리를 비울 텐데, 이자벨이 동의할까?"

보부아르는 여전히 한때 자신의 부하였던 형사에게 허락을 구하는 것이 익숙하지 않았다. 하지만 그는 아침에 가장 먼저 라코스트 경감에게 전화했고, 그녀는 동의했다. 그는 남아서 피터 모로 수색을 도울 수 있었다.

이자벨 라코스트 또한 클라라에게 빚이 있었다.

아니는 떠났다. 그리고 날이 저물 무렵인 지금 장 기 보부아르는 정원에 앉아 대화를 들으며 잠시 머리에서 마음으로의 표류를 허락했다. 그는 무의식적으로 손바닥을 위로 하고 오른손을 내밀고 있었다, 아니의 손을 기다리듯이.

"라포르트요?" 클라라가 지도 위에 가까이 숙였던 몸을 펴며 물었다. "그 문? 알베르 수사가 만든 곳이요?"

"위." 가마슈가 말했다. "틀릴지도 모르지만 그게 내 생각입니다."

틀릴 가능성을 인정하는 사람 대부분처럼 그들은 그가 자신이 틀리지 않았으리라고 생각한다는 것을 알았다. 하지만 클라라는 확신하지 않았다. 그리고 머나는 더 확신하지 않는 것 같았다.

"피터가 왜 라포르트에 갔을까요?" 머나가 물으며 도로 뒤로 기댔다. 그녀는 실망스러웠다. 그것은 전혀 돌파구가 아니었다.

"뱅상 질베르는 왜 갔죠?" 장 기가 물으며 대화에 동참했다.

머나는 그에 대해 생각했다. "그는 성공적인 경력을 쌓았죠." 머나가 그 개자식 성자와의 대화를 떠올리며 말했다. "하지만 그때 그의 결혼생활은 무너졌어요."

가마슈가 끄덕였다. "계속해요."

머나는 좀 더 생각했다.

"그가 간 건 결혼 생활이 끝나서만은 아니었어요." 그녀는 생각나는 대로 말했다. "많은 사람이 프랑스의 어느 공동체에 갈 필요도 없이 헤어지고 갈라서니까요."

머나는 서서히 침묵 속으로 빠져들며 잃어버린 조각에 대해 생각했다. 무엇이 성공적인 중년 남자를 자극해서 자신의 경력을 포기하고 초라한 수사가 만든 공동체에서 다운증후군을 앓는 아이들과 성인들에게 봉사하며 살게 할까?

그것이 라포르트의 소명이었다. 그것은 평범하지 않은 얼굴의 사람들에게 문을 여는 것이었다. 그들의 얼굴 앞에 너무 많은 문이 닫힌 뒤에. 알베르 수사의 라포르트는 단순하지만 결정적으로 중요한 살 곳을 제공했지만 대개 그곳은 존엄성을 제공했다. 평등을. 소속을.

알베르 수사의 탁월함은 다른 이들을 돕기 위해 만들어진 공동체는 결코 번창하지 못하리라는 것을 아는 데 있었다. 하지만 공평한 이익을 위해 창조된 공동체라면 그럴 것이었다. 그는 자신 역시 결점이 있다는 사실을 알았다. 다운증후군이 있는 사람처럼 겉으로 드러나는 방식은 아닐지라도. 하지만 똑같이 저항적이라도 보다 미묘한 방식으로.

라포르트의 위대한 진가는 그곳에 있는 모두가 다른 이에게 배우고 줄 것이 있다는 절대적인 지식이었다. 다운증후군인 사람과 아닌 사람 간의 구분은 없었다.

"질베르 박사는 그 공동체의 의료 감독으로 자원해서 간 거였어요." 머나가 말했다. "그가 그들을 치유할 수 있기 때문이 아니라, 자신이 치유될 필요가 있었기 때문이었죠."

"맞습니다." 가마슈가 말했다. "우린 모두 살면서 어느 순간 치유받을 필요가 있습니다. 우린 모두 깊은 상처를 입어 왔죠. 내 생각에, 그의 상처는 피터의 상처와 같았습니다. 육체적이 아닌 정신적인. 두 사람 다 구멍이 있었죠. 찢긴."

이 말이 침묵과 만났다.

테이블 주위에 있는 모두가 그 느낌을 알았다. 모든 장난감, 모든 성공, 모든 힘 있는 이사회와 새 차와 포상이 그 구멍을 메우지 못했다는 걸 깨닫는 공포. 그것들은 사실 구멍을 더 크게 만들었다. 더 깊게.

성공은 잘못이 없었지만 그건 의미가 있어야 했다.

"뱅상 질베르는 자기 자신을 찾기를 바라며 라포르트를 두드렸습니다." 가마슈가 말했다.

"피터도 그랬다고 생각해요?" 클라라가 물었다.

"당신 생각은요?" 그가 그녀에게 물었다.

"네가 용감한 나라의 용감한 남자로 자라나길." 클라라가 말했다.

"네가 쓰일 길을 찾기를." 가마슈가 인용을 맺었다.

렌 마리는 자신의 손에 눈을 떨구었다가 비틀리고 찢긴 종이 냅킨을 보았다.

클라라가 천천히 고개를 끄덕였다. "당신이 맞는 것 같아요. 피터는 파리에 가서 새로운 예술적 목소리를 찾으려던 게 아니었어요. 그보다 더 단순했어요. 그는 쓰일 방법을 찾기를 원했어요."

해가 지고 있었고, 새와 귀뚜라미와 기어 다니는 존재들이 점점 잠잠해졌다. 장미와 스위트피 향기가 묵직한 저녁 공기를 타고 그들에게 떠밀려 왔다.

"그럼 그는 왜 머물지 않았을까요?" 클라라가 물었다.

"구멍이 너무 컸을지도 모르지." 머나가 말했다.

"용기가 꺾였을지도요." 렌 마리가 말했다.

"라포르트가 질베르 박사의 답인 반면, 피터의 답은 아니었을지도 모릅니다." 장 기가 말했다. "그의 답은 어딘가 다른 곳에 있었던 겁니다."

가마슈가 끄덕였다. 그는 파리 경시청에 전화해서 그들에게 피터 모로의 사진과 날짜들을 가지고 라포르트에 방문해 주기를 부탁했었다. 자신들이 추측한 것을 확인하기 위해서. 피터는 그곳에 있었다.

그리고 피터는 그곳을 떠났다.

13

"배고픈 사람?" 머나가 물었다. "누구 시계 있어요?"

그녀는 어두워서 자신의 손목시계를 읽을 수 없었다. 그들이 아르망의 말을 듣는 동안 해가 져 버렸다. 너무 몰입해서 그들은 그 어둠을 알아차리지 못했다. 혹은 허기를. 하지만 이제 그들은 알아차렸다.

"거의 열 시군요." 시계에 불이 들어오는 보부아르가 말했다. "올리비에와 가브리가 아직 영업할까요?"

이제 그들은 클라라의 뒤뜰에서 나와 비스트로로 향하고 있었다. 기분 좋은 저녁이었고, 그들은 디저트와 커피를 앞에 놓고 미적거리는 테라스의 늦은 저녁 손님들을 볼 수 있었다.

"퀴드 프로 쿠오Quid pro quo '가는 말에 오는 말'을 뜻하는 라틴어." 클라라가 말했다.

"우리가 그들에게 정보를 주면 그들은 우리에게 음식을 줄 거예요."

퀴드 프로 쿠오는 올리비에 비스트로의 특별 요리였다.

그들은 안쪽 구석에 자리한 테이블에 앉았다. 다른 손님들과 떨어져. 가브리와 올리비에가 발을 쉬게 되어 기뻐하며 그들과 합류했다.

루스가 로사를 데리고 절뚝이며 서점에서 나와 그들과 합류했다.

"이제 서점 문 닫아도 되나?" 그녀가 따져 물었다.

머나가 고개를 돌려 클라라에게 속삭였다. "젠장, 루스를 깜박했어."

"루스가 태워 버리기는커녕 정말로 서점을 열 줄 누가 알았겠어." 클라라가 속삭였다.

"우린 막 돌아왔어요." 머나가 루스의 눈을 보며 거짓말을 했다. "가게를 봐 줘서 고마워요."

"일은 주로 로사가 했지."

"가게 일이요, 로사의 일이요?" 가브리가 물었다.

머나와 클라라는 근심 어린 시선을 교환했다. 그건 좋은 질문이자 중요한 차이였다.

"몇 명이 와서," 루스가 그 질문을 무시하며 말했다. "책 몇 권이랑 파리 안내 책자를 샀어. 내가 값을 네 배로 받았지. 저녁 식사는 뭐야?"

그녀는 습관적으로 장 기의 음료를 집었다가 그게 그냥 콜라라는 걸 깨닫고 머나가 스카치 잔을 잡기 직전에 재빨리 머나의 것을 채어 갔다.

"돌아오니 좋구먼." 루스가 말했다.

"나한테 하는 말이에요, 술에 하는 말이에요?" 머나가 물었고, 루스는 다시 그녀를 마치 처음 본다는 것처럼 보았다.

"술이지, 당연히."

그들이 저녁 식사를 주문했고, 이내 가마슈는 클라라를 보았다.

"당신 차렙니다."

그리고 그렇게 그들이 여러 가지 전채 음식을 나누는 동안 클라라는 그들에게 토머스 모로와의 만남과 마리아나와 빈과 함께한 저녁 식사에 대해 말했다.

"빈은 남자애입니까, 여자애입니까?" 장 기가 물었다. "지금쯤은 분명해졌겠죠."

그는 몇 년 전에 모로 가족을 만난 적이 있었고, 다시 한번 영국계가 얼마나 미칠 수 있는지 충격을 받았다. 섬나라 사람들의 근친교배를 의심했다. 그는 앞으로 그들의 손가락 수를 세야겠다고 마음먹었다. 그는 루스를 보았고, 그녀의 발가락이 몇 개일지 궁금했다. 이내 그는 갈라진 발굽도 발가락일지 생각했다.

"여전히 알 수 없지만," 클라라가 인정했다. "빈은 행복해 보여요. 예술적 유전자가 그한테 전해지지 않은 게 분명하지만. 혹은 그녀한테."

"왜 그렇게 말하는 거야?" 가브리가 숯불로 구운 오징어를 맛있는 갈릭 아이올리 소스에 찍으며 말했다.

"피터가 빈에게 색상환을 가르쳤대. 빈이 그림 몇 점을 그려서 그걸 침실 벽에 붙였더라. 꽤 끔찍했어."

"대부분의 걸작이 그렇지, 처음에는." 루스가 말했다. "자기 그림은 개밥dog's breakfast 엉망진창이라는 뜻처럼 보여. 그건 칭찬이야."

클라라가 웃음을 터뜨렸다. 루스의 말 둘 다 옳았다. 그건 칭찬이었다. 그리고 그녀의 작품은 정말 엉망진창으로 시작되었다. 그녀의 그림은 처음에 엉망으로 보일수록 더 좋은 작품으로 드러났다.

"당신도요?" 그녀가 루스에게 물었다. "당신의 시는 어떻게 나오죠?"

"그것들은 목구멍 속 덩어리로 시작하지." 그녀가 말했다.

"거기 박힌 건 보통 그냥 칵테일의 올리브 아니에요?" 올리비에가 물었다.

"한번은," 루스가 고백했다. "뱉어 내기 전에 꽤 좋은 시를 썼다고."

"시가 목구멍 속 덩어리로 시작합니까?" 가마슈가 루스에게 물었다. 나이 든 여자는 한동안 그와 눈을 맞추었다가 자신의 술로 눈길을 떨구었다.

클라라는 조용히 생각 중이었다. 그녀는 마침내 끄덕였다.

"나도 그래요. 처음엔 모든 감정을 캔버스에 퍼부을 뿐이에요. 대포처럼요."

"피터의 그림은 시작부터 바로 완벽해 보여요." 올리비에가 말했다. "구제해야 하는 경우가 없죠."

"구제요?" 가마슈가 물었다. "그게 무슨 뜻입니까?"

"피터가 내게 한 말이에요." 올리비에가 말했다. "그는 자신이 그림을 망쳐서 캔버스를 구제해야 했던 적이 없다고 자랑스러워했어요."

"그리고 그림을 '구제'한다는 건 그걸 고친다는 뜻입니까?" 가마슈가 물었다.

"그건 예술가의 표현이에요." 클라라가 말했다. "일종의 기술적인 부분이죠. 캔버스에 물감을 너무 여러 겹 칠하면 구멍이 전부 막혀서 물감이 버티지 못해요. 온통 질척해져서 미끄러지기 시작하죠. 그림이 망가져 버려요. 보통 캔버스에 지나치게 손을 댈 때 그래요. 무언가를 너무 오래 요리할 때처럼. 그럼 그걸 다시 요리하지 않을 수 없죠."

"그럼 잘못된 건 그림의 주제가 아니네." 머나가 말했다. "그냥 물리적인 거지. 캔버스가 포화한 거야."

"맞아. 그 둘이 대부분 같이 가긴 하지만. 그림에 만족하면 캔버스에 많이 손댈 필요가 거의 없어. 문제가 있으면 손대게 돼. 그걸 구하려다가. 정말 어려운 무언가를 포착하려고 애쓰면서 반복해서 손대는 거지. 개밥을 의미 있는 무언가로 바꾸려다가. 그때 캔버스가 막히는 거야."

"하지만 때론 구제하는 게 가능해요?" 렌 마리가 물었다.

"때로는요. 나도 그래야 했던 적이 있어요. 대개 그것들은 너무 멀리 가 버려요. 정말 다 됐을 때 캔버스가 포기하기 때문에 정말 끔찍해요. 때론 막 끝냈을 때, 마지막 붓질을 했을 때. 그 순간 갑자기 그림이 움직이면서 미끄러지기 시작해요. 지탱하지 못해서 모든 게 사라지죠. 가슴이 미어져요. 퇴고를 거듭한 끝에 마침내 책을 완성해 막 '끝'이라고 쓴 순간 글들이 사라지는 것과 같아요."

"오, 젠장." 머나와 루스가 동시에 말했을 때, 장 기의 무릎에서 로사가 중얼거렸다. "퍽, 퍽, 퍽."

"하지만 때론 그림을 다시 끌어 올릴 수 있나요?" 렌 마리가 물었다. "구할 수 있어요?"

클라라가 이에서 아스파라거스 조각을 빼내고 있는 루스를 보았다.

"그녀를 구해야 했죠." 그녀가 말했다.

"농담이겠지." 가브리가 말했다. "기회가 있었는데 그녈 살렸다고?"

"그림 말이야." 클라라가 말했다. "내가 그린 루스."

"그 작은 그림이요?" 렌 마리가 물었다. "모든 관심을 받은 그 작품?"

클라라가 끄덕였다. 거대한 〈삼덕의 성녀〉가 외침이었다면, 루스를 그린 작은 작품은 조용한 손짓이었다. 쉽게 간과되고 쉽게 묵살되는.

사람들은 대부분 그 작은 캔버스를 곧장 지나쳤다. 잠시 멈춘 사람 상당수는 그 늙은 여인의 얼굴에 떠오른 표정에 거부감을 느꼈다. 늙은 여인이 이글거리는 눈으로 자신을 무시하고 있는 세상을 쓰디쓰게 노려보고 있는 액자에서 분노가 뿜어져 나왔다. 갤러리에서 잡담하고 수다 떨고 웃고 있는 모든 이가 그녀를 벽 위에 홀로 남기고 곧장 지나쳤다.

그녀의 정맥이 돋은 깡마른 손이 해진 숄을 목가에서 움켜쥐었다.

그녀는 그들을 경멸했다.

하지만 오래 머문 극소수의 사람은 분노 이상의 것을 보았다. 그들은 고통을 보았다. 간청. 멈춰 달라는. 잠시라도 자신 곁에 있어 달라는.

그리고 그 간청에 귀를 기울인 이들은 보답을 받았다. 그들은 그 그림이 그저 비탄에 빠진 어느 늙은 여인이 아니라는 것을 알았다.

클라라는 이 시인을 성모 마리아로 그렸다. 신의 어머니로. 늙은. 혼자 남은. 모든 기적이 사라지고 잊힌.

그리고 그녀 앞에 아주 오랜 시간 선 이들, 그녀의 곁을 지킨 이들은 더 나은 보답을 받았다. 마지막 공물. 마지막 기적.

그들만이 클라라가 정말로 그린 것을 보았다.

그들만이 구제된 것을 보았다.

거기, 그녀의 눈 속에 점이 있었다. 빛이. 그 나이 든 여자는 막 무언가를 보기 시작하고 있었다. 먼 그곳을. 칵테일을 든 들뜬 무리 너머를.

희망.

클라라는 점 하나로 절망이 희망으로 바뀌는 순간을 포착했다.

그것은 아주 선명했다.

"그 작품을 구했어요?" 렌 마리가 물었다.

"그건 상호적이었던 것 같아요." 클라라가 그렇게 말하며 이제 장 기의 접시에 있는 빵을 조금씩 떼어 로사에게 먹이고 있는 루스를 보았다. "그 그림이 내 경력을 만들어 주었죠."

아무도 말하지 않았지만 모두 그 순간 클라라가 피터를 그렸다면 그녀가 희망이 절망으로 바뀌는 순간을 포착했을 거라고 생각 중이었다.

클라라는 오늘 아침 토론토의 유명 아트 갤러리들을 방문한 일에 대해 그들에게 말했다. 아무도 피터를 본 기억이 없었다.

아르망 가마슈는 그녀가 말할 때 그녀를 면밀히 지켜보았다. 모든 걸 흡수하면서. 그녀의 말, 그녀의 어조, 그녀의 미세한 움직임까지.

클라라가 그림의 요소들을, 루스가 시의 요소들을 모으듯 가마슈는 사건의 요소들을 짜 맞추었다.

그리고 그림이나 시처럼 그의 사건들 중심에는 강한 감정이 있었다.

"그럼 소득이 없어요?" 올리비에가 물었다. "피터의 흔적이 없어요?"

"사실 우린 그이를 봤을 뿐 아니라 그와 시간을 보낸 사람을 그럭저럭 찾아냈어." 클라라가 말했다. 그리고 그녀는 예술대학의 방문에 대해 그들에게 말했다.

"그는 왜 졸업한 대학에 갔을까?" 가브리가 물었다. "전에 그가 그런 적 있어요?"

"아니, 피터도 나도 간 적 없어." 클라라가 말했다.

"그럼 그가 지난겨울에 왜 갔다고 생각합니까?" 가마슈가 망고 살사를 찍은 자신의 구운 새우를 무시하며 물었다. "그가 뭘 원했죠?"

"피터가 뭘 원했는지는 정말로 모르겠어요. 자기는?" 그녀가 머나에게 물었다.

"그가 학창 시절 때의 느낌을 되찾고 싶었던 것 같아." 머나가 천천히 말했다. "매시 교수는 둘이서 피터가 그곳에 있던 시절에 대해 많은 얘기를 나누었다고 했어. 학생들과 교수들에 대해. 자신이 젊고 활기차고 칭찬받던 때를 상기하고 싶었던 게 아닐까. 세상이 자기 것이던 때를."

"향수." 가브리가 말했다.

머나가 고개를 끄덕였다. "그리고 아마 살짝 그 이상의 무엇을. 그는 어떤 마법을 되찾고 싶었는지도 몰라."

클라라가 미소를 지었다. "피터가 마법에 빠졌던 것 같지는 않은데."

"맞아. 그는 그걸 그렇게 부르지 않았을 거야." 머나가 동의했다. "하지만 그는 같은 것에 이르렀을 거야. 예술대학이 그에겐 마법적인 시간이어서, 곤궁에 빠진 그는 좋은 일이 있었던 장소로 끌린 거야. 다시 그걸 발견할 수 있을까 봐."

"구제받고 싶었군." 루스가 말했다.

그녀는 가마슈의 저녁 식사를 자기 앞에 끌어다 놓고 마지막 남은 구운 새우를 끝내고 있었다.

"삶이 너무 겹겹이 쌓여서," 그녀가 말을 이었다. "그의 세상이 미끄러지고 있었어. 그는 구제받고 싶었지."

"그래서 학교로 갔다고요?" 올리비에가 물었다.

"그가 매시 교수에게 간 건 그 때문이었어." 머나가 끄덕이며 말했다. 미친 루스가 자신이 놓친 것을 보았다는 데 살짝 짜증이 난 채로. "자신이 아직 왕성하고 재능이 있다는 걸 재확인하고 싶어서. 스타라는 걸."

렌 마리는 조용한 비스트로를 둘러보았다. 중간 문설주가 있는 창들 너머 이제 텅 빈 테라스의 테이블들을. 어둠 속에서 어렴풋하게 빛을 밝힌 집들의 고리를.

구제받은.

그녀는 아르망의 눈길을 끌었고, 다시 그 얼굴을 보았다. 구제된 누군가의.

가마슈 자신은 바게트를 한 조각 떼어 씹으며 생각에 잠겼다.

피터는 뭘 원했을까? 그는 분명 무언가를 원했고, 그것에 매우 절실했다. 그렇게 멀리, 그렇게 빨리 여행할 만큼. 파리, 피렌체, 베네치아, 스코틀랜드. 토론토. 퀘벡 시티.

그의 여정은 쫓는 자와 쫓기는 자 양쪽 모두의 절박한 냄새를 풍겼다. 혼자 하는 숨바꼭질.

"당신 교수님은 살롱 데 르퓨제를 언급하셨죠." 그가 말했다. "그게 뭐였습니까?"

"사실 내가 그걸 언급했어요." 클라라가 말했다. "난 매시 교수님이 그걸 그렇게 기쁘게 떠올린 것 같지 않아요."

"왜죠?" 장 기가 물었다.

"대학의 가장 근사한 순간은 아니니까요." 클라라가 웃으며 말했다. "매년 연말 전시회가 있어요. 교수님들과 토론토의 저명한 미술상들이 심사하고 비평하죠. 최고만이 모여요. 교수 중 한 명이 그게 불공평하다고 생각해서 대응하는 전시회를 개최했죠."

"살롱 데 르퓨제." 올리비에가 말했다.

클라라가 끄덕였다. "거부된 작품 전시회죠. 마네의 작품이 공식적인 파리 살롱에 전시가 거부됐던 1863년에 파리에서 열린, 유명한 파리 전시회를 모방했어요. 살롱 데 르퓨제가 개최됐고, 거부된 예술가들이 거기에 전시했죠. 마네뿐 아니라 휘슬러의 〈심포니 인 화이트〉도 살롱 데 르퓨제에 걸렸어요." 그녀는 머리를 흔들었다. "위대한 미술 작품 중 하나죠."

"그에 대해 많이 아네, 마 벨." 가브리가 말했다.

"그래야 해. 내 작품들이 대학의 살롱 데 르퓨제의 정중앙에 있었으니까. 그 작품들이 심사위원에게 거부당했다는 걸 그때 처음 알았어. 그 작품들이 대응하는 전시회에 있었으니까."

"그리고 피터의 작품은?" 가마슈가 물었다.

"정당한 전시회 한가운데 있었죠." 클라라가 말했다. "그는 탁월한 그림들을 그렸어요. 내 작품은 정확히 탁월하진 않았던 것 같아요. 난 실험 중이었죠."

"아직 구제되지 않았고요?" 가브리가 말했다.

"구제를 넘어섰지."

"아방가르드." 루스가 말했다. "그게 그런 말 아니야? 자기 시대를 앞서는 거. 나머진 따라잡아야 할 따름이지. 자긴 구제될 필요가 없었어. 길을 잃지 않았으니까. 탐험을 하고 있었지. 거기엔 차이가 있어."

클라라는 루스의 눈곱 낀, 피곤한 눈을 보았다. "고마워요. 하지만 여전히, 그건 굴욕적이었어요. 그들은 그 전시를 계획한 교수를 해고했어요. 그는 예술에 대해 이상한 생각들을 가지고 있었죠. 들어맞지 않았어요. 별난 사람odd duck이었죠." 그녀가 로사를 향했다. "미안."

"얘가 뭐래?" 루스가 물었다.

"당신이 늙은 쓰레기라는데요." 가브리가 큰 소리로 말했다.

루스는 낮고 우렁찬 웃음을 터트렸다. "그건 틀리지 않았군." 그녀가 클라라를 향했고, 클라라는 그녀에게서 몸을 물렸다. "하지만 그 전시회에 대해서는 자기가 틀렸어. 그곳이 진짜 예술가들이 원하는 곳이야. 거절당한. 언짢을 필요 없어."

"이십 대의 나한테 말해 봐요."

"어느 쪽이 낫겠어?" 루스가 물었다. "이십 대에 성공적이다가 오십 대에 잊히는 것? 아니면 그 반대?"

피터처럼. 모두가 생각했다. 클라라를 포함해서.

"우리가 떠날 때 매시 교수는 프랜시스 베이컨을 언급했어요." 클라라가 말했다.

"작가요?" 렌 마리가 물었다.

"화가요." 클라라가 명확히 했다. 그녀는 그 인물을 설명했다.

"잔인한 말 같네요." 올리비에가 말했다.

"교수님이 그런 뜻으로 한 말 같진 않아." 클라라가 말했다. "자긴?"

머나가 고개를 저었다. "그는 피터를 아끼는 것 같아. 내 생각엔 그가 그저 클라라를 준비시키고 싶었던 것 같……,"

"뭘, 피터가 자살했다는 걸?" 루스가 깔깔거리며 그렇게 묻더니 주위를 둘러보았다. "다들 그렇게 생각하는 건 아니겠지? 그건 터무니없어. 그는 자기 자신을 지나치게 높이 평가해. 자신을 너무 사랑하지. 아니, 피터가 다른 사람을 죽일진 몰라도, 절대 자기는 아니야. 사실, 그 말은 취소해야겠군. 그는 살인자보다 희생자가 될 가능성이 훨씬 높아."

"루스!" 올리비에가 말했다.

"왜? 자네들 모두 그렇게 생각하잖아. 여기 적어도 한 번은 그를 죽이고 싶지 않았던 사람 있나? 게다가 우린 그의 친구야."

그들은 어쩌면 조금은 지나치게 열정적으로 항의했는지도 몰랐다. 각각의 격분한 방어는 프라이팬으로 피터를 때리면 얼마나 기분이 좋았을지에 대한 생각에서 촉진되었다. 피터는 너무 잘난 척할 수도, 너무 이기적일 수도, 너무 권위적일 수도, 그러면서 아무 자각이 없을 수도 있었다.

하지만 그는 의리 있고 재미있고 관대했을 수도 있었다. 그리고 친절. 그게 그의 부재와 침묵을 너무 당황스럽게 만들었다.

"이봐." 루스가 말했다. "그건 자연스러운 거야. 나는 자기들 대부분을 대개는 죽이고 싶어."

"우리를 죽이고 싶다고요?" 가브리가 그 불공평함에 거의 숨도 못 쉬고 물었다. "당신이? 우리를?"

"그가 살아 있는 것 같아요?" 그 질문을 돌려 말할 수 없는 클라라가 물었다.

루스가 그녀를 응시했고, 그들은 숨을 참았다.

"내가 시로 총독상을 수상할 수 있고, 자기가 전 세계적으로 유명한 화가가 될 수 있고, 이 두 오락가락하는 머저리들이 비스트로를 성공적으로 운영할 수 있고, 그리고 당신이," 그녀의 몸짓이 렌 마리를 향했다. "이 멍청한 남자를 사랑할 수 있다면," 그녀가 가마슈를 향했다. "그러면 기적이 일어날 수 있다고 생각하지."

"그게 기적일 거라고 생각한다고요?" 클라라가 물었다.

"나는 자기가 혼자서도 충분히 잘해 가리라 생각해." 루스가 조용히 말했다. "내가 줄 수 있는 최선의 답을 준 거야."

그들 모두 최악의 답을 알았다. 그리고 그들 모두 가장 그럴싸한 답을 알았다. 어쩌면 스리 파인스는 그 각각의 기적들보다 더 많은 것을 가졌을지도 몰랐다.

아르망 가마슈는 자신의 접시를 내려다보았다. 비어 있었다. 근사한 음식이 모두 사라졌다. 그는 음식이 틀림없이 맛있었을 거라고 확신했지만 한입도 먹은 기억이 없었다.

라즈베리와 초콜릿 무스로 디저트를 먹은 뒤 그들은 집으로 갔다. 머나는 서점 위 자신의 로프트Loft 고미다락. 농장, 공장 등의 위층로 올라갔다. 클라라는 자신의 작은 집으로. 가브리와 올리비에는 부엌에서 모든 게 제자리에 있는지 확인한 다음 그들의 비앤비로 향했다. 보부아르는 루스와 로사를 집까지 바래다준 다음 가마슈의 집으로 돌아왔다. 그들은 그를 위해 포치의 불과 거실의 불을 켜 두었다. 하지만 집의 나머지 부분은 어둡고 조용하고 평화로웠다.

아니에게 전화한 뒤, 장 기는 어둠 속에 누워서 구제되는 것에 대해 생각했다. 한편 위층에서 렌 마리는 어둠 속에 누워서 사라지는 중인 자신들의 평화로운 삶에 대해 생각했다.

14

클라라는 아침 식사인 토스트와 커피를 들고 피터의 작업실로 갔다. 그녀가 그의 미완성 그림 앞 스툴에 앉아 아침을 먹는 동안 콘크리트 바닥에 부스러기들이 떨어졌다.

그녀는 피터가 그 부스러기들이 산酸이고 바닥이 그의 피부라도 되는 양 소리칠 것을 알았다.

클라라는 주의 깊지 않았을지도 몰랐다. 그랬어야 하는 만큼. 할 수 있는 만큼. 어쩌면 그것은 대개 피터의 가장 사적인 영역에서 그에게 상처를 입히기 위한 무의식적인 욕망이었는지도 몰랐다. 그가 자신에게 상처를 주듯 그에게 상처 주기. 이곳이 그녀가 여전히 접근할 수 있는 유일한 사적 영역이었다. 피터는 정말로 자신이 행운아라고 생각했어야 했다.

아니면 그녀의 지저분함은 아무것도 뜻하지 않을지도 몰랐다. 딸기잼 한 방울이 바닥에 떨어졌을 때 그녀는 그것이 의심스러웠지만.

바깥은 구름이 끼고 후텁지근했다. 비가 올 조짐이 보였고, 점심 전에 쏟아질 듯했다. 벨라벨라강이 내려다보이는 창문들이 있는데도 작업실은 답답하고 우울했다.

하지만 그녀는 이젤 위에 놓인 캔버스에 빠져 거기 앉아 있었다. 그것은 지극히 피터다웠다. 아주 세밀하고 정교하고 절제된. 기술적으로 훌륭했다. 모든 규칙을 최대한 이용했다.

이것은 개밥이 아니었다.

빈의 작품과 달리. 미소를 지으며 클라라는 상충하고 대비되고 부딪히는 색깔들의 거친 얼룩들을 떠올렸다. 생생하고 거리낌 없는 상상력에서 나온 생생한 색깔들.

토스트의 마지막 한입이 그녀의 입으로 가던 중에 멈췄다. 또 한 방울의 잼이 바스라지는 빵 가장자리로 점점 더 미끄러지더니 그 밑으로 늘어졌다.

하지만 클라라는 알아차리지 못했다. 그녀는 입을 벌리고 피터의 그림을 응시하고 있었다.

그리고 이내 잼이 떨어졌다.

머나 랜더스는 로프트의 창 앞에 서서 판유리를 통해 밖을 내다보고 있었다. 유리가 워낙 오래되어서 뿌옇고 일그러져 보이게 했지만 그녀는 세상을 그런 식으로 보는 데 익숙했고, 아무렇지 않게 보아 넘겼다.

이날 아침 그녀는 파자마 바람으로 커피가 든 머그잔을 들고 선 채 깨어나는 마을을 지켜보았다. 일상적인 풍경이었다. 놀랄 만한 게 없는. 어떤 혼돈과 소란에서 빠져나오는 중인 누군가에게는 예외겠지만. 그러면 그것은 놀랄 만했다.

그녀는 마을 잔디 광장에서 개를 산책시키는 이웃들을 지켜보았다. 이야기를 나누고 인사를 교환하는 그들을 지켜보았다.

이내 그녀의 시선이 스리 파인스 밖으로 뻗은 비포장도로로 이동했고, 마을을 내려다보는, 마을의 경계인 벤치에서 멈췄다. 거기서 그녀는 매일 아침 그러듯 책을 들고 앉아 있는 아르망을 보았다. 이 거리에서도 그녀는 그것이 아주 작은 책이라는 것을 알 수 있었다. 매일 아침 그는 거기 앉아 그 책을 들고 읽었다. 그런 다음 책을 덮고 응시할 뿐이었다.

머나 랜더스는 그가 무엇을 읽고 있는지 궁금했다. 그녀는 그가 무엇을 생각하고 있는지 궁금했다.

그는 일주일에 한 번 상담을 받으러 그녀에게 왔지만 그 책을 언급한 적은 없었다. 그리고 그녀는 그가 알려 주길 바라서 묻지 않았다. 그리고 그는 그럴 터였다. 적당한 때가 되면.

여전히 할 이야기는 많았다. 과거의 상처들. 본 것과 보이지 않은 것들. 그의 마음과 몸과 영혼의 멍들. 그것들은 서서히 치유되고 있었다. 하지만 그를 가장 아프게 하는 듯 보이는 상처들은 그 자신의 것조차 아니었다.

"장 기의 인생은 당신 책임이 아니에요, 아르망." 그녀는 말했었다. 거듭해서. 그리고 그는 고개를 끄덕이고 그녀에게 고마워하며 떠났다. 그리고 이해하며.

그리고 다음 만남에 아르망은 그 두려움이 돌아왔다고 고백했다.

"그가 다시 술을 마시면요? 혹은 약을?" 그는 물었다.

"그가 그러면요?" 그녀는 되물었고, 걱정이 깃든 눈을 마주했다. "그와 아니가 스스로 해결해야죠. 그는 재활 중이고 치료사가 있어요. 해야 할 일을 하고 있고요. 잊어요. 당신 일에 집중해요."

그리고 그녀는 가마슈가 이해했다는 것을 알았다. 하지만 그녀는 자신들이 이 대화를 다시 나누리라는 것 또한 알았다. 반복해서. 그의 공포는 분별력에 관한 것이 아니었기에. 그것들은 그의 머릿속에 살지 않았다.

하지만 그녀는 진전을 볼 수 있었다. 언젠가 그는 거기 닿을 터였다. 그리고 그곳에 닿으면 그는 평화를 찾을 터였다.

그리고 마을 경계에서 작은 책을 펼치고 독서용 안경을 끼고 다시 읽기 시작하는 건장한 남자를 지켜보는 머나는 이곳이 그러기 위한 장소라는 것을 알았다.

그들은 모두 다시 시작하기 위해 여기에 왔다.

아르망 가마슈는 눈을 깔고 책을 읽었다. 오래는 아니고, 많이도 아니었다. 하지만 그는 이 약간의 말들조차 매일 위안이 된다는 사실을 발견했다. 이내 그는 매일 아침 그랬듯 책을 덮고 독서용 안경을 벗고 마을을 보았다. 그런 다음 안개 낀 숲과 산 너머로 눈을 들었다.

저 바깥에 세상이 있었다. 아름다움과 사랑과 선함으로 가득한 세상이. 그리고 잔인함과 살인자들, 그리고 지금 이 순간에도 꾀해지고 저질러지는 악행들.

피터는 떠났고, 그 세상에 집어삼켜졌다.

그리고 그것은 점점 더 가까이 다가오고 있었다. 여기로 오고 있었다. 마을의 경계를 조금씩 갉아먹으며.

그는 피부가 따끔한 것을 느꼈고, 일어서야겠다는 갑작스럽고 압도적인 필요를 느꼈다. 가야겠다는. 무언가를 해야겠다는. 막아야겠다는. 유체 이탈을 경험하는 것처럼, 행동하고자 하는 충동이 너무도 강하게 일었다.

그는 벤치 가장자리를 움켜쥐고 눈을 감은 다음 머나가 가르쳐 준 대로 했다.

깊이 들이쉬고. 머금고. 내뱉기.

"그리고 그냥 숨을 쉬지 말아요." 그는 그녀의 차분하고 음악적인 목소리를 들었다. "들이마셔요. 냄새를 맡아요. 소리에 귀를 기울여요. 진짜 세계에. 당신이 떠올리는 세계가 아니라."

그는 숨을 들이쉬었고, 소나무 숲 냄새를 맡았고, 축축한 흙냄새를 맡았다. 서늘하고 신선한 아침 공기를 뺨에 느꼈다. 멀리서 흥분한 강아지가 짖어 대는 소리를 들었다. 그리고 그는 그 뒤를 따랐다. 그 강아지는 그의 머릿속 울부짖음과 비명과 경고 사이로 그를 이끌었다.

그는 그 소리에 매달렸다. 냄새에. 머나가 가르친 대로.

"뭐든 당신이 할 수 있는 걸 따라가요." 그녀는 충고했다. "현실로 돌아오게. 경계에서 돌아오게."

그리고 그는 그렇게 했다.

깊이 들이마시고. 길가의 깎인 잔디, 달콤한 건초. 깊이 내쉬고.

그리고 마침내 불안이 무뎌지고 심장이 방망이질을 멈추자 그는 숲 자체의 소리를 들을 수 있을 것 같았다. 잎들이 바스락거리는 게 아니라 그에게 속삭이고 있었다. 그가 해냈다고 말하고 있었다. 집. 그는 안전했다.

가마슈는 나무 벤치의 딱딱한 가장자리를 놓고 마음이 안정될 때까지 나무 등받이에서 미끄러졌다. 그 글귀에 닿을 때까지.

깊이 들이쉬고. 깊이 내쉬고.

그가 눈을 떴고, 마을이 그의 앞에 펼쳐졌다.

그리고 다시 한번 그는 구제받았다. 그는 예기치 않게 기뻤다.

하지만 자신이 떠나면 무슨 일이 생길까? 그리고 자신이 자신의 상상만이 아니라는 것을 대부분의 사람보다 더 잘 아는 세계로 돌아간다면?

머나 랜더스는 창문에서 서서히 몸을 돌렸다.

매일 아침 그녀는 책을 읽는 아르망을 보았다. 그리고 그녀는 그 수수께끼의 책을 내려놓고 허공을 바라보는 그를 지켜보았다.

그리고 매일 아침 그녀는 악마들이 다가가는 것을 보았고, 악마들이 길을 찾을 때까지 무리를 지어 그를 둘러싸는 것을 보았다. 그의 머리와 생각을 통하는 길을. 그리고 거기서 악마는 그의 마음을 움켜쥐었다. 그녀는 그를 사로잡는 공포를 보았다. 그리고 맞서 싸우는 그를 보았다.

매일 아침 그녀는 잠자리에서 일어나 커피를 끓였고, 그 판유리를 통해 밖을 내다보며 서 있었다. 그가 스스로 안전해졌을 때 몸을 돌리며.

클라라는 흘리기 전에 커피를 내려놓았다. 그녀는 마지막 토스트 한 입 역시 흘리기 전에 입에 넣었다.

그리고 그녀는 피터의 그림을 응시했다. 마음이 이미지에서 이미지로 건너뛰게 하면서. 생각에서 생각으로. 자신의 본능이 몇 분 전에 이른 것과 같은 결론에 닿을 때까지.

그것은 불가능했다. 잘못된 방향으로 도약한 것이 분명했다. 합해지지 않았어야 할 것들을 연결했다. 그녀는 스툴에 다시 앉아 이젤을 응시했다.

피터는 자신들에게 무언가를 말하려 했을까?

머나는 영롱한 금빛 마멀레이드를 잉글리시 머핀에 두껍게 발랐다.

그런 다음 나이프를 라즈베리 잼에 담갔고, 그것을 덧발랐다. 자신의 발명품. 맘베리. 그것은 그로테스크해 보였지만 훌륭한 음식은 종종 그랬다. 요리사가 뭐라건 신경 쓰지 마. 한입 물면서 그녀는 생각했다. 최고로 위안이 되는 음식은 전부 누군가가 접시에 떨어뜨린 것처럼 생겼다.

그녀는 자신의 실패한 '색상환'을 내려다보며 미소를 지었고, 빈과 그 그림들을 생각했다. 그것은 자신의 잉글리시 머핀 같은 것이었다. 빈이 뛰어나지만 좋은 방식은 아닌 그림들을 창작하는 데 쓴 팔레트 같은.

루스가 클라라의 첫 시도를 뭐라고 불렀지? 개밥.

"개밥." 머나는 머핀을 경례하듯 들어 올리고 한입 먹었다.

하지만 그녀의 씹는 속도가 느려지고 느려지다가 마침내 멈췄다. 그녀는 허공을 응시했다.

그녀의 생각이 처음엔 머뭇거리다 속도를 더했다. 마침내 전혀 예기치 않은 결론을 따라 결론을 향해 질주하고 있었다.

하지만 그건 불가능했다. 아닌가?

그녀는 삼켰다.

아마 자신이 겪는 고통의 유일한 장점은 일단 그것이 사라지면 자신이 이곳으로 나오는 것이라고, 가마슈는 달콤한 아침 공기를 깊이 마시며 생각했다.

그는 마을 잔디 광장에서 원형으로 퍼지는, 돌과 물막이 판과 벽돌로 지은 집들의 풍경에 미소를 지었다.

그리고 지옥이 끝나면, 마침내 자신의 악마들을 떨치면 천국 역시 끝날까?

이곳이 덜 필요하게 되어서 이곳을 덜 사랑하게 될까?

다시 그는 계곡에 숨은 작은 마을 스리 파인스를 보았고, 친숙하게 마음이 들뜨는 것을 느꼈다. 하지만 짐이 없어도 마음이 들뜰까?

공포가 사라지면 기쁨 또한 사라지리라는 것이 마지막 공포일까?

장 기와 그의 중독을 몹시 걱정했지만 자신의 중독은 어떤가? 자신은 고통에, 공포에 중독되지 않았지만 그것을 막는 지극한 기쁨에 중독되었을지도 몰랐다.

그는 정말 마음은 마음먹기에 달렸다는 것을 알았다. **지옥을 천국으로, 천국을 지옥으로 만들 수 있는**존 밀턴의 『실낙원』의 인용구.

가마슈는 그것이 피터 모로가 한 일이라고 확신했다. 그는 천국을 지옥으로 만들었다. 그리고 그 결과, 그는 쫓겨났다. 실낙원.

하지만 피터 모로는 추락한 천사 루시퍼가 아니었다. 그는 천국은 마음에서만 찾을 수 있다는 사실을 깨닫지 못하고 머릿속에서 산, 문제가 많은 남자였을 뿐이었다. 피터에게는 불행하게도, 감정들 역시 그곳에 살았다. 그리고 감정들은 거의 항상 엉망이었다. 피터 모로는 엉망진창을 좋아하지 않았다.

아르망은 전날 밤 대화를 떠올리며 웃음을 터트렸다.

클라라는 자신의 첫 그림을 그렇게 묘사했다. 아니, 엉망진창이 아니라 다른 무언가였다. 개밥. 루스는 그것을 그렇게 불렀고, 클라라는 동의했다. 루스는 자신의 시에서 감정들을 포착하려 했다. 클라라는 색채와 주제로 감정들에 형태를 부여하려 했다.

그것은 엉망이었다. 제멋대로였다. 위험했다. 무서웠다. 너무 많은 것이 잘못될 수 있었다. 실패는 항상 바로 가까이에 있었다. 하지만 탁월함 역시 그랬다.

피터 모로는 위험을 감수하지 않았다. 그는 실패하지도 성공하지도 않았다. 거기엔 계곡도 없었지만 산도 없었다. 피터의 풍광은 평평했다. 끝없는, 예측 가능한 사막.

평생 안전하게 처신하고도 어쨌든 추방당한 것이 얼마나 엄청난 충격이었을까. 집에서. 경력에서.

신뢰할 수 있는 것이 더 이상 참이 아니라면 사람은 무엇을 할까?

앞에 펼쳐진 풍경을 보는 가마슈의 눈이 가늘어졌다. 그리고 귀를 기울였다. 이번에는 개가 아니었다. 새나 참나무와 단풍나무와 속삭이는 소나무 들조차 아니었다. 이제 그는 기억에서 토막토막 떠오르는 대화의 정보들에 귀를 기울였다. 전날 밤 대화를 더 자세하게 떠올리면서. 여기서 한마디, 저기서 한 몸짓을 조합하며. 말들의 방울, 점, 붓질. 그림이 드러날 때까지.

그는 여전히 먼 곳을 응시하며 일어섰다. 마지막 요소들을 기다리면서. 그리고 이내 그는 그것을 얻었다.

책을 다시 주머니에 쑤셔 넣고 언덕 아래로 출발할 때 그는, 여전히 가운 차림으로 서점에서 나와 달리다시피 마을 잔디 광장을 가로지르는 머나를 보았다.

그는 자신들이 같은 장소를 향하고 있다는 사실을 알았다.

클라라의 집.

"어디 있어?" 머나가 소리쳤다.

"여기."

클라라는 스툴에서 일어나 작업실 문가로 갔고, 플란넬로 조각된 이스터섬의 석상처럼 서 있는 머나를 보았다. 머나는 자주 들렀지만 이렇게 일찍은 드물었고, 보통은 옷을 갖춰 입고 있었다. 머나가 부러 자신이 왔다고 알리는 경우는 드물었다. 그리고 클라라는 그녀의 목소리에서 이런 어조를 들은 적이 없었다.

공포? 아니, 공포는 아니었다.

"클라라?"

또 다른 목소리지만 같은 어조가 들어왔다.

아르망이었고, 그 어조는 흥분이었다.

"피터가 뭘 하고 있었는지 알 것 같습니다." 그가 말했다.

"나도요." 머나가 말했다.

"나도요." 클라라가 말했다. "하지만 전화를 해야 해요."

"위." 가마슈가 머나 그리고 거실에 있는 전화기로 향하는 클라라를 쫓으며 말했다.

몇 분 뒤 그녀는 전화를 끊고 그들에게 몸을 돌려 고개를 끄덕였다.

자신들이 옳았다. 퍼즐의 거대한 조각이 사라졌거나 적어도 그럴 참이었다.

15

"방금 그의 최근 작품을 보던 중에 떠올랐어요." 클라라가 말했다.

그들은 이젤 위 캔버스에 이끌려 피터의 작업실로 이동했다.

"자기는 어떻게 알았어?" 그녀가 머나에게 물었다.

"색상환." 머나는 자신의 생생한 잉글리시 머핀을 묘사했다. 아직 아침을 먹지 않은 가마슈는 그 맘베리가 천재적인 발상 같다고 생각했다.

"당신은요?" 머나가 그에게 물었다.

"개밥을 생각하고 있었습니다." 그는 그렇게 말하고 같은 결론에 이른 자신의 다른 루트를 설명했다. "그리고 감정을 그린다는 게 얼마나 어려운지를요. 처음엔 정말 엉망인."

그들 앞에는 피터가 남긴 그림이 있었다. 그것은 온통 하얀 색조였다. 미묘한 차이의 아름다움. 캔버스와 물감을 구분하기가 거의 불가능했다. 방법과 도구를.

누군가는 아마도 이 그림에 많은 돈을 지불할 터였다. 그리고 언젠가 이 그림은 상당한 가치가 있으리라고 가마슈는 생각했다. 사라진 문명에서 유물을 발견하는 것처럼. 혹은 보다 정확하게 공룡 뼈처럼. 표백되고 화석화된. 단지 멸종되었기 때문에 가치 있는. 그 종의 마지막.

머나와 클라라가 묘사한 빈의 활기 넘치는 그림과 너무도 대조적인.

그것들은 엉망이었다. 충돌하는 색상들의 모임. 테크닉 없이. 빈은 규칙들을 듣고 그것들을 이해한 다음 무시했다. 관습에서 멀어지기를 대신 선택하면서.

"빈의 벽에 걸린 그림들을 봤을 때," 그가 그들에게 물었다. "뭘 느꼈습니까?"

클라라가 기억을 떠올리며 활짝 웃었다. "솔직히요? 그게 끔찍하다고 생각했어요."

"생각은 그렇게 했지만," 가마슈가 고집했다. "뭘 느꼈습니까?"

"즐거움이요." 머나가 말했다.

"그 그림들을 비웃었습니까?" 그가 물었고, 머나는 생각했다.

"아니요." 그녀가 천천히 말했다. "그 그림들이 나를 행복하게 했던 것 같아요."

"나도." 클라라가 말했다. "그 그림들은 이상하고 재미있고 예상 밖이었어. 뭐랄까 들뜬 느낌이었어. 알겠어?"

머나가 끄덕였다.

"그리고 이건요?" 가마슈가 이젤을 향해 손짓했다.

셋 모두 다시 그 표백된 고상한 캔버스를 보았다. 그 그림은 누군가의 펜트하우스에, 식당에 완벽하게 어울릴 터였다. 식욕을 망칠 위험 없이.

두 여자 모두 고개를 저었다. 아무것도. 그것은 공동을 바라보는 것 같았다.

"그럼 빈이 결국 더 나은 화가로군요." 가마슈가 말했다. "빈이 그림을 그렸다면 좋았을 텐데요."

그리고 그것이 그들 모두가 동시에 찾은 퍼즐의 거대한 조각이었다.

빈이 그 실없는 그림들을 그린 것이 아니었다. 피터가 그렸다.

그 그림들은 시작이었기 때문에 엉망이었다. 탁월함으로 향하는 피터의 혼란스러운 첫걸음.

"그 그림들을 더 자세하게 설명해 주실 필요가 있습니다." 가마슈가
말했다.

그들은 피터의 작업실의 고상한 압박 이후 신선한 공기와 색채의 필
요성을 느끼며 커피를 들고 클라라의 정원으로 이동했다.

여전히 비가 올 듯했지만 아직 내리지 않았다.

"내 첫 시선을 잡아끈 건 빈의 책상 위에 놓인 보라색과 분홍색과 오
렌지색이 모두 한데 뒤섞인 그림이었어요." 머나가 말했다.

"그리고 창가에 있던 건?" 클라라가 물었다. "그건 누군가가 페인트
통을 던져서 그 방울들이 어쩌다 모양을 갖춘 것 같았지."

"그리고 문 뒤의 그 그림의 그 산들." 머나가 말했다. "그 스마일들."

클라라가 미소 지었다. "놀라워."

그녀는 팡 오 쇼콜라를 집어 안에 든 걸쭉한 다크초콜릿이 드러나도
록 찢었고, 페이스트리 부스러기가 테이블에 떨어졌다.

"그 그림들이 대단했다고 생각하지 않으셨으면 해요." 클라라가 딸기
잼을 크루아상에 바르고 마멀레이드에 손을 뻗고 있는 가마슈에게 말
했다. "이제 한 아이가 그 작품들을 그리지 않았다는 걸 안다 해서 우린
마음속으로 그것들을 걸작이라고 바꾸지 않아요."

"그것들은 여전히 똥이에요." 머나가 동의했다. "하지만 행복한 메르
드_merde 똥죠."

"피터가 그 그림들을 그렸다니." 클라라가 고개를 저었다. 믿을 수 없
었다. 하지만 진실이었다.

그녀는 피터의 여동생 마리아나에게 전화를 걸었었고, 빈이 받았다. 그녀는 빈에게 누가 그림을 그렸는지 물었고, 빈의 대답은 즉각적이었고 놀라움을 동반했다. 당연히 클라라 숙모가 알 텐데.

"피터 삼촌이요."

"삼촌이 그 그림들을 너에게 줬니?"

"네. 그리고 어떤 건 우편으로 보냈어요. 우린 몇 달 전에 그림이 더 담긴 통을 받았어요."

그 시점에서 클라라는 다시 마리아나와 통화했고, 모든 그림이 스리 파인스의 자신에게 배달되도록 정리했다.

"오늘 아침에 보낼게요. 미안해요. 난 그 그림들을 오빠가 그렸다는 걸 언니가 아는 줄 알았어요. 그렇게 훌륭하진 않죠, 안 그래요?" 마리아나가 즐거움을 거의 감추지 못하며 말했다. "오빠가 왔을 때 내게 그것들을 보여 줬어요. 내가 무언가 말해 주길 바라는 것 같더군요. 나는 뭐라고 해야 할지 몰라서 아무 말도 안 했어요."

가엾은 피터. 클라라는 정원에 앉아서 생각했다. 자신이 한 모든 것에 박수갈채를 받는 데 그토록 익숙했던. 처음부터 제대로 하는 데 그토록 익숙했던. 한때 찬양받던 것에 갑자기 능숙하지 않다는 것은 얼마나 이상한가. 훌륭한 골프 선수가 더 훌륭해지기 위해 자신의 스윙을 바꾸는 것 같은. 하지만 단기적으로는 더 악화시키며.

때로 올라가는 유일한 길은 내려가는 것이다. 때로 나아가는 유일한 길은 물러서는 것이다. 그것이 피터가 한 일 같았다. 자신이 아는 모든 것을 내던지고 다시 시작하는 것. 50대 중반에.

용감한 남자. 클라라는 생각했다.

"오늘 아침 파리 경시청에서 메시지를 받았습니다." 가마슈가 말했다. "라포르트를 방문해 그들의 셰프 데 베네볼르Chef des bénévoles 자원봉사자 책임자와 얘기를 나눴다더군요. 피터가 작년에 거기서 봉사하다 두 달 후에 떠났다고 그가 확인해 주었습니다."

"라포르트에 봉사하려고 파리까지 가서 왜 그렇게 바로 떠났을까요?" 클라라가 물었다.

"피터는 그게 뱅상 질베르에게 효과가 있었기 때문에 라포르트에 간 거야." 머나가 말했다. "뱅상은 이기적이고 미숙하고 부도덕한 개자식으로 라포르트에 도착했어. 그리고 그는 개자식 성자로 드러났지."

"일종의," 가마슈가 말했다. "진전이죠. 그곳은 오즈 같았고, 피터는 심장을 찾는 양철 나무꾼이었다고 생각합니다. 그는 불운한 사람들을 위해 선한 행위를 하면서, 거기서 심장을 찾을 수 있을 거라고 생각했습니다. 그리고 그게 결국 자신을 더 나은 화가로 만들어 주리라고요."

"심장이 없으면 예술도 없죠." 머나가 말했다. "그는 뱅상 질베르처럼 터무니없는 존재한테 그게 효과가 있었다면 분명히 자신에게도 효과가 있으리라 생각했던 게 분명해요. 하지만 피터의 동기들은 이기적이었고, 약간 거들먹거리는 것 이상이었죠. 그가 굳세게 견뎠다면 달라질 수도 있었겠지만 그는 떠났어요. 또 다른 속성 해결책을 찾아서."

"때로는 마법이 작용하지." 클라라가 그렇게 말하고 기대하듯 그들을 보았다. "어디서 나오는지 몰라요?"

가마슈와 머나는 고개를 저었다.

"내가 가장 좋아하는 영화 장면에서요." 그녀가 말했다. "⟨작은 거인 Little Big Man⟩. 치프 댄 조지는 늙고 쇠약해서 자신의 때가 왔다고 결정해요. 그와 더스틴 호프먼이 기둥 위에 침상을 만들고 치프 댄 조지가 올라가 누운 다음 가슴 위에 양팔을 포개죠."

클라라는 눈을 감고 흐린 하늘로 얼굴을 향하며 그 동작을 흉내 냈다.

"더스틴 호프먼은 비탄에 빠져요." 그녀가 말했다. "그는 치프를 사랑해요. 그는 밤새 기도하고 해가 막 뜬 아침 임종 자리로 가는데, 치프 댄 조지의 얼굴은 고요하고 차분해요. 평화롭죠."

클라라가 눈을 뜨고 고요하고 차분하게 자신의 청중을 보았다.

"그리고 이내 치프 댄 조지가 눈을 뜨고 일어나 앉아요. 그가 더스틴 호프먼을 보고 말해요. '때로는 마법이 작용하지. 때로는 아니다.'"

어이없는 침묵 끝에 머나와 아르망이 웃기 시작했다.

"피터의 여행이 내게 그걸 떠오르게 했어요." 클라라가 말했다.

"계속 떠오르지 않아? 이 마법 생각 말이야." 머나가 말했다. "우린 지난밤에 피터가 젊은 시절의 마법을 다시 느끼기를 바라면서 대학으로 돌아갔을지 궁금해했잖아. 그리고 지금 우린 또 그 얘길 하고 있어. 라 포르트에서의."

"우리가 그 얘기를 한 이유는 우리가 그걸 믿어서지, 피터가 그래서는 아닌 것 같아."

"하지만 그에게 어떤 일이 벌어졌습니다." 가마슈가 몸을 일으키며 말했다. "그의 새로운 그림에 대한 당신들의 설명으로 봤을 때요. 무언가가 그를 변화시켰습니다. 파리에서는 아닐지 모르지만 어디선가 어떤 일이 그의 그림을 완전히 달라지게 했습니다."

"어디 가세요?"

"스코틀랜드에 전화하려요."

그는 뒤뜰에 그들을 남겨 놓고 집으로 천천히 걸으며 피터와 파리에 대해 생각했다. 그리고 유럽을 가로지른 피터의 도피에 대해. 가마슈에게는 그렇게 보였기 때문에. 수십 년간 수많은 사람을 추적한 끝에 그는 도망과 탐색 사이의 차이점을 깨달았다.

이것은 가마슈에게 도피처럼 보였다. 파리에서 피렌체에서 베네치아에서 스코틀랜드로.

그것은 정적인 남자치고 상당한 여행이었다.

사람들은 왜 도망치지? 가마슈는 이웃들에게 고개를 끄덕이고 응답의 손을 들어 올려 흔들며 자신에게 물었다. 그들이 도망치는 이유는 그들이 위험에 처해 있기 때문이었다.

피터가 라포르트를 그렇게 빨리 떠난 이유가 영혼보다 몸을 구하는 것과 더 관련이 있었을까?

마을 광장을 가로질러 집으로 걸으며 가마슈는 피터가 충분히 빠르거나 충분히 멀리 도망치지 못했을까 봐 걱정했다. 아니면 사마라와 마주쳤는지도.

16

"에?"

"당신네 지역에 예술가 집단artist colonies이 있는지 물었습니다."

"콜로네이드colonnades 돌기둥요?"

"에?"

가마슈는 서재에 서서, 머리에 더 세게 누르면 대화가 더 쉽게 이해될지도 모른다는 듯 수화기를 귀에 바짝 댔다.

그렇지 않았다.

그는 스코틀랜드 경찰의 서장을 건너뛰었었다. 그는 비서와 책임자들을 건너뛰었다. 그는 이러한 고위직과의 통화가 좋은 의도이고 그들에게서 정보도 많이 얻을지 모르지만, 정말로 그 지역을 아는 사람들은 매일 그 지역을 지키는 사람들이라는 사실을 경험상 알았다.

그래서 그는 덤프리스 분서로 곧장 전화해 자신을 소개했다. 상대방이 그가 범죄의 피해자도, 범죄자도 아니라는 사실에 만족할 때까지 몇 분이 걸렸다.

그의 영어 억양은 스코틀랜드인의 귀에 일종의 아무 의미 없는 백색소음을 내는 모양이었다.

덤프리스에서 스튜어트 순경은 인내심을 가지려고 애썼다. 그는 경찰서 창문으로 회반죽을 바른 건물들을 내다보았다. 회색 대리석 건물들을. 붉은 벽돌의 빅토리아식 건물들을. 시장 광장 끝의 키 큰 시계탑을.

차가운 비에 떠밀려 술집과 가게 들로 밀려드는 사람들을.

그리고 그는 인내하려 애썼다.

그는 이 남자가 무슨 말을 하고 있는지 알아내려 애썼다. 돌기둥? 왜 그런 걸 경찰에 전화해서 물어보지? 이내 그는 자신이 예술가에 대해 뭐라고 들었다고 생각했지만 그것은 똑같이 터무니없었다. 다시, 왜 예술을 논하는데 경찰에 전화하지?

그는 이 남자가 정신이 나갔는지 궁금했지만 남자의 말은 차분하고 이성적이며 심지어 자신에게 짜증이 난 것처럼 들렸다.

스튜어트 순경은 '살인'이라는 말이 나왔을 때 더 경계했지만 이 남자에게 살인을 신고하려고 전화했는지 물었을 때 어느 정도 명확한 답을 얻었을 뿐이었다.

아니요.

"그렇다면 당신이 원하는 게 뭡니까?"

그는 전화선을 통해 길고 긴 한숨 소리를 들었다.

"몽 디유Mon dieu 맙소사." 그는 그 말 또한 들었다.

"'몽 디유'라고 했습니까?" 그가 물었다. "프랑스어를 하십니까?"

"위." 가마슈가 말했다. "당신은요?" 그가 프랑스어로 이렇게 물었고, 웃음소리로 보상받았다.

"오, 네. 주 파를르 프랑세Je parle français 나는 프랑스어를 합니다."

그리고 마침내 두 남자는 소통할 수 있었다. 프랑스어로. 이제는 아내가 된 스튜어트 순경의 프랑스 여자와의 연애 덕분에. 그녀는 결국 영어를 배웠고, 그는 프랑스어를 배웠다.

가마슈는 자신이 캐나다 퀘벡 경찰청 살인 수사과의 전前 경감이며 스튜어트 순경의 도움이 필요하다고 설명했다. 하지만 살인 사건은 아니라고. 이것은 사적인 조사였다. 실종된 친구를 찾으려는. 화가인. 그는 초겨울에 덤프리스에 있던 것으로 추적되었다. 가마슈는 스튜어트 순경에게 피터가 거기에 있었던 날짜를 주었다. 하지만 가마슈는 피터가 어디로 갔고 무엇을 했는지나 왜 거기에 있었는지조차 몰랐다. 그는 거기에 예술가 집단이 있거나 화가를 그 지역으로 이끌 무엇이 있는지 궁금했다.

"음, 글쎄요, 아시겠지만 이곳은 세계적으로 아주 아름다운 곳이죠."

가마슈는 스튜어트 순경의 억양이 부러웠다. 구르는 듯한 스코틀랜드식 R 진동음이 프랑스어와 완벽하게 녹아들어 그의 억양은 프랑스어에서 부드럽고 매력적이 되었다.

누가 알았겠나?

"그래서 거기 유명한 화가들이 있습니까?"

"정확히 유명하지는 않습니다." 그가 사이를 두었다. "아니요, 그들을 유명하다고 할 순 없죠. 하지만 꽤 훌륭합니다. 그리고 어느 예술가든 그 환경에 영감을 얻을 겁니다." 스튜어트 순경은 창문으로 춥고 음울한 오후를 내다보았다. 비가 퍼붓는.

아름다웠다.

"뭐, 우리에겐 아주 아름다운 정원이 많습니다. 어떤 건 놀라워 보이죠. 정원사라면 어떻습니까?"

"유감이지만 아닙니다. 화가여야 할 것 같습니다. 제 친구가 덤프리스로 갔을 이유에 대해 생각나시는 게 없습니까?"

"다들 그래야 한다고 생각한다는 사실 빼고요? 아니요."

가마슈는 응접실 창문을 내다보았다. 짙은 안개가 내려앉아 마을 광장의 세 그루 소나무가 간신히 보였다. 비스트로는 창문에서 살짝 비치는 빛으로 희미한 윤곽만 남아 있었다.

아름다웠다.

"그의 은행 출금 내역으로 그가 당신네 지역에 있었다는 건 알지만 그가 어디에 머물렀는지는 기록이 없군요."

"음, 그건 특이할 게 없습니다. 시내와 이 주위엔 비앤비가 많습니다. 그들은 현금을 선호하죠."

"당신에게 친구의 사진과 인상착의를 보내고 싶은데요."

"좋아요. 제가 그걸 돌려 보죠."

기꺼이 돕겠다는 싹싹한 말투였다. 희망차게. 하지만 그 매력적인 억양으로도 희망이 거의 없다는 사실을 위장할 수는 없었다. 스튜어트 순경이 수개월 전 피터 모로의 이동 흔적을 찾을 가능성은 아주 작았다. 그래도 그는 기꺼이 노력하려 하고 있었고, 가마슈는 고마웠다.

피터는 이유가 있어서 덤프리스까지 갔다. 하지만 그 이유는 알려지지 않은 채로 남았다. 그들이 아는 것은 피터가 이제 그곳에 없다는 사실이었다. 그는 결국 떠났고, 토론토에서 튀어나왔다.

두 남자는 작별 인사를 나누었고, 가마슈는 안락의자에 앉았다. 창문이 열려 있어 그는 퍼붓는 빗소리를 들을 수 있었다. 나뭇잎에 부딪히고, 포치를 때리고, 창문을 두드리는. 날씨와 경감은 이날에 정착했다.

등을 기댄 그는 깍지를 끼고 생각에 잠겨 허공을 응시했다. 피터, 덤프리스, 스튜어트 순경과 나눈 대화를 생각하며. 스코틀랜드 사람과 퀘베쿠아는 공통점이 많았다. 둘 다 잉글랜드에 정복당했다. 둘 다 역경에 맞서 자신들의 언어와 문화를 지켜 냈다. 둘 다 민족적 열정이 있었다.

하지만 가마슈는 피터 모로가 민족자결권을 공부하기 위해 스코틀랜드에 가지 않았다는 사실을 알았다. 어쨌든 민족적인 차원에서는 아니었다. 그의 목적은 그보다 자신을 위한 사적인 탐구였다.

그 노선의 어딘가에서 무언가가 일어났고, 피터 모로는 그 특별한 그림들을 그렸다.

가마슈는 직접 그것들을 보고 싶은 생각이 간절했다.

그것들은 다음 날 아침 일찍 클라라의 집에 도착했다. 갈색 트럭에 갈색 반바지를 입은 활기찬 UPS 배달원이 클라라에게 야구방망이와 바게트의 사생아처럼 생긴 것을 넘겼다.

클라라는 길쭉한 갈색 통을 받았다는 확인 사인을 하고 비스트로의 테라스 위에서 장 기와 루스와 아침 식사 중인 가마슈와 렌 마리를 향해 그것을 흔들었다.

비는 밤에 그쳤고, 날은 맑고 따뜻해졌으며, 햇살이 나뭇잎과 꽃잎, 지붕과 풀잎에 맺힌 이슬에서 반짝였다. 이슬이 햇볕에 증발하면서 공기를 장미와 라벤더와 아스팔트 냄새로 채웠다.

정오 무렵이면 마을은 이글거리겠지만 지금은 빛나고 향기로웠다. 하지만 그 모든 것이 클라라에게는 주목 대상이 아니었다. 그녀는 UPS 통에만 눈을 두고 있었다. 그것을 집 안으로 갖고 들어간 그녀는 머나에게 전화했다.

그리고 그녀는 기다렸다. 그 통을 움켜쥐고. 그 통을 응시하면서. 갈색 포장지를 만지작거리면서. 다행히 오래 기다리지 않았다. 몇 분 안에 모두가 도착했고, 클라라는 포장지를 찢었다.

"보자, 봐." 루스가 말했다.

"저게 거대한 마리화나가 아니란 건 아시겠죠?" 장 기가 말했다.

"알아, 멍청이." 하지만 루스의 열정은 상당히 식었다. 이내 그녀는 통을 자세히 살피고 기운을 차렸다.

"저 안에 스카치병도 없다고요." 장 기가 그녀의 생각을 읽으며 말했다. 그가 할 우려의 원천이 그것이었다.

"그럼 다들 왜 이렇게 신났어?"

"피터의 그림들이 안에 있어요." 렌 마리가 그것들을 보고 싶어서 초조하게 통을 응시하며 말했다.

그것은 피터가 자신을 우편으로 보낸 것 같았다. 그의 육체가 아니길. 그녀는 희망했다. 피터가 그의 생각과 감정을 보냈길. 그 통 안에는 스리 파인스를 떠난 후 그의 창의성의 행보에 대한 수첩이 있었다.

그들은 갈색 포장지를 찢는 클라라 주위를 둘러쌌다. 마리아나가 휘갈긴 쪽지가 바닥에 떨어졌다. 장 기가 그것을 주워 읽었다.

"여기 그림 보내요. 캔버스에 그린 세 점이 최근작이에요. 피터가 오월에 빈에게 보냈어요. 어디서 보냈는지는 모르겠어요. 세 점은 종이에 그렸어요. 오빠가 겨울에 왔을 때 빈에게 준 것들이죠. 그림들을 보내게 돼서 기쁘네요."

그것은 장 기에게 '그림들을 치우게 돼서 기쁘네요.'로 들렸다.

"봐요." 가브리가 말했다.

그는 막 도착했고, 그와 루스는 자리 확보를 위해 서로 팔꿈치로 찔러대고 있었다.

장 기가 캔버스 하나를 집었고, 렌 마리가 다른 하나를 들었다. 그들은 그것을 펼쳤지만 가장자리가 계속 말렸다.

"볼 수가 없잖아." 루스가 딱딱거렸다. "펼쳐 봐." "이거 너무 불편하네." 머나가 말했다.

그들은 부엌을 둘러보고 마침내 세 장의 캔버스를 바닥에 러그처럼 깔기로 결정했다.

그들은 캔버스를 펼쳐서 각 모퉁이에 커다란 책을 올린 다음 뒤로 물러섰다. 로사가 그림들을 향해 뒤뚱뒤뚱 걸었다.

"그 위로 걷지 않게 해요." 클라라가 경고했다.

"그 위로 걷는다고?" 루스가 물었다. "그 위에 똥을 싸면 운 좋은 거지. 그림을 개선할 뿐이야."

아무도 반대하지 않았다.

가마슈는 그림을 보았다. 고개를 이리저리 기울이며.

클라라가 옳았다. 그것들은 엉망이었다. 그리고 그는 그 그림들이 그러리라고 자신이 믿지 않았다는 것을 깨달았다.

그는 그 그림들이 적어도 가능성을 보이길 바랐다. 하지만 사실 그것들이 그보다 낫기를 기대했다. 그래, 인습에 얽매이지 않았길. 뜻밖이길. 심지어 살짝 가늠하기 어렵길. 잭슨 폴록처럼. 온통 격렬한 색감. 쏟아진 물감처럼 보이는 방울과 얼룩과 선 들. 캔버스 위의 사고.

하지만 그것들은 하나의 형태로, 하나의 감정으로 합쳐졌다.

가마슈는 살짝 왼쪽으로 몸을 기울였다. 오른쪽으로. 가운데로.

아니.

이것들은 그냥 엉망진창이었다.

바닥 위에 그렇게 놓인 피터의 그림들은 말 그대로 개밥처럼 보였다.

개가 미각이 없다면. 그리고 이내 게워 낸 것처럼.

로사가 그 그림 위에 무엇을 떨구건 아무 해도 입히지 않을 거라고 가마슈는 생각했다.

클라라는 부엌 저편에서 고무줄을 벗긴 작은 그림들을 테이블에 올리고 소금과 후추 병들과 머그잔들로 귀퉁이들을 고정하고 있었다.

"자," 그녀가 다가오는 다른 이들에게 말했다. "마리아나에 따르면 이것들은 피터의 더 이전 작품들이에요."

그들은 응시했다.

더 낫지 않았다. 사실 그것들은, 그런 게 가능하다면, 바닥에 누워 있는 것보다 더 나빴다.

"피터가 그린 게 확실합니까?" 가마슈가 물었다. 작업실에서 단조롭고 고상하고 정교한 작품들을 그렸던 예술가가 이 작품들을 그렸다니 극히 믿기 어려웠다.

클라라도 미심쩍어하는 것 같아 보였다. 그녀는 몸을 숙이면서 오른쪽 아래 구석을 관찰했다.

"서명이 없어요." 그녀는 입가를 물어뜯고 있었다. "그는 보통 자기 작품에 서명을 해요."

"그래, 뭐, 그는 보통 그림 하나를 그리는 데 육 개월이 걸리지." 루스가 말했다. "보통 자기 작품이 완벽해질 때까지 그걸 보이지 않고. 보통 크림색과 회색의 음영을 활용하지."

클라라가 놀라서 루스를 보았다. 어쩌면 그녀의 머리는 클라라가 짐작했던 것만큼 엉덩이 쪽에 가깝게 붙지 않았을지도 몰랐다.

"이게 피터 그림이라고 생각해요?" 그녀가 루스에게 물었다.

"그의 그림이야." 루스가 단호하게 말했다. "그의 작품처럼 보이기 때문이 아니라, 정신이 제대로 박힌 사람이라면 누구도 이것들을 그리지 않았는데 그렸다고 하지 않을 테니까."

"왜 그가 그림에 서명하지 않았죠?" 장 기가 물었다.

"자네라면 하겠나?" 루스가 물었다.

그들은 다시 테이블 위의 세 그림을 살폈다.

이따금씩 그들 중 한 명이 혐오감을 느낀 듯이 이 세 그림에서 멀어져 바닥에 있는 그림들로 돌아갔다.

이내 다시 혐오감을 느낀 듯 그들은 테이블로 돌아왔다.

"음," 가브리가 숙고 끝에 말했다. "이 그림들은 고약하다고 말해야겠네요."

그림들은 야했다. 색깔의 얼룩과 충돌. 빨강과 보라, 노랑과 오렌지. 서로 다투는. 종이와 캔버스에 갈겨진. 마치 피터가 배운 모든 규칙에 방망이를 휘두른 것 같았다. 난도질한. 피냐타아이들이 파티 때 막대기로 터뜨리는, 장난감과 사탕을 채운 바구니처럼 깨부순. 그리고 그 산산조각 난 확실성들 밖으로 물감이 쏟아졌다. 선명한 물감들이 뱉은 침들. 그가 그의 똑똑한 예술가 친구들과 코웃음 쳤던, 비웃었던, 조롱했던 모든 색채. 그는 꺼렸고 클라라는 썼던 모든 색채. 그것들이 쏟아졌다. 피처럼. 내장처럼.

그것들이 종이를 덮쳤고, 이 그림이 그 결과였다.

"이게 피터에 대해 뭘 말합니까?" 가마슈가 물었다.

"우리가 꼭 그 동굴을 들여다봐야 할까요?" 머나가 그에게 속삭였다.

"아닐 수도 있죠." 그가 인정했다. "하지만 이것들과," 그가 테이블 위에 있는 그림들을 가리켰다. "저것들 사이에 어떤 차이가 있습니까?" 그가 바닥을 가리켰다. "향상된 점이 보입니까? 발전이?"

클라라가 고개를 저었다. "이 그림들은 예술학교에서의 연습처럼 보여요. 여기 보여요?"

그녀는 테이블 위의 그림 중 하나에 있는 체스 판 무늬를 가리켰다. 그들은 몸을 숙이고 고개를 끄덕였다.

"모든 예술 고등학교 학생들이 원근법을 배우기 위해서 저 비슷한 걸 해요."

생각에 잠긴 가마슈의 눈썹이 한데 모였다. 캐나다에서 가장 성공적인 미술가 중 한 명이 왜 이런 그림들을 그렸을까? 그리고 아이들이 학교에서 배우는 연습을 포함했을까?

"이게 예술이긴 합니까?" 장 기가 물었다.

그것은 또 다른 좋은 질문이었다.

처음 이 사람들과 이 마을을 만났을 때 보부아르는 예술에 대해 아는 바가 거의 없었고, 그가 아는 것은 예술이 유용한 게 아니라는 것이었다. 하지만 예술계에 수년간 노출된 끝에 그는 흥미가 생겼다. 일종의.

주로 그의 흥미를 끈 것은 예술이 아닌 환경이었다. 내분. 무심한 잔인함. 위선. 아름다운 창작물들을 파는 추한 산업.

그리고 그 추함이 때때로 어떻게 범죄로 발전했는지. 그리고 그 범죄가 때때로 어떻게 살인으로 곪는지. 때때로.

장 기는 피터 모로를 좋아했다. 피터 모로를 이해한 그의 일부는. 보부아르가 극소수의 것을 인정한 일부는.

두려운 일부. 텅 빈 일부. 이기적인 일부. 불안정한 일부.

장 기 보부아르의 비겁한 일부는 피터 모로를 이해했다.

하지만 보부아르가 자신의 그 일부를 마주하려 힘껏 싸웠던 반면, 피터는 그저 거기서 도망쳤다. 그 틈과 균열을 키우면서.

보부아르는 두려움이 그 구멍을 더 크게 벌리지 않는다는 것을 배웠다. 하지만 비겁함은 그랬다.

여전히 장 기 보부아르는 피터 모로를 좋아했고, 그 남자에게 무언가 끔찍한 일이 일어났을지 걱정스러웠다. 하지만 최소한 누구도 이 그림들 때문에 살인을 하지는 않을 터였다. 피터라면 몰라도. 그는 이 그림들을 은폐하려고 살인을 할지도 몰랐다.

하지만 그가 그러지는 않았겠지? 사실 그것들을 은폐하기는커녕 실제로 그는 이것들을 안전하게 하는 데 애썼다.

"그가 왜 이 그림들을 보관했을까요?" 장 기가 물었다. "그리고 왜 그림들을 빈에게 보낼까요?"

질문들에 대답은커녕 그 그림들은 더 많은 질문을 내놓았다.

루스가 떠났다. 따분해하고 적잖은 혐오를 느끼며.

"저것들은 혐오스러워." 그녀는 누가 자신의 감상을 놓쳤을 경우를 대비해 말했다. "가서 로사의 변기를 치워야겠어. 누구 도울 사람?"

그것은 유혹적이었고, 루스가 떠나자마자 가브리는 구실을 만들었다.

"난 화장실 배수구에서 머리카락을 **빼내야** 할 것 같아요." 그가 문을 나서며 말했다.

피터의 그림들이 사람들에게 지저분한 잡일들을 떠올리게 하는 듯했다. 그가 자신이 쓰일 방법을 찾으러 세상에 나섰다 해도 이것은 아마 그가 염두에 둔 것이 아닐 터였다.

아르망, 렌 마리, 클라라, 머나, 장 기는 그림 주변에 어정쩡하게 선 채 남아 있었다.

"좋아요." 가마슈가 바닥에 있는 캔버스들을 향해 걸으며 말했다. "이 그림들은 보다 최근작들입니다. 지난봄에 피터가 우편으로 보낸. 이것들은 캔버스에 그려진 반면," 그는 소나무 테이블로 크게 세 걸음 걸었다. "겨울에 빈에게 준 전작들은 종이에 그려졌습니다."

그것들은 상당한 높이에서 떨어진 어떤 생명체처럼 보였다. 그리고 테이블을 덮친 것처럼.

그것들은 어떤 업적으로 생각되지 않았다. 혹은 성공으로. 혹은 훌륭한 마무리로.

하지만 가마슈는 그것들이 끝의 근처에도 가지 않았다는 것을 알았다. 그것들은 시작이었다. 이정표였다. 표지.

이누이트족은 항해의 도구로 자신들의 길을 표시하기 위해 석상들을 세우곤 했다. 자신들이 어디로 가고 있는지, 어디에 있었는지 가리키기 위해. 앞으로 나아갈 길과 집으로 돌아가는 길. 그것들은 이눅슈크라고 불렀다. 말 그대로 인간의 대체품. 유럽인들에게 발견되자마자 그것들은 파괴되었다. 그리고 그것들은 야만적이라 꺼려졌다. 이제 그것들은 표지일 뿐 아니라 예술 작품으로 여겨졌다.

그게 피터가 한 일이었다. 그것들은 예술 작품일 수도 있지만 그 이상으로 표지, 이정표였다. 그가 어디에 있었고, 어디로 가고 있는지 가리키는. 그가 예술적으로, 감정적으로, 창조적으로 여행 중인 루트. 이 특이한 그림들은 그의 위치뿐 아니라 그의 생각과 감정의 진행을 기록하는 그의 이눅슈크였다.

이 그림들은 그 남자의 대용품이었다. 피터의 내면을 드러내는.

그러한 이해로 가마슈는 그 여섯 점의 그림을 더 자세히 살폈다. 이것들이 피터에 대해 무엇을 말해 주지?

그것들은 처음에 그저 색채를 덧칠한 것으로 보였다. 캔버스에 그린 최근작들은 전작들보다 더 격렬하게 충돌하기까지 하는 듯이 보였다.

"왜 어떤 그림은 종이에 그리고 다른 그림은 캔버스에 그리죠?" 렌 마리가 물었다.

클라라도 그걸 궁금해하고 있었다. 그녀는 그림의 두 그룹을 응시했다. 솔직히 그것들은 전부 똑같이 형편없어 보였다. 캔버스에 그려진 세 작품이 명확하게 더 낫고 보존할 가치가 있고 종이 위 그림들이 쓰레기인 것도 아니었다.

"한두 가지 이유가 있었을 것 같아요." 그녀가 말했다. "처음 세 작품을 그렸을 때 캔버스가 없었거나 그 작품들이 실험작이 될 걸 알았거나. 남길 의도가 없었던 거죠."

"하지만 이것들은요?" 장 기가 바닥 위에 놓은 작품들을 가리켰다.

"가끔은 마법이 작용하는데……," 클라라가 말했고, 가마슈가 작게 웃었다.

"피터는 똑똑한 사람이에요." 렌 마리가 말했다. "성공적인 화가고요. 그는 이 그림들이 탁월하지 않다는 걸 분명 알았을 거예요. 그것들은 괜찮지도 않죠."

장 기가 고개를 끄덕였다. "정확히요. 왜 그 그림들을 보관하죠? 그리고 그것들을 보관할 뿐 아니라 누군가가 보게 하려고 누군가에게 준다고요?"

"당신은 마음에 들지 않는 작품들을 어떻게 해요?" 렌 마리가 클라라에게 물었다.

"오, 대부분 보관해요."

"구제할 수 없었던 작품들까지요?" 렌 마리가 물었다.

"그것들도요."

"왜죠?"

"음, 그냥 모르는 법이니까요. 일이 잘 안되는 날이나 영감이 안 떠오르는 날에 그것들을 꺼내서 다시 봐요. 가끔은 그걸 옆으로 놓거나 거꾸로 놓기도 해요. 그게 나한테 다른 시각을 줄 수 있어요. 전에 본 적 없는 무언가를 툭 건드리는 거죠. 추구할 가치가 있는 어떤 작은 것. 색채 결합이나 일련의 획들series of strokes이나 그런 것들이."

보부아르는 바닥에 놓인 그림들을 보았다. 일련의 발작series of strokes만이 그걸 설명할 터였다.

"자기는 잘 풀리지 않은 작품들을 보관하지만," 머나가 말했다. "그걸 자랑하진 않잖아."

"맞아." 클라라가 인정했다.

"장 기가 옳아요. 피터가 이걸 보관한 이유가 있습니다." 가마슈가 말했다. "그리고 그것들을 빈에게 보낸 이유가요."

그는 오래된 소나무 테이블에 놓인 보다 작은 그림들에 다가갔다.

"당신이 스마일이라고 말한 그림은 어디 있습니까?" 가마슈가 머나에게 물었다. "그 입술들? 그것들이 안 보이는군요."

"오, 그거요. 깜박했네요." 그녀가 말했다. "그건 이 그룹에 있어요." 그녀가 그를 바닥의 전시장으로 데려갔다. "찾아보세요."

"차가운 여자여." 그는 그렇게 말했지만 반항하지 않았다. 1분쯤 뒤에 머나가 입을 열었지만 경감이 그녀를 막았다. "음, 말하지 마세요. 내가 찾을 겁니다."

"음, 나는 나갈게요." 클라라가 말했다.

그들은 레모네이드를 따라 정원으로 나갔지만 보부아르는 경감과 함께 뒤에 남았다.

가마슈는 각 그림에 몸을 숙였다가 허리를 펴고 뒷짐을 졌다. 그는 발뒤꿈치에서 발가락으로 살짝 앞뒤로 몸을 흔들었다. 발뒤꿈치에서 발가락으로.

보부아르는 몇 발짝 물러섰다. 그런 다음 몇 발짝 더. 이내 그는 소나무 테이블에서 의자 한 개를 끌어내어 그 위에 올라섰다.

"이 위에선 아무것도 안 보입니다."

"자네 뭐 하는 건가?" 가마슈가 장 기에게 성큼성큼 다가가며 다그쳤다. "그 의자에서 당장 내려오게."

"이건 튼튼합니다. 제 무게를 버틸 겁니다." 하지만 어쨌든 그는 뛰어내렸다.

그는 경감의 목소리에 깃든 어조가 마음에 들지 않았다.

"그건 모르는 법이네." 가마슈가 말했다.

"확실히 모르시잖습니까." 보부아르가 말했다.

어떤 소리에 가마슈가 몸을 돌릴 때까지 두 사람은 서로를 응시했다. 머나가 손에 빈 레모네이드 주전자를 들고 문간에 서 있었다.

"내가 방해가 되나요?"

"전혀요." 경감이 그렇게 말하고 억지로 웃음을 띠었다. 이내 그는 숨을 깊이 들이쉬고 그 숨을 내뱉은 다음 여전히 빤히 보고 있는 보부아르에게 몸을 돌렸다.

"미안하네, 장 기. 원한다면 다시 올라가게."

"아니요, 봐야 할 건 봤습니다."

가마슈는 그가 그림 이상을 말하고 있다는 느낌을 받았다.

"저기 있군요." 장 기가 말했다.

가마슈가 그에게 다가갔다.

장 기가 그 스마일을 발견했다. 스마일들을.

그리고 가마슈는 자신의 실수를 깨달았다. 그는 거대한 입술 한 세트를 찾고 있었다. 산을 이루는 골짜기를. 하지만 피터는 그림 속 깊이 그림을 가로질러 행진하는 그것들 한 무더기, 작은 미소들, 웃음의 작은 계곡들을 그려 놓았다.

가마슈는 활짝 웃었다.

그게 그 그림을 더 훌륭하게 만들지는 않았지만 피터의 작품 중에서 어떤 감정을 자아낸 작품은 처음이었다.

그는 테이블을 돌아보았다. 메스꺼움이 감정이라고 생각하지 않았지만 이 그림들조차 감정을 자아내었다. 하지만 적어도 그것은 무언가였다. 배 속에서. 머릿속이 아니라.

이게 시작이라면 아르망 가마슈는 스마일들이 이끄는 곳을 더욱더 알고 싶었다.

17

렌 마리는 미소 짓고 있었다.

가마슈가 그녀에게 작은 입술들의 퍼레이드를 보여 주었다. 그것이 무엇인지 그녀가 실제로 알아차리기까지 잠깐 시간이 걸렸지만 그는 그것이 딸깍한 순간을 알았다.

그녀의 입술이 미소로 휘어졌다. 이내 활짝 핀 웃음으로 번졌다.

"어쩜 내가 이걸 놓칠 수 있지, 아르망?" 그녀가 그를 향했다가 다시 그림으로 몸을 돌렸다.

"나도 놓쳤어. 그걸 발견한 사람은 장 기였지."

"메르시." 그녀가 사위에게 그렇게 말했고, 그는 답례로 살짝 고개를 숙였다. 그녀는 그것이 아르망의 버릇 중 하나라는 것을 사위가 아는지 궁금했다.

렌 마리가 그 그림을 향해 돌아선 동안 가마슈는 바닥에 놓인 다른 두 캔버스로 관심을 돌렸다. 클라라가 그것들을 내려다보고 있었다.

"뭐가 있습니까?" 그가 물었다.

그녀는 고개를 저은 다음 그 그림들로 더 가까이 몸을 기울였다. 그리고 물러났다.

이 그림들에 저 입술들 같은 뭔가가 있을까? 어떤 나라나 행성이나 새로운 낯선 종種처럼 발견되기를 기다리는 어떤 이미지, 피터가 거기에 끼워 넣은 어떤 감정.

그런 게 있더라도 가마슈도 클라라도 볼 수 없었다.

가마슈는 눈길을 감지했고 그게 보부아르의 눈길이리라 짐작했지만 그 젊은이는 부엌에서 샌드위치를 만드느라 바빴다.

렌 마리는 여전히 미소를 띠고 그 입술 그림을 내려다보고 있었다. 클라라는 다른 두 캔버스를 살피고 있었다.

그리고 머나는 그를 관찰하고 있었다.

그녀는 그를 다른 이들에게서 떼어 냈다.

"이게 과한가요, 아르망?"

"무슨 뜻입니까?"

그녀가 그에게 기민한 시선을 던졌고, 그는 씩 웃었다.

"보부아르와 살짝 오간 걸 알아차렸군요."

"그랬어요." 그녀는 한동안 그를 살폈다. "당신이 그만둘 필요가 있다고 말해도 클라라는 이해할 거예요."

"그만둔다고요?" 그가 놀라 그녀를 보았다. "내가 왜 그러겠습니까?"

"방금 왜 보부아르에게 잔소리하셨죠?"

"그가 의자 위에 서 있었습니다. 오래된 소나무 의자에. 그게 망가질 수도 있었습니다."

"'그게' 망가질 수도 있다고요?"

"오, 제발." 가마슈가 웃음을 터뜨렸다. "그걸 좀 과하게 생각하는 거 아닙니까? 나는 장 기에게 순간 화가 났고, 그걸 드러냈습니다. 푸앙 피날Point Final 그게 답니다. 별일 아닙니다. 잊어버리세요."

마지막 한마디에 실린 그의 목소리는 딱딱했다. 그리고 그의 눈에 경고가 담겨 있었다. 선을 넘지 마시오.

"인생은 '별일 아닌 일'로 이뤄져 있어요." 머나가 선을 넘으며 말했다. "당신은 그걸 알죠. 그게 당신이 살인에 대해 하는 말 아닌가요? 별일 아닌 일들이 큰 사건으로 촉발되는 일은 드물지만 일련의 작고, 거의 눈에 띄지 않는 사건들로 촉발된다고요. 별일 아닌 일들이 결합해서 재앙을 만든다고."

"요지가 뭡니까?" 그의 눈은 흔들림이 없었다.

"내 요지를 알잖아요. 방금 일어난 일을 무시하면 내가 바보죠. 그리고 당신도 그렇고요. 그건 표면적으로는 사소한 일이었어요. 그가 의자에 올라갔고, 당신이 그를 꾸짖었죠. 그는 내려왔고요. 그리고 내가 당신을 몰랐다면, 어떤 일이 있었는지 몰랐다면 나는 아무 일도 아니라고 생각했을 거예요. 하지만 나는 당신을 알아요. 그리고 나는 장 기도 알아요. 그리고 나는 '망가진다'는 게 대부분의 사람보다 당신과 그에게 의미가 크다는 걸 알죠."

그들은 서로 응시했고, 가마슈는 수그러들지 않았다. 머나가 옳을 수도 있다는 것을 받아들이지 않았다.

"의자일 뿐입니다." 그가 낮지만 부드럽지 않은 목소리로 말했다.

머나가 끄덕였다. "하지만 그건 어떤 사람일 뿐은 아니에요. 그건 장기예요."

"그 의자가 망가졌어도 그는 다치지 않았을 겁니다." 가마슈가 말했다. "그는 바닥에서 오십 센티미터 위에 있었습니다."

"나도 알아요. 당신도 알고요." 머나가 말했다. "하지만 그건 더 이상안다는 문제가 아니지 않나요? 삶이 순수하게 이성적이라면 거기엔 전쟁이나 가난이나 범죄가 더 적을 거예요. 살인이나요. 망가질 게 더 적을 거예요. 당신 반응은 이성적이지 않았어요, 아르망."

가마슈는 조용했다.

그녀는 그를 뚫어지게 보았다. "이게 과한가요?"

"과하냐고요? 내가 뭘 봤는지 아시기나 합니까? 그리고 뭘 했는지?"

"짐작은 하죠." 그녀가 말했다.

"나는 당신이 짐작한다고 생각하지 않습니다." 그가 그녀를 응시했고, 밀려드는 이미지들이 머나 위로 겹쳤다. 망가진 시체들. 무표정한 눈들. 참혹한 광경들. 사람이 사람에게 할 수 있는 가장 끔찍한 짓.

그리고 피로 얼룩진 길을 쫓는 것이 그의 일이었다. 동굴 속으로. 무엇이든 그 안에 있는 것을 마주하기 위해.

그리고 다시 그 일을 하기. 그리고 다시.

기적은 살인자가 잡힌 것이 아니라, 그녀 앞의 남자가 그 일을 하는 내내 인간성을 유지했다는 것이었다. 그 자신이 동굴 속으로 끌려 들어간 후에도. 그리고 너무 깊은 상처를 입은 뒤에도.

그리고 이제 그는 다시 한번 일어나 도움을 주려 하고 있었다.

그리고 그녀는 그에게 패스권을 주려는 중이었다. 하지만 그는 그것을 받으려 하지 않았다.

"아시겠지만 난 약하지 않습니다." 가마슈가 말했다. "게다가 이 일은 살인이 아니라 단순한 실종입니다. 쉽죠."

그는 느긋하게 들리게 하려고 애썼고, 그럭저럭 단지 지치게 들리게 했다.

"정말 확실해요?" 그녀가 물었다.

"살인이 아니라는 거 말입니까?" 그가 물었다. "아니면 쉽다는 거 말입니까?"

"둘 다요."

"아니요." 그가 인정했다. "그리고 한 가지는 당신이 옳습니다. 난 이곳 스리 파인스에 머무는 편이 나을 겁니다. 자고, 비스트로에서 레모네이드를 즐기거나 정원에서……"

그가 손을 들어 소위 그의 정원 일에 대한 그녀의 품평을 막았다.

"난 렌 마리와 내가 원하는 것만 하고 싶습니다."

그가 말할 때 머나는 그의 갈망의 깊이를 느낄 수 있었다.

"가끔은 선택권이 없죠." 그가 부드럽게 말했다.

"선택권은 있어요, 아르망. 항상 선택권은 있어요."

"정말 확신합니까?"

"클라라를 돕기를 거부할 수 없다고 말하는 건가요?"

"난 때로는 거절이 더 큰 악영향을 끼치기도 한다고 말하는 겁니다."

그는 그 말이 그들 사이에 자리하게 했다.

"몇 달 전에 왜 당신은 날 도왔습니까?" 그가 물었다. "당신은 그 위험을 알았습니다. 돕는 것이 당신에게, 이 마을에 끔찍한 결과를 가져올 수 있다는 걸 알았습니다. 사실 거의 분명히 그럴 터였죠. 하지만 그래도 당신은 그렇게 했습니다."

"이유를 알잖아요."

"왜죠?"

"우리가 등을 돌리면 내 삶과 이 마을이 모든 의미를 잃을 테니까요."

그가 미소 지었다. "세 사C'est ça 바로 그렇습니다. 지금 나도 같습니다. 구제된 삶이 미숙하고 이기적이고 공포에 지배된다면 치유가 무슨 소용입니까? 안식처에 있는 것과 숨어 있는 것 사이에는 차이가 있습니다."

"그래서 안식처를 갖기 위해 안식처를 떠나야 한다고요?"

"당신은 그랬습니다." 그가 말했다.

그녀는 부엌을 가로질러 돌아가는 그를 지켜보았다. 절뚝이는 걸음은 더는 거의 눈에 띄지 않았다. 오른손의 떨림은 사라졌다.

가마슈는 클라라와 렌 마리에게 다가갔다.

"뭐가 있습니까?"

하지만 그는 그들이 그 그림들에서 다른 무엇도 발견하지 못했다는 것을 그들의 표정으로 알 수 있었다.

"저기 뭔가가 없다는 뜻은 아니지만……," 클라라의 목소리가 희미해졌다.

가마슈가 바닥에 놓인 나머지 두 캔버스를 응시하며 깨달은 희한한 점은 거기에 감정을 환기하는 명시적인 이미지가 없는데도 그것들을 보면서 실제로 무언가를 느꼈다는 것이었다.

그가 아는 한 그것들은 단지 충돌하는 물감이 엉킨 것이었다.

왜 피터가 이 그림들을 저 기쁨을 주는 입술 그림과 같이 보냈을까? 피터가 이 그림들에서 본 무엇을 자신이 놓쳤을까? 그리고 클라라가? 자신들 모두가?

아무에게도 들키지 않고 이 그림에서 숨어 있는 게 무엇일까?

"장 기?" 가마슈가 불렀고, 젊은이는 빵 칼을 내려놓고 그에게 왔다.

"위?"

"도와주겠나?"

가마슈는 캔버스 하나를 바닥에서 집어 들었다.

"클라라, 우리가 이걸 벽에 걸어도 될까요?"

장 기가 한쪽을 잡고 가마슈가 다른 쪽을 잡고 있는 동안 클라라는 그림을 벽에 못질했다. 그런 다음 그들은 나머지도 못질했다. 예술에 맞서는 세 건의 범죄가 벽에 못 박혔다.

다시 한번 그들은 모두 그림을 더 잘 보기 위해 물러섰다.

이내 그들은 다시 물러섰다. 생각에 잠겨서. 물러섰다. 생각에 잠겨서. 아주아주 느린 후퇴처럼. 혹은 장송곡처럼.

그들은 등이 맞은편 벽에 닿자 멈추었다. 거리와 관점이 그 그림들을 더 좋게 하지는 못했다.

"음, 저는 배가 고프네요."

보부아르는 부엌의 아일랜드로 걸어가 자신이 만든 샌드위치 접시를 들었다. 머나는 자신이 다시 채운 레모네이드 주전자를 들었고, 두 사람은 함께 정원으로 통하는 문으로 가 남은 사람들을 이끌었다. 그림에서 멀리, 그리고 따뜻한 여름날의 오후 속으로.

파리들이 클라라의 햄 샌드위치에 달라붙었다. 그녀는 그것들을 쫓아내지 않았다. 파리가 먹어도 괜찮았다.

그녀는 배고프지 않았다. 속이 뒤집혔다. 정확히 메스꺼움은 아니었다. 그녀는 먹은 게 아무것도 없었다. 그보다 그녀가 본 무언가 때문이었다.

그 그림들이 그녀를 혼란스럽게 했다. 친구들이 먹고 이야기하는 동안 그녀는 그 그림들을 생각했다.

처음 빈의 침실에서 그것들을 보았을 때 그녀는 즐거웠다. 특히 그 입술들이. 하지만 자신의 집에서 그것들을 보는 것은 그녀를 초조하게 했다. 그것은 일종의 뱃멀미였다. 수평선이 더 이상 고정적이지 않았다. 어떤 움직임, 어떤 융기가 발생했다.

내가 질투하나? 그게 가능한가? 피터의 이 그림들이 정말 예술가로서의 그를 위한 중요한 출발을 신호했는지 걱정스러운가? 지금 당장은 웃기지만 그것들이 실제로 천재성으로 이어지리라고? 그리고 그 생각의 뾰족한 끝에 또 다른 생각이 걸터앉았다. 자신보다 더 위대한 어떤 천재성?

피터와 그의 옹졸한 질투심에 대해 살짝 우쭐함을 느낀 끝에 자신도 나을 게 없나? 사실 더 심한가? 질투와 위선과 비판. 오, 세상에.

하지만 더 있었다. 생각이 어떤 다른 곳으로 이끌리고 있었다. 무언가가 숨을 곳을 찾아 뛰고 있었다.

그녀의 친구들은 그 그림들과, 피터가 그것들을 빈에게 보낸 이유에 대해 활발한 토론을 펼치고 있었다.

"전 한 시간 전에 그걸 물었습니다." 장 기가 항의했다. "그리고 아무도 듣지 않았죠. 머나가 이제 그걸 물으니까 갑자기 그게 훌륭한 질문이라고요?"

"아방가르드의 잔인한 운명이지, 몽 보mon beau 내 친구." 렌 마리가 그렇게 말하고 머나를 향했다.

"그래서 어떻게 생각해요?"

그들이 토론하는 동안 클라라는 물방울이 맺혀 미끄러운 레모네이드 잔을 들고 자신의 감정들을 살폈다.

"클라라?"

"음?"

그녀는 명백한 즐거움에 미소 짓고 있는 머나를 보았다.

"무슨 생각 해?" 머나가 물었다.

"오, 그냥 정원을 즐기고 있었어. 저 격자 구조물에 스위트피를 더 많이 심어야 하나 생각하면서."

머나는 이제 즐거움이 덜한 표정으로 클라라를 보았다. 여느 사람들처럼 머나 랜더스는 거짓말을 듣는 것을 좋아하지 않았다. 하지만 여느 사람들과 달리 그녀는 기꺼이 거짓말을 하게 했다.

"정말로 무슨 생각 하고 있었어?"

클라라는 심호흡을 했다. "피터의 그림들과 그 그림들이 내게 주는 느낌을 생각하고 있었어."

"그리고 그게 어떤데요?" 렌 마리가 물었다.

클라라는 자신을 바라보는 얼굴들을 보았다.

"불안했어요. 그 그림들이 날 좀 겁먹게 한 것 같아요."

"왜죠?" 가마슈가 물었다.

"그가 그것들을 빈에게 보낸 이유를 알 것 같아서요."

그들이 그녀에게 몸을 숙였다.

"왜죠?" 보부아르가 물었다.

"빈을 다른 사람들과 다르게 하는 게 뭐죠?" 클라라가 물었다.

"음, 우리는 그가 여자애인지……," 렌 마리가 말했다.

"……아니면 그녀가 남자애인지 모릅니다." 가마슈가 말했다.

"빈은 아이죠." 보부아르가 말했다.

"맞아요." 클라라가 말했다. "모두 사실이에요. 하지만 빈을 특정하는 다른 무언가가 있어요."

"빈은 달라요." 머나가 말했다. "모두가 집안 관습에 순응하길 기대하는 모로 집안에서 빈은 그렇지 않아요. 피터는 아마 빈의 그런 모습에 동질감을 느꼈을 거예요. 그걸 보상하고 싶었을지도요."

"그래서 그 끔찍한 그림들을 보내는 게 보상이라고요?" 보부아르가 물었다.

"일종의." 머나가 말했다. "행위는 종종 실제 대상보다 더 중요하죠."

"크리스마스 선물로 양말을 받는 아이한테 그걸 말해 보십시오." 보부아르가 말했다.

"문제지에 금별을 받는 아이한테 물어봐요." 머나가 말했다. "스티커는 쓸모없지만 그 행위는 값을 매길 수 없어요. 상징은 특히 아이들한테 강력해요. 아이들이 왜 트로피나 배지를 원한다고 생각해요? 그걸로 놀거나 물건을 살 수 있어서가 아니라 그게 의미하는 것 때문이에요."

"인정이요." 렌 마리가 동의했다.

"맞아요." 머나가 말했다. "그리고 빈에게 그림들을 보내는 피터 삼촌은 빈을 특별하게 느끼게 해 줬죠. 난 피터가 빈에게 동질감을 느끼고, 그 아이에게 공감하고, 달라도 괜찮다는 걸 빈이 알게 하고 싶어 하는 거 같아요."

머나가 클라라의 인정을 기다리며 그녀를 보았다. 금별을 기다리며.

"그게 이유일 수도 있겠지만," 클라라가 말했다. "난 사실 그것보다 훨씬 단순하다고 생각해."

"이를테면?" 보부아르가 물었다.

"피터는 빈이 비밀을 지킬 수 있다는 걸 알았던 것 같아요."

빈은 자신의 성별에 대한 비밀을 지켰다. 말하라는 압박감이 분명 컸을 테지만 빈은 아무에게도 말하지 않았다. 가족에게도. 학교 친구들에게도. 선생님들에게도. 아무에게도.

"피터는 그 그림들이 빈과 있으면 안전할 걸 알았군요." 렌 마리가 말했다.

"하지만 그것들이 비밀이라면 왜 자신이 보관하지 않았죠?" 장 기가 물었다. "그에게 있는 게 가장 안전하지 않겠습니까?"

"그는 자신이 안전하지 않다고 믿었는지도 모르지." 가마슈가 말했다. "그게 당신 생각 아닙니까?"

클라라가 끄덕였다. 그게 그녀의 명치에 고인 느낌이었다. 피터는 이 그림들을 비밀로 지킬 필요가 있었다.

그녀는 자신의 집 쪽을 보았다.

하지만 저 이상한 그림들에 무엇이 감춰져 있을까? 그 그림들이 무엇을 드러낼까?

18

"시는 목구멍 속 덩어리로 시작된다." 아르망 가마슈가 루스의 하얀 기성품 의자 중 하나에 앉으며 말했다.

"자넨 그걸 털 뭉치처럼 들리게 말하는구먼." 루스가 말했다. 그녀는 스카치를 잔에 찰랑찰랑하게 따랐지만 그에게 조금도 권하지 않았다. "무언가가 배 속에서 치솟아. 내 시들은 섬세하게 연마되고, 염병할 단어 하나하나가 신중하게 선택되지."

로사는 루스의 의자 옆 담요 둥지에 잠들어 있었지만 가마슈는 살짝 뜨인 오리의 눈을 봤다고 생각했다. 자신을 지켜보는.

자신에게 저게 단지 오리라는 걸 계속 상기시키지 않는다면 그는 불안했을 터였다. 단지 오리. 불안하게 하는 오리.

"음, 그렇게 말한 사람은 다름 아닌 당신입니다." 가마슈가 감시 오리에게서 눈을 뗐다.

"내가 그랬나?"

"당신이 그랬습니다."

루스의 부엌은 발견된 물건들로 가득했다. 플라스틱 의자와 테이블을 포함해서. 가브리의 술 보관장에서 발견된 스카치 병을 포함해서. 로사를 포함해서. 가마슈가 알기로 알로 발견되었던. 루스가 어느 부활절 아침에 마을 광장에서 연못가에 있는 둥지를 발견했고, 그 안의 알 두 개를 건드렸다. 그 접촉이 그 알들을 오염시켰고, 그 알들은 그들의 엄마에게서 버려졌다. 그래서 루스가 그것들을 집으로 가져갔다. 모두 그녀가 오믈렛을 만들 생각이라고 자연스럽게 짐작했다. 하지만 대신 늙은 시인은 그녀치고 부자연스러운 어떤 일을 했다. 그녀는 플란넬 천으로 아주 작은 인큐베이터를 만들고 오븐 안에서 그 알들을 따뜻하게 했다. 그녀는 그것들을 뒤집고 지켜보고 알이 부화해 자신을 필요로 할 경우에 대비해 밤늦게까지 자지 않았다. 루스는 전기가 끊기지 않도록 전기세를 냈다. 그녀는 그것을 클라라의 집에서 발견한 돈으로 지불했다.

그녀는 기도했다.

로사는 스스로 알을 깨고 나왔지만 로사의 동생 릴리움은 나오기 힘겨워했다. 그래서 루스가 도왔다. 껍데기를 벗기며. 틈을 좀 더 벌리며.

그리고 거기, 그 안에 릴리움이 있었다. 경계하고 지친, 나이 들어 보이는 눈을 올려다보면서.

릴리움과 로사는 루스와 유대를 쌓았다. 그리고 루스는 그것들과 유대를 쌓았다.

오리들은 어디든 그녀를 쫓아다녔다. 하지만 로사가 쑥쑥 크는 반면 릴리움은 약해졌다.

루스 때문에.

릴리움은 자신의 껍데기 밖으로 나오기 위해 싸워야 했다. 그 분투가 그녀를 강하게 했을 것이었다. 루스의 도움의 손길이 오리를 약하게 했다. 어느 날 밤늦게 릴리움이 같은 도움의 손길 안에서 죽기까지.

그것이 루스의 모든 두려움을 확인해 주었다. 친절이 죽인다. 남을 돕는다고 해서 좋을 게 없었다.

그래서 루스는 등 돌리기를 원칙으로 삼았다. 자신을 위해서가 아니라, 자신이 사랑하는 이들을 보호하기 위해서.

"원하는 게 뭔가?" 그녀가 물었다.

"시는 목구멍 속 덩어리로 시작되지. 잘못됐다는 감각에서." 가마슈가 인용을 계속했다. "향수병, 상사병."

루스는 가마슈의 집에서 찾은 컷글라스 잔의 테두리 너머로 그를 응시했다.

"그 인용구를 아는구먼." 그녀가 뼈만 앙상한 두 손으로 글라스를 쥐고 말했다. "자네도 알다시피 내 게 아니지."

"시도 아니죠." 가마슈가 말했다. "그건 로버트 프로스트가 한 친구에게 자신이 쓰는 법을 묘사하면서 보낸 편지에서 나온 말입니다."

"하고 싶은 말이?"

"모든 예술 작품에 동일한 진실입니까?" 그가 물었다. "시, 노래, 책."

"그림?" 차가운 호수 밑바닥에서 그를 노려보는 창꼬치처럼, 눈곱 낀 눈이 날카로워진 그녀가 물었다.

"그림이 목구멍 속 덩어리로 시작합니까? 잘못됐다는 감각으로? 향수병, 상사병?" 그가 물었다. 곁눈으로 그는 깨어나 자신의 어머니를 지켜보는 로사를 보았다. 면밀히 지켜보는.

"내가 그걸 어찌 알겠어?"

하지만 결국 가마슈의 끈질긴 시선 아래 그녀는 통명스럽게 고개를 한 번 끄덕였다.

"최고는, 그렇지. 우리는 우리 자신을 다르게 표출해. 누구는 말을, 누구는 편지를, 누구는 그림을 선택하지만 그건 다 같은 곳에서 오는 거야. 하지만 자네가 알아야 할 게 있어."

"위?"

"모든 진정한 창조 행위가 처음에는 파괴 행위라는 거. 피카소가 그렇게 말했고, 그건 진실이야. 우리는 옛것 위에 세우지 않고 그걸 허물어. 그리고 새롭게 시작해."

"당신은 그 친숙하고 편안한 모든 걸 허무는군요." 가마슈가 말했다. "그건 분명 무섭겠습니다." 늙은 시인이 침묵하자 그가 물었다. "그게 목구멍 속 덩어리입니까?"

"뭐 하나 물어볼 수 있을까?" 클라라가 물었다.

올리비에는 저녁 시간을 위해 비스트로 테이블을 준비하느라 바빴다. 직원 한 명이 병가를 내서 그들은 일손이 부족했다.

"냅킨 좀 접어 줄 수 있어요?" 대답을 기다리지 않고 그는 그녀에게 하얀 리넨 한 무더기를 건넸다.

"아마도." 클라라가 머뭇거리며 말했다.

올리비에는 골동품 은제 나이프와 포크와 숟가락 들의 맞는 짝을 찾아 쟁반을 뒤졌다. 그런 다음 그는 그것들을 나누었다. 먼저 일치시킨 다음 어울리지 않는 조합으로 만들었다.

"피터가 어디로 갔는지 알아?" 클라라가 물었다.

마이크처럼 스푼을 든 올리비에가 멈칫했다. "그걸 왜 나한테 묻죠?"

"자긴 좋은 친구였으니까."

"우리 모두 그랬죠. 그렇고요."

"하지만 자기랑 그이는 특별히 가까웠던 것 같은데. 그이가 누군가에게 말할 생각이었다면 그건 자기였을걸." 클라라가 말했다.

"당신한테 말했겠죠, 클라라." 올리비에가 다시 테이블을 차리면서 말했다. "무슨 일이에요?"

"그럼 그이가 자기한테 말하지 않았다고?"

"그가 떠난 이후로 그에게 소식을 들은 적 없어요." 올리비에가 하던 일을 멈추고 그녀를 정면으로 보았다. "난 그가 나타나지 않았을 때, 더 일찍 무슨 말인가를 했을 거예요. 난 절대 당신이 마음 졸이게 하지 않을 거예요."

그는 은식기들을 더 모았고, 클라라는 냅킨을 접었다. 그들은 한 테이블에서 움직이다가 다음 테이블로 이동했다.

"자기가 스리 파인스를 떠났을 때……," 그녀가 입을 열었지만 올리비에가 끼어들었다.

"내가 끌려갔을 때." 그가 정정했다.

"가브리가 그리웠어?"

"매일. 온종일요. 빨리 돌아오고 싶었죠. 그게 내가 꿈꾼 전부였죠."

"하지만 자기가 돌아온 날 밤, 안으로 들어오기가 두려워서," 그녀가 비스트로의 퇴창을 향해 냅킨을 펄럭였다. "저 밖에 서 있었다고 내게 말했잖아."

올리비에는 전문가적인 손으로 오래된 은식기가 적절히 부조화하게 적절히 배치하면서 세팅을 계속했다.

"뭐가 두려웠어?" 클라라가 물었다.

"이미 말했잖아요."

그들은 또 다른 테이블로 이동했고, 테이블 주변을 돌면서 세팅했다.

"하지만 다시 들어야겠어. 중요해."

그녀는 빈자리들이 신성하다는 듯 의자들 위로 숙인 그의 벗어져 가는 금발 머리를 바라보았다.

올리비에가 너무 갑자기 몸을 펴서 클라라는 깜짝 놀랐다.

"난 더 이상 내가 속하지 못할까 봐 두려웠어요. 바깥에 서서 이 안에서 웃고 즐거워하는 당신들 모두를 지켜봤죠. 당신들은 참 행복해 보였어요. 나 없이도. 가브리는 아주 행복해 보였어요."

"오, 올리비에." 그녀가 그에게 냅킨을 건넸고, 그는 그 하얀 리넨으로 자신의 얼굴을 덮었다. 그는 눈을 문지르고 코를 풀었고, 잠시 뒤 냅킨을 내린 그는 멀쩡해 보였다. 하지만 이내 또 다른 눈물방울이 그의 뺨에 흘러내렸다. 그리고 또 한 방울. 그는 그러고 있다는 걸 알아차리지 못한 듯 보였다.

그리고 아마 그는 그랬을 거야. 클라라는 생각했다. 아마 이것이 이제 올리비에에게는 일상이리라. 아마 때때로 그는 눈물을 훔칠 뿐이리라. 고통스럽거나 슬퍼서가 아니라. 그 눈물은 물로 바뀌어 새어 나오는 압도적인 기억일 뿐이었다. 클라라는 그 눈물 속 이미지들을 거의 볼 수 있었다. 겨울. 지독히 추운 밤. 그리고 올리비에는 비스트로 밖에 서 있었다. 서리가 낀 창틀 너머 그는 난로 속의 장작들을 보았다. 음료수들과 크리스마스 음식을 보았다. 그는 친구들을 보았고, 가브리를 보았다. 그저 잘 살 뿐 아니라 행복해 보이는. 자신 없이도.

그건 더 이상 실제로 아프지 않았지만 잊히지도 않았다.

"가브리가 자길 너무 그리워한 나머지 거의 죽을 지경이었다는 거 알잖아." 클라라가 말했다. "난 그렇게 슬퍼하는 사람을 본 적이 없어."

"이제 알아요." 올리비에가 말했다. "그리고 그때도 알았어요. 하지만 보고 있으려니까⋯⋯."

말은 실패했다. 그가 냅킨을 펄럭거렸고, 클라라는 그가 의미한 바, 그가 느낀 바를 알았다. 그리고 그의 눈물 속에서 그녀는 올리비에의 모든 두려움과 불안과 의심을 보았다.

그녀는 그가 가진 모든 것과 그가 잃을 모든 것을 보았다.

"알아." 그녀가 말했다.

올리비에는 그녀가 자신의 영토에 대한 권리를 주장하고 있다는 듯 짜증이 담긴 눈으로 그녀를 보았다. 하지만 그의 짜증은 그녀의 표정을 봤을 때 사라졌다.

"무슨 일 있어요?" 그가 물었다.

"피터가 토론토에 있는 빈에게 그림들을 보냈어."

"위." 그가 말했다. "가브리가 말해 줬어요."

"그가 그 그림들이 어땠는지 말했어?"

"조금요." 올리비에는 얼굴을 찡그렸다. "밝은 면으로는, 그 그림들을 본 이후로 그는 비앤비에서 배수구를 청소하고 이제 오븐에서 찌꺼기를 긁어내고 있어요." 올리비에가 비스트로 부엌으로 들어서는 문 쪽으로 고개를 홱 돌렸다. "피터의 그림 몇 점을 집에 걸어 둘까 봐요."

무심코 그녀는 활짝 웃었다. "십 달러면 그것들은 자기 거야."

"안됐지만 당신은 올리비에에게 그 이상을 지불해야 할걸요." 가브리가 말했다.

그가 밝은 노란색 고무장갑을 낀 손을 수술실에서 나오듯 위로 들고 부엌에서 나왔다.

"그렇게 나쁘진 않아." 클라라가 말했다.

가브리는 못 믿겠다는 듯 그녀를 응시했다. 이 환자는 분명 가망이 없었다.

"좋아. 그것들이 대단하진 않아." 클라라가 인정했다. "하지만 피터의 그림이 실제로 뭔가를 하도록 자기들을 몰아간 것과 상관없이, 마지막으로 무슨 감정이든 느끼게 한 게 언제야?"

"도망치게 하는 게 예술가들이 가장 바라는 건 아닌 것 같은데." 가브리가 장갑을 벗으며 말했다.

"사실 어떤 이들은 그래. 그들은 도발을 원하지. 선입견들을 떨쳐라. 도전을."

"피터가요?" 올리비에가 물었고, 클라라는 그가 아직 그 최근 그림들을 보지 못했다는 사실을 떠올려야 했다.

"그 그림들을 봤을 때 어떤 느낌이 들었어?" 클라라가 가브리에게 물었다.

"거부감."

하지만 클라라는 기다렸고, 가브리가 생각에 잠기는 모습을 볼 수 있었다.

"그 그림들은 끔찍했어요." 그가 마침내 말했다. "하지만 그것들은 재미있기도 했어요. 너무 우스꽝스럽게 서툴러서 좀 어이가 없을 정도였지. 거의 사랑스러울 만큼."

"피터가?" 올리비에가 다시 물었다.

"내 생각에 날 당황하게 한 건 그 모든 색깔이 한데 섞여서……."

"피터가?" 올리비에가 따졌다. "색을? 말도 안 돼."

"그리고 자긴 그 입술을 보지도 않았잖아." 클라라가 말했다.

"무슨 입술요?" 그들이 함께 물었다.

"피터가 그의 그림 중 하나에 스마일을 그려 넣었어. 뭐랄까 독창적이었지."

그 말을 하면서 그녀는 약간 어지러움을, 심란함을 느꼈다. 가브리는 자신이 본 것이 무르고 악취를 풍긴다는 것 외에 다른 무엇일 수 있을 가능성에 대해 떠벌리고 있었다. 하지만 올리비에는 그녀를 지켜보고 있었다.

"무슨 일 있어요?" 그가 다시 조용히 물었다.

클라라는 그 순간 그 그림들이, 특히 그 입술이 있는 그림이 자신의 격자창이었다는 것을 알았다. 피터의 삶을 들여다볼 수 있는 틀. 그 추운 겨울밤 가브리를 지켜보던 올리비에처럼.

그리고 올리비에처럼 그녀가 선명하게 본 것은 피터가 행복했다는 것이었다. 그것이 그 그림들의 메시지였다. 피터는 실험을, 탐색을 하고 있었다. 그는 예술적으로 안전한 모든 것을 뒤로하고 떠났다. 그는 밧줄을 끊고, 규칙을 깨고, 아는 세계를 뒤로하고 떠났다. 탐험 중이었다. 그리고 그는 자신의 최고의 때를 누리고 있었다.

그 작품들은 엉망이었다. 하지만 감정은.

클라라는 그 작품들의 창을 들여다보았고, 피터가 행복했다는 것을 보았다.

마침내.

자신 없이.

올리비에는 클라라에게 줄 냅킨을 찾아 비스트로를 둘러봤다. 그제야 그는 그녀가 온갖 모양으로 리넨을 비틀어 놓았다는 것을 알아차렸다.

의도했든 아니든 그 냅킨들은 심해의 피조물들처럼 보였다. 스리 파인스의 해안으로 쓸려 온. 비스트로 테이블에 내려앉은.

올리비에는 클라라에게 냅킨을 건넸고, 그녀는 놀라며 그것을 받았다. 그녀는 자신이 그것들을 그렇게 만들었다는 사실을 알아차리지 못했다. 그리고 그녀는 자신이 울고 있었다는 사실을 알아차리지 못했다. 그녀는 뺨에 바다 피조물을 꼭꼭 눌렀고, 올리비에가 자신의 눈물에서 무엇을 봤는지 궁금했다.

가마슈는 공을 던지고 그 뒤를 쫓아 길게 자란 풀과 야생화들 사이를 껑충거리는 앙리를 지켜봤다.

그와 앙리는 언덕에 올랐고, 마을을 벗어나 오래된 방앗간 뒤 초원으로 걸었다. 그는 혼자서 생각에 잠길 필요가 있었다.

가마슈는 루스가 창작 과정에 대해 한 말이 의미 있다는 것을 알았다. 중요하다는 것을. 그리고 그는 그 답을 얻기 직전이라고 느꼈다. 거의.

던지고, 물어 오고. 던지고, 물어 오고.

잘못됐다는 감각. 향수병. 상사병. 로버트 프로스트의 말이 그를 둘러쌌다.

목구멍 속 덩어리. 모든 창조 행위가 같은 장소에서 온다고 루스는 말했다. 그리고 모든 창조 행위는 처음엔 파괴 행위였다.

피터는 자신의 삶을 해체하고 있었다. 조목조목 분석하고 있었다. 그리고 새로운 무언가로 교체하고 있었다. 재건하고 있었다.

던지고, 물어 오고.

그리고 그 그림들은 그 과정의 스냅숏이었다.

그게 그가 그 그림들을 보관하고 싶었던 이유였다. 증거로서. 여행기. 일기.

가마슈의 팔이 멈췄다. 앙리가 엉덩이 전체로 꼬리를 흔들며 그 손을 응시했고, 공은 서서히 낮아졌다.

이내 가마슈는 던졌고, 공과 개 둘 다 풀숲으로 뛰어들었다.

피터는 물리적으로, 감정적으로 그리고 창조적으로 자신의 집을 떠났다. 그는 친숙한 모든 것, 안전한 모든 것에 등을 돌리고 있었다.

전에 피터가 어두운 색들을 썼다면, 이제 그는 밝고 충돌하는 색들을 썼다.

전에 피터의 이미지들이 엄격히 통제되었다면, 이제 그 이미지들은 혼란스럽고 제약이 없었다. 제멋대로.

전에 피터의 그림들이 거의 고통스러울 만큼 자기만족적이고 가식적이기까지 했다면, 이제 그 그림들은 우스꽝스럽고 장난스러웠다.

전에 피터가 규칙에 갇혀 있었다면, 이제 그는 그것들을 깼다. 그의 첫 번째 파괴 행위. 색채와 관점, 거리와 공간을 시험하며. 그는 아직 잘하지 못했다. 하지만 피터가 계속 노력한다면 자신이 원하는 곳에 도달할 터였다.

이 새 피터는 기꺼이 시도하고 있었다. 기꺼이 실패하며.

가마슈는 앞으로 내디뎠고, 답에 가까워지고 있었다. 바로 앞에서 그 답을 보면서. 무성한 덤불 속에서 공을 잃어버린 앙리가 엉덩이를 쳐들고 코를 처박고 주변을 파헤치고 있었다.

이따금 녀석은 지시를 바라며 가마슈를 올려다보았지만 아르망은 자신의 탐색을 했다.

전에 피터의 그림들이 추상적이었던 반면 이제…… 이제.

앙리는 승리감에 차서 고개를 들었다. 야생화와 풀 한 움큼과 함께 공을 물고.

앙리는 가마슈를 응시했다. 그리고 가마슈는 녀석을 응시했다. 둘 다 자신들이 찾던 것을 찾았다.

"잘했다." 아르망이 앙리에게 말했다. 그는 침에 젖은 테니스공을 가져갔고, 셰퍼드에게 목줄을 채웠다. "잘했어."

가마슈의 생각이 그들 앞을 줄달음쳐 둘은 서둘러 스리 파인스로 돌아갔다.

시골에서 살았음에도 피터는 자연이 아마추어의 영역이라고 피하면서 자연과 어느 정도 거리를 두었다. 정적인 삶들, 풍경들과. 모두 너무 회화적이고 너무 뻔한. 위대한 예술가에게 무가치한. 자신 같은 예술가. 세상을 좀 더 복잡하게 보는 사람. 추상적으로.

가마슈는 피터의 최근 작품들의 물감 얼룩이 연습이더라도 여전히 추상적이었다고 짐작했다. 그것들은 정돈된 마음을 어지르는 첫 번째 시도였다.

하지만 피터가 다른 모든 걸 뒤로했다면 왜 스타일 또한 그러지 않겠는가?

그것들이 추상적이지 않다면?

피터가 자신이 본 걸 그리고 있었다면?

가마슈는 클라라네 집 문을 두드린 다음, 열었다.

"클라라?"

대답이 없었다.

그는 마을 광장을 훑고 나서 비스트로를 훑어보았다.

"아무려나." 그는 그렇게 말하고 클라라의 집으로 들어갔다. 그와 앙리는 자신들이 떠났던 곳 부엌 벽에 못 박힌 그림들을 발견했다.

그는 그것들을 응시한 다음 여전히 부엌 테이블 위에 소금과 후추 병과 이 빠진 커피 머그잔들로 말리지 않게 고정된 그림들로 걸어갔다.

그는 전화기를 꺼내 사진을 찍은 다음 떠났다.

그는 빠른 인터넷에 접속해 사진을 이메일로 보낼 수 있는 코완스빌로 차를 몰았다. 손목시계를 보았다.

4시 35분. 스코틀랜드는 저녁 9시 35분이었다. 답을 기대하기엔 너무 늦은. 하지만 여전히 가마슈는 20분간 차에 앉아 휴대전화를 응시했다. 답신이 뜨길 바라며.

뜨지 않았다.

스리 파인스로 차를 몰면서 그는 로버트 프로스트의 그 인용구를 생각했다. 그는 몇 년 전에 그 문구를 접했고, 시가 목구멍 속 덩어리로 시작된다면 살인 사건 수사도 그랬기에 그것을 기억했다.

살인도 그랬다.

19

"뭐 있어?" 렌 마리가 남편이 침대로 다시 기어들자 물었다.

"없어." 그가 속삭였다.

새벽 3시가 막 지났고, 그는 이메일을 확인하러 일어났었다. 앙리가 고개를 들었지만 개조차 이것을 진지하게 받아들이기엔 너무 피곤했다.

가마슈는 다이얼 접속에 연결했었고, 조용한 밤을 채우는 삐 소리와 비명에 움찔했다. 마침내 메시지가 다운로드되었다.

러시아 신부新婦들.

복권 당첨.

나이지리아의 어떤 왕자에게서 온 어떤 메일들. 하지만 스코틀랜드는 없었다.

그곳은 아침 8시였다. 그는 스튜어트 순경이 일찍 출근할지도 모른다는 희망을 품었다. 그는 또한 스튜어트 순경이 바로 행동을 취할 만큼 그 메시지에 충분히 관심을 주기를 바랐다.

사실대로 말하자면, 이번이 가마슈가 이메일을 확인하려고 일어난 세 번째였다. 처음 두 번은 희망이 없었지만 이번엔 가능성이 있었다.

그는 침대로 돌아와 불안한 잠에 빠졌다.

한 시간 뒤에 그는 다시 일어났다. 계단을 살금살금 내려간 그는 서재에서 새어 나오는 네모난 빛을 보았다. 램프를 켜 두지 않았다고 생각하던 그는 문간에 서서 미소를 지었다.

"뭐가 있나?"

"타바르낙Tabarnac 젠장!" 보부아르가 깜짝 놀랐다. "간 떨어질 뻔했잖습니까."

"아니길 바라네." 가마슈가 들어와 장 기의 어깨 너머를 보았다. "포르노?"

"빌어먹을 다이얼 접속을 몇 시간 동안 기다리는 게 흥분되지 않는 한 아니죠."

"내 기억으로는 그때⋯⋯," 가마슈는 입을 열었다가 장 기에게 험악한 시선을 받았다.

마침내 이메일이 다운로드되기 시작했다.

"리앙Rien 아무것도요." 보부아르가 책상에서 몸을 물리며 말했다. "아무것도 없네요."

두 남자는 거실로 걸음을 옮겼다.

"그 순경이 그림에서 무언가를 알아볼까요?" 보부아르가 소파 팔걸이에 앉으며 물었다. 가마슈는 안락의자에 몸을 묻고 다리를 꼬며 가운을 매만졌다.

"솔직히, 그가 그저 내 메시지를 삭제하지 않기만 바라네."

"정말로 그 그림들이 풍경이라고 생각하세요?" 보부아르는 확신이 없어 보였다.

"가능성이 있다고 보네."

가마슈는 어쩌면 피터의 그림들이 정말로 자신이 있었던 곳을 기록하는 표지들일지 모른다고 생각했다. 피터의 이눅슈트.

"그것들이 풍경이라면 스코틀랜드는 분명 이상한 곳일 겁니다."

가마슈가 웃음을 터뜨렸다. "그가 잘 그렸다고 말하지는 않았네."

"정말로요."

"인상파 같은 걸지도 모르지. 그들은 자연을 그렸지만 자기 느낌대로 그린 것 같거든."

"그럼 피터는 스코틀랜드를 그다지 좋아하지 않았겠군요." 보부아르는 소파 팔걸이에서 미끄러져 좌석에 안착했다. "하지만 그가 풍경으로 실험하는 데 그렇게 흥미가 있었다면 파리나 베네치아에서는 할 수 없었을까요? 어째서 스코틀랜드일까요?"

"그리고 왜 덤프리스지?" 가마슈가 물었다. 그가 몸을 일으켰다. "침대로 가세."

하지만 그 순간 핑 소리가 났다.

그들은 마주 보았다. 이메일 한 통이 도착했다.

렌 마리는 옆자리를 더듬었다. 서늘했다. 그녀는 일어나 창밖을 내다보았다. 해는 아직 솟지 않았다. 하지만 아르망은 그랬다.

그녀는 가운을 걸치고 계단을 내려갔다. 이번에는 앙리가 나무 계단에 발톱을 딸깍거리며 따랐다.

"아르망?"

거실은 어둠에 잠겨 있었지만 서재에는 빛이 있었다.

"여기야." 친숙한 목소리가 들려왔다.

"뭐 있어?" 그녀가 물었다.

"있습니다." 장 기가 그렇게 말하며 장모가 더 잘 볼 수 있게 비켜섰다. "제 생각에요."

가마슈가 자신의 의자를 그녀에게 주었다.

렌 마리는 앉아서 화면을 보았다.

"그건 우주적." 그녀는 읽은 다음 남편을 올려다보았다. "이해가 안 가는데. 그가 '우스운'을 의미한다고 생각해?"

아르망과 장 기는 그 짧은 메시지를 그녀가 느끼는 만큼이나 어리둥절하게 응시하고 있었다.

스튜어트 순경은 가마슈의 이메일에 두 개의 짧은 단어로 응답했다.

그건 우주적.

로버트 스튜어트는 전날 밤 자신의 아이폰이 울렸을 때 술집에 있었다. 그는 누가 자신에게 연락하려 하는지에 따라 다른 소리가 나도록 전화기를 설정해 두었다.

이건 분명 일과 관련된 이메일이었고, 옆자리 바 스툴에 앉은 남자가 자신이 어떤 세금 계산을 얼마나 망쳤는지 끊임없이 수다를 떨지 않았다면 그것을 확인할 생각은 보통 결코 안 했을 터였다.

스튜어트는 아이폰을 들어 올려 동행에게 미안하다는 듯 어깨를 으쓱했고, 그 남자는 무시하고 계속 수다를 떨었다. 스튜어트는 아이폰과 파인트 잔을 쥐고 조용한 구석 자리를 찾았다.

메시지는 캐나다에 있는 그 남자에게서 왔다. 이상한 억양이 있는 프랑스인 남자. 중요할 리 없었다.

스튜어트 순경은 전화기를 내려놓았다. 그 이메일은 그에게 자리를 피할 기회를 제공하는 목적을 달성했다. 사실상 그 메시지는 아침까지 기다릴 터였다.

그는 맥주를 홀짝이며 주변을 둘러봤지만 그의 눈이 자꾸 낡은 나무 테이블로 돌아갔다. 마침내 그는 전화기를 찾아 메시지를 열었다. 그의 눈이 흥미로 살짝 커졌고, 이내 그는 첨부 파일을 열었다.

그림들을 빠르게 훑어 내리면서 그는 고개를 저었고 모호한 실망을 느꼈다. 그는 예술을 잘 몰랐지만 똥을 보면 그걸 알았다. 그는 애플이 아직 냄새를 보낼 방법을 찾아내지 못한 것이 기뻤다.

그럼에도 불구하고. 그럼에도 불구하고. 특히 그 이미지 중 하나에 무언가가 있었다. 은퇴한 살인 수사과 형사라는 그 캐나다 남자는 그에게 예술을 판단해 달라고 부탁하지 않았다. 그저 어느 장소든 친숙해 보이는 곳이 있는지 알려 달라고 했다.

그 이미지들은 그렇지 않았다. 사실대로 말하자면, 그 그림들은 '장소'처럼 보이지 않았다. 그저 밝은색 물감의 얼룩들 같았다.

하나만 빼고. 하나는 밝은 물감이었지만 다른 것이기도 했다.

"어이, 더그." 그가 동료에게 손짓했다. "이거 좀 볼래, 응?"

더그가 휴대전화를 가져갔고, 초점을 맞추는 데 어려움을 겪는 듯 보였다.

"이게 대체 뭐야?"

"친숙해 보여?"

"편두통처럼 보이는데."

그가 전화기를 스튜어트에게 던졌다.

"다시 봐, 멍청이야." 스튜어트가 말했다. "내가 이 장소를 아는 것 같거든."

"그게 장소야?" 더그가 다시 전화기를 가져가 보았다. "지상에 있는?

불쌍한 것들."

"지상일 뿐 아니라 미래에 있을."

"자네 화났군." 더그는 그렇게 말했지만 계속 그림을 관찰했다. 이내 그의 눈이 휘둥그레졌고, 그는 스튜어트를 보았다.

"사색이군, 친구."

"그렇고말고." 스튜어트가 말했다. "나도 그렇게 생각했어. 그건 우주 적이야."

다음 날 아침, 스튜어트 순경은 일찍 일어나 북쪽으로 10킬로미터를 운전했다. 태양이 막 떠올라 이슬을 증발시키고 있을 때 그는 주차하고 내렸다.

그는 고무장화로 갈아 신고 전화기를 가지고 갔다. 가마슈가 보낸 사진들을 살피면서 스튜어트 순경은 풀숲을 가로질러 출발했다.

길에서 멀어지자 땅이 가팔라졌고, 그는 수증기와 안개가 고인 도랑에 있는 자신을 발견했다. 스웨터를 입고 있었지만 갑자기 그게 더 두껍고 더 묵직했으면 좋았겠다 싶었다. 그리고 그는 문득 혼자가 아니었길 바랐다.

스튜어트 순경은 상상력을 발휘하는 법이 거의 없었다. 여느 켈트인이나 마찬가지였다. 하지만 세상에서 모든 색채가 빠져나간, 자신에게서 대부분의 색채가 빠져나간 거기에 서 있자니 외할머니의 이야기 속 귀신들이 돌아왔다. 친할아버지의 경고가 돌아왔다.

오래 묵은 유령들, 휴식에 들지 못한 영혼들, 악의적인 정령들이 돌아왔다. 그것들이 세상에서 모든 색채를 빼앗고 물 빠진 안개 속에서 그의 주위를 서성거렸다.

"정신 차려." 그는 자신에게 말했다. "빨리 끝낸 다음 커피 한 잔과 베이컨 샌드위치를 먹을 시간에 돌아가는 거야."

베이컨 샌드위치라는 바로 그 생각이 앞의 땅을 발로 살피며 조심스럽게 안개 속을 걷는 그의 기운을 북돋아 주었다.

그는 마음의 선두에 부적처럼 베이컨 샌드위치 이미지를 간직했다. 부적. 할머니가 전에 걸었던 십자가 대용품.

그는 전화기를 꺼내 그 퀘벡 친구에게 메시지를 보내려고 멈춰 섰다. 그는 '그건 우주적'이라고 쳤고, 더 이상 잇지 못했다.

발이 이슬에 젖은 풀에서 미끄러졌다. 팔이 제때에 물러나려 애쓰며 허우적거렸다. 헛디디기 전으로. 도착하기 전으로. 신이 버린 장소에 오기로 결정하기 전으로.

오른쪽 다리가 미끄러졌다. 이내 왼쪽 다리도. 손이 벌어져 아이폰이 날아갔다. 그것은 안개 속에서 유령들이 낚아채도록 허공으로 날아갔다. 순간 로버트 스튜어트 순경은 허공에 걸려 있었다. 날면서.

그리고 이내 그는 떨어지며 숨이 막힐 만큼 세게 바닥에 부딪혔다. 모든 이미지와 감각이 뒤죽박죽되면서 그는 경사지 아래로 미끄러지고 구르고 공중제비를 돌며 방향 감각을 잃고 붙들 곳을 찾아 잡아채고 움켜쥐려 했다. 그리고 이슬 맺힌 풀숲에서 움켜쥘 아무것도 찾지 못하면서.

그는 충돌하며 아래로 미끄러졌다. 어디서 끝날까? 나무에서? 절벽에서?

그리고 그때 시작한 것만큼이나 갑작스럽게 멈췄다. 자신이 더 이상 움직이지 않는다는 걸 깨닫기까지 시간이 걸렸다. 머리가 빙빙 돌고 눈의 초점이 풀리고 몸과 두뇌가 따로 놀았다.

스튜어트 순경은 가만히 누워 있었다. 끝났다.

그리고 이내 공황. 끝이 아니었다.

눈이 커졌다. 입이 벌어졌다.

그는 움직일 수 없었고, 숨을 쉴 수 없었다. 마비되었다. 눈에 너무 가까운 풀잎이 거대했다. 그는 그것들이 자신이 볼 마지막 것들이라는 사실을 알았다. 풀숲.

그는 죽을 참이었다. 목이 부러졌다. 내출혈. 도랑 속에서 죽을 터였다. 며칠간 아무도 찾지 못할 곳에서. 몇 주간. 그리고 그들이 찾았을 때 자신을 알아보지 못할 터였다. 그는 그런 시체를 충분히 보았었고, 그것들이 그로테스크하다고 생각했다. 그는 그로테스크해질 참이었다.

물론 그들이 국장을 치러 주리라. 관은 스코틀랜드 깃발에 덮여. 비통해하는 자신의 아내와 자신의 친구들과 자신의 동료들이 〈스코틀랜드의 꽃Flower of Scotland 스코틀랜드의 비공식 국가〉을 부를 터였다. 슬픔을 가눌 수 없는 자신의⋯⋯.

산소가 폐에 훅 빨려 들었다. 폐를 팽창시키면서. 이내 그는 내뱉었다. 길고 고통스러운 신음을.

그는 숨을 들이쉬었다. 숨을 내쉬었다. 풀을 움켜쥐려고 손을 가져갔다. 부드럽고 향기로운 풀. 그는 움직일 수 있었다. 숨을 쉴 수 있었다.

음악을 멈춰. 장례식을 연기해. 그의 삶은 아직 끝나지 않았다.

로버트 스튜어트는 오랫동안 거기 누워 있었다. 숨을 들이쉬면서. 내쉬면서. 유령 같은 안개가 파란 하늘로 사라지는 모습을 올려다보면서.

그는 천천히 일어나 앉았다. 이내 떨리는 새로운 다리로 일어섰다. 그리고 주변을 둘러봤다.

그는 이곳에 와 본 적이 없었다. 이곳은 이곳의 법칙이 존재한다는 소문이 있었다. 이곳만의 현실, 이곳만의 시공간. 삶과 죽음의 힘을 가진. 혹은 죽음 뒤의 삶. 이곳은 먼저 죽임을 당했고, 부활되었다.

스튜어트는 자신이 굴러떨어진 세계를 응시했다. 내세. 지하 세계.

몇 미터 위 언덕에서 그는 아이폰을 찾았다. 전화기를 움켜쥐고 그는 사진을 찍기 시작했다. 그가 본 것을 담으려고 애쓰면서. 나중에 그것들을 검토하면서 그는 어떤 사진도 그것을 실제로 담을 수 없다는 사실을 깨달았다.

하지만 그 그림들은 그랬다. 혹은 적어도 그것들은 가까웠다. 갑자기 그 그림들이 훨씬 덜 기이하게 보였다.

20

"음, 기가 막히는군." 가마슈가 컴퓨터 스크린을 응시하면서 말했다.

스튜어트 순경에게 받은 이상한 첫 메시지, '그건 우주적' 이후 거기엔 아무것도 없었다. 지금까지는.

이상한 사진 한 장이 막 나타났다.

"다운로드하는 데 팔십 년은 걸리는 것 같네요." 장 기가 말했다.

확실히 그 사진은 오래전에 찍힌 것처럼 보였다. 흑백에 회색 음영 그리고 가장자리는 해어진 것 같았다.

"이게 뭐지?" 렌 마리가 물었다.

한껏 응시해도 렌 마리는 자신이 무엇을 보고 있는지 잘 분간할 수 없었다. 그리고 그녀는 그들이 덤프리스에 있는 경관에게 부탁한 정보와 이것 사이의 연관성도 전혀 알 수 없었다.

아르망은 피터의 그림들이 사실 풍경이 아닐까 의심하며 그림을 찍은 사진을 스코틀랜드로 보냈다. 그 순경이 그 그림들이 어디서 그려졌는지 알아볼 거라는 희망으로.

그리고 답으로 스튜어트 순경은 이걸 보내왔다.

그가 부탁을 잘못 이해했을까? 렌 마리는 궁금했다.

그때 손가락 하나, 장 기의 손가락이 가볍게 화면을 건드렸다. 거기에 안개 속을 드나드는 작은 언덕의 등고선을 따라 모호한 체스 판 무늬가 있었다. 그것은 땅이라는 직물이 찢겨 그 벌어진 상처로 검은색과 흰색의 체크무늬를 드러낸 것처럼 땅의 모양을 따라 짜여 있었다.

렌 마리는 그 이미지에 끌려드는 느낌을 받았다. 그것은 이 세상도, 다음 세상의 장소도 아닌 것처럼 보였다.

그녀는 시선을 돌려 아르망의 눈을 들여다보았고, 그 눈에서 스크린에 비친 비현실적인 이미지의 반영을 보았다. 이내 그녀는 장 기를 살폈다. 두 남자 모두 얼어붙은 채 응시하고 있었다.

"음, 기가 막히는군요." 장 기가 속삭였다.

"피터의 그림 중 하나에 이 체스 판 무늬가 있네." 가마슈가 말했다.

"우린 그가 오래전 예술학교에서 했던 연습 장난을 하는 줄만 알았지. 하지만 아니었네."

"자신이 본 걸 그리고 있었네." 렌 마리가 말했다.

"하지만 그게 뭐죠?" 장 기가 물었다.

"그리고 어디지?" 가마슈가 덧붙였다. "내가?"

렌 마리가 일어섰고 아르망이 컴퓨터 앞에 앉았다. 그는 스튜어트 순경에게 보다 자세한 내용을 부탁하는 이메일을 썼다.

"제가?" 장 기가 가마슈와 교대로 컴퓨터 앞에 앉아 검색 엔진을 불러냈다. 그는 키워드를 쳐 넣었다. 덤프리스. 체스 판.

하지만 쓸모 있는 것은 아무것도 뜨지 않았다.

"덤프리스, 스코틀랜드, 체스 판을 시도해 보게." 가마슈가 제안했다.

여전히 아무것도 없었다.

"내가?" 렌 마리가 보부아르와 교대해 그의 검색에 한 단어를 덧붙였다. 그런 다음 엔터 키를 쳤다.

그러자 그 마법의 단어를 기다렸다는 듯이 답이 번쩍 떠올랐다.

우주적.

"음, 기가 막히네." 렌 마리가 속삭였다.

"우주적 사색의 정원이라고요?" 클라라가 물었다. "농담이죠?"

하지만 그들의 얼굴은 그녀에게 이것이 어쩌면 농담이 아니었다는 것을 말해 주었다.

클라라의 전화가 10분 전에 울렸었고, 그녀는 벌떡 일어나 전화가 울리자마자 받으며 시계를 보았다. 아직 오전 6시 전이었다.

아르망이었다. 그들은 들르고 싶어 했다.

"지금이요?"

"지금이요."

이제 가운을 입은 네 사람, 그리고 개 한 마리가 클라라의 부엌에 서 있었다. 장 기가 소나무 테이블 위 피터의 이전 그림 옆에 노트북컴퓨터를 올려놓았다.

"음, 기가 막히네." 클라라가 말했다.

그녀는 피터의 그림들을 보았다. 그런 다음 노트북컴퓨터를.

그런 다음 그림들로 돌아갔다. 특히 한 그림으로.

"저건 원근법 연습이 아니군요." 그녀가 피터의 그림에서 구불거리는 검고 하얀 체스 판 무늬를 응시하며 말했다. "이거였어요."

그녀는 다시 사진을 향했다. 검고 흰 패턴이 안개 사이로 굽이치는 곳. 코브라처럼.

"이걸 누가 찍었건 거의 정확히 피터가 그림을 그렸을 때 서 있던 곳에 있었던 게 틀림없어요." 그녀가 말했다. 그녀는 혼잣말하듯 말했다.

클라라는 심장이 질주하고 고동치는 것을 느꼈다. 흥분이 아니었다. 이것은 그녀의 가슴 속 행복한 춤이 아니었다.

그 사진에는 기이한 무언가가 있었다. 그것은 안개 속에서 무엇이든 나올 수 있는 세계를 보여 주었다. 검고 흰 패턴으로 형성된 땅의 갈라진 틈 밖으로 무엇이건 기어 나올 수 있는 곳.

그 느낌은 이제 피터의 그림으로 전이되었다. 사진이 잿빛 세계, 피터의 평상시 세계를 보인 반면, 그의 그림은 색채의 대혼란이었다.

하지만 두 이미지에 공통점이 하나 있었다. 그것들은 단순하고 명확한 체스 판 밤에서 합쳐졌다. 정원에서.

그녀는 피부가 스멀스멀하고 따끔거리는 것을 느꼈다. 피가 살갗에서 새어 나오는 것처럼. 그림과 사진에서. 그녀의 속에 숨으려고.

"여기예요." 그녀가 그림을 가리키며 말했다. "여기가 그게 일어난 곳이에요."

"뭐가 일어났는데요?" 렌 마리가 물었다.

"피터가 변하기 시작한 곳이요. 난 그가 왜 다른 작품들은 보관하지 않았는지 생각하고 있었어요. 그는 아마 파리에서도 그렸을 테고, 피렌체와 베네치아에서도 그렸겠죠. 하지만 그는 그것들은 보관하지 않았고, 보관하라고 빈에게 보내지 않았어요. 왜 안 그랬겠어요?"

"나도 같은 걸 생각하고 있었습니다." 아르망이 말했다. "왜 안 그랬을까요?"

"보관할 가치가 없어서요?" 장 기가 제안했고, 클라라에게서 환한 미소를 받았다.

"정확해요. 정확해. 하지만 그는 이 그림들은 보관했어요. 그는 여행 중에 이 정원에 대해 들은 게 틀림없고, 거기에 가기로 결정한 게……,"

"하지만 왜요?" 보부아르가 물었다.

"모르죠. 어쩌면 그게 너무 이상해서요. 베네치아와 피렌체와 파리는 아름답지만 관습적이죠. 모든 예술가가 영감을 얻기 위해 그곳에 가고요. 피터는 다른 무언가를 원했어요."

"음, 그가 그걸 발견했군요." 장 기가 그림들을 보며 말했다.

그것들은 여전히 똥이었다. 피터가 똥 무더기에 빠진 것 같았다. 그리고 그것을 그렸다.

"무슨 일이 있었는지는 모르겠지만." 클라라가 말했다. "그 정원의 무언가가 피터를 변화시켰어요. 아니면 변화를 시작했거나."

"배처럼요." 가마슈가 말했다. "항로를 변경하는. 항구에 이르기까지 시간은 걸리겠지만 적어도 옳은 방향으로 가는 거겠죠."

피터는 더 이상 길을 헤매지 않았다. 그가 마침내 그의 북극성을 발견한 거라고 가마슈는 생각했다.

그렇다면 왜 그는 그때 토론토로 날아갔을까? 그 그림들을 빈에게 전달하려고? 하지만 다른 것들처럼 그것들을 우편으로 보낼 수도 있었다.

늙은 스승을 방문하기 위해서였을까? 인정을, 멘토를 찾고 있었을까? 그것이 더 단순하고 더 인간적인지도 몰랐다. 더 피터다운.

어쩌면 그는 그 정원에서 본 것에 두려움을 품고 다시 달아나고 있었는지도 몰랐다. 그 길로 더 깊이 내려가기가 꺼려져서. 어쩌면 그는 숨기 위해 토론토로 갔는지도 몰랐다.

그리고 다시 한번 사마라 이야기가 떠올랐다. 숨을 곳은 없었다. 운명으로부터는. 피터의 운명이 그를 찾을 터였다.

그때 토론토는 그의 목적지로 다가가는 또 다른 걸음이었다.

그들은 모두 동시에 같은 것을 생각한 것처럼 하나가 되어 먼 쪽에 있는 벽을 보았다. 그리고 거기에 걸린 캔버스들을. 피터의 최근 작품들. 어쩌면 그의 마지막 작품들. 분명 그의 마지막 이정표.

"베이컨 샌드위치 하나요." 스튜어트 순경이 말했다. 그는 서부 시대 보안관이 위스키 한 잔을 주문했을 법한 어조로 말했다.

그는 재킷을 벗고 젖은 머리를 매만졌다.

"무슨 일이 있으셨나?" 조식 식당의 웨이터가 멜라민 카운터에서 부스러기들을 훔치며 물었다.

"저 아래 정원에 대해 아시는 거 있습니까?"

축축한 행주를 돌리는 동작이 느려졌다. 멈출 때까지. 나이 든 남자가 순경을 뚫어지게 보았다.

"그냥 정원이지. 여느 정원처럼."

스튜어트가 둥근 스툴에서 일어섰다. "그 답을 생각할 시간을 드리죠. 제가 돌아오면 더 나은 답을 얻고 싶군요. 그리고 샌드위치요. 그리고 블랙커피."

남자 화장실에서 스튜어트는 변기를 쓴 다음 손을 씻고 얼굴을 문질러 닦으며 피부에서 흙먼지와 풀잎을 씻어 냈다. 흙먼지 일부는 멍으로 드러났고, 그는 문지르기를 멈췄다.

그는 세면대를 움켜쥐고 거울로 몸을 숙여 자신의 크게 뜨인 눈을 응시했다. 그는 변호사들이 답에 준비되어 있지 않은 질문은 절대 하지 말라고 배운다는 것을 알았다. 그들은 놀라는 것을 좋아하지 않았다.

하지만 경찰은 반대였다. 그들은 거의 항상 놀랐다. 그리고 좋은 면일 때는 드물었다.

로버트 스튜어트는 자신이 자신을 기다리는 답에 준비가 되어 있는지 궁금했다.

클라라는 그들이 도착했을 때 장 기가 가져온 노트북컴퓨터 앞에 앉았다.

커피가 준비되어 따라졌고, 이제 그녀는 컴퓨터를 절전 모드에서 깨웠다.

스크린에는 홈페이지가 떠 있었다.

"이게 뭐죠?" 클라라가 물었다. "그냥 평범한 정원일 리가 없어요. 그런 이름으로는 아니에요."

"우리도 자세히 읽어 볼 시간이 없었어요." 렌 마리가 의자 하나를 옮겨와 클라라 옆에 앉으며 말했다. "가능한 한 빨리 여기 오고 싶었거든요. 우리가 아는 건 그곳이 덤프리스에서 멀지 않다는 것뿐이에요."

남자들 역시 의자를 가져와 커피를 홀짝이며 우주적 사색의 정원에 대해 읽었다.

스튜어트 순경은 스툴에 다리를 올렸다. 베이컨 샌드위치와 블랙커피가 그를 기다리고 있었지만 나이 든 웨이터는 보이지 않았다. 혹은 다른 누구도. 하지만 그는 문 뒤에서 목소리를 들었다.

그는 그릴 샌드위치를 크게 한입 물었다. 샌드위치는 따뜻했고 구운 베이컨은 바삭거렸으며 편안했던 어린 시절 맛이 났다. 그는 주저하며 샌드위치를 내려놓고 보는 사람이 있는지 주위를 둘러봤다. 하지만 그는 식당 안에 혼자였다. 그는 빠르고 조용히 문으로 걸어갔다.

"뭐라고 말할 건데?" 나이 든 깐깐한 여자의 목소리가 묻고 있었다.

"진실."

스튜어트는 그 웨이터라는 것을 알았다.

"웃기는 늙은이야, 당신은 나만큼이나 진실을 몰라. 거기엔 아무 진실도 없다고."

"있어. 어이, 적어도 난 거기 있었어. 당신은 없었고."

"당신은 거기 산토끼를 잡으러 간 거잖아. 거기엔 우주적인 것 따윈 없다고."

"그렇다고 하진 않았어." 이제 늙은 남자는 심통 난 듯이 말했다.

"술에 취해 한 이야기로 사람들을 그만큼 지겹게 했으면 충분해. 이제 저 남자가 조미료 훔치기 전에 나가 봐." 요리사가 말했다. "난 그런 타입을 알아. 살금살금 다니는."

스튜어트 순경은 몸을 편 다음 발끈해서 자신의 아침 식사로 살금살금 재빨리 돌아갔다.

클라라는 웹사이트에서 정원의 이미지를 연이어 스크롤했다. 한 이미지에서는 몇 개의 거대한 DNA 이중 나선 구조가 땅에서 배출된 듯이 솟아 있었다. 정원의 또 다른 부분에는 다양한 과학적 이론을 반영하는 대담한 조각상들이 키 큰 나무들과 섞여 숲을 형성했다. 인간이 만든, 자연이 만든. 거의 분간할 수 없는.

그리고 다른 차원에서 튀어나와 위아래로, 안팎으로 급격히 기우는 체스 판 패턴이 있었다.

웹사이트에 있는 사진들은 대낮 햇빛 속에서 찍혔다. 하지만 여전히 거기에는 불안하게 하는 무언가가 있었다. 이것은 일시적인 조각 정원이 아니었다. 이 정원은 오래되고 영속적으로 느껴졌다.

그것은 스톤헨지나 웨일스에 있는 브린 캐더 패너Bryn Cader Faner 청동기 시대 원형 돌무덤의 잊을 수 없는 언덕 꼭대기 파편처럼 느껴졌다. 그것들의 의도는 이해하기 힘들지만 그것들의 힘은 오해의 여지가 없는.

왜? 클라라는 자문했다. 누가 왜 이 정원을 만들었을까? 그리고 피터는 왜 그곳에 갔을까?

"주인은 본 적이 없어." 알퐁스라는 뜻밖의 이름의 노인이 말했다.

"제가 당신을 알이라고 불러야 합니까?" 스튜어트 순경이 물었다.

"아니."

"그가 그 정원을 만들었습니까?" 스튜어트가 물었다.

"죽은 아내와 함께, 그렇다오. 내가 듣기론 좋은 사람들이었지. 순전히 자기들을 위한 곳이었지만 소문이 나자 그걸 대중에 공개하기로 결정했지."

스튜어트가 끄덕였다. 그 정도는 알았다. 그리고 그는 정원이 1년에 딱 하루만 공개된다는 것도 알았다.

"하루가 아니야." 알퐁스가 정정했다. "다섯 시간. 일 년에 한 번. 오월 첫째 주 일요일에."

"그때 그걸 보셨습니까?" 답을 알면서 스튜어트가 물었다.

"꼭 그렇진 않아. 나는 저녁에 거기 갔지."

"왜요?"

이것은 분명 알퐁스가 예상했던 질문이 아니었다. 자신이 산토끼 밀렵을 하러 그곳에 갔다고 말해야 할까? 먹기 위해서가 아니라. 자신들은 먹거리가 충분했으니까. 하지만 재미로. 소년 시절 이래 그래 왔듯이. 다람쥐와 토끼를 쏘려고. 두더지와 들쥐를.

이 경찰에게 마지막으로 그 정원에 사냥하러 갔던 것을 말해야 할까? 땅거미가 내렸었다. 그는 움직임을 보고 라이플총을 들어 올렸다.

그는 십자 선 안에 그 산토끼를 담았다. 토끼는 저 이상한 조각상 중 하나에, 상당히 높은 곳에서부터 풀숲을 깎아 언덕 아래로 폭포수처럼 떨어지게 한 새하얀 계단 위에 앉아 있었다.

굉장한 토끼였다. 크고. 나이 먹은. 회색. 알퐁스가 라이플 조준경으로 지켜보는 동안 토끼가 서서히 뒷다리로 일어섰다. 큰 키. 경계하며. 무언가를 감지하면서.

알퐁스는 총신 끝으로 그놈을 응시했다. 그리고 방아쇠를 당겼다.

하지만 아무 일도 없었다. 총이 작동하지 않았다.

알퐁스는 욕설을 내뱉으며 약실을 홱 열어 탄약을 교체하고 딸칵 닫으며 토끼가 이미 사라졌으리라 생각했다.

하지만 토끼는 그 자리에 그대로 남아 있었다. 조각상처럼. 정원의 일부처럼. 오래된 회색 돌. 살아 있으면서 죽은.

알퐁스는 자신에게 그 토끼가 어느 쪽일지 결정할 힘이 있다는 사실을 알고 총을 들어 올렸다.

"오월 첫째 주 일요일?" 렌 마리가 웹사이트를 소리 내어 읽었다. "하지만 피터는 그때쯤 캐나다로 돌아왔잖아요. 그는 그 그림을 초겨울 언젠가에 그린 게 분명해요."

"그건 그가 무단침입했다는 뜻이죠." 클라라가 말했다. 그녀는 그 말이 무심한 척 들리게 하려 애썼다. 단순한 사실 적시. 하지만 그것은 그보다 훨씬 의미가 컸다. 그녀에게.

그녀가 아는 그 남자는 규칙을 따랐다. 그는 레시피를 따랐다, 세상에. 그는 설명서를 읽었고, 제때 공과금을 냈고, 1년에 두 번 스케일링을 했다. 그는 들은 대로, 그리고 배운 대로 했다. 그의 본성에 무단침

입은 없었다.

하지만 피터는 달라졌다. 그는 더 이상 자신이 아는 남자가 아니었다.

그녀는 그가 달라지길 희망하며 그를 보냈다. 하지만 이제 그가 달라졌다는 증거를 접할수록 그녀는 갑자기 자신도 모르게 두려웠다. 그가 달라졌을 뿐 아니라 경로를 변경했을까 봐. 자신에게서 멀어져.

혼란을 숨기기 위해 그녀는 웹사이트 연구로 돌아갔다. 처음에 그녀는 누구도 자신의 불안을 눈치채지 못하길 바라며 응시했을 뿐이지만 잠시 뒤 그 이미지들에 빠져들었다. 그것들은 그녀가 전에 본 무엇과도 달랐다.

그 정원의 창조자들은 자연의 법칙, 우주의 신비 그리고 그 둘이 교차하면 어떤 일이 벌어지는지를 탐험하고자 했다.

충돌하면.

그것은 모든 생명을 쓸어 버리는 원자폭탄 같았을까? 아니면 이중 나선 같았을까? 생명을 창조하는?

그 정원에는 질문들이 있을 뿐 답이 없었다. 사색.

클라라가 아는 피터는 확실성을 중시했다. 하지만 그는 세계를 반 바퀴 돌아 질문들이 심긴 장소로 갔다. 그리고 자라는 곳으로. 불확실성이 무성한 곳으로.

그리고 클라라는 작은 안도의 씨앗을 느끼기 시작했다. 그곳은 그녀가 가고 싶어 할 법한 장소였다. 예전의 피터라면 비웃었으리라. 그는 그녀와 동행했겠지만 마지못해, 한편으론 투덜대며 동행했을 터였다.

하지만 이 피터는 자진해서 우주적 사색의 정원으로 향했다.

어쩌면, 어쩌면 그는 경로를 바꾸고 있었지만 자신에게서 멀어지는 쪽이 아닌지도 몰랐다. 그는 점점 가까이 이동하고 있었다. 육체적이 아니라면, 그렇다면 다른 모든 면에서.

"허." 렌 마리가 푸념하며 읽었다. "이곳은 정원이지만 일반적인 감각의 정원은 아니다. 이곳은 물리학과 자연의 혼합물이다." 그녀는 스크린에서 시선을 올리며 말했다. "일종의 교차로."

피터는 그 교차로에 자신의 이젤을 두었고, 창조했다.

클라라는 그와 이야기 나누길 갈망했다. 그가 발견한 것을 찾고 싶었다. 그가 어떻게 느꼈는지 듣고 싶었다. 그는 마침내 모퉁이를 돌았다. 자신 쪽으로 이동했다. 그런 다음 지구상에서 사라졌다.

"그곳은 상당히 이목을 끌게 됐지." 알퐁스가 말했다. "전 세계에서 사람들이 그걸 보러 오니까. 어떤 사람은 그곳을 신비하다고도 하고."

그는 콧방귀를 뀌며 그 말을 했지만 스튜어트 순경은 확신이 서지 않았다. 그는 요리사가 한 말을 들었다. 경고를. 술에 취해 한 이야기를 다시 꺼내지 말라는.

"그 정원에서 무슨 일이 있었던 겁니까, 알퐁스?"

클라라는 피터의 그림들로 돌아갔다. 체스 판 뱀이 있는 그림이 아니라 다른 두 작품으로.

확실하진 않았지만 그녀는 그것들 역시 우주적 사색의 정원에서 그려졌다고 추측했다. 색조가 같았고, 절박함도 같았다.

처음 그림처럼 이 작품들도 색채가 폭발했다. 거의 광적으로 충돌하면서. 예상 밖의 매력적이지 않은 색채의 조합으로. 피터는 순간적인 무언가를 움켜쥐기 위해 절박하게, 포착하기 위해 되는대로 그것들을 그린 것처럼 보였다.

"그의 뇌가 종이 위에서 폭발한 것처럼 보입니다." 장 기가 가마슈 옆에 서서 말했다.

피터가 우주적 사색의 정원에서 무엇을 봤을까? 클라라는 궁금했다. 그가 무엇을 느꼈을까?

알퐁스는 자신의 뒤 부엌으로 들어서는 문을 돌아본 다음 카운터 위에 팔꿈치를 대고 기대며 목소리를 낮췄다.

"이 얘기는 더 이상 나가면 안 돼, 이해하겠나?"

스튜어트 순경은 거짓으로 고개를 끄덕였다.

"지난가을 언제였지. 난 초저녁에 토끼를 사냥하러 그곳에 갔다오."

그리고 그 이야기가 나왔다.

그는 그 산토끼를 죽이는 데 실패한 첫 시도를 설명한 후 멈췄다.

"나는 이전에 수없이 그 짓을 했어. 내가 아이였을 때부터."

"전에 그 정원에 가 본 적이 있습니까?" 스튜어트가 물었다.

알퐁스는 고개를 끄덕였다. "거기서 토끼를 수없이 죽였지. 하지만 그런 건 본 적이 없었어."

"어떻게 달랐습니까?"

알퐁스는 순경을 살폈다. 그는 더 이상 노변 식당의 웨이터처럼 보이지 않았다. 그는 스튜어트 순경의 코앞에 있었고, 그리고 아주 늙어 보였다. 하지만 약하지는 않은. 그는 평생 바람을 향해 얼굴을 돌려 온 뱃사람처럼 보였다. 항해하면서. 탐색하면서.

자신이 찾는 것을 발견할 때까지. 육지를.

"말해 줄까?" 그가 물었다.

그리고 스튜어트 순경은 다시 자신이 정말로 그 답을 원하는지 궁금했다.

그는 고개를 끄덕였다.

"나는 그 토끼가 뒷다리로 일어서는 걸 지켜봤지. 그놈을 말이야. 똑바로 선. 거대한. 잿빛의. 놈은 움직이지 않았어. 내가 라이플을 다시 들어 올릴 때도. 그저 거기 서 있었지. 나는 놈의 가슴을 볼 수 있었어. 놈이 숨 쉬는 걸 볼 수 있었지. 놈의 심장이 뛰는 걸 볼 수 있었어. 그리고 이내 나는 그놈 뒤의 무언가를 눈치챘어."

"움직임? 주인?"

"아니. 인간이 아니었어. 또 다른 토끼였지. 거의 놈만큼 큰. 마찬가지로 거기 서 있을 뿐인. 내가 놈에게 너무 몰두해서 다른 것들을 알아채지 못한 게지."

"다른 것들이요?"

"스무 마리는 됐을 거야. 전부 뒷다리로 서 있었어. 똑바로. 완벽한 원을 그리며. 움직이지도 않고."

스튜어트 순경은 자신이 아주 차분해지는 걸 느꼈다. 아주 고요히. 늙은 남자의 눈이 탐조등처럼 그에게 머물렀다.

"마누라는 내가 취했었다고 했고, 약간은 그랬지. 하지만 평상시 이상은 아니었어. 마누라는 둘로 보인 거라고 하더군. 셋으로. 내가 헛것을 보고 있었다고."

그는 눈과 머리를 떨구고 낡아 빠지고 얼룩진 오래된 카운터에 대고 말했다.

"그리고 마누라가 옳았어. 난 뭔가를 봤어."

"뭘요?"

"저게 뭐죠?" 클라라가 혐오스러운 색채들에 더 가까이 몸을 숙이며 물었다.

"뭐요?" 렌 마리가 그림에 바짝 다가가며 물었다.

"저기, 저 지그재그 옆에."

"내 생각엔 계단 같은데요." 아르망이 말했다.

"아니, 지그재그를 말한 게 아니라 그 옆에요." 클라라는 그게 언제라도 사라질 듯 다급하게 말했다.

"돌이네요." 장 기가 말했다.

클라라가 가까이서 노려보았다.

"그 산토끼들은 돌로 만들어져 있었어."

두 남자는 서로의 눈을 응시했다.

"그곳은 조각 정원입니다." 스튜어트 순경이 말했다. "그것들은 아마 돌이었겠죠."

"아니."

알퐁스는 부드럽게, 거의 후회하듯 말했다. 그리고 그때 스튜어트 순경은 이 남자가 육지를 찾고 있었던 게 아니라는 걸 이해했다. 그는 동지를 찾고 있었다. 한 사람. 자신을 믿어 줄 사람.

"나는 그 늙은 놈이 움직이는 걸 봤어. 놈의 심장이 뛰는 걸 봤지. 그리고 놈이 돌로 변하는 걸 봤어."

"돌로 된 원이군요." 아르망이 역시 몸을 숙이며 말했다.

그들의 눈이 피터의 거친 색채에 적응하면서 혼돈으로 보였던 것이 어떤 디자인으로 드러났다.

"하지만 웹사이트는 계단 옆에 돌로 된 원을 보여 주지 않아요." 클라라가 말했다.

"그리고 놈들은 토끼로 변했어." 알퐁스가 말했다. "다시 살아났어."

그의 눈이 두려움이 아닌, 경이로움으로 빛났다. 삶보다 죽음에 더 가까운 나이 든 남자의 놀라움.

"다시 가 보셨어요?" 스튜어트가 물었다.

"매일 밤. 난 매일 밤 가. 하지만 더 이상 라이플을 챙기지 않지."

알퐁스가 미소 지었다. 스튜어트 순경이 미소 지었다.

다른 이들이 옷을 입으러 떠났을 때 가마슈는 뒤에 남았다.

"있어도 됩니까?" 그가 클라라에게 물었고, 그녀는 고개를 끄덕였다.

"커피 좀 더 끓이세요." 그녀가 낡은 전기 퍼컬레이터를 향해 손짓했다. "금방 내려올게요."

커피가 끓는 동안 가마슈는 의자를 가져와 벽의 그림들을 마주했다. 그는 앉아서 응시했다.

"오, 세상에." 친숙한 목소리가 들려왔다. "내가 알면 안 되는 어떤 일에 발을 디디고 있는 건가요?"

가마슈가 몸을 일으켰다. 냄새가 갓 구운 바나나 빵인 듯한 덩어리를 들고 머나가 문간에 있었다.

"무슨 뜻입니까?" 그가 물었다.

그녀가 그의 옷차림과 그 존재 자체 둘 다를 가리키며 손을 위아래로 흔들었다.

그는 아래를 내려다보고 자신이 아직 잠옷 가운과 슬리퍼 차림이라는 걸 깨달았다. 그는 가운을 더욱 단단히 여몄다.

"당신과 클라라가 잠옷 파티라도 했나요?" 머나가 따뜻한 빵 덩어리를 부엌 카운터에 올리며 물었다.

"여기가 클라라의 집이라고요?" 그가 당황한 듯 물었다. "빌어먹을. 또군."

머나가 웃음을 터트리고 카운터로 걸어가 두껍게 자른 빵에 버터를 바르는 동안 가마슈는 커피를 따랐다.

"무슨 일이에요?" 머나가 물었다.

그가 그녀에게 우주적 사색의 정원에 대한 최신 정보를 전달했다.

그녀는 그에게 '왜'로 시작하는 질문을 퍼부었고, 그가 할 수 있는 대답은 없었다.

"이제 낫네." 클라라가 부엌으로 돌아와 자신의 커피를 따르며 말했다. 세 사람 모두 의자에 앉아 쇼가 시작되기를 기다리듯 가장 최근 그림을 응시했다.

우주적 사색의 정원에서 피터가 그린 그림들이 종이 위에서 그의 머리가 폭발한 것처럼 보였다면, 나중 작품들은 그의 내장이 폭발한 듯 보였다.

"우주적 사색의 정원에서 피터에게 어떤 일이 벌어졌습니다." 가마슈가 말했다. 그는 자신이 그 정원 이름을 말하길 좋아한다는 사실을 깨달았고, 매일 아침 자신의 정원에서 사색하며 그 이름을 말하겠다고 맹세했다. "그는 떠났고 캐나다로 다시 돌아왔습니다. 그리고 이 그림들을 그렸죠."

"이 그림들 역시 그 정원에서 그려지지 않았다는 걸 우리가 어떻게 알죠?" 머나가 자신의 바나나 빵으로 벽에 못 박힌 세 장의 캔버스를 가리키며 물었다.

"왜냐하면 피터가 저 셋은," 가마슈가 자신의 빵으로 테이블 위의 그림들을 가리켰다. "겨울에 빈에게 주었으니까요. 그가 덤프리스에서 돌아왔을 때요. 그는 이 더 큰 그림들은 나중에 부쳤습니다."

"그런고로, 그는 그 그림들은 캐나다에 돌아와서 그렸죠." 클라라가 말했다.

"그런고로?" 머나가 물었다.

"그 말을 한 번도 써 보고 싶지 않았다고는 하지 마."

"그게 정말 어떻게 들리는지 들은 지금은 아니야."

그들은 침묵에 빠져 작품들을 응시했다.

"저것들도 풍경이라고 생각해요?" 마침내 머나가 물었다.

"그렇습니다." 아르망은 그렇게 말했지만 완전히 확신하는 듯 들리지는 않았다. 그건 그가 본 어떤 풍경처럼도 보이지 않았다. 날아다니는 입술들 외에는 아무것도 어떤 것처럼 보이지조차 않았다.

"클라라." 가마슈가 그녀의 이름을 길게 늘이며 천천히 말했다. 생각을 고를 시간을 벌면서. "당신은 실패한 그림들을 어떻게 한다고 했죠?"

"그것들을 보관했다가 새 작품을 시작하기 전에 꺼내요."

가마슈가 천천히 끄덕였다. "그리고 그것들을 어떻게 한다고요?"

"전에 말했잖아요." 클라라가 그 질문에 혼란스러워하며 물었다. "그 그림들을 봐요."

가마슈는 아무 말도 하지 않았고, 클라라는 그가 하려는 말을 궁금해했다가 눈이 휘둥그레졌다. 그녀는 자신이 자신의 묵은 그림들로 어떻게 했는지 떠올렸다.

그녀는 자리에서 일어나 벽에서 못을 뽑은 다음 피터의 입술 그림을 내렸다.

"우리가 이 그림들을 이쪽이 위로 오게 걸었던 건," 머나와 아르망이 도우러 올 때 그녀가 말했다. "빈이 침실 벽에 이것들을 그렇게 걸었기 때문이에요. 하지만 빈이 틀렸다면요? 어느 쪽이 위인지 말해 주는 사인이 없어요."

그녀는 그것을 다시 걸었다. 거꾸로. 그리고 세 사람 모두 물러섰다. 그걸 살피기 위해.

전혀 거꾸로가 아닌, 마침내 바로 걸린.

"음, 기가 막히네." 머나가 말했다.

길게 그은 생생한 색채가 넓고 요동치는 강이 되었다. 대담한 붉은 입술들은 물결이 되었다. 나무처럼 보였던 것은 이제 절벽 면이 되었다.

그들 셋은 피터가 정말로 창조한 것 앞에 섰다. 그 스마일들은 스마일이 아니었다. 이 그림에는 들뜨고 즐거운 점은 전혀 없었다. 피터는 거대하고 끝없는 슬픔의 강을 그렸다.

"이곳을 압니다." 가마슈가 말했다.

21

"아르망." 렌 마리가 종이 한 장을 들고 클라라의 부엌에 나타났다. "스튜어트 순경이 회신했어."

그녀는 당황스러워 보였고, 그에게 자신이 출력한 이메일을 건넸다.

그것을 가져간 그는 그녀에게 벽의 그림들을 가리켰다. 그녀가 걸음을 옮길 때 그는 읽었고, 메시지를 읽어 나갈수록 그의 눈썹이 한데 모였다.

그는 클라라에게 종이를 건네고 그림이 걸린 벽 앞의 렌 마리에게 다가갔다.

"괜찮아?" 그가 그녀의 창백한 얼굴을 알아차리고 물었다.

"위. 피터가 마침내 감정을 그리는 법을 이해하고 이걸 그리네." 그녀가 사이를 두었다. "가엾은 사람."

"이리 와." 그가 말했다.

그들은 벽에 걸린 슬픈 그림을 떠나 소나무 식탁 위에 놓인 우주적 사색의 정원으로 돌아갔다.

클라라가 읽기를 마치고 머나에게 그 종이를 건넸다.

"그걸 믿는 건 아니죠?" 렌 마리가 클라라와 아르망을 번갈아 보며 이제 머나의 손에 있는 편지 쪽으로 고갯짓했다.

"아침 식사 전에 불가능한 것 한 가지?" 아르망이 물었다.

그가 손을 펼쳐서 식탁 위 그림 중 하나의 중앙에 놓았다. 그리고 그것을 돌렸다.

그제야 그들은 피터가 무엇을 했는지 보았다.

그는 이 그림들에서 무언가를 창조하지 않았다. 그는 무언가를 포착했다. 황혼 녘 정원의 순간을.

그림에서 돌의 원으로 보였던 것은 그것이 돌려졌을 때 정말로 돌의 원이었다. 크고 단단한 잿빛.

하지만 이제 그들은 다른 무언가를 보았다. 돌들의 꼭대기 위로 길고 힘차게 그은 색채.

토끼의 귀들.

"피터는 그런 걸 절대 믿지 않았을 거예요." 클라라가 말했다. 하지만 마음속으로 그녀는 자신이 그 말을 하지 말았어야 했다는 것을 알았다. 그에게 무슨 일이 일어났는지 자신들이 알아낼 희망이 있다면 그녀는 자신이 알아 온 그 남자가 정말 사라졌다는 사실을 받아들여야 했다.

토끼 굴 아래로. 불가능한 일들이 일어난 곳으로.

산토끼가 신비한 돌로 변한 곳으로.

들뜬 스마일들이 거대한 슬픔으로 변한 곳. 그리고 본래 자리를 찾은. 관점에 따라.

그녀가 탐색을 시작했을 땐 일말의 죄책감이 있었다. 책임감. 그녀는 그를 찾고 싶었고, 그가 안전하기를 바랐다. 하지만 그녀는 그가 돌아오길 바라는지 확신이 없었다.

하지만 이제 자신들이 피터에 대해 더 많이 알아낼수록 그녀는 이 남자를 만나는 것이 더욱 간절해졌다. 그를 알게 되는 것. 그리고 비로소 그가 자신을 만나는 것.

클라라는 자신이 사랑에 빠지고 있다는 걸 깨달았다. 그녀는 항상 피터를 사랑했지만 이것은 다른 무언가였다. 무언가 더 깊은 방식.

"우리가 믿는 건 중요하지 않아." 머나가 그림을 응시하는 그들과 동참하며 말했다. "피터가 보고 믿은 게 중요한 거야."

그들은 테이블에서 벽에 걸린 그림들로 시선을 옮겼다.

한 가지는 이제 아주 분명했다. 붉은 입술의 물결. 찡그린. 신음하는. 한숨짓는.

그들은 다른 두 그림도 마찬가지로 돌아보았지만 그것들은 아직 자신들의 비밀을 포기하지 않았다.

"우리가 덤프리스로 가야 할까요?" 클라라가 물었다. "직접 보러? 이 알퐁스랑 얘기하러?"

"농." 아르망이 말했다. "그곳에서 일어난 일이 무엇이건 과거의 일입니다. 피터도 시간도 움직였어요. 우린 저기로 가야 합니다."

그가 한숨의 강을 가리켰다.

가마슈가 잘 아는 장소로. 그건 퀘벡에 있었지만 퀘벡이 아니었다. 이 지역은 세계에서 유일무이한 곳으로, 수백 년 전에 어떤 재난으로 형성되었다. 우주적인 재난으로.

가마슈, 장 기, 렌 마리는 그들의 응접실 벽에 걸린 큼직한 퀘벡 지도 앞에 섰다.

그 지도가 가마슈의 몬트리올 집에 있었을 때, 그들이 얼마나 자주 바로 이 지도 앞에 서서 범죄 현장까지 가는 최상의 길을 표시했었는지 보부아르는 생각했다. 시체. 살인.

그는 이 여정의 끝에서 자신들이 찾게 될 것이 그것이 아니길 또한 바랐다.

하지만 피터의 침묵은 불길했고, 그들이 빨리 그곳에 닿을수록 더 좋았다. 그리고 적어도 지금 그들은 '그곳'이 어디인지 알았다.

경감의 손가락이 스리 파인스에서 버몬트 경계 근처, 20번 고속도로까지 길을 따라 올라갔다. 퀘벡 시티를 따라간 다음 다리를 건너 그 도시를 둘러 다시 위로.

위로, 위로 세인트로렌스강미국과 캐나다를 거쳐 대서양으로 흐르는 강의 북쪽 강가를 따라. 북동쪽으로 이동하며.

샤를부아 지역에 있는 그들의 목적지로.

"그게 최상의 루트인가요?"

남자들이 다양한 선택지를 토론하는 사이, 렌 마리는 지도 위의 그 점을 응시했다. 얼마나 자주 그녀는 어떤 점을 응시하며 바로 이 지도 앞에 서 있었던가? 그 점 속의 아르망을 상상하면서. 그가 안전하기를, 그가 집에 오기를.

그 점에는 이름이 있었다. 베생폴Baie-Saint-Paul.

사도 바울. 길 위에서 믿기 힘든 무언가를 목격한 또 다른 사람. 그리고 그의 삶이 달라졌다.

"우리는 다마스쿠스로 가는 길에 있습니다." 아르망이 미소 지으며 말했다. "아니면 어쨌든 샤를부아요."

그곳은 아주 아름답고 아주 독특한 지역이었고, 수 세기 동안 관광객들을 매료했다. 적어도 한 명의 미국 대통령이 그곳에 여름 별장을 가졌었다. 하지만 샤를부아가 주로 매혹한 것은 예술가들, 퀘벡의 예술가들과 캐나다의 예술가들이었다. 전 세계에서 온 예술가들.

그리고 이제 그곳이 피터 모로를 매혹했다.

"얼마나 오래 가 있을 거야?" 렌 마리가 몇 분 뒤에 가방을 꾸리는 아르망을 도우며 물었다.

그는 양말을 한가득 든 손을 멈추었다. "말하기 힘든데. 그곳까지 차를 몰고 가는 데 하루의 대부분이 걸릴 테고, 그런 다음엔 그가 어디서 머물고 있는지 찾아야겠지."

"그가 아직 거기 있다면." 그녀가 셔츠들을 가방에 넣으며 말했다. 생각 끝에 그녀는 한 개를 더 넣었다.

거실 창문 너머 가마슈는 가방 두 개를 볼보에 싣고 있는 장 기를 볼 수 있었다. 가방 두 개가 당혹스러운 가마슈는 그 작은 책을 배낭 주머니에 넣었고, 그들은 바깥으로 나갔다.

오솔길을 따라 걸으며 가마슈는 차 옆에 서 있는 클라라와 머나를 보았다. 클라라는 둘둘 말린 피터의 캔버스들을 들었고, 머나는 지도를 가지고 있었다.

"우리를 배웅하러 나왔습니까?" 가마슈는 그렇게 물었지만 이미 그게 사실이 아니라는 것을 알았다. 클라라는 고개를 젓고 이미 볼보에 실린 자신들의 여행 가방을 보았다.

"우리랑 같이 가려고요?" 가마슈가 물었다.

"아니요." 클라라가 말했다. "당신들이 우리랑 가는 거죠."

그 말은 미소와 함께였지만 차이는 분명했다.

"알겠습니다." 아르망이 말했다.

"좋아요." 클라라가 그를 자세히 살폈다. "농담 아니에요, 아르망. 나는 피터를 찾으러 갈 거예요. 원하신다면 가실 수 있지만 정말 그러신다면, 내가 최종 결정을 내린다는 데 동의해야 해요. 난 이게 힘겨루기로 변하는 걸 원치 않아요."

"날 믿어요, 클라라, 나는 힘을 바라지 않습니다." 그가 말을 멈추고 너무 조용해져서 클라라 역시 가만히 있었다. "나는 어떤 미술 용품도 가져가지 않습니다."

"그게 무슨 뜻이에요?"

"나는 예술가가 아닙니다."

"그리고 나는 수사관이 아니죠." 그녀가 그가 뜻하는 바를 이해하며 말했다.

"당신은 당신이 뭘 찾을지 모릅니다." 그가 말했다.

"그래요, 난 몰라요. 하지만 난 찾는 사람이 될 필요가 있어요."

"그리고 우리가 거기 도착하면 뭘 하실 생각입니까?" 그가 물었다.

"피터가 어디 머물고 있는지 찾을 거예요."

"그리고 그가 여전히 거기 있지 않으면요?"

"나를 애 취급하는 건가요, 아르망?"

"아닙니다. 난 당신을 책임감 있는 성인으로, 다만 준비되어 있지 않은 무언가를 하려는 사람으로 대하는 중입니다. 훈련되지 않은. 난 훌륭한 그림을 그리지 못합니다. 당신은 훌륭한 수사를 지휘할 수 없고요. 이건 당신 인생입니다, 맞아요. 하지만 그건 우리가 직업적으로 해 온 겁니다." 그가 말을 멈추고 아무도 들을 수 없을 만큼 가까이 그녀에게 몸을 숙였다. "난 그 일에 아주 능숙하죠. 내가 피터를 찾겠습니다."

그리고 그녀는 그가 귓속에 그 더운 말을 느낄 만큼 아주 가까이에서 대답했다. "수사하는 법은 아실지 모르지만 나는 피터를 알아요."

"피터를 알았죠." 가마슈는 그 말이 그녀를 후려치는 걸 보았다. "당신은 그가 같은 남자라고 생각하고요. 하지만 그는 그렇지 않습니다. 그걸 받아들이지 못하면 당신은 길을 벗어날 겁니다. 빠르게요."

그녀는 물러섰다. "그가 같은 남자가 아니라는 거 알아요." 그녀는 그를 응시했다. "피터는 달라졌어요. 그는 이제 자신의 가슴을 따르고 있죠. 그건 내 영역이에요. 나는 그를 찾을 수 있어요, 아르망. 내가 알 거예요."

가마슈와 장 기는 단지 그녀를 응시했고, 그녀는 화가 나는 자신을 느꼈다. 이해하지 못하는 그들에 대한 화와 그것을 설명할 수 없는 자신에 대한 화. 그리고 그것이 그토록 빌어먹게 설득력 없이 들린다는 사실에 대한 화.

"당신은 피터를 좋아하죠." 그녀가 마침내 말했다. "하지만 난 그를 사랑해요. 웃고 싶으면 웃어요. 하지만 그게 차이를 만들어요. 나는 그를 찾을 수 있을 거예요."

"사랑이 충분한 나침반이라면," 아르망이 조용히 말했다. "실종되는 아이들이 없을 겁니다."

클라라는 자신의 몸을 떠나는 숨결을 느꼈다. 거기에 할 수 있는 말이 없었다. 그건 너무 엄청난 진실이었다. 그럼에도, 그럼에도 클라라는 자신이 갈 필요가 있다는 사실을 알았다. 그리고 가마슈를 따르는 것이 아니라, 자신이 주도해야 한다는 사실을.

그녀는 피터를 찾을 수 있었다.

"나는 결코 당신을 비웃지 않습니다." 아르망은 그렇게 말하고 있었지만 그는 너무 쌀쌀맞아 보였다. "그리고 나는 절대, 결코 사랑의 힘을 무시하지 않습니다. 하지만 그건 또한 왜곡될 수 있습니다. 절망과 착각에 빠질 수 있습니다."

"그게 당신이 우리와 함께 가야 하는 이유죠." 클라라가 말했다. "부탁해요. 하지만 내가 앞장서야 해요. 나는 그를 찾을 수 있어요."

가마슈는 끄덕였다.

"당신이 리더입니다. 우린 당신을 지원하겠습니다."

"농담이시죠, 그렇죠?" 두 남자가 차로 걸을 때 장 기가 가마슈에게 속삭였다. "일이 안 좋게 흘러가기 시작하면 파트롱이 주도하실 테죠."

"안 좋게 흐르지 않을 걸세."

"하지만 그러면요?"

"그렇더라도, 클라라가 책임잘세."

"뭘 따르는데요? 그녀의 심장? 넘치는 사랑?" 보부아르가 물었다.

경감은 그에게 몸을 돌리고 목소리를 낮췄다. "만일 아니가 사라진다면? 누군가 다른 이가 그 애를 찾게 하겠나?"

장 기는 그 생각에 창백해졌다. "절대요."

"클라라가 옳네, 장 기. 그녀는 피터가 뭘 하고 어디로 갔을지 누구보다 잘 알 가능성이 있네. 그녀가 자신의 심장을 따르고 우리가 우리의 머리를 따른다면 우린 그를 찾을 걸세."

"그러면 내게 남는 건 배짱 같네요." 그들의 대화를 들은 머나가 말했다. 그녀는 사라네 빵집에서 산 샌드위치로 가득한 종이봉투를 들고 있었다. "누가 날 따를래요?"

그녀는 다른 이들이 남자들의 여행 가방을 싣는 동안 차에 샌드위치와 아이스박스를 넣었다. 그들이 막 차에 타려 할 때 클라라가 손을 내밀었다.

장 기가 가마슈를 보았고, 그는 고개를 끄덕였다. 보부아르가 클라라의 손바닥에 열쇠를 떨구고 차를 돌아 조수석에 앉으려 할 때 머나가 그 앞으로 나섰다. 다시 한번 장 기가 가마슈를 보았고, 다시 한번 경감은 고개를 끄덕였다.

남자들은 뒷좌석에 올라탔다.

클라라가 운전석에 앉았다.

"이게 정말 좋은 생각이라고 확신하세요?" 보부아르가 가마슈에게 속삭였다.

"클라라는 훌륭한 운전사네. 우린 괜찮을 거야."

"그런 말이 아니라는 걸 아시잖습니까."

"클라라는 괜찮을 걸세." 경감이 말했다.

"네. 괜찮죠."

장 기는 차가 출발하자마자 앞 좌석으로 몸을 숙였다.

"아직 멀었어요?" 그가 물었다.

"이게 정말 좋은 생각이라고 확신해?" 머나가 클라라에게 물었다.

"그는 괜찮을 거야." 그녀가 액셀을 밟고 마을 밖으로 나서는 길로 차를 돌렸다. 북쪽 길로.

"배고파요." 장 기가 말했다. "오줌 싸야 해요."

그들이 예기치 않은 기쁨이라는 글귀가 새겨진 언덕 꼭대기 벤치를 지날 때, 가마슈가 의자에서 몸을 돌렸다. 그리고 돌아봤다.

그리고 그는 길 한가운데 서 있는 렌 마리를 보았다.

그는 목구멍 속 덩어리를 무시하려 애쓰며 몸을 돌려 앞쪽 길에 집중했다.

22

"이제 어쩌죠?" 장 기가 물었다.

그가 자연스럽게 가마슈를 향했지만 경감은 그 질문을 클라라에게 돌렸다.

그들은 베생폴에 있는 모든 비앤비를 돌았다. 모든 민박을. 허름하고 고급스러운 모든 호텔을.

피터는 없었다.

설상가상으로 베생폴은 절정의 여름 관광객 특수를 누리고 있어서 피터를 찾는 데 문제가 있었지만 그들 역시 그날 밤을 묵을 곳을 찾는 데 문제가 있으리라는 것이 분명해졌다.

클라라는 이쪽저쪽을 보고 혼잡한 중심가를 위아래로 보았다. 날은 더웠고, 그녀는 좌절감을 느꼈다. 그녀는 자신들이 베생폴에 가면 길모퉁이에 서 있는 피터를 발견할 거라 생각했다. 기다리고 있으리라고.

"제안 하나 해도 될까?" 머나가 그렇게 말했고, 클라라는 도움에 반가워하며 고개를 끄덕였다. "우린 재정비를 해야 할 것 같아. 앉아서 생각할 곳을 찾아야 해."

그녀는 붐비는 테라스들과 먹고 마시고 웃음을 터트리는 행복한 여행객들을 둘러봤다. 모두 아주 짜증스러웠다.

"생각은 충분히 했잖아." 클라라가 말했다. "우린 스리 파인스에서 며칠 동안 그것만 했어. 이제 행동이 필요해."

"생각이 행동입니다." 가마슈가 몇 발짝 떨어져서 말했다. "돌아다니면 기분은 좋을지 몰라도 얻는 건 아무것도 없지요. 그리고 이 시점에서 시간 낭비는 손해입니다."

"그가 옳아." 머나가 그렇게 말했고, 클라라에게서 지독한 시선을 받았다.

"화장실 가야 합니다."

"여기 오는 내내 그랬잖아요." 클라라가 딱딱거렸다.

"뭐, 이번엔 진짭니다."

그들은 다리를 이리저리 꼬고 있는 장 기를 돌아봤다.

클라라는 항복했다. "오, 젠장. 좋아요. 재정비해요."

"이쪽이요." 장 기가 가리켰고, 좁은 골목길을 따라 작은 언덕 아래로 이끌며 와자지껄한 관광객들에게서 그들을 멀리멀리 데려갔다.

골목길에 지나지 않는 이 길들에는 구식 가게들과 집들이 늘어서 있었다. 철물점들, 가족이 운영하는 잡화점들, 담배와 복권, 부드럽고 하얀 ~~폼~~몬트리올의 유명 제과 브랜드 빵을 파는 식료품점들. 밝은 물막이벽과 자연석으로 된 건물들 사이로 회청색이 언뜻언뜻 보였다. 강. 너무 광대하고

너무 넓어서 강은 바다처럼 보였다. 장 기 보부아르는 그들을 관광객의
물결에서 멀리, 지역 주민만이 아는 곳으로 이끌었다.

"이쪽이요."

그들은 초라한 여관으로 보부아르를 따라갔다.

"하지만 여긴 이미 물어봤어요." 클라라가 말했다. "그랬지 않아요?"

그녀가 몸을 돌렸다. 보부아르의 구불구불한 루트가 그녀의 방향 감
각을 잃게 했다.

"위." 그가 말했다. "하지만 우린 앞문으로 왔습니다. 이건 뒷문이죠."

"그리고 우리가 어느 문을 통과하느냐에 따라 당신은 다른 답을 기대
한다고요?" 머나가 물었다. "우리가 창문으로 기어든다 한들 피터는 여
전히 여기 없을 것 같은데요."

자신들이 곧 밤을 보낼 곳을 찾지 못하면 그렇게 해야 할지 모른다고
그녀는 생각했다.

"우린 다른 질문을 할 겁니다." 보부아르는 이제 머리카락에 불이 붙
은 것처럼 보였다. "여기를 통해서요."

그는 그들을 작은 아치형 입구로 이끌었고, 갑자기 그들은 건물들 사
이 틈을 통해 짐작만 했던 것과 대면했다. 거대한 피조물의 꼬리 혹은
코 혹은 이빨만 힐끗 보는 것 같았던.

하지만 그들이 그 아치형 입구를 지날 때 그것은 이곳 그들 눈앞에 펼
쳐졌다.

세인트로렌스강. 장엄하고 거칠고 끝없는. 분쟁을 일으키고 그려지고
시와 음악으로 바뀌는. 그것이 그들 앞에 무한히 펼쳐져 있었다.

"화장실이 어딥니까?" 보부아르가 숨겨진 테라스로 나온 직원에게 물

었다. 답을 기다리지 않고 장 기는 안으로 사라졌다.

자연석이 깔린 이 작은 뜰에는 테이블이 하나뿐이었다. 주민 두 명이 맥주를 마시고 톡 쏘는 지탄프랑스 담배 브랜드을 피우며 백개먼둘이 하는 주사위 게임을 하고 있었다. 그들은 별 관심 없이 새로 온 손님들을 쳐다본 다음 게임으로 돌아갔다.

클라라는 나무 난간 바로 앞의 테이블을 선택했다. 반대쪽은 수직 낭떠러지였다. 그리고 베생폴 베baie 만(灣)의 탁 트인 풍경.

그들은 아이스티와 나초를 주문했다.

클라라는 자신 앞에 깔린 식탁 깔개를 내려다보았다. 퀘벡 전역에 있는 많은 레스토랑과 브라스리Brasserie 비싸지 않은 프랑스풍 식당에서처럼 이 깔개는 마을의 규모가 아닌, 흥미로운 장소와 가게뿐 아니라 그곳의 역사를 보여 주는 마을의 약식 지도를 담고 있었다. 관광 지도에 오르기 위해 돈을 낸 민박, 레스토랑, 갤러리, 부티크.

피터가 여기 있었다. 바로 이 테라스는 아닐지라도 이 지역에.

"시르크 뒤 솔레이으Cirque du Soleil 태양의 서커스가 베생폴에서 시작됐다는 걸 잊었었네." 머나가 자신의 식탁 깔개를 읽으며 말했다. "어떤 곳들은 그런 것 같아."

"그런 게 뭔데요?" 화장실에서 돌아온 장 기가 물었다.

"핫스폿." 머나가 말했다. "창의성의. 창작의. 스리 파인스가 하나죠. 샤를부아가 분명 또 한 곳이고."

"지난 1700년대에 샤를부아에 매독이 만연했다는 건 알겠네요." 장 기가 식탁 매트를 읽으며 말했다. "베생폴의 악마라고 불렸답니다. 상당한 핫스폿이군요."

그는 나초를 먹었다.

"이 테라스가 여기 있는 걸 어떻게 알았어요?" 클라라가 물었다.

"그게 제 초능력이죠."

"장 기 보부아르." 가마슈가 말했다. "신동."

"저 둘은 우릴 조수라고 생각하죠." 보부아르가 머나에게 속삭였다.

"오, 정말이지 당신을 내 소파로 데려가고 싶네요." 그녀가 대답했다.

"줄을 서세요, 자매님."

머나가 웃음을 터트렸다.

"나는 화장실을 찾는 불가사의한 능력이 있죠." 그가 말했다.

"한정된 종류의 초능력처럼 보이네요." 머나가 말했다.

"네, 음, 정말 얻어야 한다면 어떤 능력을 갖겠습니까? 날기, 투명인간? 아니면 화장실을 찾을 능력?"

"안 보이는 게 유용할지 모르겠지만 당신 말이 맞아요, 케이토〈그린 호넷 The Green Hornet〉에서 슈퍼 히어로 그린 호넷의 조수."

"말씀드렸지만 난 조수가 아닙니다." 그가 몰래 가마슈 쪽으로 손짓했다.

"전에 여기 와 봤어요?" 클라라가 물었다. "그래서 아는 거예요?"

"농." 그는 협곡을 건너다보았고, 잠시 그 풍경에 사로잡힌 것 같았다. 이내 그는 클라라에게 눈을 돌렸다. 그리고 그 눈에서 그녀는 절박하게 뿌리를 내리려는 강기슭의 나무들을 보았다. 그리고 끝없는 강을.

"그건 마법이 아닙니다. 그게 당신이 생각하는 거라면요." 그가 말했다. "저는 저기에 절벽이 있는 걸 알았고, 우리가 처음 여기 왔을 때 이 경치에 접근해 그걸 이용하지 않을 여관 주인이 있을 리 없다고 짐작했습니다."

"짐작했다고요?" 머나가 물었다.

"네."

두 여자 모두 그것이 정말 짐작이 아니라는 걸 알았다. 장 기 보부아르는 신동, 조수처럼 처신하는지도 몰랐다. 하지만 다른 사람은 몰라도 그들은 그것이 겉모습뿐임을 알았다. 그 역시 아치형 입구와 비밀 정원을 품고 있었다. 그리고 숨겨 놓은 풍경을.

그들은 음료수를 홀짝이며 숨을 돌렸다.

"이제 어쩌죠?" 머나가 물었다.

"우린 민박과 비앤비 들을 돌았어요." 클라라가 식탁 깔개 위의 호텔들을 체크하며 말했다. "피터의 사진을 보여 주고 다녔고요. 이젠 그의 그림을 들고 돌아다녀야 해요."

그녀는 테이블 위의 둘둘 말린 캔버스들을 가리켰다.

"민박 주인들한테요?" 장 기가 물었다.

"아니요. 갤러리들이요. 베생폴에는 갤러리가 많아요." 다시 그녀는 식탁 깔개 쪽을 손짓했다. "피터가 여기 있다면 아마 한 군데 이상을 방문했을 거예요."

"좋은 생각입니다." 장 기가 놀라움을 숨기지 않고 말했다.

"두 분은 베생폴 이쪽에 있는 곳들로 가세요." 그녀가 식탁 깔개 위에 원을 그렸다. "그리고 우린 이쪽을 맡죠." 그녀는 손목시계를 보았다. 거의 5시였다. 문 닫을 시간에 가까운. "서둘러야겠어요."

그녀가 몸을 일으켰고, 그들 모두 자신들의 식탁 깔개를 챙겼다.

"어디서 만나?" 머나가 물었다.

"여기서."

클라라의 손가락이 시내 중심에 있는 브라스리에 떨어졌다.

라 뮤즈.

머나와 클라라는 입술이 있는 그림을 포함해 피터의 그림 두 점을 챙겼다. 장 기가 남은 한 점을 집으며 어느 쪽이 위인지 확신 없이 살폈다.

그는 잠깐 그림과 풍경을 번갈아 보았다.

그리고 고개를 저었다.

어떻게 저게 이게 되지? 그는 궁금했다. 그는 캔버스를 만 다음 그들 뒤를 따라 아치형 입구를 지나며, 어쩌면 자신은 결국 신동이었는지도 모르겠다고 생각했다.

보부아르의 생각엔 경이로운 게 정말 많았다.

가마슈와 장 기가 먼저 라 뮤즈로 돌아왔다.

그들이 맡은 구역의 다섯 갤러리 중 갤러리 가농을 포함한 둘은 그들이 도착했을 때 이미 문이 닫혀 있었다.

가마슈는 클래런스 가농의 작품들을 좋아했고, 클라라가 이 퀘벡 출신 예술가에게 헌정된 갤러리를 포함하는 영역을 자신들에게 넘겨서 기뻤다. 하지만 가마슈는 앞 유리를 통해 감질나게 가까이 있는 그림들을 눈여겨보았을 뿐이었다.

장 기는 큐레이터나 다른 누군가가 아직 있기를 기대하며 뒤로 돌아가 뒷문을 두드려 보았지만 문은 굳게 잠겨 있었다.

이제 라 뮤즈의 베란다에 앉은 가마슈는 자신이 여기서 왜 그렇게 느긋하게 느껴지는지 깨달았다.

그는 근본적으로 피터의 어머니 집 벽에서 본 것과 다르지 않게 클래런스 가뇽의 그림 속에 앉아 있었다. 가뇽의 작품과 함께 자랐다니 피터는 행운아였다. 비록 고르곤그리스신화에 나오는 괴물로, 끔찍한 여자를 뜻하기도 한다의 손에 자라기도 했지만. 그렇게 운이 좋은 건 아니지.

가마슈는 눈을 살짝 가늘게 떴다. 사람들을 걷어 내면 70년도 더 전에 늙은 거장이 베셍폴을 그린 작품들과 거의 똑같아 보일 터였다. 마을 거리에 늘어선 밝게 칠해진 집들. 들쑥날쑥한 이중 경사의 지붕들. 뾰족한 지붕창들. 그 뒤로 교회들의 높은 첨탑들. 그것은 예스럽고 편안하고 매우 퀘벡스러웠다.

빠진 것은 배경의 수레를 끄는 짐말이나 뛰어노는 아이들뿐이었다. 혹은 눈. 가뇽의 수많은 작품이 눈을 담고 있었다. 그럼에도 그 이미지들은 냉랭함과는 거리가 멀었다.

그는 렌 마리에게 전화해서 지금까지 찾은 내용을 알려 주었다.

"다른 세 갤러리는?" 그녀가 물었다.

"두 곳은 실상 액자집에 가까웠지만 우린 어쨌든 물었는데, 그들은 피터를 모르는 데다 그 그림에 관심도 보이지 않았어. 나머지는 현대 지역 예술가들의 작품을 전시했더군. 몇몇은 정말 근사한 작품이야."

"하지만 피터 모로의 작품은 아니고?"

"아니었어. 주인은 그의 이름을 들어 본 적도 없더군."

"피터의 캔버스를 보여 줬어?" 렌 마리가 물었다.

"그랬지. 그는……," 가마슈는 말을 골랐다.

"질색했어?"

아르망이 웃음을 터뜨렸다. "예의가 바르더군. 그 사람은 정중했어."

그는 렌 마리의 신음을 들었다.

"그게 더 나쁜 거 아니야?" 그가 말했다.

"머물 곳은 찾았어?"

"아니. 장 기가 취소된 곳이 있는지 알아보러 갔어. 알려 줄게."

"플랜 B는 있어?" 그녀가 물었다.

"사실, 있지. 길 건너 아주 근사한 공원 벤치가 있거든." 그가 말했다.

"노숙자. 우리 엄마가 이렇게 될 거라고 하셨지. 난 진토닉이랑 좀 오래된 치즈랑 우리 포치에 앉아 있어."

"그리고 나랑." 익숙한 목소리가 들려왔다.

"당신이 '좀 오래된 치즈'예요." 렌 마리가 그렇게 말했고, 가마슈는 루스의 박장대소를 들었다. "루스가 자신의 허비한 청춘에 관한 모든 얘기를 해 주고 있었지. 당신, 그거 알아, 루스가······."

그리고 전화가 끊겼다.

가마슈가 전화기를 응시하며 미소를 지었다. 그는 렌 마리가 자신을 놀리려고 일부러 전화를 끊었다고 짐작했다. 잠시 뒤 그는 자신을 사랑하며 얼른 집에 오라는 아내의 메시지를 받았다.

"아무것도 없습니다, 파트롱." 보부아르가 경감 옆자리에 앉으며 말했다.

아무것도 없었다. 그들의 베생폴 수색은 피터, 피터의 흔적 그리고 그날 밤의 잠자리를 찾지 못하는 결과를 낳았다. 이것이 자신의 최상의 아이디어는 아니었을지 모른다고 가마슈는 생각했다.

장 기가 그를 쿡 찌르더니 구불구불한 길 아래를 가리켰다. 클라라와 머나가 그들을 향해 서둘러 걸어오고 있었다. 클라라는 둘둘 말린 캔버스를 흔들고 있었고, 두 남자는 두 여자가 기쁘다는 걸 알 수 있었다.

무언가. 마침내 무언가가. 보부아르는 무언가를 찾은 이들이 클라라와 머나였다는 사실에 짜증이 나는 것을 잊을 만큼 안도했다.

그들은 라 뮤즈의 테라스에서 두 남자와 합류했고, 클라라는 시간을 낭비하지 않았다. 그녀가 피터의 그림을 펼치는 사이 머나는 샤를부아 지도를 펼쳤다.

"여기." 클라라의 손가락이 번갯불처럼 지도를 찍었다. "이곳이 피터가 저 그림을 그린 곳이에요."

그들은 지도와 입술 그림을 번갈아 보았다.

"갤러리 중 하나에서 말해 줬습니까?" 가마슈가 물었다.

지도에서 시선을 들었을 때 그는 테라스 건너편에서 자신들을 응시하는 한 남자를 눈치챘다. 남자는 가마슈와 시선을 마주치자 재빨리 눈을 돌렸다.

전직 경감은 줄곧 뉴스에 올랐던 이후로 그런 것에 익숙했다. 그럼에도 가마슈는 남자가 자신보다는 자신을 지나쳐 클라라를 보고 있다는 인상을 받았다.

"아니요, 갤러리는 대부분 문을 닫았어요." 클라라가 말하고 있었다. "문득 물어야 할 사람이 생각난 건 머나와 여기로 오던 중이었어요."

"누구요?" 보부아르가 물었다.

가마슈는 귀를 기울였지만 남자를 계속 곁눈질했다. 남자는 다시 자신들 쪽을 주시하고 있었다.

"백개먼을 하고 있던 두 노인이요." 머나가 말했다. "그들은 평생 여기서 산 것처럼 보였고……."

"그리고 그들은 그랬어요." 클라라가 끼어들었다. "그들의 가족들은 여기서 대대로 살았대요. 기억할 수 있는 한 오래전부터. 그들은 클래런스 가뇽을 알기까지 했어요. 어렸을 때 그를 위해 나무를 쪼개 줬대요." 그녀는 잠시 침묵했다. "가뇽을 만나는 걸 상상할 수 있어요? 그는 마을과 풍경을 그렸지만 당시에 그려지던 무엇과도 달랐어요. 그건 가뇽이 세상의 껍질을 벗기고 어떤 장소의 근육과 힘줄과 혈관을 그려 넣은 것 같았어요. 그로테스크하게 들리겠지만 무슨 말인지 아실 거예요."

"압니다."

하지만 그 말을 한 사람은 그녀의 일행 중 한 명이 아니었다. 테라스 건너편의 그 남자였다.

클라라가 말하는 동안 가마슈는 그 남자가 자리에서 일어나 테이블에 돈을 떨군 다음 자신들 쪽으로 걸어오는 것을 알아차렸다.

가마슈는 장 기 역시 눈치챘다는 것을 알았다. 그리고 지켜보고 있었다. 경계하며. 대비하며.

"엑스퀴제 무아Excusez-moi 실례합니다." 남자는 이제 그들의 테이블 옆에 서 있었다. "방해해서 죄송합니다."

남자는 평상복 차림이었지만 가마슈는 훌륭하게 재단된 셔츠와 바지를 알아보았다. 가마슈는 그가 쉰 살이나 어쩌면 더 적을 수도 있겠다고 짐작했다.

남자는 그들 모두를 예의 바르게 보았다. 남자의 눈이 가마슈에게 잠깐 머물렀고, 그 눈에 흥미가 일었다. 하지만 이내 그의 시선이 클라라에게 가서 머물렀다.

"당신이 클래런스 가뇽에 대해 하는 말을 듣고 저를 소개하고 싶었습니다. 저 역시 가농 작품의 팬이지요. 제가 함께해도 될까요?"

남자는 가마슈보다 조금 작고 더 날씬했다. 그는 안경을 썼고, 그 너머에는 지적인 파란 눈이 있었다.

클라라가 일어나 그에게 미소를 지었다.

"안타깝지만 우린 가야 해요."

"베생폴에 머무시는 동안 제가 할 수 있는 일이 있다면 부디 알려 주십시오."

그가 그녀에게 명함을 건넸다.

"얘기를 나눌 수 있다면 기쁘겠습니다. 예술에 대한 생각들을 나누면서요." 그가 그렇게 말했고, 예상치 못한 위엄을 담아 살짝 고개를 숙이며 덧붙였다. "오 르부아르Au revoir 또 뵙겠습니다."

가마슈는 떠나는 남자를 지켜보았다. 그리고 그는 주머니에 남자의 명함을 넣는 클라라를 지켜보았다.

"갈까요?" 머나가 테이블에서 그림과 지도를 집어 들었다.

몇 분 내에 그들은 베생폴에서 동쪽으로 차를 타고 있었다. 하지만 교통량이 많은 138번 고속도로를 따르지 않고. 대신 클라라는 차를 약간 남쪽으로 돌렸다. 강을 향해서. 그리고 통행량이 덜한 훨씬 좁은 길을 따라.

362번 고속도로는 절벽을 품고 세인트로렌스강을 따랐다. 그리고 레제불르멍 마을 바로 앞에서 그녀는 차를 세웠다.

그녀는 그것이 터무니없이 멍청하다는 것을 알았지만 초저녁 하늘을 배경으로 희미하게 모습을 드러낸 피터를 보기를 반쯤 기대했다. 이젤 앞에 서 있는. 그림을 그리고 있는.

그리고 기다리는. 자신을. 그녀가 수 주 전에 자신들의 정원에서 그를 기다렸던 것처럼.

거기에 피터는 없었지만 다른 무언가가 있었다.

그들은 차에서 내렸고, 머나가 피터의 캔버스들에 손을 뻗다가 멈췄다. 그녀, 클라라, 아르망, 장 기는 앞으로 몇 발짝 걸음을 떼었다.

그림들을 참고할 필요가 없었다. 그것들은 여기 있었다. 여기가 피터가 서 있던 자리였다.

세인트로렌스강이 마을에서보다 한층 더 장엄하게 그들 앞에 펼쳐져 있었다. 이곳의 장엄함과 광활한 위엄은 분명하고도 믿기 어려웠다.

네 친구는 절벽 위에 나란히 서 있었다.

유성이 지구로 돌진한 곳이 이곳, 바로 이 지점이었다. 지구를 덮쳤던. 3억 년 전. 엄청난 힘으로 덮친 그것은 그 아래, 그리고 주변 수 킬로미터의 모든 것을 죽였다. 지금도 충돌 지점이 우주에서 보일 만큼 격렬한 충돌이었다.

파도가 토해 낸 흙이 이곳에서 석화石化해 매끄러운 산맥과 깊은 분화구를 형성했다.

아무것도 살지 않았다. 모든 생명이 소멸했다. 지구는 황폐해졌다. 수천 년 동안. 수십만 년 동안. 수백만 년 동안.

불모지. 텅 빈. 아무것도 없는.

그리고 그때. 그리고 그 순간. 처음엔 물, 그다음엔 식물, 그다음엔 물고기. 그리고 비옥한 땅에서 나무가 자라기 시작했다. 곤충, 날벌레, 박쥐, 새, 곰, 무스, 사슴.

황무지였던 곳이 생명의 가마솥, 도가니가 되었다. 너무도 풍부하고 너무도 다양해서 이곳은 세계적으로 독특한 생태계를 형성했다.

알락돌고래, 물개, 흰긴수염고래.

남자. 여자. 아이들.

모두가 여기로 이끌렸다. 모두가 여기에 그들의 집을 만들었다. 이 분화구에.

이곳이 샤를부아였다.

이곳이 네 친구가 다섯 번째 친구를 찾아 서 있는 곳이었다. 그들 아래 강이 지구의 상처 안팎을 굽이쳤다. 모든 생명이 끝난 곳. 그리고 다시 시작한.

끔찍한 충격이 지구상에서 가장 마법적이고 가장 놀라운 장소 중 하나를 형성했다.

피터가 포착하려 한 것이 그것이었다. 이 재앙. 이 기적.

아르망 가마슈는 천천히 완전한 한 바퀴를 돌았다. 그는 클라라처럼 자신들을 지켜보는 피터 모로를 보기를 반쯤 기대했다.

피터는 스코틀랜드에서 여기로 이동했다. 우주적 사색에서 우주적 사건으로. 전적으로 이성적인 남자가 마법을 쫓고 있었다. 그것을 그리려 했다.

가마슈가 절벽 아래 세인트로렌스강을 바라보는 동안, 지는 해가 거대한 강의 물결을 잡아 그 거품을 선홍색으로 바꾸고 있었다. 그것들을 찌푸림에서 스마일로 바꾸고 있었다. 그런 다음 찌푸림으로. 그것은 다시 눈부신, 들뜬 붉은 스마일로 변했다. 끝없는 감정의 강.

가마슈는 넋을 잃고 서 있었다. 그는 자신 옆의 클라라와 머나와 장기를 보았다기보다 감지했다. 마찬가지로 응시하고 있는. 경탄에 빠진.

그들은 해가 지고 검은 강과 분홍빛 하늘만 남을 때까지 지켜보았다.

피터가 여기 있었다. 그는 최선을 다해 이 광경을 캔버스에 담았다. 경이를 기록하려 애쓰면서. 경외감을. 단순한 아름다움이 아닌 영광을.

그리고 그는 그것을 부쳤다. 저 멀리로. 왜?

그리고 그는 지금 어디 있을까? 자신의 상처 더 깊은 곳으로 이동했을까? 여전히 탐색하면서?

아니면…… 가마슈는 분화구를 응시했다. 피터는 결코 떠나지 않았을까? 그는 지금 절벽 아래 숲속에 누워 자신들과 함께 있을까? 풍경의 일부가 되어 가며? 이제 영원하기 때문에 그의 침묵이 깊은 걸까?

그의 옆에서 클라라가 피터가 그린 강을 응시했고, 그 감정이 그녀를 덮치게 했다. 그녀와 그의. 그녀는 아주 강렬하게 피터를 느꼈다.

그의 존재가 아니라 그의 부재를.

23

"어디서 머무실 겁니까?" 장 기가 속삭였다.

그들은 다시 베생폴 마을과 현실로 향하고 있었다. 우주를 뒤로하고 실질적인 걱정거리들을 해결하기 위해. 음식과 쉴 곳 같은.

"모르겠네." 가마슈가 마주 속삭였다.

"걱정 안 되십니까?" 보부아르가 물었다.

"어쩔 수 없으면 차에서 잘 수도 있지." 아르망이 말했다. "처음도 아니잖나."

"그럼요, 우린 할 수 있죠. 하지만 우리가 그러길 원할까요? 우린 아무것도 안 할 순 없습니다, 파트롱. 우리가 다음 계획을 짜야 해요. 클라라는 좋은 사람이지만 이건 그녀를 넘어섰습니다."

"글쎄." 가마슈는 중얼거리고 몸을 돌려 창밖을 내다보았다. 그리고 차창을 통해 그는 별들을 보았다. 그리고 베생폴의 불빛을.

어느 것이 어느 것인지 구분하기가 불가능했다. 어떤 빛이 천상의 빛이고 어떤 빛이 지상의 빛인지.

"우리 어디서 자지?" 머나가 클라라에게 속삭였다.

"나도 몰라."

머나가 끄덕이고 전면 유리창으로 별이 가득한 밤을 바라보았다.

그녀는 자신의 로프트가 그리웠다. 침대가 그리웠다. 허브티와 초콜릿칩 쿠키가 그리웠다.

하지만 그녀는 클라라 역시 그 모든 걸 그리워한다는 사실을 알았다. 그리고 클라라는 피터도 그리워했다. 그들이 그 절벽에 서 있는 동안, 문득 아주아주 가깝고 아주아주 멀게 느껴진 피터.

머나는 클라라를 살폈다. 그녀는 바람 부는 도로에 집중하며 앞을 똑바로 주시하고 있었다. 길에서 벗어나지 않으려 애쓰며.

차선을 넘지 않으려 애쓰며.

머나는 좌석에 기대 숨을 깊게 들이쉬었다. 그리고 별들을 보며 자신을 진정시켰다. 혹은 마을 불빛을. 그녀는 어느 것이 어느 것인지 구분할 수 없었다. 그리고 그건 중요하지 않았다. 둘 다 위안이 되었다.

그들이 가까이 갈수록 베생폴의 불빛은 더 밝아지고 별들은 희미해졌다. 이내 그들은 라 뮤즈 비스트로로 돌아와 있었다. 이제 저녁 9시였고, 그들은 배가 고팠다. 그들은 저녁 식사를 주문했고, 머나가 테이블에서 기다리는 동안 다른 셋은 거리를 오르내리며 여관과 비앤비 들에 취소된 자리가 있는지 확인했다.

없었다.

그들은 저녁 식사가 막 나왔을 때 돌아왔다.

스테이크 프리트감자튀김을 곁들인 스테이크가 모두에게 돌려졌다. 스테이크는 뜨겁고 두꺼웠다. 튀김은 가늘고 양념이 배어 있었다.

차에서 자는 것을 좋아하지 않긴 해도 보부아르는 걱정하지 않았다. 이것이 더 나쁜 것을 보는 데 대한 큰 이득이었다. 이제 그를 걱정하게 하는 것들은 거의 없었다.

"다음은 뭐죠?" 그가 안심 스테이크와 녹아 가는 갈릭 버터를 포크 가득 찍으며 물었다.

"우린 피터가 여기 있었다는 걸 확실히 알아요." 클라라가 말했다. "이제 그가 아직도 여기 있는지, 아니라면 어디로 갔는지 알아봐야죠."

'다음은 뭐죠.'라는 장 기의 말은 '디저트는 뭐죠.'라는 의미였지만 그는 사건에 대한 이야기가 기꺼웠다. 이것은 내심, 사건이었기 때문에. 그리고 그는 경감의 속마음도 볼 수 있었다.

절벽을 살피던 경감의 눈매는 오해의 여지가 없었다. 경이가 지나가자 경감의 두뇌가 작동했다.

살피는. 평가하는.

시체가 어디에 있을 수 있을까? 사람이 떨어지면? 사람이 밀리면?

그가 최후를 맞게 된 곳이 어디일까?

식사가 끝나고 커피가 나오자 가마슈는 클라라를 향했다.

"내 생각을 듣고 싶습니까?"

그녀는 잠시 그를 관찰했다. "당신 얼굴을 보니 아닐 것 같네요."

가마슈는 그렇다는 표시로 무뚝뚝하게 고개를 한 번 끄덕였다. "우린 현지 경찰에 말해야 할 것 같습니다. 그들을 끌어들이지요."

"피터가 어디 머물지 알아보는 것에요?"

"피터가 어디 있을지 알아보는 것에요." 가마슈가 낮지만 단호한 목소리로 말했다. 그의 눈이 클라라를 떠나지 않았다.

그의 뜻을 이해한 그녀의 얼굴이 창백해졌다.

"그 사람이 죽었다고 생각하세요?"

"난 그가 여기 와서 저 그림들을 그렸다고 생각합니다. 그가 빈에게 그림들을 부친 것 같고요. 그런 다음 사라졌죠. 그게 몇 달 전입니다."

가마슈는 잠시 침묵했다. 그는 캐러멜 갈색을 띤 자신의 에스프레소를 내려다보았다. 그리고 다시 한번 그녀의 눈을 마주했다.

"이곳 숲은 울창합니다." 그가 말했다.

클라라는 아주아주 차분해졌다. "우리가 그이를 찾을 거라고 생각하시지 않는군요."

"몇 달 전입니다, 클라라." 그가 되풀이했다. "나도 내가 틀렸으면 좋겠습니다. 어딘가의 오두막에서 그를 찾길 바랍니다. 덥수룩한 수염에 물감이 묻은 옷을 입은. 캔버스에 둘러싸인." 그가 그녀의 시선을 붙들었다. "난 바랍니다."

클라라는 역시 자신을 보고 있는 장 기를 보았다. 그의 얼굴은 소년 같은 동시에 엄숙했다.

그런 다음 머나. 긍정적이고 희망적이고 낙천적인 머나. 그녀는 슬퍼 보였다.

"자기도 동의하는구나." 클라라가 말했다. 그녀는 머나의 얼굴에서 그걸 알 수 있었다.

"그것도 하나의 가능성이라는 걸 알아야 해, 클라라. 자기가 찾은 게 좋지 않을 수도 있다고 인정했잖아."

"난 혼자서도 행복한 피터를 찾을지도 모른다고 생각했어." 그녀가 말했다. "심지어 다른 여자와 함께 있는 그를 찾을지도 모른다고 생각했어." 그녀는 테이블을, 그들의 얼굴을 둘러봤다. "하지만 난 항상 내가 그를 찾을 거라고 생각했어요. 살아 있는."

그녀는 이제 그들에게 도전하고 있었다. 자신에게 반박하라고 그들을 도발하면서.

아무도 그러지 않자 그녀는 일어섰다. "그리고 난 여전히 그래요."

클라라는 라 뮤즈 밖으로 걸어 나갔다.

"쫓아가야 할까요?" 장 기가 물었다.

"아뇨, 시간을 줘요." 머나가 말했다.

보부아르는 고개를 숙이고 어뢰처럼 길을 걷는 클라라를 지켜봤다. 관광객들이 제때 그녀의 길을 비껴갔다. 그리고 이내 그녀는 시야에서 사라졌다.

보부아르는 자리에서 일어나 브라스리를 서성였다. 가격표가 살짝 삐

딱하게 붙은 그림들이 벽에 걸려 있었다. 몇 년 치의 먼지가 쌓인. 그것들은 멋진 풍경화였지만 샤를부아에서 그림이 팔리려면 그 이상이 필요했다.

갤러리 가뇽의 쇼윈도를 들여다보지 않았다면 장 기는 이것들이 꽤 괜찮다고 생각했을 터였다. 하지만 그는 보았다. 그리고 이제 그는 그 차이를 알았다. 그의 일부는 그걸 후회했다. 그는 이제 더 나은 것들을 좋아할지 모르지만 좋아하는 것이 더 적어지기도 했다.

"내가 누굴 찾았는지 봐요." 보부아르가 브라스리 저편에서 승리감에 찬 클라라의 목소리를 듣고 재빨리 몸을 돌렸다.

앞서 라 뮤즈에서 그들에게 말을 걸었던 남자가 그녀 옆에 서 있었다.

보부아르는 세차게 뛰었던 심장이 가라앉는 것을 느꼈다. 그는 실제로 그녀가 피터를 찾은 줄 알았다.

"마담 모로가 전화해서 여러분이 곤란하다고 말씀하시더군요." 남자가 말했다. 그리고 그는 자신을 소개했다. "마르셀 샤르트랑입니다." 그는 그들과 악수했다. "갤러리 가뇽을 운영하지요. 여러분을 집으로 모시려고 왔습니다."

그들이 갤러리 가뇽 위 샤르트랑의 아파트에 자리를 잡았을 무렵, 시간은 자정이 되어 가고 있었다.

그는 우아하고 협조적인 주인으로 판명되었다. 모든 사람이 밤 11시에 머물 곳을 부탁하는 낯선 이의 전화를 반기지 않으리라는 것을 가마슈는 알았다. 전화를 건 사람과 세 명의 친구까지.

하지만 마르셀 샤르트랑은 그들에게 자신의 집을 내주었고, 이제 그들이 거실에서 쉬는 동안 술을 한 잔씩 따라 주고 있었다.

가마슈는 클라라와 담소를 나누는 샤르트랑을 지켜보며 그가 성자거나 자신만의 행동 강령이 있는 남자라고 생각했다. 가마슈는 라 뮤즈에서 샤르트랑이 처음 자신들을 발견했을 때 그의 얼굴에 떠오른 포식자의 표정을 잊지 않았다.

처음 클라라를 발견했을 때의 표정을.

"여기는 내가 주로 머무는 집이 아닙니다." 샤르트랑이 말했다. 그는 쿠키를 한 접시 가져왔고, 클라라와 머나에게 코냑을 따른 후 장 기에게 잔을 권했다. 젊은이가 사양하자 샤르트랑은 가마슈에게 다가왔다. "레제불르멍 쪽으로 몇 분 가면 메종maison 집이 있지요."

"세인트로렌스강이 내려다보이는?" 역시 술을 사양하며 가마슈가 물었다.

"위, 셰프Oui, chef 네, 경감님." 샤르트랑이 둥글납작한 글라스 바닥에 손마디 하나만큼 술을 따르며 말했다.

가마슈도 보부아르도 집주인이 자기의 손님들이 누군지 정확히 알고 있다는 사실을 흘렸다는 것을 놓치지 않았다. 아니면 적어도 자신들 중한 명은.

"우린 방금 거기 있었습니다." 가마슈가 말했다. "강의 풍경이 경이로웠죠."

"그래요. 숨이 막히죠."

마르셀 샤르트랑은 안락의자에 몸을 묻고 다리를 꼬았다. 평온함 속에 그는 살짝 미소를 머금었다. 가마슈는 능글맞은 웃음은 아니라고 생각했다. 어떤 얼굴들은 긴장이 풀리면 약간 비난의 표정을 띠지만 이 남자는 만족스러워 보였다.

그는 멀리서 보면 잘생기고 세련된 얼굴이었다. 하지만 가까이 보면 그의 얼굴은 작은 주름들로 가득했다. 햇볕에 그은 얼굴. 악천후에서 보낸 시간이 쌓인. 스키를 타거나 설피를 신고 하이킹을 하거나 나무를 패며. 혹은 저 위대한 강을 보며 절벽에 서서. 그것은 정직한 얼굴이었다.

하지만 그는 정직한 남자일까? 가마슈는 판단을 보류했다.

샤르트랑은 처음 봤을 때보다 나이가 많을 가능성이 있었다. 그럼에도 이 남자에겐 분명 활력이 있었다.

가마슈는 방을 어슬렁거렸다. 벽은 두꺼운 자연석이었다. 여름엔 시원하고 겨울엔 따뜻한. 작고 우묵한 데 난 창문들은 이 옛 퀘베쿠아 집의 특징이었다. 샤르트랑은 분명 과거를 존중했고, 수백 년 전 손으로 이 집을 지은 아비탕habitant 프랑스계 이민자을 존중했다. 집은 서둘렀지만 아주 세심하게 지어졌다. 그와 그의 가족들을 악천후에서 보호하기 위해. 다가오는 겨울에서. 얼음과 눈과 매서운 추위를 데리고 저 대단한 강을 행진하는 괴물에게서 보호하기 위해. 힘과 권력을 얻은. 따라서 초기 정착민들은 극히 소수만 살아남았다. 하지만 누구건 이 집을 지은 이는 살아남았다. 그리고 그 집은 여전히 필요한 이들에게 은신처를 내주고 있었다.

그의 뒤에서 샤르트랑이 클라라와 머나에게 코냑을 한 잔 더 권하고 있었다. 머나는 거절했지만 클라라는 반 잔을 받았다.

"침대로 가져갈까 싶네요. 쿠키 한 개하고요." 클라라가 말했다.

"개척자 정신이 저기 있네." 머나가 말했다.

바닥은 오리지널이었다. 바로 이 자리에 우뚝 서 있던 나무로 만든 널찍한 소나무 널들. 그리고 이제는 누운. 그것들은 수 세대에 걸쳐 자욱하게 연기를 내며 타던 불로 검어졌다. 소파 두 개가 벽난로를 사이에 두고 마주 보고 있었고, 불을 마주한 안락의자 앞에는 발 받침이, 옆의 탁자에는 책이 쌓여 있었다. 램프들이 부드럽게 그 공간을 밝혔다.

하지만 가마슈의 흥미를 끈 건 벽이었다. 그는 그 주위를 걸었다. 때로 크릭호프의 진품에 끌려 몸을 가까이 숙이면서. 르미유. 가뇽. 그리고 두 창문 사이의 그곳에는 나무에 그린 작은 유화가 한 점 있었다.

"아름답지 않습니까?"

샤르트랑이 가마슈 뒤에서 다가왔다. 경감은 거기에 있는 그를 감지했었지만 그 그림에서 눈을 떼지 않았다. 그것은 숲 그리고 호수에서 돌출한 바위들을 그린 그림이었다. 그리고 돌출한 바위에 매달려 무자비한 바람에 깎인 가지를 벌린 나무 한 그루.

아름다움과 황량함 두 가지 면 모두 감동적이었다.

"이건 톰슨인가요?" 가마슈가 물었다.

"그렇습니다."

"앨곤퀸 공원의?"

그 바위투성이 풍경은 못 알아볼 수 없었다.

"위."

"몽 디유Mon Dieu 맙소사." 가마슈는 이 그림을 그린 그 남자가 그랬듯 자신이 같은 그림 앞에서 숨을 쉬고 있다는 사실을 깨닫고 숨을 내쉬며 말했다.

두 남자는 그 작은 사각형을 응시했다.

"언제 그려진 작품입니까?" 가마슈가 물었다.

"1917년이요. 그가 죽은 해죠." 샤르트랑이 말했다.

"전쟁으로요?" 어슬렁거리다 그들과 합류한 장 기가 물었다.

"아니요." 갤러리 소유주가 말했다. "사고로요."

가마슈는 이제 몸을 펴고 샤르트랑을 보았다. "그걸 믿습니까?"

"믿고 싶습니다. 달리 생각하면 끔찍할 겁니다."

장 기가 샤르트랑을 보고 가마슈를 보았다. "거기 의문이 있습니까?"

"작은 의문이." 가마슈는 그림이 자신들의 대화를 엿듣게 하고 싶지 않은 것처럼 소파로 돌아가며 말했다

"무슨 문제요?"

"톰 톰슨은 주로 풍경을 그렸습니다." 샤르트랑이 설명했다. "그가 가장 선호한 대상은 온타리오에 있는 앨곤퀸 공원이었죠. 그는 자신의 고독을 즐긴 듯했어요. 혼자서 카누를 타고 캠핑을 한 다음 트레킹을 하며 가장 멋진 그림들을 그렸죠."

그는 자신의 벽에 걸린 작은 그림을 손짓했다.

"그가 유명했습니까?" 보부아르가 물었다.

"아니요." 샤르트랑이 말했다. "당시에는 아니었어요. 그를 아는 사람은 많지 않았습니다. 화가들은 알았지만 대중은 아니었죠. 아직 아니었어요."

"그는 죽고서야 그들의 관심을 얻게 됐지." 가마슈가 말했다.

"그의 그림들을 가진 사람에겐 행운이었네요." 보부아르가 말했다.

"그의 갤러리 주인들에게 행운이었죠." 샤르트랑이 동의했다.

"그래서 수수께끼가 뭡니까? 그가 어떻게 죽었죠?"

"공식 사인은 익사였지만," 가마슈가 말했다. "거기엔 의문이 있었지.

그가 살해됐거나 자살했다는 소문이 지금도 계속 제기되고 있네."

"그가 왜 그랬을까요?" 보부아르가 물었다.

가마슈와 보부아르는 소파에, 샤르트랑은 텅 빈 벽난로를 마주한 그의 의자에 앉는 중이었다.

"가설은 톰슨이 자신의 작품을 전혀 인정받지 못해서 실의에 빠졌다는 겁니다." 샤르트랑이 말했다.

"그리고 살해 가설은요?" 보부아르가 말했다.

"아마도 그의 재능을 질투한 화가겠죠." 샤르트랑이 말했다.

"혹은 그의 작품을 많이 소유한 누군가요." 가마슈가 집주인을 똑바로 보며 말했다.

"그의 갤러리 주인 같은?" 샤르트랑이 진심으로 즐거운 듯 보이는 미소를 지었다. "우리는 탐욕스럽고 잔인한 사람들이죠. 우린 예술가와 우리 고객 양쪽을 다 쥐어짜기를 즐깁니다. 우리가 원하는 걸 얻기 위해서는 뭐든지 하지요. 하지만 살인은 아닐 겁니다."

하지만 보부아르와 가마슈는 그것이 사실이 아니라는 걸 알았다.

"누구에 대한 얘기예요?"

클라라와 머나는 거실 저편에서 장 폴 르미유에 감탄하고 있었지만, 이제 클라라는 가마슈 맞은편 소파에 앉았다.

"톰 톰슨이요." 샤르트랑이 또 다른 시간, 또 다른 세계를 들여다보는 벽 위의 창문 같은 작은 그림을 향해 손짓했다. 하지만 샤를부아와 크게 다르지 않은 세계를.

"데졸레Désolé 미안합니다." 가마슈가 클라라에게서 눈을 떼지 않은 채 조용히 말했다. "생각이 없었군요."

"데졸레?" 샤르트랑이 물었다. 그는 갑작스러운 강렬한 감정에 당황해 두 사람을 번갈아 보았다. "그게 불편할 이유가 있습니까?"

"남편이 실종됐어요. 그게 우리가 여기 있는 이유고요." 클라라가 가마슈를 향했다. "갤러리에 갔을 때 그에게 피터에 대해 묻지 않았어요?"

"닫혀 있었습니다." 가마슈가 말했다. "당신이 그에게 전화했을 때 얘기했을 거라고 생각했습니다."

"내가 왜 그러겠어요? 난 당신이 이미 그에게 물었고, 그가 피터를 모르는 줄 알았어요."

"피터?" 샤르트랑이 두 사람을 번갈아 보며 물었다.

"내 남편이요. 피터 모로."

"당신 남편이 피터 모로입니까?" 샤르트랑이 말했다.

"그를 압니까?" 가마슈가 물었다.

"비앙 쉬르Bien sûr 확실히요." 샤르트랑이 말했다.

"그를요, 아니면 그의 작품을요?" 머나가 물었다.

"그요. 그 사람. 그는 갤러리에서 많은 시간을 보냈습니다."

클라라는 충격에 빠져 한동안 침묵했다. 그리고 이내 질문들이 머릿속에서 뒤섞였고, 정체를 이루었다. 아무 질문도 빠져나오지 못했다. 하지만 마침내 하나가 튀어나왔다.

"그게 언제였죠?"

샤르트랑은 생각했다. "사월인 것 같군요. 어쩌면 조금 뒤에요."

"그가 당신과 머물렀나요?" 클라라가 물었다.

"농. 그는 저 아래 작은 집을 빌렸습니다."

"그가 아직 거기 있어요?" 그녀는 나갈 참인 듯 일어섰다.

샤르트랑은 고개를 저었다. "아니요. 그는 떠났습니다. 그를 몇 달 동안 보지 못했습니다. 유감이군요."

"그가 어디로 갔죠?" 클라라가 물었다.

샤르트랑이 그녀를 마주했다. "모릅니다."

"마지막으로 그를 본 게 언제입니까?" 가마슈가 물었다.

샤르트랑은 그에 대해 생각했다. "지금은 팔월 초죠. 그는 여름 전에 떠났습니다. 늦봄인 것 같군요."

"그가 떠났다고 확신합니까?" 장 기가 물었다. "그가 자신이 떠난다고 얘기했습니까?"

샤르트랑은 질문자에게서 질문자에게로 비틀거리는 그로기 상태의 권투 선수처럼 보였다. "미안합니다. 기억나지 않네요."

"왜 기억하지 못하죠?" 클라라가 목소리를 올리며 물었다.

샤르트랑은 당황하고 혼란스러워 보였다. "중요해 보이지 않았습니다." 그는 설명하려 애썼다. "그는 가까운 친구나 뭐 그런 사람이 아니었습니다. 어느 날은 여기 왔고, 다음 날은 오지 않았죠."

그는 클라라에게서 가마슈를, 그리고 다시 클라라를 보았다.

"그래서 우리를 여기로 초대했습니까?" 장 기가 물었다. "피터가 그녀에 대해 말했기 때문에?"

그는 클라라를 손짓했다.

"나는 그가 그녀의 남편인 줄 몰랐다고 말했습니다. 내가 당신들을 여기로 초대한 이유는 늦은 시간이었고, 호텔이 꽉 찼고, 당신들은 머물 곳이 필요했기 때문이었습니다."

"그리고 우리를 알아봤기 때문에요." 가마슈가 샤르트랑이 위기를 모면하지 못하게 말했다. 그는 아주아주 좋은 사람일지도 몰랐다. 하지만 그는 완전히 정직한 사람이 아니기도 했다.

"맞습니다. 나는 당신을 압니다, 경감님. 우리 모두 알죠. 뉴스를 통해서요. 그리고 예술 잡지에서 그녀에 대해 쓴 기사들로 클라라를 압니다. 내가 라 뮤즈에서 당신들에게 접근한 이유는……."

"음?"

"흥미로운 대화를 나눌 수 있을지도 모르겠다고 생각했기 때문입니다. 그게 다예요."

가마슈는 다시금 외따로 놓인 의자를 응시했다. 이제 마르셀 샤르트랑을 감싸 집어삼키는 것처럼 보이는 의자를. 그리고 가마슈는 그게 그렇게 단순했는지 궁금했다.

이 남자는 함께이기를 원했을 뿐이었을까? 말을 하고 들을 수 있는 누군가를?

그것이 마르셀 샤르트랑이 마지막으로 갈구한 대화의 기술이었을까? 그가 이 말 없는 걸작들과 한 명의 좋은 친구를 맞바꿀까?

샤르트랑이 클라라에게 몸을 돌렸다.

"피터는 아내가 있다는 사실을 결코 언급하지 않았습니다. 그는 여기서 종교적인 삶을 살았죠. 수도승의 삶을." 샤르트랑이 안심시키듯 미소를 지었다. "그는 나를 방문했지만 나보다는 내 그림들과 함께하기 위해서였습니다. 그는 시내에 있는 식당 중 한 곳에서 식사했습니다. 라 뮤즈처럼 근사한 곳에서는 좀처럼 먹지 않았고요. 그는 거의 아무와도 대화하지 않았습니다. 그런 다음 자신의 오두막집으로 돌아갔죠."

"그림을 그리러요." 클라라가 말했다.

"아마도요."

"그가 무슨 작업을 하고 있는지 당신에게 보여 줬습니까?" 가마슈가 물었다.

샤르트랑이 고개를 저었다. "그리고 난 그걸 보여 달라고 부탁한 적 없습니다. 나와 접촉하려는 경우는 빈번하고, 내가 찾을 필요는 없습니다. 드문 경우를 제외하고요."

그가 클라라에게 몸을 돌렸다. "오늘 라 뮤즈에서 가뇽이 땅에서 피부를 벗기고 근육, 혈관을 그려 넣었다는 당신의 말은 정확했어요. 그는 추악하거나 소름 끼치는 것과는 거리가 먼, 장소의 경이로움을 그렸습니다. 그 장소의 심장과 정신을요. 극소수가 정말 보는 걸 그렸습니다. 그는 자신을 그토록 깊이 있게 하는 아주 강력한 뮤즈를 가졌을 겁니다."

"가뇽의 뮤즈가 누구였습니까?" 가마슈가 물었다.

"오, 난 사람을 뜻한 게 아니었습니다."

"그럼 무슨 뜻입니까?"

"자연이요. 나는 톰 톰슨처럼 클래런스 가뇽의 뮤즈는 자연 그 자체였다고 생각합니다. 그보다 더 강력할 순 없죠." 그는 다시 클라라를 향했다. "가뇽이 풍경에 한 걸 당신은 사람들에게 하죠. 그들의 얼굴, 그들의 피부, 그들의 겉치장은 외부 세계를 위한 겁니다. 하지만 당신은 그들의 내면 또한 그리죠. 그건 드문 재능이에요, 마담. 내가 당신을 당황스럽게 한 게 아니길 바랍니다."

그가 그런 게 분명했다.

"미안하군요." 그가 말했다. "당신의 작품을 언급하지 않겠다고 난 나 자신과 약속했습니다. 늘 그런 말을 들으셨을 테니. 용서하십시오. 게다가 당신은 더 시급한 걱정거리가 있군요. 내가 도울 수 있겠습니까?"

그는 클라라에게서 가마슈에게로 몸을 돌렸다.

"피터의 초기작들을 압니까?" 가마슈가 물었다.

"나는 그가 화가로 성공한 사람이라고 알았습니다. 특별히 어느 작품을 본 기억은 없습니다."

샤르트랑의 목소리가 바뀌었다. 여전히 우아했지만 이제 차이가 있었다. 그는 사업을 말하고 있었다.

"그의 작품에 대해 그와 얘기했나요?" 클라라가 물었다.

"아니요. 그는 한 번도 내 의견을 구하지 않았고, 나는 한 번도 자진해서 말하지 않았습니다."

하지만 그건 그의 말일 뿐이라고 가마슈는 생각했다. 그리고 경감은 이미 샤르트랑이 늘 완벽히 정직하지만은 않다는 사실을 알았다.

24

가마슈는 낯선 침대에서 열린 창문 밖의 낯선 소리에 일찍 깨어났다. 레이스 커튼이 숨을 들이쉬듯 살짝 부풀었다가 가라앉았다. 방 안으로 밀려든 공기에서는 근방의 거대한 물줄기에서 풍기는, 오해의 여지 없는 싸한 냄새와 함께 상쾌함이 풍겼다.

그는 침대 옆 테이블 위에 놓인 손목시계를 보았다.

아직 6시 전이었지만 해는 이미 떠 있었다.

하지만 보부아르는 아직이었다. 그는 베개에 얼굴을 뭉개고 입을 살짝 벌린 채 옆 침대에서 곯아떨어져 있었다. 그것은 가마슈가 여러 번 본 모습이었고, 아니가 매일 보는 모습이라는 것을 알았다.

그는 조용히 일어나 하루를 준비하며 창에서 레이스를 걷고 잠시 밖을 내다보며 그것이 사랑이리라고 판단 내렸다. 그들이 마침내 이불 밑에서 잠이 들었을 때는 자정이 훌쩍 지나서였다. 가마슈는 창밖으로 무엇을 보게 될지 몰랐고, 이 침실이 구ⓡ 샤를부아 마을의 금속 지붕들을 굽어본다는 것이 놀랍고 기뻤다. 그리고 저 아래 세인트로렌스강을.

일단 샤워를 하고 옷을 입은 그는 살금살금 계단을 내려와 바깥으로 나갔다.

하루의 파스텔 색조 때였다. 이른 햇살 속에서 모든 것이 연한 파랑과 분홍을 띠었다. 관광객들은 민박과 비앤비에서 잠들어 있었다. 소수의 주민만이 일어나 있었고, 가마슈는 마을을 독차지했다. 버려진 느낌과는 거리가 멀게 이곳에서는 출산을 앞둔 부모의 기대감이 느껴졌다. 활기찬 또 하루를 낳을 참인.

하지만 아직은 아니었다. 지금은 모든 게 평화로웠다. 무엇이든 가능했다.

그는 멀지 않은 곳에서 벤치를 발견하고 거기에 앉아 주머니에 손을 넣어 그 책을 꺼냈다. 자신의 변함없는 동행.

그는 읽기 시작했다. 몇 페이지를 읽은 뒤 그는 책을 덮고 커다란 손을 들어 제목이 살짝 가려지게 표지 위에 놓았다. 오래된 집들 사이의 강처럼. 흘끔 보이게. 거기 있지만 완전히 보이지는 않게.

『길르앗의 유향』.

그는 책을 덮고 은퇴한 이후 매일 아침 그랬듯이 그 책을 덮은 마지막 손을 생각했다.

······죄로 고통받는 영혼을 치유할.

8개월 전 스리 파인스 외곽의 그 숲에서 자신이 한 행위에 치유가 있었을까? 그것은 살인 행위가 아니었다. 생명의 탈취. 그것이 그에 관해 그가 느낀 방식이었다. 그리고 그가 도착했을 때 그럴 의도였다는 사실. 심지어 그러길 바랐다는.

멘스 레아mens rea 고의를 뜻하는 라틴어. 과실치사와 살인의 차이. 의도. 멘스 레아. 범행 의도. 죄로 고통받는 영혼.

그는 자신의 손 아래 책을 보았다.

이 책의 이전 주인은 자신이 한 일에 대해 어떻게 느꼈을까?

아르망 가마슈는 자신이 그 답을 안다고 확신했다.

그는 강, 바위투성이 물가, 컨테이너선과 수면 아래 미끄러지는 고래들을 등졌다. 거대하고 보이지 않는.

가마슈는 마르셀 샤르트랑의 집으로 발걸음을 돌렸다.

"누군가 나가는 소리를 들은 것 같았습니다." 가마슈가 다가올 때 포치에서 샤르트랑이 말했다. "잠자리는 어땠습니까?"

"완벽했습니다."

"낯선 잠자리에 익숙하시겠죠." 집주인이 가마슈에게 신선한 아침 공기 속에 김을 피워 올리는 커피 잔을 건네며 말했다.

"그렇습니다." 가마슈가 인정했다. "하지만 당신 집만큼 편안한 집은 거의 없었죠. 메르시." 그가 감사의 뜻으로 샤르트랑을 향해 머그잔을 들었다.

"엉 플레지르Un plaisir 별말씀을요. 갤러리를 보고 싶습니까?"

가마슈가 미소 지었다. "아주 많이요."

그는 디즈니랜드의 자유 이용권을 받은 아이 같은 기분을 느꼈다.

샤르트랑이 문을 열고 불을 켰다. 가마슈는 갤러리 한가운데로 걸어가 거기에 섰다. 그는 불안한 마음에 울 것 같은 느낌이 든다는 걸 깨달았다.

그를 에워싼 이곳에 그의 유산이 있었다. 그의 나라. 그의 역사. 하지만 그건 그 이상이었다. 이곳 벽에 그의 내면이 있었다. 밖으로 드러나.

밝게 칠해진 집들. 빨강과 겨자 빛깔 노랑. 굴뚝에서 솟아난 연기. 교회 첨탑. 소나무 가지에 눈이 쌓인 겨울 풍경. 말과 썰매. 밤에 창문에서 새어 나오는 부드러운 불빛.

등잔을 든 남자. 깊이 쌓인 눈 사이에 난 길을 걷는. 멀리 있는 집을 향해.

가마슈는 몸을 돌렸다. 그는 에워싸여 있었다. 담겨 있었다. 가라앉는 것이 아니라 떠서. 세례를 받으며.

그는 한숨을 쉬었다. 그리고 옆에 있는 마르셀 샤르트랑을 보았다. 그역시 울 것처럼 보였다. 이 남자는 매일 이런 기분일까?

이곳이 그의 마을 위 벤치일까? 그 역시 매일 예기치 않은 기쁨을 느낄까?

"피터 모로는 여기 자주 왔습니다." 샤르트랑이 말했다. "앉기 위해서요. 그리고 그림들을 바라봤습니다."

앉아서 바라보기.

신은 가마슈 역시 충분히 그렇게 했다는 것을 알았지만, 그 말의 조합과 그 어조가 어떤 기억을 불러일으켰다. 오래지 않은 기억. 그 기억이 거의 머리 꼭대기에 앉았다. 그리고 이내 가마슈는 그것을 기억해 냈다.

피터가 앉아서 바라보았다고 누군가가 묘사했었다. 어릴 때.

피터의 어머니 마담 피니. 그녀가 가마슈에게 어린 피터가 몇 시간이고 계속해서 바라보고만 있었다고 말했다. 벽들을. 그림들을. 그 그림들에 더 다가서려 애쓰면서. 그렇게 세상을 보았고, 자신이 느낀 대로 그린 천재들과 함께하려 애쓰면서.

모든 거침없는 붓질들, 선들이 서로 만나 견고한 집들이 땅이 되고, 나무가 되고, 사람이 되고, 하늘과 구름이 되었다. 그것이 견고한 집들에 닿았다.

그리고 밝고 기쁨을 주는 모든 색채로. 인위적인 빛깔이 아닌, 가마슈가 갤러리 창문을 통해 지금 실제로 보는 색들. 꾸밀 필요가 없는. 지어낼 필요가. 낭만적으로 묘사할 필요가.

클래런스 가뇽은 진실을 보았다. 그리고 그것을 포착했다기보다 자유롭게 풀어 놓았다.

어린 피터는 자유로워지기를 갈망했다. 그리고 그 음침한 집의 벽에 걸린 그림들은 그의 탈출구였다. 실제로 그것들 속으로 탈출할 수 없었기에 그는 차선책을 썼다.

그는 예술가가 되었다. 그런 집안임에도 불구하고. 하지만 그의 가족은 한 가지를 성취했다. 그들은 그에게서 색과 창의력을 빼앗아 그와 그의 예술을 매력적이지만 예측 가능하게 했다. 안전하게. 빛이 바래게.

가마슈는 갤러리 가농의 벽을 응시했다. 그 생생한 색채들을. 그 소용돌이들과 거침없는 붓질들을. 내적인 만큼이나 외적인 그 풍경들을.

피터는 이 같은 벽들을 응시했었다. 그런 다음 사라졌다.

그리고 잠시 아르망 가마슈는 피터가 그토록 절실하게 찾는 듯이 보였던 그 마법을 성취했는지, 그리고 실제로 그 그림 중 하나로 들어갔는지 궁금했다.

그는 몸을 좀 더 숙여 랜턴을 든 남자를 살폈다. 그게 피터였을까? 집을 향해 터벅터벅 걷는?

이내 그는 싱긋 웃었다. 물론 아니었다. 이곳은 〈환상 특급〉이 아닌 베생폴이었다.

"이게 피터가 베생폴에 온 이유입니까?" 가마슈가 갤러리에 줄지은 그림을 가리켰다.

샤르트랑이 고개를 저었다. "난 그게 특전이었지, 이유는 아니라고 생각합니다."

"이유는 뭐였습니까?"

"그는 누군가를 찾는 것 같았습니다."

"누군가를?"

"누군가나 뭔가나 둘 다요. 모르겠습니다." 샤르트랑이 말했다.

"왜 지난밤에 이 얘기를 해 주지 않았습니까?"

"사실 생각하지 못했습니다. 피터는 면식이 있는 사람 이상은 아니었습니다. 영감을 바라며 샤를부아에 온 또 한 명의 예술가일 뿐. 이 그림들에 영감을 준 게," 그는 벽에 걸린 가눙의 그림들을 가리켰다. "자신에게도 영감을 주기를 바라는."

"가눙의 뮤즈가 자신을 발견해 또다시 영감을 주기를." 가마슈가 말했다.

샤르트랑은 잠시 숙고했다. "그가 죽었다고 생각합니까?"

"사람이 그냥 사라지는 건 아주 어렵다고 생각합니다. 우리가 아는 것보다 더." 가마슈가 말했다. "시도해 보기 전까지는요."

"그럼 어떻게 하죠?"

"방법은 하나뿐입니다. 이 세상에서의 삶을 멈춰야 하죠."

"죽어야 한다는 뜻입니까?"

"음, 그럴 수도 있겠지만, 내 말은 사회에서 자신을 완전히 없앤다는 뜻입니다. 섬으로 가기. 숲속 깊숙이 들어가기. 그 땅을 떠나 살기."

샤르트랑은 불편해 보였다. "공동체에 합류하기?"

"음, 요즘 대부분의 공동체는 꽤 수준이 높습니다." 그가 집주인을 살폈다. "무슨 뜻입니까?"

"피터가 처음에 갤러리를 방문했을 때, 그는 노르망이라는 이름의 남자에 대해 물었습니다. 난 그가 누구를 말하는지 전혀 몰랐지만 주변에 물어보겠다고 했죠."

"노르망?" 가마슈가 되풀이했다. 그 이름은 친숙하게 들렸다. "뭘 알아내셨습니까?"

"쓸 만한 건 아무것도요."

"하지만 뭔가를 알아냈습니까?" 가마슈가 밀어붙였다.

"숲속에 예술가 집단을 설립한 사람이 있었지만 그의 이름은 노르망

Norman이 아니었습니다. 노 맨No Man이었죠."

"노만Noman?"

"노 맨No Man이요."

그들은 서로를 응시했다. 거의 같은 말을 반복하면서.

마침내 샤르트랑이 그걸 적었고, 가마슈는 고개를 끄덕였다. 그는 이해했지만 혼란은 늘었다.

노 맨?

장 기의 뒤를 이어 클라라와 머나가 잠시 뒤에 내려왔다.

"노 맨?" 머나가 물었다.

갤러리를 나선 그들은 아침을 먹으러 동네 카페를 향해 좁은 길을 걸어 내려가고 있었다.

"노 맨이요." 샤르트랑이 확인해 주었다.

"이상하기도 해라." 클라라가 말했다.

보부아르는 그녀가 놀란 이유를 알지 못했다. 그가 만난 대부분의 예술가는 이상한 정도가 아니었다. 그들에게 이상함은 전통이었다. 음식이 덕지덕지 붙은 손질 안 된 머리와 자궁 전사 연작의 클라라는 제정신인 편인 예술가 중 한 명이었다.

버튼다운셔츠와 차분한 성격의 피터 모로는 거의 분명 그들 모두 중가장 미친 사람이었다.

"피터는 노 맨을 찾는 게 아니었습니다. 그는 노르망이라는 이름의 남자를 찾고 있었습니다." 샤르트랑이 말했다.

"그리고 그가 찾았나요?" 클라라가 물었다.

"내가 알기론 아닙니다."

그들은 작은 레스토랑에 도착해 안쪽 테이블에 앉았다. 가마슈의 부탁으로 샤르트랑이 피터가 이따금 식사했던 동네 식당으로 그들을 데려왔다.

"위, 그 사람 알아요." 피터의 사진을 본 종업원이 말했다. "바짝 구운 토스트에 계란. 베이컨 없이. 블랙커피."

그녀는 이 간소한 아침 식사에 동조하는 듯 보였다.

"그가 다른 사람과 식사한 적 있나요?" 클라라가 물었다.

"아뇨, 항상 혼자였어요." 그녀가 말했다. "뭘 드릴까요?"

장 기는 탐험가 스페셜을 주문했다. 계란 두 개와 그들이 찾아서 튀길 수 있는 모든 고기.

샤르트랑은 스크램블드에그를 주문했다.

나머지는 블루베리 크레페와 베이컨을 먹었다.

종업원이 음식을 가지고 돌아왔을 때 가마슈는 그녀에게 노르망을 아는지 물었다.

"이름이요, 성이요?" 그녀가 커피를 더 따르며 물었다.

"우리도 모릅니다."

"농." 그녀는 그렇게 말하고 갔다.

"피터가 이 노르망을 어디서 알았는지 말했습니까?" 장 기가 물었다.

샤르트랑이 고개를 저었다. "묻지 않았습니다."

"피터의 삶에서 노르망이란 사람을 떠올릴 수 있습니까?" 가마슈가 클라라에게 물었다. "아마도 친구? 그가 동경했던 예술가?"

"생각해 봤지만," 그녀가 말했다. "그 이름이 뜻하는 게 없어요."

"노 맨은 어디서 활동합니까?" 장 기가 물었다.

"사실 그는 그러지 않습니다." 샤르트랑이 털어놓았다. "이 근처에 예술가 집단을 세운 어떤 사람일 뿐입니다. 그건 실패했고, 그는 떠났습니다. 자주 있는 일이죠. 예술가들은 돈을 벌 필요가 있고, 그들은 가르치거나 침거하는 게 먹고사는 데 도움이 될 거라 생각하죠. 거의 절대 그렇지 않지만요." 그가 클라라에게 미소를 지었다. "그 은신처는 피터가 여기 오기 오래전에 버려졌습니다. 게다가, 피터는 사람과 어울리는 부류는 아닌 것 같더군요."

"혼자 여행하는 자가 가장 빨리 여행한다." 가마슈가 말했다.

"나는 항상 그게 진실인지 궁금했어요." 머나가 말했다. "더 빨리 갈지는 몰라도 그렇게 재미있지는 않죠. 그리고 도착하면 뭘 발견하겠어요? 아무도 없죠."

아무도No Man. 가마슈가 생각했다.

"클라라? 조용하네." 머나가 말했다.

클라라는 보아하니 경치에 감탄한 듯 의자에 기대어 있었다. 하지만 그녀는 먼 곳을 바라보듯 게슴츠레한 눈을 하고 있었다.

"노르망." 그녀가 되풀이했다. "그런 사람이 있었어." 그녀는 머나를 보았다. "예술대학에 노르망이라는 이름의 교수가 있었어."

머나가 고개를 끄덕였다. "맞아. 매시 교수님이 그를 언급했지."

"그는 살롱 데 르퓨제를 연 사람이었어요." 클라라가 말했다.

"같은 사람 같습니까?" 가마슈가 물었다.

클라라의 눈썹이 한데 모였다. "어떤지 모르겠어요. 피터는 그의 수업을 들었고, 그걸 헛소리라고 생각했어요. 같은 사람일 리 없겠죠?"

"그럴지도 몰라." 머나가 말했다. "그가 매시 교수가 제정신이 아니었다고 한 사람이야?"

"맞아. 난 피터가 그를 찾으려 했다고 믿을 수 없어."

"엑스퀴제 무아." 이 이야기를 듣고 있던 가마슈가 이제 자리에서 일어나 조용한 구석으로 휴대전화를 가져갔다. 그는 통화하면서 몸을 돌려 창밖을 보았다. 서쪽을. 그는 몇 분 동안 이야기한 다음 테이블로 돌아왔다.

"누구한테 전화했어요?" 클라라가 물었다.

하지만 장 기는 경감이 그 질문에 대답하기도 전에 알았다. 그는 가마슈의 보디랭귀지로 알았다. 그의 자세, 그의 얼굴, 그리고 말할 때 응시한 곳.

서쪽. 골짜기 속의 마을.

보부아르는 아니와 통화할 때 자신이 몸을 튼 쪽이 그곳이었기에 알았다.

집을 향해.

"렌 마리요. 그녀에게 토론토로 가 달라고 부탁했습니다. 당신의 옛 교수와 얘기하고, 가능하면 기록을 봐 달라고요. 이 노르망 교수에 대해 할 수 있는 만큼 알아봐 달라고요."

"하지만 우리가 여기서 전화할 수도 있잖아요." 머나가 말했다. "그게 더 빠르고 더 쉬울 텐데요."

"네, 하지만 이건 민감한 사안이고, 우린 그 파일들에 권한이 없죠. 난 렌 마리가 전화 통화보다 더 많이 알아낼 거라고 생각합니다. 그녀는 정보를 얻는 데 아주 능숙하죠."

가마슈는 그 말을 하면서 미소를 지었다. 그의 아내는 퀘벡 국립도서 관에서 수십 년을 근무했다. 정보를 모으면서. 하지만 사실은, 그녀는 정보를 주기보다 지키기를 훨씬 더 잘했다.

하지만 어떤 기관에서 기밀 정보를 빼낼 수 있는 사람이 있다면 그녀 가 그 사람이었다.

그는 다시 서쪽을 힐끗 보았고, 거기서 보부아르의 시선을 만났다.

25

비행기가 속도를 올리더니 몬트리올 트뤼도 국제공항의 활주로에 덜 컥 떨어졌다.

렌 마리는 시 외곽의 거대한 국제공항보다는 토론토 시내에 있는 작 은 아일랜드 공항으로 날아가는 항공사를 예약했다. 그게 훨씬 더 편리 했다.

하지만 그건 프로펠러기를 의미했고, 기내의 모두가 편안해하는 것은 아니었다. 그녀 옆에 앉은 여자를 포함해서.

여자는 팔걸이를 움켜쥐었고, 찡그린 얼굴은 데스마스크 같았다.

"괜찮을 거예요." 렌 마리가 말했다. "약속해요."

"당신이 어떻게 알아, 무 대가리?" 여자가 받아쳤다. 그리고 렌 마리는 미소 지었다.

루스가 욕하는 것을 기억한다면 그녀는 무섭지 않은 것이었다.

비행기가 공중으로 붕 떠올랐다. 제트 비행기가 총알처럼 이륙한다면, 작은 터보프롭엔진 비행기는 갈매기처럼 이륙했다. 공중에 떠 있지만 기류에 좌우되었다. 비행기는 덜컥거리며 흔들렸고, 루스는 숨을 죽이고 기도하기 시작했다.

"오, 주여. 젠장, 젠장, 젠장. 오, 맙소사."

"우린 이제 떠 있어요." 렌 마리가 달래는 목소리로 말했다. "그러니까 안심해도 돼요, 할망구."

루스가 그녀에게 날카로운 눈을 돌렸다. 그리고 웃음을 터트렸다. 그들이 구름을 뚫고 나갈 때 루스의 움켜쥔 손이 풀렸다.

"사람은 나는 게 아니야." 루스가 으르렁거리는 엔진 소리를 뚫고 말했다.

"하지만 비행기는 그렇고, 공교롭게도 우린 그 안에 있죠. 자, 착륙하려면 한 시간 남았으니까 그 터키 감옥에 있었던 얘길 더 해 줘요. 당신은 수감자가 아니라 간수였겠죠."

루스가 다시 웃음을 터뜨렸고, 그녀의 얼굴에 핏기가 돌아왔다. 하늘을 날길 무서워하면서도 루스는 렌 마리를 따라왔다. 그녀의 동행이 되려고. 그리고 렌 마리 짐작에 피터를 찾는 데 도움이 되려고.

루스의 신경질적인 헛소리가 잠잠해질 때까지 렌 마리는 자신의 손을 루스의 손에 올렸고, 미친 비행 내내 거기에 두었다.

"샤르트랑에게 그 그림들을 보여 줬습니까?"

가마슈는 클라라가 이제 점치는 막대처럼 항상 가지고 다니는 둘둘 만 캔버스를 가리켰다.

"아니요. 그 생각을 해 봤지만 피터는 그걸 그에게 보일 수도 있었는 데 그러지 않기를 선택했어요. 그가 그러지 않았다면 내가 그러면 안 될 것 같아요." 그녀는 가마슈를 자세히 살폈다. "왜요? 내가 그래야 한다고 생각해요?"

가마슈는 그에 대해 생각했다. "모르겠습니다. 그게 어떻게 문제가 될지 솔직히 모르겠군요. 내 호기심일 뿐인 것 같습니다."

"뭐에 대해서요?"

"샤르트랑이 그 그림들을 어떻게 생각할지에 대해서요." 그가 인정했 다. "안 그렇습니까?"

"호기심은 적절한 말이 아니에요." 클라라가 싱긋 웃으며 말했다. "두 려움에 가깝죠."

"그 그림들이 그렇게 안 좋은 것 같습니까?"

"난 이것들이 이상한 것 같아요."

"그게 그렇게 나쁘다고요?" 그가 물었다.

그녀는 손안에서 캔버스를 튕기며 그의 질문에 대해 생각했다. "사람 들이 이걸 보고 피터가 미쳤다고 생각할까 봐 두려워요."

가마슈가 입을 열었다가 다시 닫았다.

"말씀해 보세요." 그녀가 말했다. "마음에 있는 걸 말씀해 보세요. 피 터가 미쳤다고요."

"아닙니다." 그가 말했다. "아뇨. 그런 말을 하려던 게 아닙니다."

"그럼 무슨 말을 하려고 했어요?"

방어적인 느낌이 아니라, 클라라는 자신이 정말로 알고 싶어 한다는 사실을 깨달았다.

"자궁 전사 연작." 그가 말했다.

클라라는 그를 응시했다. 그녀는 남은 생을 아르망이 무슨 말을 할지 추측하며 보낼 수도 있었지만 이 세 마디는 절대 아니었을 터였다.

"자궁 전사 연작이요?" 그녀가 반복했다. "그게 무슨 상관이죠?"

"당신은 몇 년 전에 일련의 조각을 했습니다." 그가 그녀에게 상기시켰다. "그건 모두 다른 사이즈의 자궁이었죠. 당신은 그것들을 깃털과 가죽과 화장비누와 나뭇가지와 나뭇잎과 레이스와 온갖 것들로 장식했습니다. 그리고 그걸 미술전에 내보냈습니다."

"그래요." 클라라가 웃음을 터뜨렸다. "정말 이상하지만 난 아직도 그걸 다 가지고 있어요. 피터의 어머니에게 크리스마스 선물로 하나 보낼까 생각했지만 겁을 먹고 그만뒀죠." 그녀는 웃음을 터뜨렸다. "난 그걸 조각할 순 있지만 실제로 가지고 있지는 않나 봐요. 내 말은, 전투적인 자궁이요."

"그 연작을 만든 건 그리 오래전이 아닙니다." 가마슈가 그녀에게 상기시켰다.

"맞아요."

"그걸 후회합니까?"

"전혀요. 정말 재밌었어요. 그리고 묘하게 강렬하고요. 모두가 그걸 장난이라고 생각했지만 그렇지 않았어요."

"뭐였습니까?" 가마슈가 물었다.

"길을 나서는 한 걸음이요."

그가 끄덕이고 일어섰다. 하지만 가기 전에 그는 몸을 숙여 속삭였다. "그리고 장담하는데 모두가 당신을 미쳤다고 생각했을 겁니다."

"그는 그냥 미친 게 아니었습니다." 매시 교수가 말했다. "그는 정신 이상자였습니다."

그는 두 여자를 번갈아 보았다. 그들은 그의 강의실 스튜디오에 앉아 있었다. 그는 루스에게 분명 그가 가장 아끼는 의자를 내주었다. 떨어진 도화지와 이젤 들, 오래전에 말라붙은 팔레트로 가득한, 탁 트인 공간이 훤히 보이는 자리. 빈 캔버스들이 구석에 쌓여 있었고, 액자에 넣지 않은 매시 자신의 그림들이 대충 붙인 것처럼 벽 여기저기에 걸려 있었다. 그 그림들은 아주 훌륭했고, 공간을 생기 있고 따뜻하게 하고 있었다.

"그리고 웃기는 종류의 광기도," 매시 교수가 경고했다. "기이한 것도 아니었습니다. 그건 위험한 종류였습니다."

"위험이요? 폭력 같은?" 렌 마리가 물었다.

그녀가 그의 시선을 끌고 붙들려고 할수록 나이 든 교수의 관심은 그녀에게 오래 머물지 않았다. 그의 눈은 자꾸 뒤쪽으로 이동했다.

루스에게로.

루스로 말하자면, 그녀는 실성한 듯 보였다. 하지만 마음에 들어 하는 것 같은데. 렌 마리는 생각했다.

그 늙은 시인은 매시 교수가 인사차 그녀의 손을 잡았을 때, 실제로 키득 웃었다.

매시 교수가 자리에 있는지 확실히 하기 위해 렌 마리가 미리 전화를 하긴 했지만 두 사람은 예고 없이 30분 전에 도착했었다.

그는 있었다.

그는 늘 있었던 것처럼 보였다. 그리고 이제 렌 마리는 다른 것들을 눈치채기 시작했다. 낡은 소파 옆 단정하게 갠 담요와 베개.

물감이 달라붙은 개수대 옆 카운터에 놓인 전자레인지. 가스레인지. 작은 냉장고.

그녀는 강의실을 둘러보았고, 그것이 강의실이라기보다 스튜디오처럼 느껴진다는 것을 깨달았다. 그리고 스튜디오라기보다 로프트 공간에 가까운. 거주 공간.

렌 마리의 시선이 나이 든 남자에게로 돌아왔다. 다림질한 코듀로이 바지, 빳빳한 면 셔츠, 가벼운 스웨터 조끼 차림의 완벽한 모습을 드러낸. 단정하고. 깔끔한.

어떻게 된 일이지? 그녀는 궁금했다. 그에게 한때 아내와 아이들이 있었을까? 별관에 집이 있을까?

아이들이 떠났을까? 아내가 죽었을까?

집에 가길 그만뒀을 뿐일까? 이곳이 집이 되었을 때까지? 친숙하고 위로되는 냄새들을 벗 삼아. 그리고 빈 캔버스들을. 학생들이 수시로 드나드는 곳에. 질문을 하러. 허튼 허세를 부리고 음료를 마시고 샌드위치를 먹으러.

그녀는 이젤에 놓인 캔버스를 보았다.

그녀는 그것이 얼마나 오래 거기에 놓여 있었는지 궁금했다. 빈 채로.

"폭력적이진 않았습니다." 그가 말했다. "어쨌든 육체적으로는요. 아직은. 우린 그럴 기회가 없었습니다. 세바스티앵 노르망은 세상을 바꾸려는 메시아 유형이었습니다. 드세고 완강한 관점을 견지하는 부류. 물론 그를 고용했을 때는 몰랐지요. 그는 미학 이론을 가르치기로 했습니다. 두 분은 꽤 무난한 강의라고 생각하셨을 겁니다." 매시가 미소를 지었다. "우린 그가 가르쳐야 하는 게 개인적인 이론이 아닌 미술 이론이었다는 걸 확실히 하지 않았던 것 같습니다. 우린 문제가 있다는 걸 꽤 일찍 깨닫기 시작했지요."

"어떻게요?" 렌 마리가 물었다.

"복도의 웅성거림으로. 나는 그의 학생들이 하는 말을 엿듣기 시작했어요. 대개 그를 조롱하고 비웃는. 내 본능은 항상 내 동료 교수를 방어하는 쪽이라, 나는 학생들에게 뭐가 그렇게 웃기냐고 물었지요. 그리고 학생들이 내게 말했습니다."

"계속하세요."

"뭐, 이젠 그게 참 우스꽝스럽게 들리지만요." 매시 교수는 당황스러워 보였고, 루스를 흘끗 보았다. 렌 마리는 그냥 기다렸고, 마침내 그는 자신의 거리낌을 극복한 듯이 보였다.

"듣자 하니 노르망 교수는 열 번째 뮤즈를 믿었더군요."

그는 자신이 방금 한 말의 멍청함을 사과하듯 얼굴을 찌그렸다.

이제 루스가 입을 열었다. "하지만 거기엔 아홉뿐이잖소."

"그래요, 정확합니다. 제우스의 아홉 딸. 그들은 지식과 예술의 화신이지요. 음악, 문학, 과학." 그가 말했다.

"하지만 미술은 없죠." 렌 마리가 말했다. "이제 기억나요. 아예 예술 자체의 뮤즈는 없었어요."

이제 매시 교수는 그녀에게 온 주의를 쏟았다. 그 주의력이란. 렌 마리는 그의 개성의 힘을 느꼈다. 격렬함이 아닌 압도적인. 에워싸는.

그녀는 그의 지성과 그의 차분함을 느꼈다. 그리고 난생처음 그녀는 자신이 예술가였길 바랐다. 이 교수와 함께 공부했더라면.

"이상하지 않습니까?" 그가 말했다. "아홉 뮤즈. 대단한 패거리죠. 하지만 그림이나 조각에 대해서는 단 하나도 없습니다. 신은 그리스인들이 자신들의 벽화와 조각 들을 좋아했다는 걸 압니다. 그럼에도 그들에게 뮤즈를 부여하지 않았지요."

"왜 안 그랬을까요?" 렌 마리가 물었다.

매시는 어깨를 으쓱하고 하얀 눈썹을 치켜올렸다. "아무도 모릅니다. 물론 가설은 있지요."

"우릴 노르망 교수에게 데려가는 게 그거군요." 렌 마리가 말했다. "그의 가설은 뭐였나요?"

"나는 그에 대해 그와 직접 얘기한 적 없습니다." 매시가 말했다. "내가 아는 건 그의 학생들이 한 말에서 꿰맞춘 겁니다. 이제 내가 그걸 두 분께 올바로 이해시킬지 확신조차 없군요. 너무 오래됐습니다. 내가 아는 건 그가 실제로 열 번째 뮤즈가 있다고 믿었다는 것뿐입니다. 그리고 위대한 예술가가 되려면 그녀를 찾아야 한다고."

"그는 이 열 번째 뮤즈가 실재하는 장소에서 산다고 믿었나요?" 렌 마리가 물었다. "문을 두드리면 그녀가 있을 거라고?"

"미안하지만 난 노르망 교수가 실제로 무엇을 믿었는지 모릅니다. 오래전이었으니까요. 알았어야 했는데. 내 잘못이지. 사실 내가 그를 고용하라고 부추겼거든요."

"왜죠?"

"음, 난 그의 작품을 몇 점 봤고, 그것들에서 가능성을 봤다고 생각했습니다. 그는 토론토에 처음 왔고, 돈이 많지도 연줄이 많지도 않았지요. 그게 완벽해 보이더군요. 그는 시간제로 가르치면서 돈도 좀 벌고 사람도 좀 만날 수 있었습니다."

그의 목소리가 희미해졌다. 모든 에너지, 모든 개성의 힘을 다 쓴 듯 보였고, 매우 고상한 남자의 기가 꺾였다. 노르망 교수에 대한 생각 자체가 그의 생명력을 약화하는 듯이 보였다.

"그건 실수였습니다." 교수가 말했다. 그는 잠시 그 당시를 돌이키며 침묵했다. "노르망은 자신의 정신 나간 믿음 때문에 해고된 게 아닙니다. 우리는 그때 매우 진보적인 학교였습니다. 그의 이론이 인정받지 못했고, 학생들이 그를 존경하지 않았더라도요. 그의 외모도 도움이 되지 않았지요."

"그가 정신 나가 보였나요?" 렌 마리가 물었고, 예기치 않게 매시 교수가 웃음을 터뜨렸다.

"우리 모두 미치광이처럼 보였습니다. 그는 은행가처럼 보였지요. 성공적인 은행가. 다른 모두는 어느 정도 지저분하거나 적어도 그러려고 했지요. 그게 당시의 유니폼이었습니다. 이제 우린 모두 성공적으로, 존경받을 만하게 보이려고 애쓴답니다."

그는 자신의 옷을 훑어본 다음 지저분한 루스를 건너보았다.

그리고 렌 마리는 매시 교수가 그렇게 존경할 만하지 않았다면 이젤 위의 캔버스가 그렇게 비었을지 궁금했다.

"이 열 번째 뮤즈 가설 때문이 아니라면 그가 왜 해고됐나요?"

"난 이사회에 있었고, 우린 그 문제를 고심했습니다. 노르망은 적어도 아직은 폭력적이지 않았습니다. 이런 일들엔 그게 문제 아닌가요? 어떤 일을 저지를지 모른다는 추측으로 누군가를 해고하긴 어렵죠."

"하지만 무엇 때문에 교수님은 그가 폭력적이 될 거라고 생각하셨죠?" 렌 마리가 물었다.

"우린 몰랐습니다. 그는 버럭했습니다, 말로. 분노로 떨었지요. 나는 그와 얘기해 보려 했지만 그는 아무 문제 없다고 부인했습니다. 그는 진정한 예술가는 열정적이고, 그게 다라고 했지요. 열정."

"그걸 믿지 않으셨나요?"

"그가 옳았을지도 모르지요. 아마 진정한 예술가는 열정적일 겁니다. 상당수는 미치광이고. 하지만 문제는 그가 진정한 예술가냐가 아니라, 그가 좋은 선생이냐였습니다."

"무엇이 그를 분노하게 했나요? 무엇이 그를 버럭하게 했죠?"

"그의 열 번째 뮤즈 이론에 동의하지 않는 사람은 누구든요. 그리고 그가 보통밖에 안 된다고 판단한 것은 뭐든. 그 둘은 그의 마음속에서 함께 갔습니다. 불행히도 해가 갈수록 그는 점점 더 균형을 잃어 갔지요. 우린 그가 언제 선을 넘고 누구를 데려갈지 알지 못했답니다. 우린 학생들을 보호해야 했지요. 하지만 우린 제때 행동하지 않았습니다."

"사고가 있었나요?" 렌 마리가 물었다.

그녀 옆의 루스는 전혀 도움이 되지 않았다. 렌 마리는 그녀가 듣고 있는지조차 확신할 수 없었다. 매시 교수를 보는 루스의 얼굴에는 얼빠진 미소가 떠올라 있었다.

"폭력은 아니었습니다." 교수가 말했다. "좌우간 물리적인 건 아니었어요. 누구에게도 말하지 않고, 대학의 승인도 구하지 않고 세바스티앵 노르망은 살롱 데 르퓨제를 열었습니다."

"클라라 모로가 그 얘길 했어요. 하지만 그게 뭐였나요?"

"그건 진짜 전시회와 나란히 진행된 전시였어요. 거부된 작품들을 전시했지요."

"그게 왜 그렇게 나빴죠?"

렌 마리는 즉시 그의 질책을 느낄 수 있었다. 그것이 그에게서 뿜어져 나왔다. 반감의, 실망의 물결이. 그녀에 대한. 그리고 그녀는 자신도 모르게 그 질문을 던진 것을 후회했다. 지성적으로 그녀는 그것이 어리석었다는 것을 알았다. 그것은 정당한 질문이었다. 하지만 직감적으로 그녀는 자신이 그 답을 알지 못해 이 남자를 실망시켰다고 느꼈다.

루스조차 이제 그녀를 버렸다. 루스는 자리를 떠나 벽에 걸린 그림들을 관찰하기 시작했다. 각 작품 앞에 멈춰 서서. 렌 마리가 알기로, 클라라나 피터의 작품에 기울였던 것보다 더 많은 관심을 기울이며.

"당신은 선생님입니까?" 매시 교수가 물었다.

렌 마리가 고개를 저었다. "사서예요."

"하지만 아이는 있고요?"

"둘이요. 둘 다 이제 성인이죠. 그리고 손주가 둘 있고요."

"그리고 그 아이들이 학교에 가서 과제를 잘못하면, 교실 앞에서 그걸 들고 있게 하는 선생을 좋아하시겠습니까? 학교 앞에서? 놀림감이 되도록?"

"아뇨, 당연히 아니죠."

"음, 그게 노르망 교수가 한 짓입니다. 당신 친구 클라라에게 그게 어떤 기분이었는지 물어봐요. 여전히 그걸 어떻게 느끼는지. 이들은 어린 사람입니다, 마담 가마슈. 그들은 재능이 있고, 대다수가 창의적이 되기 위해 자신들의 삶 대부분을 도외시해 온 탓에 취약합니다. 우린 다르다는 것에 가치를 두지 않는 사회에서 살지요. 이곳, 예술대학에 왔을 때 그들은 그들의 삶에서 처음으로 소속감을 느꼈을 겁니다. 안전함을. 소중하기만 한 게 아니라 귀한."

그는 그녀의 시선을 끌었고, 그의 목소리는 거의 최면을 걸듯 깊고 차분했다. 그리고 렌 마리는 그의 나이에도 이 남자의 끌어당기는 힘을 다시 느꼈다. 전성기에는 얼마나 강력했을지.

그리고 엿 먹으라는 태도와 피어싱과 부서진 마음으로 대학에 들어온 젊고, 길을 잃고, 상처받고 처진 남녀에게 그의 메시지가 얼마나 위안이 되었을지.

여기서 그들은 안전했다. 실험하고 탐구하는. 실패하고 다시 시도하는. 조롱당할 두려움 없이.

그녀는 해진 소파를 보며 젊은 세대들을, 소파에 느긋하게 기대 활발히 토론하는 흥분한 예술가들을 거의 볼 수 있었다.

노르망 교수가 그들을 통제하기 전까지. 그리고 더 이상 안전하지 않았다.

살롱 데 르퓨제.

렌 마리는 그것이 얼마나 나빴는지 알기 시작하는 중이었다.

"대학 파일에 노르망 교수의 주소가 있을까요?"

"그럴 겁니다. 그는 퀘벡 출신이지요. 난 압니다. 억양이 좀 이상했거든요."

"퀘벡 어딘지 아시나요?" 렌 마리가 물었고, 그는 고개를 저었다.

"피터가 당신을 방문했을 때 이런 질문을 했나요?"

"노르망 교수에 대해서?" 매시는 분명 놀랐고, 즐거워했다. "아니요. 우린 그에 대해 잠깐 얘기했지만 그 얘기를 꺼낸 건 나였을 겁니다."

"피터가 노르망 교수를 찾고 있을 가능성이 있을까요?" 렌 마리가 물었다.

"글쎄요." 매시가 말했다. "그는 떠날 때 그에 관해 아무 말도 하지 않았습니다. 왜요?"

"클라라와 제 남편과 다른 몇몇이 피터를 찾는 중이에요." 그녀가 말했다. "그리고 피터가 노르망이라는 이름의 누군가를 찾으려고 했던 것처럼 보여요."

"그게 같은 남자라면 충격적일 것 같군요." 매시가 말했다. 그리고 그는 충격받은 듯이 보였다. "그게 사실이 아니길 바랍니다."

"왜요?"

"세바스티앵 노르망이 삼십 년 전에 제정신이 아니었다면, 지금은 어떨지 생각하기도 싫군요." 매시는 숨을 들이쉬고 고개를 저었다. "클라라가 떠났을 때 나는 그녀에게 그냥 집에 가라고 충고했어요. 자기 인생을 살라고. 그리고 피터가 준비되면 돌아올 거라고."

"그가 그녀에게 돌아갈 계획이었다고 생각하세요?"

"그런 말은 하지 않았습니다." 매시가 인정했다. "하지만 그게 그가 그러지 않으리라는 뜻은 아니니까요."

"어쩌면 노르망을 찾는 것처럼요."

"어쩌면."

교수의 시선이 렌 마리를 떠나 루스를 발견했다. 그녀는 스튜디오 저 끝에서 또 다른 그림을 보고 있었다.

"노르망 교수의 사진을 가지고 계시진 않겠죠?"

"내 지갑에요?" 매시 교수가 미소를 지었다. "사실, 하나 찾아 드릴 수도 있을 것 같군요. 우리 연감에서요."

매시가 책꽂이를 살피는 동안 렌 마리는 루스에게 걸어갔다.

"이게 머나가 정말 훌륭하다고 말한 그 그림인가요?" 렌 마리가 물었다. 그녀는 그 그림을 보고 머나가 말한 의미를 깨달았다. 나머지 그림들은 좋았다. 이 그림은 탁월했다. 넋을 잃을 정도로.

그녀는 정신을 차리고 루스를 향했다. "갈 준비가 되셨나요, 아님 커튼 달게 창문 치수를 재시는 중인가요?"

"그게 그렇게 터무니없는 일인가?" 루스가 물었다.

렌 마리는 충격을 받고 침묵했다. 루스가 한 말에 충격받은 것이 아니라, 자신의 행동에. 교수에 대한 루스의 감정을 비하하고, 심지어 조롱하기까지.

"정말 미안해요." 렌 마리가 말했다. "내가 어리석었어요."

루스는 연감들을 꺼내고 살피고 다시 집어넣는 연로한 남자를 힐끗 보았다.

늙은 시인이 가슴을 펴며 말했다. "놀리 티메레Noli timere '두려워 말라'는 뜻의 라틴어."

렌 마리는 루스의 얼굴에 떠오른 표정이 자신의 눈을 위한 것이 아니듯, 그 말이 자신의 귀를 위한 게 아니라는 걸 감지했다.

"여기 있군."

매시 교수는 의기양양하게 연감을 들고 그들을 향해 걸음을 옮겼다.

"건물 개축 중에 잃어버렸을까 봐 걱정했지요. 아니면 벽에 밀봉됐거나요. 그들이 벽을 허물었을 때 뭘 발견했는지 알면 놀랄 겁니다."

"뭐요?" 렌 마리가 연감을 받아 든 동안 루스가 물었다.

"음, 석면이었지만 그건 찾을 거라 예상했지요. 그게 개축한 이유였으니까요. 놀란 건 다른 거였습니다."

연감은 먼지투성이였고, 렌 마리는 교수를 향했다. "석면이요?"

"그래요." 그는 그녀를 보았고, 이내 왜 그녀가 물었는지 이해했다. 그는 웃음을 터트렸다. "걱정 마요. 그건 이십 년간의 먼지일 뿐입니다. 석면은 없어요."

그는 그 책을 가져가 자신의 소매로 먼지를 훔친 다음 그것을 건넸다. 그는 그들을 소파로 데려갔다.

렌 마리가 서서 연감을 넘기는 동안 루스와 폴 매시는 자리에 앉았다.

"그들이 벽에서 뭘 찾았소?" 루스가 물었다. 그녀의 목소리는 렌 마리에게 거의 들리지 않았다.

"대부분 오래된 신문들이었지요. 건물이나 토대가 사람들이 생각한 것보다 훨씬 더 오래된 걸로 판명됐지요. 이탈리아인 일꾼들이 샌드위치 일부를 남겼고, 생물학자들은 자신들이 발견한 오래된 씨앗으로 토마토 모종을 키울 수 있었지요. 거의 멸종된 식물들을. 그들이 캔버스도 몇 개 발견했답니다."

"저거였소?" 루스가 스튜디오 뒤쪽의, 자신들이 보고 있던 그림을 가리켰다.

매시 교수가 웃음을 터트렸다. "저게 쓰레기 같습니까?"

그는 모욕당한 것처럼 보이지 않았고, 단지 즐거워 보였다. 기뻐하기까지.

"매시 교수님이 그리신 거예요." 렌 마리가 당황스러울 순간을 무마하기 위해 끼어들었지만 루스가 한 말에 불편한 사람은 렌 마리뿐인 것 같았다.

"그들이 발견한 그림은 정문 옆 진열장에서 볼 수 있어요." 매시가 말했다. "유감이지만 대단할 건 없답니다. 에밀리 카나 톰 톰슨을 단열용으로 쑤셔 넣지는 않지요."

그들이 이야기를 나눌 때 렌 마리는 젊은 남녀의 사진을 한 장 한 장 살폈다. 학생은 대부분 백인이었다. 대개 기름진 긴 머리. 타이트한 터틀넥에 더 타이트한 청바지. 그리고 심통 사납고 흥미 없는 표정.

학교에서는 너무 냉소적인. 관심을 갖기엔 너무 냉소적인.

렌 마리는 넘기길 멈췄고, 넘긴 페이지를 되돌렸다.

거기에 있는 것은 아인슈타인처럼 보이는 머리를 한, 오해의 여지 없는 클라라였다. 볼품없는 덧옷을 입고 얼굴에 행복한 환한 미소를 띤.

그리고 그녀 옆, 렌 마리가 방금 앉았던 것과 같은 소파에 각양각색의 학생들이 늘어져 있었다. 더 젊고 더 활기차기까지 한 매시 교수가 그들 뒤에 서서 한 젊은이와 이야기하고 있었다.

두 사람은 열띤 대화에 몰두해 있었다. 젊은이의 입에 담배가 걸려 있었고, 연기 한 줄기가 그의 얼굴을 가리고 있었다. 한쪽 눈만 빼고. 날카로운, 평가하는. 카메라를 의식하는.

피터였다.

렌 마리는 그 사진에 미소를 지었고, 이내 세바스티앵 노르망 찾기로 돌아갔다. 하지만 찾은 교수 페이지는 실망스러웠다.

"내가 잊었군." 매시가 그 페이지를 보고 말했다. "그건 편집자들이 우리의 실제 사진을 쓰지 않기로 한 해였습니다. 아마 살롱 데 르퓨제에 대한 대응으로, 대신 그들은 우리 작품 사진을 게재했답니다. 그들이 고의로 가장 당혹스러운 본보기를 고른 것 같군요."

그는 그 책을 가져가 몇 페이지를 넘기고 얼굴을 찡그렸다. "이게 내 겁니다. 내 최악의 작품이랄까요."

거기엔 밝은 물감의 기둥들이 있었고, 그 사이로 사선들이 있었다. 렌 마리에게는 꽤 역동적으로 보였다. 전혀 나쁘지 않았다.

하지만 예술가들은 아마 자기 작품의 최고의 심판은 아닐 것이었다.

"이걸 가져가도 될까요?" 그녀가 연감을 가리키며 물었다.

"그래요, 다시 가져오기만 한다면."

놀랍지도 않게 그는 루스에게 말했다. 그가 워낙 다정하게 그 말을 해서 렌 마리는 그녀 대신 답하고 싶은 유혹이 들었다.

"기다리겠습니다." 그가 늙은 시인에게 말했다. "나는 돌로 된 그 자리에 그대로 앉아 희망적인 생각을 하네."

렌 마리는 그 인용이 루스의 시 중 하나라는 것을 알아들었다. 그녀는 이 남자에게 그만두라고 경고하고 싶었다. 그가 루스의 말로 그녀에게 구애하고 있다고 생각할지 몰라도 자신이 무엇을 찌르고 있는지 모르고 있다고 그에게 말해 주고 싶었다.

루스는 매시 교수를 향하더니 강하고 분명한 목소리로 말했다.

"재미로 사람을 죽이는 신이 치유도 해 주기를."

루스는 그 대구를 완성했다.

집을 향해 떠나면서 렌 마리는 자신이 들은 것을 곰곰이 생각했다. 노르망 교수에 대해서. 그의 열정, 그의 어리석음. 열 번째 뮤즈. 사라진 뮤즈.

재미로 사람을 죽이는 신이 치유도 해 주기를.

열 번째 뮤즈가 그 신이었을까? 다른 뮤즈들처럼 그게 영감을 줬을까? 치유했을까?

하지만 이 뮤즈는 살인 또한 했을까, 재미로?

26

마르셀 샤르트랑은 둘둘 말린 캔버스를 나무 테이블에 올려놓았다.

그들은 엿보는 눈을 피해 갤러리 뒤쪽 그의 사무실에 있었다.

갤러리는 열려 있었고, 관광객과 예술가와 열광적인 팬 들이 온종일 몰려들었다. 사기 위해서가 아니라 경의를 표하기 위해서.

멀리서 온 이들과 퀘벡에서 온 이들을 분간하기는 쉬웠다. 다른 지방 혹은 다른 나라에서 온 관광객들은 클래런스 가뇽의 유화 앞에 서서 미소를 지으며 그 예술 작품의 진가를 확인했다.

퀘벡 출신들은 눈물을 흘릴 듯이 보였다. 예상치 못한 갈망이 드러났고, 발견되었다. 보다 단순한 시간과 단순한 삶에 대한. 인터넷과 기후 변화와 테러리즘 이전의. 이웃이 함께 일했고, 구분이 화제도 이슈도 현명한 것도 아니었던 때.

하지만 가뇽의 그림들은 전원의 삶의 이미지들을 이상화하지 않았다. 그림들은 역경을 드러냈다. 하지만 그것들은 그 그림들을 보는 사람들이 아파할 만큼 지극한 아름다움과 지극한 평온 또한 보여 주었다.

가마슈는 사무실과 갤러리 사이의 문에 서서 그림에 반응하는 손님들을 지켜봤다.

"아르망?"

클라라가 그를 불렀다. 그는 등 뒤로 문을 닫고 테이블에 있는 다른 이들과 합류했다.

점심 식사 중에 그들은 다음으로 할 일을 의논했었다. 그들은 오전에 피터가 빌렸던 오두막으로 차를 몰고 갔었다. 퀘베쿠아의 매력적인 작은 샬레통나무로 벽을 치고 돌로 지붕을 인 집와는 거리가 먼 그 집은 별 특징 없는 방 하나짜리 가축우리 같은 집으로, 빈민가의 집보다 나은 정도였다.

집주인은 피터를 기억했다.

"키가 크고. 백인이고. 현금을 냈고." 여자는 방의 질에 환상을 품지 않고 혐오를 드러내며 방을 둘러보며 말했다. "월센데. 관심 있어요?"

그녀가 가장 가능성 있어 보이는 클라라를 쳐다보았다.

"그에게 방문객이 있었나요?" 클라라가 물었다.

집주인은 그게 터무니없는 질문인 양 그녀를 보았고, 그 질문은 사실 그랬지만 물어야 하는 질문이었다. 그다음 질문이나 마찬가지로.

"그가 당신에게 노르망이라는 이름의 남자에 대해 물었나요?"

같은 반응.

"노르망이라는 이름의 남자를 아세요?"

"이봐요, 방을 원하는 거예요, 아니에요?"

아니.

집주인은 문을 잠갔다.

"그가 왜 여기 있는지 말하던가요?" 클라라는 그들이 문밖에 서 있을 때 한 번 더 시도했다.

"오, 그럼요, 우린 풍뒤와 백포도주를 두고 오랜 대화를 나눴지."

그녀가 불쾌감을 드러내며 클라라를 보았다. "난 그가 왜 여기 있었는지 몰라요. 관심없어요. 현금을 냈으니까."

"그가 떠날 때 어디로 간다고 말했나요?" 클라라는 명백히 패배한 얼굴로 인내심을 갖고 계속 물었다.

"나는 묻지 않았고, 그는 말하지 않았어요."

그리고 그게 다였다.

그리고 그들은 브라스리로 가 버거가 담긴 접시를 비웠다.

"다음엔 뭐죠?" 클라라가 물었다.

"렌 마리가 토론토의 당신 학교에 있을 겁니다." 가마슈가 손목시계를 보며 말했다. "아내가 알아낸 걸 알려 줄 겁니다."

"그때까지는요?" 머나가 물었다.

"할 수 있는 일이 한 가지 있는 것 같아요." 클라라가 가마슈에게 시선을 던지며 말했다. "피터의 그림을 마르셀에게 보여 줄 수 있죠."

클라라가 머나를 향했고, 말린 캔버스에 손을 올렸다.

"이것들이 자기한테 뭘 말하는 것 같아?"

머나는 그 방어 행위를 알아차렸다. "예술 비평가로서의 내 의견을 원하는 것 같진 않은데."

"자기가 날 천재라고 생각한 이래 이 분야에서 자기의 전문성은 의심의 여지가 없는 것 같아. 하지만 아니, 내가 원하는 건 다른 거야."

머나는 잠시 자신의 친구를 관찰했다. "이것들은 내게 피터가 심각한 문제에 빠졌다고 말해."

"그이가 미친 것 같아?" 클라라가 물었다.

"내 생각엔," 머나가 천천히 말했다. "피터가 분별력을 좀 잃었을 수도 있을 것 같아. 꼭 나쁜 건 아닐 거야."

머나는 이내 미소를 지었다. 아주 살짝.

"맞아." 클라라가 몸을 일으켜 말린 그림들을 집으며 말했다. "가요."

그녀가 헛된 돌격을 이끄는 크림전쟁의 장군처럼 성큼성큼 걸음을 옮겼다.

그녀는 사람들과 계산서를 뒤에 남기고 갤러리 가뇽을 향해 언덕을 올랐다.

"그녀에게 재능이 있다는 걸 인정해야겠군요." 장 기가 서둘러 남은 햄버거를 한입에 넣으며 말했다. 가마슈는 계산을 하며 그 '재능'이 보부아르의 칭찬 가운데 하나는 아니었다는 것을 알았다.

그리고 지금 그들은 마르셀 샤르트랑이 캔버스를 펼 때 테이블 앞에 서 있었다.

맨 위에 놓인 그림은 입술들이었다.

가마슈는 샤르트랑이 그 그림을 관찰할 때 그 큐레이터를 관찰했다. 하지만 가마슈는 관찰이 그릇된 말이라는 것을 깨달았다. 샤르트랑은 그 그림에 빠져 있었다. 그림에 대해 생각하려 하지 않고 그걸 경험하려고. 사실, 그 남자의 눈은 거의 감겨 있었다.

샤르트랑은 고개를 살짝 이쪽으로 기울였다. 그런 다음 다른 쪽으로.

이내 가벼운 미소가 지어졌다. 그의 훈련된 눈은 그 그려진 입술들을 보았다.

그 그림이 미소를 띠고 있기에. 그것은 들뜬 웃음의 관점이었다.

"이건 약간 엉망이군요." 샤르트랑이 말했다. "여기와 여기." 그는 캔버스에 손을 흔들었다. "피터가 뭘 할지 확신 없이 그저 틈을 메우고 있었던 것처럼 보입니다. 화합이 없어요. 하지만 솔직히 말해 어떤," 그가 말을 찾아 헤맸다. "활기가 있군요."

클라라가 손을 뻗어 피터의 그림을 천천히 돌렸다. 지구의 자전처럼. 원을 그리며. 천천히 원을 그리며. 낮이 밤이 될 때까지. 스마일이 찡그림이 될 때까지. 웃음이 슬픔이 되었다. 하늘이 물이 되었다.

"오."

그것이 샤르트랑이 한 말과 필요한 말의 전부였다. 그의 표정이 나머지를 말했다. 갑작스럽게 긴장한 몸이 말했다.

가마슈는 주머니에서 휴대전화의 진동을 느꼈다. 그는 양해를 구하고 뒷문으로 나갔다.

"봉주르? 렌 마리?"

"위. 우린 몬트리올로 가는 다음 비행기를 타려고 공항 라운지에 있어. 당신한테 얼른 전화해 주고 싶었어."

"어떻게 됐지?"

"잘 모르겠어."

그녀는 예술학교와 매시 교수 방문에 대해 들려주었다. 그리고 노르망 교수.

"그럼 그는 퀘벡 출신이었군." 아르망이 말했다. "하지만 어딘지는 모르고?"

"사무실에서 찾고 있어." 그녀가 말했다. "교무과장이 지금 약간 어쩔 줄 몰라 하고 있어. 휴가를 준비하던 중이었는데, 내가 그녀에게 노르망 교수의 서류를 찾게 했나 봐. 그 옛날 파일들은 컴퓨터에 있지 않아서 손으로 다 찾아봐야 할 거야."

"그리고 그녀가 그걸 기꺼이 한다고?"

"다행히도 사실 신장은 하나만 있어도 되잖아, 그렇지, 아르망?"

그는 얼굴을 찌푸렸다. "그게 당신이 제공한 유일한 장기라면."

렌 마리의 웃음이 전화선을 타고 흘러들었고, 그는 그녀가 있는 방향을 향하며 미소를 지었다. 그녀의 비행을 알리는 소리가 들렸다.

"아르망, 뮤즈에 대해 아는 거 있어?"

"뮤즈?" 그는 일반 탑승 안내 소리에 그녀의 말을 제대로 들었는지 확신할 수 없었다. 그리고 이내 더 선명한 또 다른 목소리가 들렸다.

"전화 좀 끊어, 빌어먹을."

"이거 루스야?"

"그녀와 같이 왔어. 내 생각엔 그녀가 매시 교수에게 반한 것 같아."

"루스가?"

"내 말이. 당신이 그녀를 봤어야 해. 내내 피식거리고 얼굴을 붉히고. 둘이 그녀의 시 한 구절을 같이 읊기까지 했다니까. 나는 돌로 된 그 자리에 앉아…… 그거."

"루스가?"

"서두르라고." 심술궂은 목소리가 들려왔다. "지금 타면 저 빌어먹을 게 이륙하기 전에 스카치 한잔 걸칠 수 있을지도 몰라."

루스.

"가야겠어." 렌 마리가 말했다. "집에 가면 더 얘기해 줄게. 매시 교수가 연감을 줬어. 비행 중에 살펴볼게."

"메르시." 그가 전화기에 대고 소리쳤다. "메르시."

하지만 그녀는 가 버렸다.

그는 사무실로 돌아와 다른 캔버스 중 하나에 몸을 숙인 네 사람을 발견했다.

"뭐가 있습니까?" 그가 물었다.

"아무것도요." 샤르트랑이 고개를 저으며 캔버스에 질린 듯이 몸을 폈다. "가엾은 피터."

클라라가 가마슈와 눈을 맞추었고, 그녀의 두려움은 현실이 되었다. 피터의 더러운 속옷이 책상 위에 펼쳐진 느낌이었다.

"파트롱?" 장 기가 여전히 경감의 손에 들린 휴대전화를 가리키며 물었다.

"렌 마리. 그녀와 루스가 몬트리올행 비행기를 막 타는 중이네."

"루스요?" 클라라가 물었다.

"그래요, 그녀가 렌 마리와 함께 갔답니다. 매시 교수가 그녀에게 반한 것 같군요."

"그 사람은 정말 멀쩡해 보였는데." 머나가 고개를 저으며 말했다. "그가 살아남았나요?"

"오, 그는 살아남았습니다." 가마슈가 말했다. "루스가 피식거리기까지 했답니다."

"'얼간이'가 아니라고요?" 장 기가 물었다. "'멍청이'가 아니라고? 사랑이 틀림없군요. 아니면 증오거나."

"렌 마리가 뭐라도 찾았나요?" 클라라가 물었다.

"노르망 교수가 불안정하다고 여겨졌다는 것만요. 그는 미술 이론을 가르쳤습니다. 퀘벡 출신이고요. 아내는 어딘지 알아내길 기다리고 있습니다."

"난 그에 관한 걸 잊었어요." 클라라가 말했다. "하지만 낯선 억양이 있었죠. 어딘지 알기는 어렵지만요."

"그들의 탑승이 안내될 참에 그녀가 뮤즈에 대해 아는 게 있는지 묻더군요." 가마슈가 말했다. "그게 이해됩니까?"

"그 브라스리요?" 머나가 물었다.

"아니요, 난 그녀가 진짜 그리스 여신을 말했다고 생각합니다."

클라라가 콧방귀를 뀌었다. "맙소사, 그것도 잊었네요. 노르망 교수는 뮤즈에 집착했어요. 피터가 그걸 비웃곤 했죠."

"하지만 뭐가 그렇게 웃기지?" 머나가 물었다. "예술가는 대부분 뮤즈가 있지 않아?"

"물론이지만 노르망은 그걸 일종의 광기로 바꿨어. 전제 조건으로."

"뮤즈는 예술가에게 영감을 주는 거 아닙니까?" 장 기가 말했다.

"위." 샤르트랑이 말했다. "마네의 빅토린Victorine 마네의 〈풀밭 위의 점심〉과 〈올랭피아〉의 모델과 휘슬러유럽에서 활동한 미국 화가의 조애나 히퍼넌Joanna Hiffernan 휘슬러의 애인이자 모델……." 그는 말을 끊었다. "정말 이상하군요."

"왜요?" 가마슈가 물었다.

"이 여성 둘 다 첫 번째 살롱 데 르퓨제에 걸리게 된 작품들에 영감을 주었죠."

"뮤즈치고 참." 장 기가 말했다.

"하지만 다른 사례가 많습니다." 샤르트랑이 말했다. "그리고 그 두 그림도 결국 천재의 작품으로 여겨지게 되었죠."

"뮤즈 때문에요?" 장 기가 물었다. "예술가의 재능과 관계가 있을지도 모른다고는 생각하지 않습니까?"

"압솔뤼망Absolument 당연하죠." 샤르트랑이 말했다. "하지만 위대한 예술가가 그나 그녀의 뮤즈와 만나면 마법적인 무언가가 일어납니다."

그 말이 다시 나왔군. 가마슈가 생각했다. 마법.

클라라는 귀를 기울였지만 샤르트랑이 설명할 수 없는 것을 설명하려 애쓸 때 보부아르를 보지 않을 수 없었다. 장 기는 너무 많은 면에서 너무 피터 같았다.

피터는 뮤즈를 믿지 않았다. 그는 테크닉과 연습을 믿었다. 그는 색 상환과 원근법을 믿었다. 그는 노력을 믿었다. 자신을 더 나은 예술가로 만들 어떤 신비하고 마법적인 존재가 아니라. 그것은 어리석었다.

클라라는 피터의 믿음에도 자신이 그의 뮤즈이기를 비밀리에 바랐다. 그의 영감이기를. 하지만 그녀는 결국 그 생각을 버려야 했다.

"당신의 뮤즈는 누굽니까?" 장 기가 물었다.

"내 뮤즈요?" 클라라가 물었다.

"그래요. 뮤즈가 그렇게 중요하다면 당신의 뮤즈는 누구죠?"

그녀는 피터라고 말하고 싶었다. 한참 전이라면 단지 충성심으로 피터라고 말했을 것이었다. 그것은 쉽고 명확한 답이었다.

하지만 진실한 답은 아니었다.

머나가 답을 해야 하는 상황에서 그녀를 구했다.

"루스죠."

클라라가 자신의 친구에게 미소를 짓고 고개를 끄덕였다.

정신 나간, 술 취한, 망상에 빠진 루스가 클라라에게 영감을 주었다.

그녀의 목구멍 속 덩어리 루스.

"성공한 예술가에게만 뮤즈가 있습니까?" 보부아르가 물었다.

"오, 아닙니다." 샤르트랑이 말했다. "많은 예술가가 하나나 여럿을 가지고 있습니다. 뮤즈가 그들에게 영감을 줄지 몰라도 그들을 위대한 예술가로 만들거나 성공을 보장하지는 않습니다."

"가끔은 그 마법이 작동합니까?" 장 기가 클라라를 보고 미소를 지었다. 그녀는 그가 자신이 하는 말보다 더 많이 알거나 더 많이 이해하는지 궁금했다.

"뮤즈가 사람이라면 말입니다." 보부아르가 생각을 소리 내어 말했다. "예술가들의 뮤즈가 죽으면 그들에게 어떤 일이 벌어질까요?"

클라라, 머나, 샤르트랑, 가마슈는 서로 쳐다보았다. 뮤즈가 죽으면 어떤 일이 벌어지지? 뮤즈는 예술가의 삶에 아주 강력한 사람이었다.

그걸 빼앗기면 뭐가 남을까?

보부아르는 자신의 질문이 그들을 당황하게 한 것을 알 수 있었다. 하지만 자신이 한 건 했다는 느낌과 별개로 그는 점점 자라나는 불안을 느꼈다.

그는 미술계에 대해 자신이 들은 것과 자신이 아는 것에 대해 생각했다. 그리고 예술가들에 대해. 대부분이 개인전을 위해서라면 영혼까지 팔 터였다. 그리고 인정을 얻기 위해 살인도 할 터였다.

보부아르의 경험상 예술가에게 이름이 알려지지 않는 것보다 더 나쁜 유일한 것은 그들이 아는 누군가가 유명해지는 것이었다.

그것은 이미 불안정한 예술가가 선을 넘도록 몰아가기에 충분할 수 있었다. 술을 마시고. 약을 하고. 죽이고.

자기 자신을. 혹은 다른 예술가를. 혹은, 어쩌면 뮤즈를.

27

렌 마리는 몬트리올에 있는 공항에서 루스를 기다리는 동안 아르망에게 보낼 이메일을 끝냈다. 그들이 탄 비행기는 20분 전에 착륙했고, 루스는 절뚝거리며 곧장 공공 화장실로 향했었다.

늙은 시인은 비행기가 추락해 화장실 안에서 죽은 채로 발견될까 봐 두려워 비행기 내 화장실 사용을 거부했었다.

"사람들이 어떻게 생각할지 정말 두려운 거예요?" 렌 마리가 물었다.

"당연히 아니지. 하지만 내가 어디에 출몰하겠어? 나는 내 사후 세계를 계획해 놨다고. 나는 스리 파인스에 있는 내 집에서 죽은 다음 마을에 출몰해. 내가 비행기 화장실에서 죽으면 내가 어디로 가겠어?"

"좋은 생각이네요." 렌 마리가 말했다.

그래서 루스는 영원이라는 위험을 무릅쓸 가치가 있는 트뤼도 공항의 화장실로 향했다. 렌 마리는 매시 교수 방문에 관한 자신의 상세한 이메일을 다시 읽었다. 스리 파인스로 돌아가면 아르망에게 전화할 테지만 그녀는 그가 몇몇 세부 사항을 글로 받아 보게 하고 싶었다.

그녀는 전송을 누를 뻔했지만 이내 메시지에 빠트린 것을 떠올렸다. 첨부 문서. 이미 사진 한 장을 첨부했지만 이제 또 하나를 추가했다.

렌 마리는 연감을 펼쳐 교수 페이지를 찾아 사진을 찍었다. 그리고 그녀는 벌레처럼 그 이미지를 찌부러뜨리며 재빨리 책을 덮었다.

필요 이상으로 그것을 보며 시간을 보낼 필요 없이. 그녀는 그걸 아르망에게 보낸 것에 거의 죄책감을 느꼈다. 그가 첨부 파일을 열기 전에 자신의 메일을 읽기를 바랐다. 순서가 바뀌면 충격일 것이었다.

그녀가 전송 버튼을 막 눌렀을 때 루스가 나타났다.

"그럼 열 번째 뮤즈를 얘기해 봐요." 그들이 천천히 공항을 가로질러 차로 걸어갈 때 렌 마리가 말했다.

"개소리야." 루스가 말했다. "열 번째 뮤즈는 존재하지 않아."

"다른 아홉은 존재하고요?"

루스가 투덜대며 웃음을 터트렸다. "투셰Touché 정곡을 찔렀군." 그녀는 말하기 전에 생각을 그러모았다. "아홉 뮤즈는 그리스인이 창조했어. 그들은 지식과 영감의 여신이야. 시, 역사, 과학, 극을 대변했어." 루스는 걸으면서 기억을 더듬었다. "춤이랑." 그녀는 좀 더 생각했다. "그리고 다른 것들. 그들은 제우스와 기억의 여신 므네모시네의 딸들이지."

"역설적이네요." 렌 마리가 말했다. "하지만 예술에는 아무도요? 왜 없죠?"

"내가 대체 어찌 알겠어? 적어도 시에는 한 뮤즈가 있는데, 난 그것만 신경 써."

"당신은 뮤즈가 있어요?"

"내가 미치광이처럼 보이나?"

"음, 당신은 오리가 있잖아요. 뮤즈도 있을 수 있어 보여요."

루스가 미소를 지었다. "공정하군. 하지만 아니, 나는 뮤즈가 없어."

"왜 없어요?"

"너무 강력하니까. 그게 떠난다고 생각하면? 그땐 내가 어디에 있을까? 아니, 나는 내 빈약한 재능에 기대는 편이 더 좋아."

루스가 길고 낮은 그르렁 소리를 내며 렌 마리의 말을 재촉할 때까지 두 사람은 말없이 몇 걸음 걸었다.

"하지만 루스, 당신의 재능은 전설적이에요. 엄청나죠." 렌 마리가 말했다. "유일하게 빈약한 건 당신 에고죠."

"진심인가?" 루스가 미소를 지으며 말했다.

"뮤즈 얘기로 돌아갈까요?" 렌 마리가 물었다. 그들은 차에 다다랐고, 루스가 자리를 잡은 뒤 렌 마리는 운전석에 앉으며 생각했다. "아홉 뮤즈라. 그래서 그 열 번째는 어디에 나오죠?" 렌 마리가 물었다.

"원래는 열 명의 자매가 있었다는 가설이 있어." 루스가 말했다. "하지만 어디선가 한 명이 떨어져 나갔지. 사라졌어."

"예술의 신이요?"

루스가 어깨를 으쓱했다.

렌 마리는 시동을 걸고 주차장을 떠나 스리 파인스로 향했다.

"뮤즈들은 온종일 일하지." 루스가 말했다. "그리고 밤이 되면 함께 모여 춤을 춘다네."

렌 마리는 길에서 눈을 떼지 않으려 했지만 루스에게 흘끗 시선을 던졌다.

"꼭 그들을 본 것처럼 말하네요."

늙은 여인이 웃음을 터트렸다. "드가를 인용한 거야. 하지만 가끔 달이 비추는 밤 마을 잔디 광장에······,"

렌 마리는 비뚤어진 얼굴에 비뚤어진 미소를 띤 루스를 다시 보았다.

"달이 비춘 거예요, 당신이 취한 거예요?" 렌 마리가 물었고, 루스는 웃음을 터트렸다.

하지만 몬트리올섬에서 이스턴 타운십스를 향해 차를 몰면서 렌 마리는 그들을 상상할 수 있었다. 마을 광장이 아닌 깊숙한 숲속. 잡목림 속에. 둥근 원을 그리고 춤을 추는 젊은 아홉 자매. 손을 맞잡은, 활기찬, 건강한, 환희에 찬.

"아름다운 이미지지, 안 그래?" 루스가 렌 마리의 상상을 공유하듯 물었다. "이제 그 옆에 떨어져 서 있는 누군가를 상상해 봐. 지켜보는."

렌 마리는 행복하고 원기 왕성한 젊은 여신들의 원을 보았다. 그리고 그 뒤에 또 다른 젊은 여자가 지켜보고 있었다. 기다리며. 초대받기를.

기다리며. 영원히.

"열 번째 뮤즈." 렌 마리가 말했다. "하지만 그녀가 존재했다면, 그녀가 자매 중 하나였다면 어째서 그녀는 버려졌죠?"

"배제됐을 뿐 아니라, 지워졌어." 루스가 말했다. "그녀의 존재 자체가 부정됐지."

"왜요?" 렌 마리가 물었다.

"대체 내가 어떻게 알겠어?" 그리고 늙은 여인은 스쳐 지나가는 숲으로 눈을 돌렸다.

아르망 가마슈는 매시 교수와의 만남에 대한 렌 마리의 메일을 읽었다. 그녀는 매시 교수가 연감을 한 권 줬다고 설명했다. 그녀는 매시의 스튜디오에서 찍은 클라라와 피터의 옛 사진을 첨부했다. 그녀는 노르망 교수의 사진도 찾기를 바랐지만 편집자들은 그해 교수들의 사진을 싣지 않기로 결정했다. 대신 그들은 교수들의 작품 중 하나를 복제했다.

가마슈는 한숨을 쉬었고, 실망했다. 오래된 것이라도 사진이 도움이 되었을 터였다.

그는 첨부 문서 하나를 클릭했다. 그리고 미소를 지었다. 클라라가 있었다. 못 알아볼 수 없는. 환하게 웃고 있는. 그녀의 기쁨은 소파 위 그녀를 둘러싼 이들의 세상에 대한 권태와 비교할 때 더욱 두드러졌다. 그리고 그 소파 뒤에 서 있는 사람은 가마슈가 담배라고 믿기로 선택한 연기 사이로 예리한 한쪽 눈만 보이는 아주 젊은 피터였다.

그리고 그는 두 번째 첨부 문서를 열었다.

그리고 숨을 들이켰다. 정확히 혁 소리는 내지 않고. 그렇게 극적이진 않게. 하지만 날카로운 숨.

한 얼굴이 나타났다. 초상화. 뒤틀린. 피카소처럼 추상적이진 않지만 감정으로 부푼 것처럼 팽창한. 그리고 이 남자가 느낀 것은 명백했다. 이 그림에는 미묘한 점이 전혀 없었다.

남자는 분노로 울부짖고 있었다. 신을 향해서가 아니라. 천국과 운명을 향해서가 아니라. 그가 주목한 것은 보다 가깝고, 보다 사적이었다. 그건 관찰자의 바로 어깨 너머에 있었다.

가마슈는 몸을 돌리고 싶은 충동을 느꼈다. 그 뒤에 정말로 누군가나 무언가가 있는지 확인하려고.

하지만 이 섬뜩한 초상은 경고를 외치는 것이 아니었고, 공포 영화의 여주인공이 아니었다. 이건 격노였다.

가마슈는 명치에 돌덩이를 느꼈다. 통증을. 그가 피터의 조잡한 작품을 처음 봤을 때 느낀 부적절한 메스꺼움이 아니었다. 이건 집중적이고, 형태가 있고, 오해의 여지가 없었다.

광기가 초상화에서 흘러나왔다. 걷잡을 수 없이, 고삐가 풀려. 사슬에 묶였던 무언가가 풀려났다.

그건 입 안에 있었다. 눈 속에 있었다. 모든 붓질 안에 있었다.

가마슈는 오른쪽 하단을 보았다.

노르망. 그건 자화상이었다. 노르망 교수가 그린.

그리고 그는 더 자세히 살폈다.

그의 전화기가 울렸다. 렌 마리였다.

"아르망, 내가 메시지에 적을 뭔가를 잊었어." 그녀가 입을 열었다. "사실 잊은 게 아니라 정확하지 않아서였어."

"막 당신에게 전화하려는 참이었어." 그가 말했다. "그거 보고 있어?"

"뭘 봐?"

그녀는 그들의 정원 애디론댁 의자 중 하나에 앉아 있었고, 앙리가 그녀 옆 잔디에 몸을 쭉 뻗고 엎드려 있었다. 그녀는 막 앙리를 먹이고 산책시킨 다음 진토닉을 따른 참이었다. 그 글라스가 널찍한 팔걸이 위 동그란 자국 중 하나에 놓여 있었다.

"당신이 보낸 초상화." 그가 말했다. "그 연감을 가지고 있어?"

"그래, 여기 테이블 위에 있어. 꽤 끔찍하지. 내 말은, 그림은 아마 훌륭하겠지만 그게 그 남자에 대해 말하는 게 뭘까? 그건 자화상 아냐?"

"위." 가마슈가 말했다. "다시 한번 찾아서 서명을 봐 주겠어?"

"그게 노르망 교수가 그리지 않았다는 뜻이야?" 그녀가 말했다.

"그냥 뭐가 보이는지 말해 줘."

그는 그녀가 전화기를 내려놓고 자신이 부탁한 대로 하는 희미한 소리를 들었다. 이내 그녀가 돌아왔다.

"노르망." 그녀가 읽었다.

"더 자세히 봐."

"미안해, 아르망. 여전히 노르망으로 읽혀. 잠깐만."

소리가 더 들렸고, 이내 고요가 따랐다. 그런 다음 발걸음 소리와 전화기가 들리는 달그락 소리가 났다.

"내 전화기 가져왔어. 잠깐, 사진첩에서 사진들을 띄우는 중이야. 확대할 수 있어."

그는 기다렸다.

"오." 그게 그가 들은 전부였다. 그리고 그가 들어야 할 전부였다.

"무슨 말을 하려고 했어?" 그가 물었다.

렌 마리는 막 본 것에서 눈을 떼고 마음을 다잡는 데 시간이 걸렸다.

그녀는 무릎에 전화기를 떨구어 그 미친 남자를 떨어뜨렸다.

"노르망 교수는 대학에서 미술 이론을 가르쳤어." 그녀가 말했다. "하지만 매시 교수의 말로 그는 원근법과 미학과 예술의 본질에 대한 전통적인 이론을 가르치지 않았어. 그는 자신만의 이론을 가르쳤지."

"그래." 가마슈가 말했다. "예술가의 삶에서 뮤즈의 위치에 대해."

"하지만 노르망 교수는 학생들에게 뮤즈를 구하라고 조언하지 않았어." 그녀가 말했다. "그는 그들에게 열 번째 뮤즈에 대해 가르치고 있었어."

아르망은 눈썹을 한데 모으고 기억을 떠올리려 했다.

"열 번째 뮤즈? 거기엔 아홉 자매뿐인 것 같았는데."

"열 번째 뮤즈가 존재했다는 이론이 있어." 렌 마리가 말했다. "그게 노르망 교수가 가르치고 있던 이론이야. 아르망, 원래의 뮤즈 중 아무도 미술이나 조각을 대표하지 않았어."

"하지만 그랬을 리가." 그가 말했다.

그녀는 그가 볼 수 없는데도 고개를 저었다. "없어. 시, 춤, 역사까지 있는데도. '뮤지엄'이라는 말은 '뮤즈'에서 나왔어. '뮤직'과 '어뮤즈amuse 즐겁게 하다'도 '뮤즈'라는 말에서 왔어. 하지만 미술 자체를 위한 뮤즈는 존재하지 않아."

"믿을 수 없는데." 그는 그렇게 말했지만 그녀를 믿었다.

"매시 교수는 안다 하더라도 자세한 건 기억나지 않는다고 인정했지만, 그는 노르망 교수의 이론이 사실은 예술에 대한 뮤즈가 있었다고 하는 건 알았어. 열 번째 뮤즈. 그리고 성공적인 예술가가 되기 위해 그녀를 찾아야 한다고."

"노르망이 이 열 번째 뮤즈가 실제로 존재한다고 믿었다고 말하는 거야? 어디엔가 살고 있다고?"

"그런 말을 하는 게 아니야. 매시 교수도 그렇게 말하지 않았어. 하지만 세바스티앵 노르망은 듣자 하니 자신의 학생들에게 그걸 가르치고 있었어. 하지만 다른 것도 있어. 루스가 한 말이야."

"준비됐어." 그가 그렇게 말했고, 그가 너무 극기하는 것처럼 들려서 렌 마리는 미소를 지었다.

"그녀는 뮤즈들이 온종일 일하고 밤새 모여서 춤을 춘다는 드가의 말을 인용했어."

"근사한 이미지군."

"루스는 그 숲속에서 지켜보며 서 있는 게 어떨지 궁금해했어. 영원히 배제된 채."

또 다른 이미지가 떠올랐다. 그림자 진 형체. 나무들 사이에. 무리에 속하기를 갈망하면서.

대신 그녀는 거부되었다.

그리고 점차 그 고통이 쓴맛으로, 쓴맛이 화로, 화가 분노가 되었다.

그 분노가 광기가 되기까지.

그리고 그 광기가 초상화가 되었다.

가마슈는 자신의 전화기에 뜬 이미지에 눈을 떨구었다. 이제 그 각도 때문에 그 얼굴이 가마슈의 가슴에 비명을 지르고 있는 것처럼 보였다. 그의 상의 주머니에.

작은 책이 있는 곳에. 위안에 대한 책. 길르앗의.

그것은 상처 입은 자를 온전하게 했다.

열 번째 뮤즈 그리고 그녀를 향한 추구가 노르망 교수를 미치게 몰고 갔을까? 아니면 그는 이미 미쳐 있었고, 그녀가 그의 구원이었을까? 그의 위안.

그녀가 그를 온전하게 할까?

가마슈는 그 뒤틀린 얼굴을 응시했다.

죄로 고통받는 영혼이 있다면 이것이 그것이었다.

28

"렌 마리였습니다." 가마슈가 샤르트랑의 사무실에 있는 모두에게 돌아와 말했다. 피터의 캔버스는 이제 말려서 책상 위에 정중하게 놓여 있었다.

"뭐예요?" 클라라가 그의 얼굴을 보며 물었다.

"아내가 이걸 보냈습니다." 가마슈가 그녀에게 전화기를 건넸다. "당신의 연감에 있는."

"내가 그걸 보고 싶을까요?" 클라라가 얼굴을 찌푸렸다. "내가 늘 오늘날의 우아한 여자는 아니었어요."

그녀는 다른 이들이 모여드는 동안 전화기를 터치했다.

"농담이 아니군요." 장 기가 말했다.

"이건 내가 아니에요, 멍청이." 클라라가 그렇게 말했고, 보부아르는 처음으로 루스가 클라라의 뮤즈라는 증거를 보았다.

미치광이가 그들을 응시했다. 분노로 흉악해진 얼굴로.

"가엾은 사람." 머나가 가장 먼저 반응했다. 그들 중에서 그녀만이 광기와 친숙했다. 면역성이 있는 것은 아니지만.

그녀의 '가엾은 사람'이란 말은 마르셀 샤르트랑이 피터의 그림들을 봤을 때 한 어떤 말을 가마슈에게 연상시켰다.

가엾은 피터. 그는 그렇게 말했었다.

피터의 입술 그림이 이 초상화의 공포를 성취하진 못했지만 거기에는 유사성이 있었다. 더 젊은 그를 보는 것 같은. 그리고 그것이 어디로 향했는지 보는.

"노르망 교수예요?" 머나가 물었고, 가마슈가 끄덕였다.

"자화상입니다." 그가 말했다. "서명을 봐요."

그들은 봤다.

"확대해 봐요." 그가 말했다.

그들은 그렇게 했다.

그리고 그들은 혼란스러워하며 그를 보았다.

"하지만 이건 노르망이라고 쓰여 있지 않아요." 클라라가 말했다.

그리고 그것은 그렇지 않았다. 확대해야만 서명이 선명해졌다.

노 맨.

"바람 좀 쐬어야겠어요." 클라라가 말했다. 그녀는 누군가 막 그녀의 머리에 베갯잇을 씌운 것처럼 보였다. 그녀는 혼란에 빠져서 전화기를 내려놨다가 다시 집어 든 다음 그것을 머나에게 주었다.

그녀는 문을 찾아 완전히 한 바퀴 돈 다음 문을 발견하고 나갔다.

나머지 사람들이 그녀를 따랐다.

그녀는 빠르게 걸었고, 그녀의 뒤에 꼬리처럼 늘어질 때까지 그들은 따라잡으려고 서둘러야 했다.

클라라는 걸음을 늦추지 않고 속도를 냈다. 관광객들이 결코 가려 하지 않는 골목길로, 뒷길로, 자갈길로, 옆길로 빠르게 내려갔다. 그녀는 마을이 뒤에 남겨질 때까지 그 부푼 얼굴에 쫓겨 빛바랜 퀘베쿠아의 집들을 지나쳤다.

끝에 다다를 때까지. 더 이상 거기에 아무것도 없을 때까지. 공기만. 그리고 그 너머 강.

그제야 그녀는 멈췄다.

장 기가 먼저 그녀에게 이르렀다. 그다음엔 가마슈와 샤르트랑과, 마침내 씩씩거리고 헉헉거리지만 단념하지 않은 머나가 도착했다.

클라라는 맑은 눈으로 가슴을 헐떡이며 앞을 응시했다.

"그게 무슨 뜻이지?" 그녀는 저 광대한 강이 알지도 모른다는 듯 말했다. 그런 다음 그녀는 몸을 돌려 그들을 보았다. "그게 무슨 뜻이죠?"

"그건 노르망 교수와 이 노 맨이 같은 사람이라는 걸 암시하죠." 가마슈가 말했다.

"암시요?" 클라라가 말했다. "다른 해석은요?"

"그다지."

"그리고 노르망과 노 맨이 같은 사람이면요?" 클라라가 따졌다. "그게 무슨 뜻이에요?"

"우리한테요?" 가마슈가 물었다. "그게 무슨 뜻인지 알잖습니까."

"그건 노르망 교수가 해고됐을 때 여기 왔다는 뜻이죠." 클라라가 말했다. "그는 아마 이 근처에 있었을 거예요. 그는 여기 왔지만, 세바스티앵 노르망으로는 아니었어요. 그는 노 맨이 되기로 결심했어요."

"하지만 왜 이름을 바꾸죠?" 보부아르가 물었다.

"수치심이겠죠." 머나가 말했다. "해고됐으니까요."

"혹은 수치심의 반대일지도 모릅니다." 가마슈가 말했다. "그는 딱히 숨지 않았습니다. 당신은 그가 예술가 집단을 시작했다고 했습니다."

샤르트랑은 끄덕였고, 불안해 보였다. "그랬지만 나는 그가 의도했다고 생각하지 않습니다."

"무슨 뜻입니까?"

"그는 여기서 멀지 않은 곳에 자신을 위한 장소를 만들었습니다. 숲속에요. 하지만 이내 사람들은 그와 합류하기 시작했습니다. 다른 예술가들이요. 초대받지 않은. 어쩌다 보니 그냥 그렇게 된 겁니다."

"피터는 그를 찾아 여기 왔어요." 클라라가 말했다. "그는 내가 이해할 수조차 없는 이유로 노르망 교수를 찾고 싶어 했죠. 하지만 대신 그이는 노 맨을 발견한 건가요?"

"농." 샤르트랑이 말했다. "세 탕포시블C'est impossible 그건 불가능합니다. 노 맨은 그때쯤엔 사라진 지 오래였습니다. 그의 집단은 수년 전에 붕괴했죠. 피터가 도착하기 한참 전에."

"왜 피터가 노르망 교수를 찾아 여기까지 왔을까요?" 클라라가 물었다. "그가 그에게서 무엇을 원했을까요?"

거기엔 답이 없었고, 그래서 그들은 침묵으로 남았다.

"그인 어디 있죠?" 클라라가 물었다. "피터는 어디 있냐고요?"

"노 맨은 어디 있죠?" 보부아르가 물었다.

가마슈는 샤르트랑에게서 눈을 떼지 않았다. "음?"

"뭐가 음입니까?"

"노 맨은 어디 있습니까?"

"모릅니다." 갤러리 주인이 말했다. "이미 말했잖습니까."

"당신은 그가 어디 있는지 몰라도, 적어도 어디 있었는지 압니다." 가마슈가 말했다. 그리고 샤르트랑은 고개를 끄덕였다. 그리고 가리켰다.

강을 떠나 숲속으로.

10분 뒤에 그들은 수풀이 우거진 오솔길을 따라 숲속을 걷고 있었다.

그리고 이내 어떤 장벽을 넘은 것처럼 숲이 끝났고, 그들은 햇빛 속으로 나왔다. 그들 앞에 풀과 덤불이 무성히 자란 공터가 있었다. 그들은 커다란 원형 들판 한가운데에 이를 때까지 고사리 사이를 헤치고 가야 했다.

들판은 혹과 응어리투성이에 마맛자국처럼 구멍이 나 있었다. 가마슈는 그것들이 나무 그루터기라고 추측했지만, 이내 그것들이 형태가 있다는 사실을 깨달았다. 네모들. 사각형들.

토대.

이제 야생화와 꺼끌꺼끌한 씨앗과 잡초 들이 뒤엉킨 곳은 한때 집이었다.

버려졌을 뿐 아니라 해체되었다. 분해되었다. 한때 누군가 여기 살았다는 증거로 드러난 골조만 남을 때까지.

가마슈는 뒤에서 소리를 들었다. 일종의 내뱉는 신음.

그는 아주 차분하게 서서 앞을 응시하고 있는 클라라를 보았다. 그는 그녀의 눈을 따라갔지만 특이한 것은 아무것도 보지 못했다.

"클라라?" 머나가 물었다. 그녀 역시 자신의 친구의 갑작스러운 고요, 집중을 눈치챘다.

이제 클라라가 움직였다. 빠르게. 그녀는 피터의 그림을 펼쳐서 두 점을 땅에 던지고 하나를 쥔 다음 이리저리 걷기 시작했다. 그림을 지도처럼 팔 길이로 펼쳐 들었다. 그녀는 절실히 수맥을 찾는 점쟁이처럼 들판을 탐색했다.

그녀는 바위와 돌과 토대 들을 더듬었다.

그리고 그녀는 멈춰 섰다.

"여기. 피터가 이걸 그렸을 때 여기 있었어요."

그들이 그녀에게 모여들었다. 그리고 시선을 교환했다. 거친 색채와 사나운 붓질과 이 전원 풍경 사이에는 연관성이 없었다. 절박한 아내는 거기에 없는 무엇을 보았다.

하지만 더 오래 볼수록 그림은 더 맞아떨어졌다.

공터가 그야말로 보이지 않았더라도, 색이 캔버스상의 색으로 보이지 않았더라도, 이내 그것은 서서히 그 자체를 드러냈다.

클라라가 펼친 것은 실제와 인식 사이의 낯선 결합, 일종의 연금술이었다. 그들이 본 것과 피터가 느낀 것 사이의.

"그는 여기 있었어." 머나가 동의했다. "그리고 다른 그림은?"

머나가 다른 그림을 가져왔고, 보부아르가 그녀 옆에서 그것을 들고 들판을 걸었다. 멈출 때까지.

"여기요."

그리고 그때 그들 모두 마르셀 샤르트랑을 보았다.

"당신은 알았군요, 아닙니까?" 가마슈가 말했다.

"처음에는 아닙니다." 그가 말했다. "내 사무실에서 그 그림들을 봤을 때는 아니었죠. 이곳과 그것들을 연관 짓기는 불가능합니다."

가마슈는 마지못해 동의해야 했다. 하지만 그는 계속 샤르트랑을 응시했다.

"피터가 여기 왔다는 걸 언제 알았습니까?"

"우리가 노르망 교수와 노 맨이 같은 사람이라는 걸 알아차린 후에요. 내가 이 노 맨이라는 친구를 몇 년간 생각하지 않았다는 걸 이해해 주셔야 합니다. 예술가 집단은 늘 이 주변에 불쑥 나타납니다. 몇 년 전 녹색 색조로만 그림을 그린 무리들이 있었습니다. 라틴어로만 말하던 다른 무리도요. 몇몇 집단은 한동안 살아남지만 대부분은 아니죠. 그게 그런 겁니다."

"하지만 당신은 우리에게 피터가 여기 왔다고 말하지 않았습니다." 보부아르가 말했다. 그와 머나가 그들과 합류해 있었다.

"우리가 여기 오기 전까지 여전히 확신이 없었습니다." 샤르트랑이 클라라를 보았다.

"그가 이곳을 어떻게 찾을지 어떻게 알았습니까?" 가마슈가 물었다. "이곳은 관광객용 식탁 깔개에 나와 있지 않습니다. 당신이 그에게 말했습니까? 당신이 그를 이곳으로 데려왔습니까?"

"아니라고 말씀드렸잖습니까. 하지만 그건 비밀이 아니었습니다. 모두가 그 집단을 알았습니다. 말씀드렸듯이 그건 많은 집단 중 하나였을 뿐입니다. 아마 이전 일원들이 여전히 이 지역에 살고 있을 겁니다. 아마 그중 한 명이 피터에게 그걸 얘기했겠죠."

"하지만 당신은 그게 어디 있었는지 알았습니다. 당신은 이곳에 와

봤습니다." 가마슈가 말했다.

"한 번요."

"당신은 일원이었습니까?" 그는 샤르트랑을 뚫어지게 보았다.

"내가요?" 갤러리 주인은 그 추측에 진심으로 놀란 듯 보였다. "아니요. 난 예술가가 아닙니다."

"이 장소가 정말 예술에 대한 곳이었나요?" 머나가 물었다. "아니면 열 번째 뮤즈에 대한 곳이었나요?"

"내가 아는 한 예술이요."

"예술 때문이 아니라면 당신은 왜 여기 왔습니까?" 가마슈가 물었다.

"노 맨이 내게 클래런스 가뇽에 대해 말해 달라고 부탁했습니다. 노맨은 그에게 흥미가 있었죠. 모든 일원이 그랬습니다."

"왜죠?" 가마슈가 물었다.

"당신은 이유를 알 텐데요." 샤르트랑이 말했다. "그의 그림을 보는 당신 모습을 보면 알 수 있습니다. 그 남자는 천재일 뿐 아니라 용감하고 대담했어요. 기꺼이 관습을 깨뜨렸습니다. 그는 전통적인 이미지들을 그렸지만 굉장히……," 샤르트랑은 말을 찾아 헤맸고, 침묵 속에서 그들은 파리와 벌 들의 붕붕거리는 소리를 들을 수 있었다. "세련. 그는 세련되게 그렸습니다."

그리고 가마슈는 그 말에 담긴 진실을 알았다.

"당신은 클래런스 가뇽이 열 번째 뮤즈를 발견했다고 생각합니까?"

그 질문은 비꼬는 기색 없이 장 기 보부아르에게서 나왔다.

마르셀 샤르트랑은 깊은숨을 들이쉬고 그에 대해 생각했다.

"예술에 대한 뮤즈가 있다면 클래런스 가뇽이 그녀를 찾았다고 생각합니다. 여기, 베생폴에서요. 퀘벡에는 아름다운 곳이 많지만, 이곳은 예술가들에게 자석 같죠. 노 맨은 클래런스 가뇽이 여기서 열 번째 뮤즈를 찾았다고 추측한 것 같습니다. 그래서 그가 여기 온 거죠. 그녀를 찾으려고."

그들은 텅 빈, 버려진 들판을 둘러보았다. 한때 집이었고, 이제는 무덤처럼 보이는 울퉁불퉁한 융기들을. 그리고 아르망 가마슈는 밤에 다시 오면 자신이 무엇을 보게 될지 궁금했다. 사람은 없을 터였다. 노맨. 하지만 춤추는 뮤즈들을 보게 될까?

그들 아홉을?

아니면 단 한 명. 데르비시_{이슬람교 수피파의 수도자들이 의식을 위해 추는 회전 춤}처럼 빙글빙글 도는, 혼자. 힘 있게. 추방되어. 노 맨이 그랬듯이.

광기에 몰려. 이곳으로 몰려.

29

그들이 베생폴로 돌아왔을 무렵에는 날이 저물고 있었다.

샤르트랑은 갤러리에 차를 세웠고, 보부아르는 가마슈를 흘끗 본 뒤 양해를 구하고 자갈길을 걸어 내려갔다.

"어디 가요?" 머나가 물었다.

"아이스티 사러요." 가마슈가 말했다.

"나도 한잔 마시고 싶은데요." 그녀가 말했다. 하지만 그녀가 돌아보았을 때 보부아르는 사라지고 없었다. 그녀가 가마슈를 향했다. "뭐 해요, 아르망?"

그는 미소를 지었다. "당신이 노 맨의 공동체 일원인데 그곳이 무너졌다면 어떻게 하겠습니까?"

"집에 가죠."

"여기가 집이었다면?"

"난……," 그녀는 생각했다. "일을 찾을 것 같아요."

"아니면 당신 사업을 시작할지도요." 가마슈가 말했다.

"그럴지도요. 예를 들면, 아트 갤러리?" 그녀는 그를 살피더니 목소리를 낮추었다. "샤르트랑을 믿지 않는군요, 그렇죠?"

"난 아무도 믿지 않습니다. 당신도요."

그녀가 웃음을 터트렸다. "그래서도 안 되죠. 난 방금 거짓말을 했거든요. 장 기가 어디로 급히 가는지 알고 싶었을 뿐이지, 아이스티엔 관심 없어요."

"짐작이 갑니까?" 가마슈가 물었다.

그것을 생각하던 머나의 얼굴에 미소가 번졌다. "당신은 고자질쟁이군요. 그는 브라스리에 갔어요. 라 뮤즈에."

아르망은 미소를 지었다. "시도해 볼 가치가 있죠."

"그녀가 거기 있을 것 같아요? 이 열 번째 뮤즈가?" 머나가 물었다.

"당신은요?"

장 기는 실내에 테이블을 잡았다. 테라스에 있는 테이블은 이미 모두 차 있었지만 그는 어쨌든 실내에 있기를 원했다. 종업원들을 볼 수 있는 곳에.

그는 메뉴판을 집어 들고 표지의 코팅된 이미지를 보았다. 단순한 선으로 그린 여자였다. 춤추고 있는.

"뭘 드릴까요?" 종업원이 물었다. 그녀의 영업용 목소리는 싹싹했지만 그녀의 눈은 그를 훑었다. 호리호리한 몸, 검은 머리와 눈을 눈에 담으며. 그의 편안함을.

보부아르는 이런 것에 익숙했고, 그 시선을 돌려주는 데 익숙했다. 하지만 이제 그는 그녀의 존재를 받아들인 반면 그것이 자신에게 아무 의미가 없다는 것을 알게 되었다. 자신이 무언가를 잃었다는 느낌과는 별도로, 그는 다시 한번 자신이 찾은 모든 것을 상기했다. 아니에게서.

"진저비어 실 트 플레s'il te plaît 부탁합니다. 무알코올로요."

그녀가 그에게 그 음료를 가져왔다.

"여기서 얼마나 오래 일했죠?" 그는 잔돈은 넣어 두라고 말하며 그녀에게 5달러를 건넸다.

"이 년이요."

"예술가이십니까?"

"아니요. 건축을 공부해요. 여름 동안 여기서 일하죠."

"사장이 근처에 있습니까?"

"왜요? 무슨 문제가 있나요?" 그녀는 걱정스러워 보였다.

"아니요, 그냥 그를 만나고 싶어서요." 보부아르가 메뉴판을 들었다. "디자인이 흥미로워서요."

"사장님이 직접 하셨어요. 그분이 예술가죠."

보부아르는 흥미를 드러내지 않으려 애썼다. "그가 여기 있습니까? 찬사를 보내고 싶어서요."

그녀는 그를 믿지 않거나 신경 쓰지 않는 듯이 보였다. "사장님은 부재중이세요."

"오. 언제 돌아올까요?"

"일주일, 어쩌면 이 주요."

"어떻게 하면 그를 찾을 수 있죠?"

그녀는 고개를 저었다. "매년 강가 어디에 그림을 그리러 가요."

"이곳이 붐비는 시즌에요?" 보부아르가 물었다. "겨울엔 할 수 없습니까?"

"당신이라면 그러겠어요?"

일리가 있었다.

그들은 베생폴의 자갈돌 깔린 길을 한가로이 걸었다. 클라라와 샤르트랑이 앞서고, 머나와 가마슈가 몇 걸음 뒤를 따랐다.

"저 둘이 꽤 친하군요." 가마슈가 앞의 둘을 향해 손짓하며 말했다.

"그러네요." 머나가 말했다. 그녀는 클라라의 말을 더 잘 들을 수 있게 고개를 숙인 샤르트랑을 지켜봤다. 클라라는 피터의 둘둘 만 그림들로 가리키고 있었다.

머나는 예술에 관한 이야기라고 생각했다. 그리고 그녀는 피터가 클라라의 말을 더 잘 듣기 위해 몸을 숙였던 모습을 본 지가 오래됐다는 것을 깨달았다. 그리고 클라라와 샤르트랑이 지금 대화하고 있는 친밀

한 방식으로 예술이든 뭐든 이야기하는 그들의 대화를 들은 지가.

"나는 그가 좋아요." 머나가 말했다.

그녀 옆에서 뒷짐을 진 가마슈는 걸을 때 몸이 살짝 흔들렸다.

"열 번째 뮤즈가 존재한다고 생각합니까?" 그가 물었다.

이제 머나가 침묵 속에서 걸을 차례였다. 생각에 잠겨서.

"나는 뮤즈들이 존재한다고 생각해요." 그녀가 말했다. "예술가나 작가나 음악가가 자신들에게 영감을 주는 누군가를 만나면 뭔가가 일어나는 것 같아요."

"그건 같은 게 아니고, 당신도 그걸 알죠." 가마슈가 말했다. "나는 예술가에게 영감을 주는 사람을 말하는 게 아닙니다. 나는 당신에게 열 번째 뮤즈에 대해 묻고 있습니다. 당신은 내 질문에 답하지 않았고요."

"그걸 알아차렸군요?" 그녀가 미소를 지었고, 그의 리드미컬한 동작을 따라 그녀 역시 걸을 때 몸을 살짝 흔들기 시작했다. "난 실제 뮤즈들에 대해 생각해 본 적 없어요." 그녀가 마침내 말했다. "하지만 이제 아홉을 믿을 수 있다면 열까지 늘릴 수 있다고 해야겠어요."

그녀 옆에서 가마슈가 나지막이 웃었다. "아홉을 믿을 수 있다고요? 혹은 열을?"

머나는 지금 말하는 샤르트랑을 올려다보는 클라라를 지켜보며 몇 걸음 걷는 동안 말이 없었다. 피터가 결코 한 적 없는 방식으로 몸짓하는 그를 지켜보며.

머나가 멈췄고, 가마슈가 그녀를 따라 멈췄다. 이 모습을 보지 못한 두 사람은 계속 걸음을 옮겼다.

"수억 명의 사람들이 어떤 신을 믿죠. 그들은 카르마를, 천사를, 정령과 유령을 믿어요. 환생과 천국을요. 그리고 영혼. 그들은 기도하고 촛불을 켜고 찬가를 부르고 행운의 부적을 가지고 다니고 사건들을 징조로 해석해요. 그리고 난 비주류를 말하는 게 아니에요. 이건 주류예요."

오래된 집들 사이로 그들은 강을 볼 수 있었다.

"뮤즈는 왜 아니겠어요?" 그녀가 물었다. "게다가 루스의 시를 달리 어떻게 설명하겠어요? 주정뱅이 늙은 여자가 초자연적인 도움 없이 그걸 쓴다고는 말씀 못 하시겠죠."

가마슈가 웃음을 터트렸다. "유령 작가요?"

"뮤즈가 존재하는지는 사실 중요하지 않아요." 머나가 말했다. "중요한 건 노 맨이 그걸 믿었다는 거예요. 그는 조롱과 직업까지 감수하며 그걸 강하게 믿었죠. 그건 힘이 있지만, 아르망, 다른 무언가예요. 그런 종류의 열정, 그런 확신은 아주 매력적이죠. 특히 방향을 잃은 사람들에게요."

"오고 있어요?" 클라라가 소리쳤다.

그녀와 샤르트랑이 멈춰서 그들을 기다리고 있었다.

머나와 가마슈는 그들과 합류했고, 숨겨진 안뜰로 이어진 아치형 통로에 이를 때까지 함께 걸었다. 그곳은 그들이 스물네 시간 전 처음으로 전열을 가다듬었던 곳이었다. 너무 많은 일이 일어난 지금 그것이 아주 오래전처럼 느껴졌다.

남은 이들이 라 뮤즈에서 장 기와 동참하길 갈망했었지만, 가마슈는 자신들 넷이 보고 있으면 보부아르가 최고의 결과를 내지 못할 거라고 그들을 설득했다.

그래서 그들은 이제 친숙한 안뜰에 있었다. 풍경에 감탄하는 관광객들로 꽉 차 있어야 할 테라스는 텅 비어 있었다.

이 장소는 자신들을 위해서만 존재하는 것 같았다. 그리고 백개먼을 하는 두 외로운 사람들을 위해서만. 여전히 거기 있는. 어쩌면 늘 거기 있는. 잊힌 문을 지키는 추레한 수호자.

보부아르는 다른 종업원들을 훑었고, 그의 눈이 바 옆의 문에서 막 모습을 드러낸 중년 남자에게 멎었다. 장 기는 음료를 들고 스툴 중 하나로 자리를 옮겼다. 스툴이 조금 불편하게 느껴졌다. 아니면 더 나쁜 것은, 너무 편안하게 느껴졌다는 것이었다. 너무 익숙하게.

그는 일어섰다.

"살뤼." 그가 지금 바 뒤에서 주문서를 보고 있는 연상의 남자에게 말했다.

남자는 고개를 들었고, 보부아르에게 직업적인 미소를 빠르게 던졌다. "살뤼."

그리고 자신이 하던 일로 돌아갔다.

"근사한 곳이군요." 보부아르가 말했다. "흥미로운 이름입니다. 라 뮤즈. 어디서 따온 겁니까?"

그는 남자의 주의를 끌었지만 남자는 보부아르를 시시하게나 취했거나 외로운 사람 혹은 단지 성가신 사람으로 여기는 게 분명했다.

하지만 직업적인 미소가 다시 스쳤다. "여기서 일하는 동안 그런 말들을 들었죠."

"얼마나 오래요?"

보부아르는 자신이 멍청하게 굴고 있다는 걸 알았다. 지금쯤 경찰 신분증을 비치면 얼마나 유용할까. 살인 수사과 경위의 질문과 술집에서 죽치는 사람의 질문의 차이란.

남자는 하던 일을 멈추고 양손을 바 위에 단호하게 올렸다.

"십 년, 아마 그 이상이죠."

"당신이 사장입니까?"

"아니요."

"사장과 얘기할 수 있을까요?"

"우린 채용 중이 아닌데요."

"직업은 이미 있습니다."

남자는 그의 말을 믿지 않는 것처럼 보였다.

보부아르는 간절하게 신분증을 꺼내고 싶었다. 혹은 총을.

"이봐요, 나도 이게 이상한 줄은 알지만 노 맨이라고 불렸던 화가를 아는 사람을 찾는 중입니다."

남자의 태도가 달라졌다. 그는 바에서 물러나 보부아르에게 또 다른 가늠하는 시선을 보냈다.

"왜요?"

"음, 난 몬트리올에 있는 갤러리에서 일하는데, 이 노 맨의 작품의 가치가 갑자기 치솟았습니다. 하지만 그에 대해 아는 사람이 없는 것 같습니다."

이제 그는 이 남자의 온 관심을 끌었다. 보부아르가 그 말을 한 것은 뜻밖의 행운이었다. 반응과 존중 둘 다를 보장하는 바로 그 말. 장 기가 몹시 원했던 두 가지.

"정말입니까?"

"놀란 것 같군요."

"음, 난 노 맨의 어떤 그림도 본 적은 없지만 뤼크의 말을 믿어 보자면......,"

"네?"

"뭐, 반 고흐가 약간 그런 게 아닌가 싶은데요."

"뭐가요?"

"미친놈이요."

"아." 이제 그가 알 만한 예술가가 언급되었다. "그리고 노 맨도 그렇고요?"

그 말에 그는 단호한 시선을 받았다. "스스로를 노 맨이라잖아요. 어떻게 생각해요?"

"일리가 있군요. 그 뤼크는 누굽니까?"

"그가 여기 사장입니다. 뤼크 바숑."

"그리고 그가 노 맨을 알았고요?"

"네, 뭐, 그는 몇 년간 거기 살았으니까요."

"그가 노 맨에 대해 뭐라고 하던가요?" 보부아르가 물었다.

"별로요."

"제발요, 거기서 몇 년간 살았으니 무슨 말이든 했을 거 아닙니까."

"몇 번 물어봤지만 사장은 결코 그 얘길 하고 싶어 하지 않았습니다."

"곤란해했던 것 같습니까?" 보부아르가 물었다.

"아마도요."

"자, 이봐요, 말해 봐요." 보부아르가 말했다. "꽤 이상했을 테죠."

"그는 마지막에 그곳에서 어느 정도 겁을 먹은 것 같더군요." 남자가 말했다. "뤼크는 정말 그에 관해 말하고 싶어 하지 않았습니다. 그가 노 맨의 그림들을 그의 갤러리나 다른 데로 발송했다는 건 압니다. 이봐요, 내 짐작입니다. 그리고 뤼크는 노 맨이 쓰는 화구들을 들여오곤 했죠."

"둘이 가까웠나 보군요."

"그렇게 가까울 수 없었죠. 뤼크는 노 맨이 어느 날 그냥 불쑥 떠났다고 했어요. 떴다고."

"어디로요?"

"모르죠."

"뤼크는 압니까? 그가 아직도 노 맨과 연락합니까?"

"물어본 적 없어요. 상관한 적도요."

"노 맨은 이 근처 출신이었습니까?"

"아닌 것 같은데요. 가족이나 그런 건 들어보지 못했어요."

"그렇다면 집에 갔을까요?"

"그렇겠죠."

장 기는 진저비어를 홀짝이며 그에 대해 생각했다.

"뤼크는 언제 이곳을 열었습니까?"

"그는 그 집단을 떠난 뒤 브라스리를 샀습니다."

"그가 왜 브라스리를 라 뮤즈라고 불렀습니까?"

"예술가의 뮤즈에 대해 들어 본 적 없어요?" 바텐더가 물었다. "다들 하나씩 가지고 있거나 가지고 싶어 하는 것처럼 보이잖아요. 나로 말하자면, 내가 원하는 건 평화와 고요뿐입니다."

그는 보부아르를 응시했지만 장 기는 그 암시를 무시했다.

"뤼크한테 뮤즈가 있습니까?"

"오직 그녀죠."

바텐더가 메뉴판을 톡톡 쳤다.

"그녀는 실재합니까?" 장 기가 물었다.

"그럼 좋지 않겠어요?" 바텐더가 말했다. "하지만 아닙니다." 그는 바 너머로 몸을 숙이고 비밀을 공유하듯 속삭였다. "뮤즈들은 실재하지 않는답니다."

"메르시." 보부아르가 그렇게 말했고, 다시 한번 손에 느껴질 총의 무게를 갈망했다.

"사장은 여전히 그림을 그립니까?"

"위. 일 년에 두어 주쯤 떠나죠. 지금 그가 있는 곳이 거깁니다." 남자가 사이를 두었다. "그럼 그가 이 노 맨이랑 같이 공부했으니, 그의 그림들이 가치가 좀 있지 않을까요?"

그가 자의로든 타의로든 그 그림들을 몇 점 가지고 있는 게 분명했다.

"아마도요. 하지만 아무 말도 마십시오. 내가 그와 직접 얘기하겠습니다. 사장에게 전화를 하거나 이메일을 쓸 수 있을까요?"

"아니요. 그는 방해받는 걸 좋아하지 않습니다. 그는 보통 팔월 말에 떠나지만 올해는 일찍 떠났죠. 날씨가 좋아서지 싶습니다. 당신 갤러리 이름이 뭡니까? 뤼크가 알고 싶어 할 텐데요."

"데졸레Désolé 미안합니다. 여기서 신분을 숨기려고 애쓰는 중이라서요."

"아." 남자가 말했다.

"노 맨의 예술 집단 일원이 아직 이 부근에 있습니까?"

"내가 알기론 없어요."

"당신이 아는 사람 중에 노 맨의 그림을 가지고 있는 사람은요?"

"없습니다. 그가 뤼크를 시켜서 그림들을 전부 남쪽에 있는 그의 갤러리로 보내게 했거든요." 남자는 말을 멈추고 아랫입술을 내밀었다. "당신이 신분을 숨기고 있다면 뤼크가 어떻게 당신과 접촉하죠?"

그 말은 꽤 멍청하게 들렸다. 그리고 남자 역시 미심쩍어 보였다. 보부아르는 그에게 자신의 휴대전화 번호를 주었다.

"미안하지만 또 물어야겠습니다." 보부아르가 말했다. "당신 보스가 뮤즈에 대해 말하는 걸 들은 적 있습니까? 자신의 뮤즈라든가, 아니면 혹시 그 집단에 영향을 미친 거라든가?" 그가 메뉴판을 들어 올렸다.

"농."

보부아르는 자리에서 일어났고, 바텐더에게 메뉴판을 흔들고 떠났다. 그 메뉴판을 가지고.

"찾고 있던 건 찾았소?" 백개먼을 하는 사람 중 한 명이 물었다.

클라라는 그들이 피터에 대해 어떻게 아는지 궁금해하며 순간 깜짝 놀랐다. 하지만 머나는 기억했다.

"그랬어요. 그리고 두 분이 맞았어요. 그 그림은 두 분이 말한 정확히 그곳에서 그려졌어요."

그제야 클라라는 자신과 머나가 이 두 사람에게 피터가 입술 그림을 그린 곳을 찾도록 도와 달라고 부탁했었다는 것을 기억해 냈다. 그리고 그들은 도움이 되었다.

"이상한 그림이야." 한 사람이 말했다.

"이상한 곳이지." 다른 사람이 말했다.

클라라, 머나, 샤르트랑, 가마슈는 테라스 가장자리에 자리를 잡고 음료를 주문했다. 그들이 기다리는 동안 가마슈는 양해를 구하고 두 남자에게 갔다.

"방금 이상한 곳이라고 하신 건 어떤 의미였습니까? 그 그림이 그려진 그 강을 말씀하신 겁니까?"

"아니, 그녀가 다른 손에 들고 있는 그림 말이오."

"그 그림이 그려진 곳도 아십니까?" 가마슈가 물었다.

"오, 그럼. 몇 년 전에 갔었지. 나무 몇 그루 베는 걸 도왔소."

"저 숲속이요." 가마슈는 숲이 있는 방향으로 모호하게 손을 저었다.

"위. 그곳을 알아봤지."

"하지만 아무 말씀 없으셨잖습니까?" 가마슈가 물었다.

"묻지 않았잖소. 그녀는 강 그림에 대해서만 물었소. 이상한 그림."

"난 마음에 들어." 다른 남자가 백개먼 놀이판을 살피며 말했다.

"그 숲속에 지어진 예술 집단에 대해 아시는 게 있습니까?" 가마슈가 물었다.

"전혀. 나는 나무들을 정리한 다음 떠났소. 여기 이 마을에서 그 남자를 몇 번 봤지. 꽤 커졌다고 들었소. 그의 예술가 은신처 말이오. 그러다 끝났지. 모두가 떠났소."

"이유를 아십니까?"

"다른 것들과 마찬가지겠지." 나이 든 남자가 말했다. "갈 데까지 간 거지."

가마슈는 그에 대해 생각했다. "그곳을 이상한 장소라고 하셨죠. 왜입니까?"

다른 노인이 주사위 판에서 고개를 들어 맑은 눈으로 가마슈를 살폈다. "당신 알아. 그 경찰이잖소. TV에서 당신을 봤지."

가마슈가 고개를 끄덕이고 미소를 지었다. "더 이상 아닙니다. 우린 그냥 여기서 친구를 찾고 있습니다. 이 그림들을 그린 친구요. 그의 이름은 피터 모로입니다."

그들은 고개를 저었다.

"키가 큰," 가마슈가 말했다. "중년에. 백인?" 하지만 두 남자는 그를 멍하니 볼 뿐이었다. "그는 그 예술 집단을 운영한 친구에게 관심이 있었습니다. 노르망. 아니면 노 맨이요."

"노 맨." 나이 든 남자가 되풀이했다. "이제 기억나는구먼. 이상한 이름이야."

"이상한 남자입니까?" 가마슈가 물었다.

백개먼을 하는 이가 그에 대해 생각했다. "남들 이상은 아니었소. 아마 덜했지. 남과 어울리지 않았고, 혼자 있고 싶어 하는 것 같았소."

그가 웃음을 터뜨렸다.

"뭐가 웃기십니까?"

"여기 수많은 예술가가 절실하게 학생을 구한다오. 광고하고 쇼를 열고 온갖 과정들을 제공하지. 하지만 이 남자는 그 빈터에 작은 오두막집을 짓고 아무 말 안 했는데, 학생들이 그에게 몰려들었어."

"이유를 아십니까?" 가마슈가 물었다. "그가 카리스마가 있었나요?"

그 말이 또 다른 웃음을 불러냈다. "전혀. 한 가지는 말할 수 있소. 그는 예술가처럼 보이지 않았소. 대부분은 상당히 추레하지. 그는, 음, 당신 같았다오."

나이 든 남자는 그를 살폈고, 가마슈는 그게 전혀 칭찬이 아니라고 확신했다.

"그를 설명할 수 있습니까? 그가 어떻게 생겼던가요?"

노인은 생각했다. "작은 남자였소. 강단 있고. 내 나이쯤. 내 말은, 당시 내 나이 말이오."

"여자도 있었습니까?"

"거기가 주지육림이었냐는 뜻이오?"

"자넨 주지육림을 위해 공터를 만들었지, 레옹? 자네 아내가 알아낼 때까지 기다려 보라고."

"거기에 그게 있었대도 난 초대받지 않았소."

"네." 가마슈는 그들이 자신을 놀리고 있다고 확신하며 말했다. "저는 단지 노 맨이 결혼을 했거나 동반자가 있어 보였는지 여쭙는 겁니다."

"내가 보기엔 아니었소."

"뮤즈가 없었습니까?" 가마슈는 그렇게 묻고 그들의 반응을 지켜보았다. 하지만 한 노인이 마침내 자신의 말을 움직인 것을 빼면 반응이 없었다.

다른 노인이 고개를 저으며 혀를 찼다.

"그곳이 이상하다고 하셨죠. 무슨 뜻이었습니까?" 가마슈가 다시 물었다.

"일단 그게 있던 곳 말이오. 당신이 그곳을 가질 수 있다면 거기가 살고 싶은 곳이겠소?"

그가 강을 손짓했다.

"대부분의 예술가가 은신처든 공동체든 당신이 그걸 뭐라고 부르든 거기에 저 풍경을 이용하지. 왜 아니겠소?"

가마슈는 그것을 생각했다. "왜죠?" 그가 물었다.

노인이 어깨를 으쓱했다. "사생활이겠지."

"비밀이거나." 다른 노인이 고개를 숙이고 놀이판을 살피며 말했다. 그는 자신의 친구를 보았다. "주지육림을 위해."

그들은 웃음을 터트렸고, 가마슈는 테이블로 돌아와 사생활과 비밀 사이의 선이 얼마나 가는지 생각했다.

그때 그들의 음료가 나왔다.

"무슨 얘기 하셨어요?" 머나가 백개먼을 하는 이들을 향해 고갯짓을 했다.

"그들은 노 맨을 알았습니다." 가마슈가 말했다. "그리고 피터의 그림에 나온 장소를 알아봤습니다."

"그들이 피터를 알았어요?" 클라라가 물었다.

"아니요." 그는 백개먼을 하는 사람들이 한 말을 그들에게 들려준 다음 주머니에서 수첩과 펜을 꺼내 테이블 위에 두었다. "우리가 있는 곳이 어딥니까?"

그는 자신의 펜을 찾았지만 클라라가 그것을 들고 자신의 종이 식탁 매트를 뒤집었다.

그때 가마슈는 누가 리더였는지 떠올렸다. 그리고 누가 아닌지.

30

"피터가 스코틀랜드에 대해 당신에게 얘기한 적 있나요?" 클라라가 샤르트랑에게 물었다.

"스코틀랜드요?"

"실은 덤프리스요." 머나가 말했다.

"우주적 사색의 정원." 가마슈가 말했다.

샤르트랑은 자신의 동행들이 미치광이로 변했다는 듯 순간 깜짝 놀란 것처럼 보였다.

"아니면 산토끼들hares이요." 클라라가 말했다.

"머리카락hair 머리카락?" 샤르트랑이 자신의 머리를 만졌다. "아니면 그 뮤지컬?"

"토끼rabbit요." 머나는 그렇게 말하며 그게 딱히 명확한 설명이 되지 않았다는 것을 알 수 있었다.

"무슨 말을 하는 겁니까?"

"이 중 아무것도 친숙하게 들리지 않습니까?" 가마슈가 물었다.

"아니요, 친숙하게 들리지 않습니다." 샤르트랑이 짜증을 내며 말했다. "분별 있게 들리지도 않습니다." 그가 클라라를 향했다. "스코틀랜드는 무슨 말입니까?"

"그는 지난겨울 거기 있었어요. 한 정원을 방문했죠."

클라라는 자신들이 피터와 우주적 사색의 정원에 대해 알게 된 것을 설명했고, 어느 순간 샤르트랑의 웃음소리를 듣게 되리라 예상했다.

하지만 그는 그러지 않았다. 그는 듣고 고개를 끄덕였다.

"토끼가 살아 있는 몸에서 돌로 변했다가 다시 돌아왔다라." 샤르트랑은 토끼가 그러는 게 완벽하게 합리적인 것인 양 말했다. "피터의 강은 슬픔에서 기쁨으로 변했다가 다시 돌아가죠. 그가 변신의 기적을 배웠군요. 그는 자신의 고통을 그림으로 바꿀 수 있습니다. 그리고 그림을 황홀경으로요."

"그게 위대한 예술가를 만드는 거죠." 클라라가 말했다.

"거기에 이르는 이는 많지 않습니다." 샤르트랑이 말했다. "하지만 피터의 용기가 건재하고 그가 탐구를 계속한다면, 난 그가 그 소수에 이를 거라고 생각합니다. 반 고흐, 피카소, 페르메이르, 가뇽. 클라라 모로. 완전히 새로운 형태를 창조하는. 생각과 감정을 구분하지 않으면서. 자연적인 것과 인공적인 것을. 물, 돌, 살아 있는 조직. 모두 하나. 피터는 위대한 이들의 반열에 들 겁니다."

"그가 그걸 아는 데 우주적 사색의 정원의 산토끼가 필요했군요." 머나가 말했다.

"피터가 용감한 남자로 성장하는 게 필요했죠." 가마슈가 말했다. "해명이 필요 없을 만큼 용감한."

"우리가 노 맨을 찾는다면 우린 피터를 찾을 거예요." 머나가 말했다.

"그리고 아마도 열 번째 뮤즈를." 클라라가 말했다. "난 그녀를 만나고 싶어요."

"당신은 이미 만났습니다." 샤르트랑이 말했다. "당신은 그녀가 누군지 모를지 모르지만 그녀는 당신 인생의 누군갑니다."

"루스?" 클라라가 머나에게 입 모양으로 말했고, 짐짓 두려운 척 눈을 크게 떴다.

"로사?" 머나가 입 모양으로 대답했다.

클라라는 그 생각에 싱긋 웃고 난간 너머 숲과 바위와 강을 바라보았다. 그녀는 열 번째 뮤즈가 장소일 수 있을지 궁금했다. 샤를부아가 가농에게 그랬듯이. 집.

"나는 그리스인들이 열 번째 뮤즈를 지웠을 이유를 모르겠어요." 머나가 말했다. "당신은 그리스인들이 예술을 숭배했기 때문에 그녀가 다른 아홉 뮤즈보다 더 중요했을 거라고 생각하셨죠."

"아마도 그게 이유겠죠." 가마슈가 말했다.

테라스 저편 백개먼을 하는 이들이 주사위 굴리기를 멈추고 그를 보았다.

"힘." 그가 말했다. "어쩌면 열 번째 뮤즈는 너무 강력했는지도 모릅니다. 어쩌면 그녀가 위협이 되었기 때문에 추방됐는지도요. 그리고 자유보다 더 위협적일 수 있는 게 뭘까요? 영감 아닐까요? 그건 잠길 수 없고, 심지어 보내질 수도 없습니다. 억눌러지지도 통제되지도 않습니다. 그리고 열 번째 뮤즈가 제공한 것이 그것이었죠."

한 사람 한 사람 둘러보던 그의 눈길이 클라라에게 머물렀다.

"노르망 교수 혹은 노 맨이 제공한 것도 그것 아닐까요? 영감? 자유? 더 이상 엄격한 규칙이 없는, 판에 박힌 방식이 없는, 순응이 없는. 그는 젊은 예술가들이 틀을 깨도록 도움을 제공하고 있었습니다. 그들이 스스로 길을 찾도록. 그리고 그들의 작품이 기득권층에 거부되었을 때 그는 그 작품들을 존중했죠." 가마슈는 클라라의 시선을 붙들었다. "그들만의 살롱에서. 그리고 그의 노력에도 불구하고 그는 경멸당하고, 조롱당하고, 무시당했습니다."

"추방됐죠." 클라라가 말했다.

"그는 이곳 공터에 작은 집을 지었습니다." 가마슈가 말했다. "하지만 그는 오래 혼자 있지 않았지요. 예술가들이 그에게 끌렸습니다. 하지만 실패한 자들, 절박한 자들뿐이었습니다. 다른 건 전부 시도해 본 이들. 그리고 달리 돌아갈 곳이 없는 이들."

"살롱 데 르퓨제." 클라라가 말했다. "그는 예술가 공동체가 아닌, 데 르퓨제des refusés 낙선자들를 위한 집을 지은 거예요. 관습적인 예술 세계에서 탈락한 이들, 적응하지 못한 이들, 도망친 이들을 위한."

"그는 그들의 마지막 희망이었어요." 머나가 말했다. 그리고 잠시 사이를 두었다가 덧붙였다. "그가 미쳤다니 유감이네요."

"난 수없이 그렇게 불렀어." 클라라가 말했다. "맙소사, 루스조차 내가 미치광이라고 생각해. 미친 게 뭐지?"

아르망 가마슈는 자신의 전화기를 터치했고, 그곳 테이블 위에서 미치광이의 자화상 사진이 빛을 냈다.

노 맨.

"이거죠." 그가 말했다.

장 기 보부아르가 의자에 앉음과 동시에 테이블에 메뉴판이 놓였다.

"라 뮤즈." 그가 말했다. "사장 이름은 뤼크 바송이고, 그는 노 맨의 공동체 일원이었습니다. 그가 이걸 그렸죠." 보부아르가 메뉴판을 두드렸다.

"그가 노 맨과 그 집단에 대해 뭐라고 하던가?" 가마슈가 메뉴판을 집어 들고 그 그림을 보며 물었다.

"아무것도요. 그는 그 식당에 없었어요. 매년 그림을 그리러 떠난답니다."

"이 시기에요?" 머나가 물었다. "브라스리를 운영하면서 한창 관광 시즌에 떠난다고요?"

"자긴 그러는 경영주를 상상할 수 있어?" 클라라는 머나가 웃을 때까지 그녀를 응시했다.

"투셰Touché 정곡을 찔렀네, 앙큼한 것." 머나가 말하며 잠시 루스와 로사의 손 아래서 자신의 서점이 어떻게 굴러가고 있는지 생각했다.

"이 바숑은 언제 돌아오죠?" 클라라가 물었다.

"이 주쯤 뒤에요." 보부아르가 말했다. "그리고 연락할 방법이 없습니다. 나와 얘기한 친구 말이 바숑은 그 집단에서 보낸 시절에 대해 말하는 걸 좋아하지 않는다는군요. 그는 노 맨이 자기 그림을 그에게 남쪽의 한 갤러리로 보내게 할 만큼 그를 신뢰했기 때문에 둘이 꽤 가까웠을 거라고 인정했습니다."

"플로리다 같은 남쪽이요?" 머나가 물었다.

"아니요, 몬트리올 같은 남쪽이요. 노 맨은 거기에 갤러리를 가지고 있거나 대리인이 있는 걸로 보입니다. 그는 그림을 보내고 캔버스와 미술 용품들을 받았더군요. 그 친구는 갤러리 이름을 몰랐지만 바숑은 알 겁니다."

가마슈는 독서용 안경을 꺼내어 그림의 서명을 살피고 있었다.

"제가 봤습니다." 보부아르가 말했다. "그건 바숑이라고 서명돼 있습니다. 노 맨이 아니라요."

가마슈가 고개를 끄덕이고 메뉴판을 클라라에게 주었다. "근사한 그림이군요."

"예뻐요." 클라라가 중립적인 목소리로 말했다.

그것이 그 뮤즈가 아니라는 것은 그들 모두 느꼈다. 그것은 바송이 상상하는 뮤즈였다. 그가 개인적으로 만난 적 없는 게 분명한 누군가. 아직은.

하지만 그것은 고전적 아홉 자매가 아닌 단독 인물이었다. 라 뮤즈. 레 뮤즈Les Muses 복수를 뜻하는 말가 아니라.

"노 맨이 갑자기 떠났을 때 그 공동체는 결딴이 났습니다. 그는 아무에게도 말하지 않았죠. 그저 떠났습니다."

가마슈는 자리에서 뒤척였지만 아무 말도 하지 않았다. 그는 메뉴판의 춤추는 인물을 흘끗 내려다봤지만 마음으로 그 공터를 보고 있었다. 고사리, 야생화, 한때 집이었던 융기들.

그것은 봉분과 너무도 닮아 보였다.

그는 손목시계를 보았다. 저녁 6시가 지나 있었다.

"미안하지만 우린 또 하룻밤 당신의 신세를 져야 할 것 같군요." 그가 샤르트랑에게 말했고, 그는 미소 지었다.

"난 이제 여러분을 친구로 생각합니다. 얼마든지 환영입니다."

"메르시."

"이제 어쩌죠?" 클라라가 물었다. "베생폴에 있는 모두와 얘기해 본 것 같은데요."

"시도해 볼 곳이 한 군데 있습니다." 가마슈가 말했다.

장 기 보부아르가 먼저 들어갔고, 이번에 그는 자신의 경찰 신분증을 꺼냈다.

"네, 경위님. 뭘 도와 드릴까요?"

보부아르는 카운터 뒤의 젊은 경찰이 자신을 평가하기를 기다렸고, 그러지 않자 그는 그녀를 보았다. 그녀는 젊었다. 아주. 자신보다 열다섯 살은 어린. 그녀는 거의……

하지만 그는 용감한 남자인 반면, 거기까지 갈 만큼 아주 용감하지는 않았다. 하지만 그는 어떻게, 그리고 언제 그렇게 됐는지 궁금했다. 자신이 똑똑하고 젊고 두뇌 회전이 빠른 살인 수사과의 앙팡 테리블enfant terrible 악동인 장 기 보부아르에서 보부아르 경위가 되었는지. 경위님이.

모든 변화가 기적이나 마법적이지는 않았다. 발전이나.

"우린 당신네 서장과 얘기하고 싶습니다."

젊은 경찰이 그를 보더니 그 뒤의 좁은 경찰서 입구를 꽉 채운 다른 이들을 보았다.

그리고 이내 그 눈이 커졌다.

그녀는 뒤에서 참을성 있게 기다리며 서 있는 남자를 알아보았다.

그녀는 자리에서 일어났다가 앉았다. 그런 다음 다시 일어났다.

장 기 보부아르는 웃음을 억눌렀다. 그는 이런 반응에 익숙했고, 그것을 기대하고 있었다. 그것을 기다리며.

"경감님." 경찰이 실제로 고개를 숙이며 말했다.

"아르망 가마슈네." 그가 앞으로 걸음을 옮겨 클라라와 샤르트랑 사이에 팔을 비집어 손을 내밀었다.

"파제입니다." 그녀가 그의 손을 쥐며 말했다. "베아트리스 파제."

그녀는 욕을 할 뻔했다. 무엇하러 그에게 자신의 이름을 알려 준단 말인가? 그는 관심 없어. 그는 대단한 살인 수사과의 경감이야. 경감이었거나. 그 썩어 빠진 일이 있기 전까지. 그가 은퇴하기 전까지.

파제는 그 모든 일이 밝혀지기 몇 달 전에 경찰에 들어왔다. 그리고 그녀는 경력의 대부분을 다른 상급자들과 보내긴 했으나 마음속으로 이 남자가 항상 살인 수사과의 수장이리라는 것을 알았다.

"저는 막 시작했습니다." 그녀는 그렇게 말했고, 눈이 커졌다. 그만 말해, 그만. 그는 관심 없다고. 빌어먹을 입 닥쳐. "제 말은, 근무를요. 그리고 경찰에서요."

오, 하느님. 지금 저를 데려가세요.

"여기가 제 첫 근무지입니다."

그녀는 그를 응시했다.

"그리고 어디 출신이지?" 가마슈가 물었다.

그는 흥미 있어 보였다.

"해안 위쪽의 베코모입니다."

메르드merde 젠장, 메르드, 메르드. 그녀는 생각했다. 그는 거기가 어딘지 알아. 메르드.

가마슈가 끄덕였다. "그들은 그 만灣을 정리했지. 아름다운 곳이야."

그가 미소 지었다.

"네, 경감님. 그렇습니다. 저희 가족은 오랫동안 방앗간 일을 해 왔습니다."

"자네가 가족 중에 첫 경찰인가?" 그가 물었다.

"위. 가족들은 제가 경찰이 되길 원치 않았습니다. 존경스럽지 않다고요."

모디 타바르낙Maudit tabarnac 빌어먹을. 그녀는 그렇게 생각하며 입에 쑤셔 넣을 총을 찾아 주위를 둘러보았다.

하지만 관자놀이에 흉터가 있는 자신 앞의 이 커다란 남자는 웃음을 터뜨릴 뿐이었고, 그의 다정한 갈색 눈에서 주름이 퍼졌다. "가족들이 여전히 그렇게 느끼나?"

"아니요, 경감님. 그렇지 않습니다." 그리고 이제 그녀의 모든 신경이 차분해졌고, 그녀는 그와 눈을 맞추었다. "경감님이 하신 일 이후로는요. 이제 가족들은 저를 자랑스러워합니다."

가마슈는 그녀와 눈을 맞추고 미소를 지었다. "가족들은 자네가 자랑스럽고, 그래야 하네. 나와는 상관없네."

이제 다른 경찰과 경위 들이 가마슈 경감이 거기 있다는 소식을 듣고 몰려들었다. 몇몇은 인사를 건넸다. 몇몇은 그냥 쳐다보고 지나갔다.

"경감님." 제복 차림의 중년 여성이 사무실에서 나와 손을 내밀었다. "잔 나돕니다. 제가 서장입니다."

그녀는 그들을 자신의 사무실로 안내했다. 접수 구역보다 심지어 더 좁았다.

"이건 당연히 공적 업무가 아닙니다." 그가 말했다. "우린 친구 한 명을 찾고 있습니다. 그가 지난봄에 서장님 관할에서 목격됐고요."

"그 사람은 제 남편이에요." 클라라가 그렇게 말했고, 나도 서장에게 피터의 사진을 보여 주고 그에 대해 설명했다.

"복사해도 될까요?" 나도가 물었고, 클라라가 동의하자 그녀는 사진을 다운받을 준비를 했다.

"어떻게 도와 드릴까요?"

"그의 인상착의와 일치하는 사람이 최근 관심 선상에 오른 적 없습니까?" 가마슈가 물었고, 그들 모두 그 암시를 인지했다. 나도가 고개를 저었고, 그녀의 지적인 눈이 가마슈에게서 클라라에게 넘어갔다.

"그가 왜 여기 있었죠?"

클라라가 간결하게 내용을 설명했다.

"그래서 당신은 그가 이 노르망 교수라는 자를 찾고 있었다고 생각하는군요." 나도가 말했다. 그녀는 클라라에게서 샤르트랑에게 몸을 돌렸다. "그가 여기 살았을 때 노 맨으로 알려졌다고요?"

"음, 그는 자신을 그렇게 불렀습니다."

나도는 거의 반응이 없었다. 이것이 그녀가 베생폴에서 처음으로 다루는 이상한 일이 아닌 게 분명했다. 예술가들이란 아마도 관습적인 행동으로 유명하지는 않을 터였다.

"그를 아셨나요?" 클라라가 물었다.

"노 맨이요?" 나도는 고개를 저었다. "제가 오기 전이에요." 그녀는 그 지역의 상세 지도가 핀으로 고정된 벽으로 걸어갔다.

"그의 그 예술 집단이 어디 있었죠?"

샤르트랑이 그녀에게 보여 주었고, 그녀는 그곳을 적었다.

"하지만 오래전에 사라졌다고요?"

"적어도 십 년, 아마 그 이상이요." 샤르트랑이 말했다.

"범죄 활동의 가능성은요?" 그녀가 물었다.

"없어요." 샤르트랑이 말했다. "그들은 그들끼리 지낸 것 같습니다."

나도가 집어 든 전화기에 대고 말했다. 잠시 후 제복 차림의 덩치가 크고 나이 든 남자가 사무실로 들어왔다. 그는 독신 남자와 생선 튀김 냄새를 풍겼다.

"위?"

그는 곤경에 처한 듯 보였고 그의 눈이 서장에게서, 구석에 몰려 노상 강도의 권총처럼 등을 파고드는 옷걸이를 느끼고 있는 가마슈에게로 옮겨 갔다.

"이쪽은 모리소 수사관입니다." 나도가 말했다. "그는 여기 누구보다 오래 있었죠. 이분들이 노르망이라는 이름의 남자에 대해 묻고 있어요. 그는 수년 전에 여기 살았고, 이차 허가지 바깥에 일종의 집단인 예술가 은신처를 시작했어요."

"노 맨 말입니까?" 모리소가 물었고, 갑자기 모두의 관심을 끌었다.

"그 사람이에요." 클라라가 말했다.

"한동안 꽤 인기를 끌었죠." 모리소가 말했다. "하지만 그 사람들이 그렇잖습니까?"

"그 사람들?"

"사이비요." 그는 그들의 놀란 얼굴을 보았다. "아셨을 텐데요. 그게 아니라면 왜 묻는 겁니까?"

"그게 사이비였다고요?" 샤르트랑이 물었다.

"네."

"왜 그렇게 생각하죠?" 클라라가 물었다.

"그건 그냥 세상과 떨어져 그림을 그리는 예술가 무리가 아니었습니다." 모리소가 말했다. "그들은 어떤 이상한 종교 비슷한 거에 빠져 있었죠."

"그걸 어떻게 아시죠?" 장 기가 물었다.

"아는 게 내 일이니까요." 수사관이 말했다. "그런 장소들은 꽤 평범하게 시작해서 추잡하게 변할 수 있습니다. 나는 그들의 광기가 선을 넘지 않는지 확인하고 싶었습니다."

다시 그 말이군. 가마슈는 생각했다.

"왜 광기라고 말합니까?"

모리소는 말하는 옷걸이 쪽을 향했다.

"그럼 경감님은 그걸 뭐라고 하시겠습니까?" 그가 정중하게 물었다.

가마슈는 그가 복권 당첨이나 미끄러지는 차가 길을 벗어나지 않기를 빈 적이 있는지 묻지 않기로 마음먹었다.

"그리고 그들이 그랬습니까?" 대신 그는 그렇게 물었다. "선을 넘지 않던가요?"

"제가 아는 한은 그랬습니다. 그러다 그 노 맨이 사라졌죠. 우주선이 와서 그를 데려간 게 분명합니다."

모리소는 웃음을 터뜨렸다가 자신의 청중을 잘못 판단했다고 생각하며 그쳤다. 술집에서는 통했다. 형사실에서는 통했다. 하지만 이 사람들은 자신이 선을 넘은 사람인 양 쳐다볼 뿐이었다.

"그가 어디로 갔는지 아십니까?" 보부아르가 물었다.

"농. 사람들은 떠나는 그를 보고 기뻐하기만 한 것 같습니다."

또 다른 곳에서 추방됐군. 가마슈는 생각했다. 어쩌면 아니거나.

"그 공동체 일원이었던 사람 중에 아직 베생폴에 사는 사람이 있나요?" 클라라가 물었다.

"네. 뤼크 바숑이요."

"그 사람은 이미 압니다." 보부아르가 말했다. "그는 그림을 그리러 떠났죠. 다른 사람은요?"

수사관은 그에 대해 생각하더니 고개를 저었다.

"메르시." 서장이 그렇게 말했고, 모리소는 나갔다. 그녀는 기대하며 그들을 보았다. "제가 할 수 있는 게 있나요?"

없었다.

떠나기 전 가마슈는 나도 서장의 사무실에 머리를 디밀고 탐지견이 있는지 물었다.

"마약 때문에요?" 그녀가 물었다.

"다른 것 때문에요." 그가 말했다.

"전부 떠나지는 않았다고 생각하시는군요." 그녀가 말했다.

"거기에 우주선은 없었다고 생각합니다." 그가 말했다.

그녀가 무뚝뚝하게 고개를 한 번 까딱했다. "준비하죠."

그는 그녀에게 자신의 위치를 알려 주었고, 떠나면서 벽의 지도로 걸음을 옮기는 그녀를 보았다.

그들은 갤러리 가뇽에서 밤을 보내리라 예상하며 그곳으로 돌아갔지만, 마르셀 샤르트랑은 그들을 놀라게 했다.

"여기가 제 진짜 집이 아니라고 말씀드린 것 같은데요. 저는 갤러리가 바쁜 주말에 여기 머물죠. 제 본집은 물가를 따라 몇 킬로미터 위쪽에 있습니다. 저는 오늘 밤 거기로 돌아가야 하지만 당신들은 여기 머무셔도 좋습니다."

"당신은 어느 쪽이 더 나으세요?" 클라라가 물었다.

"저는 여러분이 저와 함께 가시면 더 좋을 겁니다." 그가 말했다. 그리고 그의 눈이 그들을 훑으며 그들 모두를 담더니 다시 클라라에게 돌아와 머물렀다.

그녀는 그 시선을 피하지 않았다.

"제 생각엔……," 보부아르가 입을 열었다.

"기꺼이 당신 집에 가겠어요. 메르시." 클라라가 말했다.

그들이 짐을 꾸리는 사이 보부아르가 가마슈에게 속삭였다. "뭐라고 하셨어야죠, 파트롱. 우린 외진 곳에 있는 어느 집보다 여기 있는 게 낫습니다. 피터를 추적하려면 더 많은 질문을 해야 하니까요."

"그 질문이 뭔가?" 가마슈가 물었다.

"그게 정말로 사이비였는지? 노 맨이 자발적으로 떠났는지, 아니면 자신의 공동체에서 쫓겨났는지? 그가 어디로 갔는지?"

"좋은 질문이지만 누구에게 묻지?" 가마슈가 가방 지퍼를 채우고 몸을 돌려 보부아르를 마주했다.

장 기는 심사숙고했다. 자신들이 막다른 골목에 다다른 것 같았다.

"노 맨이 정말로 떠난 게 확실할까요?" 보부아르가 물었다.

가마슈는 짧게 한 번 고개를 끄덕였다. "나도 서장이 조사하고 있네. 그들이 탐지견을 데려올 거야."

"시체를 찾으려고요?"

가마슈가 다시 끄덕였다. 그는 그들이 뭐라도 찾을지 확신이 없었다. 그리고 그런다면 그 시체가 10년이 됐을지, 10주가 됐을지.

보부아르처럼 그 역시 마르셀 샤르트랑이 자신들을 베생폴에서 데려가고 싶어 하는 것이 흥미로웠다. 그들은 갤러리 위에서 하룻밤 더 머물 수도 있었다. 그들은 이미 적응했다. 분명 샤르트랑에게도 자신들이 여기에 머무는 것이 편했다.

그럼에도 갤러리 소유주는 자신들을 외딴 집으로 옮기고 싶어 했다.

보부아르가 옳았다. 여기서 물어야 할 질문들이 있었다. 하지만 가마슈는 그 대답 대부분을 샤르트랑에게서 찾을 수 있으리라 생각했다.

31

식료품점에 들른 뒤에 그들은 언덕과 암벽과 절벽을 따라가는 강변 고속도로로 차를 몰았다.

일행을 태운 클라라의 차 앞에 마르셀 샤르트랑이 모는 밴이 있었다.

몇 킬로미터 지나자 샤르트랑의 깜빡이가 켜졌다. 왼쪽으로 도는 대신 강에서 멀어진 다음 그는 오른쪽 깜빡이를 켰다. 하지만 거기엔 돌 '오른쪽'이 있어 보이지 않았다. 절벽뿐. 하지만 그들이 모퉁이를 돌자 강 쪽으로 튀어나온 작은 반도가 있었다. 그리고 그 위에 밝게 칠해진, 생기 넘치는 집들이 있었다.

"한때 한 가족의 소유였습니다." 그들을 맞으러 나온 마르셀이 설명했다. "모두 딸들이었죠. 아무도 결혼하지 않았고요. 그들이 함께 그들의 집들을 지었습니다."

집들은 보통 크기에 선홍색과 파란색과 노란색으로 칠해져 있었다. 그것은 잿빛 풍경 속에서 등대들처럼 보였다. 각 집의 스타일은 비슷했지만 경사진 지붕창과 자연석 굴뚝과 나무로 된 포치 들 같은 것이 살짝 달랐다. 지붕들은 판금이었고, 은빛 물고기 비늘처럼 보였다. 지붕들이 희미해지는 빛을 받아 연한 파랑과 분홍으로 변했다.

"이름이 있나요?" 머나가 물었다.

"이 공동체요? 아니요. 이름이 없습니다."

"이름이 없다." 머나가 되풀이했다.

"지금은 누가 여기 살죠?" 클라라가 강에 가장 가까운 집으로 샤르트랑을 따라가며 물었다.

"저 집들은 여름 피서객들의 집입니다." 그는 다른 두 집을 가리켰다. "여기 일 년 내내 사는 사람은 나뿐입니다."

"외롭지 않아요?" 머나가 물었다.

"가끔은요. 하지만 그만한 보상이 있죠."

그의 팔이 나무와 바위와 절벽과 거대한 하늘의 돔을 아우르며 호를 그렸다. 그리고 어둑한 강. 마르셀 샤르트랑은 그 각각을 가까운 친구인 양 바라보고 있었다.

하지만 어느 것에도 심장이 뛰지 않아. 머나가 생각했다. 의심할 바 없이 찬란했지만 그게 정말로 보상이 될까?

"이십오 년 전에 이곳을 샀습니다. 막내 여동생이 죽은 뒤 수년간 매물로 나와 있었죠. 어느 누구도 원하지 않았습니다. 물론 당시엔 버려져 있었죠."

샤르트랑이 문을 활짝 열었고, 그들은 들어갔다.

그들은 마룻바닥에 기둥들이 있는, 천장이 낮은 거실에 선 자신들을 발견했다. 폐소공포증이 느껴질 법했지만 샤르트랑은 전통적인 밀크워시우유 분말을 이용해 만든 페인트로 기둥과 회반죽 바른 벽을 하얗게 칠했다.

그 결과는 따뜻하고 안락한 느낌이었다. 안락의자 두 개와 낡은 소파가 커다란 벽난로를 둘러싸고 놓여 있었다. 벽난로 양쪽 창문으로 세인트로렌스강이 내다보였다.

각자의 방에 짐을 푼 그들은 음료를 따른 다음 부엌에 모여 파스타, 갈릭 버터를 바른 바게트, 치커리 샐러드를 만들었다.

"당신은 노 맨을 만났습니다." 가마슈는 샐러드를 만들면서 식탁을 차리는 샤르트랑에게 말했다. "당신이 여기서 유일하게……."

"그건 엄밀히 말해서 사실이 아니죠." 샤르트랑이 말했다. "클라라, 당신도 그를 알았잖아요."

"그랬겠죠." 그녀가 말했다. "자꾸 잊어버리네요. 너무 오래전이었고, 난 그의 수업을 듣지 않았어요. 복도에서 마주치긴 했지만 그게 다예요. 연감에서 그 자화상을 보고도 거의 알아보지 못했지만 당시엔 그게 유행이었을 거예요. 다들 고통스러워 보이고 싶어 했죠."

"그들은 그렇게 보이고 싶었을지 모르지만 노르망은 실제로 그랬어." 머나가 말했다.

"하지만 당신은 그 예술 집단에서 강의를 했습니다." 가마슈가 다시 샤르트랑에게 말했다. "그게 사이비 같았습니까?"

샤르트랑은 하던 일을 멈추고 생각했다. "그런 것 같지 않습니다. 하지만 사이비가 언제 보일까요? 알아야 하는 겁니까?"

"공동체와 사이비의 차이가 뭐죠?" 보부아르가 물었다.

"둘 다 일종의 인도적 철학 개념이 있어요." 머나가 말했다. "다만 공동체는 열려 있고, 일원들은 자유롭게 오갈 수 있죠. 사이비는 폐쇄적이고요. 엄격하죠. 리더와 그 믿음에 순응하고 절대적으로 충성할 것을 요구해요. 더 큰 사회의 사람들을 차단하고요."

"그럼 노 맨이 강의해 달라고 마르셀을 초청한 게 흥미롭네." 클라라가 말했다. "그건 사이비 리더의 행동처럼 보이지 않아."

"맞아." 머나가 말했다. 그녀는 샤르트랑을 보더니 시선을 돌렸다.

그 모습을 지켜보던 가마슈는 그녀가 무슨 생각을 하고 있는지 알 것 같았다.

어쩌면 샤르트랑은 초대되지 않았는지도 몰랐다. 어쩌면 그는 이미 그곳에 있었는지도.

가마슈는 마르셀 샤르트랑이 노 맨의 공동체의 일원이었을지도 모른다고 한동안 의심했다. 그가 그에 관해 너무 많이 알기 때문이 아니라, 모르는 척했기 때문에.

샤르트랑이 고개를 들고 가마슈에게 미소를 지었다. 우호적이고 마음을 누그러뜨리는 미소였다. 동료다운 표정. 그리고 가마슈는 자신들이 정말 같은 편이라고 믿고 싶었다.

하지만 그의 의심은 풀리는 대신 점점 커지고 있었다.

"그들이 당신에게 그들 작품을 보여 줬나요?" 클라라가 물었다. 그들 중에서 그녀만이 샤르트랑에 대한 의심이 없어 보였다.

"아니요. 그리고 난 보여 달라고 부탁하지 않았습니다."

이제 머나가 고개를 들더니 클라라를 힐끗 보았다. 아주 이상한 것을 그녀에게 알리려고. 여기 어떤 예술에도 전혀 관심이 없어 보이는 예술 갤러리 소유주가 있었다.

갤러리 소유주들은 대부분 전문이 있었지만 최소한 예술 전반에 호기심이 있었다. 사실 대부분이 열정적이었고, 그에 관해 상당히 밉살스럽게 굴었다.

자른 바게트에 차례로 갈릭 버터를 바르고 있던 클라라는 딱히 무엇도 눈치채지 못한 것 같았다.

"노 맨이 당신에게 자신의 작품을 보여 준 적 있습니까?" 가마슈가 물었다.

"아니요."

"제가 맞혀 보죠." 보부아르가 말했다. "당신이 요구하지 않았죠."

샤르트랑은 이 상황이 재미있다는 것을 알았다. "당신은 당신이 사랑하는 걸 찾으면 더 찾을 필요가 없습니다."

"뤼크 바숑이 떠났다니 안타깝네요." 클라라가 말했다. "그가 우리에게 그 집단에 대해 더 많은 말을 해 줄 수 있었을 텐데."

"네." 가마슈가 말했다. "그래요."

"그가 간 곳을 누군가에게 말했을 거라고 생각하시겠죠." 보부아르가 말했다. "종업원은 '강가'라고 했지만 그건 어디든 될 수 있습니다."

샐러드를 만들 토마토를 자르고 있던 그의 칼이 멈췄다.

"아시다시피 난 그녀에게 그가 어디로 갔는지 물었지만 확실히는……."

그가 생각에 잠기면서 칼이 점점 내려가 마침내 도마 위에 머물렀다. 그는 브라스리에서의 대화를 떠올리며 전방을 응시하고 있었다.

"메르드." 그가 마침내 칼을 완전히 놓고 말했다. "전화가 어디 있습니까?"

샤르트랑이 거실을 가리켰다. "왜요?"

"난 종업원에게 바송이 어디 갔는지 물었고, 그녀는 몰랐습니다. 그런 다음 나는 바에 있는 남자에게 그가 언제 돌아올지, 그리고 내가 그와 연락할 수 있는지 물었죠. 하지만 그에게 바송이 간 곳을 묻지 않았습니다. 그 어린 종업원은 몰랐지만 그는 알지도 모릅니다. 타바르낙."

그는 주머니에 손을 넣어 수첩을 꺼내 라 뮤즈의 전화번호를 찾았다. 그들은 그가 전화번호를 누르는 소리를 거실에서 들을 수 있었다.

머나와 가마슈는 개수대에 함께 서 있었다.

"무슨 생각 해요, 아르망?" 그녀가 조용히 물었다.

"노 맨이 사라진 다음 피터가 사라지고, 이제 여전히 예술 집단 주위에 남은 유일한 일원인 뤼크 바송이 사라졌다는 걸 생각 중입니다."

"그리고 이젠 우리가 사라졌네요." 머나가 속삭였다.

"진짜로요."

"제발, 아르망, 털어놔요. 정말로 무슨 생각 하고 있어요?"

"난," 가마슈는 수건으로 손을 닦고 그녀를 마주했다. "노 맨이 여기서 수년간 조용히 살았고, 그러다 그가 사이비 리더라는 말이 퍼졌고, 그가 추방됐다는 걸 생각 중입니다."

"그건 생각이 아니에요." 머나가 말했다. "그건 개요죠. 그보단 더 잘할 수 있잖아요."

"생각 중입니다." 가마슈가 그녀에게 비판적인 시선을 던지며 말했다. "전화해야겠다고."

"렌 마리에게 안부 전해 줘요." 그녀가 그의 뒤에 소리쳤다.

가마슈가 끄덕이고 부엌에서 나와 휴대전화를 꺼냈다. 그는 이 전화가 아내에게 하는 것이 아니라고 머나에게 말하지 않았다. 그것은 스리 파인스의 누군가에게였다.

"대체 원하는 게 뭔가?"

그게 루스식 '여보세요'였다.

"오늘 예술대학에 방문하신 건에 관해 묻고 싶습니다."

"자네 아내랑 얘기하지 않았나? 왜 날 괴롭혀?"

"렌 마리가 대답할 수 없는 뭔가를 당신에게 묻고 싶습니다."

"뭔데?" 참을성 없는 목소리가 나왔지만 그는 그 안에서 호기심의 기색을 들을 수 있었다.

"당신의 그 두 구절이 자꾸 떠올라서요."

"어떤 걸 말하시나, 미스 마플? 나는 시를 수백 편 썼어."

"어떤 건지 아시잖아요, 마 벨." 그는 그녀의 민망함을 거의 들을 수 있었다. 가마슈는 루스에게 호감을 얻고 싶으면 얻는 만큼 줘야 한다는 것을 오래전에 배웠다. 하지만 그녀를 겁먹게 하려면 친절하게 대하라는 것을. "나는 돌로 된 그 자리에 그대로 앉아……. 그거 말입니다."

"그래서?"

"그래서 렌 마리가 당신과 매시 교수가 오늘 그 시를 함께 읊었다고 하더군요. 당신이 그러는 걸 전에 들어 본 적이 없는데요. 그가 마음에 드신 것 같군요."

"요점이 뭐야?"

"렌 마리 말이 그가 당신에게 상당히 빠졌다더군요."

"놀란 것처럼 들리는구먼."

"그리고 당신은 그에게요." 그 말이 정적을 데려왔다. "그리고 렌 마리가 그에 대해 당신에게 물었을 때 당신이 무슨 말을 했다고요. 그녀는 그게 라틴어라고 생각했습니다. 그게 뭐였습니까?"

"자네가 신경 쓸 일이 아니야. 두 늙은이가 서로 매력적이라고 생각할 수 있다는 게 그렇게 우스운가? 그렇게 못 믿을 일이야?"

불가해한 다른 무언가랄까?

화를 내기는커녕 루스는 눈물을 터뜨리기 직전 같았다. 가마슈는 비록 완전히 잊은 적은 없지만 자신의 직업에서 혐오했던 어떤 것을 그때 떠올렸다.

"렌 마리가 매시 교수에 대한 당신의 감정을 물었을 때 뭐라고 하셨습니까, 루스?"

"자넨 이해 못 해."

"시험해 보시죠."

"난 내가 가장 좋아하는 시 중 하나를 인용하고 있었어." 그녀가 말했다. "그리고 아니, 그건 내 말이 아니었어."

"누구였습니까?"

"셰이머스 히니."

"그의 시 중 한 구절입니까?" 가마슈가 물었다.

"아니. 그가 마지막으로 한 말이야. 죽기 전에. 아내에게 말했지. 놀리 티메레Noli timere '두려워 말라'는 뜻의 라틴어."

가마슈는 목구멍에서 덩어리를 느꼈지만 밀고 나갔다.

"당신과 매시 교수가 인용했던 시." 그가 말했다. "나는 돌로 된 그 자리에 그대로 앉아 희망적인 생각을 하네."

그는 그녀가 나이 든 교수와 함께했던 것처럼 그녀가 그것을 맺기를 기다렸다. 하지만 그녀는 그러지 않았고, 가마슈는 스스로 시를 마쳤다.

"재미로 사람을 죽이는 신이 치유도 해 주기를."

"그게 뭐?"

가마슈는 집을 돌아보고 액자 같은 판유리를 통해 준비 중인 식사 위로 숙인 머리를 맞대고 있는 클라라와 샤르트랑을 보았다.

놀리 티메레. 그는 생각했다.

"그 시는 누구를 위해 쓰였습니까?" 그가 루스에게 물었다.

"그게 중요해?"

"그러리라 생각합니다."

"자넨 이미 안다고 생각하는데."

"피터."

"그래. 어떻게 알았지?"

"몇 가지로요." 가마슈가 말했다. "프랑스어로 '돌'이 '피에르pierre'라는 게 생각나더군요. 그리고 피에르는 피터고요. 그건 그의 이름을 이용한 거지만 그보다 더 많은 게 있죠. 당신은 그 시를 수년 전에 썼습니다. 그 때도 그걸 볼 수 있었습니까?"

"그가 돌과 희망적인 생각으로 빚어졌다는 거? 그래."

"그리고 재미로 죽이는 신이 있지만," 가마슈가 말했다. "치유도 할 수 있었다는 거요."

"그게 내가 믿는 거야." 루스가 말했다. "피터는 아니었어. 여기 모든 게 주어진 남자가 있었어. 재능, 사랑, 살고 창작할 평화로운 장소. 그리고 그가 해야 하는 건 그걸 감사하는 것뿐이었어."

"그가 그러지 않으면요?"

"돌로 남겠지. 그리고 신들이 그에게 등을 돌릴 테고. 자네도 알다시피 그들은 그래. 그들은 관대하지만 감사를 요구해. 피터는 자신의 모든 커다란 행운이 자신 때문이라고 생각했어."

루스에겐 보이지 않더라도 가마슈는 고개를 끄덕였다.

"피터는 항상 이마에 '유통기한' 날짜를 찍고 다녔어." 루스가 말했다. "자기 머릿속에서 사는 사람들이 그러지. 그들은 아주 좋게 시작하지만 점차 아이디어가 고갈돼. 그리고 기댈 상상력이, 영감이 없다면? 그다음은 뭐지?"

"뭡니까?"

"에밀리 디킨슨의 말에 따르면 망한 거지. 돌이 깨지면, 희망적인 생각조차 사라져 버리면 어떻게 되겠어?"

가마슈는 주머니 안의 작은 책의 무게를 느꼈다. 그리고 더 작은 책갈피를. 자신이 한 번도 가 본 적 없는 저 너머 장소를 표시하는.

"그들의 창의력은 점차 방치되어 영양부족으로 죽어 버려." 루스가 자신의 질문에 스스로 대답하며 말했다. "그리고 가끔 그런 일이 벌어지면 그 예술가도 죽어."

"재미로 죽이는 신에게 몰려서요." 가마슈가 말했다.

"그래."

"하지만 치유도 한다고요? 어떻게요?"

가마슈는 자신도 모르게 강렬한 흥미를 느꼈다. 그리고 그는 그것이 단지 피터에게만 해당되는 것이 아니었다는 것을 알 만큼 정직했다.

"두 번째 기회를 주는 것으로. 마지막 기회지. 난 머리를 쓰는 걸 믿으니 오해는 마. 하지만 거기서 너무 많은 시간을 보내는 건 믿지 않아. 공포는 머릿속에 살거든. 그리고 용기는 가슴 속에서 살지. 그건 한 곳에서 다른 곳으로 이동하는 거야."

"그리고 그 둘 사이에 목구멍 속 덩어리가 있죠." 가마슈가 말했다.

"그래. 사람들은 대부분 그걸 극복하지 못해. 일부는 뛰어나게 태어나지. 피터가 그랬어. 하지만 그는 거기에 다다를 수 없었을 뿐이야. 아주 가까이 갔기에 그걸 보고, 냄새도 맡을 수 있었지. 아마 자신이 거기다다랐다고 믿기까지 했을 거야."

"희망적인 생각." 가마슈가 말했다.

"정확해. 그에겐 천재성, 진짜 창의력의 심미안이 주어졌고, 그런 다음 신의 농담처럼 그것을 빼앗겼지. 하지만 신들은 아직 그와 관계를 끝내지 않았어. 그들은 그에게 정말로 재능 있는 아내를 주었지. 그래서 그가 그걸 매일 봐야 하도록. 목격하도록. 그런 다음 신들은 그마저 빼앗았지."

그녀는 유령 이야기를 하는 것 같았다. 그녀 자신이 가장 두려워하는 것에 대한 끔찍하고 잊히지 않는 이야기. 괴물이 나타나는 이야기가 아니라, 그녀가 사랑하는 것이 사라질 이야기.

피터 모로는 그녀의 악몽에서 살고 있었다. 자신들 모두의 악몽.

"하지만 그에게 마지막 기회가 주어졌습니까?" 가마슈가 물었다. "그걸 다시 찾을 기회요?"

"다시가 아니야." 루스가 날카로운 목소리로 말했다. 이 평범한 남자를 확실히 이해시키는: "처음이지. 피터는 자신이 가진 적 없는 무언가를 찾아야만 했어."

"그게 뭐였습니까?"

"그의 마음." 그녀는 다시 말하기 전에 말을 끊었다. "그게 피터가 놓치고 있었던 거야, 평생. 그에겐 재능과 머리가 있었어. 하지만 그는 공포에 휩싸였지. 그래서 그는 계속 같은 영역을 건넜어. 다시 또다시. 루이스와 클라크미국 건국 초기 제퍼슨 대통령의 명으로 당시 미지의 땅이었던 미주리강 영역과 미국을 가로지르는 경로를 탐험하러 떠난 탐험대를 이끌었던 두 사람가 캔자스에 도착하고는 되돌아가 다시 시작한 것처럼. 같은 고리를. 진전을 위한 움직임이라고 착각하면서."

"피터가 그걸 하고 있었다고요?" 가마슈가 물었다.

"평생." 루스가 말했다. "그렇게 생각하지 않아? 그림마다 주제는 다를지 몰라도 피터 모로 작품을 하나 보면 다 본 거야. 그래도 모든 사람이 루이스와 클라크는 아니야. 모두가 탐험가도 아니고, 모든 탐험가가 살아서 돌아오지도 않지. 그게 그렇게 용기가 필요한 이유야."

"놀리 티메레." 가마슈가 말했다. "하지만 그가 그 용기를 발견하면, 그다음은요? 그가 도움을 찾아, 안내를 찾아 토론토에 간 겁니까? 당신의 비유를 계속하자면, 그는 지도가 필요하지 않았을까요?"

"무슨 소리를 하는 거야? 젠장, 우린 창의적 영감에 대해 얘기 중이지, 지리에 대한 게 아니야. 멍청이." 그녀가 중얼거렸다. "그리고 왜 마틴과 루이스미국의 코미디언 콤비처럼 혼란스러운 말을 꺼내는 거야?"

가마슈는 한숨을 쉬었다. 그녀의 말을 이해하지 못하고 있었다. 그리고 자신도 길을 잃고 있었다.

"피터가 토론토에서 뭘 찾고 있었습니까?" 가마슈가 가능한 한 명확하고 단순하게 하려 애쓰며 물었다.

"지도를 찾고 있었지." 루스가 그렇게 말했고, 가마슈는 고개를 젓고 심호흡을 했다. "그리고 그는 옳은 장소로 갔어. 하지만……,"

"하지만 뭡니까?" 가마슈가 말했다.

"피터는 나쁜 영향을 받지 않게 주의했어야 해. 사람은 대부분 누가 이끌어 주길 바라. 하지만 그들이 잘못된 리더를 택하면? 도너 일당미국 중서부에서 캘리포니아로 이주한 개척자 행렬. 지도부의 잘못된 판단으로 끔찍한 비극을 겪었다 꼴이 되는 거지."

"이걸로 비유가 끝난 것 같군요." 가마슈가 말했다.

"무슨 비유?"

가마슈는 자신의 친구 피터 모로에 대해 생각했다. 홀로 두려워하는. 길을 잃은. 그러다 마침내 피터는 하나의 길이 아니라, 두 개의 길을 발견한다. 하나는 그를 황무지 밖으로 이끌 터였고, 다른 길은 그를 빙빙 돌게 할 터였다. 루스의 말처럼 진전을 위한 움직임이라고 착각하면서. 한쪽 길에는 매시 교수, 다른 쪽에는 노르망 교수.

루스가 옳았다. 허세를 떨어 봤자 피터는 겁쟁이였다. 그리고 겁쟁이들은 거의 항상 쉬운 길을 택했다.

그리고 모든 문제를 해결해 줄 마법적인 열 번째 뮤즈보다 더 쉬울 게 뭐겠는가? 사이비가 제공한 게 그게 아닐까? 폭풍을 피할 은신처? 명확한 답. 아무 방해 없는 진전.

"당신은 열 번째 뮤즈를 믿습니까, 루스?"

그는 욕설에 대비했지만 아무 말도 나오지 않았다. "난 영감을 믿고, 그게 신성하다고 믿지. 그게 신이든 천사들이든 나무든 뮤즈든 그게 중요한 것 같진 않아."

"머나는 믿음의 힘에 대해 말했습니다." 그가 말했다.

"그 여자 현명한 것 같은데. 언제 한번 만나 보고 싶구먼."

가마슈는 미소를 지었다. 이 대화는 끝났다.

"메르시, 술주정뱅이 악마." 그는 그렇게 말했고, 그녀의 웃음을 들었다. 로사가 소리치고 있었다. "퍽, 퍽, 퍽."

"미안하지만," 그녀가 말했다. "전화를 잘못 거신 것 같구려."

루스는 전화를 끊고 자신을 더 나은 시인이 아닌, 더 나은 사람이 되도록 영감을 주는 자신의 뮤즈 로사 옆에 앉으러 갔다.

가마슈는 어둠 속에 서서 다시 유리창 너머를 보았다. 클라라를. 그리고 마르셀 샤르트랑.

가마슈는 갤러리 소유주가 자신들을 여기로 초대한 이유가 어쩌면 그것인지도 모른다고 생각했다. 자신들을 베생폴에서 멀어지게 하려는 어떤 사악한 음모의 일부가 아니라. 그보다 훨씬 단순한 무엇 때문에. 그리고 훨씬 더 인간적인.

이곳은 마르셀 샤르트랑이 홀로 사는 곳이었다. 돌출된 바위에 매달려. 그는 클라라를 자신의 집으로 초대했다.

놀리 티메레.

두려워 말라.

32

장 기 보부아르는 대기 중이었다. 기다리고 기다리면서.

가마슈는 거실 창문으로 그를 볼 수 있었다. 서성거리는.

가마슈의 손에 들린 전화기가 울렸다.

"렌 마리?"

"위, 아르망. 소식이 있어. 예술대학 교무과장이 전화해 줬어."

"이렇게 늦게?"

"음, 그녀는 노르망 교수의 파일을 찾는 데 어려움을 겪고 있었어. 보통은 포기하고 그냥 휴가를 떠났겠지만 그게 사라졌다는 사실이 신경 쓰였나 봐."

"그녀가 그걸 찾았어?"

"아니."

"말을 끊지 말았어야 했군." 그는 그렇게 말했고, 그녀의 웃음소리를 들었다.

"더 있어. 그녀는 그걸 찾지 못했지만 학기 말에 자신들을 위해 일했던 임시 직원에게 전화했어. 그녀가 누군가를 위해 그 파일을 찾았던 걸 인정했어."

"피터?"

"피터. 그리고 그가 토론토에서 그렇게 오래 지낸 이유를 알 것 같아." 렌 마리가 말했다. "그는 겨울에 그 파일을 부탁했지만 그걸 찾는 데 시간이 오래 걸렸지."

"몇 달이나?"

"뭐, 그렇게 오래는 아니지만 몇 년 전 보수공사 때 옛 파일 전부가 상자들 안에 들어갔어. 그렇게 오래 걸린 건 개축할 때 파일이 석면 가루에 오염되지 않았는지 확실히 해야 했기 때문이었어. 그건 매시 교수가 우리에게 말한 시기와 들어맞아. 그 임시 직원이 파일이 괜찮은 걸 확인했을 무렵에는 몇 주가 흘렀고, 그건 봄이었어."

"임시 직원이 파일을 찾았다면 왜 교무과장은 못 찾았지?" 아르망이 물었다.

"임시 직원이 그걸 파쇄했어. 당신은 결론을 내리기 전에," 렌 마리는 그의 신음을 들었다. "그 임시 직원의 일이 학생들의 당시 데이터를 입력하는 거였다는 걸 알아야 해. 하지만 피터를 위해 노르망 교수의 파일을 꺼낸 그녀는 그냥 모든 걸 스캔했어. 그런 다음 원본을 파쇄했지. 그래서 교무과장이 그걸 찾을 수 없었던 거야."

"하지만 그건 전자電子 버전이 존재한다는 뜻인데." 그가 말했다.

"맞아. 교무과장이 그걸 나한테 이메일로 보내 준대. 물론, 그게 다운로드될 무렵이면 우린 죽은 지 오래겠지. 그래서 내가 그녀에게 가장 중요한 부분을 알려 달라고 부탁했어."

"그리고?"

"세바스티앵 노르망은 예술대학에서 일 년만 가르쳤어. 전에 말한 대로 그를 그 자리에 추천한 사람은 매시였어. 하지만 그 파일에서 가치 있는 건 마지막 수표를 베생폴로 보내 달라고 노르망이 부탁하는 쪽지야. 피터는 그걸 보고 그를 찾으러 거기에 간 걸 거야."

"하지만 그때쯤엔 노르망이 사라진 지 오래였지." 가마슈가 말했다. "우리에게 또 다른 단서가 있을지도 몰라. 노르망이 자기 작품을 보낸 갤러리가 있었어. 그들이 여전히 그를 대리할 수도 있지. 매시 교수는 토론토에서 경력을 쌓기 시작하던 노르망을 만났어. 어쩌면 그 갤러리가 토론토에 있을 수도 있어."

"그리고 그들이 그의 현재 주소를 가지고 있겠지." 렌 마리가 말했다. "하지만 토론토에는 갤러리가 많은데."

"맞아. 하지만 매시 교수가 알지도 모르지." 아르망이 말했다.

"내가 그에게 전화하면 좋겠어?"

"그에게 전화하기는 너무 늦었을 거야." 아르망이 말했다. "지금쯤 집에 갔겠지."

"꼭 그렇지는 않아. 매시 교수는 학교의 자기 스튜디오에서 사는 것 같아."

"정말? 거참 이상한데."

"그는 필요한 모든 걸 거기 둔 것 같더라." 렌 마리가 말했다. "전화해 볼게."

한 교수는 추방되었다. 가마슈는 전화를 끊으며 생각했다. 한 교수는 절대 떠나지 않는군.

렌 마리가 몇 분 뒤에 다시 전화했다.

"응답이 없네. 아마 거기 살지는 않나 봐. 아침에 다시 전화해 볼게."

"교무과장이 노르망 교수가 어디 출신인지 얘기했어? 퀘벡 어느 지역이라고?"

"안 물어봤지만 아마 파일에 있을 거야."

"받자마자 전달해 줄래?"

몇 분 더 조용히 사적인 대화를 나눈 다음 가마슈는 보부아르를 찾아 부엌으로 돌아갔고, 그 역시 막 부엌에 들어선 참이었다.

"어때요?" 다른 이들이 합창으로 물었다.

"파트롱?" 보부아르가 가마슈에게 먼저 하라고 손짓했다.

"렌 마리는 대학에서 노르망 교수 파일을 이메일로 보내 주길 기다리고 있습니다. 당신은 노르망에게 그 자리를 제안한 사람이 매시 교수라는 걸 알았습니까?"

클라라의 얼굴로 보아 그녀는 몰랐다.

"그렇게 하도록 그를 사로잡은 게 뭘까요?"

"그는 노르망을 잘 몰랐다고 렌 마리에게 인정했습니다. 두 사람은 몇몇 전시회에서 만났고, 매시는 노르망에게 도움이 좀 필요하다고 느꼈죠. 그는 아는 사람이 없었고, 돈에 쪼들리는 게 분명했습니다. 그래서 매시는 노르망을 미술 이론을 가르치는 강사 자리에 추천했습니다."

"노르망이 그르쳐서 매시가 꽤 속상했겠군요." 보부아르가 말했다.

"그에 대해 어떻게 생각했습니까?" 가마슈가 머나에게 물었다.

"매시요? 나는 그가 좋았어요. 그리고 학생들이 그를 흠모한 이유를 알겠더군요. 그는 지금도 매력적이에요. 그리고 학생들을 진심으로 아끼는 것 같았고요. 약간 당신이 떠올랐어요, 아르망." 머나가 말했다.

"사실이에요." 클라라가 말했다. "나는 그 남자에게 무언가가 있다는 걸 알았어요. 차분함 그리고 도우려는 욕구라고 생각해요."

"그리고 다부지게 잘생긴 외모도요." 가마슈가 그렇게 말했고, 그들의 흰자위를 보았다. "노르망의 파일에 마지막 급료를 여기, 베생폴로 보내 달라는 쪽지가 있었습니다. 피터는 그 파일에서 그걸 보고 여기로 왔죠. 뭔가 더 있다면 우리가 곧 알아낼 겁니다."

물기를 뺀 파스타에 마늘이 첨가된 올리브 오일, 신선한 바질, 강판에 간 파르메산 치즈가 든 그릇이 테이블에 올려졌다.

"당신 차례예요." 그들이 자리를 잡고 앉을 때 클라라가 보부아르에게 말했다. "라 뮤즈에서 운이 좀 있었어요?"

"전혀요. 수화기를 들고 오래 기다렸지만 전화를 받으러 오기엔 매니저가 너무 바빴죠." 보부아르가 파스타를 먹으며 말했다.

그는 말하지 않았지만 자신들이 베생폴에 머물렀다면 자신이 라 뮤즈로 가서 그 남자를 몰아붙여 정보를 빼낼 수 있었을 터였다. 대신 전화는 시간이 날 때 매니저가 전화할 거라는 약속과 함께 끊겼다.

한 시간 뒤 설거지가 끝나고 커피가 끓었을 때, 전화 두 통이 동시에 걸려 왔다.

"엑스퀴제 무아Excuse-moi 실례합니다." 가마슈가 그렇게 말했고, 휴대전화를 들고 다시 돌로 된 테라스로 나섰다. 문을 닫기 전에 그는 샤르트랑이 보부아르에게 하는 말을 들었다. "당신 전화입니다."

따뜻하고 달빛이 없는 밤이었고, 가마슈는 세인트로렌스강을 더 이상 볼 수 없었지만 그 강은 그의 다른 모든 감각에 존재를 알렸다. 그는 강의 냄새를 맡고, 소리를 듣고, 심지어 느낄 수 있었다. 얼굴에 닿는 가장 여린 안개로.

"렌 마리?" 그는 말하면서 무의식적으로 서쪽을 향했고, 집에 있는 렌 마리를 상상했다. 그는 자신들의 정원에 그녀와 앉아 있다고 상상했다. 이 같은 별들 아래.

"자료를 받았어. 방금 당신에게 전달했어."

"대충 알려 줄 수 있을까?"

그는 그녀가 읽는 소리를 들었다. 그리고 그녀가 읽는 동안 그는 천천히 몸을 돌렸다. 그녀에게서 멀리. 스리 파인스에서 멀리. 퀘벡의 중심에서 멀리. 강 머리를 향해서. 세인트로렌스강과 퀘벡이 시작된 곳으로.

그가 이제 알게 된 이 모든 일이 시작된 곳으로. 그리고 그 일이 끝날 곳으로.

"파트롱?"

보부아르가 문간에 그림자를 드리웠다.

"이시ici 여기 있네." 그는 렌 마리와 방금 통화를 마쳤다.

"라 뮤즈의 사장이 어디로 갔는지 알아냈습니다. 매년 이 무렵에 가는 곳이요."

"내가 맞혀 보지." 가마슈가 말했다.

형체가 없는 목소리였지만, 보부아르는 이내 서서히 경감의 윤곽을 알아볼 수 있었다. 밤하늘의 별을 배경으로 어두운.

그 형체가 검은 팔을 들어 올려 가리켰다.

"저쪽." 가마슈가 말했다.

"위." 보부아르가 말했다.

"타바켄."

"위." 그리고 그 역시 몸을 돌려 어둠 속을 응시했다.

세계가 평평했다면 타바켄은 벼랑 위에 걸터앉았을 터였다.

"거기들 계셨군요." 머나가 나오며 말했다.

"뭐예요?" 클라라가 머나에게 다가오며 너무 차분하고 조용하게 서 있는 두 남자를 알아차리고 물었다. 동쪽을 응시하고 있는.

"라 뮤즈의 사장이 어디로 갔는지 알았습니다." 보부아르가 말했다.

"그리고 우린 노 맨이 어디로 갔는지 압니다." 가마슈가 말했다. "그리고 피터가 거의 확실히 있는 곳을요."

"어디예요?" 클라라가 서둘러 그들에게 다가가며 물었다.

"저 아래 마을이요." 보부아르가 밤을 가리켰다.

"그곳은 타바켄이라 불립니다." 가마슈가 말했다.

"그곳을 알아요?" 클라라가 물었고, 어둠 속에서 그녀는 끄덕이는 검은 머리를 보았다.

"아뇨드디유Agneau-de-Dieu의 자매 마을이요." 그가 말했다. "나란히 있지만 아주 다른."

가마슈가 그들을 지나쳐 집 안을 향해 걸었다.

"아뇨드디유," 머나가 번역하며 말했다. "하느님의 어린 양. 타바켄은요? 어떻게 옮기는지 모르겠네요."

"그건 조악한 말이죠." 보부아르가 말했다. "진짜 프랑스어가 아닙니다. 아주 오래전 유럽인들이 도착하기 전 원주민들이 지은 이름이죠."

"무슨 뜻이에요?" 클라라가 물었다. "알아요?"

"'주술사'라는 뜻입니다." 가마슈가 집 안으로 들어가며 말했다.

33

보부아르와 클라라는 논의하고 숙고하며 그날 밤을 반쯤 지새웠다. 이메일을 보내고 검색하고 경로를 정하면서.

마침내 새벽 2시경에 그들은 정리를 마치고 잠자리에 들었다가 6시에 알람이 울리자 일어났다.

"몇 시야?" 머나가 졸린 목소리를 냈다. "맙소사, 클라라, 여섯 시가 막 지났을 뿐이잖아. 집에 불이라도 났어?"

"아홉 시 비행기를 잡으려면 떠나야 해."

"뭐라고?"

머나는 완전히 깨어 살짝 놀란 채 침대에서 일어나 앉았다.

아래 거실에서 가마슈는 이미 일어나 침대가에 앉아 있었다. 그는 클라라와 보부아르를 돕겠다며 깨어 있으려 했었지만 자신의 존재가 필요 없다고 설득당했다. 전혀 없다고.

"성과가 있었나?" 그가 피곤하지만 열정적으로 보이는 장 기에게 말했다.

"세 시간 안에 라 말베에서 출발하는 비행기가 있습니다. 그게 우리를 타바켄으로 데려갈 겁니다."

"정말?" 클라라가 계획을 설명했을 때 머나가 물었다. "그냥 차를 탈 순 없어?"

"길이 없어." 클라라가 덩치 큰 여자를 작은 침대에서 나오게 구슬리려 애쓰며 말했다. "거긴 어촌이야. 들어가는 유일한 길은 배를 타거나 비행기를 타는 거지."

"우린 비행기를 택했습니다." 보부아르는 샤워 중인 가마슈에게 설명하고 있었다. "마을마다 서고 온종일 걸리겠지만 저녁 식사 시간에 맞춰 도착할 겁니다."

그들은 옷을 입고 7시에 문을 나섰다.

샤르트랑이 자신의 밴 옆에 서 있었다.

"우린 우리 차로 갈 겁니다." 장 기가 자신의 가방을 트렁크에 던져 넣으며 말했다.

"나도 당신들과 함께 갈 겁니다." 샤르트랑이 말했다. "차 두 대를 가져갈 필요가 없죠. 돌아와서 당신들 차를 가져가면 됩니다."

두 남자는 서로 응시했다.

"타요." 클라라가 말했다.

그녀는 밴에 올라 장 기를 보고 자기 옆자리를 두드렸다.

보부아르는 그녀를 본 다음 샤르트랑을 보았다. 그리고 마지막으로 어깨를 으쓱하는 가마슈를.

"들었잖나, 장 기. 자네 소지품을 챙기게."

"파트롱," 장 기가 입을 열었지만 가마슈는 보부아르의 말을 막기 위해 그의 팔에 손을 올렸다.

"클라라가 리더야. 그녀는 자신이 하는 일을 아네."

"그녀는 언젠가 칩인 줄 알고 포푸리_{말린 꽃, 나뭇잎 등을 섞은 방향제}를 먹은 적이 있죠." 장 기가 말했다. "목욕용 소금인 줄 알고 수프 가루를 풀어 목욕했고요. 진공청소기를 조각상으로 만들었고요. 그녀는 자신이 뭘 하는지 모릅니다."

가마슈가 미소 지었다. "적어도 만사가 틀어지면 이번만은 탓할 사람이 있네."

"파트롱이 탓하시겠죠." 보부아르가 자기 가방을 밴 뒤에 던지며 중얼거렸다. "어쨌든 전 늘 파트롱을 탓했으니까요. 전 맨 위에 있지 않습니다."

20분 뒤에 샤르트랑은 라 말베에 있는 작은 공항으로 핸들을 꺾어 판잣집에 차를 댔다.

"저게 그거예요?" 머나가 아스팔트 위의 작은 비행기를 보며 물었다.

"그런 것 같군요." 가마슈가 그렇게 말했고, 그에 대해 생각하지 않으려 애썼다. 그는 외딴 마을로 가는 작은 비행기를 타는 것이나 조종사 대부분이 활주로로 간주하지 않을 곳에 착륙하는 것에 익숙했다. 하지만 그것은 결코 즐겁지 않았다.

"비상구 열 찜." 머나가 말했다.

판잣집에서 젊은 남자가 나와 그들을 화물인 양 가늠하며 쳐다보았다. "저는 마르크 브로사르 조종삽니다. 지난밤에 이메일 주신 분들이시죠?"

"맞습니다." 장 기가 말했다. "타바켄까지 네 사람이요."

"다섯입니다." 샤르트랑이 말했다.

보부아르가 몸을 돌려 그를 마주했다. "당신은 우리를 내려 줬어요. 그걸로 충분합니다. 우리랑 같이 갈 순 없습니다."

"하지만 난 할 수 있습니다. 표만 사면 되죠." 그가 젊은 비행사에게 신용카드를 건넸다. "봐요. 쉽군요. 난 날 수 있습니다."

그가 그 말을 너무 피터 팬처럼 해서 머나는 웃음을 터트렸다. 보부아르는 웃지 않았다. 그는 갤러리 소유주를 노려보고 가마슈를 향했다.

"우리가 할 수 있는 건 없네, 장 기."

"우리가 시도하지 않는다면요," 그가 말했다. "파트롱."

가마슈가 보부아르에게 몸을 숙이고 말했다. "우린 그를 막을 수 없네. 그리고 우리가 그러고 싶을까?"

하지만 보부아르는 포기하지 않았다. "자리가 있기는 합니까?"

"한 사람 더를 위한 자리는 언제나 있다고 우리 엄마가 말씀하셨죠." 조종사가 그렇게 말했고, 샤르트랑에게 카드를 돌려주며 동쪽을 보았다. "서두르는 게 좋겠어요."

"왜요?" 머나가 물었고, 물은 것을 후회했다. 때로는 모르는 게 최고였다.

"아침의 붉은 하늘." 조종사는 보랏빛 섞인 붉은 하늘을 가리켰다. "선원들은 경고로 받아들이죠."

"당신 어머니가 하신 또 다른 말입니까?" 보부아르가 물었다.

"아뇨. 우리 삼촌이요."

"하지만 당신은 파일럿이고, 이건 배가 아닌데요." 클라라가 말했다.

"다를 거 없습니다. 나쁜 날씨를 뜻하죠. 배가 더 나을 겁니다." 그가 머나에게서 가마슈에게 눈을 돌렸다. "밸러스트배에 실은 화물의 양이 적어 배의 균형을 유지하기 어려울 때 안전을 위하여 배의 바닥에 싣는 중량물. 바토bateau 배에서는 좋죠. 비행기에서는 별로고요."

"아마 그는 남아야겠군요." 장 기가 샤르트랑 쪽으로 손짓했다.

갤러리 소유주는 그들을 등지고 야한 일출을 응시하고 있었다.

"안 돼요." 클라라가 말했다. "그는 우리에게 친절했어요. 그가 가고 싶다면 그래도 돼요."

"농담이겠죠?" 보부아르가 가마슈에게 씩씩댔다. "'친절'한 걸로 결정을 내린다고요?"

"그게 지금까진 효과가 있지 않았나?" 가마슈가 불만으로 붉어진 보부아르의 얼굴을 지켜보았다.

머나가 다가왔다가 그의 붉은 얼굴을 보고 경계하더니 몸을 돌렸다.

"갑니까?" 조종사가 그들의 짐을 싣고 비행기 문가에 서 있었다.

그들은 몰려들었고, 조종사는 무게가 균등하게 분배되도록 그들이 앉을 자리를 정해 주었다. 그럼에도 비행기는 한쪽 날개를 위험하게 떨어뜨리고 거의 활주로를 스치며 뒤뚱뒤뚱 날아올랐다. 한쪽에 앉은 가마슈와 클라라는 가운데로 몸을 기울였다. 결국 영차영차 하는 뱃사람들처럼.

그리고 이내 그들은 하늘에 떴고, 궤도에 올랐다. 비행기가 선회했고, 장 기의 몸이 그 회전으로 이동했을 때 창문에 얼굴이 짓눌린 가마슈는 위에서만 보이는 것을 볼 수 있었다.

분화구. 수백만 년 전 유성이 충돌한 거대하고 완벽한 원. 그 우주적 재난은 모든 생명체를 쓸어 버렸다. 그리고 생명이 창조되었다.

비행기는 다시 기울어져 동쪽으로 향했다. 거기서 벗어나. 그리고 붉은 하늘로.

"이 루트로 운항한 지 좀 됐나요?" 클라라가 웅웅거리는 엔진 소리에 맞서 소리쳤다.

그녀는 마침내 기도를 멈추었고, 비명을 지르지 않고 입을 열어도 안전하다고 느꼈다.

"몇 년이요." 그가 되받아 소리쳤다. "열여덟 살 때 시작했습니다. 가업이죠."

"비행이요?" 클라라가 살짝 더 자신감을 느끼며 물었다.

"과일이요."

"뭐라고요?"

"오, 세상에." 머나가 소리쳤다. "내버려 두고 그가 비행에 집중하게 해 줘."

"위, 과일이요. 강가에는 신선한 과일이 많지 않고, 바토로는 너무 오래 걸려서 우린 과일을 싣고 비행해요. 대부분 바나나죠."

그 뒤를 이은 것은 다양한 과일이 썩는 데 얼마나 걸리는지에 대한 독백이었다. 그가 말을 멈췄을 즈음 그들은 자신들 모두가 상했다고 꽤 분명히 느꼈다.

"승객은 얼마나 자주 태웁니까?" 장 기가 화제를 바꾸려는 절박한 마음으로 물었다.

"최근엔 많았지만 드문 경우죠. 강가로 가려는 사람은 대부분 배를 타거든요. 더 오래 걸리지만 더 안전하죠."

누구도 더 묻지 않았고, 클라라는 다시 기도로 돌아갔다. 오, 주님. 은혜로이 내려 주신 이 음식과……

"최근에 뤼크 바숑을 태웠습니까?" 장 기가 물었다.

"라 뮤즈의 사장이요? 위. 며칠 전에요. 좀 이르긴 했지만 강가로 가는 그의 연례 여행이죠."

"어디로 갔습니까?" 가마슈가 물었다.

"타바켄이요. 그림을 그리러요. 그가 매년 여름 그러듯이. 올해엔 제가 그를 거기까지 태워다 줬지만 여름에 보통 그가 배를 타게 셉틸르에 내려 줍니다. 예술가는 다 배를 선호하죠. 그게……,"

"……더 안전하다고요. 그래요, 우리도 압니다." 보부아르가 말했다.

조종사가 웃음을 터트렸다. "저는 더 예쁘다고 말하려 했습니다. 화가들은 예쁜 걸 좋아하는 것 같더군요. 메, 프랑슈망Mais, franchement 하지만 분명히 말하는데, 사실은 더 안전하지 않아요. 로어 노스 쇼어로 가는 안전한 길은 없습니다. 우린 난기류가 있고, 배는 무덤들이 있죠. 그러니 다 헛소리예요."

"입들 열지 마요." 머나가 타는 듯한 눈으로 그들과 눈을 맞추며 씩씩 댔다.

작은 비행기는 기류에 휘청거렸다. 내려가고 떨어지고 다시 올라가면서. 조종사는 재빨리 비행으로 주의를 돌렸다. 뒤에서 그들의 눈이 커졌고, 클라라는 머나의 손을 움켜쥐었다.

이 모습을 보면서 장 기는 여자들을 질투했고, 자신이 경감의 손을 쥐면 경감이 어떻게 받아들일지 궁금했다.

비행기는 다시 내동댕이쳐졌고, 보부아르는 가마슈의 손을 움켜쥐었다가 비행기가 다시 중심을 잡자 놓았다.

가마슈는 그를 보았지만 아무 말 하지 않았다. 누군가가 소중한 생명을 위해 다른 누군가를 필사적으로 잡은 것이 처음이 아니라는 것을 둘 다 알았다. 그리고 돌아가는 사정으로 보아 마지막도 아닐 것이었다.

"피터." 클라라가 워낙 힘차게 소리쳐서 보부아르는 그 남자가 자신들과 같이 있는지 둘러보고 싶은 유혹을 느꼈다.

클라라가 앞으로 몸을 숙였다. "내 남편을 태워 줬나요? 피터 모로?"

"데졸레Désolé 미안합니다, 부인." 완벽하게 이중 언어를 구사하고 두 언어를 섞어서 말하는 듯 보이는 조종사가 말했다. 프랑스어가 섞인 영어를. "저는 이름을 기억 못 해요. 화물만 기억하죠. 그리고 과일이랑. 이제 레몬……."

"그는 타바켄으로 갔어요." 클라라가 재빨리 말을 잘랐다. "키 큰 남자요. 영국계."

조종사가 고개를 저었다. "저한텐 별 의미 없습니다."

머나가 휴대전화를 꺼내 몇 번 터치한 뒤 클라라에게 건넸고, 그녀는 잠시 망설였다.

"오, 아무려나." 그녀가 말했다. "어차피 다 죽을 텐데, 뭐."

그녀는 조종사에게 사진을 보여 줬고, 그가 웃음을 멈추고 가리켰다. "이게 당신이에요?"

"그건 중요하지 않아요. 이 남자 알아보겠어요?"

"그럼요. 키 크고 나이 든. 영국계요."

"나이 든?" 클라라가 말했다.

"그가 말한 가장 중요한 건 그게 아닐 거야." 머나가 말했다. "우리는 다 그에게 늙어 보여. 그는 아직 거의 안 상했잖아."

비행기가 쿡 찔린 것처럼 살짝 떨었다.

"오, 젠장, 그게 저기 가는군요." 장 기가 말했다.

"저게 뭔데요?" 클라라가 물었다.

"뭐가?" 머나가 클라라가 어디를 가리키고 있는지 창문 밖을 미친 듯이 쳐다보며 따졌다.

"저건 보급선이에요." 조종사가 말했다.

"예술가들이 탄다는 거요?" 클라라가 물었다.

그들 아래로 강이 있었고, 그들은 그 위의 배를 보았다. 위에서 보니 그것은 시가처럼 보였다.

"위."

"배가 타바켄에 도착하는 데 얼마나 걸리죠?" 그녀가 물었다.

"셉틸르에서요?" 조종사는 생각했다. "하루, 어쩌면 이틀쯤. 날씨에 달렸죠."

"우리를 거기로 데려다줘요."

"어디요?"

"셉틸르요."

"클라라?" 머나가 물었다.

"클라라?" 가마슈가 물었다.

"피터가 배를 탔다면, 우리도 그럴 거예요."

"클라라?" 장 기가 물었다.

"하지만 피터가 아직도 거기 타고 있는 건 아니잖아." 머나가 말했다.

"나도 알아. 하지만 그가 배를 탄 이유가 있어."

"아마도." 머나가 말했다. "하지만 우리가 그러지 말아야 할 이유도 있지. 가능한 한 빨리 타바켄에 가는 게 최선이지 않을까?"

"왜?" 클라라가 물었다.

"피터를 찾으러."

"그가 배에서 내렸다면?" 클라라가 물었다. "그가 거기에 가지 않았다면? 안 돼. 우린 그의 발자취를 쫓아가야 해, 가능한 한 바짝."

보부아르는 가마슈에게 몸을 돌렸다. 그들의 코가 거의 닿았고, 움켜쥔 손은 아주 단단했다. 그리고 보부아르의 눈빛은 착각의 여지가 없었다. 그 간절함.

장난은 끝났다. 그들은 즐거움을 누렸다. 그들은 클라라가 자신들을 이끌게 했다.

하지만 이제 책임을 질 때였다.

"파트롱." 보부아르의 목소리는 경고로 가득했다.

"클라라가 리더네, 장 기." 그렇게 말하는 가마슈의 목소리가 울부짖는 엔진 소리를 뚫고 간신히 들렸다.

"저 배가 거기에 반도 가기 전에 우린 저 마을로 날아가서 피터에게 무슨 일이 있었는지 알아낸 다음 집에 있을 수 있습니다." 보부아르가 말했다. "그러고 싶지 않으세요?"

가마슈는 거대한 강에서 너무도 작은 그 배를 내려다보았다. "우린 클라라에게 약속했네." 그는 장 기에게 몸을 돌렸다. "게다가 그녀가 옳을지도 모르네. 지금까지 그랬으니까."

보부아르는 경감의 깊은 갈색 눈과 얼굴의 주름을 바라보았다. 관자놀이께 깊은 상처를. 그 머리카락은 이제 거의 완전히 회색이었다.

"두려우십니까?" 보부아르가 물었다.

"뭐가 말인가?"

"다시 리더가 되시는 게? 책임을 지시는 게?"

길르앗에 유향이 있다……. 가마슈의 주머니 속 책이 그의 옆구리를 파고들었다. 가시. 그가 잊지 않게. ……죄로 고통받는 영혼을 치유하길.

"우린 여기 클라라를 도우러 왔네. 그 이상은 아니야." 가마슈가 되풀이했다. "내가 개입해야 한다면 그럴 걸세. 하지만 그전엔 아니네."

장 기가 외면할 때 가마슈는 그 친숙한 눈에서 친숙하지 않은 무언가를 보았다.

의심.

비행기는 착륙했다기보다 하늘에서 떨어졌다. 비행기는 포장도로를 쿵 때리고 미끄러지다 멈췄다.

"휴." 불멸의 조종사가 활짝 웃으며 말했다. "바나나에 흠이 생길 뻔했네요."

머나가 확실한 죽음을 모면한 자극적인 즐거움에 웃음을 터트렸다.

그들은 경비행기에서 기어 나와 활주로에 섰다. 그리고 강을 보았다. 비행기는 세인트로렌스강 몇 미터 내에 멈춰 있었다.

"타바르낙." 샤르트랑이 그렇게 말하고 여자들에게 돌아섰다. "미안합니다."

"메르드." 머나가 그렇게 말하고 샤르트랑에게 돌아섰다. "미안해요."

"이건 공항이 아니군." 가마슈가 주변을 둘러보며 말했다.

조종사는 그들의 짐을 포장도로에 던지고 있었다.

"공항은 크지." 가마슈가 말했다. "제트기들이 내리고요. 이건······."

그는 주변을 돌아보았다. 강, 숲, 강.

"이건······."

"감사 인사는 됐습니다." 조종사가 그렇게 말하며 마지막 가방을 짐 더미 위에 던졌다.

"진지하게," 가마슈가 말했다. "우리가 있는 데가 어딥니까?"

조종사가 가리켰다. 수평선 위에 점이 있었다. 그리고 그들이 지켜보는 동안 그것이 커졌다. 그리고 형태를 갖추었다. 배 형태.

"루 드 메르Loup de Mer. 저 배는 저기 댑니다." 그가 5백 미터 떨어진 부두를 가리켰다. "여긴 오래된 화물 항공 활주롭니다. 서두르시는 게 좋겠군요."

"타바르낙." 머나가 가방을 들며 말했다.

"메르드." 샤르트랑이 말했다.

그들은 고르지 않은 활주로를 가로지르다 우르릉대며 활주로를 달려 이륙하는 비행기를 지켜보려고 멈추었다. 땅에서 그것은 불편한 무언가가 자유로워진 것처럼 이상하리만치 우아해 보였다.

비행기와 그 안에 탄 소년은 실제로 이 땅이 아닌 하늘을 위해 준비된 것처럼 보였다.

비행기는 까딱거리고 기울어지며 태양으로 날아들었다. 그리고 사라졌다.

이내 그들은 등을 돌려 루 드 메르가 막 도착하고 있는 부두를 향해 걸었다.

바다 늑대Loup de mer.

그 강가를 잘 아는 가마슈는 자신들이 처한 상황을 클라라가 아는지 궁금했다.

34

두 선실이 남아 있었다. 제독실과 선장실.

여자들이 선장실을 쓰고, 제독실이 두 선실 중에 좀 더 클 테니 세 남자가 함께 제독실을 쓰기로 결정되었다.

그들은 피터의 사진을 항만 관리소장에게, 표 판매원에게, 수석 승무원에게, 직원이라고 생각했지만 알고 보니 같은 승객이었던 어떤 여자에게 보여 주었다.

그들 중 아무도 피터를 알아보지 못했다.

"어쩌면 그는 배를 타지 않았을지도 몰라." 머나가 말했다. "그가 배를 탔는지 우린 조종사에게 구체적으로 물어봤던 것 같지 않아."

클라라는 한 손에 가방을 들고, 다른 손에는 이제 상당히 닳은 피터의 사진을 들고 그에 대해 생각했다.

"그래도 조종사는 그 사진에서 그를 알아봤어." 머나가 말했다. "어떻게 알아봤는지 모르겠지만. 그의 얼굴 대부분이 연기에 가려졌는데도."

저 예리한 한쪽 눈을 빼고. 가마슈는 생각했다. 예술가의 눈이 아닌 빈틈없이 재는 눈. 그의 어머니의 눈.

젊은 조종사와 나눈 모든 대화에서 무언가가 가마슈를 신경 쓰이게 하고 있었다. 그리고 어쩌면 머나가 그걸 짚었는지도 몰랐다. 자신의 승객들을 농작물로 여긴다고 인정한 그 젊은이가 저 오래된 사진으로 피터를 알아봤다는 것이 이상해 보였다.

하지만 그는 클라라 또한 알아봤으니, 그 젊은이는 얼굴을 보는 눈이 있는지도 몰랐다.

"그를 알아보는 사람이 있다면," 클라라는 피터의 최근 사진을 들었다. "매일 배를 어슬렁대는 그를 본 직원일 거예요. 선장이 아니라, 항만 관리소장이 아니라."

"좋은 지적입니다." 가마슈가 말했다.

그리고 클라라가 옳았다. 여자들을 선장실로 안내한 승무원은 그를 알아보지 못했지만 남자들을 안내한 승무원은 알아봤다.

"그 사람은 독실을 썼습니다." 그 승무원이 말했다. "혼자 지냈죠."

"어떻게 그를 기억합니까?" 장 기는 자신들이 어둡고 좁은 복도로 그를 따라가고 있을 때 물었다. 이건 확실히 퀸메리호가 아니었다.

"그를 지켜봤거든요."

"왜죠?" 보부아르가 물었다.

"뛰어들까 봐 걱정돼서요."

그 말이 그들을 복도 한가운데 멈춰 서게 했다.

"무슨 뜻입니까?" 가마슈가 물었다.

"사람들이 그러거든요." 젊은 승무원이 설명했다. 그는 작고 나긋나긋했다. 강한 스페인 억양에. "특히 조용한 사람들이요. 그는 조용했죠. 혼자였고요."

그들은 복도를 계속 따라간 다음, 놀랍게도 두 층계참을 내려갔다.

"승객 대부분은 배가 움직이면 흥분하죠. 서로 얘기를 나누고요. 서로를 알려고요. 할 일이 많지 않으니 함께 어울리기 시작해요. 당신들 친구는 안 그랬습니다. 그는 달랐어요."

"그가 뛰어들려는 것 같았습니까?" 가마슈가 물었다.

"아뇨. 그 사람은 괜찮았어요. 그냥 달랐죠."

거듭 되풀이되는 그 말. 평생 집단에 순응하려 애썼던 피터 모로는 결국 달랐다.

"그가 어디서 내렸습니까?" 장 기가 물었다.

"기억나지 않습니다."

그들은 제독실에 다다랐다. 승무원이 문을 열었고, 손바닥이 보이게 손을 들고 있었다.

보부아르는 그를 무시했지만 가마슈가 그에게 20달러를 주었다.

"이십이요, 파트롱? 정말요?" 보부아르가 낮은 목소리로 물었다.

"구명보트 자리를 누가 나눌 거라고 생각하나?"

"오."

"오." 가마슈가 말했다.

그들은 안으로 들어섰다. 거의. 그들 셋은 가까스로 안에 설 수 있었고, 그들이 전부 어떻게 누울지는 확실치 않았다.

"이게 제독실이라고요? 착오가 있는 게 분명합니다." 샤르트랑이 두 남자에게 부딪히지 않고 몸을 돌리려 애쓰면서 말했다.

"반란이 있었나 보네요." 보부아르가 말했다.

가마슈는 눈썹을 치켜올렸다. 이곳은 구금실에 가까워 보였다. 그리고 변소 같은 냄새가 났다. 그들은 실로 이 배의 가장 깊은 곳에 있었다.

루 드 메르가 요동쳤고, 부두를 떠났다.

"봉 부아야주Bon voyage 즐거운 여행을." 승무원이 문을 닫으며 말했다.

물결치는 둥근 창밖으로 남자들은 물러나는 육지를 보았다.

머나는 수도꼭지를 잠그고 온도가 적당한지 확인하며 물을 휘휘 저었다. 거품 욕조에서 피어오른 라벤더 향이 마호가니 욕실을 채웠다.

양초들이 불을 밝혔고, 승무원이 진한 카푸치노 두 잔과 따뜻한 크루아상과 잼이 든 바구니를 가져왔다.

자신들의 승무원이 분명히 피터를 알아봤다는 것을 알려 주려고 아르망이 전화했었다. 클라라는 안도했고, 마침내 긴장을 풀 수 있겠다고 느꼈다.

그녀는 바삭바삭한 크루아상 끝을 찢으며 선실에 있는 소파에 기대앉았다.

그들은 항해 중이었다.

클라라는 선실 저편 욕실의 머나가 구리 욕조에 더 깊이 가라앉으며 몸 위에 산과 계곡 들의 거품을 만드는 모습을 보았다.

머나가 〈술 취한 선원을 어떻게 하지19세기 초 뱃노래?〉를 흥얼거릴 때 클라라가 "마침내 자기 배가 들어온 걸 알겠네."라고 말했다.

"난 타고난 뱃사람이야." 그녀가 말했다.

머나가 목욕하는 동안 클라라는 카푸치노를 홀짝이면서 커다란 창문 너머를 응시하며 동쪽으로 향하는 루 드 메르를 스치는 오래된 울창한 숲과 만을 바라보았다.

장 기와 아르망은 루 드 메르의 난간에 기댔다. 배는 파도 속으로 곧장 향했고, 두 남자는 그 리듬에 거의 홀린 듯 배 옆을 응시했다. 뱃머리가 솟구쳤다 떨어지며 파도를 갈라 그들의 얼굴에 가벼운 물보라를 흩뿌렸다.

그것은 상쾌하면서 마음을 달래 주었다.

가마슈가 옛 퀘베쿠아들의 자장가를 흥얼거린다면 장 기는 자신이 그 즉시 잠에 빠질 거라는 걸 알았다.

세 텅 그랑 미스테르C'est un grand mystère 그것은 커다란 수수께끼

드퓌 트루아 뉘 크 르 루 위를 라 누벨Depuis trois nuit que le loup, hurle la nouvelle 늑대가 사흘 밤 그 소식을 울부짖네

그 곡조를 떠올리는 것만으로 장 기는 눈꺼풀이 처지기 시작하는 것을 느꼈다. 그리고 깜빡거리는. 더 무겁게, 더 무겁게. 세 텅 그랑 미스테르. 어머니의 목소리가 그를 위해 노래했다. 황무지에 관한. 늑대와 여우 들. 두려움에 관한. 그리고 구제에 관한. 안전해지는 것.

천천히 떨궈진 머리가 정신이 들었을 때 홱 젖혀졌다.

"아침을 좀 들지." 가마슈가 말했다. "카페테리아가 있을 거야."

그들은 마르셀 샤르트랑이 화장실을 먼저 쓰게 했다. 그들이 방값을 치렀을 때 승무원은 그들에게 그 방이 엉 스위트en suite 스위트룸임을 보장했었다.

그렇지 않았다. 해양 용어로 '엉 스위트'가 어두운 복도 끝 작고 더러운 화장실을 공유한다는 뜻이 아니라면.

"우리 방이 제독실이라면 선장실은 얼마나 나쁠지 상상이 되세요?" 장 기가 말했다.

"내가 피터와 관련해 두 사람에게 전화했을 때 어떠냐고 물어봤네. 그들은 불평하지 않더군."

"놀랍군요." 장 기가 말했다. "제가 그들이라면 분명 그랬을 텐데요."

"자네가 그들이라면?" 가마슈가 물었다.

그들이 찾은 카페테리아는 막 문을 닫았다.

"데졸레Désolé 최송합니다." 승무원이 말했다. "저쪽에서 커피를 드실 수 있습니다."

그는 동전을 넣는 기계를 가리켰다.

"잔돈이 없는데." 가마슈가 주머니를 더듬으며 말했다. "자네는?"

보부아르가 미친 듯이 자신의 주머니를 뒤집었다.

"메르드."

그들은 자판기를 응시했다.

"근사했어." 머나가 마호가니 식탁 앞 의자에 기대며 말했다.

베이컨과 달걀에 예기치 않게 제공된 작은 훈제 송어 살코기를 곁들인 아침 식사가 끝났고, 이제 그들은 커피를 마시며 과일을 우물거리고 있었다.

"우리 선실이 이렇게 좋다면," 클라라가 목욕하러 일어나며 말했다. "남자들 방은 얼마나 근사할지 상상이 가? 제독실이라니. 와."

머나는 배에서 제공된 푹신한 가운에서 깨끗한 옷으로 갈아입었고, 욕조로 들어가는 클라라의 신음을 들었다.

"난 나가 볼게." 머나가 문간에 서서 욕실을 향해 말했다. "거기서 괜찮겠어? 잠들지 않겠지, 응?"

"익사해서 이 여행의 나머지를 놓치라고?" 클라라가 물었다. "그럴리가. 나를 이 배에서 내리게 하려면 경찰을 불러야 할 거야. 어디 가?"

"경찰들을 만나러."

머나는 놀라우리만치 우중충한 복도 끝에서 그들의 선실을 발견했다.

문 위의 명판에 정말로 제독실이라고 쓰여 있는지 재차 확인하며 그녀는 문을 두드렸다. 장 기가 문을 열었고, 실제로 그다지 멀지 않은 뒤에서 아르망이 보였다. 샤르트랑의 코트 주머니를 뒤지고 있는.

"잔돈을 찾고 있었습니다." 그는 말을 더듬더니 평정심을 되찾으며 어깨를 펴고 어느 정도 위엄을 갖춘 다음 말했다. "커피 자판기에 쓸 잔돈 말입니다."

"물론이죠." 머나가 말했다. 가능했다면 그녀는 방에 들어갔을 터였다. 대신에 그녀는 머리를 집어넣고 둘러보았다.

깨지고 구부러진 합판이 벽을 덮어 극히 작은 방을 한층 더 작아 보이게 했다. 벽에 붙은 싱글 사이즈 침상은 낮에는 좁은 소파로 바뀌었다. 둥근 창은 더께가 앉아 있었다. 좀약과 오줌 냄새를 풍기는 곳.

"우리가 더 나은 방을 쓰게 돼서 미안합니다." 가마슈가 말했다. "당신들 방은 꽤 음침하겠군요. 바꾸고 싶습니까?"

장 기가 몸을 돌려 그에게 불쾌한 시선을 던졌다.

머나는 자신과 클라라는 자신들이 있는 곳이 괜찮다고 그에게 장담했다. 자신들은 어떻게든 버텨 나가겠다며. 그녀는 그들에게 자신이 가진 잔돈을 전부 주었다.

그런 다음 떠났다.

강가를 따라가는 첫 기항지는 세인트로렌스만에 있는 앤티코스티섬이었다.

"여기 보면," 클라라가 승객 라운지에서 발견한 안내 책자를 읽으며 말했다. "앤티코스티에서 사백 건의 조난 사고가 있었대요."

"오, 정말요." 장 기가 팔짱을 끼며 말했다. "더 말해 봐요."

"보아하니 만의 무덤으로 알려졌군요." 그녀가 말했다.

"저는 비꼬는 중이었습니다." 보부아르가 말했다.

"알아요." 클라라가 말했다. "하지만 적어도 우린 이제 배를 타는 큰 도전이 무덤들이라고 조종사가 말했을 때의 그 의미를 알아요. 그걸 일 찌감치 지나쳐야죠."

"그건 무덤들이 아닙니다." 가마슈가 말했다. 그는 라운지에 있는 내 열성 합판으로 된 테이블에서 몸을 일으켜 창가로 걸었다. 창문의 줄진 얼룩 사이로 그는 다가오는 섬을 볼 수 있었다. 섬은 거대했고, 거의 완 전히 버려졌다. 사람들에게서.

유일한 정착지는 3백 명도 안 되는 사람들이 사는 포트메니어였다.

하지만 강은 거대한 연어와 송어와 물개 천지였다. 그리고 숲은 사슴 과 무스와 뇌조 천지였다.

문을 지나 갑판으로 나서는 가마슈를 클라라, 머나, 장 기, 마르셀 샤 르트랑이 뒤따랐다. 공기가 베생폴보다 더 차가웠다. 더 신선했다. 숲에 드리워진 안개가 강으로 기어들어 땅과 물과 공기 사이의 경계를 누그 러뜨렸다.

그들은 과거에 다가가고 있는 것처럼 느껴졌다. 우주 여행, 휴대전 화, 보톡스 시대에는 존재할 성싶지 않은 너무나 무성하고 푸르고 훼손 되지 않은 아름다움을 간직한 태고의 숲.

거주지의 유일한 흔적은 등대와 물가를 따라 줄지어 있는 밝은 빛을 띤 나무로 된 집들이었다.

"저게 뭐죠?" 클라라가 물었다.

"뭐요?" 샤르트랑이 물었다.

"저거요." 클라라가 한쪽으로 고개를 젖히고 허공을 가리켰다.

박수갈채. 박수.

그녀는 물가를 살폈다. 어쩌면 전통일지도 몰랐다. 보급선이 도착하면 주민들이 나와 박수를 치는지도. 그녀라면 그럴 터였다.

하지만 그것은 전혀 맞지 않았다. 그것은 전혀 인간이 아니었다.

"저건 나무들입니다." 샤르트랑이 말했다. 그는 클라라가 부두에서 돌린 시선을 숲으로 향할 때까지 그녀를 부드럽게 인도했다.

"저들이 우릴 보고 기뻐하는군요." 그가 차분하게 말했다.

클라라는 그의 얼굴을, 그의 눈을 들여다보았다. 그는 그녀를 보고 있지 않았다. 그는 숲에 빠져 있었다. 희미한 바람에 함께 박수 치는 잎들이 달린 기쁜 나무들.

그녀 옆에서 머나가 안내 책자를 내려다보았고, 그 나무들이 사시나무라고 불린다고 그들에게 말할 엄두가 나지 않았다. 그리고 그것들이 다가오는 배를 보며 무언가를 느꼈다면 그것은 경고일 거라고. 자신이 나무라면 자신 역시 그럴 것이었다.

"우리는 부두에 배를 대고 보급품을 내릴 겁니다." 양철이 부딪히는 듯한 장내 방송이 알렸다. "승객 여러분은 해변에 나가셔도 좋지만 우리가 네 시간 안에 떠난다는 사실을 주지하시기 바랍니다."

'승객이 타든 안 타든'이 내포되어 있었다.

"배에서 떠날 수 있겠군요." 보부아르가 말했다. "우리가 전세 낼 수 있는 비행기가 있을 겁니다."

"아뇨. 우린 배에 남아요." 클라라가 말했다. "미안해요, 장 기, 이게
당신의 우선 사항이 아니라는 건 알지만 피터가 이 길을 택했다면 우리
도 그래요. 우린 그가 어디서 내렸는지 몰라요. 여기일지도 모르고요."

포트메니어를 뒤지는 데는 네 시간이나 걸리지 않았다.

그들은 클라라와 샤르트랑 그리고 나머지 사람들로 나뉘어 각각 마을
의 조사할 부분을 맡았다. 배를 떠난 지 한 시간 뒤에, 그리고 그들이 찾
을 수 있는 모든 상인과 마을 주민과 얘기를 나눈 뒤에 머나, 장 기, 가
마슈는 마을의 유일한 레스토랑에 도착했다.

"시장하실 테죠." 가마슈가 머나에게 말했다. "내가 그렇다는 건 알겠
군요."

"먹을 수 있어요." 그녀가 말했다.

그들은 피시앤칩스를 주문했고, 보부아르는 피자도 시켰다. "그리고
포장 하나요." 그가 외쳤다. "모르는 법이니까요." 그가 가마슈에게 말
했다.

"솔직히 그 피자 상자를 선실에 가져갈 수 있을 것 같지 않은데." 가
마슈가 독서용 안경을 벗고 메뉴를 옆으로 치우며 말했다. "그리고 우리
가 피자를 먹으면 시간에 맞출 수 있을지도 약간 걱정되는군."

음식이 나오자 그들은 생선이 대구라는 것을 알았다.

"오늘 잡은 거예요." 젊은 종업원이 말했다. "그리고 감자도 신선한
오늘 겁니다."

그가 창밖의 그들이 타고 온 거대한 배를 손짓했다. 분명 '신선함'은
슬라이딩 스케일상황에 따라 요금을 조정하는 시스템이었다.

"배에서 내린 사람들이 많이 옵니까?" 가마슈가 물었다. 그는 바삭한 생선을 잘랐다.

"조금요. 대부분은 다리를 펴고 싶어 할 뿐이죠. 당신들처럼요."

"많이 머뭅니까?" 가마슈가 먹는 동안 장 기가 질문의 고삐를 잡았다.

"여기서요? 아뇨." 젊은이가 웃음을 터트렸다. "사냥꾼들이 사냥철에 일주일 정도 들어오죠. 낚시꾼들도요. 하지만 아무도 여기서 안 살아요. 우리 빼고는요."

그는 그에 대해 속상해 보이지 않았다. 어느 쪽인가 하면, 안도한 듯 보였다.

"우리는 친구를 찾고 있습니다." 가마슈가 말했다. 보부아르가 먹을 차례였고, 그가 말할 차례였다. "몇 달 전 루 드 메르를 탔을 겁니다. 큰 키에 영국계."

그가 웨이터에게 사진을 보였다.

"아뇨, 미안합니다." 웨이터가 사진을 살펴본 다음 건네며 말했다.

이제 레스토랑은 그 젊은이를 시릴이라고 부르는 사람들로 차고 있었다. 그들은 가리비며 대구 볼살이며 메뉴에 없는 온갖 것들을 주문했다.

"좀 들어볼 테요, 젊은이?"

통통하고 남자처럼 입은 나이 든 여자 중 한 명이 다가와 대구 볼살 바구니를 보부아르에게 권했다.

그는 고개를 저었다.

"아이고, 들어요. 저쪽에서도 당신이 침 흘리는 게 보였다오."

그 말에 사람들에게서 웃음이 터져 나왔고, 이제 중년 남자가 그녀에게 다가왔다. "오세요, 어머니. 이 멋진 분들을 귀찮게 하지 마시고요."

"오, 귀찮지 않습니다." 보부아르가 말했다. 그는 늙은 여인의 얼굴에서 희미한 상처의 표정을 보았었다. "하나 먹어도 될까요?"

그는 그녀의 바구니에서 작은 튀김 조각 하나를 집어 소스에 찍고 먹었다.

레스토랑이 조용해졌다.

그가 또 하나에 손을 뻗자 그들은 마치 월드컵에서 우승한 것처럼 환호했다.

나이 든 여인이 장 기의 손을 치는 척했다.

"이 테이블에 대구 볼살을 갖다 드리게, 시릴." 그녀 옆의 남자가 말했다.

한 시간 후 클라라와 마르셀이 도착했을 때쯤 머나와 한 무리의 여자는 레스토랑 한가운데에서 춤추며 주크박스를 따라 노래하고 있었다.

"남자는 똑똑해(여자는 더 똑똑해)." 그들은 크게 환호하며 머리 위로 팔을 흔들면서 노래하고 춤추었다.

장 기는 몇몇 낚시꾼과 잡담을 나누며 식당 저편에 있었다.

"좀 건졌어요?" 클라라가 마르셀과 함께 가마슈 옆 부스로 들어가며 물었다.

"아니요. 당신들은요?"

클라라는 고개를 젓고 무언가 말하려고 했지만 음악과 웃음소리 때문에 들리지 않았다.

"밖으로 나갑시다." 가마슈가 그녀의 귀에 소리쳤다. 그는 샤르트랑의 팔을 잡고 자리에 앉아 있게 했다. "대구 볼살과 칩을 주문해요. 후회하지 않을 겁니다."

그리고 그와 클라라는 나갔다.

"그게 뭡니까?" 그가 물었다. 그는 레스토랑에서 목소리를 내려고 애쓰는 그녀의 모습으로 다급함을 알아차렸었다.

"마르셀과 마을 주변과 물가를 걷고 있었어요." 그녀가 말했다. "그게 생각할 시간을 주었죠."

"위?"

"조종사가 그 오래된 사진에서 피터를 알아봤을 리 없어요."

그들은 빠르게 마을을 가로질러 이제 작은 부두에 서 있었다. 거기에 묶인 노 젓는 배가 부표에 부드럽게 부딪혔다.

가마슈가 그 이미지를 떠올리며 그녀를 응시했다.

"그건 너무 오래됐고, 너무 작았어요." 클라라가 줄달음치는 가마슈의 마음을 지켜보며 말했다. "그리고 피터의 얼굴은 연기 뒤로 거의 완전히 숨어 있었죠."

"맙소사, 그건 매시였군요." 아르망이 클라라와 같은 결론에 도달하며 말했다. "조종사는 매시 교수를 알아본 겁니다, 피터가 아니라."

그는 휴대전화를 꺼냈다. 전화기는 하나의 바bar에 매달려 바깥세상과의 접촉을 표시할 뿐이었다. 그가 스크린을 너무 빠르고 너무 능숙하게 두드려서 클라라는 놀랐다. 그는 늘 컴퓨터와 태블릿과 휴대전화 들을 불편해할 부류로 보였다.

하지만 그를 지켜보며 그녀는 이것이 여느 총만큼이나 강력한 도구라는 것을 깨달았다. 그것이 그에게 정보를 주었다. 그리고 어떤 수사관도 그것 없이 살아남을 수 없었다.

그는 그것을 몇 번 더 두드리고, 돌리고, 마을을 향해 빠르게 걷다가 멈췄다.

외로운 바가 깜박이고 있었다. 나타났다가 사라지며. 바깥세상과 이어진 실이 해져 끊어지는 중이었다. 이내 다시 나타나며.

"위, 알로Oui, allô 여보세요." 그가 우렁차게 말했다. "볼 코트 노르Vols Côte Nord 북해안 항공입니까?"

클라라는 그의 긴장한 얼굴을 지켜봤다. 전화기가 그 하나의 바를 움켜쥐려 애쓰듯 그의 귀에 짓눌렸다.

"우린 오늘 아침 라 말베에서 셉틸르로 비행했……,"

반대편의 사람이 분명 말하고 있었고, 끊겼다 이어지는 목소리에 집중하는 가마슈의 눈이 가늘어졌다.

"맞습니다. 그가 우릴 셉틸르에서 내려줬죠. 그 조종사가 벌써 돌아왔습니까?"

가마슈는 귀를 기울였다. 클라라는 그의 표정을 읽으려 애쓰며 기다렸다.

"언제요?"

가마슈는 좀 더 귀를 기울였다.

"날 그 비행기와 연결해 줄 수 있습니까?"

몇 발짝 떨어진 클라라도 그 웃음소리를 들었다.

"하지만 분명 할 수 있을 텐데요." 가마슈가 말했다.

이제 클라라는 빠른 프랑스어로 '멍청한', '불가능한', '망상의'처럼 들리는 말들을 들었다.

"당신은 할 수 있고, 난 전에 그런 경험이 있습니다. 그리고 그러고 싶습니다. 내 이름은 아르망 가마슈고, 퀘벡 살인 수사과 경감입니다.

명예직." 마지막 말은 끽해야 중얼거림이었고, 그는 클라라를 보고 찡긋했다.

전화 반대편에 누가 있건 그에게 명예직은 사라져 보인 반면, 가마슈의 권위 있는 어조는 그렇지 않았다.

가마슈가 듣는 동안 또 한 번 잠깐의 침묵이 따랐고, 마침내 그가 "메르시."라고 말했다.

클라라가 한 발짝 다가섰다.

"우릴 연결하는 중입니다." 가마슈는 그게 도움이 될 것이라는 양 하늘을 주시했다. 마침내 그는 클라라에게 짧게 한 번 끄덕했다.

"봉주르. 마르크 브로사르? 내 이름은 가마슈입니다. 당신이 오늘 우릴 셉틸르로 날라다 줬죠."

그의 옆에서 클라라는 그 끊어질 듯, 깨질 듯한 접속이 버텨 주기를 기도하고 있었다. 딱 1분만 더. 1분.

"위, 위." 가마슈가 말했다. "들어봐요." 하지만 젊은이는 계속 말했다. "내 말을 들어요." 가마슈가 날카롭게 말했다.

그리고 그 젊은 조종사는 그렇게 했다.

"우린 당신에게 아이폰 사진을 보여 줬습니다. 당신은 그 남자를 알아봤다고 했고요. 어느 남자였습니까?"

가마슈는 말하며 클라라의 시선을 끌었다. 이제 그는 들었고, 그 진지함에 클라라는 자신의 질주하는 심장을 느꼈다.

"거기엔 두 남자가 있었습니다." 가마슈가 명확하게 말했다. 커다랗게. "나이 든 사람과 젊은 사람."

클라라는 잡음을 들을 수 있었다. 접속은 불안했지만 아직 끊기지 않았다. 아직은. 아직은.

"그를 어디로 태워 줬습니까?"

가마슈는 들었다.

"언제?"

그는 들었고, 클라라는 그의 눈을 응시했다.

"언제?" 그가 눈에 놀라움을 내비치며 재차 말했다. "확실합니까?"

클라라는 목구멍으로 치솟는 심장을 느낄 수 있었다.

"우린 포트메니어에 있습니다." 가마슈가 말하고 있었다. "우릴 태우러 올 수 있습니까?" 잠시 말을 멈추었다가 그는 고개를 저었다. "이해합니다. 메르시."

그는 전화를 끊었다.

"그가 알아본 사람은 매시 교수였군요." 클라라가 확인했다. "피터가 아니라."

가마슈가 엄숙한 얼굴로 고개를 끄덕였다. "그가 어제 타바켄으로 날아갔습니다."

"당신들은 어디로 가요?" 노부인이 칸막이 자리로 들어와 보부아르 옆에 앉았다.

"강가 위로요." 그가 손짓했다.

"나도 그건 알아챘지. 어디로?"

"타바켄이요."

"정말?"

그가 웃음을 터트렸다. "정말이고말고요."

"자요." 그녀가 말했다. "이게 필요할 거라오."

그녀가 자신 옆 노가하이드Naugahyde 실내장식 등에 쓰이는 모조 가죽 의자 위에 놓여 있던 모자를 집어 그의 머리에 씌웠다.

"거기는 축축하고 춥다오."

"저는 북대서양으로 가는 게 아닙니다." 그가 모자를 벗고 머리카락을 매만지며 그녀에게 보장했다.

"댁은 자기가 어디로 가는지 전혀 몰라." 그녀가 카디건 주머니에서 무언가를 꺼내 그의 앞 테이블 위에 놓았다.

그는 그것을 보았다.

토끼 발. 아니, 토끼가 아니었다. 산토끼.

"이 섬에는 산토끼가 없다오." 그녀가 말했다. "몇 년 전 어느 방문객이 줬지. 그게 행운을 가져다줄 거라면서. 그리고 그랬다오."

그녀는 자신의 모든 아들을 보았다. 그리고 자신의 모든 딸을. 그녀의 음부가 아니라 그녀의 심장이 낳은 가족을.

"이건 댁 거라오." 그녀가 그 쪽으로 그것을 밀었다.

"이게 필요하시잖습니까." 보부아르가 그것을 되밀었다.

"나는 그걸 누렸다오. 이제 당신 차례지."

보부아르는 그것을 주머니에 넣었다. 그리고 그때 그는 길고 깊은 뱃고동을 들었다.

루 드 메르가 자신들을 부르고 있었다.

"어제?" 클라라가 헉하고 숨을 들이켰다. "며칠 전에 그를 봤는걸요. 그는 가는 것에 대해 어떤 말도 하지 않았어요. 이게 뭐죠?"

"모르겠습니다." 가마슈가 말했다. 그는 평온한 부두의 잔잔한 수면을 건너다보았다. 이내 눈을 떨구었다. 그는 부두 아래 쏜살같이 내달리는 물고기를 볼 수 있었다. 차고 깨끗한 물속에서 번득이는 은빛.

"노르망 교수가 타바켄에 있다." 그는 물고기에게 말했다. "그리고 이제 매시 교수가 거기로 갔지. 왜일까?"

"매시는 우리에게 거짓말했어요." 클라라가 말했다. "그는 노르망이 어디 있는지 몰랐다고 했죠."

"어쩌면 그때는 몰랐을지도 모르죠." 가마슈가 말했다. "어쩌면 우리의 질문이 그를 궁금하게 했고, 그 역시 그 파일을 봤는지도 모릅니다."

"하지만 그는 왜 거길 갔을까요? 그냥 길 아래가 아니라, 대륙을 반쯤 가로질러서요. 꽤 필사적이었을 거예요."

그래. 가마슈는 생각했다. 그게 적절한 단어였다. 그리고 그는 점점 자신이 거기에 가야 한다고 필사적으로 느끼고 있었다.

"조종사에게 여기서 우리를 태울 수 있는지 물었지만 기상이 악화됐다더군요. 모든 강가요. 마을 안이든 밖이든 비행할 수 없을 겁니다."

"그럼 어쨌든 오늘 타바켄에 갈 수 없는 건가요?"

"어떨지 모르겠군요." 가마슈가 말했다. "아침에 하늘이 붉었죠."

뱃고동이 깊고 애처롭게 들렸다. 그녀는 손목시계를 보았다. "배가 떠나요."

그녀는 선창으로 빠르게 걷기 시작했다.

"기다려요, 클라라. 다른 질문이 있습니다. 샤르트랑에 대한 겁니다."

클라라가 멈췄다. 그리고 몸을 돌렸다. "그가 뭐요?"

뱃고동이 또 한 번 울부짖었다.

"그가 왜 우리와 함께 왔다고 생각합니까?"

가마슈는 루 드 메르 옆에서 자신들에게 손을 흔드는 장 기를 볼 수 있었다.

"우리와 함께하는 게 좋으니까요?" 클라라가 의견을 제시했다.

"우리요?"

"그가 나 때문에 왔다고 생각해요?"

"당신 생각은 어때요?"

뱃고동은 이제 짧고 고집스러운 폭발음을 내고 있었다.

"그가 우리에게 가까워질 구실로 나를 좋아하는 척할 뿐이라고 생각하시는군요."

가마슈는 말이 없었다.

"나는 한 남자가 가게 문을 닫고 우리와 합류하기에 충분한 이유가 못 된다고 생각하세요?"

"그가 당신을 어떻게 보는지 봤습니다." 가마슈가 말했다. "그가 당신에게 얼마나 끌렸는지요. 그리고 당신이 그에게."

"계속하세요."

"난 그게 완전히 거짓이라고 생각하지 않습니다."

"완전히는 아니라고요. 친절하셔라."

하지만 가마슈는 정중하려고 애쓰는 반면 미끼를 물 생각은 없었다. "우린 모든 가능성을 탐구할 필요가 있습니다."

"예를 들면요?"

"샤르트랑은 노 맨을 알았습니다." 가마슈가 말했다. "나는 그가 노르망의 공동체든 사이비든 뭐든 간에 그 일원이었을 가능성이 있다고 생각합니다. 피터에게 타바켄에 대해 말한 사람이 샤르트랑이었을 수도 있다고 생각하고요. 그리고 그를 거기로 보냈고요."

"그건 범죄가 아니에요, 아르망. 당신은 그걸 악의적인 무언가로 몰아가고 있어요."

"당신이 옳습니다." 가마슈가 인정했다. "피터가 노 맨에 대해 물었고, 샤르트랑이 그를 어디서 찾을지 피터에게 알려 주었다면 거기엔 악의적인 게 없습니다. 사실, 그건 피터에게 호의를 베풀고 있었던 거죠. 다만……."

"뭐요?"

"그게 샤르트랑이 한 일이라면 왜 우리에게 말하지 않죠?"

그 말에 클라라는 할 말을 잃었다.

"왜 그걸 비밀로 할까요, 클라라? 그가 뭘 숨기려고 하는 걸까요?"

클라라는 한동안 조용했다. 침묵 속에서 그들은 자신들을 부르는 장기의 목소리를 들을 수 있었다.

"당신은 어째서 마르셀이 우리에게 합류하려 했는지 물으셨지만 왜 내가 동의했는지는 묻지 않았어요."

"내 생각엔……."

"내가 그에게 마음을 뺏겼다고 생각하셨어요? 작은 관심에 취약한 외로운 여자라서요? 정말 그렇다고 생각하세요?"

"음, 이제 아닙니다." 그가 너무 눈에 띄게 당황하며 말해서 클라라는 미소를 지었다.

장 기가 부두에서 미친 듯이 손짓하고 있었고, 떠나는 승무원들에게 길을 터 주길 거부하며 트랩 한가운데에 서 있었다.

"마르셀이 피터가 어디로 갔는지 알았고 우리에게 말하지 않았다면, 그건 그가 우리를 타바켄에서 계속 떼어 놓고 싶었기 때문이죠." 클라라가 말했다. "그가 우리를 주시하고 있을지 모르지만 나 역시 그를 지켜보고 있어요. 그게 내가 그를 우리와 함께 두려는 이유예요."

그녀는 몸을 돌려 선창으로 급히 걷기 시작했지만, 그러기 전에 돌아보고 말했다. "그리고 나는요, 아르망, 한 남자가 모든 걸 포기하기에 충분한 이유예요."

35

"허." 가마슈가 말했다.

해가 지고 있었고, 지금까지 그들의 여정은 제법 순조로웠다. 조종사가 예고했던 폭풍은 그들보다 앞서 있었다.

가마슈의 투덜거림에 장 기가 경감에게 시선을 옮겼다. 보부아르는 창문을 보고 있었다. 창밖이 아닌 창문을. 창에 비친 자신을.

"왜 그러십니까?" 보부아르가 물었다.

가마슈가 자신의 휴대전화에서 보부아르에게 눈을 돌렸다. 그 방수모 때문에 집중이 어려웠다. 그 모자는 선장이 '고래가 나타났다.'라고 외칠 때, 단지 그것을 못에서 잡아채 머리에 눌러쓴 것처럼 보일 작정으로 장 기가 30분이 넘도록 매만지고 위치를 바꾸고 인위적으로 조작해 의 기양양한 각도로 그의 머리에 얹혀 있었다.

"아주 자네답군, 형씨."

"자네 바다에 있어 본 적 있나, 빌리?" 보부아르가 가마슈에게 음흉한 시선을 던졌다.

"그건 그렇고, 자네와 나이 든 여인들과의 그건 뭔가?"

보부아르는 모자를 벗어 무릎 위에 놓았다.

"그들은 제가 그들을 사람으로 볼 뿐, 노인으로 보지 않는다는 걸 아 는 것 같습니다."

그리고 가마슈는 그것이 사실이라는 것을 알았다.

"제가 아니를 절대 노인으로 보지 않을 것처럼요. 심지어 우리가 그 렇게 되더라도요. 언젠가."

그리고 가마슈는 그것 역시 사실이길 바랐다. 그는 자기 옆 벤치에 앉 은 보부아르를 보았고, 지금으로부터 수십 년 뒤의 그를 보았다. 아니 와 소파에 앉아 있는. 스리 파인스의 그들의 집, 그들의 가정이 될 곳에 서. 책을 읽으며. 늙고 머리가 세어 난롯가에 앉은. 아니와 장 기. 그리 고 그들의 아이들. 그리고 손주들.

그들이 함께하는 날들.

자신과 렌 마리가 자신들의 날들을 누리고 있듯이. 이 상황 전까지.

보부아르가 가마슈의 손에 들린 전화를 향해 손짓했다. "뭡니까?"

"파르동Pardon 뭐라고?"

"메시지를 읽고 계셨습니까?" 보부아르가 넌지시 말했다.

"아, 위. 베생폴 경찰서에서 온 거네. 탐지견들이 뭔가를 발견했네."

보부아르가 딱딱한 벤치 위에서 몸을 움직여 경감을 똑바로 보았다.

"시체요?"

"아니, 아직은. 피터의 캔버스가 들어 있던 것처럼, 안에 판지가 말려 있는 금속 통이었네. 아무것도 그려 있지 않고. 어떤 가루를 빼면."

"헤로인이요? 코카인?"

"나도 서장이 테스트를 맡겼네."

가마슈는 물보라에 젖은 창문을 보았다. 이제 어두웠고, 보이는 것은 루 드 메르의 불 켜진 뱃머리뿐이었다. "그 집단은 사실 필로폰 공장이었을까? 그림은 마약 유통을 위한 위장이었을까?"

"헤로인과 코카인이 선박으로 퀘벡에 들어온다는 걸 우린 이미 압니다." 보부아르가 말했다. "막기가 거의 불가능하죠."

가마슈가 끄덕였다. "그게 베생폴에서 내려 숲속 노 맨의 공동체로 들어간다고 가정하면……."

"왜 그게 숲속에 있었는지 설명이 되겠죠." 보부아르가 말했다. "그리고 다른 예술인 집단이 세워진, 강을 내려다보는 자리가 아닌지. 그들이 원한 건 사생활이었고 누가 오는지 경계하는 것이었지, 경치가 아니었습니다."

"노 맨이 나누고 포장한다. 뤼크 바송이 그것들을 남쪽으로 보낸다. 노 맨의 그림들로 위장해서. 그 통들에 넣어서."

세인트로렌스강은 생명선인 동시에 공급선이기도 했다. 중독성 마약류를 포함해 온갖 불법적인 활동들을 위한.

"어쩌면 그게 사이비였다는 소문을 퍼뜨리기 시작한 사람은 노 맨 본인이었을지도 모릅니다." 보부아르가 말했다. "호기심을 품은 자들을 멀리하기 위해서. 하지만 이내 경찰이 그들에게 관심을 두기 시작하고, 노 맨은 가게를 닫고 더 멀리 이동하죠. 타바켄으로. 더 외딴. 더 사적인. 조사가 덜한."

가마슈는 딱딱한 벤치에서 불편하게 몸을 움직였다.

그는 환영에 빠져 있지 않았다. 그것이 노 맨이 타바켄에서 하는 일이라면, 자신들이 도착하면 그들은 곤경에 빠질 터였다.

스리 파인스에서의 그의 공포와 환영이 형태를 갖추고 있었다. 모양을 갖추며. 그리고 더 가까워지고 있었다. 이것이 현실 세계에 발을 들일 때 벌어지는 일이었다.

용감한 나라의 용감한 남자. 용감해지기는 쉬웠다. 나라 역시 용감할 때는. 하지만 나라가 그렇지 않다면 어떻게 될까? 부패하고 그로테스크하고 탐욕적이고 폭력적이라면?

그리고 그것이 자신들을 기다리고 있다면 어떻게 될까? 자신들이 오는 것을 알고 있다면?

"그리고 샤르트랑은요?" 보부아르가 물었다. "그는 어떤 역할이죠?"

"전 세계와 연결을 맺고 있는 존경받는 갤러리 소유주 말인가? 나무랄 데 없는?" 가마슈가 물었다. "작전을 짜는 데 그보다 더 좋은 위치에 있는 자가 누구겠나?"

그것으로 샤르트랑은 설명되었지만 매시 교수는?

여기서 그의 역할은 무엇이었을까? 그는 연루되었을 터였고, 그렇지 않다면 타바켄까지 가지 않았으리라.

"노 맨이 예전에 대학에서 일하던 당시 마약에 연루되었다고 가정해 보세." 가마슈가 생각을 입 밖에 내며 말했다. "매시가 의심했지만 아무것도 증명할 수 없었다고."

어쩌면 페요테페요테 선인장에서 채취한 마약가 창의력을 북돋는다고 주장하는 카를로스 카스타네다페루 출신 문화인류학자이자 작가처럼 노르망 교수도 코카인을 밀매했었는지도 몰랐다. 정신을 확장해 그것을 캔버스에 옮기려고 열심인 학생들에게.

"어쩌면 그게 열 번째 뮤즈였는지도." 가마슈가 말했다. "코카인."

그의 옆에서 보부아르가 모자를 만지작거렸다. 그것이 변덕스럽고 의기양양하게 날뛰고 적의를 품은 뭔 여신보다 그에게 더 말이 되었다.

재미로 죽이는 것.

이제 필로폰. 혹은 헤로인. 혹은 코카인. 치명적인 약물의 삼위일체.

재미로 죽이는 무언가가 있었다.

"매시가 마침내 노르망과 맞서러 타바켄에 갔을까요?" 보부아르가 물었다. "피터가 거기로 노 맨을 따라갔을지도 모른다는 걸 알자 그를 보호하러 갔는지도 모르죠. 그는 그런 사람처럼 들리던데요."

클라라와 머나 둘 다 그 늙은 교수가 경감을 떠올리게 했다고 말했다. 그리고 가마슈는 장 기를 도로 데려오기 위해 지옥에 갔었다. 어쩌면 매시는 주술사라는 뜻이 있는 타바켄으로 피터를 구하러 가는 중인지도 몰랐다. 그를 데려오기 위해서.

그건 모두 가정이었다. 하지만 들어맞았다.

가마슈의 전화기가 울렸고, 그는 받았다.

"위, 알로?"

"아르망, 크루즈는 어때?"

"우린 갑판 수영장에 있어. 콩가 라인한 줄로 서서 추는 춤이 막 끝났지." 그는 목소리를 가볍게 내려 했다. "당신이 우리 선실을 봐야 해. 고맙게도 당신의 조카 아흔일곱 명의 끝도 없는 세례식들 덕에 내가 서서 자는 훈련이 됐지. 축복이야."

"당신은 지옥에 갈 거야." 그녀가 웃음을 터트렸다.

그는 들썩이는 뱃머리를 보았다. 그리고 울부짖는. 칠흑 같은 파도가 커졌다. 지난 몇 분 사이 인 바람이 그들을 밀치려는 양 곧장 그들의 얼굴로 향했다. 하지만 루 드 메르는 물을 가르고 밤을 가르며 꾸준히 나아갔다. 어둠 속으로 더 깊이.

그는 자신들이 어디로 가는지 알았고, 그녀는 크게 틀리지 않았다.

두 사람은 스리 파인스의 행사에 대해 몇 분 동안 잡담을 나누었다. 이야기를 나누며 아르망은 고물을 마주할 때까지 벤치에서 몸을 돌렸다. 돌아보며. 자신이 남겨 두고 온 집을.

밤에 루 드 메르는 몇몇 항구에 더 들러 이동하기 전에 음식, 물품, 사람들을 내려놓았다.

아침 무렵 그들은 강가를 한참 거슬러 올라가 있었다. 길과 마을 들과 대개는 나무들을 뒤로하고 떠나며. 승객들은 깨어나 잿빛 하늘과 파도로 매끈해진 바위들로 이루어진 물가를 보았다.

"이상한 곳이네요." 머나가 갑판 위 아르망에게 다가와 그에게 강하고 달콤한 차를 건네며 말했다.

그들은 난간에 기댔다. 공기 중에 여름인 것을 착각하게 하는 냉기가 감돌았다. 달력을 뒤로하고 떠난 것 같았다. 이곳의 시간은 자신만의 법칙이 있었다.

가마슈는 차를 홀짝였다. 로어 노스 쇼어를 연상시키는 차였다. 주전자가 온종일 장작 난로 위에 놓인 곳, 그리고 차가 스튜처럼 될 때까지 관절염 있는 손이 뜨거운 물을 더하고 더 많은 티백을 넣는 곳.

그는 이 강가를 따라 난 어촌 마을의 부엌들에 앉아 있었을 때 그것을 몇 리터씩 마셨다.

"전에 여기 와 본 적 있지 않아요?" 그녀가 물었다.

"몇 번이요."

"수사차?"

"네. 폐쇄적인 공동체에서는 항상 어렵죠. 이 사람들은 자부심이 강하고 자립적입니다. 그들은 최근까지 수도나 전기조차 없었습니다. 결코 정부에 도움을 구하지 않았죠. 최근까지 단 한 사람도 실업수당을 받지 않았고요. 그들이 지원금이라고 생각하는 것을 받아들일 일은 없을 겁니다. 그들은 그들만의 법과 규칙과 행동 강령이 있습니다."

"미국 서부 개척 시대처럼 들리네요."

가마슈는 미소 지었다. "조금은 그럴 겁니다. 하지만 실제로 그렇게 무모하진 않습니다. 이들은 어부죠. 그들은 다른 유형입니다. 그들은 바다에서 충분히 '무모'합니다. 집에 오면 그들은 평화를 원합니다. 이곳 사람들은 깊은 교양이 있죠."

"하지만 그들은 여전히 죽여요."

"가끔은요. 인간이니까요." 그는 머나를 보았다. "자크 카르티에가 이 일대 강가를 뭐라고 불렀는지 압니까?"

"탐험가 카르티에요?"

"네, 1500년대 초에요. 처음 이곳을 보았을 때 그는 여길 '신이 카인에게 준 땅'이라고 불렀습니다."

머나는 이상하게 굽은 나무들이 사는 물가를 지켜보며 그 말을 들었다. 하지만 그 외엔 아무것도 살지 않는.

"카인. 최초의 살인자." 머나가 말했다.

"이 물가는 너무 험악하고 너무 적대적이라 저주받은 이에게만 어울렸죠." 가마슈가 말했다. "그럼에도……,"

"네?"

그는 한쪽 입꼬리만 올린 작은 미소를 짓고 먼 물가를 응시했다. "그럼에도 나는 이곳이 지구상에서 가장 아름다운 곳이라고 생각합니다. 그게 나에 대해 뭘 말해 주는지 궁금하군요."

"어쩌면 당신은 저주받은 것에 끌리는지도 모르죠." 머나가 말했다.

"어쩌면 그게 내가 살인자들을 찾으며 내 삶을 보낸 이유인지도요."

"타바켄에 가 본 적 있어요?" 그녀가 물었다.

"한 번요. 우린 살인죄로 늙은 사냥꾼을 체포했죠. 그는 그 강가를 떠난 적이 한 번도 없었습니다. 자신이 덫을 놓는 경로에서 벗어난 적이 없었죠. 그는 재판 전에 감옥에서 죽었습니다."

"가엾은 사람." 머나가 말했다. 그리고 가마슈는 동의의 뜻으로 끄덕였다.

그는 한없이 넓고 잔잔한 수면 위로 슬그머니 솟은, 거의 부자연스러우리만치 매끄러운 바위를 응시했다.

"늘 변화하고 늘 적응하는 바다로 변할 것처럼 보이는 사람들이 있습니다. 하지만 결코 정착하지 않는. 그리고 바위와 돌로 변하는 사람들."

그는 물가를 향해 손짓했다. "단단하지만 꼼짝하지 않는."

가마슈가 머나를 보고 미소를 지었다. "미안합니다. 낭만적으로 들리 겠군요."

"아니요, 안 그래요."

머나는 아마도 몬트리올이나 토론토나 뉴욕이나 런던에서라면 그랬 으리라 생각했다. 하지만 난간에 매달려 차가운 회색빛 물, 단단한 회색 빛 돌들, 두꺼운 회색빛 구름을 보면서 그 말은 거의 옳게 들렸다.

그녀는 아르망을 바라보았다. 그는 바다일까, 돌일까? 자신은?

클라라는 높아져 가는 예측 불가한 물결에 걸음을 조절하며 좁은 복 도를 따라 걸었다. 그녀는 자신이 배를 잘 탄다는 사실을 알아 가는 중 이었다. 머나가 그런 것처럼.

반면 샤르트랑은 그렇지 않았다.

그는 오전 내내 제독실에 머물렀다. 클라라가 그에게 구운 빵과 차를 가져다주었다. 그때 처음으로 그녀는 그들의 '스위트'를 보았고, 충격을 받았다. 그녀는 샤르트랑이 속임수를 쓰는 게 아닐까 생각하며 그의 부 재를 약간 의심했었다. 하지만 그 형편없고 냄새나고 불편한 선실을 보 면서 그녀는 임종 시의 사람만이 거기서 시간을 보낼 선택을 하리라는 것을 알았다.

샤르트랑은 머리를 들었고, 그녀를 보았고, 게슴츠레한 눈으로 그녀 에게 감사해했다.

"가세요." 그가 팔꿈치를 짚고 일어나려 애쓰며 말했다. "당신에게 이 런 모습을 보이고 싶지 않습니다."

"내가 아팠다면요?" 그녀가 물었다.

"당신을 돌보고 싶었을 겁니다." 그가 그렇게 말했고, 그의 담녹색 창백함이 오렌지 빛깔로 번졌다. 마르셀 샤르트랑의 얼굴이 색상환이었다면, 그는 시험에 떨어졌을 것이었다.

그들은 좁은 침대에 앉았고, 그녀는 차가운 천과 그레이벌_{두통, 멀미 등에} _{먹는 약}을 가져왔다.

몇 분 뒤 약효가 나타났고, 클라라는 그의 눈꺼풀이 무거워지고 호흡이 깊어지고 피부가 덜 밀랍 같아지는 것을 볼 수 있었다.

그녀는 그를 침대에 눕히고 이불을 덮어 주었다.

"가지 마요." 그가 속삭였다. 이내 그의 눈이 감겼다.

그녀는 나가기 전에 잠시 문가에서 머물렀다.

묻혀 있던 용기 속 물질에 대한 보고가 오후에 도착했다.

가마슈와 보부아르는 커져 가는 혼란스러움으로 그것을 읽었다.

그것은 결국 헤로인이 아니었다. 코카인이 아니었다.

"어떻게 이럴 수가 있죠?" 보부아르가 눈썹을 한데 모으며 물었다. "제가 이걸 제대로 읽고 있습니까?"

가마슈 자신도 그 보고서를 두세 차례 읽은 참이었다. 친숙한 형식의 적절한 문구를 훑어 내리며 처음엔 빠르게. 그리고 거기서 그는 벽에 부딪힌 양 멈추었다.

그리고 이내 되돌아가 더 주의 깊게 읽었다. 하지만 결론은 결코 변하지 않았다.

그 용기 안의 가루 물질은 약물이 아니었다. 그것은 천연물이었다. 하지만 자연의 가장 예쁜 면은 아닌.

석면.

두 남자는 액정 화면에서 눈을 들어 서로를 응시했다.

"그게 무슨 뜻이죠?" 장 기가 물었다.

가마슈가 자리에서 일어났다. "석면에 대해 뭘 찾을 수 있는지 알아보게."

"알겠습니다."

보부아르는 사실을 파악하는 데 뛰어났다. 사실을 추적하고, 분석하고, 그것들을 제자리에 놓는. 로봇처럼이 아닌, 숙련되고 사려 깊은 수사관으로서.

가마슈는 라운지의 노트북 앞에 보부아르를 남기고 배의 통신 사무소로 가서 보고서 사본을 출력했다. 그리고 갑판으로 가 벤치에서 이야기 중인 클라라와 머나를 발견했다.

"내가 방해됩니까?" 그가 물었다.

"아니요. 하지만 좀 불안해 보이네요." 머나가 그렇게 말하고 자신의 옆자리를 두드렸다.

그는 그 제안을 받아들이고 최신 정보를 두 사람에게 말했다.

"석면이요?" 클라라가 말했다. "그게 천연물일 수 있을까요? 내 말은, 석면asbestos은 퀘벡에서 채취되지 않나요?"

"위. 아스베스토스2020년에 주민 투표로 Val des Sources로 변경됨로 불리는 마을이 있습니다." 가마슈가 확인해 주었다. "그걸 채취하는 부근에 그 마을이 들어섰죠. 하지만 거긴 아주 멀리 있습니다. 이 석면은 피터의 캔버스들을 담아 온 것 같은 우송용 통 속에서 발견됐습니다."

"그게 어쩌다 거기 들어갔을까요?" 클라라가 물었다.

"심지어 요즘 석면을 어디서 얻죠?" 머나가 물었다. "난 그게 수십 년 전에 다 제거되고 폐기된 줄 알았는데요."

"그랬습니다." 가마슈가 말했다. "당신이 졸업한 다음 해에 예술학교에서 석면이 제거되었습니다, 클라라."

"들은 기억이 있어요." 그녀가 말했다.

"도처에서 그랬죠." 머나가 말했다. "내가 병원에 있을 때였고, 그들이 벽에서 그걸 발견했어요. 단열에 이용된. 당연히 누구도 그게 위험하다고 생각하지 않았죠. 그 당시엔. 그리고 그게 위험하다는 걸 알게 되자 그걸 제거해야 했고요. 대혼란이었죠."

"대혼란이었죠." 가마슈가 말했다.

"하지만 어쩌다 그게 샤를부아의 어느 지역에 묻혔죠?" 클라라가 물었다.

"우송용 통에 담겨서요." 머나가 말했다.

그들 셋은 물가 그리고 기류를 타고 뜨고 가라앉는 갈매기들을 응시했다. 그것들의 움직임은 기류가 점점 불안정해지면서 점점 불규칙해졌다. 갈매기들은 자신들이 던져진 양 놀라 비명을 지르는 듯이 보였다.

이 모습을 지켜보던 가마슈는 하늘을 보았다. 하늘은 칙칙했고 회색이었다. 밝지는 않지만 위협적이지도 않은.

"엑스퀴제 무아." 그가 말했다.

그는 안으로 들어가 대학에 전화했다. 학장이 그 작업은 캐나다 법률에 따라 1980년대에 행해졌다고 확인해 주었다.

"누군가 석면을 일부 취할 수도 있었습니까?" 가마슈가 물었다.

잠시 침묵이 있었다. "제가 취임하기 전이라 확실히 말할 수는 없지만 그들이 그 더미를 그냥 쌓아 두진 않았을 거라는 건 압니다. 그리고 그랬대도, 누가 사람을 죽일 물질을 가져가고 싶어 했겠습니까?"

전 경찰청 살인 수사과 수장인 가마슈는 그 답을 알았다.

죽이기 위해서. 그게 누군가가 그것을 가져갈 이유였다.

창문을 통해 그는 솟구치고 까닥거리는, 그리고 힘센 손에 의해 치워진 것처럼 때때로 뒤로 쏠리는 갈매기들을 지켜봤다.

가마슈는 이것이 조짐이라는 것을 알았다. 첫 번째 징조. 무언가가 오고 있었다.

36

"뭐 좀 찾았나?" 가마슈가 물었다.

그는 라운지로 돌아와 있었다.

보부아르는 정신이 팔린 채 고개를 끄덕였다. 읽기에 빠져서.

가마슈가 테이블에 있는 그에게 다가갔다.

스크린에 퀘벡의 아스베스토스 마을의 역사가 떠 있었다. 석면이 발견되어 채취되었던 곳. 그건 궁핍한 지역에 신이 내린 선물 같았다. 풍부한 천연물. 그것은 절연재이면서 발화 지연제이기도 했다. 석면이 그 지역을 구하고 삶을 구할 터였다.

그것은 마법이었다.

누구도 그 바늘 같은 섬유 조직을 눈치채지 못한 것 같았다. 그것이 건드려지면 공기 중에 떠돌았다. 그것이 그것으로 일하고, 놀고, 사는 사람들의 폐 속에 박혔다.

보부아르는 화면을 내렸다. 그들은 지질 연대라는 말처럼 들리지만 그렇지 않은 '메조실리오마mesothelioma 중피 세포로 둘러싸인 흉막, 복막, 심막 따위에 발생하는 종양' 같은 단어들을 읽었다. 그리고 조리 용어처럼 들리는 '프라이어블friable '잘 부서지는'이라는 뜻'. 하지만 그렇지 않았다.

그들은 기적이어야 했던 그 광물에 대해 상당히 많이 배웠다. 하지만 기적이 아니었다.

석면은 건축 재료의 틸리도마이드 임신부에게 진정제로 처방되던 약물로, 기형아의 원인이 될 수 있음이 밝혀져 사용이 중지되었다로 밝혀졌다. 죽음을 가져오는 구세주.

보부아르는 너무 가까이서 숨을 쉬면 거기에 감염이라도 된다는 듯 화면에서 몸을 떼었다.

"그게 그 통 속에서 뭘 하고 있었을까요?" 그가 물었다. "그게 어디서 왔죠?"

"그리고 어디로 가고 있었을까?" 가마슈가 물었다. "그리고 그 통 속에 그 밖에 뭐가 들어 있었고, 더 이상은 없는 걸까?"

둘 다 그 답을 알았다.

캔버스들. 예술. 죽음의 예술.

그들이 루 드 메르의 갑판 위에서 머나와 클라라를 발견했을 때, 여자들은 둘만 있지 않았다. 젊은 여자가 그들과 함께 있었다.

"이쪽은 컬리 푸코예요." 머나가 소개했다. "블랑사블롱에 있는 학교의 신입 교사예요."

"엉 플레지르Un plaisir 반갑습니다." 아르망이 그녀와 악수하며 말했다.

장 기는 자신들이 찾아낸 사실을 머나와 클라라에게 말할 수 있도록 이 컬리가 가 주길 초조하게 기다리며 고개를 끄덕였다.

"첫 일자립니까?" 가마슈가 그렇게 묻고 그녀 옆에 앉았다. 그녀는 스물 이상으로는 보이지 않았고, 어깨까지 드리운 밝은 오렌지색 머리카락에 붉은 뺨은 혈색이 좋았다. 그리고 저 참신한 표정. 설렘과 불안이 섞인.

"네. 날아갈 수도 있었지만 강가를 보고 싶었어요."

"컬리는 모든 걸 가르칠 거라고 말하는 중이었어요. 작은 학교들에선 그래야 하죠." 클라라가 말했다. "하지만 그녀의 전공은 과학이에요."

"석사 학위가 있어요." 그녀가 말했다. "그리고 박사 학위를 따려고 하고 있고요."

보부아르가 앉았다.

"석면에 대해 아는 게 있습니까?" 그가 단도직입적으로 물었다.

"그게 유혹하는 말이 아니면 좋겠네요." 그녀가 그렇게 말했고, 가마슈조차 웃음을 터트렸다. 그녀는 어려 보일지도, 진짜 어릴지 몰라도 자신을 돌보는 법을 알았다.

보부아르도 미소를 지었다. "아닙니다. 우린 몇 가질 조사 중이었는데, 석면에 대한 게 나왔습니다."

"사실, 그것에 대해 좀 알아요." 그녀가 말했다. "많이는 아니고요. 전전문가는 아니지만 대학에서 그걸 배웠어요. 과학, 산업, 정부에 대한 교훈적 이야기로 쓰인."

"우린 석면의 정치에는 별 관심이 없습니다." 경감이 말했다. "그 물질의 성질만큼은요."

"그렇다면 네, 제가 분명히 말씀드릴 수 있어요. 왜요?"

"어느 용기에서 그게 좀 발견됐습니다." 가마슈가 말했다. "우린 누가 왜 그걸 가지려는지와 그게 얼마나 위험할지 알아내려는 중이었죠."

"글쎄요, 그건 그 형태에 달려 있어요. 그게 덩어리라면 그렇게 위험하지 않아요. 석면은 공중에 떠돌 때 정말 위험해질 뿐이에요. 그리고 흡입될 때."

"그건 가루 같았습니다." 보부아르가 말했다.

모두 답을 기다리며 젊은 교사를 지켜보았지만 그들은 오래 기다리지 않아도 되었다. 거기엔 망설임도 의심도 없었다.

"그러면 위험해지겠죠."

"석면이 어떻게 죽입니까?" 가마슈가 물었다. "누군가 그걸 삼키면 나쁘게 될까요?"

"좋지는 않겠죠. 하지만 석면의 진짜 위험은 그걸 들이마시는 거예요. 그게 폐로 들어가는 거요. 그게 세포로 들어가 석면증이나 메조실리오마의 원인이 돼요. 혹은 폐암. 혹은 둘 다. 끔찍하고 끔찍한 물질이에요. 그리고 진단을 받았을 땐 너무 늦죠."

"누군가를 죽이는 데 얼마나 걸려요?" 클라라가 물었다.

"상황에 따라 달라요." 이제 걸리는 생각을 위해 말을 멈춰야 했다.

"증상이 나타나는 데 그렇게 오래 걸리는 이유 중 하나는, 게다가 그걸 간과하고자 하는 제조업과 정부의 욕망, 그거야말로 졸렬한 점인데……."

"정치는 빼고요." 가마슈가 그녀에게 상기시켰다.

"죄송해요. 문제는 그 증상이 눈에 띄는 데 시간이 걸린다는 거였어요. 석면 종사자들과 폐병 사망을 관련짓는 데 시간이 걸렸어요. 광부가 은퇴하고 수년이 지난 뒤에야 증상이 나타날 수도 있었어요."

"그 증상이 어떻죠?" 머나가 물었다.

"기침이죠, 물론. 숨이 차고요."

"여러 가지인 것처럼 들리네요." 머나가 말했다.

"그리고 그것도 문제의 일부였어요. 오진. 하지만 마침내 그 연결 고리가 발견됐죠. 그리고 석면은 금지됐어요. 하지만 그 무렵엔 그게 사방에 있었죠."

"그럼," 그 말에 보부아르가 자신의 생각을 정리하며 말했다. "그걸 들이마시려면 그것에 상당히 가까워야 한다는 겁니까?"

"맞아요. 아니면 그게 공기 중에 떠돌아야 하죠. 광산 안처럼요. 당신들 건 용기 안의 가루였다고 하셨죠?"

"맞습니다."

그녀가 머리를 저었다. "그건 공기 중으로 꽤 쉽게 섞일 것 같아요."

"그리고 그걸 들이마신 사람은 반드시 죽게 됩니까?" 가마슈가 그렇게 물었고, 즉시 쥘리의 얼굴에 드러난 걱정 어린 표정을 보았다. 그녀는 가마슈와 보부아르를 번갈아 보았다.

"둘 중 한 분이 그랬나요?"

"아닙니다." 가마슈가 안심시키는 미소를 지었다. "하지만 우리가 그랬다면 그때는요? 우리가 죽습니까?"

"그럴지도요. 그게 운명의 장난 중 하나예요. 모든 석면 채취 광부가 폐병을 앓지는 않았어요. 어떤 사람들은 노출만으로도 그렇게 됐죠."

"얼마나 많이 흡입해야 합니까?" 보부아르가 물었다.

"그 역시 상황에 따라 달라요. 너무 모호해서 미안하지만 제 기억으로 어떤 광부들은 평생 그걸 흡입하고도 괜찮았고, 어떤 사람들은 한 번만 흡입하고도 죽었어요. 그건 그냥 그 사람과 그 석면에 달렸어요."

"하지만 이론적으로 아주 약간으로도 그럴 수 있군요." 보부아르가 말했다. "그리고 단 한 번의 노출로도요."

"그럴 수 있지만," 쥘리가 말했다. "정말 믿을 수 없을 만큼 불행해야 할 거예요. 하지만 그러기도 해요."

"석면이 아트 갤러리의 절연재에서 발견되었다가 제거되었다면 그 일부가 캔버스에 묻을 수도 있습니까?" 가마슈가 물었다.

"그걸 제거하는 사람들이 그곳을 치웠을 텐데요. 석면은 그 일에 숙련된 사람들만 제거할 수 있었어요. 그냥 뜯기는 게 아니었어요."

"그들이 전부 치우지 않았다면요?" 가마슈가 물었다.

쥘리는 자기 앞에 있는 덩치 큰 남자를 살폈다.

"명확한 답을 원하신다면 명확한 질문을 하셔야 할 거예요."

가마슈는 눈썹을 살짝 치켜올리고 미소를 지었다. "네, 그러는 게 도움이 되겠지요. 석면이 발견된 용기 안에는 말린 그림이 있었을 겁니다. 아니면 아무것도 그려 있지 않은 캔버스요. 둘 중 하납니다. 석면이 캔버스에 붙어 있다 떨어질 수도 있습니까?"

걸리는 그에 대해 잠시 생각했다. "캔버스는 사실 석면의 꽤 좋은 매개체일 거예요. 캔버스는 촘촘히 짜여 있죠. 석면 조직은 거기에 잘 매달릴 수 있죠."

"그리고 거기에 그림이 그려졌다면요? 석면이 유화 물감에 붙나요?" 클라라가 물었다.

"별로요. 하지만 그게 빈 캔버스라면……."

"네."

"글쎄요, 전 화가는 아니지만……,"

"저는 화가예요." 클라라가 말했다.

걸리가 그녀에게 몸을 돌렸다. "당신에게 말린 빈 캔버스가 있다면 뭘 하시겠어요?"

"펴서 펼치겠죠. 그림을 그릴 수 있게 나무 틀에 고정하고요."

걸리가 끄덕이고 있었다. "그걸 만질 테고요."

"물론이죠."

클라라의 눈이 커졌다. "그리고 그게 석면을 떨어내겠군요. 먼지처럼. 그게 공기 중을 떠돌 테고요."

걸리가 끄덕이고 있었다. "그리고 그걸 만지고 있으니까 그걸 들이마실 만큼 가까워질 테고요. 하지만 또 있어요."

"붓질이요." 젊은 교사가 뭘 말하려는지 알고 클라라가 말했다.

"맞아요. 그림에 붓질을 하면 석면 가루가 떨어질 거예요. 그게 공기 중에 섞일 완벽한 방법이 될 테고요."

"그리고 다시," 가마슈가 말했다. "그 화가가 들이마시기 충분할 만큼 가까이에 떠돌겠지요."

"팔 길이도 안 될 거리에서요." 쥘리가 확인해 주었다.

그들은 한동안 그에 관해 생각했다.

"하지만 말린 캔버스에 이미 그림이 그려졌다면," 클라라가 말했다. "그럼 그 석면이 그림에 붙어 있나요?"

"말씀드린 것처럼 그렇게 효과적이진 않아요. 곧장 미끄러져 떨어질 거예요. 달라붙을 무언가가 필요해요."

"캔버스의 뒷면 같은." 머나가 그렇게 말했고, 그들이 그녀를 보았다. "앞면이 칠해졌다 해도 뒷면은 여전히 원재료일 뿐이겠죠? 당신 말대로," 머나가 쥘리에게 몸을 돌렸다. "석면이 달라붙을 무언가요."

쥘리가 고개를 끄덕였다. "거기엔 붙을 거예요. 그림이 펼쳐지면 석면이 공기 중에 섞이겠죠."

"하지만 상황이 더 악화되겠죠." 클라라가 말했다. "그림이 그냥 펴지진 않을 테니까요. 틀에 고정돼야 할 테고요. 난 여러 차례 그걸 했어요. 벼룩시장에서 액자에 들어 있지 않은 오래된 싸구려 유화를 샀죠. 그냥 말려 있는 거요. 그걸 나무 틀에 박아야 해요."

"그리고 그 뒤가 석면 가루로 덮여 있다면?" 머나가 물었다.

"사방에 퍼지겠죠." 쥘리가 말했다. "손과 옷에. 공기 중에."

"흡입되게." 머나가 말했다.

드러나는 의혹에 생기가 사라진 쥘리가 그들을 보고 있었다.

"누군가가 아플 때까지 얼마나 걸릴까요?" 머나가 물었다.

"노출 정도에 달렸어요. 말했듯이 증상이 안 나타날 수도 있어요." 쥘리가 이제 경계하며 말했다. "하지만 석면이 치명적이기까지는 대개 수년, 수십 년이 걸렸어요."

그녀는 그들의 엄숙한 얼굴들을 보았다. "이게 다 뭐죠? 당신들이 그러려고 계획하고 있는 건 아니죠?"

"우리가 그렇다면요?" 가마슈가 물었다.

"당신들은 살인자가 되겠죠." 그녀는 창백해 보였고, 가마슈는 서둘러 그녀를 안심시켰다.

그들은 살인을 계획하고 있지 않았다. 정확히 그 반대였다.

"당신들이 살인을 막으려고 한다고요?" 그녀가 믿지 못하겠다는 듯 물었다. 얼굴들을 돌아보다 다시 가마슈를 보면서. "하지만 그게 석면이라면 당신들은 아마 너무 늦었을 거예요. 그 사람은 이미 살해당했을 거예요. 아직 죽지 않았을 뿐."

그리고 그녀는 자리를 떴다.

아르망은 점점 거세게 요동치는 배에서 몸을 가누려 하며 걸어가는 그녀를 지켜봤다. 그녀는 곤경에 처한 갈매기처럼 보였다.

그리고 가마슈는 그녀가 자신들을 도운 반면 자신들은 그녀를 돕지 않았다는 것을 알았다.

쥘리는 자신들과 함께하기 전만큼 밝지도 활기차지도 않았다. 자신들이 그녀를 바래게 했다.

이제 네 친구는 젊은 교사의 정보를 곱씹으며 갑판을 거닐었다. 그들이 배를 일주하는 동안 루 드 메르는 강가를 따라 거슬러 올랐다. 배가 파도를 위아래로 가를 때, 그들은 이따금 몸을 가눠야 했다. 이제 더 강해진 바람과 더 높아진 파도에 배는 양옆으로 물보라를 뿌리고 있었고, 갑판은 미끄럽게 변했다.

"그 통들에는 거의 분명 그림이 들어 있었을 겁니다." 가마슈가 말했다. "노 맨의 그림들이."

"하지만 왜 거기 석면이 있을까요?" 클라라가 물었다. "누가 거기에 그걸 넣었죠?"

"그리고 왜?" 머나가 물었다.

그들은 각자 그 답을 알아내려 애쓰며 침묵 속에서 걸었다.

"석면은 치명적입니다." 가마슈가 말했다. "그렇다는 보장은 없지만 석면이 묻은 그의 그림들을 만진 사람은 누구든 그걸 흡입하고 결국 사망할 가능성이 꽤 높았습니다."

"그가 우편으로 탄저병을 보낸 그 미치광이들 같았다고요?" 보부아르가 물었다. "우리가 연쇄 살인마를 다루고 있는 겁니까?"

"그가 그 그림들을 캐나다 전역에 있는 갤러리들로 보냈다고 생각해요?" 클라라가 물었다.

머나, 클라라, 보부아르, 가마슈는 걸으며 생각했고, 그들에게 있는 노르망 교수의 유일한 사진을 떠올렸다. 자화상. 미치광이의.

죄로 고통받는 영혼. 가마슈는 생각했다. 자신의 그림에 석면을 바른 자. 그리고 그것들을 배에 실어 보낸. 그 통을 열고, 그 캔버스들을 펼치고, 그것들을 소유하고, 그것들을 감탄의 눈으로 본 사람이 누구든 그 사람이 자신의 운명을 결정짓고 있다는 사실을 알면서.

석면은 떨어질 터였고, 공기 중에 떠돌다 작은 결정과 미세 섬유질로 걸릴 터였다. 흡입되어 사람의 폐에 둥지를 틀려고. 그리고 거기서 파고들려고. 그리고 파고들려고. 깊은 터널을 파며.

그 몸 밖에서 예술을 사랑하는 이는 그나 그녀의 삶을 이어 갈 터였다. 자신들이 막 사마라의 냄새를 들이마셨다는 사실을 알지 못한 채.

그들 자신의 죽음을.

이제 갑판이 걷기 너무 어려워져서 그들이 라운지의 쉼터로 후퇴했을 때 가마슈의 전화기가 울렸다.

예술대학의 학장이었다.

"우리가 대화를 나눈 뒤 걱정이 됐습니다, 무슈 가마슈." 그가 말했다. "그래서 보건복지부 사람에게 대학 내 몇몇 장소에서 석면을 체크해 달라고 했습니다. 그녀가 최종 결과를 얻으려면 며칠 걸리겠지만 한 군데를 빼면 우린 깨끗해 보입니다. 매시 교수의 작업실에 의심스러운 부분이 있습니다."

"그게 무슨 뜻이지?" 머나가 물었다.

"난 그게 무슨 뜻인지 꽤 명확한 것 같은데." 클라라가 말했다. 그들은 자판기의 델 만큼 뜨거운 핫초콜릿을 사는 데 마지막 잔돈을 썼고, 이제 물로 길게 얼룩진 창문 중 하나 옆의 테이블을 잡았다.

루 드 메르의 뱃머리가 오르내리고 오르내렸다. 이따금 뱃머리는 더 높이, 더 높이 솟구쳐 멈췄다가 추락했다. 강풍이 일었고, 그들에게 곧장 다가오고 있었다. 그리고 그들은 그것에 직면해 있었다.

그들은 자신들의 핫초콜릿을 꼭 쥐었지만 계속 흘러넘쳤다. 클라라는 저 깊은 아래층의 마르셀 샤르트랑을 생각했다.

"그건 노르망이 석면에 오염된 자신의 그림을 누구에게 보냈는지 우리가 안다는 뜻이지." 클라라가 말했다.

"매시 교수요." 보부아르가 말했다.

"하지만 왜?" 머나가 물었다. "매시는 그를 해고했어요. 왜 그가 자신의 작품들을 매시에게 믿고 맡기겠어요?"

"그는 매시를 믿으려 했던 게 아니라 그를 죽이려 했습니다." 가마슈가 말했다.

그는 습관적으로 장 기 보부아르를 향했다.

이것은 두 남자 모두에게 이제 친숙한 영역이었다. 그들은 내열성 합판으로 만든 테이블, 잘린 나무로 만든 테이블, 책상에서 마주 보고 얼마나 이렇게 자주 앉아 있었던가. 그리고 진흙탕에서, 차와 비행기와 기차 안에서. 밝은 햇살 속과 눈보라가 몰아치는 겨울에.

그 둘이.

자신들의 길을 선명하게 보려는 것이 아니라, 어두운 마음속으로 들어가는 길을 보려고. 가장 오래된 최초의 범죄를 해결하려 애쓰면서. 카인의 범죄. 살인.

보부아르는 그에 대해 생각했다. "하지만 노 맨이 자신의 그림을 오염시켜 그걸 매시에게 보냈다면, 매시가 그 작품들을 팔 가능성이 있지 않을까요? 구매자를 찾아서?"

그것이 가마슈 또한 괴롭히고 있었다. 일단 노 맨의 손에서 벗어나면 그 캔버스들에 무엇이든 일어날 수 있었다. 그는 그것들이 죽일 게 매시일지, 어느 학생일지, 어느 이름 모를 가엾은 예술품 수집가일지 알 수 없었다.

어쩌면 노 맨은 자신이 누굴 죽이든 크게 개의치 않았을지도 몰랐다. 그들 중 하나가 매시인 한. 혹은 어쩌면⋯⋯.

"어쩌면 그 작품들이 대단치 않았을지도요." 가마슈가 말했다. "어쩌면 그가 고의로 매시가 아무에게도 보이지 않을 그림을 보냈을지도요."

"여전히 말이 되지 않아요." 머나가 말했다. "매시 교수는 세바스티앵 노르망을 싫어했어요. 그는 노르망에게 일자리를 주었고, 이내 노르망은 열 번째 뮤즈라는 자신의 지론을 강의하는 데 그 상황을 완벽히 이용했어요. 그런 다음 그는 거부된 작품들에 대한 전시회를 열었죠. 노르망 교수는 대학을 태워 버리는 것 외에 모든 걸 다 했죠. 매시가 왜 그를 돕겠어요?"

"어떻게 생각하십니까?"

그 질문은 보부아르에게서 나왔고, 가마슈를 향했다.

"여기 있는 클라라와 머나 둘 다 매시 교수가 파트롱을 떠올리게 한다고 생각했습니다. 저는 파트롱이 모두가 포기한 사람들을 위해 꽤 이상한 일들을 하시는 걸 봐 왔습니다. 저를 포함해서요. 매시가 여전히 노르망을 도우려고 한다고 생각하십니까?"

가마슈는 생각했다. "그럴지도. 어쩌면 그는 노르망을 싫어하지 않았는지도 모르지." 가마슈가 머나에게 말했다. "하지만 그를 안쓰럽게 느꼈는지도 모릅니다. 어쩌면 책임감까지 느꼈을지도 모르지요. 노르망과 학교 모두 그런 상황에 놓인 것에."

머나가 아르망을 보았다. 그리고 아르망은 머나를 보았다.

"그래요." 그녀가 자신들의 사적인 상담 치료를 떠올리며 말했다. "가능해요."

"난 뤼크 바숑에게서 그 캔버스들을 받고 있던 중개인이 매시라고 생각합니다." 가마슈가 말했다.

"석면에 오염된 캔버스들요." 보부아르가 말했다. "매시가 노르망을 싫어하지 않았는지는 모르지만 노르망은 매시를 싫어했습니다. 자신을 해고당하게 해서요."

"적의를 품은 얼마나 많은 고용인이 직장에 총을 들고 가게요?" 머나가 말했다. "그 그림들은 노르망의 총이었어요."

"하지만 그가 어디서 석면을 얻었을까요? 그리고 그 그림들은 지금 어디 있죠?" 클라라가 물었다. "매시 교수가 그림들을 어디에 두었을까요? 우린 벽에서 한 점도 보지 못했어요."

"저장고에 있을지도요." 가마슈가 말했다. "어쩌면 그곳이 그들이 찾은 핫스폿이었는지도요. 내가 학장에게 다시 전화하겠습니다."

"다행히 노 맨의 계획은 효과가 없었던 것처럼 보여요." 가마슈가 전화를 거는 동안 머나가 말했다.

"무슨 뜻이죠?" 보부아르가 물었다.

"당신이 매시 교수를 보지 않았다는 걸 자꾸 잊네요. 그보다 더 건강한 여든다섯 살 노인은 찾기 어려울 거예요. 그 그림들이 수십 년 전에 도착하기 시작했고, 석면이 그 효과를 발휘했다면 그는 죽었거나 죽어가고 있겠죠."

"컬리가 그걸 뭐라고 불렀더라?" 클라라가 말했다. "뒤틀린 운명."

"때로는 그 마법이 작용하죠……." 보부아르가 말했다. "하지만 왜 매시는 이제야 갑자기 타바켄으로 가는 걸까요?"

가마슈는 학장의 음성 사서함에 자신과 보부아르의 전화번호와 함께 메시지를 남기고 전화를 끊었다.

"왜 피터는 타바켄까지 갔을까요?" 클라라가 물었다.

"열 번째 뮤즈를 찾으러." 머나가 그녀를 상기시켰다. "더 나은 화가가 되려고. 그는 이런 어떠한 일도 몰랐어. 그가 아는 건 자신이 절박하고, 길을 잃었고, 노르망 교수가 자신의 머리에서 심장으로 가는 쉬운 길을 제공하고 있었다는 것뿐이야. 임시변통. 현대인을 위한 뮤즈."

배가 특별히 거대한 물결에 부딪혔을 때 크게 흔들렸다. 강이 솟구쳐 올라 창문을 때렸다.

하지만 잠시 느려졌어도 루 드 메르는 앞으로 나아갔다. 목적지로 점점 더 가까이. 주술사에게로. 근원으로.

그들은 흩어져 오후를 보냈다. 각자 폭풍을 이겨 내려 애쓰며.

아르망 가마슈는 남자들 선실, 소위 제독실에서 클라라와 마주쳤다. 그녀는 여전히 좁은 침상에 잠들어 있는 샤르트랑에게 수프와 빵을 가져왔었다. 클라라가 수프를 가져오려 애쓸 때, 대부분이 흘러 그릇에는 수프가 그리 많이 남지 않았다.

이제 강풍은 그들을 몰아치고 있었다. 배를 두드리면서. 배를 밀고 당겨 배 안의 사람들이 예고 없이 이리저리 던지도록.

"그를 확인하러 막 들어오던 참이었습니다. 그 사람은 괜찮습니까?" 가마슈가 문틀에 매달리며 속삭였다.

"네. 그냥 정말 뱃멀미예요."

클라라는 침대 옆 테이블 위에 빵을 놓았지만 수프는 붙들었다. 그릇을 놓고 가야 소용이 없었다. 결국 바닥에 떨어질 테니. 혹은 샤르트랑에게.

그녀는 샤르트랑의 이마를 짚어 본 다음 일어섰다. 이마가 대구처럼 느껴졌고, 속옷처럼 보였다. 호전. 그녀는 그의 가슴에 자신의 큰 손을 올렸다. 아주 잠깐.

그들은 그를 두고 갑판으로 돌아가느라 분투했다. 강은 거품투성이였다. 갑판은 물에 뒤덮여 있었다.

클라라는 창문 옆 벤치를 골랐고, 가마슈는 그녀 옆에 앉았다. 그들이 스리 파인스에서 매일 아침 그랬듯이. 버스를 기다리는 낯선 이들처럼.

클라라는 무릎에 스케치북과 필통을 두었지만 펼치지 않았다.

"그림을 그리려고 했습니까?" 가마슈가 물었다.

"아뇨. 들고 있으면 그냥 안전하게 느껴져요."

그녀는 손가락으로 금속 연필통을 묵주처럼 어루만졌다. 그리고 스케치북을 성경처럼 들었다.

파도가 창문을 때렸고, 그들은 몸을 물렸다. 하지만 특수 아크릴 유리는 버텼다. 그들은 이내 침묵 속에 앉아 있었다. 수 세기 동안 폭풍을 견뎌 온 뱃사람들이라면 알아차릴 긴장된 침묵.

가마슈는 클라라의 옆모습을 보았다. 물가를 두드리는 파도를 지켜보는. 바위 위로 솟구치는. 바위들을 마모하는. 매끄럽게 다듬는.

차분한 그녀의 눈은 집중하고 있었다. 모든 디테일을 받아들이며. 물질적인 세계와 형이상학적인 세계의.

"특별히 잔인했지 않아요?" 그녀가 여전히 강가를 주시하며 말했다.

"죽이는 데 예술을 이용하는 거요."

"더 지독한 것도 봤습니다." 그가 말했다.

이제 클라라가 그의 옆얼굴을 볼 차례였다. 그녀는 그를 믿었다.

"내 말은, 누군가와 맞서는 데 누군가가 사랑하는 뭔가를 이용하는 거요." 그녀가 말했다.

"당신이 무슨 말을 하는지 알았습니다." 그가 말했다.

루 드 메르가 요동치며 흔들렸고, 앞으로 던져진 두 사람은 벤치에서 완전히 떨어지는 것을 간신히 막았다.

"겁쟁이." 클라라가 말했다.

"파르동?"

"노르망이요. 그는 겁쟁이예요. 그는 그걸 보지 않아도 됐죠. 자신이 한 짓을 마주하지 않아도 됐어요. 그는 안에다 석면을 발라 그걸 우편으로 보냈을 뿐이었고, 자기 삶을 계속 살 수 있었어요. 비겁하게."

"살인은 대부분 그렇습니다." 가마슈가 말했다. "나약한 사람이나 나약한 순간에 처한 강인한 사람들에 의해 저질러집니다. 하지만 그건 거의 절대 용기 있는 행위가 아닙니다."

"거의 절대요?"

가마슈는 침묵을 지켰다.

그녀는 주머니에서 기침 드롭스를 꺼내 그것을 그들 사이 벤치 위에 놓았다.

"죽는 걸 보지 않아도 된다면 죽이고 싶은 누군가가 있어요?" 그녀가 물었다. "이걸 누르는 것만으로," 그녀가 기침 드롭스를 가리켰다. "그들이 죽는다면요. 그러실 거예요?"

가마슈는 작고 하얀 정사각형을 응시했다.

"당신은요?" 그가 다시 올려다보며 물었다.

"오, 온갖 사람들을 매일요. 오늘 아침엔 머나요. 머나가 욕조에서 너무 오래……"

"욕조가 있습니까?"

"비유예요." 클라라는 욕조를 생각하며 살짝 어리둥절해하는 가마슈가 끼어들 틈을 주지 않고 서둘러 말했다. "루스. 비평가들. 내게 너무 작은 크루아상을 줄 때의 올리비에. 루스. 다른 화가한테 더 많은 관심을 갖는 갤러리 사장들."

"루스."

"그녀도요." 클라라가 말했다.

"피터에 대해 그 드롭스를 누르고 싶은 유혹을 느꼈습니까?"

"그일 죽인다고요? 그가 사라지길 바란 순간들이 있었죠." 그녀가 말했다. "스리 파인스에서뿐만 아니라 완전히 사라지길요. 그래서 그이에 대한 생각을 멈출 수 있게. 희망을 그만 품게, 그리고 아마 그이를 그만 미워하기까지. 혹은 그만 사랑하게. 그이가 사라지면 그럴 수 있으니까요. 어쩌면요."

"당신은 정말로 그가 죽기를 바란 게 아니었습니다." 가마슈가 말했다. "당신은 고통이 멈추기를 바랐습니다."

그녀는 벤치 위에 놓인 드롭스를 내려다보았다.

"그가 죽길 바란 순간들이 있었어요. 그걸 원했고, 그걸 두려워했어요. 그건 우리가 함께한 삶의 끔찍한 종말이 될 거예요. 하지만 적어도 끝은 되겠죠."

그녀는 강물로 번들거리는 갑판을 둘러보았다. 배의 금속 선체를. 들 썩거리는 파도와 저 너머 황량한 강변을.

견고하고 온화한 마을과 너무 다른. 자신들의 집과. 그리고 자신들의 작업실과 얽힌 컵 자국이 남은 의자 두 개가 있는 자신들의 정원과.

그녀는 이제 그곳이 '자신의' 집이라고 생각하려 애썼다. 대화 중에 그 곳을 '내' 집이라고 부르려고. 하지만 아니었다. 그곳은 자신들의 집이 었다. 자신들이 스민 집.

그녀는 그가 너무 그리워서 자신의 내면이 붕괴되리라고 생각했다.

그리고 그녀는 알아야 했다. 그가 어떻게 느끼는지.

그녀는 자신에게 이미 대답이 있다고 확신했다. 그의 침묵이 그 모든 것을 말했다. 분명 그의 부재로 충분해야 했다. 하지만 그렇지 않았다. 그녀는 그의 입으로 그것을 들을 필요가 있었다.

그가 자신을 사랑하길 그만두었을까? 그가 자신과 스리 파인스를 떠 나 다른 어딘가에 가정을 꾸렸을까?

그 망할 자식은 그렇게 쉽게 빠져나가지 못할 것이었다. 그는 자신을 마주해야 했다.

사랑하는 소중한 피터. 자신들은 마주해야 했다. 그리고 서로 진실을 말해야 했다. 그러면 자신은 집에 갈 수 있을 것이었다.

가마슈는 일어나 조심스럽게 창문으로 걸었다. 그는 배의 돌진과 들 썩임에 맞서 창틀을 쥐고 한참 동안 바깥을 내다보며 서 있었다.

"내게 올 수 있습니까?"

"할 수 있을지 모르겠네요." 그녀는 그렇게 말하고 출렁이는 파도의 간격에 맞춰 점프했다.

커다란 손을 그녀의 등에 대고 그녀를 받친 그는 사실상 그녀를 창문에 고정했다.

"저 작은 만이 보입니까?"

"네."

"저게 그 무덤들입니다."

그녀는 몸을 고정하고 비바람을 막아 주어야 하지만 실은 회오리바람과 소용돌이에 엉망으로 휘둘리는 만을 건너다보았다. 그것은 가차 없는 파도와는 완전히 다른 움직임이었다. 파도는 곧장 그들에게 다가왔다. 하지만 만의 움직임은 수면 바로 아래서 어떤 피조물이 몸부림치고 빙빙 도는 것 같았다.

"물 아래 바위들입니다." 그녀가 묻지 않았음에도 가마슈는 설명했다. "그것들이 저런 효과를 내죠. 저것들에 잡히면 어떤 배도 승산이 없습니다."

클라라는 피부가 안에서부터 차갑게 식는 것을 느꼈다. 피부가 스멀스멀 기는 것을 느꼈다. 피부가 스멀스멀 기어 나가려고 애쓰는 것을 느꼈다. 살인 회오리로부터, 암울한 강가로부터.

"저게 아일랜드황후_The Empress of Ireland_호를 가라앉힌 건가요?" 그녀가 물었다.

클라라는 학교에서 그에 대해 읽었고, 자신들이 그 일이 일어난 곳과 가까이 있으리라는 것을 알았다.

"아니요, 그건 다른 현상이었습니다. 이 주변의 안개는 듣자 하니 아주 특별한 것 같습니다. 그 두 배는 그 안에서 길을 잃었습니다."

그는 말을 마칠 필요가 없었다. 둘 다 다음에 무슨 일이 일어났는지 알았다.

1914년에 정기 여객선 아일랜드황후호가 다른 선박에 들이받혀 침몰했다. 어둠 속에서. 안개 속에서. 이 강물 속에. 15분 만에. 1천 명 이상의 인명 손실을 내고. 남자, 여자, 아이들.

클라라는 요동치는 강물을 들여다보았다. 그들 아래 강은 생명으로, 그리고 죽음으로 가득했다. 저 물살 아래 잃어버린 것들. 구제되지 않은 영혼들.

"할머니는 하늘을 가로질러 영원히 카누의 노를 저어야 하는 저주받은 부아야죄르Voyageurs 캐나다, 북미 지역에서 모피 수송 관련한 일을 하던 뱃사공 이야기를 들려주며 나를 키우셨습니다." 가마슈가 말했다. "그들은 급강하한 다음 버릇없는 아이들을 잡아서 그들을 여기로 데려오죠."

"무덤들로요?" 그녀가 물었다.

"아니요. 강가 더 멀리요. 일 오 데몽île aux démons으로요."

"악마의 섬." 클라라가 말했다. "이 장소는 하나의 커다란 놀이공원일 뿐이군요."

가마슈가 미소를 지었다. "물론 난 할머니를 믿지 않았습니다. 내가 직접 여기 왔을 때까지는요."

그는 강기슭을 건너다보았다. 황량한. 생명의 조짐이 없는.

하지만 그는 그게 진실이 아니라는 것을 알았다. 수많은 것들이 여기 살았다. 보이지 않는.

"그걸 그리고 싶어요." 그녀가 말했다. "이 배가 잠잠하기만 하면요."

"나는 당신의 예술이 부럽습니다." 그가 말했다. "분명 치료 효과가 있을 거예요."

그들은 벤치로 휘청이며 돌아갔다.

"내가 치료가 필요하다고 생각하세요?"

"이 배의 모두가 그럴 겁니다."

그녀가 웃음을 터트렸다. "정신 나간 자들의 항해."

클라라는 코트 안주머니에 손을 뻗는 가마슈를 지켜보았다. 그리고 『길르앗의 유향』을 꺼내는.

"아버지의 침대 옆 탁자에서 이걸 발견했습니다." 그가 그것을 내려다보며 말했다. "내가 아홉 살 때였죠. 부모님이 돌아가신 밤에. 나는 슬픔을 가눌 수 없었습니다. 어쩔 줄 몰라서 겁이 날 때면 늘 하던 걸 했습니다. 난 부모님의 침실로 갔습니다. 그리고 침대에 기어들었죠. 그리고 악몽이 끝나기를 기다렸습니다. 부모님 품에서 깨어나길. 내 양쪽의. 나를 보호하는. 하지만 당연히 잠은 오지 않았고, 깰 일도 없었습니다."

그는 잠시 멈춰 마음을 다잡았다. 마치 강물이 일부러 창문에 몸을 던지듯 파도가 연이어 그들 앞 창문을 두드렸다. 안으로 들어오려고. 그들에게 닿으려고. 어쩌면 그 폭풍에서 몸을 피하려고.

"부모님은 교통사고로 돌아가셨습니다. 하지만 그냥 사고가 아니었다는 걸 나중에 알았죠. 처음 경찰에 들어갔을 때 난 부모님의 파일을 찾아봤습니다. 이유는 모릅니다."

"알아야 했던 거죠." 클라라가 말했다. "그건 자연스러운 거예요."

"많은 것들이 자연스럽지만 좋은 건 아닙니다. 석면처럼요. 그건 석면 같았습니다. 그게 날 파고들었죠. 보지 않았더라면 좋았을 텐데요. 할머니는 부모님이 음주 운전자에게 죽임을 당했다고 말해 주시지 않았습니다. 물론 그는 살아남았고요."

클라라는 가마슈를 보았다. 수년 동안 그녀는 그의 목소리에서 많은 것들을 들었다. 온화, 경이, 분노, 실망. 경고. 하지만 비탄은 아니었다. 지금까지는.

"어쨌든," 그는 그녀에게 방금 한 말이 별일 아닌 양 말했다. "난 아버지 침대 옆 테이블에서 이 책을 발견했습니다. 아버지는 그 페이지에 책갈피를 꽂아 두셨습니다. 난 그걸 챙겨서 다른 것들과 함께 상자에 담았습니다."

어린 시절의 보물. 그가 더 이상 살지 않는 오래된 집들에 들어가는 오래된 열쇠들. 달리기에서 1등한 페넌트. 특별히 예쁜 밤chestnut. 장 벨리보의 하키 스틱에서 나왔다고 누군가가 장담했던 나뭇조각. 어린 시절의 성인들이 남긴 유물들. 부적들.

그는 아버지가 늘 걸고 다니셨고, 돌아가실 때 걸고 계셨던 십자가를 물려받았다. 사람들은 그 십자가를 아버지와 함께 묻고 싶어 했지만 할머니가 그것을 되찾아 오셨다. 아르망은 어떻게 그러셨는지 몰랐고, 한 번도 묻지 않았다.

할머니는 첫아이 다니엘이 태어났을 때 자신에게 그것을 주었다.

그는 그것을 소중히 간직했다. 그리고 플로렌스가 태어났을 때 그것을 다니엘에게 주었다.

하지만 이 책은 그가 간직했다. 오직 자신을 위해서. 상자 속에 안전하게. 상자에 밀봉해.

늘 거기에 있었지만 결코 건드리지 않은. 이따금 상자를 꺼내 보았지만 결코 열지 않은.

자신과 렌 마리가 스리 파인스로 이사했을 때까지는.

자신이 살인자 쫓기를 그만두었을 때까지는. 그는 죽은 자들의 영혼과 저주받은 자들의 영혼이 지운 자신의 의무를 다했다. 그리고 그는 오랜 시간이 흐른 후에 계곡 안에 자리한 작은 마을에서 평화를 누릴 수 있었다.

그제야 비로소 그 상자를 열어도 안전했다.

혹은 그렇다고 생각했다.

그 밖으로 그 책의 냄새와 아버지의 냄새가 흘러나왔다. 남성적인 사향 냄새. 책의 페이지마다 스며든. 유령처럼.

"길르앗에 유향이 있다." 그는 자신들의 정원에서 첫날 아침 그것을 읽었다. "상처 입은 자를 온전하게 하는."

그는 이내 압도되었다. 안도감으로. 이제 아마도 자신이 짐을 내려놓을 수 있으리라는.

아르망 가마슈는 자신이 마법에 걸린 카누의 승객 중 하나가 아닌, 부아야죄르 중 하나가 아닐까 오래 의심했었다. 영원히 노를 젓고 결코 멈추지 않는. 사악한 자의 영혼들을 잡아가는. 끝없이.

"천국에는 충분한 힘이 있네." 그가 읽었다. "죄로 고통받는 영혼을 치유할."

그가 들을 필요가 있던 그 말들. 마치 아버지가 자신에게 말씀하신 것 같았다. 강한 팔로 자신을 들고 자신을 안고 다 괜찮을 거라고 말하는 것처럼.

그는 멈출 수 있었다.

그 이후 매일 아침 마을을 내려다보는 벤치에 앉아서 그는 아버지와 작고 사적인 만남을 가졌다.

"하지만 책갈피 이상은 안 읽으시잖아요." 클라라가 말했다. "왜죠?"

"그걸 넘어서고 싶지 않아서요. 아버질 뒤에 남기고 싶지 않습니다."

그는 강의 공기를 마셨다. 그리고 눈을 감으며 고개를 살짝 젖혔다.

그 밀봉된 상자에서 무언가 다른 것이 빠져나왔다. 가마슈가 그것을 알아차리기까지 오랜 시간이 걸렸을 만큼 너무도 뜻밖의 무언가. 그리고 그것을 인정하기까지.

가마슈는 요동치는 배 때문에 이제 두 널 사이에 낀 드롭스로 시선을 옮겼다.

"난 부모님의 죽음에 대한 보고서를 읽었습니다." 그는 하얀 드롭스에 대고 말했다. "그리고 살아남은 소년. 그는 미성년자였습니다. 그의 이름은 삭제되었습니다."

클라라는 아무 말도 떠올릴 수 없어서 아무 말도 하지 않았다.

"그는 교습용 임시 면허증을 가졌을 뿐이었습니다. 불법 운전이었죠. 취했고요. 그는 나보다 채 열 살도 더 많지 않았습니다. 이제 육십 대 중반이겠죠. 여전히 살아 있을 테죠."

가마슈는 손가락을 뻗었다. 배가 아주 조금만 들썩여도 드롭스가 그의 손가락에 닿을 만큼 손가락이 기침약 위를 맴돌았다.

하지만 배는 들썩이지 않았다. 치솟지 않았다. 물결은 잠시 잠잠한 듯했다.

가마슈는 옆을 건너다보았다. 강가를.

그들은 무덤들을 지났고, 여정의 끝에 이르도록 물살을 헤치고 나아가고 있었다.

그는 손을 다시 책으로 가져왔다. 그리고 그 위에 올렸다.

"파트롱."

보부아르가 오래 말을 타다 막 내린 카우보이처럼 갑판을 불안정하게 누비며 가로질렀다. 머나가 그의 뒤에서 벤치에서 벤치로 휘청거렸다.

가마슈가 재킷 안에 책을 넣었을 때 보부아르가 다가왔다.

"학장이 연락했습니다. 파트롱께 전화하려 애썼지만 받지 않으셨다는 군요."

"전화기가 주머니 안에 있어서," 가마슈가 말했다. "못 들었군."

"석면이 모두 매시의 작업실 어디에서 발견됐는지 물으셨죠."

"그랬네. 그런데?"

"그들은 그 방을 밀폐하고 테스트를 더 하고 있지만 지금까지 석면은 딱 한 곳에만 집약되어있는 것 같습니다."

"저장고?" 가마슈가 물었다. "매시는 아마 그곳에 노 맨의 그림들을 보관했겠지."

"아니요. 그건 작업실 뒤편 그림 중 하나에 있었습니다."

클라라는 집중하느라, 그리고 어떤 혼란에 눈썹을 한데 모았다. "하지만 그 뒤엔 그림이 한 점뿐이었어요." 그녀가 창백해졌다. "난 그걸 보지 않았지만 자긴 봤지." 그녀가 머나에게 말했다.

가마슈는 뒤에서 맞은 것처럼 심장이 갑작스럽게 뛰는 것을 느꼈다. 렌 마리도 그 그림을 보았었다. 그 진가를 알아볼 만큼 가까이 서 있었다. 그걸 들이마실 만큼.

"그리고 그게 석면으로 덮여 있었나?" 그가 따져 물었다.

"덮여 있진 않았습니다. 흔적이 있었죠." 보부아르는 즉시 그 걱정을 이해했다. "그 뒤에만요. 그 과학 선생이 맞았습니다. 노 맨은 매시가 그 그림을 다룰 때 석면을 떨 곳에 그걸 발랐습니다. 하지만 그건 누구에게도 위험하지 않았을 겁니다. 더 이상 공기 중에 있지 않았으니까요. 그걸 들이마실 순 없었습니다."

가마슈의 심장이 차분해진 반면 그의 정신은 속도를 올렸다.

"그 그림." 그는 클라라를 향했다. "그건 정말 좋은 작품이었습니까?"

"사실 그걸 보지 않았지만 머나는 봤죠."

"근사했어요." 머나가 단언했다. "나머지보다 훨씬 뛰어났어요."

"하지만 그건 매시 교수가 그렸어요." 클라라가 말했다. "노 맨이 아니라. 그런데 어떻게 오염될 수 있었죠?"

가마슈는 당황스러운 나머지 벤치에 앉았다. 모든 것이 너무 잘 들어맞았다. 거의. 한 가지 의문을 무시하기만 한다면.

매시가 그 그림을 그렸다면, 어떻게 노 맨이 그 위에 석면을 묻힐 수 있었을까?

어떻게 노 맨이 그 그림에 접근했을까? 그리고 그 문제라면 어떻게 석면에도.

"우린 뭔가 놓치고 있습니다." 가마슈가 말했다. "어딘가에서 잘못 들어섰습니다."

저녁 식사 시간이었지만 조리사들이 감히 오븐과 스토브를 켜지 못해서 그들은 샌드위치를 먹었다. 그리고 물살이 깊어지고 넓어짐에 따라 꼭 붙들고. 그리고 노련한 선원들의 얼굴에 점차 긴장이 더해질 때에도 꼭 붙들고.

친구들은 흔들리는 배에서 관심을 돌리려 그들이 알게 된 것들을 곱씹었다. 사실들을.

유럽을 가로지르는 피터의 발자취. 우주적 사색의 정원. 돌 산토끼.

보부아르는 주머니 안에 손을 넣었고, 여전히 거기 있는 토끼 발을 느꼈다.

토론토로, 그리고 예술대학으로의 피터의 여행. 매시 교수와의 만남.

그리고 샤를부아로의 비행. 베생폴. 보기에 뮤즈를 찾아서. 열 번째 뮤즈. 치유하는 동시에 죽일 수도 있는 야성의 뮤즈. 그리고 그녀의 대변자. 노 맨.

그들 넷은 이것을 곱씹었다. 거듭해서.

하지만 그들이 놓친 것이 무엇인지 여전히 명확하지 않았다. 만약 있다면.

"음," 클라라가 말했다. "내일이면 답을 얻을 거예요. 배가 아침에 타바켄에 도착하니까요."

그녀는 손을 내밀었고, 그 손에서 커다란 열쇠가 달랑거렸다.

"그게 뭡니까?" 보부아르가 말했다.

"우리 선실 열쇠요." 머나가 말했다.

"이건 청혼인가요?" 그가 물었다.

"우린 그렇게 오래 바다에 있지 않았죠." 머나가 그렇게 말했고, 가마슈가 터뜨린 웃음소리가 들렸다. "초대하는 거예요. 우리 소파가 침대로 변하거든요."

"하지만 당신들이 쓰실 거잖습니까." 보부아르가 지적했다.

"아니요, 우리는 침실에 있을 거예요."

"침실이요?"

"난 사람들이 그걸 개인 전용실이라고 부를 것 같아요." 머나가 말했다. "우리 샤워 부스나 욕조를 마음껏 쓰세요."

"비유적인 욕조입니까?" 가마슈가 얼굴을 붉히는 클라라에게 물었다.

보부아르의 눈이 가늘어지더니 그녀의 손에서 열쇠를 잡아챘다.

"그리고 냉장고에 든 것도 마음껏 드세요." 그들이 갑판 전망대를 지그재그로 가로지르며 되돌아갈 때 머나가 말했다.

보부아르는 열쇠를 주머니 속 산토끼 발 옆에 넣었다.

그들은 세부 사항 몇 가지를 되짚으며 조금 더 이야기를 나누었다. 하지만 여전히 자신들의 방향을 선명히 볼 수 없었다.

가마슈가 몸을 일으켰다. "난 피곤하네. 그리고 클라라가 옳아. 내일이면 답에 도달할 걸세."

두 남자는 선장실로 가는 길에 제독실에 들러 샤르트랑을 체크했고, 자신들의 욕실 용품과 깨끗한 옷을 챙겼다.

선장실 문을 연 보부아르가 멈춰 섰다.

"뭔가?" 가마슈가 물었다. "들어갈 수 있겠나?"

"함대도 들어갈 수 있겠는데요." 보부아르가 그렇게 말했고, 경감이 볼 수 있도록 옆으로 비켜섰다.

부엌. 윤이 나는 식탁. 전망창. 안락의자. 아마도 클라라와 머나가 자는 개인 전용실로 이어질, 닫힌 마호가니 문.

그리고 깨끗하고 빳빳한 시트와 베개와 이불이 갖추어진 큰 침대로 변한 소파가 있었다.

"이제껏 본 가장 아름다운 것이네요." 보부아르가 속삭였다. "이 방과 결혼하고 싶습니다."

"내가 안에 있는 동안엔 안 되네." 가마슈가 그의 옆을 스치고 지나가며 말했다.

그들은 샤워 부스에 계속 발을 붙이고 있을 믿음이 없어서 교대로 철 벅이는 뜨거운 목욕물에 몸을 담갔다. 보부아르가 푹신한 목욕 가운 중 하나를 입고 나왔을 때, 그는 식탁 모서리를 움켜쥐고 피터의 그림 중 하나를 살피고 있는 가마슈를 발견했다.

"입술들이군요." 보부아르가 그에게 다가가며 말했다. 그것들은 두 남자에게 얼굴을 찌푸렸고, 두 남자는 그것들에 얼굴을 찌푸렸다.

이틀 동안 같은 수로를 여행한 뒤, 보부아르는 피터가 포착하고자 했 던 것을 보다 더 잘 알아볼 수 있었다.

피터는 강의 끝없이 변화하는 얼굴과 부침을 보았고, 느꼈고, 그리려 했었다.

"우린 아직 강에 있습니다." 장 기가 말했다.

"하지만 아마 강가에 조금 더 가깝겠지."

"네, 뭐, 강가가 늘 그리 훌륭한 장소는 아니죠." 보부아르가 더듬더 듬 침대에 오르며 말했다.

"사실이네, 몽 비유." 가마슈가 말했다. "나는 목욕하러 가겠네."

전망창 바깥은 어둠이 완연했지만 30초쯤의 간격으로 물 한 줌이 창 을 덮쳤다.

반 시간 뒤에 가마슈는 불을 끄고 침대에 들었다.

"우린 내일 거기 닿을 겁니다." 이미 반쯤 잠든 보부아르가 말했다. "우리가 피터를 찾을 거라고 생각하세요?"

"그럴 걸세."

가마슈는 무엇이 자신들을 기다리고 있을지 생각하며 점점 잠에 빠져 들었다.

고립과 미치광이와의 동행은 이미 침몰하고 있는 사람은 말할 것도 없이 가장 안정적인 사람도 일그러뜨릴 수 있었다. 피터가 그랬듯.

자신들은 다음 날 피터 모로를 찾을 것이 거의 확실했지만 가마슈는 그가 자신들이 찾고 싶은 피터일지 전혀 확신이 없었다.

장 기는 선실로 새어 드는 흐린 분홍빛과 커피 냄새에 잠에서 깨었다. 이른 시간이었다. 여자들은 아직 꿈쩍하지 않았다.

하지만 가마슈는 일어나 식탁에 있었다. 피터의 그림을 응시하며 혼자 흥얼거리면서.

"괜찮습니까, 파트롱?" 장 기가 침대에 일어나 앉으며 물었다. 무언가가 빠진 것 같았다. 잘못된.

그리고 이내 그는 그것이 무엇인지 깨달았다. 며칠 만에 처음으로 루드 메르가 요동치고 뒤틀리고 들썩이지 않고 있었다.

"위." 하지만 가마슈의 목소리와 마음은 멀리 떨어져 있었다.

"우린 여전히 가는 중입니까?" 보부아르는 창문을 내다봤다.

폭풍이 강 아래로 이동해 사라졌다. 앤티코스티, 셉틸르, 퀘벡 시티 그리고 마지막으로 몬트리올을 향해.

화장실로 가는 길에 보부아르는 피터의 그림이 뒤집혀 있다는 걸 알아볼 만큼 오래 테이블에 멈춰 섰다. 따라서 압도적인 슬픔은 이제 들뜬 기쁨이었다.

그럼에도 경감의 얼굴에 드러난 표정은 엄숙했다.

"뭡니까?" 장 기가 돌아와 진한 커피가 든 머그잔들을 테이블 위에 놓으며 물었다.

"메르시." 여전히 정신이 산란한 가마슈가 말했다.

그리고 그는 자신이 발견한, 그림 속에 숨은 것을 장 기에게 말했다.

그는 입술, 파도 그리고 슬픔과 희망 들 사이에서 죄로 고통받는 영혼을 발견했다.

머나와 클라라는 전망창으로 스미는 햇살에 잠에서 깨어났다.

루 드 메르는 전혀 움직이지 않고 있는 듯 보였다. 새롭게 위안이 되는 엔진 소리가 아니었다면 그들은 배가 물속에서 죽었다고 생각했을 것이었다. 하지만 창밖으로 클라라와 머나는 미끄러지듯 지나치는 물가를 볼 수 있었다.

하늘은 맑았고, 강은 유리였다. 루 드 메르는 빛나는 파스텔 색조 속으로 나아갔다.

강 자체가 마치 단순히 돌로 변한 듯 강가가 물 밖으로 매끈하게 솟아 있었다.

선실은 비어 있었다. 남자들은 가고 없었다.

여자들은 커피를 따르고 교대로 화장실을 썼다. 그런 다음 옷을 입고 갑판에 올라 난간에 기대 있는 가마슈, 보부아르 그리고 샤르트랑을 발견했다.

"좀 나아지셨어요?" 클라라가 갤러리 소유주 옆에 서며 물었다. 그는 창백해 보였지만 더 이상 녹색은 아니었다.

"많이요. 많은 도움이 되지 못해서 미안합니다. 좋은 동행으로나요."

클라라는 미소를 지었지만 샤르트랑을 지켜보는 머나와 가마슈를 보았다. 그리고 클라라는 그들이 무슨 생각을 하고 있는지 짐작할 수 있었다. 정확히 자신이 생각하고 있는 것.

그것은 마르셀 샤르트랑에게는 기적적이자 시기적절한 회복이었다. 그렇게 오래, 그렇게 아팠던. 하지만 타바켄에 도착할 시간에 딱 맞춰 회복한.

클라라는 그가 정말로 뱃멀미를 앓았다는 것을 알았다. 하지만 그가 보인 것만큼 심하게 아프지는 않았을지도 몰랐다.

그리고 지금 그들 다섯은 지극한 고요함이 이제 거의 기이할 정도인 강가를 향해 나아가는 루 드 메르의 난간에 기대 있었다.

머나는 아르망에게로 시선을 옮겼다. 다른 이들이 강가를 지켜보는 반면 가마슈는 전방을 마주하고 있었다. 자신들이 있거나 있었던 곳이 아닌, 자신들이 향할 곳을 보면서.

여기에 뱃사람이 있었다. 돛대 앞의 남자. 하지만 그는 또한 이 밝은 아침에 천성이었던 그의 모습처럼 보였다. 살인 수사과 형사. 신이 카인에게 준 땅에서.

그리고 머나는 그 순간 이날이 깜짝 놀랄 고요함으로 시작했는지는 몰라도 거의 분명 죽음으로 끝나리라는 것을 알았다.

38

"저게 아뇨드디유군요." 장 기가 말했다.

클라라는 30분째 말이 없었다. 15분 동안 아무도 말이 없었다.

고요 속에 그들은 강가를 지켜보았고, 잔잔한 물속에서 나는 친숙한 선체의 소리를 들었다.

해가 떠올라 거의 말할 수 없이 아름다운 땅이 드러나 있었다. 소박한. 그리고 선명한. 바위, 이끼, 관목. 단단한 나무들.

그리고 작은 부두와 돌 위에 지어진 집들.

아뇨드디유. 아이들 몇 명이 강가에 서서 손을 흔들었다. 멈추지 않는 배를 환영하면서.

클라라는 마지못해 손을 마주 흔들었고, 샤르트랑 역시 그러는 것을 눈치챘다.

그는 저 아이들을 알까? 그게 그가 손을 흔든 이유일까?

하지만 그녀의 마음은 그 생각에 머물 수 없었다. 마음은 그것이 담을 수 있는 유일한 한 가지로 돌아갔다.

피터. 피터가 여기 어딘가에 있었다.

이내 아뇨드디유가 그들 뒤로 보이지 않았고, 그들은 아직 타바켄을 볼 수 없었다. 강에서 돌출한 삐죽삐죽한 바위가 강을 둘로 갈랐다.

클라라의 숨이 먼 거리를 달린 것처럼 빠르고 얕은 헉하는 소리로 나왔다. 그녀는 손이 차가워지는 것을 느꼈다. 자신이 돌로 변하고 있는지 궁금했다. 그 산토끼들처럼.

그들은 돌출부를 돌았고, 클라라는 어깨를 긴장시키고 마침내 숨을 깊게 들이쉬며 자신을 준비시켰다. 마음을 다잡으면서.

그리고 그때 타바켄이 그녀의 시야에 처음으로 들어왔다.

부두는 돌로 된 팔처럼 바위들이 강을 향해 양쪽으로 뻗은 자연적인 피신처였다. 여기에 뜻밖에도 나무들이 있었다. 바닥에 달라붙어 난쟁이가 된. 하지만 살기로 마음먹은. 그것은 지친 얼굴에 까칠하게 자란 수염처럼 보였다.

부두는 햇살을 잡는 뒷, 바위로 된 볼bowl을 형성했다. 따라서 여기서 사는 것들은 다른 곳에서 소멸될 것이었다. 그것이 자연과 지질과 지형의 특이함이었다.

배가 긴 선착장으로 미끄러져 들어가는 동안 부두가 일종의 안식처처럼 느껴졌다.

그것이 주술사가 자신의 제물을 유혹한 방법이었을까?

그것이 뮤즈가 그랬을지 모를 방법이었을까? 달래고 유혹하는. 폭풍으로부터. 영원한 안전을 약속하며. 영원한 평화를.

죽음이 이런 느낌일까?

난간에서 한 발 물러선 클라라를 머나가 멈춰 세웠다. 그녀를 단단히 붙들었다.

"다 괜찮아." 그녀가 속삭였다.

그리고 심장이 두방망이질하는 클라라는 멈춰 섰다. 그리고 다시 앞으로 나섰다.

그들은 가방을 움켜쥐고 트랩을 기다렸다.

가마슈가 줄의 맨 앞이었지만 클라라가 말없이 그 앞에 끼어들었다. 그리고 그는 말없이 뒤로 물러섰다.

배에서 강가에 이르는 다리가 나타나자 클라라가 먼저 그 다리를 건넜다.

아래로, 아래로, 아래로. 그녀는 부두에 설 때까지 그들을 이끌었다. 그녀의 친구들이 그녀 뒤를 따랐다.

"허락하신다면." 가마슈가 그렇게 말했고, 클라라는 무언가가 움직인 것을 볼 수 있었다. 그는 정중하게 묻고 있었다. 하지만 그게 다였다.

클라라는 고개를 끄덕였고, 아르망 가마슈는 망설이지 않았다.

그는 그가 처음 본 사람인, 루 드 메르가 짐을 내리는 모습을 지켜보는 중인 기름때 묻은 큰 모자를 쓴 노인에게 힘차게 걸어갔다.

"우린 노르망이라는 이름의 사람을 찾고 있습니다." 그가 말했다. "노 맨이라는 이름을 쓸지도 모릅니다."

노인은 탁 트인 강으로 시선을 돌렸다.

"배로 돌아가요. 여기엔 당신들을 위한 건 아무것도 없어."

"우린 노 맨을 만나야 합니다." 가마슈가 친근하지만 단호한 목소리로 되풀이했다.

"당신들은 떠나야 해."

"아르망?" 머나가 물었다.

그녀와 클라라는 멀리 떨어져 서서 피터를 찾아 항구와 마을을 훑어보고 있었다. 하지만 거기엔 아무도 없었다. 남자도, 여자도, 아이도 없었다. 그곳은 사람이 없다기보다 버려진 듯이 느껴졌다. 모든 사람이 달아난 것처럼. 재난에 한발 앞서.

머나는 자신의 결의가 사라지는 것을 느꼈다. 흘러넘쳐 사라지는 것을. 자신의 용기 틈새로 쏟아지는 것을. 자신들 뒤에는 배가 있었다. 크루아상과 욕조와 부드럽고 리드미컬한 흔들림이 있는.

그것이 자신들을 집으로 데려가 줄 것이었다. 자신의 크루아상과 자신의 욕조, 그리고 스리 파인스의 단단한 바닥으로.

가마슈와 보부아르가 그들에게 다가갔다.

"장 기와 난 노르망을 찾을 필요가 있습니다. 그리고 당신들은 여기 있을 필요가 있고요."

"하지만……," 클라라는 그의 작은 손짓과 그의 얼굴에 떠오른 결단에 입을 다물었다.

그가 경감의 지위를 유지하든 말든 이 남자는 늘 이끌 것이었고, 늘 따르게 할 것이었다. 따르는 것이 때로 뒤에 남는 것을 의미할지라도.

"여기까지 왔는데." 클라라가 말했다.

"이걸로 충분합니다." 가마슈가 말했다. 그의 표정이 너무 다정해서 그녀는 차분해지는 자신을 느꼈다.

"난 피터를 찾아야겠어요." 그녀가 고집했다.

"당신은 그럴 겁니다." 가마슈가 말했다. "하지만 우린 노르망을 먼저 찾아야 합니다. 어부 말이 그가 저 위에 있다더군요."

가마슈가 가리켰다. 언덕 위를. 집도 건물도 전혀 없는 곳을. 그곳은 바위와 덤불뿐이었다.

"저쪽에 식당이 있습니다." 보부아르가 풍화된 물막이벽 건물을 손짓했다. "저기서 우릴 기다리십시오."

클라라는 그들이 전에 여기 왔었다는 것을 잊고 있었다.

"난 당신들과 갈 겁니다." 샤르트랑이 말했다.

"당신은 여기 남아야 합니다." 가마슈가 말했다. 이내 그는 클라라를 향했다. "당신이 우릴 여기까지 데려왔습니다. 이제 당신은 여기서 기다려야 합니다. 피터를 찾으면 그를 당신에게 데려오죠. 약속합니다."

그는 몸을 돌려 다시 부두와 그 너머 강을 응시하는 노인에게 감사의 표시로 살짝 끄덕했다.

그리고 그 순간 가마슈는 노인이 배를 지켜보고 있었던 것이 아니라 기다리고 있었다는 것을 감지했다.

육지의 선원. 하지만 늘 뱃사람인. 어쩌면 부아야죄르이기까지 한.

클라라는 식당 문에 멈춰 서서 마을 밖으로 걸어가는 아르망과 장 기를 지켜봤다. 그리고 언덕 꼭대기에서 그들은 멈췄다.

아침 하늘을 배경으로 몇 미터 떨어져 있는 두 형체.

클라라는 고개를 살짝 기울였고, 눈을 가늘게 떴다. 이내 그녀는 짓눌리는 심장을 느꼈다. 그들은 산토끼의 귀처럼 보였다. 피터의 그림 속에서처럼.

식당에서 그녀는 피터의 캔버스 중 하나를 펼쳤다. 마르셀 샤르트랑이 레몬 머랭 파이를 담는 접시를 가져와 캔버스가 말리지 않게 그것을 귀퉁이에 놓았다.

그리고 클라라는 자리에 앉아 당장은 피터와 가장 가까이 있을 수 있는 방법인 그림을 응시했다.

가마슈와 보부아르는 그들 앞 저 멀리로 아뇨드디유 마을을 볼 수 있었다. 그리고 그들 뒤로 타바켕이 있었다.

그리고 그 사이에 펼쳐진 지형이 있었다. 황량한. 텅 빈.

노 맨의 땅.

깔끔한 작은 집 한 채만 빼고.

노 맨의 집.

그들이 지켜보고 있을 때 한 형체가 천천히 의자에서 몸을 폈다. 꼭두 각시나 허수아비처럼 큰 키로 흐느적거리며. 남자는 검은 직사각형 문을 액자 삼아 서 있었다. 이내 그는 그들을 향해 한 걸음 내디뎠다. 그리 고 또 한 걸음.

그리고 멈췄다. 마비된 듯.

남자는 언덕 위의 그들을 보고 서 있었다. 그는 서서 응시했다. 이내 손을 뻗어 포치를 지탱하는, 비바람에 시달린 기둥을 움켜쥐었다. 그는 그걸 단단히 움켜쥐고 그 기둥에, 그리고 이성에 매달렸다. 자신이 본 것이 현실일 리 없다고 알면서.

그것은 신기루, 농담, 속임수였다. 탈진과 충격이 만들어 낸.

그는 거친 기둥에 기대어 남자들을 응시했다.

그럴 리 없었다.

가마슈와 보부아르는 포치에 선 남자를 응시했다.

그리고 이내 그들은 달리기에 가까울 정도로 급히 걷기 시작했다.

포치의 남자는 이 모습을 보고 뒷걸음질 쳤다. 남자는 자신의 뒤 작은 집의 동굴 속을 돌아봤다.

그리고 자신을 향해 다가오는 유령들을 보았다. 자신을 향해 무리 지어 언덕을 내려오는. 타바켄에서.

"피터?" 장 기가 소리쳤다.

피터 모로는 그 자리에 얼어붙은 채 물끄러미 바라보았다.

"맙소사, 당신들이군요." 그가 말했다.

피터의 머리는 제멋대로 삐치고 헝클어지고 부스스했다. 평소 단정했던 남자는 얼굴에 이틀 치 수염이 자라 있었고, 눈 밑이 검었다.

그는 기둥을 끌어안고 있었고, 그것을 놓으면 바닥으로 무너질 듯 보였다. 가마슈가 손 닿는 곳에 이르자 피터는 기둥을 놓고 아르망을 움켜잡았다.

"당신들이 왔군요." 눈을 깜박이면 그들이 사라질까 두려워하며 피터가 속삭였다. "아르망, 하느님 감사합니다. 당신이군요."

그는 이것이 환영이 아니었다는 것을 확인하듯 가마슈의 팔을 꽉 잡았다.

아르망 가마슈는 피터 모로의 충혈된 파란 눈을 응시했다. 그리고 피로와 절망을 보았다. 그리고 어쩌면 바로 거기에 아주 작은 희망의 번뜩임을.

그는 피터의 어깨를 잡고 그를 포치 의자에 앉혔다.

"그가 안에 있습니까?" 가마슈가 물었고, 피터가 끄덕였다.

"여기에 계십시오." 보부아르는 피터 모로가 어디 갈 의도가 전혀 없는 것이 분명한데도 그렇게 말했다.

원룸형 오두막집 안에서 아르망 가마슈와 장 기 보부아르는 침대를 응시했다.

시체의 머리 위에 놓인 베개. 그리고 그 아래로 피가 쏟아져 하얀 이불을 선명한 빨강으로 흥건히 물들였다.

하지만 수사관들은 그것이 몇 시간 전에 멈췄다는 것을 알 수 있었다. 심장이 멈췄을 때. 몇 시간 전.

가마슈는 남자의 맥박을 짚었다. 뛰지 않았다. 남자는 대리석처럼 차가웠다.

"당신이 그의 얼굴 위에 베개를 놓았습니까?" 가마슈가 문밖으로 외쳤다.

"세상에, 아닙니다." 대답이 들려왔다.

가마슈와 보부아르는 시선을 교환했다. 이내 마음을 다잡으며 아르망 가마슈는 장 기가 사건을 기록하는 동안 베개를 들어 올렸다.

그리고 가마슈는 한숨을 쉬었다. 길고 긴 느린 날숨.

"매시 교수가 언제 도착했습니까?" 경감이 침대를 내려다보며 물었다. 죽기 직전에 어떤 생각이 떠올랐다는 듯 죽은 남자의 입은 살짝 벌어져 있었다.

그가 뭐라고 말했을까? 그러지 말라고? 제발, 제발, 하느님 맙소사. 그가 생명을 구걸했을까? 맞서 고함을 쳤을까? 공허한 협박을?

가마슈는 의심스러웠다. 그는 그토록 평화롭게 살해당한 남자를 본 적이 거의 없었다. 사마라로 몰려 죽음 앞에 버려진.

가마슈는 이 차분한 눈을 보며, 하지만 어쩌면 이 약속은 운명 지어진 것일지도 모른다고 생각했다.

이 황량한 곳에 이 끔찍한 순간으로 걸어온, 수십 년 전 삶이 엇갈렸던 두 남자.

"그는 며칠 전에 도착한 것 같습니다." 더 넓은 세계가 두 사람에게 말하는 양 그 목소리가 열린 문을 통해 들려왔다. "난 시간 가는 걸 잊었습니다."

"이 일이 언제 일어났습니까?" 보부아르가 물었다. "이틀 전은 아닙니다. 그는 아주 최근에 죽었습니다."

"지난밤이요. 오늘 아침 일찍일 수도 있고요. 전 오늘 아침에 그런 그를 발견했습니다."

말이 끊겼고, 가마슈는 문으로 걸었다. 피터는 넋이 나가 의자에 널브러지듯 앉아 있었다.

"날 보십시오." 가마슈가 차분하고 이성적인 목소리로 말했다. 피터를 현실로 다시 데려오려고 애쓰면서. 그는 분리되어 현실에서 사라지는 피터를 볼 수 있었다. 오두막에서, 강가에서, 그 끔찍한 발견에서.

피에 흠뻑 젖은 침대와 목이 잘려 돌처럼 굳은 남자에게서. 그로테스크한 조각상 같은. 가마슈는 극히 평화로운 표정이 그 조각을 더 좋게 만드는지 나쁘게 만드는지 결정할 수 없었다.

"무슨 일이 있었습니까?"

"난 여기 없어서 모릅니다. 노르망 교수가 둘만 있게 해 달라고 날 내보내면서 아침에 다시 오라고 했습니다. 오늘 아침에요. 내가 다시 왔을 때, 내가 발견한 게……," 그는 오두막의 문을 향해 손을 내저었다.

가마슈는 보부아르가 사진을 찍고 휴대전화에 구술하는 소리를 들을 수 있었다.

"백인 남성. 사망 원인은 큰 칼에 의한 경동맥에서 경정맥으로의 자상. 다툰 흔적 없음. 흉기는 보이지 않음."

"뭐든 만졌습니까?" 가마슈가 물었다.

"아니요, 전혀." 그리고 피터의 말이 정말 질색하는 듯 들려서 가마슈는 그를 믿었다.

"당신이 오늘 아침에 온 이래 여기 누구든 있었습니까?"

"뤼크만요. 그는 매일 아침 옵니다. 난 그를 도움을 청하라고 보냈습니다."

이제 피터는 정말 가마슈에게 집중했다.

"그래서 여기 오신 거 아닙니까, 아르망?" 이내 피터는 혼란에 빠졌고, 허둥거렸다. "근데 지금 몇 시죠?" 그가 주위를 둘러보았다. "이렇게 늦을 리 없는데. 어떻게 이렇게 빨리 왔습니까?"

"뤼크라면 뤼크 바숑을 말하는 겁니까?" 가마슈가 잠시 그 질문을 회피하며 말했다. 피터가 끄덕였다.

"노 맨의 추종자요?" 보부아르가 오두막 안에서 말했다.

"아마도요. 실은 제자죠."

"바숑이 시체에 가까이 갔습니까?" 가마슈가 물었다.

"무슨 일이 있었는지 알 만큼 가까이요." 피터가 말했다. 그의 눈이 그 장면을 떠올리며 커졌다.

"뭔가를 가져갈 만큼 가까이요?" 보부아르가 물었다. "칼이라든가?"

그는 포치로 나왔고, 피터를 응시하는 중이었다. 그들이 수년간 알아 온 피터답지만 그답지 않기도 한. 이 피터는 모호하고 불안정했다. 어쩔 줄 몰라 했다. 머리는 길었고, 바람에 날린 듯했으며, 옷은 깨끗한 반면 단정치 못했다. 거꾸로 뒤집혀 털린 것 같았다.

"모릅니다." 피터가 말했다. "그만큼 가까이 갔는지도 모릅니다."

"생각해 봐요." 가마슈가 위협이 아닌, 단호하지만 명령조의 목소리로 말했다.

피터는 진정하는 듯 보였다. "모든 게 너무 혼란스러웠어요. 우린 서로 고함을 지르고 있었습니다. 무슨 일이 있었는지 알려고 따지면서요. 그는 베개를 움직이고 싶어 했지만 내가 그를 막았습니다. 아무것도 만지지 말아야 한다는 걸 알 만큼은 알았으니까요."

"하지만 바송이 칼을 집어 갈 만큼 가까이 있었습니까?" 보부아르가 물었다.

"네, 그런 것 같습니다." 피터는 이제 흥분하고 있었고, 적대적이었으며, 괴롭힘을 당한다고 느끼는 것 같았다. "하지만 난 칼을 보지 못했고, 그가 가져가는 것도 못 봤습니다. 그는 나만큼이나 충격받고 당황한 것 같았죠. 뤼크가 그랬다고 생각하는 건 아니겠죠?"

가마슈는 손목시계를 보았다. "거의 정오군."

하지만 그건 피터에게 아무 의미 없었다.

"전화하라고 바송을 보낸 게 언젭니까?" 보부아르가 물었다.

"난 평소처럼 일곱 시쯤 여기 왔습니다. 뤼크는 몇 분 뒤에 왔고요."

"다섯 시간." 보부아르는 가마슈를 보았다.

"바송이 어디로 전화하러 갔습니까?" 가마슈가 물었다. "타바켄?"

"아마도요. 여기 전화는 통화 상태가 안 좋지만 항만 관리인의 전화는 대체로 연결이 좋습니다. 강에 비상 상황이 발생할 경우에 필요하니까요."

"우리가 아는 한 뤼크 바송은 그 전화를 걸지 않았습니다." 가마슈가 말했다. "원하지 않았거나 할 수 없었기 때문이겠죠."

"뤼크가 그랬다면 그가 왜 다시 왔겠습니까?" 머리가 돌기 시작한 피터가 따졌다.

"칼을 두고 갔을 수도 있죠." 가마슈가 제안했다. "어쩌면 교수가 정말 죽었는지 확인할 필요가 있었을지도요. 어쩌면 누구든 그 짓을 한 자가 칼이나 다른 증거를 회수하라고 그를 보냈는지도요."

"누구든 그 짓을 한 자요?" 피터가 물었다. "누구를 말하는 겁니까?"

가마슈는 그를 보고 있었다. 아르망의 눈이 아니라 친구의 눈으로. 하지만 날카로운, 가늠하는, 가차 없는 살인 수사과 수장의 시선으로.

"나요? 내가 그를 죽였다고 생각하십니까? 하지만 왜요?"

"어쩌면 뮤즈가 그러라고 시켰는지도 모르죠." 가마슈가 제안했다.

"뮤즈요? 무슨 소리를 하는 겁니까?"

가마슈는 여전히 그를 응시하고 있었고, 피터의 눈이 커졌다.

"내가 미쳤다고 생각하시는군요, 아닙니까? 이 장소가 정신을 잃게 나를 몰아갔다고요."

"장소뿐이 아니라," 가마슈가 말했다. "동반자도요. 노르망 교수는 열 번째 뮤즈에 대해 강의했습니다. 그게 당신이 여기 온 이유 아닙니까? 그를 찾으려고. 그리고 그녀를?"

피터는 분노거나 잡혔다는 당혹감으로 얼굴을 붉혔다.

"어쩌면 그 모든 게 당신에게 과도했는지도요, 피터. 당신은 길을 잃었고, 절실히 방향을 찾고 있었습니다. 어쩌면 노르망의 믿음과 이 장소의 조합이 과도했는지 모릅니다." 가마슈는 광대하게 탁 트인 텅 빈 지형을 내다보았다. 하늘과 바위와 물. "현실과 접촉을 끊는 게 쉬웠을 겁니다."

"그리고 살인을 저지르고요? 나는 현실과의 접촉을 끊은 사람이 아닙니다, 아르망. 그래요, 내가 그 짓을 저질렀을 법해 보인다는 걸 알겠습니다. 그리고 네, 뤼크가 그랬는지도 모르죠. 하지만 뭔가나 누군가를 잊고 계신 게 아닙니까?"

"아닙니다." 가마슈가 말했다.

그는 뤼크 바숑 외에도 누군가가 사라졌다는 걸 잊지 않고 있었다.

"매시가 왔을 때 노르망 교수가 놀랐습니까?" 보부아르가 물었다.

"노르망 교수는 뭣에든 놀랄 것 같지 않았습니다." 피터가 말했다. "그는 실제로 매시 교수님을 보고 기뻐하는 것 같았죠."

"그리고 당신은 지난밤에 두 사람만을 여기에 남겨 뒀죠." 보부아르가 말했다.

피터가 끄덕였다. 가마슈와 보부아르는 오두막으로 돌아가 침대로 걸음을 옮겼다.

두 젊은 교수는 수십 년 전에 만났었다. 만났고 충돌했다. 그런 다음 노인으로 다시 만났다. 신이 카인에게 준 이 땅에서. 그들은 여기에 앉았다. 한 사람은 의자에. 한 사람은 침대에.

그리고 아침에 한 명이 죽었다. 그리고 한 명은 사라졌다.

가마슈는 평화롭고 거의 기쁨에 찬 얼굴을 내려다보았다. 그리고 경동맥에서 경정맥으로의 길고 깊은 상처를.

이 짓을 한 자가 누구든 운에 맡기지 않았다.

그자는 노르망 교수, 노 맨이 확실히 죽기를 바랐다.

그리고 그는 죽었다.

39

아르망 가마슈는 누가 노르망의 목을 칼로 그었는지 알지 못했다.

매시 교수? 뤼크 바송? 혹은 피터 모로.

그들 중 한 명이 그랬다.

가마슈는 한 가지만 확신했다. 자신이 틀렸었다. 한참.

새로운 하루를 맞은 파스텔 색조의 배 위에서 진실을 보기 시작했던 오늘 아침까지는 아니었다.

피터 모로가 이 침대를 내려다보고 있던 때와 같은 시간쯤 가마슈는 피터의 입술 그림을 내려다보고 있었다.

그리고 한 번 더 가마슈는 그 그림을 돌렸다.

그것을 보던 방식과 다르게.

이 사건에서 그가 할 필요가 있던 것이 그것이었다. 방향 바꾸기. 자신들은 너무 많은 것을 가정했었다. 사실에 부합하는 결론들을 너무 많이 만들어 냈다.

하지만 자신들은 사실 그것들을 거꾸로 뒤집었었다.

매시 교수가 작업실 뒤쪽의 그 근사한 그림을 그렸다면, 그토록 멀리서 노르망이 어떻게 그것을 석면으로 오염했을까?

어떻게? 어떻게?

답은 그럴 수 없었다는 것이었다.

그 답은 매시 교수가 그 그림을 그리지 않았다는 것이어야 했다.

노르망이 그렸다.

노르망은 석면을 묻히지 않았다. 매시가 그랬다.

가마슈는 자신이 모두 거꾸로 보았다는 것을 깨달았다.

노 맨은 매시 교수를 죽이려 하지 않았다.

매시가 노 맨을 죽이려 하고 있었다.

그리고 그는 성공했다.

노르망 교수의 목은 오늘 아침 그어졌는지 몰라도 이 살인은 사실상 수십 년 전에 저질러졌다. 빈 캔버스에 뿌려진 석면으로. 불명예스럽게 해고된 노르망 교수에게 배송된. 호의로.

노르망은 크리스마스 날의 아이처럼 기대감에 차서 미술 용품이 든 상자를 열었다. 공기 중에 흩어진 석면을 흡입하면서. 이내 그는 감사한 마음으로 행복하게, 치명적인 섬유질을 더 멀리 퍼뜨리며 빈 캔버스들을 펼쳤다. 그것으로 충분치 않다는 듯 노르망은 이내 캔버스들을 펴 틀 위에 걸었으리라. 그리고 마침내 그는 그것들에 그림을 그렸다.

다정한 매시 교수가 자신의 친구라고 내내 믿으며.

렌 마리와 머나의 의견을 믿는다면 세바스티앵 노르망은 재능 있는, 어쩌면 거장다운 화가이기까지 했는지도 몰랐다. 하지만 붓질 한 번 한 번이 그를 죽음에 가까이 데려갔다. 바로 그 창조 행위가 그를 죽였다.

매시가 그러리라고 알았듯이.

가마슈는 바보가 된 것 같았다. 이것을 더 빨리, 더더욱 빨리 보았어야 했다. 누가 석면에 접근할 수 있었는지? 노르망은 아니었다. 그는 예술대학의 벽에서 석면이 제거된 시기에 아득히 먼 베생폴에 있었다.

아니. 매시 교수가 석면에 접근했었다.

"하지만 매시는 왜 노르망을 죽이고 싶어 했을까요?" 보부아르가 물었다. "그 반대여야 하지 않습니까? 매시는 노르망이 해고되게 했습니다. 왜 그런 다음 노르망에게 수년 동안 오염된 캔버스를 보냈을까요?"

대답하는 대신 가마슈는 이제 문간에 서 있는 피터를 향했다. 피터의 눈은 피로 얼룩진 침대를 외면하고 있었다.

"우린 당신의 그림들을 발견했습니다. 당신이 빈에게 준 것들이요."

"오." 피터는 가마슈가 그의 바지를 막 내리기라도 한 듯 보였다. "클라라가 그 그림들을 봤습니까?"

"그게 중요한가요?"

피터는 그에 대해 생각하더니 고개를 저었다. "일 년 전이라면 그랬겠죠. 불과 몇 달 전만 해도요. 하지만 지금은?" 그는 자신의 감정을 더 듣어 보고 거의 미소 지었다. "괜찮습니다." 그는 경탄의 눈으로 그들을 보았다. "괜찮습니다. 그 그림들은 엉망이지만 나아질 겁니다. 클라라가 그것들을 어떻게 생각하던가요?"

이것이 그에게 정말로 중요한 전부였다. 그들의 의견이 아닌, 오직 클라라의.

"알고 싶습니까?"

그가 끄덕였다.

"그녀는 그것들이 개밥이라고 생각했습니다." 가마슈는 그 말을 하면서 피터를 관찰했다. 예전의 피터라면 발끈하며 성을 냈을 것이었다. 그가 한 무엇에 열광적인 박수가 따르지 않는다면 심한 모욕이었을 것이었다.

하지만 이 피터는 그저 머리를 흔들고 미소를 지었다. "그녀가 맞습니다."

"아시겠지만 그건 칭찬입니다." 가마슈가 말했다. "그녀는 자신의 첫 시도가 그랬다고 했습니다. 목구멍 속 덩어리요."

"오, 맙소사, 아내가 너무 그립습니다." 피터가 그러모았던 약간의 에너지가 사라졌고, 그는 고갈된 듯이 보였다.

그의 아랫입술이 떨렸고, 눈물이 고였다. 소금물. 억눌렀던 감정의 바다. 그는 수십 년간 말하지 않은 모든 것을 간절히 말하려는 듯 보였다. 하지만 새어 나오는 것은 고르지 못한 숨뿐이었다.

"우리 정원에 앉아 아내의 일 년을 듣고, 내 일 년을 아내에게 말하고 싶군요." 그가 마침내 말했다. "클라라의 작품에 대한 모든 걸 듣고 싶습니다. 그리고 클라라가 어떻게 그리고 어떻게 느끼는지. 오, 하느님, 내가 뭘 한 거죠?"

클라라는 피터의 둘둘 말린 그림들을 움켜쥐었다. "더 이상 못 기다리겠어."

"앉아." 머나가 명령했다. "앉아."

"적어도 전화해 볼 수는 있지?" 클라라가 전화기를 꺼냈다.

"그거 내놔." 머나가 손을 내밀며 말했다. "줘."

"하지만……,"

"자. 목숨이 위태로울 수도 있어. 우린 무슨 일이 벌어지고 있는지 모르고 방해하면 안 돼. 아르망이 자길 기다리라고 말했잖아."

"못 하겠어."

"그래야 해. 이건 그가 하는 일이야. 그들 둘이 하는 일. 맡겨 둬."

그들의 커피는 식었고, 손도 대지 않은 레몬 머랭 파이가 테이블 한가운데에 놓여 있었다.

"그들이 피터를 찾았다고 생각해?" 클라라가 물었다.

"그러길 바라." 머나는 창문을 내다보며 이곳 너머에 무엇이 있을지 상상할 수 없었다. 자신들이 볼 게 달리 무엇이겠는가? 그가 숨을 곳이 달리 어디이겠는가?

"뮤즈가 여기 살까요?" 클라라가 물었다. 샤르트랑에게.

"왜 내게 묻습니까?"

"당신은 전에 여기 왔으니까요."

"아니요, 온 적 없습니다."

"확실해요?" 클라라의 눈이 그의 눈을 붙들었고, 그 눈을 떨구게 하지 않을 것이었다.

"나는 평생 여기 와 본 적이 없지만," 샤르트랑이 말했다. "지금 여기 있어서 기쁘군요."

"왜요?" 클라라가 물었다.

그가 희미하게 미소 짓고 일어나 자리를 떴다. 두 사람은 식당 창밖으로 주머니에 손을 찔러넣고 바람에 맞서 옷깃을 세운 그를 볼 수 있었다. 그는 구부정하게 서서 강물을 응시하고 있었다.

클라라는 테이블 아래서 한 손으로 다른 손을 꼭 쥐었다. 얼마나 오래 기다려야 할까? 얼마나 오래 기다릴 수 있을까? 그녀는 식당 벽 합성수지 재질의 시계를 보았다. 하지만 그것은 시간을 말해 주는 반면, 도움은 되지 않았다. 시계는 여기서 의미가 없었다.

시간이 다른 방식으로 측정되는 듯 보였다. 여기서는.

시계는 그들이 45분 동안 그 식당에 있었다고 알렸지만 클라라는 그것이 사실은 영원이라는 걸 알았다.

"당신은 여기 왜 왔습니까?" 가마슈가 물었다.

"열 번째 뮤즈를 찾기 위해서?" 보부아르가 물었다.

"그에 대해 압니까?" 피터가 물었고, 그들이 아무 말이 없자 그는 말을 이었다. "아니요. 난 노르망에게 그가 똥 같다는 말을 하러 왔습니다. 난 예술대학으로 매시 교수를 방문했었고, 그 모든 게 내게 돌아왔습니다. 난 늘 노르망 교수에게 그가 끼친 피해에 대해 말하지 않은 걸 후회했습니다."

"살롱 데 르퓨제로요." 가마슈가 말했다.

"그래요. 그는 클라라에게 상처를 줬고, 난 그때 아무 말도 하지 않았습니다. 스리 파인스를 떠났을 때, 난 내가 돌아가면 그녀가 날 어떻게 느낄지 몰랐습니다. 아내가 우리의 결혼을 영원히 끝내고 싶어 할 거라 생각했고, 난 그녀를 탓할 수 없습니다. 하지만 아내에게 특별한 한 가지를 주고 싶었습니다. 선물을. 난 그에 관해 거듭 생각했고, 우리의 삶 내내 내가 얼마나 겁쟁이였는지 깨달았습니다. 결코 클라라나 클라라의 작품을 옹호하지 않은. 모두가 비판하고 과소평가하게 내버려 두면서. 그리고 아내가 사실 얼마나 뛰어난지 깨달았을 때, 결국 나 자신이 그러기까지 하면서요. 난 그녀의 작품을 망치려고 했습니다, 아르망."

그는 자신의 양손이 피로 얼룩진 양 손을 내려다보았다. 죄로 고통받는 영혼의 공허한 시선.

"매시 교수가 노르망을 언급했을 때 나는 살롱 데 르퓨제를 떠올렸고, 내가 클라라에게 무엇을 줄 수 있는지 알았죠." 피터가 다시 눈을 들며 말했다. "내 사과요. 하지만 말뿐이 아닌. 행동. 지옥에 갔다 온다 해도 난 노르망 교수를 찾아 그에게 맞설 거였습니다. 그래야만 난 집에 갈 수 있었습니다. 그리고 클라라를 마주할 수 있고요."

"클라라에게 노르망 교수의 머리를 바칠 거였군요."

"어떤 면에서 보자면, 그렇죠."

가마슈가 계속 그를 응시하자 피터의 얼굴이 하얘졌다.

"아직도 그렇게 생각하진……," 그는 침대를 향해 손을 내저었다.

"계속해요." 가마슈가 피터에게서 눈을 떼지 않고 말했다.

"난 파일에 노르망의 마지막 수표가 몇 년 전에 우송되었다고 기록된 곳인 베생폴로 갔습니다. 그는 거기 없었지만 그곳은 정말 아름답고 평화로웠고, 난 오랫동안 여행 중이었습니다. 그래서 방을 빌려 숨을 골랐습니다. 그때 어머니 집에서 본 그림들이 떠올랐습니다. 내가 몇 시간씩 응시했던 것들이요. 그 그림들 속에 들어가길 바라면서. 클래런스 가뇽의 그림들에. 그것들은 베생폴에서 그려졌습니다. 그래서 나는 갤러리 가뇽을 찾아냈고, 그림을 그리지 않을 때는 그것들을 바라보며 시간을 보냈습니다."

"왜요?" 보부아르가 물었다.

"그 그림들을 봤습니까?" 피터가 물었다. 보부아르가 끄덕였다. "그 것들이 어떤 느낌을 들게 했나요?"

장 기가 주저 없이 대답했다. "향수요."

피터가 끄덕였다. "그것들은 내게 스리 파인스로 돌아가는 창문 같아 졌습니다. 클라라 그리고 내가 가졌던 것으로 돌아가는. 그리고 내가 잃어버린 것으로. 처음에 그 그림들은 나를 형언할 수 없을 만큼 슬프게 했습니다. 하지만 이내 들여다볼수록 더 차분해졌죠. 그것들은 내게 안정된 행복감 같은 걸 줬습니다. 희망을요."

"입술이요." 가마슈가 말했다.

피터가 그에게 몸을 돌리고 미소를 지었다. "그래요. 그때 난 그 입술들을 그렸습니다."

"노 맨이 여기 있다는 걸 어떻게 알았죠?" 보부아르가 물었다.

"뤼크가 말해 줬습니다. 그는 아직 노르망 교수와 연락이 닿았죠."

"그는 노르망 교수가 창조한 예술 집단에 속해 있었습니다." 보부아르가 말했다.

피터가 끄덕였다. "하지만 '창조'는 아마 잘못된 단어일 겁니다. 그건 그의 주변에서 형성된 셈이었죠. 사람들이 그에게 끌렸습니다. 그가 아는 것처럼 보였으니까요."

"뭘 알죠?" 보부아르가 물었다.

"열 번째 뮤즈가 있다는 거요. 그리고 그는 그걸 찾는 방법을 알았죠." 피터가 말했다. 그때 뜻밖에 그가 웃음을 터트렸다. 조소하는 불쾌한 소리.

"그게 개소리라고 생각하는군요." 보부아르가 말했다.

"그걸 찾으러 지구 끝까지 갈 필요는 없었던 것 같습니다." 피터가 말했다. "그건 내내 거기 있었죠. 침대 안 내 옆에. 정원에 앉아. 내 작업실 옆 작업실 안에 있었습니다. 내 의자 옆 의자에. 나는 내가 이미 가진 걸 찾으러 여기 온 거죠."

"당신은 노르망 교수와 맞서러 여기 왔습니다." 가마슈가 그를 상기

시켰다.

"사실입니다. 내가 도착했을 때 노르망은 아주 아픈 게 분명했습니다. 그게 두 달 전이었습니다. 그는 죽어 가고 있었고, 혼자였습니다."

이제 피터가 문지방 너머로 발을 내디뎠다.

"그에게 맞섰습니까?" 보부아르가 물었다.

"아뇨. 이곳은 엉망이었습니다. 그래서 나는 청소부터 하자고 생각했죠. 그 뒤에 그가 그걸 누리게 했습니다. 하지만 그때 그가 한동안 먹지 않았다는 걸 깨닫고 음식을 사다 요리했습니다. 난 변변찮은 요리사지만 스크램블드에그와 토스트를 만들었죠. 영양가 있고 가벼운 걸로요."

"그런 다음에 그에게 말했나요?" 보부아르가 물었다.

"아니요. 그의 옷들과 침구가 지독하게 더러웠습니다. 그래서 그걸 타바켄에 있는 세탁소로 가져갔고, 그걸 세탁했습니다."

보부아르는 묻길 멈췄고, 이제 그저 듣고 있었다.

"이제 그의 옷과 침구가 깨끗했죠." 피터가 말했다. "하지만 그는 며칠 동안 목욕하지 못했습니다. 그는 너무 약했습니다." 피터는 숨을 깊게 들이쉬었다. "그래서 그를 목욕시켰습니다. 욕조에 물을 받고 장미수와 라벤더와 백합 에센스를 조금 넣었죠. 내가 찾을 수 있는 건 뭐든요." 피터가 미소 지었다. "지나쳤는지도 모릅니다." 그는 침대의 남자를 내려다보았다. "나는 그를 들어 올려 욕조에 넣었습니다. 그리고 그를 씻겼습니다. 스리 파인스의 우리 정원 같은 냄새가 나더군요."

이제 그는 방 안까지 들어왔고, 더없이 다정하게 죽은 남자를 보고 있었다. 피와 크게 벌어진 상처를 지나. 그 남자를.

"난 그를 돌보려고 머물렀습니다."

보부아르의 목소리가 마법을 깼다. "당신은 그에게 어떤 문제가 있었는지 알았습니까? 그가 알았나요?"

"그가 알았다 해도 내게 말하지 않았습니다. 폐와 관련이 있었습니다. 그가 셉틸르에 있는 병원에 가 보길 바랐지만 그는 떠나려 하지 않았습니다. 그걸 이해할 수 있었죠. 그는 집에서 죽길 원했습니다."

피터는 보부아르를, 그런 다음 가마슈를 보았다.

"두 분은 그에게 어떤 문제가 있었는지 아십니까?" 피터가 물었다.

"매시 교수가 여기 왜 왔는지 압니까?" 가마슈가 받아쳤다.

"아니요." 피터는 가마슈를 면밀히 살폈다. "하지만 당신은 안다는 느낌이 드는군요."

"고백하기 위해서였던 것 같습니다." 가마슈가 말했다.

"고백이요? 뭘요?"

"당신이 맞았습니다." 가마슈가 말했다. "노르망 교수는 죽어 가고 있었습니다. 오랫동안 죽어 가고 있었죠. 그가 그걸 깨닫기 훨씬 전부터요. 매시가 그를 죽였습니다."

"매시? 하지만 그건 터무니없습니다. 왜요? 어떻게? 부두voodoo 의식으로?"

"아니요. 석면."

그 말에 피터는 입을 다물었다.

"우리가 당신을 찾고 있다는 말을 매시가 들었을 때," 가마슈가 말을 이었다. "그리고 우리가 노르망 교수를 찾고 있다고 들었을 때 매시는 우리가 거의 분명 당신들 둘을 찾으리라는 걸 깨달았던 것 같습니다. 그리고 전부 알게 되리라는 걸."

"하지만 알 게 뭐가 있습니까?" 피터가 어리둥절해서 물었다.

"매시 교수가 그에게 석면으로 오염된 캔버스들을 수년간 보내고 있었다는 사실이요."

"왜요?" 피터가 놀라서 물었다.

"노르망이 위협이었으니까요." 가마슈가 말했다. "클라라가 당신에게 위협이었던 것처럼요. 당신은 클라라를 사랑했지만 그게 그녀의 작품을 망치고 실제로 당신들의 결혼을 망치려는 당신을 막지 못했습니다."

피터는 배를 걷어차인 것처럼 보였다. 하지만 가마슈는 그를 놔주지 않았다. 그는 피터가 동의하는 뜻으로 고개를 끄덕일 때까지 버티고 서서 피터를 응시했다.

"당신은 클라라를 사랑했으면서도 계속 그랬습니다." 가마슈가 말했다. 다시 파고들며. "사랑이 존재하지 않았다면 당신이 무슨 짓을 했을지 상상이 갑니까? 대신 미움이 있었다면? 클라라에 대한 사랑이 그나마 당신에게 브레이크를 걸었죠. 당신이 넘어서지 않을 선을. 하지만 매시는 아무것도 없었습니다. 그는 자신이 모든 걸 잃게 됐다고 느꼈습니다. 그리고 노르망이 그걸 앗아 갈 거라고요."

"하지만 그는 노르망 교수가 해고되게 했습니다." 피터가 말했다. "그걸로 충분하지 않았습니까?"

"이건 복수나 보복에 대한 게 아니었습니다." 가마슈가 말했다. "매시에게 그건 생존에 대한 것이었습니다. 예술대학은 그에게 전부였습니다. 그건 그의 물리적인, 감정적인, 창의적인 집이었습니다. 그리고 학생들은 그의 아이들이었죠. 그는 높이 평가받고 존경받는 교수였습니다. 훌륭한 사람. 학생들이 숭배하고 사랑하는 사람. 하지만 더 나은 화가, 더 용기 있는 화가, 진짜로 아방가르드한 선생이 나타난다면?"

피터의 얼굴에 힘이 빠졌다. 그리고 마침내 그는 수긍했다. 그는 그게 어떤 느낌인지 알았다. 빼앗기는 것이. 뒤에 처지는 것이. 그 모든 게 사라지는 것이.

매시는 자신의 생존을 위해 싸우고 있었다. 그리고 노르망이 해고된 것으로 충분치 않았다. 노르망의 그림들이 전시회에 나타나기 시작하면 그를 쫓아낸 남자에 대한 질문이 대두될 터였다.

매시는 그런 일이 일어나게 할 수 없었다.

"석면이 대학 벽에서 나왔을 때 그는 일부를 가지고 있다가 석면으로 오염된 캔버스를 노르망에게 보냈습니다." 보부아르가 말했다. "선물로요. 한 화가가 다른 화가에게."

"하지만 논리적으로 그가 어떻게 그랬겠습니까?" 피터가 물었다. "노르망 교수는 샤를부아의 숲속 한가운데서 살았는데요."

"도움을 받았죠." 보부아르가 말했다. "뤼크 바숑."

피터가 반박하려고 입을 열었지만 잠시 그대로 있다가 입을 다물었다. 그리고 생각했다. 그리고 자신이 아는 모든 걸 다시 생각했다.

"하지만 매시 교수가 고백하러 왔다면 그는 어디 있죠?" 피터가 주위를 둘러봤다. "그리고 그가 고백했다면 노르망을 죽일 필요가 없지 않습니까? 그러면 누가 그런 겁니까?"

그가 침대를 가리켰다.

가마슈가 장 기에게 몸을 돌렸다. "뤼크 바숑을 찾을 수 있겠나?"

"위, 파트롱."

"그를 체포하게. 하지만 조심해. 그가 아직 사냥칼을 가지고 있을지 모르네."

"위. 그리고 매시 교수를 지켜보겠습니다."

"나라면 당장은 그걸 걱정하지 않겠네, 장 기."

"맞습니다."

보부아르가 떠났고, 피터는 가마슈를 향했다.

"방금 뭐였습니까? 왜 그가 매시 교수를 걱정하지 않아도 됩니까?"

"거의 분명 죽었을 테니까요." 가마슈가 말했다. "바숑을 체포하면 수색을 시작할 겁니다."

"죽어요? 어떻게 압니까?"

"확실히는 모릅니다. 하지만 당신이 옳았습니다. 그가 여기 고백하러 왔다면, 그는 노르망 교수를 살해할 이유가 없었습니다. 그리고 그는 당신에게 자신의 모습을 보였고, 따라서 그는 자신의 존재를 숨기려 하지 않았습니다. 아니, 난 매시 교수가 자신이 한 짓을 후회했을 거라고 생각합니다. 젊은 시절에 용인되는 것처럼 보이는 것, 합리적으로까지 보이는 것이 노년에는 아주 다르게 보일 수 있습니다. 난 그가 노르망에게 고백하기 위해, 어쩌면 용서를 구하기까지 하러 여기 왔다고 생각합니다. 그런 다음 자수할 생각으로. 하지만 뤼크 바숑은 그걸 허락할 수 없었습니다."

"빌어먹을." 피터가 그렇게 말하고 자리에 앉았다. 이내 그는 다시 주변을 둘러보았다.

"하지만 왜 매시 교수가 여기 같이 있지 않습니까? 왜 두 사람을 함께 죽이지 않고요?"

"장 기가 바숑을 체포할 때까지 기다려야겠지만 바숑은 희생양이 필요했던 것 같습니다. 살해한 뒤 자살한 것처럼 보이게 하는 게 그의 계획이었으리라 생각됩니다. 매시가 노르망 교수를 살해한 다음 자살했다고 우리가 생각하도록. 그를 때려눕힌 다음 물속에 가라앉히는 건 바송에게 어렵지 않을 겁니다."

세인트로렌스강에 한 영혼이 더. 가마슈는 그렇게 생각하며 그럴 경우 경찰은 거의 분명 매시 교수를 결코 찾지 못하리라는 것을 알았다.

하지만 경찰은 바송을 찾을 것이었다. 여기가 아니라면 어딘가에서. 결국에는. 그들은 그를 추적해 재판할 것이었다.

"바송이 왜 그랬을까요?" 피터가 물었다.

"방금 설명했습니다." 가마슈가 말했다. "내가 틀릴 수도 있지만요."

"아뇨, 내 말은 애초에 어째서 그가 매시 교수를 돕길 동의했을까요?"

"사람들이 왜 그러겠습니까?" 가마슈가 물었다. "거의 분명 돈이죠. 자신의 바bar를 시작할 만큼 충분한. 그걸 유지할 만큼. 그림을 그리고 여행할 만큼. 그리고 그가 할 일은 일 년에 한두 번 미술 용품을 배달하는 것뿐이죠. 그리고 완성된 그림을 토론토로 가져가는 것."

"그리고 그는 그것들이 오염된 걸 알지조차 못한 척할 수도 있습니다." 피터가 말했다. "매시는 완성된 그림들로 뭘 했을까요?"

"그것들을 파괴했을 겁니다." 가마슈가 말했다. "하나만 빼고 전부. 머나와 렌 마리가 매시의 작업실에서 그걸 봤습니다. 매시는 그게 자기 그림이라고 주장했고, 그들은 그 말에 의문을 품지 않고 나머지 그림보다 그게 훨씬 더 좋았다고 말했습니다."

"그가 왜 그걸 간직했죠?" 피터가 물었다.

"나도 그게 궁금했습니다." 가마슈가 말했다. "왜 매시가 노르망의 작은 걸작 중 하나를 간직하려 했을까? 전리품으로? 살인자들은 종종 그러죠."

"그보다 더 간단한지도 모를 것 같습니다." 피터가 말했다. "모든 결점에도 불구하고 매시 교수는 예술을 사랑했습니다. 예술을 알았죠. 노르망 교수가 그린 그 그림이 너무나 훌륭해서 그조차 그걸 파괴할 수 없었을 겁니다."

피터가 한숨을 내쉬었다. 그리고 가마슈는 그가 무슨 생각을 하고 있는지 알았다. 그의 삶의 걸작. 그가 파괴한 것. 클라라의 그림이 아닌, 그녀의 사랑.

"난 너무 멀리 왔고, 너무 오래 기다렸어." 클라라가 자리에서 일어났다. "난 갈 거야."

머나가 클라라의 길을 막으려고 식당 안 그녀의 앞에 섰다.

클라라가 그녀를 응시했다.

"난 알아야 해." 클라라가 속삭였다. 머나만 들을 수 있게. "제발. 보내 줘."

머나가 그 자리에 서 있는 클라라에게 다가갔다.

이내 비켜섰다.

그리고 그녀를 가게 했다.

"클라라는 당신을 기다렸습니다." 가마슈가 차분하게 말했다. "당신들이 약속한 그날 밤에."

피터는 입을 열었지만 말들이 목구멍 속 덩어리에 막혔다.

"편지를 썼습니다." 그가 마침내 말했다. "약속을 지키진 못하겠지만 되도록 빨리 가겠다고 하려고요. 그걸 그 젊은 조종사에게 줬습니다."

"그녀는 편지를 받지 못했습니다."

"오, 세상에. 그 멍청이가 그걸 잃어버렸군요. 클라라는 내가 신경 쓰지 않는다고 생각할 겁니다. 오, 안 돼. 오, 맙소사. 클라라가 날 증오할 겁니다."

피터는 자리에서 일어나 문을 향했다. "가야 합니다. 집에 가야 해요. 클라라와 얘기해야 해요. 아내에게 말해야 해요. 비행기가 여기에 곧 도착할 겁니다. 그걸 타야 해요."

가마슈가 손을 내밀어 피터의 팔을 움켜쥐었다.

피터가 뿌리치려 했다. "놓으세요. 가야 합니다."

"클라라는 여기 있습니다." 가마슈가 말했다. "그녀가 당신을 찾으러 왔습니다."

40

"클라라가 여기 있다고요?" 피터가 따져 물었다. "어디요?"

"머나와 식당에 있습니다." 가마슈가 말했다.

"가겠습니다." 그가 말했다.

"아니요, 당신은 보부아르가 돌아와 우리 입장을 알 때까지 여기 있을 필요가 있습니다. 미안하군요, 피터. 하지만 바송을 살인 혐의로 체포하는 게 우선입니다. 그 후에 클라라를 볼 시간은 충분합니다."

가마슈는 문으로 걸음을 옮겨 포치로 발을 내딛고 보부아르가 바송과 돌아오는지 지평선을 훑었다. 하지만 아무도, 아무것도 없었다.

그는 오두막으로 돌아가 침대에 다가서는 피터를 보았다. 이내 피터가 손을 뻗어, 해서는 안 된다고 아는 행동을 했다. 그는 규칙을 깨고 한 손가락으로 노르망의 손을 쓸었다. 아주 가볍게.

가마슈는 그에게 그 사적인 순간을 주었다. 그는 금방이라도 무너질 듯한 포치로 나가 주변을 둘러보며 밝은 햇빛 속에서 완전한 한 바퀴를 돌았다.

아무 움직임도 없었다. 아무 소리도 없었다.

아무것도.

노 맨에게 그것은 얼마나 황량했을까.

피터에게.

유일한 소리가 죽어 가는 남자의 거칠게 가르랑거리는 기침 소리뿐이었을 때.

유일한 활동이 장보기, 요리, 청소뿐이었을 때. 죽어 가는 남자 목욕시키기.

얼마나 떠나고 싶었을까.

하지만 피터 모로는 남았다. 마지막까지.

"네가 용감한 나라의 용감한 남자로 자라길." 가마슈가 말했다.

"뭐라고요?"

포치로 나온 피터가 가마슈를 지켜보고 있었다.

아르망은 몸을 돌려 피터에게 말했다. "네가 쓰일 길을 찾기를."

피터는 자신들을 둘러싼 세계처럼 고요하고 단단하게 서 있었다.

"길르앗이요." 가마슈가 말했다. "열 번째 뮤즈는 더 훌륭한 예술가가 되는 것이 아니라 더 좋은 사람이 되는 것에 관한 거라고 생각합니다."

가마슈는 포치로 나섰다. "당신은 쓰일 길을 찾았습니다."

아마 결국 여긴 사마라가 아니었겠군. 가마슈는 생각했다. 어쩌면 이 곳은 길르앗이었다.

피터는 느긋해 보였다. 그의 평생을 지배한 어떤 긴장이 빠져나갔다. 그는 안으로 가마슈를 따라갔다.

아르망은 침대의 시체를 내려다보았다. 생각하고 생각하면서.

피터는 오늘 아침 여기 혼자 있었다. 보초를 서면서. 지원이 도착할 때까지 시체를 지키면서. 하지만 방문객이 있었다.

뤼크 바숑. 매시가 노르망을 죽이게 도운 자. 석면으로 오염된 물품을 배달한 자.

하지만, 하지만…… 보부아르가 뭐라고 말했었지? 그 말을 들었을 때, 피터가 뭐라고 했었지?

바숑에게 그 계획의 묘미는 자신이 어떤 잘못도 저지르고 있지 않다는 믿음으로 자신을 속일 수 있었다는 것이었다. 하지만 가정한다면. 가정한다면. 그게 속임이 아니었다면?

가마슈는 세바스티앵 노르망을 내려다보며 입을 문질렀다.

그는 전화기를 꺼내 그 그림이 나타날 때까지 손가락으로 화면을 빠르게 두드렸다. 뒤틀리고 정신 나간 얼굴이 그를 노려보았다. 그를 도발했다.

피터가 그것을 보았다. "그 그림 기억납니다. 연감에서요. 노르망 교수가 그걸 그렸죠. 우리는 그게 자화상이라고 짐작했습니다."

피터는 혐오감과 경외감 사이에 잡혀 있었다. 그는 침대 위의 시체를 보았다.

"하지만 이건 그가 아니군요."

"아닙니다." 가마슈가 말했다. "매시입니다. 노르망 교수는 그때도 그걸 봤습니다. 겉모습 아래 다른 매시가 있다는 걸."

가마슈는 뚫어지게 보았다. 그의 눈은 날카로웠다. 얼굴의 윤곽, 눈, 억센 턱과 광대뼈를 관찰하는. 표정 이면의 남자를 보는.

"오." 그의 말이 한숨처럼 새어 나왔다. "오, 안 돼."

가마슈는 그 얼굴을 알았다. 같은 표정이 아니라, 그 남자를.

배에서 내렸을 때 그는 부두에서 그 표정을 보았었다. 챙이 넓은 모자에 낡고 두툼한 코트 차림의 머리가 희끗희끗한 어부 노인.

배를 지켜보는 것이 아니었다. 배를 기다리고 있었다.

자신에게 떠나라고 경고한 남자.

클라라와 머나가 돌아보았다면, 두 사람이 더 가까이 다가갔다면 둘은 그를 알아봤을지도 몰랐다. 하지만 그들은 그러지 않았다.

바송은 살해 후 자살처럼 보이게 일을 꾸미지 않았다. 매시였다. 또한 구의 시체가 발견된다면 그것은 뤼크 바송의 시체일 것이었다.

그리고 매시는 사라지리라. 익사로 추정되어. 바송의 또 다른 피해자로. 하지만 실제로는 배 위에서 안전하게.

"젠장." 가마슈는 주머니에 휴대전화를 찔러 넣었다. 그는 손목시계를 보았다. 그는 루 드 메르의 고동이 우는 소리를 들은 기억이 없었다. 배가 부두를 떠나지 않았을 가능성이 있었다.

"피터……,"

가마슈는 자신이 타바켄으로 달려갈 동안 이곳에 있어 달라고 부탁할 참으로 피터에게 돌아섰다. 배를 멈추러. 그 어부를 찾으러. 보부아르에게 바송 수색을 멈추고 매시 교수를 찾기 시작하라고 말하러.

하지만 피터의 얼굴을 보았을 때 그 말들은 사라졌고, 가마슈는 그의 시선을 따랐다.

문을 향한.

클라라 모로가 거기 서 있었다. 목에 칼이 닿은 채.

그녀 뒤에 숨을 헐떡이는 매시가 있었다.

그는 가슴 앞에서 클라라를 잡고 있었다. 그의 손에 커다란 칼이 들려 있었다. 사냥칼. 가마슈가 알기로 사슴의 내장을 제거하는 데 쓰이는. 힘줄과 뼈를 자를 만큼 날카로운. 목을 벨 만큼. 지난밤에 그랬듯이.

아르망 가마슈는 매시가 볼 수 있게 양손을 들었고, 피터가 즉시 따라 했다. 피터는 핏기를 잃었고, 가마슈는 그가 기절할지도 모른다고 생각했다.

"클라라." 피터가 말했지만 클라라는 말할 수 없었다. 칼이 그녀의 턱 밑 피부에 닿아 있었다. 그을 준비를 하고.

피터의 눈이 매시를 향했다. "교수님. 제발. 당신은 그럴 수 없어요."

하지만 매시는 가마슈만 보았다.

"당신이 여기 있다니 유감이군." 매시가 숨을 헐떡이며 말했다. "타바켄에서 당신 조수를 봤지. 뤼크에 대해 묻고 있더군. 뤼크를 찾으려고 하면서. 난 당신도 나가서 찾고 있을 거라 추측했지. 그는 내가 그를 봤는지 내게 묻기까지 했어. 물론 봤지."

"바숑은 당신이 무슨 짓을 하는지 몰랐습니다, 아닙니까?" 가마슈가 말했다.

그는 침대를 피해 매시에게 곧장 갈 수 있도록 오른쪽으로 살짝 움직였다.

하지만 가마슈는 클라라가 죽거나 죽어 가기 전에 그 짧은 거리를 커버할 수 없으리라는 사실을 알았다. 그는 피터가 같은 사실을 알길 바랐다. 매시는 노인이었지만 아직 원기 왕성했다. 그리고 날카로운 칼로 살을 가르는 데는 많은 힘이 필요치 않았다.

"당연히 몰랐지. 내가 왜 그에게 그가 들고 다니는 캔버스들이 석면 투성이라고 말하겠나? 그가 그 일을 했을 거라 생각하나?" 매시가 침대를 흘끗 보았다. "그는 쓸모를 다했어. 하지만 나를 위해 마지막으로 해줄 일이 한 가지 남았지."

"죄를 뒤집어쓰는 거요." 가마슈가 말했다.

그는 곁눈으로 피터를 보았다. 극도로 겁에 질린.

돌로 변해 버린. 그리고 희망적인 생각을 하는.

클라라는 앞을 응시했다. 피터를.

그리고 피터는 그녀를 응시했다.

반면 매시는 가마슈를 응시 중이었다.

"그래. 그리고 거의 먹혔지. 난 이제 명백해진 어떤 걸 고백하러 여기 왔어. 내가 그 캔버스들에 석면을 묻혔지. 난 노망이 난 데다 조물주를 만날 준비로 죄책감에 사로잡혔고 후회의 마음이 들었어. 그래서 세바스티앵에게 용서를 빌려고 여기 온 거야. 그런 다음 자수하려고. 하지만 내 공범 바숑은 그걸 용납할 수 없었어. 자기도 연루됐으니까. 그래서 그가 세바스티앵을 죽인 다음 날 죽였지. 그리고 그건 먹혀들었어. 당신 부하가 바숑을 체포하려고 그를 찾고 있었으니까. 살인 혐의로."

"위. 그건 내 생각이었습니다." 가마슈가 인정했다.

"뭐 때문에 마음이 바뀌었나?" 매시가 물었다.

"그림이요." "무슨 그림?" 매시는 불안해하고 있었다.

"연감의 초상화. 모두 그게 노르망이 그린 자화상이라고 짐작했습니다. 하지만 아니었습니다, 아닙니까? 그건 당신이었습니다. 그는 당신 안의 그 분노와 두려움을 알아차렸습니다. 그리고 당신은 그것 때문에 한층 더 그를 증오했습니다."

"당신은 이제야 부두에 있던 날 알아차렸군. 난 당신이 알아봤으리라고 생각했어. 난 실제로 클라라가 그랬을 거라고 생각했지. 그리고 클라라가 다급하게 식당을 떠났을 때 그녀가 여기로 가고 있다고 확신했어. 당신을 찾아서. 당신에게 말하려고."

"그래서 그녀를 따라왔군요."

"미안하네, 클라라." 교수는 클라라를 더 꽉 끌어안고 그녀의 귀에 대고 숨을 쉬었다. "자네는 내 예상보다 빨리 움직이더군. 자네가 여기 닿기 전에 자네에게 닿을 수가 없었어."

그의 호흡이 차분해졌다. 그는 가마슈가 무언가 말하기를 기대하는 듯했지만 가마슈는 침묵을 지켰다.

"나는 비행기를 타려고 했어." 매시가 설명했다. "하지만 폭풍 때문에 지연됐지. 그래서 배를 기다려야 했어. 아니었다면 한참 전에 사라졌을 거야. 전반적으로 재수가 없었지. 그리고 배가 도착했을 때 당신이 어떻게 했지? 내게 곧장 다가왔지."

"당신에겐 끔찍한 순간이었겠군요." 가마슈는 이게 칵테일파티인 양, 칼을 가진 남자가 완벽하게 정상적인 양 말했다.

그는 매시를 진정시켜야 했다. 그가 상황의 현실을 보도록.

남자는 분명히 겁에 질려 있었다. 겁에 질린 동물들은 절벽으로 뛰어내렸다.

그리고 매시는 절벽을 향하는 듯이 보였다.

"그랬지. 하지만 이내 당신이 멀어졌고 나는 내가 자유라고 생각했어. 하지만 이내 클라라가 생각나더군. 그리고 자네의 초상화들이. 그리고 자네가 얼마나 면밀하게 얼굴들을 보는지도." 그는 가슴에 끌어안은 여자에게 말했지만 가마슈를 보았다. "나는 누군가 나를 알아본다면 자네일 거라 생각했네, 클라라. 시간이 걸릴지는 몰라도 자네가 결국 알아보리라고. 그런 다음 자네가 식당에서 뛰어나왔을 때 난 자네가 안다는 걸 알았지."

"하지만 클라라는 몰랐습니다." 가마슈가 말했다. "그녀는 여기 피터를 보러 왔습니다."

그는 현실이 분명해지는 것을 지켜보았다. 매시 교수가 그가 있던 곳에 머물렀다면. 불안이 그를 망가뜨리지 않았다면 그는 탈출했을 터였다. 하지만 이제 그는 여기서 클라라 모로의 목에 칼을 대고 서 있었다.

"너무 늦었습니다." 가마슈가 말했다. "그녀를 놔주십시오."

"자네도 알겠지만 난 수년간 그림을 그리지 못했네." 매시는 가마슈가 말을 하지 않았다는 듯 말했다. "아무것도. 빈 채로."

그는 가마슈를 보았고, 전 살인 수사과 수장의 심장이 얼어붙었다. 거기에 초상화의 얼굴이 있었다. 자신이 갖지 못한 것을 가진 이들에 대한 증오로 가득한. 그림으로 채워진 캔버스가 아니라, 가정 그리고 작품보다 사람을 더 아끼는 친구들과 사람들을 가진.

가마슈는 조금 더 가까이 움직였다. 매시의 칼은 더는 흔들리지 않았다. 더는 낮아지지 않았다.

매시는 침대를 흘끗 보았다.

가마슈는 피터에게 시선을 던졌다. 가만히 있으라고 경고하기 위해서. 매시가 말하고 있는 한 그들에겐 기회가 있었다.

클라라 뒤로, 매시 뒤로, 가마슈는 움직임을 보았다.

누군가 오고 있었다. 아직 멀리 떨어져 있지만 다가오고 있었다.

가마슈는 그 걸음걸이를 알았고, 그 형체를 알아봤다.

보부아르였다.

피터는 이걸 전혀 보지 못했다. 그는 오직 클라라만 보았다.

"사랑해, 클라라." 그가 부드럽게 말했다.

"조용히 해요, 피터." 가마슈가 경고했다. 그는 무엇이 매시를 폭발시킬지 알지 못했지만 이제 그 폭발이 머지않으리라는 것을 알았다.

"미안해요." 피터가 말했다. 가마슈에게. 혹은 클라라에게.

클라라를 움켜쥔 매시의 손아귀가 단단해졌다. 그는 아무것도 가진 게 없고, 아무것도 잃을 게 없는 남자였다.

그는 죽음이었다. 그리고 이곳은 사마라였다. 결국.

가마슈는 그때 그것을 알았다.

그는 매시의 어깨 너머로 짧은 시선을 던졌고, 아주 살짝 끄덕였다. 하지만 그것으로 충분했다.

이 모습에 매시가 고개를 살짝 돌렸다. 가마슈가 필요한 건 그게 전부였다. 그가 앞으로 튀어 나간 순간 클라라가 몸을 숙이고 틀어 칼을 피했다. 하지만 매시는 여전히 그녀의 옷을 잡고 있었다.

클라라는 빠져나오려고 안간힘을 썼지만 희망이 없었다.

칼이 빠르게 앞으로 움직였고, 박혔다.

클라라에게가 아니라. 가마슈에게가 아니라.

피터가 클라라를 확실하게 끌어당겼을 때 그는 가슴에 그 일격을 맞았다.

가마슈가 매시를 꼼짝 못 하게 한 다음 칼을 차 버리고 남자가 기절할 만큼 세게 후려쳤다.

아르망은 몸을 휙 돌렸다. 클라라가 피터 옆에 무릎을 꿇고 있었다. 그의 가슴에 손을 대고. 가마슈가 벗은 재킷을 뭉쳐 상처를 눌렀다.

보부아르가 남은 몇 미터를 질주해 왔다. 그는 상황을 본 다음 말없이 몸을 돌려 도움을 요청할 수 있는 언덕으로 다시 뛰었다.

"피터, 피터." 클라라가 소리쳤다.

가마슈가 지혈하려 애쓰는 동안 그녀의 피 묻은 손이 피터의 손을 찾아 그 손을 잡았다.

피터의 커진 눈은 공포로 가득했다. 입술이 창백하게 변하고 있었다. 더 창백하게. 얼굴이 그랬던 것처럼.

"피터." 클라라가 그의 눈을 응시하며 속삭였다.

"클라라." 그가 한숨을 쉬었다. "정말 미안해……."

"쉬. 쉬. 구급대가 오고 있어."

"집에 가고 싶었어." 그가 그녀의 손을 움켜쥐며 말했다. "난 썼어……"

"쉿." 그녀가 그렇게 말했고, 껌뻑이는 그의 눈을 보았다.

그녀는 그의 옆에 바닥까지 몸을 낮추고 그의 눈을 보며 그의 귀에 속삭였다. "당신은 스리 파인스의 언덕 꼭대기에 있어." 그녀가 부드럽게 말했다. "마을 광장이 보여? 숲 냄새가 나? 풀 냄새가 나?"

그가 살짝 끄덕였고, 눈빛이 부드러워지고 있었다.

"당신은 이제 언덕을 내려가는 중이야. 저기 루스가 있네. 그리고 로사도."

"로사." 피터가 속삭였다. "로사가 집에 왔어?"

"집에 왔어, 루스에게. 당신이 집에 온 것처럼. 나에게. 저기 올리비에와 가브리가 비스트로에서 당신에게 손을 흔들고 있어. 하지만 아직 들어가지 마, 피터. 우리 집이 보여?"

피터의 눈에 아득한 표정이 떠올랐고, 공포가 사라졌다.

"진입로로 들어서, 피터. 정원으로 가. 내 옆 우리 의자에 앉아. 난 당신에게 맥주를 따랐어. 난 당신 손을 잡고 있어. 장미 냄새가 날 거야. 그리고 백합이랑."

"클라라?" 가마슈가 부드럽게 말했다.

"숲이 보이고 벨라벨라강 소리가 들릴 거야." 클라라가 불안한 목소리로 말했다.

자신의 따뜻한 얼굴을 그의 차가운 뺨에 대며 클라라가 속삭였다. "당신은 집에 있어."

41

그들은 스리 파인스에서 피터 모로의 장례식을 치렀다. 친구들과 가족이 세인트토머스 교회에 모여 노래하고 흐느끼고 애도하고 축복했다.

클라라는 추도 연설을 하려고 애썼지만 말을 할 수 없었다. 그녀의 말이 목구멍 속 덩어리에 막혔다. 그래서 머나가 넘겨받았고, 클라라가 옆에 서 있는 동안 그녀의 손을 쥐고 있었다.

그리고 그들은 노래를 좀 더 불렀다. 그리고 마침내 그들은 피터의 재를 여기에 조금, 저기에 조금 뿌리며 마을 주변을 돌았다. 강에 조금, 비스트로 옆에 조금, 거대한 세 그루 소나무 아래 조금.

남은 것은 피터와 클라라의 정원에 뿌려졌다. 그래서 피터가 봄마다 장미와 백합과 라벤더로 피어나도록. 그리고 옹이 진 오래된 라일락 나무로.

마르셀 샤르트랑이 장례식에 왔다. 그리고 뒤에 서 있었다. 하지만 위로연 전에 떠났다.

"집까지 먼 길이니까요." 그가 왜 그렇게 빨리 떠나는지 묻는 가마슈에게 설명했다.

"어쩌면 아닐지도요." 아르망이 말했다. 그는 렌 마리와 아니가 홀 건너편에 클라라와 함께 서 있는 동안 장 기와 앙리와 함께 서 있었다.

"일 년쯤 후에 다시 와요." 가마슈가 제안했다. "당신을 만나면 기쁠 겁니다."

샤르트랑이 고개를 저었다. "아닐 겁니다. 전 나쁜 기억일 테니까요."

"클라라는 절대 잊지 않을 겁니다." 가마슈가 말했다. "그건 확실하죠. 하지만 잃어버린 사랑에 대한 치료는 더 큰 사랑입니다." 그는 앙리를 내려다보았다.

샤르트랑이 셰퍼드의 귀를 긁고 살짝 미소를 지었다. "당신은 낭만적이군요, 무슈."

"나는 현실주의잡니다. 클라라 모로는 한 번의 끔찍한 사건으로 자신의 남은 인생을 허비하지 않을 겁니다."

마르셀이 떠난 뒤 아르망은 로사를 안고 펀치물, 과일즙, 향료에 포도주 등 술을 섞은 음료 사발을 보고 있는 루스에게 다가갔다.

"겁이 나서 마실 게 없군." 그녀가 말했다. "술이 안 섞였을 수도 있으니까."

"놀리 티메레." 가마슈가 그렇게 말했고, 그녀가 미소 짓자 그가 말했다. "당신은 아셨습니까?"

"매시 교수에 대해서? 아니. 내가 알았다면 뭐라고 말했겠지."

"하지만 당신은 그를 두려워했습니다." 가마슈가 말했다. "당신은 그에게서 당신에게 겁을 주는 무언가를 보았죠. 그래서 그에게 그렇게 친절했던 겁니다. 장 기가 알아차렸죠. 우린 모두 당신이 그를 좋아해서 친절했다고 생각했지만 장 기는 아마 당신은 그를 싫어했을 거라고 했습니다."

"난 그를 싫어하지 않았어." 루스가 말했다. "그리고 자넨 취하지 않은 사람 말을 어떻게 믿지?"

"하지만 장 기가 옳았지 않습니까? 당신은 그를 싫어하지 않았을지 모르지만 거기엔 두려움이 있었습니다. 그렇지 않다면 왜 그렇게 말하겠습니까? 놀리 티메레. 두려워 말라."

"그의 이젤에 놓인 그 빈 캔버스는 내가 본 가장 슬픈 것 중 하나였어." 루스가 말했다. "길을 잃은 화가. 그건 쌓이지. 사람을 갉아먹고. 저기 있는 보부아르." 그녀는 오리로 방 저편에서 머나와 이야기를 나누고 있는 보부아르와 아니를 가리켰다. "그는 멍청이야. 그리고 자넨?" 그녀는 가마슈에게 날카롭게 가늠하는 시선을 던졌다. "자넨 바보고. 저 둘은?" 그녀는 긴 테이블 위에 음식을 올려놓는 올리비에와 가브리를 향했다. "그냥 보이는 그대로 터무니없지."

그녀는 가마슈에게 다시 몸을 돌렸다.

"하지만 자네들은 전부 무언가지. 매시 교수는 아무것도 아니었어. 텅 비었어. 그 캔버스처럼. 난 그게 끔찍하다는 걸 알았어." 그녀는 기억을 떠올리며 사이를 두었다. "그 그림은 어떻게 됐나? 유일하게 살아남은 노르망 교수의 그림은?"

"매시의 작업실 뒤쪽에 있던 그림 말입니까? 그 훌륭한 그림이요?"

"그 위대한 그림." 루스가 말했다. "그건 시였어."

"석면을 절대 없앨 수 없을 겁니다. 그건 파괴됐습니다."

루스는 머리를 숙였다가 다시 들었다. 높이 쳐든 턱과 냉엄한 눈. 그녀는 짧게 한 번 끄덕이고 절뚝이며 멀어져 클라라 옆에 섰다.

놀리 티메레. 가마슈는 두 여자를 지켜보며 생각했다. 그리고 로사.

다음 날 아침 아르망은 마을을 내려다보는 벤치에 앉았다. 올리비에와 가브리가 비스트로에서 그에게 손을 흔들었다. 그리고 그는 마주 손짓했다.

그는 미풍에 흔들리는 소나무들을 보았고, 숲의 사향 냄새와 장미와 백합과 옆에 놓인 머그잔에서 풍기는 진한 커피 향을 맡았다.

그는 고개를 젖히고 따스한 햇살을 얼굴에 느꼈다.

옆에서 앙리가 공을 물고 혀를 늘어뜨린 채 잠들어 있었다.

가볍게 코를 골면서.

그리고 무릎 위에 놓인 아르망의 손에 그 책이 들려 있었다.

클라라가 그에게 다가와 벤치에 앉았다. 그들은 침묵 속에 나란히 앉아 있었다. 이내 누군가가 벤치에 새롭게 새긴 글자에 몸이 닿도록 클라라가 등을 기댔다. 예기치 않은 기쁨 위에.

용감한 나라의 용감한 남자

그녀는 산과 그 너머 세상을 바라보았다. 그런 다음 그녀의 눈이 늘 그랬던 것처럼 계곡 안에 자리한 조용한 작은 마을로 돌아왔다.

그녀 옆 벤치에서 아르망이 『길르앗의 유향』의 책갈피가 있는 대목을 펼쳤고, 심호흡을 한 다음 읽기 시작했다.

클라라는 편지를 들고 있었다. 피터가 보낸. 그것은 마침내 스리 파인스로 오는 길을 찾았다.

그리고 그녀는 그것을 펼쳤다.

작가의 말

| 작가의 말 |

글쓰기는 본질적으로 혼자 하는 일이지만 나는 내가 글을 쓸 때 사람들, 사건들, 기억들의 행렬이 나와 함께한다는 것을 발견한다. 그리고 『집으로 가는 먼 길』보다 그것들과 더 함께한 것은 없다.

나는 여기서 이 책의 주제나 내가 이 책을 이렇게 쓴 이유를 논하지 않을 테지만, 조지프 콘래드의 『암흑의 핵심』과 호메로스의 『오디세이』의 영향을 약간 받았다는 사실을 언급하고 싶다. 그리고 메릴린 로빈슨의 뛰어난 책 『길르앗』국내에는 '길리아드'라는 제목으로 출간되었다. 이 책에서는 외래어 표기법을 따랐다. 옛 영가 〈길르앗의 유향〉도.

그리고 나는 늘 퀘벡의 역사와 지리와 자연에서, 그 환경에서 영감을 얻었다. 그리고 특히 장엄한 세인트로렌스강을 따라 한 내 여행 기억에서. 잊을 수 없는 로어 노스 쇼어에서. 그리고 그곳에 있는 마을과 마을들. 나는 살면서 저널리스트로, 사적으로 많은 여행을 했지만 그 강가를 따라 있는 집들의 부엌과 포치와 거실에서만큼 그토록 깊은 친절과 그토록 깊은 진실됨을 만난 적이 없다.

무통만洲, 라 타바티에르, 세인트오거스틴, 해링턴 부두 그리고 그 밖의 많은 항구의 사람들에게 감사한다. 너무 적게 받고, 너무 많이 준 사람들.

거의 믿기 힘들 만큼 아름다운 지역 샤를부아에서 시간을 보낸 것도 내게는 행운이었다. 뭐, 그렇긴 해도 이 책의 베생폴이 실제 마을과 완벽히 똑같지는 않다는 것을 인정한다. 나는 그곳에 살거나 그 사랑스러운 지역을 방문하는 사람들이 내 예술적 자유를 용서하길 바란다. 특히 라 뮤즈 여인숙과 클래런스 가뇽 갤러리의 자애로운 주인이.

이 책은 내 뛰어난 편집자인 미국의 미노타우르 북스/세인트마틴스 프레스의 호프 델런에게 인정하고 싶은 마음보다 더 큰 빚을 지고 있다.

영국에서 나는 내 편집자 루시 맬러거니와 리틀브라운사의 데이비드 셸리의 현명한 조언에 빚을 졌다.

제이미 브로드허스트 그리고 가마슈를 소개하고 있는 레인코스트 서점분들, 많은 캐나다인에게 큰 감사를 전한다.

많은 독자가 내 뉴스레터와 웹사이트를 통해 나를 발견해 주었다. 뉴스레터와 웹사이트는 뛰어난 실력의 린다 리올이 디자인하고 구성하고 관리해 주었다. 우리는 『스틸 라이프』가 출간되기 전부터 함께해 왔다. 그리고 우리는 한 번도 만난 적이 없다. 나는 퀘벡에 살고 린다는 스코틀랜드에 살기에편집자 주: 이 책을 쓴 2년 뒤 두 사람이 영국에서 만난 기사가 뉴스레터에 실려 있다.

내 에이전트이자 친구 테리사 크리스에게 감사한다. 10년 전, 운명이 우리를 묶어 주었다는 느낌이 든다. 실제로 우리가 처음 만났을 때 나는 그녀를 차로 칠 뻔했다. 쉬쉬. 그녀가 그랬다는 것을 알아차렸는지 확신하지 못한다.

건설적이며 친절하고 생각 깊은 첫 독자이자 사랑하는 친구 수전 매켄지에게 감사한다.

첫 독자이자 지칠 줄 모르는 투사인 내 형제 더그에게도. 우습게도 나는 내 어린 시절 대부분을 그가 사라지길 바라며 보냈다. 그리고 지금은 그가 곁에 있음을 소중히 여긴다.

어시스턴트 이상의 역할을 하는 내 어시스턴트 리즈 데로지에게 무한한 감사를 전한다. 자매이자 친구이자 내조자이자 동반자인. 메르시, 마 벨.

그리고 끝으로 마이클에게. 내 모든 꿈을 실현시켜 준. 그는 내 심장이자 집이다.

이제 내 차례야, 사랑하는 마이클편집자 주: 사별한 남편.

집으로 가는 먼 길

THE LONG WAY HOME

초판1쇄 발행 2023년 7월 31일

지은이 | 루이즈 페니
옮긴이 | 안현주
발행인 | 박세진
독자 교정 | 박동순, 양은희, 최윤희
불어 감수 | 황은주
표지디자인 | 허은정
출　력 | 대덕문화사
용　지 | 두송지업
인　쇄 | 대덕문화사
제　본 | 바다제책사

펴낸곳 | 피니스 아프리카에
출판등록 | 2010년 10월 12일 제25100-2010-000041호
주소 | 03958 서울시 마포구 망원동 419-3 참존 1차 501호
전화 | 02-3436-8813
팩스 | 02-6442-8814
블로그 | blog. naver.com/finisaf.kr
메일 | finisaf@naver.com